gerufen worden. Opfer: Fr
mutlich Tötungsdelikt – T
in der SMS nicht enthalten,
termin: 7 Uhr 30. Die Anwe
anwalts war streng genomm
reichte, wenn ein einfacher Staatsanwalt der Leichen-
schau beiwohnte. Aber es gab nicht viele Morde in
München – fünfzehn im Jahr, wenn man Glück hatte.
Die meisten waren kriminalistisch gesehen eher langweilig und die Täter schnell ermittelt. Die Tote von
letzter Nacht hingegen versprach interessant zu werden. Für solche Fälle hatte der Oberstaatsanwalt
Anweisung erteilt, ihn unverzüglich zu informieren.
Schwind lächelte zufrieden bei dem Gedanken, dass
seine Leute funktionierten, schritt beschwingt aus
und sah auf seine Uhr. Zwölf vor halb. Prof. Dr. Stang,
der Leiter der Gerichtsmedizin, kannte keine Gnade
bei der Terminierung. Sieben Uhr dreißig und nicht
eine Sekunde später. Um diese Zeit, so Stang, seien
die Sinne noch wach und scharf. Neben der Sorge um
die Qualität seiner Arbeit trieb Stang ganz offenbar
auch eine gewisse erzieherische Absicht um, die man
bei Frühaufstehern gegenüber nachtaktiven Mitmenschen öfter beobachten kann.

»Na? Wieder mal auf den letzten Drücker?«, wurde
Schwind vom Professor begrüßt. Das Obduktionsteam
stand sich vermutlich seit zwanzig Minuten die Beine
in den Bauch.

»Da scharrt schon einer mit den Hufen, was?«
Schwind gab Stang gut gelaunt die Hand und stellte
seinen Koffer neben einem Rollschränkchen mit me-
dizinischen Instrumenten ab. Dann begrüßte er die
restliche Belegschaft, darunter Sabine Wittmann, die
zuständige Staatsanwältin, die einen missgelaunten

Eindruck machte. »Alles in Ordnung?«, fragte Schwind.

»Es wäre mir offen gesagt lieber, man könnte Obduktionen um halb neun terminieren. Ich muss meine Kleine in den Kindergarten bringen. Aber um sieben kann ich sie noch nicht abgeben.«

»Sie können sie gerne mitbringen«, schlug Professor Stang vor und wandte sich dem Seziertisch zu. »Können wir dann mal anfangen?«

Schwind versuchte seine Mitarbeiterin mit einer Handbewegung zu beschwichtigen. Professor Stang war sechsundsechzig, altersstarrsinnig und hielt sich für Gott. In diesem Leben würde es mit ihm keine Halb-neun-Obduktionen mehr geben.

Der Professor nahm ein Klemmbrett, fuhr mit seinem blau behandschuhten Finger auf einem Formular einige Zeilen nach unten und legte den Kopf nach hinten, um einen schärferen Blick durch seine Bifokalbrille zu haben: »Einlieferungszeitpunkt: 21. April, fünf Uhr achtundvierzig. Erste Untersuchung am Fundort erfolgte um drei Uhr fünfundfünfzig. Die Tote lag auf dem Bauch und wurde bei der Erstuntersuchung auf den Rücken gedreht, Totenflecken waren gut erkennbar. Nach dem Transport der Leiche hatten sich die Flecken teilweise auf den Rücken verlagert. Das sagt uns *was?*« Stang deutete auf eine junge Frau im Arztkittel, ohne den Blick vom Klemmbrett abzuwenden.

»Der Tod ist vermutlich sechs bis zwölf Stunden vor dem Auffinden der Leiche eingetreten.«

»Fast korrekt. Ersetzen Sie Auffinden durch Drehen, dann haben wir es präzise.« Stang würdigte die junge Frau keiner weiteren Aufmerksamkeit und lugte über das Klemmbrett zum Oberstaatsanwalt, der auf der anderen Seite des Seziertisches stand und mit offensichtlicher Irritation auf die Leiche starrte. Sie war immer noch mit einem Tuch bedeckt. »Herr Oberstaatsanwalt …?«

Schwind sah zu Professor Stang. »Nichts. Mir ist nur gerade aufgefallen, dass …« Er deutete auf das Tuch. Stang liebte es, vor der Enthüllung der Leiche einige Worte zu sprechen, um der Veranstaltung einen Hauch von Dramatik zu verleihen. Das funktionierte auch ganz gut. Denn in der Regel hatten einige der Anwesenden die Leiche noch nicht zu Gesicht bekommen und machten sich Gedanken, was sie unter dem Tuch erwartete.

»Ja?« Stang lächelte Schwind fragend an und ließ das Klemmbrett sinken.

Der Arm der Toten, der auf Schwinds Seite lag, zeichnete sich unter dem Tuch ab, und es schien, dass er am Handgelenk abrupt aufhörte. »Es sieht so aus, als hätte sie keine Hände.«

»Da greifen wir jetzt aber ein bisschen vor.«

»Sind die Hände gefunden worden?« Das Thema beschäftigte Schwind, und er wollte Stangs langatmige Einführungszeremonie nicht abwarten.

»Was sind Sie bloß so ungeduldig?«

»Beantworten Sie doch einfach meine Frage. Wurden die Hände …«

»Gefunden wäre das falsche Wort«, unterbrach ihn Stang ungehalten, denn er hasste es, wenn jemand den ritualisierten Ablauf seiner Obduktionen durcheinanderbrachte. Er zog ein Gesicht, als habe man ihm den ganzen Spaß verdorben, murmelte: »Also weg damit«, und gebot der jungen Ärztin mit herrischer Geste, das Tuch zu entfernen.

Es war Schwinds vierundsechzigste Obduktion, und er empfand beim Anblick von entstellten Leichen eher Interesse als Abscheu. Dennoch vergaß er einen Augenblick lang, den Mund zu schließen, als die tote Frau sichtbar wurde. Staatsanwältin Wittmann trat einen Schritt zurück, als habe sie jemand an der Jacke nach hinten gezogen.

»Wie Sie sehen ...«, Stang nahm das Klemmbrett hinter den Rücken und wippte auf den Fußspitzen, »... die Hände sind noch da.«

29. Januar 2015

Im Scheinwerferlicht tauchten die ersten Schneeflocken auf. Die Straße war schwarz und glänzte, die Lichter der entgegenkommenden Autos spiegelten sich auf dem nassen Asphalt. Links ein Hang mit altem Schnee, rechts die Leitplanke, dahinter ging es zu einem Bach hinab. Leonora rieb sich die Augen und kurbelte das Fenster nach unten, damit die kalte Nachtluft ihren Kopf umwehte und die Müdigkeit vertrieb. Eine Schneeflocke traf ihre Stirn und schmolz. Seit Stunden fuhr sie durch verschneite Berge, und sie sehnte sich nach flachem Land. Am Ende des Lichtkegels tauchte jetzt ein blaues Quadrat aus der Dunkelheit auf, wurde größer, ein Kreis aus goldenen Sternen tanzte auf dem Blau, in der Mitte die Worte: Bundesrepublik Deutschland. Einige Meter dahinter das gelbe, ovale Schild mit dem Bundesadler. Leonora atmete durch und spürte ein Kribbeln unterhalb des Brustbeins. Von hier waren es noch einmal hundert Kilometer, die sie größtenteils auf der Autobahn zurücklegen würde. »Wir sind bald da, Valentina«, sagte sie nach hinten. Das neunjährige Mädchen hing mit geschlossenen Augen im Kindersitz, der Kopf war ihr auf die Schulter gerutscht, der linke Arm lag auf dem Bauch, mit dem rechten hielt sie einen Plüschhasen am Bein.

Sie passierten ein Ortsschild. Es war nicht mehr weiß und blau wie in Österreich, sondern gelb und schwarz. Die verstreute Siedlung, die es ankündigte, trug den für Ausländer unaussprechlichen Namen Schneizlreuth. Kurz darauf kam Leonora zur Einmündung in die Bundesstraße 305 und bog links Richtung Inzell ab. Bald nach der Abzweigung sah sie einen Wagen im Rückspiegel. Der Wagen kam langsam näher. Leonora überkam ein ungutes Gefühl, doch sie versuchte, vernünftig zu bleiben. Es gab keinen Grund zur Sorge. Das hier war Deutschland. Eintausendfünfhundert Kilometer entfernt von dem Ort, in dem sie und ihre Familie eingesperrt und in täglicher Angst gelebt hatten. Es gab niemanden nördlich der Alpen, der ihr und Valentina etwas antun wollte. Und doch war da diese Unruhe, die Angst, die an den Eingeweiden fraß wie ein Krebsgeschwür. Sie ging nicht einfach weg, nur weil der Grund fehlte. Nach der langen Zeit war die Angst Gewohnheit geworden.

Der Wagen hinter ihr fuhr dicht auf, und Leonora spürte einen Druck auf der Brust, der ihr das Atmen schwermachte. Ihre rechte Hand fing an zu zittern, sie musste das Lenkrad umklammern, um sie zu beruhigen. Immer noch wand sich die Straße und machte es dem Fahrer hinter ihr unmöglich zu überholen – falls er das vorhatte. Auf der Stirn und unter den Achseln schwitzte Leonora, obwohl es kalt war im Wagen. Nach einem endlosen Kilometer zog der Wagen hinter ihr nach links und an ihr vorbei. Einen Moment lang war sie unsicher, ob er nicht abbremsen und sie zum Halten zwingen würde. Dann beschleunigte der dunkelgraue Audi und verschwand in der Nacht. Leonora streckte ihre rechte Hand nach hinten und berührte das Bein des Mädchens.

Der silberne BMW stand seit vierzig Minuten in dem Waldweg, der von der B 305 abzweigte. Die ausgeschalteten Scheinwerfer des Wagens zeigten in Richtung Inzell, das wenige Kilometer entfernt lag. Im Wagen saßen zwei Männer, der eine, Patrick, um die dreißig mit Lederjacke, der andere, Arnold, in den Vierzigern, im Norwegerpullover. Seit gestern verfolgten sie den Weg der Frau nach Deutschland auf einem Laptop. Die Ortung von Leonoras Smartphone wurde nur unterbrochen, wenn es sich im Tunnel oder in einem Gebäude befand. Zumindest aber war das Handy ständig eingeschaltet, so dass die Reiseroute einfach nachzuverfolgen war. Seit dem letzten Zwischenstopp war auch klar, wo sie die deutsche Grenze überqueren würde. Die beiden Männer warteten auf sie. Wieder einmal hatten sie den Satellitenkontakt verloren, doch bestand kein Zweifel, dass der Wagen innerhalb der nächsten halben Stunde an dem kleinen Waldweg vorbeikommen musste, auf dem sie parkten. Patrick schenkte sich aus einer Thermoskanne Kaffee in einen Plastikbecher. Sie hatten länger nicht gesprochen. Das mochte daran liegen, dass sie in den letzten Tagen sehr gründlich über die Einzelheiten und auch das Für und Wider der Aktion geredet hatten. Jetzt, da es so weit war, hatte sich eine klebrige Anspannung im Wagen breitgemacht. Beide Männer versuchten, sich zu konzentrieren. Arnold war im Begriff, nach der Thermoskanne zu greifen, da hörte er durch das Seitenfenster, das man einen Spaltbreit offen gelassen hatte, wie sich ein Fahrzeug auf der Bundesstraße näherte. Das Geräusch wurde lauter, Scheinwerfer erleuchteten das dreieckige Schild mit dem springenden Hirsch, das dreißig Meter entfernt am Straßenrand stand. Sekunden später kam ein Kombi vorbei, dessen Farbe und Fabrikat in der Dunkelheit schwer zu erkennen waren. Der Lack war stumpf und an einigen Stellen ausgebessert, der Wagen musste mindestens fünfzehn Jahre alt sein. Der Jüngere auf dem Beifahrersitz, immer noch den Kaffeebecher in der Hand, griff nach einem Feldstecher auf der Mittelablage.

»Das ist sie! Es geht los!« In Patricks Stimme lag erwartungsvolle Erregung.

Arnold startete den Wagen, während sein Beifahrer das Fenster herunterließ und den Kaffee wegschüttete.

1

Nymphenburg im Mai 2015

Die Luft war kühl und feucht, als Rachel Eisenberg um halb sieben in Jogginghose und T-Shirt auf die Terrasse trat. Wassertropfen glitzerten an den Blüten von Flieder und Rhododendron. In den Morgenstunden hatte ein Gewitter getobt, und die Tonfliesen mit dem Moos in den Fugen waren kalt unter Rachels Fußsohlen. Sie ging ein paar Schritte im nassen Rasen und sog den Morgen ein. Die Sonne stand noch schräg und schien ihr ins Gesicht, als sie ein Knurren hörte. Es war mehr ein langgezogenes Öööh, das in ein Fiepen überging und verstummte. Sie hielt eine Hand gegen die Sonne und spähte in den Schatten. In der Gartenecke raschelte es, und Zweige bewegten sich. Etwas huschte im Augenwinkel zur Seite. Als sie hinsah, war es weg.

Der Kaffee lief durch die Maschine und verbreitete Morgengeruch im Haus. Rachel goss sich eine Tasse ein, viel Milch und zwei Löffel Zucker. Während sie über den Kaffee blies, nahm sie das Telefon vom Küchentisch und drückte »Int«. Es läutete vier Mal, bis jemand abnahm und eine belegte Teenagerstimme hauchte: »Ich hasse dich.« Rachel sagte, der Kaffee wäre fertig und dass draußen ein sonniger Morgen auf Sarah warte. Sarah sagte: »Fuck Sonne!«, und Rachel sagte Sarah, dass sie sie gerade morgens sehr liebhabe und in fünf Minuten noch einmal anrufen würde.

Rachel Eisenberg war vierzig, hatte rotbraune Haare, die sie halblang trug, dazu eine Brille. Mit Kontaktlinsen wären ihre wachen grünen Augen besser zur Geltung gekommen. Wegen einer Hornhautverkrümmung aber schabten die Linsen an der Innenseite der Lider. Rachel hatte es lange versucht. Irgendwann war ihr der Schmerz auf die Nerven gegangen, und sie hatte sich mit Designerbrillen getröstet.

Rachel war Anwältin, spezialisiert auf Strafrecht. Eine Handvoll medial wirkungsvoller Mandanten hatten ihr in den letzten Jahren zu einem Wikipedia-Eintrag verholfen sowie zu einer florierenden Kanzlei mit zwanzig Mitarbeitern. Es gab noch einen zweiten Sozius in der Kanzlei Eisenberg & Partner – Rachels Ehemann Sascha Eisenberg, zweiundvierzig, spezialisiert auf Vertrags- und Gesellschaftsrecht. Vor einem Jahr hatte Sascha festgestellt, dass die Gemeinsamkeiten mit Rachel auf privater Ebene erschöpft waren. Das mochte damit zusammenhängen, dass Sascha etwa zur gleichen Zeit erstaunliche Gemeinsamkeiten mit der Rechtsreferendarin Paula Hollberg entdeckt hatte, die damals bei Eisenberg & Partner ihre Anwaltsstation absolvierte. Das Alter gehörte zwar nicht zu ihren Gemeinsamkeiten, dafür die Sehnsucht nach Ungebundenheit und Abenteuer und die Vorliebe für teure Hotels in exotischen Ländern. Letztgenannte Neigung auszuleben war bislang weder Sascha noch Paula vergönnt gewesen. Sascha hatte eine Frau mit Flugangst, Paula kein Geld auf dem Konto. Jetzt hatte sie einen reichen Freund und er eine reiselustige Geliebte.

Als sie hinter das Verhältnis kam, warf Rachel Paula unverzüglich aus der Kanzlei und Sascha aus dem gemeinsamen Haus in Nymphenburg. Sarah war bei ihrer Mutter geblieben. Zwar hatte sie Paula bis dahin cool gefunden, brachte aber genügend Feingefühl auf, um zu wissen, wann Paula nicht mehr cool war, sondern eine miese Schlampe.

Die berufliche Trennung war komplizierter als die private, denn die Kanzlei gehörte zur Hälfte Sascha. Man hätte die Firma auflösen und sich Mandanten und Angestellte aufteilen müssen. Neue Büroräume hätten beide gebraucht. Für die halbe Kanzlei waren die gemieteten Räume zu groß und zu teuer. Und so hatten Rachel und Sascha beschlossen, sich wie Erwachsene zu benehmen und die Kanzlei gemeinsam weiterzuführen. Das funktionierte wider Erwarten ganz gut, aber eine gewisse Spannung lag immer in der Luft.

Um zwanzig vor acht schleppte sich Sarah mit verhangenem Blick in die Küche, kletterte auf einen Barhocker und trank mit geschlossenen Augen einen inzwischen lauwarmen Milchkaffee. Rachel trug jetzt ein cremefarbenes Leinenkostüm mit Polobluse in sommerlichem Lachs. Die Pumps kommunizierten in gedecktem Rot mit der Bluse.

»Schätze, wir nehmen den BMW«, murmelte Sarah, nachdem sie die Kleidung ihrer Mutter taxiert hatte.

»So ist es. Ich hab heute keine Termine. Können wir fahren?«

Ein langgezogenes Stöhnen kam aus Sarahs erschöpftem Gesicht.

Rachel besaß zwei Autos, die beide auf die Anwaltskanzlei zugelassen waren. Einen roten 6er BMW Cabrio und einen Mercedes CLS in Tenoritgrau metallic. Der Mercedes war für Mandantenbesuche bestimmt. Er sollte einerseits vermitteln, dass die Kanzlei seriös und erfolgreich war und sich Dienstwagen für sechzigtausend Euro leisten konnte, andererseits aber nicht respektlos mit dem Geld ihrer Klienten umging (ein mittlerer Mercedes war nie respektlos). Der BMW war nicht so geeignet für Mandantenbesuche. Wer nach seinem Anwaltsgespräch durch ein vergittertes Fenster blickte und seine Verteidigerin vor dem Untersuchungsgefängnis in ein rotes BMW Cabrio steigen sah, würde unwillkürlich an die fünftausend Euro Vorschuss denken, die er von Freunden und Verwandten zusammengekratzt hatte. So was konnte zu Missstimmigkeiten führen. Für sonnige Tage ohne Außentermine aber war der BMW ideal.

Die junge Frau lehnte an der Gartenmauer auf der anderen Straßenseite. Sie saß in der Morgensonne auf einer Art Decke oder Schlafsack, rauchte und fütterte einen Hund. Ein retrievergroßer Mischling mit starkem Bernhardineranteil. Die Frau sah zu Rachel, als sie aus dem Haus kam. Rachel hatte den Eindruck, dass es sich um eine Obdachlose handelte, ein ungewohnter Anblick in Nymphenburg, einem Stadtteil, der von Einfamilienhäusern aus den zwanziger Jahren geprägt, sehr grün und selbst für Münchner Verhältnisse teuer war. Gewöhnlich hätte jemand wie die Frau mit dem Hund wohl eher den Hirschgarten aufgesucht, ein paar hundert Meter Luftlinie von hier. Da gab es ab dem Vormittag Alkohol, und auf den Biertischen blieben oft Essensreste zurück.

Rachel starrte etwas verkrampft auf das Rolltor, das quälend langsam nach oben fuhr. Sie hatte keine Lust auf Blickkontakte mit der Obdachlosen. Obwohl Rachel nicht hinsah, war sie sicher, dass die junge Frau sie beobachtete. Für den Gegenwert von Rachels

Schuhen hätte das Mädchen vermutlich zwei Monate leben können – Drogen inklusive. Rachel kam sich mit einem Mal kostümiert vor. Schöne Kleidung macht nur in der richtigen Umgebung Spaß, und das zerlumpte Mädchen an der Gartenmauer schaffte es, dass Rachel sich schuldig fühlte. Sie stellte sich vor, wie im nächsten Moment ein Kamerateam um die Ecke käme. Hallo! Wir sind von der Sendung Kleidertausch. Wären Sie bereit, Ihre Kleider mit der jungen Dame dort zu tauschen?

Das Tor war offen. Rachel setzte sich in den BMW und überlegte, ob sie das Verdeck aufmachen sollte, entschied aber zu warten, bis sie außer Sichtweite der Obdachlosen war. Beim Hinausfahren sah sie im Rückspiegel, dass die junge Frau ihren Platz verlassen hatte. Nur der Schlafsack und ein Rucksack, der Rachel vorher nicht aufgefallen war, lagen noch vor der Gartenmauer. Als sie mit dem BMW auf der Straße stand, klopfte es an die Seitenscheibe. Rachel hätte gern Gas gegeben, aber sie musste auf Sarah warten. Genervt ließ sie die Scheibe nach unten fahren.

»Hallo«, sagte die junge Frau. Sie roch nach kaltem Schweiß, aber überraschenderweise nicht nach Alkohol. »Sind Sie die Anwältin?«

»Ich bin Anwältin, ja. Kann ich Ihnen helfen?«

Die junge Frau war groß und schlaksig und musste sich bücken, um ins Wagenfenster zu sehen. »Warum fahren Sie nicht offen? Ist doch Sonne.«

»Danke für den Hinweis. Später vielleicht.« Rachel sah sehnsüchtig zur Haustür. Aber Sarah ließ sich nicht blicken, was vollkommen normal war. Beim Rausgehen fielen ihr für gewöhnlich tausend Dinge ein, die sie noch aus ihrem Zimmer holen oder woanders im Haus erledigen musste. Rachel wandte den Blick der jungen Frau zu und lächelte sie an, nicht unfreundlich, aber sichtbar gezwungen.

»Ich brauch 'ne Anwältin. Ziemlich dringend sogar.«

»Der Staat bezahlt Ihnen einen Anwalt, wenn Sie sich keinen leisten können, wovon ich – ohne Ihnen zu nahetreten zu wollen – einfach mal ausgehe.«

»Klar.« Die junge Frau nickte, warf ihre Zigarette auf den Gehsteig und trat sie aus. »Aber sind die auch gut? Ich glaub, die fahren keine solchen Autos. Wollen Sie nicht doch das Verdeck …?«

»Im Augenblick nicht.« Das Verdeck war die letzte Barriere zwischen Rachel und der schlecht riechenden Frau. »Schauen Sie – diesen Wagen kann ich mir nicht leisten, weil ich Leute vertrete, die mit zehn Gramm Gras erwischt worden sind. Das sind große Fälle, und dafür bekomme ich Honorare, die vermutlich jenseits Ihrer Vorstellungskraft liegen. Dass wir uns nicht falsch verstehen – ich vertrete auch Leute wie Sie. Als Pflichtverteidigerin. Ich bekomme dafür praktisch kein Geld. Aber von diesen Fällen kann ich nur eine begrenzte Anzahl machen. Im Augenblick bin ich leider voll.«

»Es geht nicht um ein paar Gramm Dope. Es geht um eine … ziemlich krasse Geschichte. Ich könnte mir denken, dass Sie das interessiert.«

»Es tut mir leid. Wie gesagt …«

»Sie können sich's doch wenigstens anhören.«

»Schauen Sie: Wenn Sie schwere Straftaten begangen haben, dann sollten Sie das ausschließlich mit Ihrem Anwalt bereden. Und der bin ich nicht, wie ich Ihnen gerade zu erklären versuche.« Sarah kam aus dem Haus geschlichen. »Komm, Schatz, wir sind spät dran. Du kannst auf der Fahrt schlafen.« Während Sarah sich in Zeitlupe anschnallte, entnahm Rachel dem Fach in der Mittelablage einen Zwanzig-Euro-Schein und drückte ihn der jungen Frau in die Hand. »Sie fahren jetzt am besten in die Innenstadt zum Justizpalast und fragen, wie Sie einen Pflichtverteidiger bekommen. Für den Rest gehen Sie frühstücken und kaufen ein Leckerli für den Kleinen da. Schönen Tag noch.« Sie gab Gas. An der nächsten Ecke öffnete sie das Verdeck.

»Wer war das denn?« Sarah schob blinzelnd eine Sonnenbrille auf ihre Sommersprossennase.

»Ein Junkie, der einen Anwalt braucht.« Auch Rachel tauschte ihre Brille gegen Sonnengläser und ließ sich den Sommerwind durchs Haar wehen.

2

Nachdem sie Sarah zur Schule gebracht hatte, begab sich Rachel in die Erzgießereistraße. Dort, zwei Steinwürfe vom Strafjustizzentrum in der Nymphenburger Straße, lag die »Bar Juve«, ein Café, in dem sich morgens zwischen acht und neun etliche Münchner Staatsanwälte und Verteidiger einfanden, um Kaffee zu trinken und Justizgossip auszutauschen. Gelegentlich mischten sich Richter unter die Gäste, um herauszufinden, ob Anklage und Verteidigung in diesem oder jenem Fall zu einem Deal bereit waren.

Emilio Scronti, der Besitzer der Bar, war fanatischer Anhänger des FC Bayern München, solange der nicht gegen Juventus Turin spielte. Auf die paragraphenfeste Klientel der Bar Juve war Scronti außerordentlich stolz und nahm es sogar hin, dass man sein Lokal im Volksmund »Bar Jura« nannte. Nicht tolerabel war es, Juve als »Dschuwe« auszusprechen. Jeder, dem das in Scrontis Hörweite passierte, wurde darüber belehrt, dass Juve wie Jura auszusprechen sei. Ein Anwalt, dem dieser Lapsus einmal im Zusammenhang mit Juventus Turin unterlaufen war, stand kurz vor dem Lokalverbot.

Die Aluminiumtische am Fenster waren für minder wichtige Strafverteidiger und Staatsanwälte. Näherte sich ein Gast dieser Gattung dem schwarz-marmornen Stehtisch, der im trüben Halblicht unmittelbar neben dem Tresen stand, erscholl ein »Scusi Signore!«, und Scronti wies den ahnungslosen Irrläufer höflich, aber mit erkennbarem Unverständnis darauf hin, dass er sich reserviertem Gebiet näherte und bitte mit einem Platz am Fenster vorliebnehmen möge.

Auf den erwähnten schwarz-marmornen Tisch hielt Rachel Eisenberg zu, die soeben durch die Tür gekommen war. Sie hatte eine lederne Aktentasche im Vintage-Look in der Hand. Vor ein paar Jahren noch hätte sie einen klobigen Anwaltskoffer mit sich geführt. Die Erfindung von Scanner und iPad hatten die Koffer obsolet gemacht.

»Signora Dottoressa sind zu früh«, sagte Scronti mit jenem Anflug von Vorwurf im Ton, mit dem er nahezu jeden Satz würzte. »Die anderen Herren kommen erst. Come al solito?«

»Ja bitte.« Rachel nahm einen Zeitungsstock mit der *Süddeutschen* von einem der Wandhaken, die hinter dem Marmortisch angebracht waren. Nicht dass die Zeitungen für die Belegschaft des Marmortisches reserviert waren. Das wäre doch etwas zu viel der Diskriminierung gewesen. Allerdings mussten sich die Aluminiumtischgäste an den Marmorleuten vorbeidrängen, um zu den Presseerzeugnissen zu gelangen. Diese psychologische Barriere genügte gewöhnlich, um auf das Vergnügen kostenloser Zeitungslektüre zu verzichten.

»Was gibt's Neues?«, fragte Rachel und blätterte im Lokalteil herum. Die wichtigsten Nachrichten kannte sie schon aus dem Internet.

Scronti hatte sich an die Kaffeemaschine begeben. »Man hat gestern jemanden verhaftet. Die Herren waren sehr aufgeregt.« Scronti meinte die Polizeibeamten der Nachtschicht, die zwischen sieben und acht die Bar frequentierten und deren Cappuccino auch mal aufs Haus ging, wenn sie interessante Neuigkeiten hatten.

»Um welchen Fall geht's?«

»Flaucher letzten Monat.« Scronti sagte noch mehr, aber das ging im Gezischel des Milchschäumers unter. Flaucher reichte Rachel. Eine Frau war nachts ermordet worden. Keine Vergewaltigung. Aber die Ermittlungsbehörden gingen von einem sexuellen Motiv aus. Rachels Quellen aus der Justiz hatten die Einzelheiten des Tathergangs leider für sich behalten. Man wollte keine Trittbrettfahrer animieren. Auch hatten die Profiler davon abgeraten, dem Täter ein öffentliches Forum zu verschaffen.

»Guten Morgen, Frau Eisenberg«, sagte Dr. Henrik Schwind, als er am Marmortisch Platz nahm. Auf Scrontis rhetorische Frage, ob sich Schwinds Wünsche im Rahmen des Üblichen bewegten, nickte der Oberstaatsanwalt und angelte sich ebenfalls eine Zeitung am Stock.

»Guten Morgen, Herr Schwind«, sagte Rachel, ohne den Kopf aus der *Süddeutschen* zu nehmen. Zwei Dinge gab es am Marmortisch zu beachten: Erstens ließ man den Doktortitel kollegialiter beiseite, wenn sich zwei Promovierte ansprachen. Nichtpromovierte hingegen hatten den Titel zu benutzen, wenn sie nicht als unhöflich, ungebildet oder beides gelten wollten. Zum anderen war es langjähriger Brauch, sich nicht beim Zeitunglesen unterbrechen zu lassen. Zu dieser frühen Stunde billigte man sich eine Schonfrist zu, um in den Tag zu kommen. Es war aber statthaft, beim Lesen zu reden.

»Gratuliere«, sagte Rachel beim Umblättern.

»Wozu?« Schwind war ins Feuilleton vertieft.

»Die Flauchergeschichte.«

»Die tun so, als würde München ...«, Schwind deutete auf die Zeitung, »... in die Steinzeit zurückfallen, wenn sie keinen zweiten Konzertsaal bauen. Dabei ist der in der Philharmonie hervorragend. Sehr differenzierter Klang sogar. Aber so was muss man sich als Dirigent natürlich erarbeiten.« Schwind schüttelte den Kopf und ging zum Wirtschaftsteil über. »Ja, Flaucher. Wir haben ihn.«

»Wen?«

»Den mutmaßlichen Täter. Interesse?«

Scronti brachte zwei Cappuccini sowie ein Croissant für Schwind und drei Cantuccini für Rachel auf einem Extrateller. Rachel tunkte einen der Kekse in ihren Kaffee.

»Machen Sie es selber?«

»Ja.« Das war ungewöhnlich. Als Oberstaatsanwalt hatte Schwind eigentlich keine Zeit für das Alltagsgeschäft als Anklagevertreter. Seine administrativen Aufgaben lasteten ihn aus. Im Gegensatz zu seinen Kollegen gönnte Schwind sich aber ein oder zwei Mal im Jahr einen Mordfall, wenn er ihm interessant genug schien. Den Großteil der Arbeit würde allerdings einer seiner nachgeordneten Staatsanwälte erledigen.

»Es gibt noch keinen Verteidiger?«

»Ich glaube nicht.« Schwind biss die Spitze des Croissants ab. »Der Mann ist obdachlos.«

»Ist die Sache interessant?«

»Was meinen Sie mit interessant?«

Rachel hängte ihre *Süddeutsche* an den Haken zurück. »Medial. Unterhaltungswert, wenn Sie so wollen.«

»Na ja – wenn Sie Pech haben, kommen Sie in die Endphase des NSU-Prozesses. Da interessiert sich kein Mensch für unseren kleinen Mord. Wär viel Aufwand, für fast kein Geld.«

»Obdachloser ... klingt doch schon mal ungewöhnlich. Obdachloser begeht Sexualmord … Was genau hat er gemacht?«

»Das kann ich Ihnen nicht sagen. Sie wissen, wie's läuft.«

»Aber Sie könnten mir sagen, ob es … na, sagen wir, spektakulär war. Sie wissen, was ich meine. Die ganzen Umstände.«

Schwind lächelte sie croissantkauend an und rührte in seinem Cappuccino. »Meinetwegen.« Er kniff kurz die Augen zusammen, als erwäge er die einzelnen Aspekte im Schnelldurchlauf. Dann sagte er: »Ja, die Sache könnte durchaus interessant sein.«

»Sonst würden Sie es kaum selbst machen. Wie stehen die Chancen, dass er verurteilt wird?«

»Einen Freispruch werden Sie nicht kriegen. Die Beweislage ist klar wie ein Gletscherbach.«

»Mit anderen Worten, die Anklage steht auf tönernen Füßen.«

»Lesen Sie einfach die Akte. Aber ich würde mich beeilen. Bevor …«, Schwind sah zum Eingang. Etwas hatte seine Aufmerksamkeit erregt. »… Ihnen ein Kollege die Sache wegschnappt.«

Durch das Fenster sah man Dr. Matthias Geruda die Bar ansteuern, ebenso wie Rachel Strafverteidiger, ebenso wie sie in der ersten Liga. »So«, sagte Schwind. »Ich hab's Ihnen gesagt. Machen Sie mit der Information, was Sie wollen.« Geruda kam jetzt durch die Tür. Halbglatze, Hornbrille, Marathonläuferfigur unter dem eng geschnittenen Armani-Anzug. Er hob den Kopf zum Gruß und lächelte, als er Rachel und Schwind erblickte. Die lächelten zurück. »Und wie ich schon sagte: Ich würde es mir schnell überlegen«, raunte Schwind, während sich Geruda den Weg zum Marmortisch bahnte.

»Guten Morgen zusammen«, sagte der mit der Frische des ausgeruhten Machers. »Was gibt's Neues?«

»Nichts«, sagte Rachel. »Ich muss Sie leider schon wieder verlassen und wünsche gute Unterhaltung.« Sie winkte kurz Scronti zu, der ihr am Monatsende immer eine Gesamtrechnung schickte. »Gletscherbäche sind übrigens ziemlich trüb«, gab sie Schwind noch mit, als sie sich auf den Weg machte.

3

Morgendliche Betriebsamkeit in der Kanzlei Eisenberg & Partner. Hinter dem Empfangstresen telefonierte eine junge Frau namens Laura Stock und strahlte dabei Freundlichkeit und Herzenswärme aus. Irgendwo in einem der offenen Räume, die an den Eingangsbereich grenzten, klingelte ein Telefon, im Kopierraum zog ein Scanner die Blätter einer Verfahrensakte summend ein und spuckte sie wieder aus. Stimmen und das Geräusch eines Kaffeeautomaten drangen aus der Teeküche.

Laura Stock lächelte unentwegt beim Telefonieren: »Aber natürlich, ich sag allen Bescheid, dass du später kommst … Nein, ich glaube, du hast heute Vormittag keine Termine. Du, ich frag mal …« Laura drückte das Telefon an ihren Busen und blickte mit langem Hals schräg über den Empfangstresen. »Gitti!!«

Eine Frau mit randloser Brille und weißer Bluse steckte den Kopf aus der Teeküchentür. »Was denn?«

»Die Bluse ist ja echt super.« Laura strahlte. »Sascha ist am Telefon. Er kommt heute später.«

»War's das?«

»Er will wissen, ob er heute Termine hat.«

»Steht in deinem Computer unter Termine. Und da wiederum unter Sascha.«

»Super! Danke!«

»Diese pfiffige Neuerung wurde übrigens vor drei Jahren eingeführt.«

Der letzte Satz erreichte Laura nicht mehr, sie war in ihren Bildschirm vertieft.

Rachel betrat die Kanzlei, als Laura in den Hörer sagte, Sascha habe erst nachmittags einen Termin. Sie beeilte sich jetzt, das Telefonat zu beenden. »Morgen, Laura.« In der Kanzlei duzten sich ausnahmslos alle. Das hatte nichts mit alternativer Basisdemokratie zu tun, sondern war amerikanischen Anwaltsserien entlehnt. Rachel trat an den Tresen und deutete auf das Telefon. »Lass mich raten – Sascha kommt später.«

»Ja.« Laura strahlte Rachel an. »Er hat aber keine Termine.«

»Wie schön.« Aus der Teeküche kamen vielfache Morgengrüße. Rachel grüßte mit einer sparsamen Handbewegung zurück und wandte sich wieder Laura zu. »Cappuccino, ein Stück Zucker, ein Schuss Karamellsirup.« Laura fingerte hektisch nach einem Zettel, um sich die Bestellung aufzuschreiben. »Lass es. Bring einfach alles, was du in der Küche findest.« Rachel verdrehte die Augen und machte sich auf den Weg in ihr Büro. Sascha hatte sie überredet, Laura einzustellen, ein Moment der Schwäche, den Rachel inzwischen hundertfach bereut hatte. Unter den Mitarbeitern der Kanzlei liefen schon länger Wetten, wann Rachel sie feuern würde.

»Soll ich für die Dame auch was bringen?«, rief Lauras piepsige Stimme Rachel hinterher. Rachel stoppte, drehte auf dem Absatz um und sah Laura irritiert an.

»Ich hab sie schon mal in dein Büro gebeten.«

»Wen?«

»Die Frau, mit der du einen Termin hast.«

»Steht in meinem Kalender ein Termin?«

»Ich seh mal nach.« Laura drehte ihren Bürosessel zum Computer.

»Das war eine rhetorische Frage! Ich weiß, dass ich keinen Termin habe. Warum sitzt eine Frau da drin?« Sie deutete auf die geschlossene Zimmertür.

»Ach – du hast gar keinen Termin? Sie hat aber gesagt ...«

Rachel wartete das Ende des Satzes nicht ab und riss die Tür zu ihrem Büro auf.

Rachels Büro bestand in der Hauptsache aus einem gewaltigen Schreibtisch, dessen Tischplatte einen gehörigen Abstand zwischen Rachel und ihrem Gegenüber herstellte. Der Schreibtisch war von einem italienischen Designer entworfen worden, Lack, Ferrari-Rot. Der Rest des Raumes war kühles Weiß und Grau, was das rote Monster umso gewaltiger zur Geltung brachte. Auf dem Schreibtisch verloren sich ein Laptop, eine Designerlampe, ein Füllfederhalter und ein Telefon, sonst nichts, nur leere Fläche in spiegelndem Rot. Die junge Frau saß etwas verdruckst mit hochgezogenen Schultern auf einem Besucherstuhl. Auch der Hund zu ihren Füßen schien sich nicht wohl zu fühlen.

»Ziemlich dreist«, sagte Rachel. »Hat man Ihnen keinen Pflichtverteidiger zugestanden?«

»Ich war nicht im Justizpalast.«

»Dann krieg ich zwanzig Euro.«

Die junge Frau kramte einen Geldschein und mehrere Münzen aus der Hosentasche. »Ich hab zwei Muffins gekauft. Für ihn und mich.« Der Hund sah zu ihr auf und entließ ein pfeifendes Knurren. »Und ... was zu trinken.« Die junge Frau betrachtete etwas wehmütig das Geld in ihrer Hand und bewegte die Hand in Richtung Schreibtisch.

»Wagen Sie es nicht, das Geld auf den Schreibtisch zu legen.«

Die junge Frau hielt Rachel das Geld ratlos hin. »Wollen Sie das Geld jetzt wiederhaben oder nicht?«

»Nicht, nachdem es in Ihrer Hose war.«

»Super. Danke.« Das Geld wanderte in die Hose zurück.

»Kaffee?«

Die junge Frau sah Rachel konsterniert an. »Echt jetzt?«

»Mandanten kriegen Kaffee. Das wird mich nicht davon abhalten, Sie gleich rauszuschmeißen. Aber wir achten hier auf Höflichkeit.« Rachel orderte per Telefon einen zusätzlichen Cappuccino und wandte sich wieder der jungen Frau zu. »Wie heißen Sie?«

»Nicole Böhm.«

Rachel machte sich eine Notiz im Laptop und überlegte, ob Frau Böhm ihr irgendetwas Interessantes mitzuteilen hatte. Die Beharrlichkeit des Mädchens gefiel Rachel. Mit Leuten, die aus solchem Holz geschnitzt waren, konnte sie meist etwas anfangen. Allerdings würde das nicht reichen, um ein schlechtbezahltes Mandat zu akzeptieren. »Wie alt sind Sie?«

Nicole Böhm zögerte. »Warum ist das wichtig?«

»Ich muss wissen, ob Sie volljährig sind.«

»Ich bin neunzehn.«

»Lügen tun Sie wie eine Achtjährige …«

»Siebzehn. Ist doch egal.«

»Keineswegs. In dem Fall müssten Ihre Erziehungsberechtigten zustimmen, wenn ich Sie vertreten soll.«

»Sie sollen mich nicht vertreten.«

»Sondern?«

Es klopfte, und Laura kam mit dem Kaffee herein. Nicole Böhm schüttete drei Tütchen Zucker in ihren Cappuccino, rührte um und reichte den Löffel nach unten, wo der Hund sich mit dem am Löffel verbliebenen Milchschaum beschäftigte.

»Wie heißt er denn?«, fragte Rachel, um sich von ihrem Ekel abzulenken.

»Rover.«

»Wie passend.« Es sah nicht so aus, als würde Rover den Löffel je wieder hergeben. »Ich soll Sie also nicht vertreten?«

Nicole schüttelte den Kopf.

»Was soll ich dann tun?«

»Ein Freund von mir ist verhaftet worden.«

»Wann war das?«

»Gestern Nacht.«

Eine Ahnung kam in Rachel auf. »Was wird ihm vorgeworfen?«

»Er soll eine Frau umgebracht haben. Er war's aber nicht. Die wollen ihm das anhängen.«

Rachel legte bedächtig ihren Löffel auf die Untertasse und musterte die junge Frau auf der anderen Seite des lackroten Tisches. Sie war sehr dünn, hatte einige Metallstecker in Lippe, Nase und Backe, Handschuhe mit abgeschnittenen Fingerspitzen und eine punkige Frisur, sofern man es Frisur nennen konnte. Die Fingernägel sahen grauenhaft aus, und die Haut an Wangen und Stirn war unrein, was die ansonsten hübschen Gesichtszüge beeinträchtigte. »Die Geschichte am Flaucher?«

»Ja. Woher wissen Sie das?«

»Das ist mein Job.«

»Sehen Sie! Das hab ich gemeint. Sie sind so was von professionell!« Nicole freute sich offenkundig, dass sie an der richtigen Adresse war. »Verteidigen Sie ihn?«

»Lassen Sie mich einen Augenblick überlegen. In

der Zwischenzeit könnten Sie Rover den Löffel wegnehmen und draußen in den Mülleimer werfen.«

»Den kann man abspülen.«

»Ich sagte Mülleimer.« Sie deutete mit einem Finger dezent in Richtung Empfangslobby. Während Nicole Böhm und Rover nach draußen gingen, um den von Rover eingespeichelten Löffel zu entsorgen, dachte Rachel nach. Als sie das Café Juve verlassen hatte, waren ihr Zweifel gekommen, ob es lohnte, sich um das Mandat zu bemühen. Vor allem, wenn es ohnehin nur noch um das Strafmaß ging. Andererseits – ein Obdachloser hatte eine Frau ermordet? Das passierte relativ selten. Was steckte dahinter? Geld war mit dem Mandat natürlich nicht zu verdienen – der Staat bezahlte das Honorar nach Gebührenordnung. Also praktisch nichts. Aber man würde vielleicht Presse bekommen.

Nicole und der Hund kamen ins Büro zurück. In Rovers Miene die tiefe Enttäuschung eines Kindes, dem man sein Spielzeug weggenommen hatte. Das Mädchen nahm wieder Platz, Rover legte sich unzufrieden grunzend unter ihren Stuhl.

»Und?«

»Ich denke noch nach.«

Nicole schlug die Beine übereinander, zog die Schultern hoch und wartete.

Rachel ließ den Füller zwischen den Fingern kreisen.

»Wie heißt Ihr Bekannter?«, sagte sie schließlich.

»Heiko.« Nicole richtete sich auf, Hoffnung im Blick. »Seinen Nachnamen weiß ich nicht. Der Polizist hat, glaube ich, Gerlach gesagt. Als sie ihn verhaftet haben.«

»Ist er in Ihrem Alter?«

»Nein. Älter. Vierzig? Fünfzig? Ziemlich alt jedenfalls.«

Rachel nickte erstaunt. »Woher kennen Sie sich?«

»Von der Straße. Heiko ist auch obdachlos.«

Heiko ... Rachels erste große Liebe hieß so. Heiko Opitz, damals jugendlicher Physikprofessor, wirre Locken, groß gewachsen. Was er wohl machte? Rachel hatte ihn aus den Augen verloren. Sie beschloss, ihn bei Facebook zu suchen. »Wann und wo ist Herr Gerlach verhaftet worden?«

»Gestern Nachmittag, hier in München.«

»Was genau wirft man ihm vor?«

»Sie sagen, er hat eine Frau umgebracht. Aber das wissen Sie ja anscheinend.«

»Woher wissen *Sie* es? Hat die Polizei mit Ihnen geredet?«

»Nein. Ich bin abgehauen. Die fragen doch sofort, wie alt ich bin. Heiko hat mich aus dem Gefängnis angerufen.«

»Das heißt, Sie haben ein Telefon?«

Nicole griff in die Hosentasche und legte ein schlichtes Handy älterer Bauart auf den rotlackierten Schreibtisch. »Es gehört Heiko. Er hat es mir mal gegeben. Für alle Fälle.«

»Wieso? Hat er mit seiner Verhaftung gerechnet?«

Nicole zuckte mit den Schultern.

Rachel sah aus dem Fenster auf das Laub der Alleebäume in der Vormittagssonne. Es würde ein warmer Frühlingstag werden.

»Heiko kann es nicht gewesen sein. An dem Abend, als das passiert ist ...«

Rachel würgte Nicole mit einer Handbewegung ab. »Im Augenblick reicht mir das.«

»Interessiert Sie nicht, was ich zu sagen habe?«

»Erst, wenn ich die Ermittlungsakte gelesen habe.«

»Das heißt, Sie machen es?«

Rachel rang mit sich. Es würde ein undankbarer Fall werden, bei dem die Staatsanwaltschaft alle Trümpfe in der Hand hielt – wenn sie die Zeichen richtig deutete. Aber das Unvernünftige hatte ja seinen eigenen Reiz. »Machen Sie sich nicht zu große Hoffnungen«, sagte Rachel und wandte sich ihrem Computer zu.

»Die haben nichts gegen ihn in der Hand. Für die ist er ein Mörder, weil er auf der Straße lebt.«

»Die Polizei ist nur halb so dumm, wie man landläufig glaubt. Die haben was in der Hand.«

Schwind saß im Maximilianeum bei einer Anhörung des Innenausschusses und war froh, als ihm Rachels Anruf Gelegenheit bot, die Sitzung für ein paar Minuten zu verlassen (»Der Flauchermord. Tut mir leid, aber da geht's gerade rund.« Nicken des Vorsitzenden, verständnisvoll). Rachel wollte nicht völlig unvorbereitet in die JVA Stadelheim fahren, und Frau Wittmann, die zuständige Staatsanwältin, würde ihr erst dann Informationen geben, wenn Gerlach eine Vollmacht unterschrieben hatte. Blieb nur der kurze Dienstweg über Frau Wittmanns Vorgesetzten. Schwind freute sich zu hören, dass man »zusammen an der Sache arbeiten werde«, wie er das etwas euphemistisch ausdrückte, und verriet Rachel unter der Hand, dass als Beweismittel Videoaufnahmen, Zeugenaussagen und eine DNA-Spur zur Verfügung standen. Seiner Einschätzung nach war bestenfalls ein Urteil wegen Totschlags drin. So bizarr, wie der Täter die Leiche zugerichtet habe, sei aber auch das eine eher theoretische Möglichkeit. Andererseits – eine echte Herausforderung für die beste Verteidigerin der Stadt. Rachel nahm das Kompliment dankend entgegen, bemerkte aber auch eine Spur von Herablassung darin. Schwind schien sich seiner Sache absolut sicher. Was der Mörder denn mit der Leiche gemacht habe, wollte Rachel wissen. Der Oberstaatsanwalt erbot sich, ein Foto zu schicken, wenn Rachel versprach, es vertraulich zu behandeln.

4

Heiko Gerlachs Brauen waren schwarz und dicht mit einzelnen grauen Haaren, die braunen Augen lagen wach, aber ruhig in tiefen Höhlen. Graumelierte Haare wucherten ungestüm über einer eckigen Stirn und bedeckten an manchen Stellen den Hemdkragen.

Ein Meter fünfundneunzig. Er musste sich bücken, als ihn ein Wachebeamter hereinführte. Jede von Gerlachs Händen war so groß, dass er sein Gesicht damit hätte bedecken können, die Nägel sauber. Der Gefangene stakste zum Tisch, neben den Rachel ihr Köfferchen gestellt hatte. Unter dem Anstaltshemd, das er offenbar in Ermangelung eigener sauberer Kleidung bekommen hatte, zeichnete sich ein knochiger Oberkörper ab, breite, leicht hochgezogene Schultern, kaum Fett.

Rachel wich die Farbe aus dem Gesicht, als er durch die Tür trat. In ihrer Erinnerung waren die Haare kürzer und dunkler. Ein, zwei Sekunden schwankte sie, hielt es für einen Spuk, den ihr Gehirn sich ausgedacht hatte, eine zufällige Ähnlichkeit, frappierend, ja. Aber es war unmöglich. Ihr Mandant war ein Obdachloser namens Heiko Gerlach. Nicht Professor Heiko Opitz.

Er zog den Stuhl zurecht, deutete ein Lächeln an und setzte sich. Bedächtig legte er die Unterarme auf die Tischplatte und faltete die Hände. »Rachel«, sagte Gerlach. »Schön, dass du kommst.«

Sie kannte den Blick. Zwei Jahre hatte sie mit dem Mann, der vor ihr saß, Tisch und Bett geteilt.

»Ich bin anscheinend überraschter als du«, sagte Rachel, nachdem sie sich wieder gefangen hatte. »Gerlach?«

»Der Name meiner Frau. Wir sind schon länger getrennt. Der Name ist das Einzige, was mir von ihr geblieben ist.«

Sie sahen sich eine Weile an, als müssten sie sich neu justieren, die Veränderungen des anderen seit der letzten Begegnung verarbeiten.

»Siehst blendend aus.« Gerlach strahlte sie an. »Hat dir gutgetan, mich nicht zu heiraten.«

»Ja, hab's nie bereut.«

Gerlach quittierte die Bemerkung mit einem kurzen Lachen, nicht bitter. Ein Lachen wie über eine Dummheit, die so lange her ist, dass man sie von der heiteren Seite sehen kann.

Gerlachs Lachen verebbte und wich einem müden Blick, in sich gekehrt und leer. Der Blick war Rachel fremd und vertraut zugleich. Heiko Gerlach war auf eine gewisse Art noch der Mensch, den sie kannte, aber in den letzten sechzehn Jahren hatte sich etwas verändert.

»Sie sagten, du lebst auf der Straße?«

»Ja.« Gerlach drehte den Kopf ein wenig zur Seite, als wollte er ihrem Blick entgehen. »Seltsam, nicht?«

»Was um alles in der Welt ist passiert? Es kann doch nicht sein, … dass du unter Brücken lebst.«

»Doch. Leider. Die letzten Jahren ist es ziemlich den Bach runtergegangen.« Gerlach versuchte, ein heiteres Gesicht zu machen. Aber die Wehmut behielt die Oberhand.

»Was war der Auslöser?«

Gerlach kratzte sich am Kinn und biss sich auf die Unterlippe, bevor er seinen Bericht begann. »Vor drei

Jahren hat mich Helen, meine Frau, verlassen. Ist mir, wie du weißt, nicht das erste Mal passiert.«

»Wir wären nicht glücklich geworden.«

»Stimmt. So was in der Art hat Helen auch gesagt. Irgendwie gibt es wohl ein grundsätzliches Problem, mit mir glücklich zu werden. Nun gut. Ich bin's also gewohnt, dass meine Frauen gehen – sollte man meinen. Aber irgendwie wird's beim fünften Mal auch nicht besser. Um ehrlich zu sein, hat mich die Trennung von Helen getroffen wie ein Faustschlag ins Gesicht. Ich war nicht mehr in der Lage zu arbeiten. Ich … ich konnte mich nicht mehr konzentrieren, verstehst du? Meine Gedanken waren bei ihr und der schönen Zeit, die wir hatten, und warum auf einmal alles vorbei war. Ich arbeitete damals an einem großen Werk über Schleifenquantengravitation. Und an einigen Artikeln, die nie fertig geworden sind. Irgendwann fiel auf, dass ich nicht mehr in die Uni kam. Ich ging auch nicht ans Telefon. Schließlich haben sie jemanden geschickt. Und als ich nicht aufmachte, haben sie den Hausmeister geholt. Ich lag betrunken zwischen Papieren und Pizzakartons auf dem Wohnzimmerteppich. Das war dann das Ende meiner akademischen Karriere. Eine Zeitlang hat das Geld noch gereicht. Aber ich hatte nie viel gespart. Vor drei Jahren kam die Zwangsräumung. Seitdem bin ich ein freier Mann. Oder war es. Bis gestern.«

»Das tut mir sehr leid.« Rachel betrachtete ihn. Helen war offenbar nur die letzte Enttäuschung in Gerlachs Leben. Auch sie, Rachel, hatte also Anteil an seinem Niedergang. Jedenfalls würde Heiko Gerlach das wohl so sehen.

»Wie geht's dir?«, riss Gerlach sie aus ihren Gedanken.

»Gut. Sehr gut.«

»Immer noch verheiratet? Wie heißt er noch gleich?«

»Sascha. Wie sind getrennt.«

»Du hast es wieder getan.« Gerlach nickte, wie um zu bestätigen, dass sich eine langgehegte Ahnung erfüllt hatte.

»Nein, hab ich nicht. *Er* hat sich getrennt.« Rachel entnahm ihrer Aktentasche ein MacBook Air und klappte es auf. »Lass uns über *deine* Probleme reden. Was dagegen, wenn ich mir Notizen mache?« Gerlach schüttelte den Kopf. Rachel klickte auf die Mouse und drückte ein paar Tasten. »Man hat dich …«, Rachel zögerte, »… wegen Mordes verhaftet. Was kannst du mir dazu sagen?«

5

Gerlach schüttelte den Kopf und breitete seine großen Hände auseinander. »Ich hab offen gesagt keine Ahnung, wie sie darauf kommen, dass ich Frauen umbringe. Aber auf dem Haftbefehl stand mein Name. Und ich würde verdammt gerne wieder weg hier.« Sein Mund lächelte, aber seine Augen blieben traurig.

Rachel stellte sich zwangsläufig bei jedem ihrer Mandanten die Frage, ob sie einem Mörder gegenübersaß oder jemandem, der nur zufällig in die Fänge der Justiz geraten war. Dass ihr Mandant unschuldig war, kam nicht oft vor. Natürlich – auch die Ermittlungsbehörden irrten. Aber selten. Nach vielen Jahren als Strafanwältin war Rachel also durchaus daran gewöhnt, dass der Mandant, mit dem sie im Besuchsraum alleine war, einen oder mehrere Menschen getötet hatte. Nur hatte sie bis jetzt noch keinen ihrer Mandanten vorher gekannt. War Heiko Gerlach, der Mann, den sie vor achtzehn Jahren geliebt und geküsst hatte, nachts wie ein Tier über eine Frau hergefallen? Hatte er sie umgebracht und anschließend die Leiche verstümmelt? War das denkbar? Eigentlich nein. Ein Restzweifel blieb. Rachel schob diese Gedanken beiseite und ging zur Anwaltsroutine über.

»Ich werde tun, was möglich ist«, sagte sie und notierte etwas im Computer. »Warum wolltest du mich als Verteidigerin?«

Gerlach zuckte mit den Schultern. »Es war eigentlich Nicoles Idee. Sie hat mal was über dich in der

Zeitung gelesen. Jemand hatte seine komplette Familie erstochen.«

»Ja. Ist schon eine Weile her.«

»Gut möglich. Wir beziehen die Zeitungen, mit denen wir uns zudecken, antiquarisch. Jedenfalls ist sie sehr angetan von dir. Wie findest du sie?«

»Angenehm zielstrebig. Was macht sie auf der Straße?«

»Sie ist vor einiger Zeit von zu Hause weggelaufen, und wir sind uns zufällig begegnet. Ich pass ein bisschen auf sie auf.«

»Sie wird doch bestimmt gesucht.«

Gerlach zuckte die Schultern. »Ihre Mutter hat eine engere Beziehung zu Crack als zu ihrer Tochter. Ich glaube nicht, dass sie eine Vermisstenanzeige aufgegeben hat.«

»Wann und wo hat man dich verhaftet?«

»Gestern Abend gegen siebzehn Uhr. Wir waren erst zwei Stunden vorher in München eingetroffen.«

»*Ihr:* Das heißt, das Mädchen und du?«

Gerlach nickte.

»Wo wart ihr vorher?«

»In Passau. Viele barmherzige Katholiken und Studenten. Ich bin sogar einem ehemaligen Kollegen über den Weg gelaufen. Hat dort seit fünf Monaten einen Lehrstuhl für Informatik. Sehr peinlich. Also für ihn. Ich sitze am Domplatz auf dem Boden, er geht an mir vorbei, starrt mich an, erkennt mich, zögert kurz – und geht weiter. Nach fünf Minuten kommt er wieder – wahrscheinlich hat er sich in der Zeit was überlegt – und fragt, ob er mir helfen kann und dass ihm mein Schicksal sehr nahegeht. Ich hab gesagt, mir geht's gut und fünfzig Euro wären in Ordnung. Der Mann war dankbar, dass das so unsentimental abgelaufen ist. Für das Geld haben wir dann Gras gekauft.«

»Wo bist du verhaftet worden?«

»Zwischen Reichenbach- und Wittelsbacherbrücke.«

»Ist nicht weit vom Flaucher?«

»Korrekt.«

»Haben sie dich über deine Rechte belehrt? Haben sie Gewalt angewendet?«

»Nein, lief alles friedlich. Und der Kommissar hat den ganzen Sermon runtergeleiert. Kann mich nicht beschweren.«

»Was haben sie als Grund für deine Verhaftung genannt?«

»Ich soll vor ein paar Wochen eine Frau getötet haben. Abends in der Nähe des Flauchers.«

»Haben sie etwas dazu gesagt? Zum Tathergang? Zum Opfer?«

»Den Namen des Opfers haben sie genannt. Mendel ...?«

»Mend. Johanna Mend.«

»Ja. Das war der Name.«

»Hat dich jemand zur Sache vernommen?«

»Wollten sie. Ich hab gesagt, ich will einen Anwalt und dass ich vorher nichts sage. Hab so getan, als wüsste ich ganz genau über meine Rechte Bescheid.«

Rachel tippte ein paar Dinge in ihren Rechner. Dann klappte sie ihn zu und sah Gerlach an. Der zog die Augenbrauen hoch.

»Was weißt du selbst über die Sache?«

»Sache? Welche Sache genau?«

»Über den Mord an Johanna Mend.«

Gerlach lachte und schüttelte den Kopf.

»Warum lachst du?«

»Weil deine Frage absurd ist. Was ich über den Mord weiß? Ich bin doch kein bescheuerter Zeuge. Die behaupten, ich hätte die Frau umgebracht.«

»Das weiß ich.«

»Warum fragst du mich dann nicht, ob ich es war? Ist das so ein Anwaltsding oder bist du … gehemmt, weil wir mal zusammen waren?«

»Wenn mein Mandant schuldig ist, sollte ich das nicht so genau wissen – jedenfalls, wenn er einen Freispruch will. Deswegen klammere ich das Thema erst mal aus und versuche herauszubekommen, welchen Weg der Mandant gehen will. Was im jeweiligen Fall sinnvoll ist, kann ich natürlich erst beurteilen, wenn ich die Ermittlungsakten kenne. Dann weiß ich, was die Gegenseite in der Hand hat und ob es möglicherweise vernünftiger ist, ein Geständnis abzulegen.«

»Wow!« Gerlach schüttelte wie benommen den Kopf. »Du bist wirklich eine großartige, knallharte Anwältin geworden. Chapeau.« Er fasste ihre Unterarme mit seinen warmen Händen. »Rachel – Kleines: Ich hab diese Frau nicht umgebracht. Du musst nicht taktieren, und ich kann dir alles sagen, was ich weiß, okay?«

»Tut mir leid. Das sollte nicht heißen, dass ich dir einen Mord zutraue. Diese Abläufe sind einfach seit Jahren in mir drin.«

»Schon in Ordnung.« Er ließ ihre Arme los. »Und wer kennt schon alle Geheimnisse eines Menschen?«

»Wohl wahr.« Rachel hielt einen Augenblick inne, Erinnerungen wurden wach. »Du hast mir damals leider nicht sehr geholfen, deine Geheimnisse zu entdecken.«

»Bist du deswegen gegangen?« Sein Blick war melancholisch geworden. Bedauern lag darin. Bedauern über einen großen, nicht wiedergutzumachenden Fehler. In solchen Momenten der Hilflosigkeit hatte Rachel ihn mit jeder Faser ihres Herzens geliebt.

»Ja, das war der Grund, warum ich gegangen bin. Ich konnte es nicht ertragen, dich nicht zu kennen.« Einen Moment lang hatte Rachel das Bedürfnis, ihre Hand auf seine zu legen, ihn zu spüren. Aber sie ließ es. »Diese Distanz ist schwer zu ertragen, wenn man jemanden liebt. Es ist wie eine Fernbeziehung. Du sprichst miteinander und bist doch ganz weit weg vom anderen.«

Gerlach legte seinen Kopf nach hinten und rollte ihn, um seinen Nacken zu entspannen. Dann sagte er: »Es wird dir jetzt egal sein. Aber ich arbeite an mir.« Er lächelte kurz und wurde wieder ernst. »Was haben sie dir eigentlich erzählt über den Mord?«

»Vor der Akteneinsicht erzählen sie nicht viel. Das meiste wusste ich aus der Zeitung.«

»Was wusstest du nicht?«

Rachel zögerte, überlegte, ob sie es Gerlach zeigen sollte. War das ein Vertrauensbruch gegenüber Schwind? Eigentlich nicht. Gerlach würde es sowieso erfahren. Sie klappte ihren Laptop noch einmal auf, hantierte mit der Mouse, bis ein Foto auf dem Bildschirm erschien. Dann drehte sie den Computer zu Gerlach. Sie beobachtete die einzelnen Phasen seiner Reaktion. Da war der kurze Moment, in dem das Gehirn versucht, das ungewohnte Bild zu etwas Sinnvollem zusammenzusetzen. Dann die Erkenntnis. Schließlich – Erstaunen? Entsetzen? Abscheu? Gerlach rang sichtlich um Fassung, und als er sich wieder im Griff hatte, sagte er: »Wessen Hände sind das?«

Das Bild zeigte das Gesicht einer jungen Frau, die Augen geschlossen, als würde sie schlafen. Zwei Hände rahmten das Gesicht ein, als stünde eine andere Person vor der Frau und fasse ihren Kopf mit den Händen. Die Geste hatte etwas zutiefst Eindringliches. Und Surreales. Denn es stand niemand vor der Frau. Es waren nur die Hände. Zwei abgehackte Hände umfassten das Gesicht der Frau, klebten anscheinend an ihren Schläfen.

»Es sind ihre eigenen Hände. Der Täter hat sie der Frau abgeschnitten und seitenverkehrt an den Schädel genagelt. Dadurch entsteht der Eindruck, als würde jemand das Gesicht in den Händen halten. Die Eisennägel kann man aus dieser Perspektive nicht sehen.«

Gerlach nickte und klappte den Laptop zu. Dann schien er eine Weile nach Worten zu suchen. »Es gibt Dinge auf der Welt, die muss man nicht verstehen.«

»Nein«, sagte Rachel.

»Rachel …« Gerlach nahm noch einmal ihre Hand, und sie hielt still, spürte die Wärme, die von ihm ausging. »Es tut mir leid, dass ich so wenig von mir preisgegeben habe. Ja – ich behalte meine finsteren Geheimnisse gerne für mich. Du hast es letztlich genauso gemacht.«

»Nur dass ich keine finsteren Geheimnisse habe.«

»Tatsächlich?«

Rachel sah ihn fragend an.

»Du hast mir nie von deiner Schwester erzählt. Warum?«

Ein Ruck ging durch Rachel. Wieso wusste Heiko, dass sie eine Schwester hatte? Sie hatte es mit Sicherheit nie erwähnt. Rachel entzog ihm ihre Hand, die er immer noch hielt, und öffnete ihre Aktentasche.

»Warum hat dich Hannahs Todestag jedes Mal so mitgenommen?«

Rachel entnahm ihrer Aktentasche ein Blatt mit einem Vordruck und schob ihn Gerlach über den Tisch. »Du müsstest noch die Vollmacht unterschreiben.«

6

Der Schneefall war heftiger geworden, die Flocken auf der Scheibe hatten kaum Zeit zu schmelzen, bevor der Scheibenwischer sie erfasste. Leonora schaltete die Belüftung höher. Im Rückspiegel sah sie durch die Wasserschlieren hindurch ein Scheinwerferpaar. Es kam Leonora vor, als wäre der Wagen hinter ihr aus dem Nichts aufgetaucht. Vielleicht hatte sie eine Seitenstraße übersehen. Wieder erfasste sie Unruhe. Leonora fragte sich, wie lange es dauern würde, bis diese ständig lauernde Angst verschwand. Der Wagen hinter ihr kam näher, setzte den Blinker und scherte nach links aus. Als er an ihr vorbeifuhr, entspannte sich Leonora. Doch dann fing unvermittelt ein Blaulicht auf dem Fahrzeugdach an zu blinken, und in der Heckscheibe des BMW leuchtete der Schriftzug BITTE FOLGEN auf. Leonoras Hand zitterte. Es musste das kaputte Rücklicht sein. Sie war nur an einer Zivilstreife vorbeigefahren, und den Beamten war es aufgefallen. Mehr nicht. Es würde etwas Geld kosten, und dann konnte sie weiterfahren.

Nach etwa fünfhundert Metern fuhr der Polizeiwagen rechts auf einen Parkplatz, der vollständig von einer Schicht nassen Neuschnees bedeckt war. Sie kam ein paar Meter hinter dem Polizeifahrzeug zum Stehen. Aus dem BMW stiegen zwei Männer in Zivil aus und gingen auf den Kombi zu. Der jüngere von beiden trug Jeans und Lederjacke, der ältere eine helle Hose aus grobem Stoff, einen Norwegerpullover und eine Daunenweste. Der Mann in der Lederjacke leuchtete mit einer Taschenlampe Leonora ins Gesicht und tippte mit den Fingerspitzen gegen die Seitenscheibe. Leonora kurbelte sie herunter.

»Guten Abend. Polizei, Zivilstreife.« Der Mann hielt einen Polizeiausweis hoch. »Sprechen Sie Deutsch?«

»Ja, ein bisschen.« Leonora untertrieb. Sie war in ihrer Heimat Deutschlehrerin.

»Bitte Führerschein und den Fahrzeugschein. Außerdem brauchen wir Ihren Reisepass. Sie sind aus dem Kosovo?«

»Ja«, sagte Leonora, während sie hektisch die Papiere suchte und schließlich nach draußen reichte. »Ich … ich habe ein Visum. Hinten im Pass ist das Visum.«

Patrick warf einen Blick auf den Pass. »Leonora Shkodra?« Leonora nickte. Der jüngere Beamte in der Lederjacke gab die Papiere an den älteren weiter, der damit im Wagen verschwand.

»Sie sind auf Urlaub hier?«

»Ich besuche eine Freundin in München.«

Der Polizist musterte den alten Wagen. »Ihr rechtes Rücklicht ist kaputt.«

»Ich weiß. Es ist auf der Fahrt kaputtgegangen. Ich lass es gleich in München reparieren.«

Der Mann brummte etwas vor sich hin. Leonora hatte den Eindruck, dass er unruhig, sogar nervös war. Er ging um den Wagen herum und leuchtete in den Laderaum. Der war angefüllt mit Gepäckstücken und etlichen Haushaltsgegenständen. »Sie müssen es sofort reparieren lassen. Das kann gefährlich werden bei dem Wetter.«

»Bitte! Ich fahre wirklich gleich in die Werkstatt.«

Der Polizist deutete auf den Laderaum. »Sie nehmen Ihre Kaffeemaschine mit in den Urlaub?«

Leonora ging auf, dass sie vielleicht einen Fehler gemacht hatte. »Sie … sie gehört meiner Freundin. Sie hat mich gebeten, dass ich sie ihr mitbringe. Die Maschine war noch bei ihrer Mutter. Im Kosovo. Aber sie braucht sie in … in München.«

Der Mann sah sie skeptisch an, wurde aber abgelenkt, weil sein Kollege kam und Leonora die Papiere zurückgab. »Was machen Sie im Kosovo?«

»Ich bin Lehrerin. Für Deutsch.«

Der ältere Beamte nickte verstehend. »Ja, Sie können wirklich gut Deutsch.« Er lächelte, doch dann zeigte sein Gesichtsausdruck plötzliche Irritation. »Sind jetzt Ferien im Kosovo?«

»Nein, im Augenblick arbeite ich nicht.«

»Sie hat eine Kaffeemaschine im Wagen«, sagte der Jüngere. Der andere zog die Augenbrauen hoch und wandte sich an Leonora.

»Sind Sie sicher, dass Sie wieder zurückfahren wollen?«

»Ja. Ganz sicher. Es ist nur Urlaub. Die Kaffeemaschine gehört nicht mir. Ich habe es gerade Ihrem Kollegen erklärt …« Leonora versagte die Stimme vor Aufregung.

Die Polizisten sahen sich schweigend an. Anscheinend war das hier ein Fall, mit dem sie öfter zu tun hatten. »Wir würden uns gern mal ansehen, was Sie sonst noch im Wagen haben. Fahren Sie uns bitte hinterher.«

»Aber es … es ist schon spät. Meine Freundin wartet auf mich.« Leonora war den Tränen nahe.

Der jüngere Mann beugte sich zum Wagenfenster und sagte mit einem Lächeln, das Leonora beinahe boshaft vorkam. »Frau Shkodra – das war keine Bitte.«

7

Mai 2015

Als Rachel das Gefängnis verließ, hatte sie einen Anruf von Sascha auf dem Handy. Inzwischen war er in der Kanzlei eingetroffen und wollte mit ihr zu Mittag essen und dabei über Sarah reden. Rachel war etwas verwundert, fragte aber nicht weiter nach, um was es ging. Dann rief sie Frau Wittmann, die sachbearbeitende Staatsanwältin, an. Rachel wollte so schnell wie möglich Akteneinsicht und kündigte einen entsprechenden schriftlichen Antrag einschließlich unterschriebener Vollmacht innerhalb der nächsten Stunde an. Frau Wittmann sagte, Schwind habe sie schon informiert. Sie könne die CD noch heute haben. Es war üblich geworden, Ermittlungsakten einzuscannen und auf CD zu brennen. Die Anwälte konnten sie so auf einem Tabletcomputer in die Verhandlung mitnehmen oder ausdrucken. Mit dem letzten Telefonat beauftragte Rachel ihre Assistentin Gitti Halbert damit, die Aktenbeschaffung zu organisieren und Kopien anfertigen zu lassen. Ein Exemplar für Rachel, eins für Gerlach und zwei weitere für die Kanzleimitarbeiter, denn es würden sich außer Rachel noch andere mit der Sache befassen müssen.

Im Auto umfing sie Ruhe. Nur das Rauschen des Verkehrs und die Klimaanlage waren zu hören. Heiko. Achtzehn Jahre war es her. Er hatte etwas auf eine Tafel geschrieben, verwegene Formeln mit vielen Variablen. Nein, das war nicht die Vorlesung Familienrecht II. Sie hatte sich in der Tür geirrt. Doch statt den Raum wieder zu verlassen, war sie stehen geblieben und hatte dem Mann an der Tafel zugehört, sich schließlich einen freien Platz gesucht. Der Vortrag des riesenhaften Professors mit dem kantigen Gesicht faszinierte sie. Nicht dass sie ihm auch nur im Ansatz hätte folgen können. Und auch in den Gesichtern der Physikstudenten um sie herum sah sie angestrengtes Unverständnis. Doch immerhin so viel begriff sie: Hier wurden die großen Fragen verhandelt. Ist unser Raum unendlich teilbar oder gibt es irgendwo einen kleinsten Würfel, viele Millionen Mal kleiner als das kleinste Quark, ein Stückchen Raum, das man sich nicht mehr kleiner denken konnte, weil es der letzte und kleinste Baustein des Weltraums war? So weit ab von ihrem Leben diese Gedanken waren, so anziehend fand sie es, dass sich jemand damit beschäftigte und ausrechnete, wie groß diese kleinsten Raumatome, wenn es sie denn gab, sein mussten. Am nächsten Tag hatte sie ihn im Juristencafé in der Veterinärstraße getroffen, das auch bei anderen Fakultäten beliebt war. Er sprach sie an, als sie mit einem Tablett in der Hand nach einem Tisch suchte. Was haben Sie in meiner Vorlesung gemacht?

Zwei rote Lichter kamen näher, schnell – schneller, als sie sollten. Rachel trat heftig auf die Bremse. Wenige Zentimeter vor der Stoßstange des Vordermannes brachte das ABS den Wagen zum Stehen. Rachels Herz schlug hart und schnell, der Adrenalinschub verursachte ein leichtes Zittern. Sie beschloss, sich wieder auf den Verkehr zu konzentrieren.

»Was hat dich heute Morgen aufgehalten?« Sie saßen im warmen Frühlingswind auf der Terrasse eines italienischen Lokals. Es trug den Namen Canal Grande, wahrscheinlich weil man auf den in der Barockzeit angelegten Kanal blickte, der das Nymphenburger Schloss mit Neuhausen verband.

»Ich musste Paula nach Starnberg fahren. Sie macht da ihre Strafrechtsstation.«

»Ist ihr Wagen kaputt?«

»Nein.« Sascha schob die Sonnenbrille aus dem schwarzen, schon leicht graumelierten Haar auf die Nase. Seiner knappen Antwort war zu entnehmen, dass er genervt war von Rachels Frage. Wie meistens, wenn es um Paula ging.

»Entschuldige, ich wollte nur Small Talk machen.«

»Wolltest du nicht. Wenn du mich nach Paula fragst, ist immer ein lauernd-aggressiver Ton in deiner Stimme. Was ich ja irgendwo verstehen kann. Aber es macht Gespräche mit dir manchmal schwierig.«

»Ja, Sascha. Merk's dir einfach: Frauen sind schwierig. Weil sie zum Beispiel ganz normal auf Kränkungen reagieren. Aber der Gesprächsverlauf kommt mir bekannt vor. Weshalb wolltest du mich eigentlich sprechen?«

»Danke für die Abkürzung. Ich wollte über Sarah reden.« Der Kellner kam mit den Getränken. Während er die Gläser auf den Tisch stellte, schob Sascha seine Sonnenbrille wieder nach oben. »Paula musste übrigens ihren Führerschein abgeben. Ist ein bisschen zu schnell gefahren. Ich sag das nur, weil dir diese Frage sonst vielleicht den Rest unseres Mittagessens nicht aus dem Kopf geht. Wäre schade, wenn du nicht bei der Sache bist.«

Rachel ignorierte die Bemerkung und bedankte sich beim Kellner. »Was ist mit Sarah? Will sie zu dir ziehen?«

»Solange ich mit Paula zusammen bin, sicher nicht.

Nein, ich wollte nur mal ganz allgemein fragen, ob dir auch Dinge an ihr aufgefallen sind.«

»Was für Dinge?«

»Na ja ... dieses religiöse Interesse zum Beispiel. Das hat sie doch erst seit kurzem.«

»Mein Gott, sie ist fünfzehn. Da interessierst du dich für Religion. Sie ist im Konfirmandenunterricht.«

»Ich weiß. Aber sie scheint sich deutlich mehr fürs Judentum zu interessieren. Ständig fragt sie mich irgendwelche Sachen, von denen ich keine Ahnung hab. Außerdem spricht sie von Onkel Shimon, als wäre er ein Heiliger.«

»Ja, sie bewundert ihn ein bisschen. Und? Sie möchte übrigens eine Bat-Mizwa, hat sie dir das erzählt?«

»Wie bitte? Sie ist evangelisch.«

»Aber du bist Jude und die Hälfte ihrer Familie.«

»Das macht sie noch nicht zur Jüdin. Außerdem: Sie ist mit fünfzehn schon zu alt und hat auch nie jüdischen Religionsunterricht gehabt.«

»Vielleicht kann man ja trotzdem ... ich meine, wenn es ihr so viel bedeutet?«

»Rachel! Bitte! Das ist völliger Unfug. Ich kann mich doch als Jude auch nicht konfirmieren lassen.«

»Sie sagt, es gibt liberale Rabbiner, da musst du nicht unbedingt Jude sein. Es geht ihr, glaub ich, auch mehr um die Familienfeier.«

»Na, das soll sie mal Shimon erzählen. Der gehört nämlich nicht zu den liberalen Rabbinern. Und der wird so einen Bat-Mizwa-Zirkus auf gar keinen Fall zulassen.«

»Ich glaube, sie hat schon mit ihm geredet. Anscheinend ist er gar nicht so abgeneigt. Er betrachtet das wohl als Vorstufe zum Konvertieren.«

»Ach, so weit sind wir schon?«

»Komm! In zwei Jahren hat sie wieder ganz andere Dinge im Kopf. Ich verstehe nicht, dass dich das so beunruhigt.«

»Es beunruhigt mich nicht. Ich versteh's nur nicht. Cheers!« Sascha trank einen Schluck Weißwein. Rachel hatte Holunderschorle bestellt. Ihr war es wichtig, bei der Arbeit einen vollkommen klaren Kopf zu haben. Sascha und Rachel hatten vor fünfzehn Jahren geheiratet. Da war Sarah gerade unterwegs. Rachel selbst war nicht jüdischer Abstammung. Ihr Elternhaus war einigermaßen fromm evangelisch und der Name Rachel aus der Bibel entlehnt. Da es für die Zugehörigkeit zum Judentum allein darauf ankam, ob man eine jüdische Mutter hatte, war Sarah also evangelisch geworden. Sascha war es egal, wie ihm religiöse Dinge allgemein egal waren. Dass er dennoch der jüdischen Gemeinde angehörte, hatte damit zu tun, dass er nun mal Jude war und das weniger als Religions- denn als Schicksalsgemeinschaft empfand.

»Mich beunruhigt etwas ganz anderes«, fuhr Sascha fort, als er das Glas abstellte.

»Nämlich?«

»Hat Sarah irgendwelche Probleme?«

»Keine, die sie mir mitteilt. Von den üblichen Kleinigkeiten abgesehen. Warum?«

»Als sie letztes Wochenende bei mir übernachtet hat, war sie ziemlich durch den Wind. Sie hat nachts im Bett geschrien und im Traum jemanden abgewehrt. Ich hab sie aufgeweckt und gefragt, was los ist. Angeblich nur ein schlechter Traum. Sie wollte mir nicht sagen, was sie geträumt hatte. Hat es abgetan. Aber es hat sie sichtlich verängstigt.«

Rachel zuckte die Schultern. »In dem Alter spielt halt alles verrückt. Ich denke, das sollte man nicht überbewerten.«

»Ich hätte auch nicht weiter drüber nachgedacht. Aber dann habe ich sie am nächsten Morgen auf der Dachterrasse gesehen. Sie hat mit jemandem telefoniert und war ziemlich aufgewühlt.«

Rachel wurde jetzt doch ein wenig nachdenklich. Ihr fiel ein, dass Sarah in den letzten Tagen irgendwie verändert war. Oder bildete sie sich das nur ein, weil Sascha sie darauf angesprochen hatte? Andererseits: Vor zwei Tagen war Rachel ins Wohnzimmer gekommen, während Sarah auf WhatsApp unterwegs war. Sarah hatte schnell das Handy ausgeschaltet. Das machte sie sonst nie. »Ja, vielleicht ist da irgendwas«, sagte sie. »Aber wenn Sarah nicht drüber reden will, sollte man sie nicht drängen.«

»Ich sag's nur, damit du es weißt.«

»Oh ja, ich bin dir auch dankbar. Wir sollten über solche Dinge in jedem Fall reden.«

»Sollten wir.« Sascha hatte sich in seinen Stuhl zurückgelehnt und lächelte. Es war dieses warme Lächeln, wenn er zufrieden war, glücklich, dass sie sich verstanden, wenn er den Augenblick genoss. Den Augenblick mit ihr. Es tat immer noch weh.

»Du hast den Flauchermord an Land gezogen?«, sagte er und hielt sein Gesicht in die Sonne. »Wie hast du das hingekriegt?«

»Persönliche Beziehungen.«

»Zu wem? Schwind?«

»Zum Beschuldigten.«

»Wie bitte?« Sascha lehnte sich nach vorn. »Du kennst den Täter?«

»Es ist Heiko.«

»Wie Heiko? Ja wohl nicht mein Vorgänger?«

Rachel lächelte und schwieg. Saschas Stirn wurde von etlichen Querfalten zerfurcht.

8

Am Vormittag des folgenden Tages hatte Rachel einen Gerichtstermin. Die Zeit danach nutzte sie, um die Akte der Staatsanwaltschaft zu überfliegen, die inzwischen kopiert und verteilt worden war. Um vierzehn Uhr dreißig fand in Rachels Büro die erste Teambesprechung zum Fall Gerlach statt. Carsten Dillbröck, ein mit fünfunddreißig Jahren nicht mehr ganz unerfahrener Anwalt, hatte die Ermittlungsakten der Staatsanwaltschaft gründlich durchgearbeitet und würde die wichtigsten Ergebnisse präsentieren, bevor Rachel das Material studierte. Carstens Aufgabe bestand darin, den Stoff zu ordnen, Unwichtiges auszusondern und erste Vorschläge für eine Verteidigungsstrategie zu machen. Außer Rachel und Carsten war Janina Ebert, ebenfalls Mitte dreißig, anwesend. Sie sollte in groben Zügen über den Fall unterrichtet sein, um sich, sollte es erforderlich werden, schnell in die Sache einarbeiten zu können.

Carsten hatte eine Powerpoint-Präsentation vorbereitet. Statt eines Beamers verwendete er den großen Flachbildschirm in Rachels Büro. Rachel schätzte Carsten als fleißigen und sorgfältigen Mitarbeiter, der, ohne zu murren, Überstunden machte. Janina war mit Sicherheit die bessere Juristin, hatte aber ihren eigenen Kopf. Das wusste Rachel einerseits zu schätzen, andererseits war es manchmal auch lästig, wenn die Dinge nicht so ausgeführt wurden, wie Rachel sich das vorstellte. Als Carsten die Technik für die Präsentation installierte, wirkte er hektisch und aufgeregt. Es war das erste Mal, dass er als Berichterstatter in einem so großen Fall agierte. Eine Gelegenheit, sich zu bewähren, aber man konnte sich natürlich auch blamieren.

Nach einigem Gestöpsel hatte Carsten die nötigen Kabel angeschlossen und die Präsentation auf seinem Laptop hochgefahren. Auf dem Flachbildschirm erschien ein großes Foto von Heiko Gerlach. Es musste ein paar Jahre alt sein. Gerlachs Haare waren makellos dunkel, und er trug Anzug und Krawatte.

»Unser Mandant, Heiko Gerlach, geborener Opitz«, begann Carsten seine Präsentation. »Gerlach wurde am 17. Juni 1966 geboren und war bis 2012 als Professor für theoretische Physik tätig. Ich mach das jetzt ein bisschen kürzer, weil du Gerlach ja von früher kennst – so hatte ich dich jedenfalls verstanden.« Rachel nickte.

Janina zog ein erstauntes Gesicht. »Was heißt, du kennst ihn? So richtig, persönlich?«

»Er gehörte vor einigen Jahren zu meinem Bekanntenkreis«, sagte Rachel und war um einen beiläufigen Ton bemüht. »Was hat Gerlach die letzten Jahre gemacht?«, wandte sie sich wieder an Carsten.

»Da ist die Quellenlage etwas dünn. In seinem Wikipedia-Eintrag steht nur, dass er seine Professur an der Uni Göttingen vor drei Jahren aufgegeben hat und seither als freier Wissenschaftler tätig ist. Ich habe vorhin mit seiner Frau telefoniert, Helen Gerlach. Sie wusste gar nicht, dass Gerlach unter Mordverdacht steht, und war einigermaßen erstaunt. Oder soll man sagen, erschüttert? Nein, ich denke, erstaunt trifft es eher.«

»Sind die nicht geschieden?«

»Nein. Sie sind noch verheiratet. Wären sie geschieden, würde Gerlach finanziell besser dastehen. Die Frau ist wohl sehr vermögend. Aber offenbar haben sie nichts mehr miteinander zu tun. Nach Auskunft von Frau Gerlach hat sich das Paar 2011 getrennt. Gerlach scheint das ziemlich mitgenommen zu haben. Jedenfalls hat er seine Karriere als Physikprofessor hingeschmissen und lebte zum Zeitpunkt seiner Verhaftung als Obdachloser auf der Straße. Hat er dir irgendetwas erzählt?«

»Ja. Aber das ist im Augenblick nicht so wichtig.«

Auf dem Flatscreen erschien jetzt ein neues Foto. Es zeigte eine junge Frau mit zarten Gesichtszügen und dünnem Nasenrücken.

»Das ist Johanna Mend, zum Zeitpunkt ihres Todes neunzehn Jahre alt. Heiko Gerlach wird beschuldigt, sie am 20. April in einer Grünanlage in der Nähe des Flauchers getötet zu haben. Das Opfer stammte aus einem kleinen Dorf in Oberfranken und war seit November in München. Sie studierte Germanistik und Mittelalterliche Geschichte.«

Janina starrte das Bild auf dem Bildschirm an. »Wurde sie vergewaltigt?«

»Nein. Aber die Polizei vermutet trotzdem ein sexuelles Motiv. Die Ermittlungsbehörden gehen davon aus, dass die Tat gegen zwanzig Uhr begangen wurde. Kurz vor zwanzig Uhr verließ sie ihre WG, um sich mit jemandem zu treffen. Mit wem und warum, darüber können die Zeugen – es handelt sich um Mitbewohner – nichts sagen. Zu dem Zeitpunkt war es noch nicht dunkel. Allerdings waren an diesem Abend nur wenige Menschen in den Grünanlagen unterwegs, denn es war ziemlich kalt. Wie dem auch sei, an einer unbeobachteten Stelle soll Gerlach dem Opfer aufgelauert haben. Man geht davon aus, dass er Mend schon seit einiger Zeit beobachtet hatte. Getötet hat er sie mit mehreren Messerstichen. Die Tatwaffe muss eine Art Militär-Messer mit fünfundzwanzig Zentimeter langer und etwa vier Zentimeter breiter Klinge gewesen sein. Nachdem das Opfer tot war, trennte ihm der Täter – vermutlich mit der Tatwaffe – beide Hände ab und nagelte sie dem Opfer an den Schädel. Das ist ein Foto des Opfers in der Gerichtsmedizin. Tut mir leid, ich weiß, dass das ziemlich verstörend ist. Aber so was kann ja noch wichtig werden.«

Auf dem Bildschirm erschien das Foto, das Schwind vorab geschickt und das Rachel Gerlach gezeigt hatte.

Zwischen Janinas Augen bildete sich eine Falte, und sie wich mit dem Kopf zurück. »Wie krank ist das denn?«

»Der Täter ist ganz offensichtlich Psychopath. An der Leiche wurden zwar keine Spuren gefunden, die auf sexuelle Handlungen schließen lassen. Aber nach dem, was die Profiler sagen, ist davon auszugehen, dass die Tat sexuell motiviert war. Es gibt Täter, denen schon der Tötungsvorgang Befriedigung verschafft.« Carsten sah zu Rachel, als sei ihm in diesem Augenblick bewusst geworden, dass er einen Fauxpas begangen hatte. »Tut mir leid, Rachel. Ich meine, dass ich so über deinen Bekannten rede. Ich gebe nur wieder, was in den Akten steht.«

»Du sprichst vom Täter. Und bis jetzt behauptet nur die Staatsanwaltschaft, dass das Gerlach ist. Wie sieht die Beweislage aus?«

Eine neue Folie erschien auf dem Bildschirm. Kein Foto diesmal, sondern eine schriftliche Auflistung.

»Das hier sind die wichtigsten Beweismittel der Staatsanwaltschaft.« Carsten deutete mit einem Stift auf den obersten Gliederungspunkt. »Zunächst gibt es mehrere Zeugenaussagen. Die wichtigste davon dürfte die eines Kioskbesitzers sein. Der Kiosk befindet sich in der Nähe des Tatorts. Gerlach hat dort des Öfteren Getränke gekauft – interessanterweise nie Alkohol. Auch am Tatabend ist er am Kiosk aufgetaucht, und zwar kam er aus Richtung des Tatorts. Dem Kioskbetreiber fiel auf, dass Gerlach an diesem Abend äußerst unruhig und aufgewühlt war. Es gibt auch das Video einer Überwachungskamera, auf der Gerlach bei seinem Kioskbesuch zu sehen ist. Das können wir uns gleich ansehen. Außerdem gibt es die Aussage einer Mitbewohnerin des Opfers. Sie sagt aus, dass sich Frau Mend einige Tage vor dem Mord von einem Obdachlosen bedroht fühlte. Der Mann habe sie auf ihrem Heimweg von der Bushaltestelle angestarrt, und sie habe sich von ihm verfolgt gefühlt. Frau Mend hat ihrer Mitbewohnerin den Obdachlosen beschrieben. Die Beschreibung passt auf Heiko Gerlach.«

»Wie ist denn die Polizei überhaupt auf Gerlach gekommen?«, wollte Rachel wissen.

»Das geht letztlich auf die Aussage des Kioskbesitzers zurück. Er kannte Gerlach zwar nur vom Sehen. Aber er hatte von einem anderen Kioskbesucher gehört, dass Gerlach früher eine Physikprofessur in Göttingen hatte. Da war es für die Polizei kein Problem herauszufinden, um wen es ging. Zu dem Zeitpunkt, als man ihn identifizierte, war Gerlach aber nicht mehr in München. Die Polizei hatte eine Fahndung rausgegeben. Gefunden hat man ihn gestern. Der Kioskbesitzer hatte die Polizei darüber informiert, dass Gerlach wieder aufgetaucht war.«

Carsten deutete auf den nächsten Punkt in der Liste. »Der Obduktionsbefund ist vor allem für den Todeszeitpunkt wichtig. Mend hat kurz vor zwanzig Uhr ihre Wohnung verlassen. Kurz danach muss der Mord passiert sein. Da der Autopsiebefund den Todeszeitpunkt auf spätestens zwanzig Uhr festlegt, haben wir hier ein ziemlich enges Zeitfenster. Bei der Obduktion wurde außerdem eine fremde DNA-Spur an der Leiche gefunden. Sie stammt zweifelsfrei von Heiko Gerlach.«

Carsten kam zum vorletzten Punkt seiner Liste. »Schließlich gibt es noch das Gutachten der Profiler, das nach der Tat in Auftrag gegeben wurde. Es kommt zu dem Ergebnis, dass der Täter vermutlich über fünfunddreißig Jahre alt und überdurchschnittlich intelligent ist. Das würde natürlich auf unseren Mandanten passen. Andererseits gehen die Profiler davon aus, dass Täter und Opfer sich kannten und ein gewisses Vertrauensverhältnis zwischen beiden bestand. Das wiederum ist für uns interessant. Ich weiß zwar nicht, ob Gerlach das Opfer kannte – das können wir ihn ja fragen. Aber wenn er der Obdachlose ist, durch den sich das Opfer bedroht fühlte, dann bestand jedenfalls kein Vertrauensverhältnis. Das Gutachten ist natürlich kein Beweismittel im eigentlichen Sinn, aber es spricht gegen Gerlach als Täter.«

»Es wundert mich, dass das Gutachten überhaupt bei den Akten ist. Wenn es nicht zum Verdächtigen passt, lässt die Polizei so etwas doch normalerweise in den Spurenakten verschwinden.«

»Vielleicht haben sie noch nicht realisiert, dass ein Teil der Beschreibung nicht auf Gerlach passt. Und wir wissen ja auch nicht, ob Gerlach das Opfer gekannt hat.«

Rachel nickte.

»Kommen wir zu dem Video der Überwachungskamera.« Carsten klickte auf der Mouse herum, und das Standbild eines Videos erschien auf dem Bildschirm. Man sah die Häuserzeile einer Straße, die nur einseitig bebaut war. Auf der anderen Straßenseite erstreckte sich eine Grünfläche. Zwischen den Bäumen war ein größerer Platz ausgespart, auf dem sich ein Kiosk mit zwei Stehtischen davor sowie ein Kinderspielplatz befanden. Die Lichtverhältnisse waren schlecht, nur ein paar Straßenlaternen beleuchteten die Szene. Vor dem Kiosk sah man drei Personen, zwei davon an einem der Stehtische, die dritte Person stand vor dem Ausgabefenster des Kiosks. »Das ist, unmittelbar bevor Gerlach auftaucht. Ich starte jetzt das Video.«

In die Figuren vor dem Kiosk kam ein wenig Leben. Keine großen Bewegungen, aber es war zu erkennen, dass einer der beiden am Stehtisch sein Glas hob. Von links, wo noch die Schaukel des Kinderspielplatzes ins Bild hineinragte, kam jetzt eine vierte Figur. Man konnte keine Gesichtszüge erkennen, aber es war klar, dass es sich um einen ungewöhnlich großen Mann handelte. »Du hast Herrn Gerlach ja heute gesehen. Wie groß ist er?«

Rachel deutete auf den Bildschirm und sagte: »So.«

Der Mann ging mit unsicheren Schritten auf den Kiosk zu. Man hatte zwischendurch den Eindruck, dass er es sich anders überlegte und wieder zurückgehen wollte. Doch dann stakste er weiter, beugte sich schließlich zum Ausgabefenster des Kiosks und schien ein paar Worte mit dem Kioskbesitzer zu wechseln. Ohne etwas gekauft zu haben, ging der Mann zu den Leuten am Stehtisch. Jetzt wandte er das Gesicht in Richtung Kamera.

»Kann man das vergrößern?« Rachel deutete auf das Gesicht.

Carsten hielt das Video an und spulte ein paar Frames zurück. Dann vergrößerte er den Kopf. Ein äußerst körniges Gesicht blickte aus dem Fernseher. Auch in dieser schlechten Qualität waren die markanten Konturen von Heiko Gerlachs Physiognomie gut zu erkennen. Carsten blickte zu Rachel. Die nickte. »Ja, das ist er. Lass mal weiterlaufen.«

Das Video lief in Normalgröße weiter. Gerlach ging, nachdem er einige Worte mit den zwei Männern am Stehtisch gewechselt hatte, ein paar Schritte zurück in Richtung Spielplatz, überlegte es sich dann anders und ging rechts aus dem Bild.

»Was soll das Video beweisen?«, fragte Janina.

»Es belegt die Aussage des Kioskbesitzers, dass Gerlach an jenem Abend aus Richtung des Tatorts zum Kiosk kam und ziemlich nervös und aufgeregt war. Der Tatort ist nur zweihundert Meter entfernt.«

»Was hat er zu dem Kioskbesitzer und den anderen Leuten gesagt?«

»Er hat nach einem anderen Obdachlosen gefragt. Den Namen kannte Gerlach offenbar nicht. Er war dabei so erregt, dass der Kioskbesitzer ihn gefragt hat, was denn los sei. Gerlach hat daraufhin gesagt, dass gar nichts los sei, wirkte aber sehr nervös. Dem Kioskbesitzer kam es jedenfalls so vor, als stünde Gerlach unter großem Stress.«

Der Fernseher zeigte inzwischen wieder ein Standbild des Videos. Rachel lehnte sich im Bürosessel zurück. »Stimmt der Timecode?«

»Der müsste korrekt sein. 21:52 Uhr.«

»Ich dachte, der Tod des Opfers ist laut Obduktionsbericht gegen zwanzig Uhr eingetreten? Gerlach taucht erst zwei Stunden später am Kiosk auf. Was soll das denn beweisen?«

»Das für sich allein beweist natürlich gar nichts, außer dass Gerlach an dem Abend irgendwann in der Nähe des Tatorts war. Aber zusammen mit der DNA-Spur, die auf der Leiche gefunden wurde, dem Umstand, dass Gerlach emotional sehr aufgewühlt war, und der Zeugenaussage, dass sich das Opfer von Gerlach bedroht fühlte, könnte das für eine Verurteilung durchaus reichen.«

»Wie kommt es, dass die schon einen DNA-Test haben?«

»Nachdem die Polizei durch die Zeugenaussagen auf Gerlach als möglichen Täter gekommen war, haben sie sich DNA-Material von Gerlach besorgt. Ich glaube, über Gerlachs Frau. Bis dahin war Gerlach ja nur eine Spur von vielen. Nach dem DNA-Test war für die Polizei klar, dass sie ihren Täter hatten.«

»Nehmen wir mal an, Gerlach hat die Tat tatsächlich begangen. Dann sind zwischen dem Mord und seinem Auftauchen am Kiosk fast zwei Stunden vergangen. Fragt sich, was er in der Zeit gemacht hat.«

»Es wäre Sache der Staatsanwaltschaft, das zu erklären.« Carsten entfernte das Überwachungsvideo vom Bildschirm. Die Beweismittelliste tauchte wieder auf. Als letzten Punkt enthielt sie: DNA-Spur. »Wie auch immer – an der DNA-Spur kommen wir schwer vorbei. Auf der Leiche wurde ein Haar von Gerlach gefunden sowie einige Hautschuppen. Aber vielleicht hat er ja eine Erklärung dafür.«

Janina zog eine skeptische Miene.

»Die DNA-Spur scheint mir das größte Problem zu sein. Warten wir ab, was Gerlach dazu sagt. Ich werde auf alle Fälle eine Haftprüfung beantragen. Selbst wenn Gerlach nicht freikommt, gibt uns das eine Ahnung davon, wie beeindruckend die Beweise der Staatsanwaltschaft vor Gericht wirken.«

Rachel bedankte sich bei Carsten und schloss die Sitzung. Anschließend versuchte sie, Nicole Böhm auf dem Handy zu erreichen. Das Handy war ausgeschaltet und verfügte über keine Mailbox. Sie beschloss, es später noch einmal zu versuchen, und orderte am Empfang einen weiteren Cappuccino. Sie entließ Laura mit der Anordnung, in den nächsten drei Stunden keine Telefongespräche durchzustellen. Zwanzig Minuten später klingelte das Telefon auf dem Schreibtisch.

»Was hatte ich dir vor zwanzig Minuten gesagt?« Rachel war gerade in die blutigen Details des Obduktionsberichts vertieft.

»Ich soll keine Gespräche durchstellen. Daran habe ich mich auch gehalten.« Lauras Stimme klang verletzt und leicht weinerlich.

»Und?«

»Sarah hat gerade angerufen. Ich habe ihr gesagt, dass sie dich nicht sprechen kann. Aber ich dachte, du willst vielleicht wissen, dass sie im Krankenhaus liegt.«

»Wie bitte???«

9

Die Notaufnahme des Rotkreuzklinikums war gut gefüllt. Die Unfälle bei Freizeitaktivitäten nahmen im Frühjahr zu. Sarah saß bleich mit eingegipstem Unterarm im Behandlungszimmer, über das Gesicht zogen sich zwei blutige Kratzer. Man war gerade fertig mit ihr.

»Wie geht's dir, Spatz?« Rachel streichelte die Wangen ihrer Tochter.

»Schon okay«, sagte Sarah und ließ sich vom Behandlungstisch gleiten. Rachel drückte sie an sich.

»Können wir gehen, oder brauchen Sie noch etwas von mir?«

»Nein, wir haben alle Daten«, sagte die Ärztin. »Sie sind ja privat versichert, sagt Ihre Tochter. Aber seien Sie vorsichtig mit dem Gips. Er ist noch nicht ganz ausgehärtet.«

Rachel bedankte sich und nahm Sarah am Arm, um sie hinauszuführen.

»Lass gut sein.« Sarah entzog ihrer Mutter den Arm. »Es ist nur der Arm. Ich kann selber gehen.«

Rachel hatte bereits auf dem Weg zum Krankenhaus mit der Ärztin telefoniert und in Erfahrung gebracht, dass sich Sarah das Handgelenk gebrochen hatte. Angeblich bei einem Fahrradsturz.

»Wie ist denn das passiert?«, fragte Rachel, als sie durch die Krankenhausflure gingen. »Du hattest einen Fahrradunfall?«

»Mhm«, sagte Sarah und schien die Antwort für ausreichend zu halten.

»Aber du warst doch gar nicht mit dem Fahrrad in der Schule.«

»Es war das Fahrrad von Maxine. Ich hab's mir ausgeliehen.«

»Und wie ist es zu dem Unfall gekommen?«

»Ich bin aus Versehen jemand reingefahren, und das Fahrrad ist umgekippt. Ich will mich mit der Hand abstützen, und dabei ist es passiert.«

»Ist dem, dem du reingefahren bist, was passiert?«

»Ne.«

Sie waren auf dem Gehsteig vor dem Krankenhaus angelangt.

»Und wem bist du reingefahren?«

»Ist doch egal. Können wir jetzt mal mit der Vernehmung aufhören?« Sarah sah sich um. »Wo ist denn der Wagen?«

Da es schon gegen sechzehn Uhr war, hatte Rachel beschlossen, Sarah den restlichen Nachmittag Beistand zu leisten. Das nahm freilich nicht ihre gesamte Aufmerksamkeit in Anspruch, denn Sarah brachte Stunden damit zu, die sozialen Netzwerke mit Berichten über den Unfall zu füttern und empathische Kommentare entgegenzunehmen. Es blieb folglich Zeit, sich in den Fall Heiko Gerlach einzuarbeiten. Rachel hatte das vorausgesehen und die Ermittlungsakte mitgenommen.

Kurz vor fünf rief die Klassenlehrerin an und erkundigte sich nach Sarahs Befinden. Rachel sagte, Sarah gehe es den Umständen entsprechend gut, worauf die Lehrerin sagte, das sei sehr erfreulich. Anschließend druckste sie eine Weile herum und fragte schließlich: »Sind Ihnen eigentlich in letzter Zeit irgendwelche Veränderungen in Sarahs Verhalten aufgefallen?«

Rachel verneinte die Frage, erinnerte sich aber an das Gespräch mit Sascha vom Vortag. »Wieso fragen Sie mich das?«

»Nun – wie soll ich sagen … Ich habe mit Schülern gesprochen, die den Vorfall beobachtet haben. Natürlich, das sind jetzt subjektive Wertungen. Trotzdem sollte man das nicht einfach abtun …«

»Worum geht es denn?« Rachel war alarmiert und wurde ungeduldig.

»Einige der Schüler haben gesagt, dass Sarah den Jungen absichtlich angefahren hat.«

»Absichtlich? Warum sollte Sarah so etwas tun?«

»Genau die Frage stelle ich mir eben auch. Vielleicht können Sie mal mit Ihrer Tochter reden und herausfinden, was dahintersteckt. Wahrscheinlich ist es harmlos. Enttäuschte Liebe oder so etwas. Trotzdem können wir diese Art von Aggressionen natürlich nicht auf dem Schulhof dulden.«

»Natürlich nicht.« Rachel war ein wenig angefressen. Die Frau unterstellte ihrer Tochter, dass sie sich von einem Jungen abservieren ließ und dann Verzweiflungstaten beging. Wie auch immer – wahrscheinlich hatte sich der Mitschüler Sarah gegenüber mies verhalten. »Ich werde mit ihr reden. Ist der Junge in Sarahs Klasse?«

»In der Parallelklasse. Er heißt Casper und hat sich ebenfalls das Handgelenk verletzt. Allerdings nur verstaucht.«

»Tut's so weh?«

Sarah war bleich und nickte mit zusammengebissenen Lippen. Die Lokalanästhesie, die man ihr im Krankenhaus gegeben hatte, ließ nach. Rachel brachte Sarah ein Glas Wasser und eine Tablette.

»Die Schule hat vorhin angerufen«, sagte Rachel, während Sarah das Schmerzmittel einnahm.

»Und?« Sarah spülte die Tablette mit einem Schluck Wasser herunter.

»Hast du Casper absichtlich angefahren?«

Sarah nickte trotzig.

»Gut. Ich nehme an, du hattest Gründe.«

»Jap, hatte ich.«

»Du willst mir nicht sagen, was für Gründe das waren?«

»Gute Gründe.«

»Es geht mir nicht darum, dich zu kontrollieren. Ich will nur verstehen, warum du das gemacht hast. Und ich mach mir Sorgen, weil dieser Casper ganz offensichtlich nicht nett zu dir war. War er einfach nur gemein, oder hat er dich gemobbt?«

»Ich komm schon klar, okay?« Sarah verzog das Gesicht. »Verdammt, jetzt tut's wirklich weh.«

»Die Spritze vom Krankenhaus lässt nach. Es dauert eine Weile, bis die Schmerztablette wirkt. Aber das wird schon.«

Sarah blickte mürrisch aus dem Küchenfenster. Ihre Gesichtszüge zeigten mit einem Mal Erstaunen. »Oh, nee, die schon wieder!«

Aus dem Küchenfenster konnte man die gegenüberliegende Straßenseite sehen. Dort saß Nicole Böhm mit ihrem Hund auf dem Trottoir. »Ich rede mit ihr«, sagte Rachel und machte sich auf den Weg nach draußen.

Als Rachel aus der Haustür trat, stand Nicole auf und ging ihr entgegen. Rachel bemerkte den besorgten Blick der jungen Frau. »Keine Sorge, es geht Herrn Gerlach gut.«

»Waren Sie bei ihm?«

»Ja, er lässt Sie grüßen.« Rachel überlegte einen Augenblick, als ihr der Körpergeruch der jungen Frau in die Nase stieg. Dann gab sie sich einen Ruck. »Möchten Sie ... hereinkommen? Vielleicht was essen?«

Nicole sah zum Haus. Der Gedanke, dort hineinzugehen, bereitete ihr sichtliches Unbehagen. »Nein danke. Wir ...«, sie blickte zu Rover hinunter, der ihren Blick erwiderte, »... wir haben schon gegessen. Wann kommt er wieder raus?«

»Das kann dauern. Wir werden Haftbeschwerde einreichen. Wenn das klappt, könnte er in ein paar Tagen draußen sein. Aber wenn ich ehrlich bin, kann ich Ihnen da nicht viel Hoffnungen machen.«

»Wie stehen die Chancen? Fifty-fifty?«

»Keine zehn Prozent.«

Nicole nickte und presste die Lippen aufeinander. »Das ist nicht viel. Wieso ... ich meine, er war's doch nicht.« Sie wischte sich eine Träne aus dem Auge.

»Die Polizei hat einige Indizien in der Hand. Und bei Mord kommt man praktisch immer in Untersuchungshaft. Wir müssten mal reden. Ich bräuchte von Ihnen ein paar Informationen, was an dem Abend tatsächlich passiert ist. Sie waren da doch zusammen?«

Nicole nickte und wischte sich weitere Tränen aus den Augen. »Wir können ja morgen reden.« Sie sah nach Westen. Dort zogen dunkle Wolken auf. »Ich muss mir was für die Nacht suchen.«

Ein Windstoß fuhr durch die Bäume, die die Straße säumten. Es würde nicht mehr lange dauern bis zum Gewitter. Rachel überlegte kurz, ob sie Nicole ein Hotelzimmer bezahlen sollte. Dort könnte das Mädchen auch mal duschen – wenn es darauf Wert legte. »Wo wollen Sie denn hin?«

»Mal sehen. Wahrscheinlich Laimer Unterführung.«

»Verstehe«, sagte Rachel und rang mit sich, ob sie Nicole eine Übernachtung im Haus anbieten sollte. Aber sie hatte schon ein Essen abgelehnt.

»Ich werd dann mal«, sagte Nicole und ging zu ihren Sachen zurück, die auf der anderen Straßenseite lagen.

»Sie wissen ja, wo Sie mich erreichen«, rief Rachel ihr hinterher, als sich Nicole in Richtung S-Bahn entfernte.

»Und, was wollte sie?«

»Nur wissen, wie es ihrem Freund geht. Wirkt die Schmerztablette nicht?«

Sarah biss sich auf die Unterlippe und schüttelte den Kopf. Draußen fegte eine äußerst kräftige Böe durchs Laub, so dass man es auch hier im Haus hören konnte. »Das gibt ein ziemlich fieses Gewitter. Weißt du, wo sie übernachtet?«

»Sie sagte was von Laimer Unterführung.«

Sarah und Rachel sahen aus dem Fenster wie aus einem schützenden Bunker. Da draußen blies der Wind jetzt beständig, und es wurde finster.

Erste Regentropfen flogen in der noch warmen Westbrise heran, und Staub wirbelte durch die Luft. Nicole kniff die Augen zusammen und stapfte die Straße hinunter, vorbei an hohen Zäunen und Hecken, unter giftig rauschenden Alleebäumen. Nicht weit von Rachel Eisenbergs Haus passierte sie einen dunklen Kombi. Ein junger Mann hatte sie bereits im Rückspiegel kommen sehen. Er legte seine angebissene Leberkässemmel auf den Fahrersitz und wischte sich mit dem Handrücken den Mund ab. Dann wartete er, bis Mädchen und Hund an der nächsten Straßenecke angekommen waren, und ließ den Motor an.

10

29. Januar 2015

Die Polizisten hatten ihr nicht gesagt, was ihr
Ziel war. Leonora nahm an, dass sie zur nächsten
Polizeistation unterwegs waren. Die Nacht und der
Schneefall machten es ihr schwer, sich zu orientieren.
Sie wusste, dass sie in Richtung Norden gefahren war,
als sie angehalten wurde. Der BMW, dem sie folgen
musste, fuhr zunächst auch in diese Richtung, dort,
wo es nach wenigen Kilometern aus den Bergen hinausgehen musste. Doch nachdem sie drei Mal abgebo-
gen waren, hatte Leonora die Orientierung verloren.
Es schien ihr jetzt, dass sie wieder ins Gebirge hinein-
fuhren. Tatsächlich ging es den größten Teil der Stre-
cke bergauf, gelegentlich durch kleinere Ortschaften,
nicht größer als eine Handvoll Häuser. Warum fuhren
sie nicht hinaus aus den Bergen, in die Ebene, nach
Rosenheim oder Traunstein oder in einen anderen
größeren Ort, wo Polizeistationen normalerweise zu
finden waren? Wo lotsten die Männer sie hin? Waren
es wirklich Polizisten? Wieder machte sich die Angst
breit in Leonoras Eingeweiden. Und sosehr sie auch
versuchte, sich einzureden, es bestehe kein Grund zur
Sorge, so wenig überzeugend waren ihre Argumente.
Leonora hatte nicht die geringste Ahnung, was gerade
vor sich ging, aber dass sie in Gefahr schwebte, war
mit Händen zu greifen. Die roten Ziffern der Digital-
uhr im Auto zeigten 21:34 Uhr an. Um sie herum die
Dunkelheit des Wagens, draußen fielen fette Schneeflocken zu Boden, schmolzen nicht mehr und bildeten
einen weißen Belag auf der Straße, in dem nur die

schwarzen Reifenspuren des BMW zu sehen waren. Sie könnte stehen bleiben, umdrehen und zurückfahren. Ihr Instinkt sagte ihr, dass sie genau das tun sollte und sich nicht im nächtlichen Schneegestöber von zwei unbekannten Männern irgendwo in die Berge bringen lassen. Doch Leonora hatte nicht den Mut umzudrehen. Was, wenn es wirklich Polizisten waren – wofür eigentlich fast alles sprach. Wenn sie sie hätten ausrauben wollen, warum hatten sie es nicht unten am Parkplatz getan?

Mit einem Mal mischte sich ein rotes Blinken zwischen die Schneeflocken. Der BMW bog nach rechts ab. Sie parkten vor einem kleinen Haus, das Gebäude sah verlassen aus. Der Giebel zeigte zur Straße, die Eingangstür befand sich an der Traufseite, wo auch der kleine Parkplatz war, auf dem Leonora jetzt stand. Das Licht ihrer Scheinwerfer fiel auf die Hauswand. Neben der Tür war ein blaues Schild angebracht, ein zwölfzackiger Stern mit Rautenwappen war darauf zu sehen, darüber in Blockbuchstaben das Wort POLIZEI.

Valentina wachte kurz auf, als der Motor ausging, schlief aber sofort wieder ein. Leonora versuchte möglichst leise auszusteigen. Der Geruch von verbranntem Öl lag in der Luft. Das Haus wurde offenbar beheizt. Die beiden Männer kamen auf sie zu, blieben an der Heckklappe des Wagens stehen und bedeuteten Leonora durch ein Handzeichen, sich ihnen anzuschließen.

»Dann machen Sie mal auf«, sagte der Ältere der beiden.

Leonora öffnete die Klappe und hoffte, dass Valentina nicht aufwachte.

»Ihre Tochter?«, fragte der ältere Beamte mit gedämpfter Stimme. Leonora nickte.

Der jüngere Polizist deutete auf einige Taschen, die Leonora zum Zwecke der Inspektion öffnen musste. Sie enthielten allesamt Kleidungsstücke. Nachdem drei Reisetaschen mit Textilien untersucht und neben dem Fahrzeug abgestellt worden waren, kam eine Holzkiste zum Vorschein. Sie war so schwer, dass die Beamten mit anfassen mussten, um sie zur Ladekante zu ziehen. Unter anderem enthielt sie mehrere antike Geschirrstücke, die in Zeitungspapier eingewickelt waren, sowie sehr alte ledergebundene Bücher, teils in einer fremden Sprache, teils in Deutsch.

»Sie nehmen Geschirr und Bücher mit in den Urlaub?«

Leonora stand einen Augenblick wortlos vor dem Beamten mit der Lederjacke und atmete in kurzen Stößen Kondenswolken in die Nacht. »Das … das sind Geschenke. Für meine Freundin. Sie wollte das Geschirr schon immer haben. Ich hab keine Verwendung dafür.«

»Aha. Und die Bücher …?«

»Auch.« Leonora nickte heftig.

Der Beamte wühlte weiter in der Kiste und förderte ein mit rotem Leder bezogenes Kästchen hervor. Es waren goldene Ringe, Halsketten, Armreifen und anderer Schmuck darin. Er hielt das Kästchen Leonora mit fragender Geste hin.

»Der gehört mir. Ich reise nie ohne meinen Schmuck.«

»Ich sag's Ihnen, wie's ist.« Der Mann klappte den Deckel des Kästchens zu und stellte es wieder in die Holzkiste. »Für mich klingt das nicht glaubwürdig. Ich fürchte, wir müssen uns unterhalten.« Er deutete auf das Haus.

»Was ist mit meiner Tochter?« Valentina war wieder aufgewacht und beobachtete ihre Mutter und die zwei Männer über die Rücksitzlehne. Stumm und ängstlich.

»Kann mitkommen.« Der Beamte schlug die Heckklappe zu.

Als Leonora mit ihrer Tochter an der Hand den Flur betrat, war es überraschend warm. Dennoch lag in der Luft ein Geruch von Moder und Schimmel wie sonst nur in Häusern, in denen lange Zeit niemand gewohnt hatte. Der Hausflur war kahl. Lediglich ein gerahmtes Foto, das einen Mann in Uniform zeigte, verzierte ihn. Vielleicht der Polizeipräsident, dachte Leonora. Gleich die erste Tür links führte in ein kleines Büro, das mit alten, graulackierten Möbeln ausgestattet war. Darunter zwei kleine Aktenregale, ein Schreibtisch, ein runder Besuchertisch mit drei Stühlen und ein Stahlschrank. Eine zählebige Yucca-Palme fristete ein einsames Leben in Fensternähe. Auf dem Schreibtisch, dessen Formgebung darauf hindeutete, dass er aus den sechziger Jahren stammte, stand neben einer schwarzen Schreibtischlampe eine Plastikablage für Papiere sowie ein Laptop, der ebenfalls nicht ganz neu war, aber dennoch etwas Anachronistisches hatte in dieser musealen Umgebung. Der junge Mann ließ sich auf dem Bürostuhl hinter dem Schreibtisch nieder und knipste die Lampe an. Nachdem Leonora Valentina auf einen der Besucherstühle gesetzt und selbst vor dem Schreibtisch Platz genommen hatte, schaltete der andere Beamte die Neonlampe an der Decke aus. Das jetzt ausschließlich von der Schreibtischlampe ausgehende Licht hatte etwas Warmes, Gemütliches, erinnerte andererseits aber auch an Verhörszenen, wie man sie aus Nazi-Filmen kannte. Der ältere Beamte nahm nicht Platz, sondern lehnte sich mit dem Rücken an die Wand neben dem Fenster und blieb so im Halbdunkel. Es dauerte einige Zeit, bis der Mann am Schreibtisch den Computer hochgefahren hatte.

»Ist alles ein bisschen schlicht hier«, erklärte er. »Die Außenstelle wird kaum noch benutzt. Wahrscheinlich machen sie sie nächstes Jahr ganz zu. So ...« Der Computer schien jetzt einen arbeitsbereiten Zustand erreicht zu haben. »Sie sind also hier in Deutschland auf Urlaub«, sagte der Beamte und beugte seinen Oberkörper über den Schreibtisch in Richtung Leonora. Sie nickte verhalten. »Das passt leider nicht zu dem, was Sie in Ihrem Wagen mitführen. Niemand nimmt sein Geschirr, seine alten Bücher und den Familienschmuck mit in den Urlaub.«

»Ich habe doch gesagt, die Teller sind für meine Freundin ...«

»Ja, ich hab's gehört.« Der Beamte würgte sie mit einer Handbewegung ab. »Schauen Sie – wir sind ja nicht ganz blöd. Sie wollen hier in Deutschland leben und haben ein paar wichtige Dinge von zu Hause mitgenommen. Omas Porzellan, den Familienschmuck ...«

»Nein, das stimmt nicht. Es sind Geschenke.«

»Natürlich.« Der Mann klang genervt. »Kennen Sie das hier?« Er drehte den Computerbildschirm in Leonoras Richtung. Eine E-Mail war zu sehen. Leonora konnte den Schrecken, der sie bei dem Anblick erfasste, nur schwer verbergen. »Frau Zimmermann ist Ihre Freundin, nehme ich an?« Leonora schluckte, sagte aber nichts. »Wir haben die Mail übersetzen lassen. Sie bitten Frau Zimmermann darin, sich wegen einer Wohnung umzuhören. Und Ihre Freundin schreibt zurück, dass im Augenblick Deutschlehrer gesucht werden, wegen der vielen Flüchtlinge, und dass Sie bestimmt gute Chancen hätten.« Er drehte den Bildschirm wieder von Leonora weg, lehnte sich in seinen Bürostuhl zurück und verschränkte die Arme. »Sind Sie immer noch auf Urlaub hier?« Leonora starrte zu Boden und schwieg. Gleichzeitig wurde ihr die Sache immer unbegreiflicher. War das normal – dass die deutsche Polizei den E-Mail-Verkehr von Leuten überwachte, die ein Visum beantragen? Oder hatte sie sich schon vorher verdächtig gemacht? Aber warum hatte sie dann überhaupt ein Visum bekommen? Wie sie es auch drehte und wendete – es ergab keinen Sinn. Außer, dass das hier alles eine gespenstische Inszenierung war.

11

Mai 2015

Es regnete heftig, als Nicole sich der Laimer Unterführung näherte. Das nasse Haar klebte ihr am Gesicht. Auch Rover war vollständig durchnässt und tappte hinter Nicole durch die Pfützen. Die Luft war nicht die beste in der Unterführung, aber immerhin war es trocken. Zu Nicoles Erleichterung hatte noch kein anderer Obdachloser den Platz am Eingang der Unterführung beansprucht. Sie breitete ihren Schlafsack aus und setzte sich darauf. Rover legte sich, nachdem er sich das Wasser aus dem Fell geschüttelt hatte, neben sie, die Schnauze auf ihrem Oberschenkel.

Wie aus Eimern rauschte der Regen herab. Keine zwei Meter von Nicole prasselten die Regentropfen mit tropischer Gewalt auf die Betonplatten des Gehsteigs und zerplatzten. Der Wasserstaub wurde bis zu ihr geweht.

»Ja ist das ein Wetter!« In die Unterführung hatte sich ein etwa dreißig Jahre alter Mann geflüchtet und stand jetzt neben ihr. Er blickte besorgt in den Regen hinaus.

»Das hört gleich wieder auf.« Nicole kraulte Rover hinter den Ohren.

»Wohnst du hier? Ich meine, auf der Straße?«

»Schätze ja. Warum?« Nicole wurde misstrauisch, wenn jemand so fragte. Normale Menschen redeten überhaupt nicht mit ihr. Und wenn, dann Unverfängliches, meistens ging es um den Hund. Jemand, der sie auf ihre Obdachlosigkeit ansprach, war entweder

Polizist oder Sozialarbeiter. »Ich bin erwachsen und ich find's gut so«, fügte sie hinzu.

»Ich hab auch mal auf der Straße gelebt. Und ich fand's beschissen.« Der Mann kam näher und setzte sich zu Nicole. Eigentlich ging er nur in die Knie und lehnte sich mit dem Rücken an die Mauer, im respektvollen Abstand von zwei Armlängen. »Klar, manchmal war's auch schön. Im Sommer ist das okay. Du wachst morgens auf, und keiner sagt dir, was du tun sollst. Netter Hund.« Er lächelte Nicole an. »Wie heißt er?«

»Rover.«

Der Mann blickte in den Regen hinaus. Er hatte nachgelassen. »Tja, ich werd dann mal wieder. Mach's gut.« Nach ein paar Schritten hielt der Mann an und drehte sich noch einmal zu Nicole. »Ich hab da noch was.« Er zog aus der Tasche seiner Lederjacke etwas, das in Papier eingeschlagen war, und packte es aus. Es war eine halbe Leberkässemmel. »Ist es okay, wenn ich die dem Hund gebe? Ist auch kein Senf drauf.«

»Klar«, sagte Nicole.

Der Mann beugte sich zu Rover und hielt ihm die belegte Semmel vor die Nase. Rover verschlang sie innerhalb von Sekunden. »Willst du auch eine?« Der Mann lächelte Nicole an. »Eine frische, mein ich.«

Nicole überlegte. Sie hatte Hunger, und der Mann schien in Ordnung zu sein. Er hielt keine Vorträge und versuchte nicht, sie auf den rechten Weg zu bringen. Er hatte auf der Straße gelebt, und es hatte ihm nicht gefallen. Aber offenbar akzeptierte er, dass sie das anders sah. Sie stand auf und begutachtete die Wetterlage. Das Schlimmste war überstanden. Es regnete noch, aber nicht mehr stark. »Gibt es hier eine Metzgerei?«

»Keine Ahnung. Bei mir um die Ecke gibt's eine gute. Ist nicht weit.«

»Zu Fuß?«

»Nein, wir müssten mit dem Auto fahren.« Der Mann hielt eine Hand nach draußen, um den Regen zu prüfen. »Ich habe übrigens eine überdachte Terrasse. Wenn du willst, kannst du da übernachten.«

Nicole überlegte. »Der Hund kann auch mit?«

»Na klar.« Der Mann lächelte. »Ich bin Max. Und du?«

»Nicole. Rover kennst du ja schon.« Der Hund stand auf und schlurfte zu Nicole, als sie seinen Namen nannte.

»Da vorne steht mein Wagen«, sagte der Mann und deutete mit dem Finger die Wotanstraße hinunter. »Soll ich dir beim Tragen helfen?«

»Schon okay.« Nicole packte ihre Habseligkeiten zusammen und setzte sich in Bewegung, dem Mann, der sich Max nannte, hinterher. Als sie zur ersten Querstraße kamen, bog ein metallic-grauer Mercedes von der Wotanstraße kommend ein und hielt an. Dass der Mercedes ihretwegen gehalten hatte, kam Nicole nicht in den Sinn. Sie war überrascht, als die Seitenscheibe nach unten fuhr und jemand »Frau Böhm« sagte. Am Steuer des Mercedes saß Rachel.

»Was gibt's denn?« Nicole wirkte leicht irritiert.

»Nichts, ich wollte nur schauen, ob das Gewitter Sie erwischt hat. Und außerdem … na ja, Sie …«, Rachel zögerte. »Sie könnten auch bei mir übernachten. Abendessen inbegriffen.«

»Das ist ja eine Überraschung«, sagte Nicole und schien mehr verwirrt als erfreut zu sein. »Aber ich hab schon 'ne Einladung. Mit Essen.« Sie deutete auf Max. Der lächelte Rachel kurz zu und wandte seinen Blick dann ab, als beanspruche etwas in der anderen Richtung seine Aufmerksamkeit. Rachel versuchte die Situation einzuschätzen. Der Mann war vielleicht dreißig bis fünfunddreißig Jahre alt und machte einen relativ normalen Eindruck. Aber aus welchem Grund lud ein erwachsener Mann ein obdachloses Mädchen zu sich ein? Vielleicht war er wirklich nur nett. Vielleicht aber auch nicht.

»Wie lange kennen Sie ihn schon?« Rachel sprach leise.

»Seit gerade eben. Er ist okay.«

»Woher wissen Sie das?«

»So was spürt man. Der Typ ist nett und harmlos.«

»Aha. Spürt man so was?«

Der Mann blickte immer wieder kurz in Richtung Auto und schien irritiert zu sein.

»Also, danke für das Angebot. Man sieht sich.«

»Warten Sie.« Nicole blickte zu dem Mann, dann genervt zu Rachel. »Ich habe in den letzten zehn Jahren sieben Vergewaltiger verteidigt. Die meisten sahen deutlich harmloser aus als er da.«

»Er hat selber mal auf der Straße gelebt. Deswegen macht er es.«

Rachel legte ihre Hand auf Nicoles Hand, die auf der Autotür ruhte. »Offenbar ist Ihnen noch nichts passiert, seit Sie auf der Straße leben. Das ist schön. Aber das wird sich ändern. Sie haben jetzt niemanden mehr, der auf Sie achtgibt. Als Erstes müssen Sie lernen, nicht jeden Bullshit zu glauben, den Ihnen irgendjemand erzählt.«

»Wenn einer Bullshit redet, dann Sie. Sie kennen die Straße überhaupt nicht.«

»Nein, aber die Verbrecher.«

Nicole zögerte, machte dann aber Anstalten zu ge-

hen. Rachel lehnte sich aus dem Fenster. »Hallo Sie!«
Der Mann zuckte ein wenig zusammen, tat aber so, als
habe er nichts gehört. Rachel fuhr einige Meter weiter,
bis sie neben ihm stand. »Wie ich höre, darf meine
kleine Schwester bei Ihnen übernachten. Sehr nett
von Ihnen. Ich fahr sie gern hin, wenn Sie mir sagen,
wo das ist. Mit dem müffelnden Hund im Auto, das
wollen Sie bestimmt nicht.«

Der Mann sah Rachel erstaunt und verärgert an, sagte: »Dann halt nicht«, und ging mit schnellen Schritten weg. Nicole kam jetzt am Wagen an und sah dem
Mann ein paar Sekunden lang konsterniert nach. »Das
haben Sie ja super hingekriegt.«

»Gehen Sie solchen Typen aus dem Weg. Wollen
Sie jetzt mitfahren?«

»Darf Rover mit ins Auto?«

Rachel betrachtete den triefend nassen Hund und
bereute ihr nicht ganz durchdachtes Angebot von
eben. »Rücksitz«, sagte sie und betätigte einen Knopf,
der den Kofferraumdeckel öffnete. »Im Kofferraum ist
eine alte Decke.«

12

Das Haus war ungewöhnlich ruhig, als Rachel mit Nicole und dem Hund zurückkam. Kein Fernseher lief, keine Musik dröhnte aus dem ersten Stock. Stattdessen kam Sarah die Treppe herunter. Sie hatte eine größere Tasche dabei. »Hallo, Spatz, pass bitte mit deinem Arm auf.«

Sarah funkelte ihre Mutter genervt an. Sie hatte sie schon mehrfach gebeten, in Anwesenheit anderer Leute nicht Spatz zu ihr zu sagen. Rachel hatte es versprochen, aber die Gewohnheit war stärker. »Tut mir leid.« Rachel strich Sarah über die Wange. »Das ist Nicole. Ihr habt euch heute Morgen kurz gesehen.« Sarah nickte dezent und murmelte »Hi«. Dann glitt ihr Blick zu Boden. Unter dem großen schwarz-braunen Hund bildete sich gerade eine Pfütze. Das Parkett stammte aus den zwanziger Jahren, und Rachel hatte allen, die längere Zeit im Haus verbrachten, eingeschärft, dass jede Form von Flüssigkeit es umbringen würde. Zwischen den Parketthölzern hatten sich im Lauf der Jahrzehnte kleine Fugen gebildet, in die Wasser eindringen und das Holz zum Quellen bringen konnte. Unter normalen Umständen wäre Rover sofort des Hauses verwiesen worden. »Nicoles Hund heißt Rover.« Rachel hoffte, das Tier würde Sarahs Laune bessern. Irgendwie hatte sie den Eindruck, dass Sarah über die Gäste nicht glücklich war. Jetzt fiel Rachel auch die große Tasche auf. »Was ist denn mit der Tasche? Gehst du aus dem Haus?«

»Papa hat angerufen und gefragt, ob ich mit ihm ins Kino gehen will. Ist das okay für dich?«

»Tut der Arm nicht mehr weh?«

»Ich muss mich ablenken.«

»Wie kommt dein Vater darauf, dich mitten unter der Woche ins Kino einzuladen?«

»Paula ist heute nicht da. Ich könnte also bei ihm übernachten. Wenn das für dich in Ordnung ist.« Sarah blickte kurz zu Nicole. »Gesellschaft hast du ja.«

Sarah war offensichtlich sauer. Statt sich um ihren verletzten Arm und ihre wahrscheinlich ebenso verletzte Seele zu kümmern, brachte ihre Mutter ein obdachloses Mädchen mit nach Hause.

»Es tut mir leid, wenn heute so vieles zusammenkommt ...«, sagte Rachel.

»Schon in Ordnung. Wird sicher ein schöner Kinoabend. Klamotten für morgen habe ich dabei.«

Fünf Minuten später war Sascha da, der nicht weit entfernt ein Dachterrassenapartment bewohnte. Vor der Tür gab Rachel ihm noch ein paar überflüssige Anweisungen für Sarahs eingegipsten Arm. Dann ging sie ins Haus zurück, wo Nicole auf der Wohnzimmercouch wartete.

»Was wollen Sie essen?«

»Keine Ahnung. Was haben Sie?«

»Was wir nicht haben, wird bestellt.«

Nicole zögerte etwas ungläubig. »Ich kann's mir echt aussuchen?«

»Wenn Sie keine allzu exotischen Wünsche haben.«

»Dann Pizza. Mit Salami und viel Käse.«

»Lässt sich machen. Und bis die Pizza kommt, können Sie gerne duschen.«

»Ist schon okay. Ich war ja gerade im Regen.«

»Nicht so schüchtern. Ich bin mir sicher, Sie würden gerne mal so richtig heiß duschen. Ich hab auch nichts dagegen, wenn Sie den Hund mitnehmen. Das Bad ist im ersten Stock. Ich gebe Ihnen Handtücher.«

Während Nicole und Rover in der Badewanne duschten, steckte Rachel Nicoles Sachen in die Waschmaschine und suchte ein paar Kleidungsstücke heraus. Das war nicht einfach, denn Sarah war kleiner als Nicole, Rachel selbst etwas breiter, wie sie zugeben musste. Sweatshirt und Hose schlackerten also, aber das machte Nicole nichts aus.

Rachel erfasste Neid, als sie zusah, wie Nicole die wagenradgroße Pizza in sich hineinschlang. Sie selbst hatte schon seit Jahren keine ganze Pizza mehr gegessen.

»Sie können hier übernachten. Es gibt ein Gästezimmer.«

Nicole zögerte.

»Fühlen Sie sich nicht mehr wohl in geschlossenen Räumen?«

»Ich glaub, Ihre Tochter mag mich nicht.«

»Das hat nichts mit Ihnen zu tun. Sarah hat sich heute das Handgelenk gebrochen. Sie ist auf mich sauer, weil ich mich nicht richtig um sie kümmere – so sieht sie das jedenfalls. Sie übernachtet eh bei ihrem Vater. Es ist also gar kein Problem, wenn Sie hierbleiben.«

»Sie sind nicht … mit Sarahs Vater zusammen?« Nicole wirkte etwas unsicher.

»Wir haben uns getrennt.«

»Und jetzt kann er sie an den Wochenenden sehen?«

»Wir haben nichts Konkretes vereinbart. Wenn Sarah will, kann sie auch unter der Woche etwas mit Sascha unternehmen, wie heute. Das macht sie aber nur, wenn seine neue Freundin nicht da ist. Sarah mag sie nicht besonders.« Rachel bot Nicole etwas zu trinken an. Aber Nicole wollte keinen Alkohol. Stattdessen fragte sie, ob sie rauchen könne, und förderte aus ihrem Rucksack ein Plastiktütchen mit Marihuana und Zigarettenpapier hervor.

»Sie können auf der Terrasse rauchen. Und nehmen Sie die Überreste mit. Ich möchte nicht, dass Sarah einen Joint im Müll findet.«

Es regnete nicht mehr, und die Wolken hatten sich verzogen. Nach der schwülen Hitze des Tages war es angenehm kühl in der Dämmerung. Alles war nass auf der Terrasse. Rachel wischte zwei Klappstühle trocken, und sie machten es sich bequem, Rachel ein Glas Rotwein in der Hand, Nicole mit ihrem Joint.

»Was ist mit *Ihrem* Vater?« Rachel war klar, dass Nicole auf diese Frage vermutlich sensibel reagieren würde. Aber es war ein guter Einstieg für das Gespräch, das sie eigentlich führen wollte.

»Keine Ahnung.« Nicole inhalierte tief und blies den Rauch in die Abendluft. Dann schwieg sie und hing ihren Gedanken nach.

»Haben Sie ihn kennengelernt?«

»Ne.«

»Wissen Sie, warum?«

»Warum was?«

»Warum Sie ihn nicht kennengelernt haben. Ist er abgehauen, oder weiß er gar nicht, dass es Sie gibt?«

»Meine Mutter redet nicht viel über ihn. Nur dass er ein Dreckskerl ist und sie nichts mit ihm zu tun haben will. Aber ich hab mal mitbekommen, dass er jeden Monat Geld bezahlt.«

»Dann weiß er zumindest, dass es Sie gibt – wenn er Unterhalt für Sie bezahlt.«

»Schätze, meine Mutter kauft ihr Crack davon. Ist auch egal. Ich will nicht über meinen Vater reden.«

»Wieso sind Sie von zu Hause weggelaufen?«

»Ich hab meine Mutter nicht mehr ausgehalten.«

»War sie so schlimm?«

Nicole sah Rachel von der Seite an. »Für einen Junkie geht es nur um ihn selbst und um das Zeug, das er braucht. Ich war im Leben meiner Mutter einfach überflüssig.«

»Wo kommen Sie her?«

»Aus Eschwege. Das ist in der Nähe von Kassel. Kennen Sie wahrscheinlich nicht.«

»Doch. Gehört hab ich schon mal davon. Wann sind Sie weggegangen?«

»Letzten September.«

»Und wie haben Sie Herrn Gerlach kennengelernt?«

Nicole war am Ende ihres Joints angelangt und hielt ihn mit Daumen und Mittelfinger in die Luft.

»Sie wollen ihn hoffentlich nicht ins Gras schnippen. Warten Sie, ich hole Ihnen was.« Eine halbe Minute später war Rachel wieder auf der Terrasse und der Joint in Stanniol eingewickelt. Rachel brachte ihn zur Mülltonne. Als sie zurückkam, lehnte Nicole sehr entspannt im Gartenstuhl und machte einen zufriedenen Eindruck.

»Sie wollten mir gerade erzählen, wie Sie Herrn Gerlach begegnet sind«, sagte Rachel, als sie sich wieder hinsetzte und ihr Weinglas zum Mund führte.

»Das war in Frankfurt. Zwei Wochen, nachdem ich weg bin. Zuerst bin ich da mit andern Straßenkids abgehangen. Dann hat mir jemand mein Geld geklaut. Ich hatte zwar eine Ahnung, wer das war. Aber ich konnte ja schlecht zur Polizei gehen. An dem Abend war ich ziemlich fertig. Irgendwie ist Heiko das aufgefallen, und er hat mir einen Hamburger spendiert. Und danach haben wir einen Joint geraucht. Am Anfang fand ich ihn ziemlich komisch. Er hat nicht viel geredet, und wenn, dann hat er mich ausgefragt. Wo ich herkomme, was ich auf der Straße mache und ob ich nicht wieder nach Hause will. Am nächsten Tag ist er einfach zu dem Mädchen hin, das mich beklaut hatte, und hat mit ihr geredet. Keine Ahnung, was er gesagt hat. Aber nach zwei Minuten hat sie ihm meine Kohle gegeben. Das fand ich irgendwie cool.« Nicole sah zum Sternenhimmel auf, der jetzt zu sehen war, und Rachel meinte so etwas wie ein Lächeln auf ihrem Gesicht zu erkennen. »Am nächsten Tag sind wir uns wieder über den Weg gelaufen und haben Gras besorgt. Boah! Das war starkes Zeug. Mit einem Mal war er total anders drauf und hat unglaublich viel geredet. Nur Scheiß, von Atomen und Quanten und dass wir alle aus kleinen Schleifen bestehen, die noch kleiner sind als die Quanten.« Nicole kicherte.

»Das war kein Scheiß«, sagte Rachel und nahm einen Schluck Rotwein.

»Doch, ich kenn das. Wenn Leute gutes Gras geraucht haben, dann erzählen sie so abgefahrenes Zeug.«

»Physiker erzählen abgefahrenes Zeug, auch wenn sie nichts geraucht haben.«

»Wie Physiker?«

»Heiko Gerlach ist Physiker. Und wenn er was von Quantenschleifen erzählt, dann ist er vielleicht einer von zwei Dutzend Leuten auf der Erde, die davon wirklich Ahnung haben.«

Die Marihuana-Entspanntheit fiel mit einem Mal von Nicole ab, und sie setzte sich mit offenem Mund auf. »Da hat er nie was von gesagt. Er hat erzählt, er wär Elektriker gewesen.«

»Nein. Er war Professor in Göttingen.«

Nicole starrte ins Leere. »Wieso erzählt er mir das nicht?«

»Vielleicht wollte er sein altes Leben hinter sich lassen.«

»Er hat gedacht, ich bin zu dumm, um das zu checken, was das ist – Physiker. Wahrscheinlich bin ich auch zu dumm.«

»Warum sehen Sie das denn so negativ?«

»Weil er mich verarscht hat. Warum meint er, er muss mir was vormachen? Was hält er von mir? Macht man das unter Freunden?«

»Sie sollten ihn das mal fragen, wenn Sie ihn besuchen. Er kann es bestimmt erklären.« Rachel nahm einen Schluck Rotwein. »Jetzt mal zu ernsteren Dingen: Sie sind also seit Herbst letzten Jahres zusammen durch Deutschland gezogen?«

Nicole nickte.

»Und im April waren Sie in München?«

»Ja.«

»Haben Sie mitbekommen, dass es einen Mord gab?«

»Am nächsten Tag haben alle davon geredet. Vor allem, weil's am Flaucher war. Da sind ja auch einige Obdachlose.«

»Können Sie sich erinnern, was Sie und Herr Gerlach am Tatabend gemacht haben?«

»Wir waren zusammen in der Fußgängerzone. Ich hab versucht, Geld aufzutreiben.«

»Wie machen Sie das?«

»Ich setz mich auf die Straße und stell so einen Pappkarton vor mich. Da steht drauf: Wir haben Hunger.«

»Wir, das sind Rover und Sie?«

»Klar, der ist immer dabei. Wenn *ich* Hunger hab, ist das den Leuten doch scheißegal.«

»Was hat Herr Gerlach gemacht?«

»Der sitzt immer ein Stück weiter weg und liest ein Buch. Manchmal redet er mit Leuten. Einige von denen geben ihm auch Geld.«

»Wie lange waren Sie in der Fußgängerzone?«

»Bis die Geschäfte zugemacht haben. Also bis etwa acht oder halb neun.«

»Was haben Sie danach gemacht?«

»Wir sind zum Flaucher gegangen.«

»Zu Fuß?«

»Ja. Dauert fast 'ne Stunde.«

»Das heißt, Sie sind da so gegen neun oder halb zehn angekommen?«

»Es war auf alle Fälle vor halb zehn. Weil Heiko wollte jemanden um halb zehn dort treffen.«

»Wissen Sie, wen?«

»Keine Ahnung. Heiko hat nur gesagt, es würde nicht lange dauern. Und es war anscheinend sehr wichtig für ihn. Er war irgendwie nervös.«

»Hat das Treffen stattgefunden?«

»Ich weiß nicht. Als er wiederkam, hat er nichts gesagt. Manchmal war er so. Wollte einfach nicht reden.«

»Sie waren also bei dem Treffen nicht dabei?«

»Ne.«

»Wann sind Sie wieder zusammengekommen?«

»Kurz nach zehn.«

»Das heißt, Sie waren auf alle Fälle bis, sagen wir vorsichtig, neun Uhr fünfzehn zusammen. Dann gibt es ein Loch von einer Stunde. Und den Rest der Nacht ab Viertel nach zehn haben Sie gemeinsam verbracht.«

»Ich kann auch sagen, wir waren die ganze Zeit zusammen.«

»Bis Viertel nach neun reicht. Damit kommt Heiko nicht mehr als Täter in Frage.«

»Heiko? Duzen Sie ihn?«

»Ja. Wir …« Rachel zögerte kurz. Offenbar wusste Nicole einiges nicht über Gerlach und sie. »Wir waren mal befreundet.«

»Wie befreundet?«

»Wir waren ein Paar. Hat er das nicht erzählt?«

Nicole sah Rachel mit offenem Mund an und schüttelte still den Kopf.

13

Der Mann am Schreibtisch gab dem älteren Kollegen ein Zeichen. »Bring das Mädchen raus.«

Leonora schreckte hoch. »Sie kann doch hierbleiben. Sie versteht kaum Deutsch. Lassen Sie sie bitte hier.«

»Hören Sie, Frau Shkodra: Sie sind gerade in einer äußerst schwierigen Situation. Ich an Ihrer Stelle würde den Ball flach halten, wenn Sie verstehen, was ich damit meine.« Er runzelte die Stirn. »Verstehen Sie, was ich meine?«

Leonora nickte und wischte sich die Tränen aus den Augen.

»Unser Gespräch ist leider nicht sehr erfreulich. Aber es könnte noch wesentlich unerfreulicher werden. Ich kenne solche Situationen und ich sage Ihnen: Sie wollen nicht, dass Ihr Kind Sie in so einer Situation sieht.«

Was meinte der Polizist damit? Leonora wagte nicht nachzufragen. Stattdessen versuchte sie, Valentina einen aufmunternden Blick zuzuwerfen, was ihr offenbar nicht gelang, denn Valentina begann leise zu weinen, als sie von dem älteren Beamten hinausgeführt wurde. Leonora wunderte sich, dass hier offenbar der jüngere Mann das Sagen hatte. Waren die beiden wirklich Polizeibeamte? Als sich Leonora wieder dem Schreibtisch zuwandte, hatte der Mann mit der Lederjacke ein Blatt Papier vor sich liegen. Leonora konnte nicht erkennen, worum es sich handelte, aber es war eng bedruckt.

»Ich les Ihnen jetzt mal was vor«, sagte der Mann und sah auf das Papier: »Mir ist bewusst, dass falsche Erklärungen zur Ablehnung meines Antrags oder zur Annullierung eines bereits erteilten Visums führen und die Strafverfolgung nach den Rechtsvorschriften und so weiter auslösen können. Wissen Sie, was das ist?«

Leonora schluckte und zuckte mit den Schultern.

»Das steht in dem Antrag auf Erteilung eines Visums. Das haben Sie vor kurzem unterschrieben.«

»Ja, aber ich habe keine ...«

»Das bedeutet«, fiel ihr der Mann ins Wort, »dass wir Ihr Visum annullieren und Sie sofort zurückschicken können. Und das werden wir auch tun. Sie wissen natürlich, dass Sie Asyl beantragen können. Aber das wird Ihnen nichts nützen. Asylanträge von Kosovaren werden zu neunundneunzig Prozent abgelehnt und die Abschiebung geht dann ziemlich schnell. Zumindest hier in Bayern.«

»Ja, ich will Asyl beantragen«, sagte Leonora und fühlte sich erleichtert, dass sie es gesagt hatte. Sie wusste, dass man sie, solange das Verfahren lief, nicht zurückschicken konnte.

»Wozu – es ist sinnlos.«

»Nein, ist es nicht.«

»Dem Namen nach sind Sie Albanerin, stimmt's?« Leonora nickte. »Dann können Sie es eh vergessen. Ich glaube, ein Serbe aus dem Kosovo hat mal Asyl bekommen, weil er früher ein hohes Tier war und man sein Haus angezündet hat. Aber Albaner werden im Kosovo nicht verfolgt. Das weiß man in Deutschland. Wie Sie wissen, ist die Bundeswehr seit zehn Jahren da unten. Oder noch länger?«

»Seit neunundneunzig.«

»Sechzehn Jahre.« Der Mann raffte die paar Papiere auf dem Schreibtisch zusammen und steckte sie in die Schublade. »Was ist Ihre Geschichte? Ich meine, ich entscheide nicht über Ihren Asylantrag. Es interessiert mich nur.«

Leonora entspannte sich. Offenbar ging es dem Mann nur darum, seinen Job zu machen. Vielleicht hatte er auch berufliche Vorteile, wenn er vermeintliche Asylbetrüger verhaftete. Er würde sie und Valentina in einer Aufnahmeeinrichtung abliefern oder schlimmstenfalls in einem Gefängnis. Und dann würde alles seinen Gang gehen. »Meine Familie ist in Lebensgefahr. Mein Mann kommt aus Albanien. Aus dem Norden von Albanien. Sie kennen die Gegend sicher nicht.«

»Nein, ich fahr lieber nach Italien.«

»Es ist ein sehr rückständiges Gebiet. Die Leute leben noch nach alten Gesetzen. Gesetzen, die heute nicht mehr gelten. Aber das interessiert diese Leute nicht.«

»Was meinen Sie genau?«

»Blutrache. Ein Cousin meines Mannes hat in seinem Dorf einen anderen Mann erstochen. Sie haben gestritten, und der Cousin ist verurteilt worden und sitzt jetzt im Gefängnis.«

»Das heißt, er hat seine Strafe bekommen. Und?«

»Die Familie des getöteten Mannes sagt, das ist nicht genug. Der Mörder muss mit seinem Leben bezahlen.«

»Mag sein. Hab auch schon davon gehört. Aber wenn die hinter seinem Cousin her sind, was hat das mit Ihrem Mann zu tun?«

»Sie können den Cousin nicht töten, weil er im Gefängnis ist. Und wenn das nicht geht, muss jemand anderer aus der Familie sterben. Mein Mann ist der nächste männliche Verwandte seines Cousins.«

»Aber er lebt nicht mehr in Albanien, oder?«

»Albanien, Kosovo – das macht nicht viel Unterschied.«

Der Mann hinter dem Schreibtisch nickte nachdenklich. »Sie töten auch Frauen?«, sagte er schließlich.

»Früher nicht. Aber heute ist alles möglich. Wir haben seit einem Jahr das Haus nicht mehr verlassen. Es ist zu gefährlich. Es kann sein, dass sie auf den Wagen schießen. Und wenn sie mein Kind treffen, ist es ihnen auch egal.«

»Ja, das sind Zustände, die kann man sich hier nicht vorstellen.« Der Beamte wandte sich kopfschüttelnd seinem Computer zu und schaltete ihn aus. Dann blickte er Leonora an, trommelte mit den Fingern auf die Tischplatte und schien nachzudenken. Schließlich legte er seine Ellbogen auf den Schreibtisch und faltete die Hände.

»Ich bin kein Richter. Aber ich weiß, wie es hier läuft mit diesen Asylgeschichten. Und da sieht es nicht gut aus für Sie. Blutrache ... ist kein Asylgrund. Ist hart. Aber das haben die Gerichte immer wieder entschieden. Asyl gibt's nur bei politischer Verfolgung.«

Leonora schwieg. Das konnte dem Polizisten doch egal sein. Was sollte der Vortrag?

Der Beamte blickte aus dem Fenster, wie um sich zu vergewissern, dass man unbeobachtet war. Draußen war immer noch Nacht und Schneetreiben. »Passen Sie auf. Ich bin kein Unmensch.« Er räusperte sich und setzte sich aufrechter hin. »Ich mach Ihnen einen Vorschlag: Sie nehmen jetzt Ihre Tochter und fahren nach München. Und wir zwei vergessen, dass wir uns getroffen haben. Ich spar mir den Papierkram und Sie … schauen, dass Sie irgendwie klarkommen. Okay?«

Eine zentnerschwere Last fiel Leonora vom Herzen. Sie konnte es kaum fassen, was für eine Wendung die Ereignisse plötzlich nahmen.

»Ich … Sie meinen, ich kann jetzt fahren? Nach München? Keine Anzeige?«

Der Beamte sah sie regungslos an. Nur die Andeutung eines Kopfschüttelns signalisierte, dass er es so meinte, wie er es gesagt hatte. Leonora sah zur Tür und machte Anstalten aufzustehen. »Kann ich …?«

»Eine Kleinigkeit noch.«

»Ja?«

»Nehmen Sie bitte Platz.« Leonora setzte sich wieder auf ihren Stuhl, und der Beamte blickte ernst drein. »Bevor ich Sie gehen lasse, muss ich wissen, nun ja … ob Sie die Wahrheit sagen.« Er lächelte. »Verstehen Sie mich nicht falsch. Sie machen auf mich einen absolut ehrlichen Eindruck. Aber wissen Sie, ich habe in meinem Polizistenleben schon viele Geschichten gehört. Schlimme Schicksale von Menschen, die viel durchgemacht haben. Allerdings …«

Leonora sah ihn fragend an.

»Die Menschen erfinden manchmal erstaunliche Dinge. Ich kann es ihnen gar nicht verübeln. Sie wollen wahrscheinlich nur ein gutes Leben für sich und ihre Kinder. Wie jeder von uns. Trotzdem – ich lass mich nicht gern verschaukeln. Sie verstehen, was ich meine.«

»Nicht ganz«, sagte Leonora zögernd.

»Beweisen Sie mir Ihre Geschichte. Kann Ihr Mann Deutsch? Oder Englisch.«

»Ja, Englisch. Ein bisschen Deutsch.«

Der Beamte nahm sein Handy. »Wo ist Ihr Mann jetzt?«

Leonora zögerte. »Er … er hat sich versteckt. Er hat erfahren, dass sie ihn suchen.«

»Aber Sie wissen, wo er ist?«

»Nein. Ich … ich weiß es nicht.«

»Er hat doch sicher ein Handy. Rufen Sie ihn an.« Er hielt Leonora sein Handy hin.

»Er geht nicht mehr an sein Handy. Das ist zu gefährlich. Man könnte das Handy … wie sagt man …«

»Orten?«

»Ja, orten.«

Der Beamte legte das Handy enttäuscht vor sich auf den Schreibtisch. »Das ist sehr schade. Ich dachte, Sie würden es uns etwas leichter machen – Sie gehen zu lassen.«

»Ich kann meine Schwester anrufen.«

»Ihre Schwester interessiert mich nicht. Ich will es aus erster Hand hören. Von Ihrem Mann. Verstehen Sie?« Er hielt das Handy hoch. »Von Ihrem Mann.«

»Sie können jeden in der Familie fragen. Alle können Ihnen sagen, dass sie uns töten wollen.«

»Ich will mit Ihrem Mann sprechen.« Er ließ ihr Zeit zum Überlegen. Aber Leonora sagte nichts. »Ich glaube Ihnen nicht. Sie wissen, wo Ihr Mann sich aufhält.«

»Bitte, Sie müssen mir glauben. Ich weiß es nicht. Ich glaube, er wollte zu … Freunden.« War vor wenigen Sekunden Hoffnung aufgekeimt, dass alles glimpflich verlaufen und sie noch heute Abend in München ankommen würde, so drückte jetzt wieder die Angst wie ein Betonblock auf Leonoras Brust. Warum wollte der Mann unbedingt wissen, wo Florin war?

Der Beamte stand auf und ging zum Fenster. »Muss die Kleine nicht langsam ins Bett?«

»Ja. Sie sollte schlafen.«

»Das sollte sie. Aber das darf sie nicht, weil ihre Mutter sich weigert, den Vater anzurufen. Ich finde das nicht sehr verantwortungsvoll.«

»Ich weiß wirklich nicht, wo er ist. Ich will jetzt zu meiner Tochter.« Sie stand auf und wollte zur Tür gehen. Aber der Mann war überraschend schnell bei ihr, packte sie am Arm und riss sie zurück. »Hab ich gesagt, wir sind fertig?« Er drückte sie auf den Besucherstuhl.

In diesem Moment kam der andere Beamte wieder herein. Er war alleine. Leonora drehte sich zu ihm um und sprang auf. »Wo ist meine Tochter?«

Der Mann wich ihrem Blick aus und sah zu seinem Kollegen. »Wie sieht's aus?«

»Frau Shkodra weiß nicht, wo ihr Mann steckt.«

»Ah ja?« Der ältere Beamte kam näher und baute sich ebenfalls neben Leonoras Stuhl auf, so dass links und rechts ein Mann stand und sie nicht beide gleichzeitig ansehen konnte. »Und das sollen wir glauben?«

»Nein, das glauben wir nicht. Aber ich bin sicher, dass sich Frau Shkodra im Lauf des Abends noch erinnern wird.«

Leonora sah zu dem Jüngeren. Dessen Gesicht zeigte Verärgerung. »Wo ist Valentina?«

»Keine Ahnung. Wer soll das sein?«

»Meine Tochter. Ihr Kollege ist vorhin mit ihr rausgegangen. Wo ist sie jetzt?«

»Er ist mit Ihrer Tochter rausgegangen? Kann mich gar nicht erinnern.« Er wandte sich an seinen Kollegen. »Kannst du dich erinnern?«

Der Ältere schien unangenehm berührt, ging zum Fenster und sah nach draußen. »Schneit immer noch«, sagte er, als wolle er das Gespräch auf Unverfängliches lenken.

»Soll kalt werden heute Nacht«, griff der Jüngere die Anregung auf und setzte sich Leonora gegenüber auf die Schreibtischkante. »Da möchte man sich ja nicht verirren in so einem Schneesturm.«

»Bitte holen Sie meine Tochter. Bitte! Sie kann doch nichts dafür.«

»Wofür jetzt?«

»Für ... ich weiß nicht, was Sie wollen. Was immer es ist ... sie ist doch ein Kind.«

»Jetzt machen Sie sich's doch nicht so schwer. Ein Telefonanruf und Sie fahren mit Ihrer Tochter nach München.« Der ältere Beamte lächelte sie aufmunternd an.

»Warum wollen Sie wissen, wo er ist?«

Die beiden Beamten sahen sich kurz an, als würden sie sich darüber verständigen, Leonora jetzt Dinge anzuvertrauen, die sie ihr eigentlich nicht sagen sollten.

»Na gut«, sagte der Ältere. »Spielen wir mit offenen Karten. Die Familie, die Ihren Mann bedroht, ist vermutlich auch in einen Mord hier in Deutschland verwickelt.«

»Wir gehen zwar auch davon aus«, übernahm der Jüngere, »dass Ihr Mann in Lebensgefahr ist, aber nicht wegen irgendeiner Blutrache, sondern weil er ein wichtiger Zeuge in dem anderen Mordfall ist. Deshalb suchen wir ihn.«

»Er ist Zeuge in einem Mordfall? Warum? Hat er etwas gesehen?«

»Dazu können wir Ihnen nichts sagen. Das sind laufende Ermittlungen.«

»Frau Shkodra – Sie müssen uns helfen, Ihren Mann zu finden. Wir haben ein essenzielles Interesse daran, dass er lebend nach Deutschland kommt, verstehen Sie?«

Leonora nickte etwas ungläubig und ging im Kopf die Möglichkeiten durch, wie Florin Zeuge eines Mordes geworden sein könnte, der sich in Deutschland abgespielt hatte. Florin war die letzten Jahre nicht hier gewesen.

»Wenn Sie Ihrem Mann helfen wollen, dann sagen Sie uns, wo er ist, und lassen uns mit ihm reden. Wenn wir wissen, wo er ist, können wir ihn da rausholen und schützen.« Leonoras Blick war weiter skeptisch. »Zur Not fliegen wir ihn mit einem Bundeswehrhubschrauber aus. Vielleicht ist die Polizei da unten nicht in der Lage, jemanden zu schützen. Aber wir können es.«

Der Mann reichte Leonora sein Handy. »Also – rufen Sie ihn an und sagen Sie uns, wo er ist.«

»Er wollte …« Leonora überlegte fieberhaft. Das Angebot war verlockend. Fast zu schön, um wahr zu sein. Florin würde mit einem Militärhubschrauber den Kosovo verlassen, sie würden zusammen sein und wären endlich in Sicherheit. Aber warum hatte man sie dann hierhergebracht? Warum nicht in ein großes Polizeirevier? Warum hatten sie ihr nicht von Anfang an gesagt, dass Florin ein wichtiger Zeuge war? Waren das wirklich Polizisten? »Mein Mann wollte nach Wien fahren. In ein Hotel. Er wird sich melden, wenn er da angekommen ist. Ich kann ihn wirklich nicht erreichen.«

»Verstehe«, sagte der Jüngere.

Der Schlag traf sie unvorbereitet und wuchtig. So wuchtig, dass ihr Kopf zur Seite gerissen wurde und sie mit dem Stuhl umkippte. Der Mann hatte mit der flachen Hand geschlagen, hatte Wange, Schläfe und Ohr getroffen, sie hörte links nicht mehr. Es war der Jüngere gewesen. Noch während Leonora auf dem schmutzigen Linoleumboden kroch und zu begreifen versuchte, was geschehen war, wurde sie von zwei Händen an Kragen und Pullover gepackt und hochgezogen. »Hör zu, blöde Schlampe. Du hörst jetzt auf, uns zu verarschen, kapiert?« Leonora sah dem Mann entsetzt in die Augen und zog instinktiv den Kopf ein. Doch die Hand kam schnell und wieder mit einer Wucht, dass ihr Gesicht zu Seite flog. »Ob du das kapiert hast?!« Leonoras linke Gesichtshälfte fühlte sich heiß und geschwollen an, etwas sickerte ihr in den Mund, es schmeckte nach Eisen. Der Mann sah sie an, wartete auf Antwort, aber Leonora schwieg, nicht aus Trotz, sondern weil sie vor Entsetzen nicht imstande war zu reden.

»Gut«, sagte der Mann in der Lederjacke und sah zu seinem älteren Kollegen. »Hol die Kleine.«

14

Gerlach war bereits im Besuchsraum, als Rachel eintraf. Er umarmte sie zur Begrüßung. Sie roch Rasierwasser.

»Wo hast du denn das Rasierwasser her?«

»Ein Mitgefangener war so nett, mir seins zu leihen.«

»Ah ja? Wie sind die Leute hier?«

»Was soll ich sagen – Verbrecher. Na ja, der Kerl mit dem Rasierwasser ist wirklich reizend – wenn man ausblendet, dass er seine Freundin totgeprügelt hat. Wobei ich nur die Mehrheitsmeinung hier im Haus wiedergebe. Er selbst sagt, er war's nicht. Ich hab das Thema aber nicht vertieft. Irgendwie hatte ich den Eindruck, es macht ihn aggressiv. Wie geht es dir?«

»Gut. Und selbst?«

»Ich schlafe nicht so gut wie draußen. Sonst geht's. Hast du was von Nicole gehört?«

»Sie hat gestern bei uns übernachtet.«

»Ah ja?« Ein friedliches Lächeln erschien kurz auf seinem Gesicht und verschwand wieder. »Sie ist ein ganz lieber Kumpel. Ich mach mir ein bisschen Sorgen um sie.«

»Ja, man sollte dem Jugendamt Bescheid geben.«

Er schüttelte den Kopf. »Die sperren sie irgendwo ein oder bringen sie zu ihrer Mutter zurück – was schlimmer wäre. Außerdem ist sie am nächsten Tag wieder auf der Straße. Das ist keine Lösung.«

»Was dann?«

»Tja ...« Gerlach sah sie an und runzelte die Stirn.

»Du könntest dich nicht ein bisschen um sie kümmern?«

»Wo denkst du hin? Ich betreibe eine Anwaltskanzlei, keine Kita.«

»War nur eine Frage. Sorry.« Er verschränkte die
Arme, lehnte sich zurück und starrte traurig auf die
Tischplatte.

»Ja, ist gut, ich überleg mir was.« Rachel nahm eine
CD mit den Ermittlungsakten aus ihrer Ledertasche
und schob sie zu Gerlach über den Tisch. »Das sind
die Akten der Staatsanwaltschaft. Lies sie bitte sorgfältig durch. Sie haben hier Computer, die du benutzen kannst.«

»Mit Internet?«

»Nein.«

Er tippte auf die CD. »Und? Wie sieht's aus?«

»Schlecht. Die haben ein paar Beweise gegen dich,
die man nicht ohne weiteres wegdiskutieren kann.«

»Aber das kann nicht sein. Ich war's nicht.«

»Ein bisschen Munition haben wir auch. Ich weiß
bloß nicht, ob die was wert ist. Fangen wir mal mit
dem Tatabend an. 20. April. Kannst du dich erinnern,
was du an dem Abend gemacht hast?«

»Meine Güte – 20. April. Ein Tag ist für mich wie
der andere.«

»Es war ein Montag, du warst hier in München.
Und du warst an einem Kiosk in der Nähe des Flaucher.«

»Ja, der Kiosk. Da war ich öfter. Ach, wart mal, ich
kann mich erinnern. Irgendein Betrunkener hat am
Kiosk auf den Führer angestoßen. Das wird ja dann
der 20. April gewesen sein.«

»Du warst an dem Abend ziemlich durch den Wind,
sagt der Kioskbesitzer.«

Gerlach schien nachzudenken und spielte mit der CD. »Nicht, dass ich wüsste. Ich bin oft in Gedanken, und es verwirrt mich, wenn mich jemand in diesem Zustand anspricht.«

»Es hat dich an dem Abend also nichts beunruhigt?«

»Nein.«

»Na gut. Erzähl einfach, was du von, sagen wir, neunzehn Uhr an gemacht hast.«

»Wir waren zu der Zeit tagsüber immer in der Fußgängerzone. Nicole und ich haben uns so zwischen acht und halb neun auf den Weg zum Flaucher gemacht.«

»Gibt es jemanden, der euch gesehen hat? Vielleicht der Besitzer eines Standes, neben dem ihr gesessen seid? Oder ein anderer Obdachloser, der in der Nähe war?«

»Nein. Nicht, dass ich wüsste. Ich halt mich beim Betteln meistens im Hintergrund. Nicole und der Hund sind ein gutes Team. Die brauchen mich nicht. Vielleicht kann sich Nicole an jemanden erinnern.«

»Dann seid ihr zum Flaucher gefahren?«

»Wir sind zu Fuß gegangen. Ich rieche meistens nicht so gut wie heute. Das möchte ich den Leuten in einer vollbesetzten Straßenbahn nicht zumuten.«

»Wie lange habt ihr gebraucht?«

»Ungefähr eine Dreiviertelstunde.«

»Das heißt, ist seid wann dort angekommen?«

»Zwischen neun und halb zehn.«

»Was hast du dann gemacht?«

»Wir hatten ein paar Sachen unter einer Fußgängerbrücke. Matratzen, Schlafsäcke und so was. Da sind wir hingegangen und haben nachgesehen, ob noch alles da ist. Und danach bin ich wohl zu dem Kiosk gegangen.«

»Alleine?«

»Denke, ja.«

»Wolltest du dich an dem Abend mit jemandem treffen?«

Gerlach zog die Augenbrauen hoch. »Wieso?«

»Das sagt Nicole.«

»Tatsächlich …« Gerlach faltete die Hände und hielt sie vor sein Gesicht. Rachel fragte sich, ob er in dieser Haltung auch über physikalische Probleme nachdachte. »Ich kann mich nicht erinnern. Also, wenn ich jemanden treffen wollte, dann muss es ziemlich unwichtig gewesen sein.«

»Mit wie vielen Leuten hast du dich in den letzten zwölf Monaten verabredet?«

Gerlach dachte kurz über die Frage nach und zuckte die Schultern. »Mit niemandem. Von Nicole mal abgesehen.«

»Das wäre dann außer Nicole der Einzige gewesen. Und an den kannst du dich nicht erinnern?«

Gerlach schob die CD ein Stück von sich. »Du hast recht. Ich würde mich erinnern, wenn ich jemanden hätte treffen wollen. Hab ich aber offensichtlich nicht.«

»Warum sagt es Nicole dann?«

»Entweder … sie hat es falsch verstanden. Oder vielleicht hab ich's gesagt, weil ich allein sein wollte.«

Rachel sah Gerlach skeptisch an. »Es hat keinen Sinn, mir etwas zu verschweigen. Die Staatsanwaltschaft wird an dem Punkt nachhaken, und ich möchte dann keine Überraschungen erleben.«

Gerlach lachte kurz auf. »Du nimmst mich jetzt schon ins Kreuzverhör?«

»Ich will wissen, was passiert ist. Sonst kann ich dich nicht verteidigen.«

»Rachel, ich wollte mich mit niemandem treffen. Wenn Nicole was anderes sagt, hat sie es falsch verstanden. Das ist die Wahrheit. Okay?«

Rachel sah ihn an, gab ihm Zeit. Die meisten Menschen halten Gesprächspausen nur wenige Sekunden aus, dann wird der Wunsch, das Schweigen zu beenden, übermächtig, und sie sagen Dinge, die sie sonst nicht sagen würden. Gerlach hielt der Stille stand. Zuckte mit den Augenbrauen, tappte mit dem Mittelfinger auf die Tischplatte.

»Hast du eine Idee, wie deine DNA auf die Leiche kommt?«, beendete Rachel das Schweigeduell.

»Nein …« Gerlach kniff die Augen zusammen. »Tut mir leid. Ich habe keine Ahnung.«

Nachdem Rachel sich ein paar Notizen gemacht hatte, klappte sie den Laptop zu. »Es gibt allerdings auch gute Nachrichten.«

»Ah ja?«

»Wie du dem Obduktionsbericht entnehmen kannst, ist der Tod des Opfers gegen zwanzig Uhr eingetreten. Vielleicht ein bisschen später. Aber neun oder gar halb zehn ist praktisch ausgeschlossen. Das heißt, zur Tatzeit warst du noch in der Fußgängerzone. Und das kann Nicole bestätigen. Das, was sie sagt, deckt sich ziemlich genau mit deiner Aussage.«

»Dann ist die Sache doch klar. DNA-Spur hin oder her. Wenn ich zur Tatzeit woanders war, muss die DNA auf einem anderen Weg dorthin gekommen sein. Wieso halten die mich dann noch fest?«

»Ich habe Haftprüfung beantragt. Es hängt natürlich alles an der Aussage von Nicole und für wie glaubwürdig der Richter sie einschätzt.«

»Verstehe.« Gerlach knetete seine Unterlippe und schien mit unangenehmen Gedanken beschäftigt. »Sie ist obdachlos, kriminell und mit mir befreundet. Ist es das, was du meinst?«

»Ja.«

»Dann können wir ihre Aussage sowieso vergessen, oder wie?«

»Nicht unbedingt. Das hängt davon ab, was sie für einen Eindruck macht. Wenn sie die Wahrheit sagt, wird sie sich nicht in Widersprüche verwickeln. Und dann wird ihr der Haftrichter möglicherweise glauben.«

Gerlach nickte und schwieg. Rachel nahm seine Hand und drückte sie. »Wir kriegen das hin, okay?«

Eine Weile hatte es den Anschein, als wollte Gerlach etwas sagen, sein Mund öffnete sich, doch es kamen keine Worte. Stattdessen entzog er Rachel seine Hand, wusste aber nicht, wohin er sie legen oder was er überhaupt mit ihr anstellen sollte, sie zitterte. Schließlich wischte er sich Tränen aus den Augen, schluckte und setzte noch einmal an zu reden: »Tut mir leid. Ich bin emotional ziemlich am Ende. Obdachlos sein, das ist nicht schön, wirklich nicht. Aber solange ich draußen war, auf der Straße, unter freiem Himmel, war ich zumindest frei, oder hab's mir eingeredet. Aber das hier ...«, er deutete auf die ihn umgebenden Mauern, »zwei mal vier Meter. Und die teile ich mir mit einem Frauenmörder.«

Er fasste sich wieder, atmete tief durch und nahm seine Aktenkopie an sich. »Danke erst mal.« Ohne ein weiteres Wort stand Gerlach auf und ging zur Tür.

15

Der Himmel war bedeckt an diesem Frühlingsmorgen, die Luft seidig und mild. Am Eingang zum Justizzentrum in der Nymphenburger Straße herrschte Gedränge. Ein weiterer Verhandlungstag im nicht enden wollenden NSU-Prozess. Rachel war froh, dass ihr heutiger Termin bei einem Untersuchungsrichter draußen in der JVA Stadelheim stattfand. Während sie im Vorbeifahren die Schlange vor dem Justizgebäude betrachtete, telefonierte sie mit Carsten, der aber keine Neuigkeiten für sie hatte.

Nicole war nach der einen Nacht in Rachels Haus schon früh am nächsten Morgen wieder aufgebrochen. Sie wollte zur Wittelsbacherbrücke, um dort ihr Lager aufzuschlagen. Rachels Einwände, das sei gefährlich für ein junges Mädchen, interessierten sie nicht, zumal Rachel mit keiner besseren Alternative aufwarten konnte. Zumindest hatte sich Nicole darauf eingelassen, zum Haftprüfungstermin zu kommen und für Gerlach auszusagen. Carsten war heute Morgen zur Wittelsbacherbrücke gefahren, um sie abzuholen. Doch bis jetzt war Nicole nicht aufgetaucht.

Im Gang vor dem Richterzimmer stand Gerlach mit einem Wachbeamten. Er trug einen Anzug ohne Krawatte, was ihn wie der Professor aussehen ließ, der er einmal gewesen war. Gerlach überragte den Beamten um einen Kopf, und ein neutraler Beobachter hätte die Handschellen unter diesen Umständen wohl als sinnvolle Maßnahme eingestuft. Für Rachel war die Vorstellung, dass der lebensuntüchtige Geistesmensch

Gerlach rabiat werden und in der Manier eines Bruce Willis aus der Obhut der Justiz fliehen könnte, reichlich abstrus.

»Hallo, Rachel«, sagte er, und sie küssten sich auf die Wange. »Wo ist Nicole?«

»Noch nicht da. Ich habe gestern mit ihr telefoniert, und sie hat versprochen zu kommen. Einer meiner Mitarbeiter holt sie ab. Wahrscheinlich stecken sie im Stau.« Das war nicht ganz die Wahrheit. Carsten steckte nicht im Stau, sondern wartete immer noch darauf, dass Nicole am verabredeten Treffpunkt erschien. Versuche, sie telefonisch zu erreichen, waren ergebnislos geblieben. Ihr Handy war ausgeschaltet.

Oberstaatsanwalt Schwind und Staatsanwältin Wittmann kamen den Gang entlang auf sie zu. Man begrüßte sich freundlich, aber mit einer gewissen Distanz und Angespanntheit. Kurz darauf erschien Dr. Eisler, der Haftrichter, und bat alle Beteiligten in sein Büro. Bevor Rachel den anderen folgte, sah sie noch einmal den Gang hinunter, an dessen Ende jetzt jemand auftauchte. Nicht Nicole, sondern eine andere junge Frau. Rachel gab ihr die Hand und bat sie, auf der Besucherbank gegenüber der Tür Platz zu nehmen.

»Der Haftbefehl, dessen Aufhebung Sie verlangen, ist am vierten Mai ausgestellt worden. Hat sich nach Auffassung der Verteidigung etwas an den Voraussetzungen geändert?« Während er redete, überflog Eisler den verfahrensgegenständlichen Haftbefehl, den er am ausgestreckten Arm hielt. Er scheute die Ausgabe für eine neue Lesebrille, solange nicht feststand, dass sich seine Sehstärke nicht mehr ändern würde oder der Arm zu kurz wurde. Eislers Büro war so unscheinbar wie das der meisten Justizmitarbeiter. Funktionale Möbel in Grautönen, nur die Besucherstühle hatten blau gepolsterte Sitzflächen und Rückenlehnen. An den Wänden reichten Regale bis zur Decke, darin die Aktenordner der anhängigen Verfahren sowie die nötigste Literatur zum Straf- und Strafprozessrecht einschließlich mehrerer Jahrgänge der *Neuen Juristischen Wochenschrift*. Die unentbehrliche rote Loseblattsammlung für Zivil- und Strafgesetze stand auf Eislers Schreibtisch, ebenso die beiden gängigen Kurzkommentare zu Strafgesetzbuch und Strafprozessordnung. An einer Pinnwand neben der Tür waren Urlaubspostkarten aufgespießt, hinter dem Schreibtisch hing ein gerahmtes Foto, das den Untersuchungsrichter im Kreis seiner Kinder und Enkelkinder zeigte. Haftprüfungstermine waren atmosphärisch betrachtet eher familiäre Veranstaltungen, die unter Ausschluss der Öffentlichkeit stattfanden und daher meist nicht in einem Gerichtssaal. Nicht selten saßen die Beteiligten einem Richter in Hemdsärmeln oder Pullover gegenüber.

»Wir haben massive Einwände gegen den Tatverdacht«, griff Rachel Eislers Frage auf. »Zunächst möchte ich darauf hinweisen, dass es …«, Rachel wischte mit einem Finger auf ihrem iPad herum, »… eine operative Fallanalyse gibt, in der die Profiler der Polizei schreiben – ich zitiere: Täter und Opfer haben sich sehr wahrscheinlich gekannt. Zwischen ihnen herrschte ein Vertrauensverhältnis, Zitat Ende. Es gibt aber in den Akten nicht den geringsten Hinweis, dass der Beschuldigte und das Opfer sich kannten.«

»Auch Profiler können nur Vermutungen anstellen.« Wittmann war etwas nervös geworden, was daran lag, dass Schwind sie mit einem kritisch-fragenden

Blick bedachte. »Ich weiß auch nicht, wieso das Gutachten überhaupt bei den Akten ist. Das ist intern und hat keine Beweiskraft.« Diese Bemerkung war mehr an ihren Vorgesetzten gerichtet, der sein Missvergnügen kaum verhehlen konnte.

»Zugegeben, das beweist nicht, dass der Beschuldigte nicht der Täter sein kann«, sagte Rachel. »Es lässt aber Zweifel aufkommen.«

»Wo ist dieses Gutachten?« Eisler blätterte verloren in seiner Papierakte.

»Seite hundertdreißig folgende.«

»Na gut«, murmelte Eisler, der jetzt, nachdem er die Fundstelle wusste, das Interesse daran verloren hatte. »Hat ja eh keine Bedeutung, wie die Frau Staatsanwältin richtig bemerkt. Ich gehe davon aus, dass Ihre anderen Einwände substanzieller sind.«

»War nur der Vollständigkeit halber. Als Nächstes haben wir ...«, Rachel tippte wieder auf ihr iPad, »... die Aussage der Zeugin Fiona Leitmayr, eine WG-Mitbewohnerin des Opfers. Seite vierundachtzig.«

Richter und Staatsanwaltschaft blätterten in ihren Akten.

»Frau Leitmayr hat demzufolge angeblich ausgesagt, dass Frau Mend sich in den Tagen vor ihrem Tod vor einem Obdachlosen fürchtete, der ihr nachstellte. Der Mann sei sehr groß gewesen mit grauen langen Haaren. Die Beschreibung passt auf Herrn Gerlach. Die Aussage der Zeugin Leitmayr ist einer der wesentlichen Verdachtsmomente gegen den Beschuldigten.«

»Was heißt ›angeblich ausgesagt‹?«, protestierte Wittmann. »Das ist das polizeiliche Aussageprotokoll. Wollen Sie andeuten, es wurde gefälscht?«

»Es wurde vermutlich nach bestem Wissen und Gewissen des Beamten angefertigt. Aber das ist ja manchmal von einer Fälschung schwer zu unterscheiden. Die Zeugin wartet vor der Tür. Wir können sie selbst befragen, was sie damals ausgesagt hat.« Rachel wandte sich an den Richter. »Ich beantrage die Einvernahme der Zeugin Fiona Leitmayr. Ihre Aussage ist, wie ich schon ausgeführt habe, von erheblicher Bedeutung für die Frage des dringenden Tatverdachts gegen meinen Mandanten.«

»Dann hören wir mal, was sie zu sagen hat.« Eisler schaute kurz auf seine Uhr. Offenbar wollte er sich mit Zeugeneinvernahmen nicht über Gebühr aufhalten.

Fiona Leitmayr war zwanzig und Studentin der Geowissenschaften im zweiten Semester.

»Wie war Ihr Verhältnis zu Frau Mend? Waren Sie gute Freundinnen?« Rachel hatte das Vernehmungsprotokoll auf ihrem Bildschirm und warf immer wieder einen Blick darauf, während sie die Zeugin befragte.

»Freundinnen wär zu viel gesagt. Wir haben zusammen gewohnt und mal zusammen zu Abend gegessen. Aber sonst hat jeder seine eigenen Sachen gemacht.«

»Haben Sie sich über persönliche Dinge unterhalten?«

»Wenig. Mehr so darüber, wer zum Putzen dran ist und dass wir Küchentücher brauchen.«

»Was wissen Sie über das Privatleben Ihrer ehemaligen Mitbewohnerin?«

»Also Beziehung hat sie keine gehabt. Sie hat jedenfalls nie Jungs mitgebracht. Ich kann mich auch nicht erinnern, dass sie selber mal eine Nacht weg war. Aber ich war natürlich nicht jeden Tag da. Und sonst ... sie war viel in ihrem Zimmer. Oder in der Uni. Sie hat nie jemanden mitgebracht. Zum Lernen oder so. Ich glaube, sie hat sich schwergetan, Leute kennenzulernen.

Vielleicht war ihr das alles zu viel in München. Ich meine, sie kam vom Land. Irgendwo aus Franken. Sie hat's mal gesagt. Aber ich hab den Namen von dem Ort vergessen.«

»Sie hatte also nicht viele Freunde?«

»Ich bin keinen begegnet.«

»Bis auf das eine Mal in diesem Café«, half Rachel Leitmayr auf die Sprünge.

»Genau. Einmal hab ich sie in einem Café mit einem Mann gesehen. Bei uns um die Ecke. Der Mann war älter als sie.«

»Wie alt?«

»Vielleicht dreißig. Sah eher unscheinbar aus.«

»Das ist ja alles sehr interessant«, unterbrach Wittmann Rachels Befragung. »Und entspricht im Übrigen auch dem, was andere Zeugen der Polizei über das Mordopfer erzählt haben. Aber ich sehe nicht, was Ihre Fragen mit dem Beschuldigten zu tun haben.«

»Wir kommen gleich drauf.«

»Ja, das wäre schön«, sagte Eisler und spielte versonnen mit seiner Armbanduhr, die er inzwischen abgenommen hatte.

»Hat sie Ihnen den Mann vorgestellt?«, fuhr Rachel fort.

»Ja, sie hat mich an ihren Tisch gewunken, als sie mich sah. Ich hab mich dazugesetzt, und wir haben uns unterhalten. Ich kann mich aber nicht mehr an den Namen erinnern.«

»In welchem Verhältnis stand Frau Mend zu dem Mann?«

»Ein paar Tage vorher war Johanna nachts von zwei Männern belästigt worden. Der Mann ist dazugekommen und hat die beiden vertrieben.«

»Hat Frau Mend die beiden Männer gekannt?«

»Nein. Das waren irgendwelche unangenehmen Typen, die sie angemacht haben. Die hatte sie vorher noch nie gesehen.«

»Kommen wir irgendwann zum Thema?«, maulte Wittmann.

Eisler machte eine flatternde Bewegung mit der Hand, ohne den Blick von der Zeugin zu wenden. »Lassen Sie doch mal.« Sein Interesse schien geweckt.

»Sie sagten der Polizei, Johanna Mend hätte vor ihrem Tod Angst gehabt, dass ihr etwas zustoßen könnte. Hatte sie Angst vor den beiden Männern?«

»Ja. Sie hatte Angst, ihnen wieder zu begegnen.«

»Angst um ihr Leben?«

»Das hat sie so nicht gesagt. Aber ich hatte den Eindruck, sie hatte Angst, dass die beiden ihr was antun.«

»Wissen Sie, welcher Art die Belästigung war?«

»Es war wohl mehr als nur belästigen. Ich weiß nicht, ob sie Johanna vergewaltigen wollten. Sie war da etwas unklar. Aber es könnte sein.«

»Haben Sie das alles der Polizei gesagt?«, fragte Rachel mit einem Seitenblick in Richtung Staatsanwälte.

»Ich habe die beiden Männer erwähnt. Aber die Polizeibeamten haben sich nicht für sie interessiert. Die haben auch nicht weiter nachgefragt.«

»Weil sie sich für etwas anderes mehr interessiert haben?«

»Ja, für den Obdachlosen.«

»Was können Sie uns über den Obdachlosen erzählen?«

»Auch vor dem hatte Johanna Angst.«

»Warum?«

»Er war ihr unheimlich und hat sie verfolgt. Der ist immer wieder da aufgetaucht, wo sie auch war.«

»Wie hat Frau Mend den Obdachlosen beschrieben?«

»Sehr groß. Fast zwei Meter. Etwa fünfzig Jahre alt, lange graue Haare, grauer Vollbart.«

»Wie dieser Herr – wenn man sich den Vollbart dazudenkt?« Rachel deutete auf Gerlach.

»Weiß ich nicht. Ich hab den Mann ja nie gesehen.«

»Gibt's noch eine Pointe?«, fragte Wittmann ostentativ genervt. »Ich meine, die Aussage zu dem Obdachlosen steht genau so im Vernehmungsprotokoll.«

»Sie kriegen Ihre Pointe, Frau Wittmann! Einen Augenblick noch.«

Schwinds Gesichtsausdruck verhieß nichts Gutes für Wittmann, und auch dass er sich Notizen machte, war kein Zeichen gehobener Stimmung. Schwind machte sich fast nie Notizen. Dafür waren seine Staatsanwälte zuständig.

Rachel wandte sich wieder der Zeugin zu. »Die Dinge, die Frau Mend über diesen ominösen Obdachlosen erzählt hat – hat sie die Ihnen persönlich erzählt?«

»Nein. Die weiß ich von diesem Mann aus dem Café.«

»Warum hat *er* Ihnen das erzählt und nicht Frau Mend?«

»Es war, glaube ich, so: Also Johanna – Frau Mend – hat erzählt, wie sie den Mann kennengelernt hat und von den beiden Männern und dass er ihr geholfen hat. Irgendwann ist sie auf die Toilette gegangen. Ihr Bekannter und ich haben uns währenddessen weiter unterhalten. Eben über diese Männer. Und da hat er mehr beiläufig erwähnt, dass Johanna auch von dem Obdachlosen bedroht wird. Oder sich bedroht fühlt.«

»Haben Sie danach Frau Mend selbst nach dem Obdachlosen gefragt?«

Fiona Leitmayr kniff nachdenklich die Augen zusammen, dann schüttelte sie den Kopf. »Ich glaub nicht. Ich hatte an dem Tag nicht viel Zeit und musste weg. Und die Tage danach habe ich sie nur ein paar Mal kurz in der WG gesehen. Wir haben hallo gesagt. Aber mehr nicht. Und dann …« Sie zögerte. »Dann ist sie ja … gestorben.«

»Haben Sie der Polizei gesagt, dass Sie die Information über den Obdachlosen nicht von Frau Mend selbst hatten?«

»Weiß ich jetzt nicht mehr. Kann sein, dass mich keiner danach gefragt hat. Steht das nicht im dem Protokoll?«

»Nein.« Rachel vermied es, provokativ in Richtung Anklagevertretung zu blicken. »Das steht leider nicht im Protokoll.« Sie warf noch einen Blick auf ihren Tabletcomputer, wie um sich zu vergewissern, dass sie nichts vergessen hatte. »Vielen Dank, Frau Leitmayr. Das war's von meiner Seite.«

»Haben Sie noch Fragen an die Zeugin?«, wandte sich Eisler an die Staatsanwälte.

Wittmann fühlte sich irgendwie verpflichtet, etwas Boden gutzumachen, und nickte Eisler energisch zu. »Frau Leitmayr – die Polizei hat den Teil Ihrer Aussage, der die beiden Männer betrifft, nicht ins Protokoll mit aufgenommen. Kann es sein, dass Sie bei Ihrer Aussage – wie soll ich sagen – dass die Bedrohung durch die Männer Ihnen nicht so gravierend erschien wie die Bedrohung durch den unbekannten Obdachlosen?«

»Nein. Ich denke nicht.«

»Wie sehen Sie es denn heute?«

»Nachdem der unbekannte Obdachlose wegen Mordes an Frau Mend verhaftet wurde?« Rachel wandte sich mit fassungslosem Gesicht an den Richter. »Was soll diese Frage bitte aufklären?«

»Keine Ahnung«, sagte Eisler und wandte sich an Leitmayr. »Beantworten Sie die Frage bitte trotzdem.«

»Na ja, so rückblickend betrachtet …« Leitmayr erforschte eine Weile ihr Inneres. »Nein. Eigentlich fand ich das mit den beiden Männern schlimmer. Ich meine, die hatten sie ja immerhin schon mal angegriffen.«

»Gut. Aber es könnte ja sein, dass Sie damals gegenüber der Polizei den Eindruck vermittelt haben …«

»Ich glaube, wir sollten die Zeugin entlassen«, würgte Schwind seine Mitarbeiterin ab. »Ich nehme an, Sie haben Termine an der Uni.«

»Ja, heute ist anorganische Chemie. Wär ganz gut, wenn ich hingehen könnte.«

Rachel begleitete Fiona Leitmayr nach draußen und dankte ihr, dass sie sich die Zeit genommen hatte. Dann setzte sie sich wieder an ihren Platz, rückte die Brille zurecht und ließ den Blick in die Runde schweifen. Wittmann starrte auf ihre Akte und tat, als würde sie etwas Wichtiges suchen. Schwind zuckte mit den Schultern und zog die Augenbrauen hoch. Eislers Blick forderte Rachel auf, ihr Statement abzugeben.

»Ich würde sagen«, begann Rachel, »damit ist ein weiterer Stein aus dem Beweisgebäude der Anklage gebrochen. Offenbar war die Polizei zum Zeitpunkt der Einvernahme von Frau Leitmayr so auf den Angeklagten fixiert, dass sie es nicht für nötig hielt, anderen Spuren nachzugehen. Stattdessen haben wir eine Zeugin, die von irgendeinem Unbekannten gehört hat, dass sich Frau Mend vor einem Obdachlosen fürchtete. Es wäre natürlich sinnvoll, diesen Herrn persönlich zu befragen. Aber in den Akten konnte ich nichts über ihn finden.«

»Das Vorgehen der Polizei war sicher nicht lege artis«, sagte Schwind. »Aber das ändert nichts am Vorliegen des dringenden Tatverdachts. Wir wissen, dass die DNA-Spuren auf der Leiche vom Beschuldigten stammen. Andere DNA-Spuren waren nicht zu finden. Die Festlegung auf den Verdächtigen Gerlach hat also letztlich zum richtigen Ergebnis geführt.«

»Ich hab noch nie verstanden, dass man nicht jede Vernehmung mitschneidet. Aber das werde ich bis zu meiner Pensionierung wohl nicht mehr ändern.« Eisler nahm seine Lesebrille ab und ließ sie an der Brillenkordel über seiner Brust baumeln. »Im Übrigen gebe ich dem Herrn Oberstaatsanwalt recht. Die Ermittlungen waren vielleicht schlampig, aber letzten Endes effizient. Den dringenden Tatverdacht gegen Ihren Mandanten räumt das jedenfalls nicht aus.«

»Dann kommen wir zum nächsten wackeligen Punkt in den Ermittlungen. Wenn Sie mal schauen möchten.« Rachel hantierte auf dem Tablet und schob es Eisler über den Tisch. Auf dem Display war das Video vom Tatabend zu sehen. Rachel stand auf und stellte sich neben Eisler. Auch Wittmann hatte von ihrem Platz aus einen guten Blick auf den Bildschirm. Schwind nahm nach einem kurzen Blick zu Eisler sein eigenes Tablet in Betrieb. »Das ist der Kiosk in der Nähe des Tatorts. Bis zum Fundort der Leiche sind es etwa zweihundert Meter Luftlinie. Die Aufnahme stammt vom zwanzigsten April. Also dem Tag des Mordes.«

Auf dem Bildschirm tauchte jetzt Gerlach auf und ging zum Kioskfenster. Eisler sah Gerlach an, dann wieder auf den Bildschirm. »Sind das Sie?« Er zeigte Gerlach das Display.

»Ja. Ich trug damals meine Haare etwas anders.«

»Wirklich erstaunlich«, murmelte Eisler und betrachtete dann wieder den Bildschirm. »Und auf was sollen wir da jetzt achten?«

»Auf den Timecode.«

»Einundzwanzig Uhr zweiundfünfzig?«

»Laut Obduktionsbericht ist das Opfer vor zwanzig Uhr gestorben. Ein späterer Zeitpunkt kommt nicht in Betracht, weil sich sonst die Totenflecken irgendwie anders verlagert hätten. Ich hab's nicht mehr genau im Kopf.«

Wittmann blätterte in ihrer Akte. »Todeszeitpunkt vor zwanzig Uhr zehn – steht hier.«

»Na ja, Stang ist da immer ein bisschen apodiktisch«, sagte Eisler, und ein amüsiertes Lächeln huschte über sein Gesicht. »Geben wir meinetwegen eine halbe Stunde zu. Aber dann ist das Video immer noch fast eineinhalb Stunden nach der Tat entstanden – und beweist damit was ...?« Die Frage ging an Wittmann.

»Es beweist ...«, die Staatsanwältin rang um eine Formulierung. »... dass der Beschuldigte sich an dem Abend in der Nähe des Tatorts aufgehalten hat. Man muss das Ganze ja immer im Zusammenhang mit der DNA auf der Leiche sehen.«

»Es ist ja durchaus vorstellbar«, sprang ihr Schwind bei, »dass der Täter sich nach dem Mord noch eine Zeitlang in der Nähe des Tatorts aufhält ... durch die psychische Belastung so aufgewühlt, dass er ziellos umherirrt und irgendwann – in einem emotional aufgeladenen Zustand – an dem Kiosk auftaucht. So wie es der Kioskbesitzer geschildert hat.«

»Jaja, durchaus denkbar. Aber das sind natürlich alles Vermutungen«, sagte Eisler. »Was den dringenden Tatverdacht anbelangt, bewegen Sie sich auf immer dünnerem Eis. Im Grunde bleibt nur die DNA-Spur.« Er wandte sich Rachel zu. »Oder haben Sie dafür eine Erklärung?«

»Wenn sich der Beschuldigte in der Nähe des Tatorts aufgehalten hat, kann seine DNA natürlich irgendwie auf die Leiche gekommen sein. Wie genau, weiß Herr Gerlach auch nicht. Aber das muss er auch nicht erklären. Vielmehr muss die Staatsanwaltschaft erklären, wie die DNA auf die Leiche kommt, obwohl der Beschuldigte sich zur Tatzeit nachweisbar drei Kilometer vom Tatort entfernt aufgehalten hat.«

Eisler sah Rachel interessiert an.

»Er war den ganzen Tag oder zumindest den Nachmittag in der Münchner Fußgängerzone. Zusammen mit der Zeugin Nicole Böhm. Bis gegen zwanzig Uhr dreißig. Dann hat er sich zu Fuß zum Flaucher begeben und ist dort nicht vor Viertel nach neun angekommen. Während der ganzen Zeit war er mit der Zeugin Nicole Böhm zusammen.«

»Haben Sie die auch dabei?«

»Wir haben da leider ein kleines Problem. Ein Mitarbeiter unserer Kanzlei sollte Frau Böhm heute Morgen herbringen. Sie ist leider nicht aufgetaucht. Aber wenn Sie mir fünf Minuten geben, klär ich, ob sie inzwischen unterwegs ist.«

»Na gut. Fünf Minuten Pause. Aber nicht länger. Es drängt sich heute etwas bei mir.«

Rachel ging nach draußen. Den langen, kunststoffgrauen Flur hinunter war niemand zu sehen. Das Handy zeigte einen Anruf in Abwesenheit – Carsten. Er warte immer noch, teilte er mit, habe freilich die Hoffnung aufgegeben, Frau Böhm noch zu treffen. Rachel wies ihn an, die Sache abzubrechen. Auch ein letzter

Versuch, Nicole auf dem Handy zu erreichen, brachte nichts. Rachel überlegte, was sie noch tun konnte, aber es fiel ihr nichts ein. Nichts, was Sinn ergab. Sie konnte Carsten die Isar und die Fußgängerzone entlanglaufen lassen. Vielleicht würde er auf Nicole stoßen. Aber der Mann war an seinem Schreibtisch zweihundertzwanzig Euro die Stunde wert. Das machte es Rachel leichter zu akzeptieren, dass Nicole schlichtweg nicht kommen wollte – aus welchem Grund auch immer.

Die Tür zum Richterzimmer ging auf, und Gerlach kam in Begleitung des Wachmanns auf den Gang. »Wie sieht's aus?« Er klang ängstlich.

»Sie kommt nicht.«

Gerlach presste die Lippen zusammen, atmete tief ein und schluckte. »Das kann nicht sein«, sagte er und schüttelte unwillig den Kopf. »Warum kommt sie nicht?«

»Ich weiß es nicht.« Rachel legte eine Hand auf Gerlachs Schulter. »Sie ist jung und ein bisschen unzuverlässig. Sie wird irgendwann auftauchen.«

»Herrgott, sie weiß, worum es geht!«, schrie Gerlach heraus und hielt überrascht von seiner eigenen Wut inne. »Sie lässt mich einfach im Stich!«, flüsterte er jetzt und starrte auf den Boden.

»Man wird sie finden. Es ist nur eine Frage der Zeit.«

»Was soll ich dann noch mit ihr?« Gerlach blickte den grauen Gang entlang. Dann drehte er sich um und ging zurück in das Büro des Untersuchungsrichters.

Rachel blieb etwas ratlos zurück. Gerlachs bittere Wut hatte sie überrascht. Er war tief enttäuscht. Nicht darüber, dass seine wichtigste Zeugin nicht auftauchte, sondern darüber, dass Nicole ihn im Stich gelassen hatte. Er hatte sich offenbar mehr von dem Mädchen erwartet.

Als alle wieder Platz genommen hatten, fragte Eisler: »Und?«

Rachel schüttelte den Kopf. »Tut mir leid, sie ist nicht aufgetaucht. Vielleicht wurde sie aufgehalten.« Das klang mau, und weder Rachel noch sonst einer der Anwesenden glaubte es.

Eisler klappte seine Akte zu und ließ sie geräuschvoll auf die Tischplatte fallen. »Was die nächste Haftprüfung anbelangt, Frau Anwältin – Sie wissen ja, wann Sie wieder kommen dürfen.« Eisler bezog sich auf eine Vorschrift, wonach ein neuer Antrag auf Haftprüfung erst nach drei Monaten zulässig war.

Alle räumten ihre Sachen zusammen, Aufbruchsgeräusche füllten den Raum. Da hörte man eine leise Stimme. Es war Gerlach.

»Kann ich noch etwas sagen?«

»Die Sitzung ist eigentlich beendet«, sagte Eisler. »Aber ich höre Ihnen natürlich zu, wenn Sie trotzdem was sagen wollen.«

»Ja. Würde ich gern.« Es wurde leise im Raum. »Am Abend des zwanzigsten April gegen acht Uhr abends habe ich die Studentin Johanna Mend erstochen, der Leiche die Hände abgetrennt und sie der jungen Frau an den Kopf genagelt.«

16

Gerlachs Beichte war schnell vorbei. So schnell, dass Rachel nicht eingreifen konnte. Danach herrschte quirlige Aufregung im Richterzimmer. Rachel beschwor ihren Mandanten, den Mund zu halten. Wittmann hingegen witterte die Gelegenheit, einen Deckel auf das Verfahren zu machen, und redete auf Gerlach ein, er könne wertvolle Punkte für die Strafzumessung sammeln, wenn er jetzt gleich ein ausführliches Geständnis zu Protokoll gebe. Rachel schirmte Gerlach vor der auf ihn eindringenden Staatsanwältin ab, was unnötig war. Mehr als diesen einen Satz sagte Gerlach nicht zur Sache aus. Er wollte zurück in seine Zelle und kündigte an, den Ermittlungsbehörden am nächsten Tag zur Verfügung zu stehen. Auch mit Rachel wollte er nicht sprechen. Eisler wies den Wachbeamten an, den Beschuldigten nach Stadelheim zurückzubringen. Als Gerlach draußen war, kehrte im Büro des Ermittlungsrichters wieder Ruhe ein.

»Um Ihre Zeugin müssen wir uns jetzt wohl nicht mehr kümmern.« Dass ein wenig Triumph und Befriedigung in ihrem Statement mitschwangen, konnte Wittmann nicht ganz verhindern.

»Er ist aufgewühlt, weil das Mädchen nicht gekommen ist. Das Geständnis wird die Nacht nicht überleben.« Rachel steckte das iPad in ihre Ledertasche und verabschiedete sich.

Im Lift des Parkhauses bemerkte Rachel, dass ihre Hand zitterte, als sie versuchte, die Parkkarte aus der

Ledertasche zu ziehen. Sie fuhr zurück ins Erdgeschoss und nahm sich ein Taxi. Während der kurzen Fahrt kreisten ihre Gedanken in einer Endlosschleife um das Geständnis. Immer und immer wieder sezierte sie die Ereignisse. Sie hatte gesehen, wie Gerlach vor dem Richterzimmer zusammengebrochen war, tief enttäuscht, dass Nicole nicht gekommen war. Gerlach hatte in den letzten Jahren alles verloren – Frau, Arbeit, Geld, Wohnung. Man hatte ihn wegen Mordverdachts in eine Gefängniszelle gesperrt. Und dann wandte sich der letzte Mensch gegen ihn, der ihm etwas bedeutete. Gerlach war offenbar nicht mehr Herr seiner Emotionen.

»Und? Wie war's?«

Lauras piepsende Fröhlichkeit war in diesem Augenblick ganz schlecht getimt. Für einen langen Moment redete Rachel innerlich auf sich ein, dass Laura nichts dafürkonnte und eine Chefin Besonnenheit an den Tag legen musste. Aber im Grunde ertrug sie Laura nur. Und das von der ersten Stunde an. Ihre gute Laune und ihre Begriffsstutzigkeit gingen ihr Tag für Tag auf den Wecker. Irgendwann musste das ein Ende haben. Das hier war ihre Kanzlei und sie, Rachel, bestimmte, mit wem sie zusammenarbeiten wollte.

»Kommst du mal kurz«, bat sie Laura in ihr Büro.

Nachdem sich Rachel hinter ihren Schreibtisch und Laura auf den Stuhl vor dem Schreibtisch gesetzt hatte, sagte Rachel: »Es ist dir sicher auch schon aufgefallen, dass es – wie soll ich sagen – dass es nicht so richtig passt zwischen der Kanzlei hier und – dir.«

Laura stutzte kurz. »Nein ... ist mir eigentlich noch nicht aufgefallen. Ich finde, alle sind sehr nett hier.«

»Aber mir ist es aufgefallen. Und in dem Fall bin

nun mal ich maßgeblich, weil das meine Kanzlei ist. Es tut mir leid, dass wir irgendwie nicht zusammengefunden haben. Aber ich bin sicher, du wirst mit deinem … gewinnenden Wesen sehr schnell was anderes finden.«

»Ich versteh das nicht.« Laura sah Rachel mit großen Augen an. »Was meinst du?«

»Das ist es, was ich dir zu erklären versucht habe: Wenn du in diese Kanzlei passen würdest, würdest du verstehen, was ich meine. Laura – das war eine Kündigung.«

Laura sah Rachel entsetzt an, und es dauerte nur Sekunden, da kullerten Tränen ihre Wangen hinab.

»Hör bitte auf zu weinen. Es ist nur eine Kündigung.«

Laura nickte tapfer und heulte noch mehr.

Als Rachel eine Viertelstunde später die Kanzlei verlassen wollte, wurde sie im Eingangsbereich von ihrer Assistentin Gitti Halbert abgepasst.

»Du hast Laura gefeuert? Wieso um alles in der Welt?«

»Ich hab nichts gemacht«, fiepte Laura, Schminke tropfte ihr von den Wangen auf die weiße Bluse. »Ich hab nur gefragt, wie der Termin war.«

»Du kannst sie nicht entlassen, weil sie sich nach einem Termin erkundigt. Damit kommst du nicht durch.«

»Ach, sind wir auf einmal Fachanwältin für Arbeitsrecht!« Rachel senkte die Stimme, so dass Laura sie nicht hören konnte, und zischte Gitti zu: »Ich will Laura seit dem Tag entlassen, an dem sie hier angefangen hat. Und heute ist es so weit. Kümmer dich bitte um eine Nachfolgerin.«

»Der Gerlach will nicht mit Ihnen reden.« Der Beamte hinter der Glasscheibe hielt noch den Telefonhörer in der Hand.

»Professor Gerlach«, versuchte Rachel ihrem Mandanten zu der ihm gebührenden Wertschätzung zu verhelfen.

»Ne, der Penner von der Isar.«

Sie verzichtete auf weitere Belehrungen. »Sagen Sie ihm, dass ich Neuigkeiten von Frau Böhm habe. Nicole Böhm.«

Der Beamte tat, wie ihm geheißen, sagte ein paarmal »ja«, »gut« und »in Ordnung«, wartete eine Weile, sagte noch einmal »in Ordnung« und legte auf. Ein Summen ertönte, und Rachel durfte die Tür zum Gefängnisinneren passieren. Sie hatte schon bei der Ankunft in der Kanzlei den Beschluss gefasst, noch heute mit Gerlach zu reden. Sie musste wissen, woran sie war.

»Was war das vorhin?«

Gerlach zuckte mit den Schultern. »Ein Geständnis. Es … musste sein.«

»Was ist in dich gefahren? Nur weil das Mädchen nicht gekommen ist?«

Gerlach schwieg.

»Geständnisse kann man widerrufen. Aber das macht uns die Sache nicht leichter.«

»Ich dachte, es bringt Pluspunkte, wenn man gesteht.«

»Hör auf mit dem Quatsch. Du wirst das Geständnis morgen widerrufen, okay?«

Gerlach nickte bedächtig, kniff die Augen zusammen und fixierte einen Punkt an der Decke. »Nein, Rachel. Ich werde das Geständnis nicht widerrufen. Was gibt es Neues von Nicole?«

»Nichts. Das hab ich nur gesagt, damit du mit mir redest.« Sie nahm seine Hände, die gefaltet auf der Tischplatte lagen. »Du hast niemanden umgebracht. Du bist einsam und verzweifelt. Aber das wird im Gefängnis nicht besser. Du kannst ein neues Leben beginnen, wenn du wieder draußen bist. Ich werde dir helfen.«

Gerlach ließ seine Hände, wo sie waren, ließ Rachels Berührung zu, erwiderte sie aber nicht. Sein Blick war ruhig und erschöpft, als er ihn auf Rachel richtete. »Es ist schwer zu glauben, nicht wahr?«

Es kam Rachel vor, als habe sie nie zuvor in ihrem Leben eine derart gewaltige Stille erlebt. Eine Stille wie ein Loch in der Erde, als stünde sie am Rand des Grand Canyon. Rachels Atem war flach, die Innenseiten ihrer Hände wurden feucht, und es ging ihr durch den Kopf, dass er es spüren musste, dass es ihm unangenehm war, wenn sie seine Hände mit ihren nassen Fingern umklammerte. Doch eigentlich klammerte sie nicht mehr. Nachdem sie seinen Satz gehört hatte, war ihr Griff locker geworden. Als suchte sie Abstand, traute sich aber nicht, Gerlach loszulassen. Wessen Hände hielt sie da? Gerlachs Blick war gefasst und ruhig. Er bohrte sich nicht in sein Gegenüber, er lud nur dazu ein, ihn zu erforschen, Wahrheit oder Lüge daraus zu lesen. Und er sagte Rachel, ruhig und erschöpft: Es ist so. Ich habe gemordet. Gewöhne dich an den Gedanken oder geh.

Sie zog die Hände weg und wischte sie mit einem Papiertaschentuch ab. »Tut mir leid. Sie sind irgendwie feucht geworden.«

»Ja. Das hattest du früher schon, wenn du aufgeregt warst.« Er kratzte an einer kleinen Schmutzkruste auf der Resopalplatte des Tisches. »Hast du es gar nicht für möglich gehalten?«

Rachel erwiderte eine Weile Gerlachs Blick, suchte nach Worten, die man sagen konnte, wenn man gerade erfahren hatte, dass ein guter Freund Frauen ermordete. Es fand sich aber nichts, und so sagte sie: »Warum hast du es getan?«

»Das ist schwer zu erklären.« Gerlach hatte die Kruste beseitigt und polierte die Stelle mit dem Ärmel seiner Jacke. Er nahm sich Zeit zum Nachdenken, schien unterschiedliche Alternativen zu erwägen, wie er sich verständlich machen könnte, und sagte schließlich: »Als ich etwa acht Jahre alt war, wohnte ich bei meinen Großeltern. Im fünften Stock einer Siedlung aus den sechziger Jahren.«

»In Recklinghausen.«

»Oh, das weißt du noch! Gut. Also damals in Recklinghausen hatten wir einen kleinen Hund. Ich hatte ihn Bobby genannt. Wenn ich auf dem Balkon war, nahm ich Bobby manchmal auf den Arm und zeigte ihm die Wohnsiedlung und wo meine Freunde wohnten und wo der Supermarkt war. Bobby fand offenbar Gefallen daran, von oben auf die Welt zu schauen. Jedenfalls wehrte er sich nie, obwohl es hinter der Balkonbrüstung fünf Stockwerke nach unten ging. Immer und immer wieder kam mir damals der Gedanke, dass ich Bobby ohne Mühe über das Geländer werfen könnte. Er würde auf dem asphaltierten Gehweg aufschlagen und tot sein oder elend sterben. Es wäre eine Sache von einer Sekunde. Eine Sekunde und es war vorbei und nie wieder gutzumachen. Der Gedanke hatte einen nahezu schmerzhaften Reiz. Einmal fing ich vor Erregung so an zu zittern, dass ich Bobby absetzen und ins Bad laufen musste, um mir kaltes Wasser ins Gesicht zu spritzen. Ich hab den Hund anschließend nie wieder mit auf den Balkon genommen – aus Angst, ich könnte es tatsächlich tun. Hattest du nie solche Gefühle?«

»Jeder denkt mal, wie es wäre, einem anderen etwas anzutun.«

»Natürlich.« Gerlach popelte an der Nagelhaut seines Daumens. »Ich hatte übrigens immer den Eindruck, du wärst schon einen Schritt weiter gewesen.«

Rachel blieb der Atem weg. Heiko Gerlach hatte schon bei ihrem ersten Besuch zu verstehen gegeben, dass er von Hannah wusste. Irgendwoher musste er erfahren haben, dass Rachel vor langer Zeit eine Schwester hatte. Und dass sie gestorben war. Wusste er etwas Konkretes über ihren Tod? Oder stellte er bloß Vermutungen an, zu denen ihn seine eigene Veranlagung befähigte? Rachel sah seinen Blick aus den halbgeschlossenen Augen. Der Blick sagte: Ich weiß mehr, als du ahnst.

»Was war jetzt mit dem Hund?«, sagte sie schließlich.

»Ach so, der Hund. Er starb mit sechzehn Jahren an Altersschwäche. Nein, dem Hund habe ich nichts getan. Nur dieser quälende, morbide Gedanke, der ist mir damals das erste Mal begegnet.«

»Was war reizvoll daran, einen Hund über das Balkongeländer zu werfen?«

»Es war der Reiz ...« Gerlach zögerte, nicht aus Unsicherheit, wie es schien, sondern um für diesen wichtigen Aspekt seiner Erklärung auch die gebührenden Worte zu finden. »Es war die Lust, mir selbst Schmerzen zu bereiten. In einem einzigen, winzigen Augenblick mein gesamtes restliches Leben wegzuwerfen. Denn wie könnte man nach so einer Tat weiterleben? Du stehst also auf dem Balkon und denkst: Es wäre ein Leichtes. Eine Sekunde und dein kleiner Hund macht seinen letzten Sprung. Ich fand es atemberaubend, am Tor zur Verdammnis zu stehen, die Hand auf der Klinke.«

Rachel erforschte Gerlachs Gesicht. War es wirres Zeug, das er zusammenphantasierte, weil er deprimiert war? Weil er sich selbst weh tun wollte? Für einen Mord büßen, den er nicht begangen hatte? Oder war es die Wahrheit. Es passte nicht zusammen. Der Mensch, den Rachel kannte, und der Mord am Flaucher. Aber das tat es fast nie, wie Rachel wusste.

Der Abschied war steif. Der Gedanke, Gerlach zu umarmen oder ihm auch nur die Hand zu geben, bereitete Rachel Unbehagen, und sie fragte sich, ob das Unbehagen mit der Zeit verschwinden würde. Auch Gerlach machte keine Anstalten, Rachel zu berühren, vielleicht aus Rücksicht.

»Morgen um zehn hast du einen Termin mit den Staatsanwälten. Sag bitte nichts ohne mich.«

Gerlach nickte, versuchte ein ungelenkes Lächeln, ohne Rachel anzusehen. Dann ließ er sich vom Wachbeamten nach draußen bringen. Rachel sah, wie er vor der Tür den Kopf einzog. Sie konnte kaum atmen.

17

Valentina hatte große, dunkle Augen, als sie an der Hand des älteren Polizisten den Raum betrat.

»Komm her«, sagte Leonora und breitete ihre Arme aus. Der jüngere Mann drückte sie auf ihren Stuhl zurück und stellte sich Valentina in den Weg.

»Du setzt dich hierher!« Er zog das Mädchen zu einem anderen Stuhl. »Los, setz dich.«

Valentina ließ ihre Mutter nicht aus den Augen. Sie hatte Angst. Leonora wischte sich die Nase mit dem Handrücken ab, Blut klebte an der Hand. Sie wusste nicht, was für einen Anblick sie bot, aber er musste furchtbar sein für ein neunjähriges Kind.

»Komm, jetzt lass die Kleine zu ihrer Mutter«, sagte der Ältere.

»Nein. Die bleibt da sitzen. Ich weiß nicht, was du für einen Plan hast. Aber ich hab einen ziemlich guten. Und in diesem Plan gibt's ein Happy End für unsere kleine Familie erst, wenn uns Frau Shkodra gesagt hat, was wir wissen wollen. Wie ist dein Plan?«

Der Ältere sagte nichts mehr und ließ den Jüngeren gewähren. Der zog sich einen Bürostuhl auf Rollen heran und setzte sich direkt neben Valentina. »Wie heißt sie?«

»Valentina.« Leonora flüsterte den Namen.

»Ich hab's akustisch nicht verstanden.«

Leonora räusperte sich und schluckte. »Valentina.«

Der Mann streckte dem Mädchen seine Hand entgegen, die offene Handfläche nach oben. »Komm Valentina, gib mir deine Hand.« Valentina legte ihre Hand zögernd in die des Mannes. Der Mann umschloss die Kinderhand, vorsichtig, nachgerade zärtlich. Leonora wäre gern aufgesprungen, um ihm Valentinas Hand zu entreißen. Aber in der Position war sie nicht.

»Kannst du Deutsch?«

Valentina nickte. Bei den Besuchen in München hatte sie von anderen Kindern Deutsch gelernt. Zurück im Kosovo, sorgte Leonora dafür, dass diese Kenntnisse als Guthaben für eine bessere Zukunft erhalten blieben.

»Möchtest du mit deiner Mutter im Auto weiterfahren?«

»Ja«, sagte Valentina.

»Das könnt ihr.« Valentina sah den Mann in der Lederjacke hoffnungsvoll, aber verunsichert an. Etwas in seiner Stimme sagte, dass es noch einen Haken gab. »Allerdings müssen wir zuerst mit deinem Vater telefonieren. Leider kann sich deine Mutter nicht mehr erinnern, wo er ist. Aber vielleicht weißt du es ja.«

Valentina wandte sich zu ihrer Mutter. Leonora sah sie an, unglücklich, verzweifelt. Mehr konnte Valentina ihrem Blick nicht entnehmen. Ob Valentina wusste, wo Florin war? Gesagt hatten sie es ihr nicht. Vielleicht hatte sie es bei einem der Telefonate mitbekommen.

Valentina schüttelte den Kopf.

»Wirklich nicht?«

Valentina blieb stumm.

»Das ist schade. Denn ihr müsst bleiben, bis wir mit deinem Vater telefoniert haben.«

Vor dem Fenster schwebten dicke Flocken von dem schwarzen Nachthimmel herab. Leonora reckte ihren Hals und konnte im Schneetreiben eine Laterne an der Straße erkennen. Sie lag unmittelbar vor der Einfahrt zu dem Haus, in dem sie waren. Jetzt tauchte ein Paar Schweinwerfer auf, und als der Wagen in den Lichtkegel der Straßenlaterne geriet, konnte man sehen, dass es ein Streifenwagen war, silbern, mit grüner Seite und Motorhaube, auf dem Dach die Aufbauten mit dem Blaulicht. Der Wagen wurde langsamer, als er die Laterne passierte, bog in die Einfahrt ein und blieb nach zwei Metern stehen. Die beiden Männer im Raum waren Leonora zugewandt und standen mit dem Rücken zum Fenster. Den Streifenwagen bemerkten sie nicht.

»Nimm dir Zeit«, sagte der ältere Mann mit sanfter Stimme. Er spielte den Good Cop, was ihm, so schien es Leonora, charakterlich wohl näherlag. »Vielleicht hat mal jemand am Telefon was gesagt. Hat deine Mama jemanden grüßen lassen?«

Valentina schien nachzudenken und sagte nichts. Plötzlich schrie sie auf und versuchte sich von dem jüngeren Mann loszureißen. Der quetschte die Hand des Mädchens. »Denk schneller nach, verdammt!« Leonora sprang auf, klammerte sich an seinen Arm, schrie: »Aufhören!« Sie wurde weggestoßen und schlug heftig mit dem Kopf gegen den Schreibtisch. Valentina weinte, hielt sich den Arm, den ihr Peiniger freigegeben hatte. Der Ältere packte seinen Kollegen an der Schulter. »Spinnst du jetzt?«

»Misch dich nicht ein! Wir ziehen das jetzt durch.« Er sah ihm herausfordernd ins Gesicht. »*Ich* zieh das jetzt durch!« Er fasste Leonoras Arm und zog sie unter dem Schreibtisch hervor, schleifte sie zu ihrem Stuhl zurück und sagte: »Setz dich. Und halt die Klappe. Außer, du wirst gefragt. Hast du das verstanden?«

Leonora nickte.

Valentina weinte leise.

»Hör auf zu heulen!«, schrie der Mann sie an. Das Kind verstummte, setzte sich wieder auf seinen Stuhl und kämpfte mit den Tränen. »Okay.« Der Mann in der Lederjacke blickte sich um, nickte, zufrieden, dass er wieder Ordnung hergestellt hatte, und baute sich hinter Valentinas Stuhl auf. Da erklang ein melodisches Piepsen. Erst leise und tief, dann intensiver. Es brach ab, ließ eine Pause und begann nach einer Sekunde von neuem. Erst als der Mann in seine Lederjacke griff, realisierte Leonora, dass es ein Klingelton war. Nachdem er auf das Display gesehen hatte, nahm der Mann den Anruf an.

»Ja?« Seine Miene verdunkelte sich. »Du, ich schau ein bisschen nach dem Rechten und hab die Heizung angemacht. Damit die Rohre nicht einfrieren … Wo bist du?« Der Mann drehte sich zum Fenster und sah hinaus. Aus dem Polizeiwagen stieg jetzt jemand aus, ein Mann in Uniform. Er winkte. »Ja, ich seh dich.« Der jüngere Mann trat ans Fenster und winkte zurück. Auch der Ältere sah aus dem Fenster und seinem halben Kopfnicken war zu entnehmen, dass er den uniformierten Polizisten kannte. »Okay. Ich bleib aber nicht lang.« Das Telefonat wurde beendet. »Der Werner kommt kurz rein. Geh mit den beiden nach nebenan.« Der Jüngere deutete auf eine Tür im Raum, die nicht auf den Flur führte. Der ältere Kollege nickte.

»Komm, gib Gas!« Valentina wurde am Arm von ihrem Stuhl gezogen und zu der Tür dirigiert, Leonora nahm sie an der Hand, und sie verschwanden mit dem älteren Beamten im Nebenraum. Es erschien Leonora freilich immer unwahrscheinlicher, dass sie es mit echten Polizeibeamten zu tun hatte.

Der Raum war karg eingerichtet. Ein grünes Cordsofa aus den siebziger Jahren, Tapeten, die der gleichen

Ära entstammten, Linoleumboden, der südländisches Kachelmuster vortäuschte und bereits großflächig entfernt war, darunter schlichte Fichtendielen, an denen stellenweise der Kleber für den Bodenbelag haftete, das alles von einer beachtlichen Staubschicht überzogen. Nach Staub roch es auch und nach dem allgegenwärtigen Schimmel. An der Decke eine jämmerliche Lampe aus dem Quelle-Katalog, die bei Auktionen in München womöglich schon gute Preise erzielte.

Es war kalt. Hier hatte man die Heizung nicht aufgedreht. Der Raum war nicht zur Benutzung vorgesehen gewesen. Leonora und das Kind sollten, einer Geste ihres Bewachers folgend, auf dem grünen Sofa Platz nehmen. Es war klamm, aber weich und bequemer als die Bürostühle. Das doppelt verglaste Fenster mit den aufklappbaren Flügeln mochte fünfzig Jahre oder älter sein. Den Blick nach draußen versperrten geschlossene graugrüne Fensterläden. Leonora dachte nach. Im Nebenraum war ein echter Polizist. Sie könnte versuchen, die Tür zu erreichen und ihn um Hilfe bitten. Würde er helfen? Wie stand er zu den beiden anderen? Sie kannten sich offenbar. Waren die beiden doch Polizisten, die außerhalb ihres Aufgabenbereichs agierten? Sie könnten sagen, Leonora habe versucht, illegal einzureisen. Wem würde der Polizist wohl glauben, wenn Leonora ihre Version vortrug – einer Frau aus dem Kosovo, die bereits durch ihre Herkunft die Vermutung der Illegalität auf der Stirn trug? Leonora drückte ihr Kind an sich und blieb sitzen.

»Ich tät die Hütte ja verkaufen. Was willst denn noch damit?« Werner war korpulent, hatte rotes Haar und ein speckiges Gesicht. Sein Lachen war bayerisch und barock. »Vielleicht einen Puff aufmachen. Wär a echte

Marktlücke hier heraußen.« Er schlug dem jungen Mann mit dem Handrücken vor die Brust und gab ein abgehacktes Gackern von sich. »Oder abreißen und was Neues hochziehen.«

»Geht nicht. Ist Außenbereich.«

»Scheiße. Da erbst mal was, und dann kannst die Bude nicht einmal abreißen.« Erneutes Gackern. »Sag mal, der Arnie ist auch hier, oder?«

»Wieso?«

»Ich hab ihn durchs Fenster gesehen.«

»Jaja, wir sind zu zweit da. Das Haus gehört ihm ja zur Hälfte. Da soll er sich auch drum kümmern.«

»Da sagst was Wahres. Kann ich mal kurz mit ihm reden? Geht um was Dienstliches.«

Der Mann in der Lederjacke überlegte einen Augenblick. »Warte.« Vorsichtig öffnete er die Tür zum Nebenraum. »Der Werner braucht was von dir«, sagte er leise und war bemüht, den Türspalt so schmal wie möglich zu halten. Arnie wirkte verunsichert, blickte zu den beiden auf dem grünen Sofa.

»Geh schon. Ich bleib hier.« Der Mann in der Lederjacke schob sich in den Raum, Arnie ging nach draußen.

Werner war sichtlich irritiert über diese Rochade, als Arnold alleine ins Büro kam. »Wo is'n er jetzt hin?« Werner deutete vorwurfsvoll auf den Nebenraum.

»Er … er wollte da noch irgendwas …« Arnie war kein begnadeter Lügner und trug Ausreden wenig überzeugend vor.

»He, Patrick!«, schrie Werner der Tür zu. »Jetzt geh mal her. Das ist scheißungemütlich, was du da abziehst. Oder soll ich dich holen?«

»Ich komm ja!« Patrick sah Leonora und Valentina

an. »Ihr bleibt da sitzen. Wenn sich einer auch nur bewegt, seid ihr tot. Ist das klar?« Leonora nickte.

Im Büro wurde Patrick von Werner mit den Worten »Was treibst denn da drin, du Brezensalzer?« empfangen. Die Antwort kam nur dumpf und unverständlich durch die jetzt wieder geschlossene Tür. Leonora hielt ihre Tochter im Arm und sah sich im Raum um. Gegenüber an der Fensterwand stand eine Kommode, darauf ein Spiegel, der so positioniert war, dass sie die Tür im Blick hatte. Sie wusste nicht, worauf das hier hinauslaufen würde. Aber falls sie jemals rauskommen sollte, dann musste sie Beweise haben, dass sie verschleppt worden war. Beweise, dass sie verfolgt wurde. Das könnte entscheidend sein für ihr Asylverfahren. Sie hatte ihr Handy bei sich. Warum hatten sie es ihr nicht abgenommen? Vermutlich war nie vorgesehen, dass sie unbeobachtet blieb. Leonora streichelte Valentinas Haar und holte das Smartphone aus der Jacke. Sie schaltete die Tastentöne aus, dann rief sie die Fotofunktion auf und stellte den Zoom so ein, dass möglichst viel von dem Zimmer im Bild war.

»Was machst du?«, flüsterte Valentina auf Albanisch.

»Ein Foto. Damit wir wissen, wo wir waren. Das dürfen die Männer aber nicht wissen. Hast du das verstanden?«

Valentina nickte. In diesem Moment hörte man Schritte vor der Tür, unmittelbar darauf wurde sie aufgemacht – mit Bedacht und Vorsicht, wie die Male davor auch. Leonora kam vor Schreck auf den Auslöser und hatte Glück, dass es keinen Blitz gab. Offenbar spendete der Kronleuchter genug Licht. Als der ältere Mann den Raum betrat, war das Handy wieder in Leonoras Jacke verschwunden. Er sah kurz zum Sofa, registrierte, dass sich nichts verändert hatte, ging zum Fenster und betrachtete die geschlossenen Läden, murmelte: »Ach, die sind schon zu«, und ging eilig wieder nach nebenan.

Leonora zog erneut das Handy aus der Jacke. Sie musste das Foto, auf dem im Spiegel durch die offene Tür auch der Nebenraum und der Polizist zu sehen waren, an Albina verschicken. Irgendwann würden sie ihr sicher das Handy wegnehmen. Doch das Foto ließ sich nicht verschicken. Ein Blick auf das Display erklärte, warum ihre Entführer das Handy nicht fürchten mussten: Es gab hier kein Netz. Enttäuscht steckte sie das Telefon weg.

Im Nebenraum entspann sich inzwischen eine lebhafte Unterhaltung, deren Inhalt Leonora nicht interessierte. Interessanter war die zweite Tür, schräg hinter der Couch, die in den Flur hinausführte. Leonora griff in ihre Jeanstasche. Der Autoschlüssel war noch drin. Wenige Schritte bis zur Tür, wenige Meter auf dem Gang entlang, zehn Meter zum Auto. Hoffentlich sprang es an. Im Büro gab ein Wort das andere. Schritte waren nicht zu hören. Vorerst. Leonora bedeutete Valentina, still zu sein, und schob sich mit den Händen vorsichtig vom Sitzpolster des Sofas hoch, ging auf Zehenspitzen bis zur Tür, lauschte. Sie schluckte und atmete tief ein, Schweiß brach an mehreren Körperstellen aus, als sie die Klinke drückte.

Werner beabsichtigte seit längerem, das Haus von Arnold und Patrick zu kaufen. Die beiden Halbbrüder hatten es vor drei Jahren von einer Tante geerbt, und seitdem stand es leer. An diesem Abend hatte Werner seine Streifentour in die Gegend geführt, und er nutzte die Gelegenheit, um vorbeizufahren. Da war es ihm wie ein Zeichen erschienen, dass die Hausbesitzer anwesend waren. Das Objekt unterlag wegen seiner Lage im Außenbereich etlichen Einschränkungen. Dass diese Einschränkungen dem Verkauf des Objektes nicht eben förderlich waren, ließ Werner hoffen, es zu einem erschwinglichen Preis erwerben zu können.

Die Hauseigentümer waren am heutigen Abend allerdings nicht in der Stimmung, Verkaufsgespräche zu führen, aus Gründen, die sie Werner freilich nicht direkt mitteilen konnten. Sie schlugen vor, sich zeitnah bei einem gemütlichen Bier zusammenzusetzen und über die Sache zu reden. Sie seien zuversichtlich, dass man zusammenfinden werde. In ebendem Moment, da Werner seinen Arm in Richtung der beiden Brüder ausstreckte und ein kerniges »Hand drauf!« bellte, meinte Patrick ein Geräusch aus dem Nebenraum zu hören.

Leonora war fast geräuschlos bis zur Tür gelangt, nur ein leises Knarren der alten Dielen hatte die Stille unterbrochen. Die alte Messingklinke ließ sich ohne großen Widerstand nach unten drücken. Vorsichtig zog Leonora an der Tür, doch sie rührte sich nicht. War sie abgeschlossen oder klemmte sie nur? Leonora hielt den Atem an und zog kräftiger, doch die Tür bewegte sich nicht. Mit einem Mal gab etwas nach, Leonora musste einen Schritt nach hinten machen, um das Gleichgewicht zu halten. Ein ratschendes Geräusch. Sie hielt die Klinke in der Hand. Im Zimmer nebenan verstummte das Gespräch.

18

Mai 2015

Gegen sechzehn Uhr kehrte Rachel in die Kanzlei zurück. Sie konnte sich kaum erinnern, wie sie von Stadelheim zurückgekommen war, als sie mit einem Mal im Foyer stand. Man gewöhnte sich an vieles. Dass der Mann einen betrog, dass der geliebte Vater Tausende von Menschen in den Ruin getrieben hatte, manche Frauen gewöhnten sich sogar daran, dass der Mann die Tochter missbrauchte. Auch Rachel würde sich daran gewöhnen, dass der Mann, der einmal die Liebe ihres Lebens gewesen war, eine Frau umgebracht und ihr die Hände abgehackt hatte. Nur wusste sie nicht, wann diese Gewöhnung eintreten würde. Den gesamten Weg von Stadelheim bis ins Büro hatte sie versucht, ihr Bild von Heiko Gerlach mit dem eines Mörders zur Deckung zu bringen. Es war schwer. Heiko war einerseits charmant und souverän, wirkte aber gleichzeitig auch weltfremd und manchmal etwas hilflos. Rachel hatte diese Kombination als sehr anziehend empfunden. Und nicht nur sie. Heiko hatte kein Problem, Frauen zu erobern. Er war weit entfernt vom Klischee des verdruckten Serienkillers, der seine Anregungen aus Horrorvideos im Internet bezog. Andererseits – Rachel wusste wenig über seine Vergangenheit. Er hatte darüber selten gesprochen. Vermutlich nicht, weil es dort finstere Geheimnisse gab, sondern weil er allgemein kaum über sein Innenleben sprach. Gab es in seiner Vergangenheit etwas, das ihn zum Mörder gemacht hatte?

Die Plüschkatze stand nicht mehr auf dem Empfangstresen. Das fiel Rachel beim Betreten der Kanzlei durchaus auf. Jahrelang musste sie das alberne Tier dulden. Die Angestellten hatten ihm den Namen Mausi gegeben und begrüßten es jeden Morgen mit Sätzen wie »Na, Mausi, gut geschlafen?«. Sascha bestand darauf, dass Mausis Entlassung das Betriebsklima ruinieren würde. Natürlich war es Laura, die das Vieh angeschleppt hatte. Der Zusammenhang wurde Rachel im ersten Moment nicht klar, sie war zu sehr mit den Ereignissen um Heiko Gerlach beschäftigt. Dass Laura Dinge in einen braunen Karton packte, bemerkte Rachel zwar ebenfalls, dachte aber nicht weiter darüber nach, und während sie am Empfangstresen vorbeihastete, sagte sie: »Ich brauch einen doppelten Espresso mit einem Schuss Grappa. Mach fifty-fifty Grappa / Kaffee.«

»Rachel?« Rachel stoppte genervt. Laura ließ den Karton stehen und kam zum Tresen. Ihr Kajal war zerlaufen, die Augen tränengerötet, und die Haut um das Kinn zitterte. »Ich hol dir keinen Kaffee mehr.« Sie schluckte, und weitere Tränen flossen in den ausgewaschenen Kajalspuren.

»Wieso? Ist irgendwas?«

»Ich kündige.«

»Hab ich dir nicht gekündigt?«

»Ja. Aber ich kündige fristlos!«

Rachel sah sie mit einer Mischung aus Unverständnis und Ungeduld an.

»Du hast gesagt …«, Lauras Stimme versagte kurz, »dass du mich schon immer rausschmeißen wolltest. Ich hab das gehört. Ich kann hier keinen Tag länger bleiben. Unser Vertrauensverhältnis ist zerrüttet.«

»Vertrauensverhältnis zerrüttet? Du meine Güte!

Wo hast du denn solche Ausdrücke her? Janina?!!«
Janina Ebert war neben ihrer Strafrechtstätigkeit auch
die Arbeitsrechtlerin der Kanzlei und ging oft mit
Laura zum Mittagessen.

»Die ist auf einem Termin.« Laura schneuzte sich
und brauchte sofort ein zweites Tempotaschentuch,
das Rachel ihr reichte.

»Jetzt komm mal wieder runter. Ja, ich hab dich
gefeuert. Aber das war … im Affekt. Ich hatte gerade
erfahren, dass die Liebe meines Lebens Frauen ermordet.«

»Sascha?« Lauras Augen schienen auf Untertassen-
größe angewachsen.

»Nein … eine andere Liebe meines Lebens. Jedenfalls hören wir jetzt mit diesem Kündigungskinder-
garten auf, und du bist so lieb und holst mir meinen
Kaffee.«

»Also keine Kündigung?«

»Hab ich das nicht gerade gesagt? Hol mir bitte meinen Kaffee und stell die verdammte Katze wieder auf
den Tresen!«

Laura hatte Amaretto statt Grappa in den Espresso
getan. Um weiteres Tränenvergießen zu vermeiden,
trank Rachel klaglos die klebrig-süße Brühe und versuchte, eine neue Verteidigungsstrategie für Heiko
Gerlach zu entwerfen. Aber machte es Sinn, sich den
Kopf darüber zu zerbrechen? Wie es aussah, wollte
Gerlach für seine Tat büßen.

Rachel schob die Akte zur Seite und kippte in
ihrem Bürosessel in eine halbliegende Stellung zurück. Hatte Heiko Gerlach schon damals den Drang
gehabt zu töten? Hätte es sie selbst treffen können?
War er ein Psychopath? Jemand, der keine Empathie

für andere empfand, der ebenso mitleidslos Menschen auslöschte, wie er Fliegen erschlug? Bislang war es nur ein Opfer. Aber was Gerlach erzählt hatte, gab Anlass zu der Vermutung, dass er zu weiteren Taten fähig war. Oder gab es bereits andere Opfer? Vermutlich nicht. Die Polizei hatte mit Sicherheit nach ähnlichen Fällen in der Vergangenheit geforscht.

Ein Klopfen an der Tür riss Rachel aus ihren erratischen Grübeleien.

»Was ist heute los mit dir?« Sascha ließ sich auf einen Besuchersessel sinken. »Ist es wegen der Haftprüfung?«

Rachel nickte.

»Was ist schiefgelaufen?«

»Erst ist unsere wichtigste Zeugin nicht gekommen. Dann hat mein Mandant aus heiterem Himmel ein Geständnis abgelegt.«

»In der Haftprüfung?«

»Der Termin war schon vorbei. Ich dachte, ich hör nicht richtig.«

»Dein Ex-Freund Heiko hat einen Mord gestanden?«

»Der Mann, mit dem ich zwei Jahre lang in einem Bett geschlafen habe. Und von dem ich immer noch dachte, dass er ein großartiger Mensch ist. Ist das zickig, wenn ich heute ein bisschen dünnhäutig bin?«

»Ich kann's ausnahmsweise verstehen.«

»Wolltest du was von mir?«

»Wär es okay für dich, wenn Sarah noch mal bei mir übernachtet? Paula ist bei einer Freundin zum Lernen.«

»Klar.« Rachel starrte ins Leere. »Kein Problem.« Sie war müde und fragte sich, ob Sarah gerade ein Problem mit ihr hatte.

»Das ist nicht gegen dich gerichtet. Es ist einfach ein bisschen Abwechslung für sie.«

»Wie geht's ihrem Arm?«

»Es juckt unter dem Gips oder was das ist. Sonst geht's ihr gut. Ich hatte allerdings den Eindruck, dass sie ausgesprochen froh war, nicht in die Schule zu müssen.«

»Sie war heute nicht in der Schule?«

»Entschuldige mal. Sie hat sich das Handgelenk gebrochen.«

»Aber sie muss noch Arbeiten schreiben. In Latein und Physik steht sie zwischen Vier und Fünf.«

Sascha zuckte mit den Schultern. »Na gut. Ich bring sie morgen in die Schule. Das kriegen wir schon hin. Ich red mal mit ihr.«

»Sei so gut.«

Sascha patschte mit einer Hand auf die Armlehne des Sessels und sprang auf. Bevor er die Tür öffnete, drehte er sich noch einmal zu Rachel um. »Das mit Heiko tut mir leid. Was hältst du davon, wenn wir nachher was trinken gehen?«

Gern hätte Rachel geredet. Über die letzten Tage und wie sich ihre Gefühle verwirrt hatten, über Zweifel und Ängste. Gern wäre sie mit Sascha etwas trinken gegangen – wie früher, wenn sie in der Bar über Fälle schwadronierten, über Mandanten, Staatsanwälte und Kollegen diskutierten. Aber heute? Mit Sascha über den Mann reden, der vor ihm die Liebe ihres Lebens gewesen war? »Das ist lieb von dir«, sagte Rachel. »Aber ich hab zu tun. Da ist einiges liegengeblieben.«

»Okay.« Sascha lächelte. »Du hast meine Handynummer.«

Kurz nach halb neun, es war noch hell draußen und ein warmer Abendhauch wehte durch die offenen Fenster, ging Rachel in die Teeküche, um sich den siebten Kaffee an diesem Tag zu holen. Der Empfang war verwaist, und auch sonst schien niemand mehr zu arbeiten. Im Gegensatz zu anderen Anwälten sahen es Rachel und Sascha nicht gern, wenn sich ihre Mitarbeiter nachts in der Kanzlei aufhielten. Saschas Motto war: Wer seine Arbeit nicht in zehn Stunden schafft, ist seinen Aufgaben nicht gewachsen. Umso erstaunter war Rachel, Janina Ebert an der Kaffeemaschine zu treffen.

»Was machst du denn hier? Bei dem Biergartenwetter.«

»Hab noch zu tun.« Das war untypisch für Janina. Sie war die fähigste unter den angestellten Anwälten, achtete aber immer penibel darauf, dass die Arbeit ihr Privatleben nicht beeinträchtigte.

»Was sagt Daniel dazu?«

»Daniel?« Janina zuckte die Schultern. Es kam Rachel irgendwie unwillig vor. »Der ist heute nicht da.«

»Ah, verstehe. Da wird die Gelegenheit gleich genutzt.«

»Genau.« Janina holte eine Tüte Milch aus dem Kühlschrank und goss etwas in ihren Kaffee. »Und selber?«

Rachel nahm die Brille ab und massierte ihre Nasenwurzel. »Ich versuch, mich auf die Gerlach-Sache zu konzentrieren.«

»Hab's gehört. Er hat gestanden?«

Rachel nickte, atmete hörbar durch und setzte die Brille wieder auf.

»Was für eine Scheiße. Ich meine ... wart ihr nicht mal zusammen?« Rachel schwieg. Janina legte ihre

Hand an Rachels Oberarm. »Es tut mir echt leid für dich. Das muss furchtbar sein.«

»Ist es.« Rachel war das erste Mal an diesem Tag kurz davor zu weinen. Janina nahm ihre Hand.

»Soll ich mir die Akte noch mal ansehen? Vielleicht entdecke ich ja irgendwas.«

»Das ist nett von dir«, sagte Rachel. »Aber ich komm klar.«

Um zehn saß Rachel noch immer in ihrem Büro. Durch das offene Fenster kamen Sommergeräusche herein, Autos, Passanten, die Besucher der Lokale auf der Nymphenburger Straße. Rachel hatte kein Licht gemacht. Die Reflexe der Autoscheinwerfer zeichneten Muster an die Decke. Der Geruch von Döner lag in der Luft, und es war kühler geworden. Rachel hatte das Interesse an der Akte verloren. Stattdessen dachte sie darüber nach, ob sie Heiko Gerlach weiter vertreten konnte. Es waren zu viele Emotionen im Spiel. Eigentlich hätte sie das Mandat von vornherein ablehnen müssen. Ob schuldig oder nicht. Gleich morgen früh würde sie nach Stadelheim fahren und Gerlach erklären, dass sie ihn nicht länger vertreten konnte. Es würde kein angenehmes Gespräch werden. Und es würde sich mies anfühlen.

Rachel erschrak, als es klopfte.

»Du sitzt im Dunkeln?« Janina tastete nach dem Lichtschalter. Als sie ihn gefunden hatte, wurde Rachel kurz von der Deckenlampe geblendet. Janina legte eine Akte vor Rachel auf den rotlackierten Schreibtisch. »Ich hab es mir trotzdem noch mal angesehen«, sagte sie und bohrte ihren Finger auf eine der Aktenseiten. »Ich sage dir: Da stimmt was nicht!«

19

Der Obduktionsbericht war ein in mehrere Abschnitte gegliedertes Standardformular. Vor das eigentliche Formular setzte Professor Stang stets eine Seite mit den wichtigsten Erkenntnissen in Stichpunkten. Darin konnte man nachlesen, ob die untersuchte Person eines natürlichen Todes gestorben war, was die Todesursache war, ob ein Verbrechen vorlag, ob fremde DNA auf beziehungsweise Drogen oder Medikamente in der Leiche gefunden wurden und einiges mehr, darunter auch der Todeszeitpunkt. Stangs Auflistung war hilfreich, vor allem weil Hinweise auf die Stellen im Bericht enthalten waren, die erklärten, wie man zu diesem oder jenem Befund gekommen war. Im Fall Johanna Mend wurde als Todeszeitpunkt *spätestens 20:10 Uhr* angegeben. Da die junge Frau kurz vor acht Uhr abends noch in ihrer Wohnung gewesen war, blieb für den Mord nur ein enges Zeitfenster.

»Stang verweist auf den Abschnitt ›Äußere Besichtigung, Unterabschnitt Totenflecken‹.« Janinas Zeigefinger war auf das Wort Totenflecken gepresst, zuckte jetzt nach oben, und sie blätterte zu der zitierten Stelle. »Hier, die Totenflecken. Hast du das mal nachgelesen?«

»Überflogen halt.« Rachel nahm die Akte an sich und las darin.

»Das Ergebnis besagt: Todeseintritt spätestens zwanzig Uhr zehn.« Janina nahm die Akte wieder an sich und blätterte zu einer anderen Stelle. »Jetzt gibt es aber eine Zeugenaussage, die damit nicht zusammenpasst.«

»Du meinst die Kellnerin?«

»Richtig. Wo haben wir es denn? Da …« Janina hatte die entsprechende Seite aufgeschlagen. »Eine Frau Inselmüller hat angegeben, Johanna Mend habe sie am zwanzigsten April gegen halb zehn im Café Zentral angerufen, um zu fragen, ob sie am nächsten Tag eingeteilt sei. Mend hat offensichtlich in dem Lokal gejobbt. Diese Aussage passt nicht zu dem Obduktionsergebnis. Wenn Johanna Mend um acht tot war, kann sie nicht um halb zehn anrufen.«

»Ist mir auch aufgefallen. Aber die Zeugin hat ihre Aussage doch widerrufen?«

»Man hat ihr klargemacht, dass das mit dem Anruf nicht sein kann. Weil Mend da schon tot war. Daraufhin hat sie gesagt, sie wüsste nicht genau, ob es halb zehn war. Vielleicht sei es auch früher gewesen. Daraufhin hat man die Telefonanrufe an dem Abend gecheckt. Es war aber keiner von Mend dabei. Das hat man Frau Inselmüller ein paar Tage später vorgehalten, und daraufhin sagt sie, es könnte sein, dass der Anruf schon am neunzehnten war, also einen Tag vorher. Mittlerweile waren fast zwei Wochen vergangen und ihre Erinnerung nicht mehr so gut.«

»Und die Anrufe vom neunzehnten April? Hat man die nicht gecheckt?«

»Nein. Das hätte ja höchstens bewiesen, dass Mend einen Tag vor ihrem Tod dort angerufen hat. Wie dem auch sei – offenbar ist die Polizei davon ausgegangen, dass die Zeugin die Tage verwechselt hatte.«

»Und wo ist jetzt der Haken?«

»Die Leiche wurde um kurz vor vier Uhr morgens gefunden, wenig später von der Spurensicherung untersucht und dabei gedreht. Als die Leiche in der Gerichtsmedizin ankam, waren Totenflecken sowohl am Rücken wie am Bauch. Das heißt, die ursprünglichen Totenflecken hatten sich teilweise verlagert. Daraus hat Stang auf den Todeszeitpunkt geschlossen. Es gibt drei Phasen nach Todeseintritt: Eine, in der sich Totenflecken vollständig verlagern, wenn die Leiche gedreht wird. In Phase zwei verlagern sie sich nur noch teilweise. Danach gar nicht mehr.«

»Das hab ich natürlich nicht noch mal nachgelesen.«

»Aber ich: Bei Johanna Mends Leiche haben sich die Totenflecken nicht mehr vollständig umgelagert. Das heißt, sie muss seit mindestens sechs Stunden tot gewesen sein. Wenn die Leiche auf dem Bauch lag und etwa gegen vier Uhr morgens gedreht wurde, um sie zu untersuchen, dann war Mend seit mindestens zweiundzwanzig Uhr tot. Zweiundzwanzig Uhr. Nicht zwanzig Uhr. Stang weiß das natürlich. Vielleicht hat sich die Sekretärin beim Abtippen des Tonprotokolls vertan.«

Rachel wurde sichtlich wacher und lehnte sich nach vorn. »Lass mich mal sehen.« Janina reichte die Akte weiter. Nachdem Rachel die entsprechenden Passagen überflogen hatte, nahm sie die Brille ab, klackerte mit ihren Fingernägeln auf der lackierten Schreibtischplatte und sagte schließlich: »Nehmen wir an, es ist so. Bringt uns das was? Eigentlich schwächt es unsere Position. Denn das bedeutet, dass Nicole Böhms Aussage wertlos ist. Sie kann Gerlach nur ein Alibi bis Viertel nach neun geben. Wenn der Mord aber später passiert sein kann, dann war's das mit dem Alibi.«

»Darum geht's ja auch nicht. Gerlach will ja gar kein Alibi.«

»Um was geht's dann?«

»Was hat Gerlach denn gesagt, wann er den Mord begangen hat?«

Rachel versuchte sich zu erinnern, ob Gerlach überhaupt etwas zur Tatzeit gesagt hatte. Dann fiel es ihr wieder ein: »Er sagte: Gegen acht Uhr abends. Ja, du hast recht. Wenn Johanna Mend um halb zehn im Café Zentral angerufen hat, kann das nicht stimmen.«

»Und warum sollte Gerlach eine falsche Tatzeit gestehen?«

»Weil er gar nicht wusste, wann der Mord begangen wurde. Er weiß es nur aus den Akten.« In Rachels Gesichtszüge kehrte Leidenschaft zurück. »Wir haben nicht zufällig die Nummer von Stang?«

»Du glaubst doch nicht, dass er noch im Institut ist?«

»Ich meinte seine Privatnummer.«

»Schau mal im Internet. Er wohnt in Starnberg. Vorname Emanuel.«

Rachel tippte Professor Emanuel Stangs Namen bei der Internet-Telefonauskunft ein und erhielt umgehend eine Starnberger Nummer. Anscheinend war Stang nicht so bedeutend, dass er eine Geheimnummer benötigte.

»Du willst den doch nicht um die Zeit bei sich zu Hause anrufen?«

Rachel tippte die Nummer ins Telefon. »Und ob ich das will. Der Mann hat Mist gebaut und muss lernen, dass das Konsequenzen hat. Hallo und schönen guten Abend, Professor Stang!« Rachel lehnte sich in ihrem Bürosessel zurück und legte die Füße auf den Schreibtisch. »Hier ist Rachel Eisenberg. Ich bin Anwältin. Wir sind uns ein paarmal vor Gericht begegnet.«

»Sind Sie von allen guten Geistern verlassen? Es ist mitten in der Nacht, und ich schlafe.« Stang sprach leise, als wollte er seine Frau nicht wecken.

»Das tut mir nur bedingt leid. Sie haben mich nämlich auch um einigen Schlaf gebracht, wie ich leider sagen muss. Es geht um Ihren Obduktionsbericht im Mordfall Mend.«

»Das ist ja wohl der Gipfel! Ich diskutiere jetzt doch nicht irgendwelche Obduktionsberichte mit Ihnen. Rufen Sie morgen mein Vorzimmer an oder schicken Sie mir eine Mail.«

»Sie wollen doch nicht etwa auflegen?«

»Genau das werde ich jetzt tun.«

»Sie – notfalls setze ich mich ins Auto und fahre nach Starnberg.«

Janina machte Zeichen, die in etwa bedeuteten, dass Rachel so nicht mit Stang reden könne.

»Ich zeig Sie an wegen Stalking, wenn Sie nicht augenblicklich auflegen. Das ist eine Straftat. Das sollten Sie wissen.«

»Na ja, es ist etwas komplizierter, als Sie sich das vorstellen. Und was ich im Augenblick mache, ist mit Sicherheit keine Straftat. Aber statt juristische Seminare abzuhalten, könnten wir uns die eine Minute Zeit nehmen, und Sie beantworten mir eine einfache Frage.«

»Ja, in Herrgotts Namen! Warten Sie, ich geh in ein anderes Zimmer.«

Janina schüttelte den Kopf. »Bist du sicher, dass du nie wieder was von dem brauchst?«

»Der geht in zwei Jahren in Rente.« Rachel hatte das Mikrofon des Hörers zugehalten und gab es jetzt wieder frei. »Können Sie jetzt reden?«

»Ja. Was wollen Sie denn von mir?«

»Sie erinnern sich an den Sachverhalt im Fall Johanna Mend, die Frau mit den Händen am Kopf.«

»Was genau wollen Sie wissen?«

»Sie hatten den Eintritt des Todes auf spätestens zwanzig Uhr zehn des Vortages festgelegt.«

»Sind Sie aufgrund Ihrer profunden forensischen Erfahrung zu einem anderen Ergebnis gekommen?«

»Offen gesagt, ja. Die Leiche hatte Totenflecken auf dem Bauch und wurde gegen vier Uhr morgens gedreht. Die Flecken haben sich dabei teilweise umgelagert. Das heißt ...«

»... die Frau muss zu dem Zeitpunkt mindestens sechs Stunden tot gewesen sein. Also seit zweiundzwanzig Uhr. Wo ist jetzt das Problem?«

»Im Obduktionsbericht steht zwanzig Uhr, nicht zweiundzwanzig.«

»Ach so? Zwanzig Uhr?«

»Ja. Das sagte ich gerade. Also stimmt die Uhrzeit nicht?«

»Das, das ... das ist ein Tippfehler. Das ist doch offensichtlich. Und deswegen klingeln Sie mich aus dem Bett?«

»Also ist der späteste Todeszeitpunkt definitiv zweiundzwanzig Uhr? Zehn Uhr nachts?«

»Wenn die Leiche um vier Uhr gedreht wurde – natürlich. Und jetzt lassen Sie mich schlafen. Ich muss morgen früh raus.«

»Gute Nacht. Und entschuldigen Sie die Störung.« Rachel legte auf und sah Janina mit sehr wachen Augen an. »Okay, das heißt: Johanna Mend kann um halb zehn noch gelebt haben. Muss aber nicht.«

»Aber nehmen wir an, die Kellnerin hat sich nicht geirrt und Mend hat um halb zehn angerufen und folglich noch gelebt ...«

»Dann ist Heiko Gerlachs Geständnis falsch.«

»So ist es!« Janina war offensichtlich zufrieden mit sich und ihrem juristischen Spürsinn.

»Bliebe nur zu klären, warum er einen Mord gesteht, den er nicht begangen hat.«

Das Haus kam Rachel gespenstisch verlassen vor. Das Gefühl wurde noch intensiver, als sie sich bei dem Versuch ertappte, leise zu sein. Nachdem sie sich ein Glas Wein eingeschenkt hatte, ging sie zum Briefkasten und holte die Post. Zwischen Rechnungen und Werbung steckte ein gefalteter Zettel, kariertes Papier aus einem Schreibblock gerissen mit Schmutzflecken darauf. Rachel warf die restliche Post auf den Tisch und klappte den Zettel auseinander. Ein weißer Gegenstand fiel aus dem Papier, und in kindlicher Schrift standen dort die Worte:

Es tut mir leid. Ich hab das heute irgendwie nicht gepackt. Ich hoffe, es geht Heiko gut. Bin jetzt dann nicht mehr in München. Gruß. Nicole Böhm

Rachel hob auf, was heruntergefallen war: ein Joint.

Es war für Ende Mai ungewöhnlich warm in diesen frühen Morgenstunden. Rachel saß auf der Terrasse, nippte an ihrem Wein und hoffte, dass die Nachbarn schliefen und sich nicht am Marihuanageruch störten. Der Rauch ließ ihren Geist entspannt schweben, obwohl ihr Kopf voll war von beunruhigenden Gedanken. Warum war das Mädchen nicht zum Haftprüfungstermin gekommen? Wo war sie jetzt? War sie in Sicherheit oder Freiwild für einen nächtlichen Vergewaltiger? Hatte Heiko Gerlach die Frau umgebracht? Wenn nicht, warum behauptete er es dann? Der nächste Morgen würde neben Kopfschmerzen hoffentlich auch ein paar Erkenntnisse bringen.

20

29. Januar 2015

Sie hatten Werner einen kräftigen Männerhändedruck darauf gegeben, in nächster Zeit ernsthaft über den Verkauf des Hauses zu reden. Alles war gesagt, Werner konnte gehen und seine Streifenfahrt fortsetzen.

»Also – wir melden uns dann«, hatte Patrick gesagt und war ein paar Schritte Richtung Tür vorgegangen, hatte schon nach der Klinke gegriffen, um sie Werner gastfreundlich zu öffnen, als dem noch etwas einfiel.

»Wem gehört eigentlich die Kiste da?« Werner deutete auf den kleinen Parkplatz vor dem Haus.

»Das ist der Passat vom Patrick. Den kennst doch.«

»Ich mein den anderen Wagen. Mit dem ausländischen Kennzeichen. Was ist das?«

»Kosovo«, sagte Patrick.

»Ah, tatsächlich. Was macht ihr mit einem Auto aus dem Kosovo?«

»Seine Rostmühle hat mal wieder den Geist aufgegeben.« Patrick deutete auf Arnie. Der hob schicksalsergeben die Hände. »Den da«, Kopfzeichen Richtung Parkplatz, »hat er sich geliehen. Ist grad Besuch da. Eine Bekannte aus dem Kosovo.«

»Eine Bekannte aus dem Kosovo! Da schau her!« Werner grinste aus vollen Backen, fett und anzüglich. »Hab ich gar nicht so falschgelegen mit dem Puff hier herin?« Gackerndes Lachen und ein Hieb mit dem Handrücken auf Arnies Norwegerpullover.

»Du bist echt ein versautes Stück Scheiße, hey. Das

sind einfach Freunde. Haben wir mal auf dem Campingplatz kennengelernt.«

»'tschuldigung. Hab schon gedacht, der Arnie hat sich 'ne kleine Maus vom Balkan angelacht.« Wieder lachte Werner, dass er dabei rot anlief, obwohl es höchstens mittelkomisch war, was er gesagt hatte.

»Krieg dich wieder ein«, sagte Arnie.

»Wir müssen jetzt langsam«, schickte Patrick nach.

Werner wischte sich eine Träne aus dem Auge, schob zwei heisere Gluckser nach und hob beschwichtigend die Hände. »Bin schon draußen.«

In dem Augenblick kam von nebenan ein ratschendes Geräusch. Patrick drehte ein Ohr in die Richtung: »Habt ihr das auch gehört?«

Werners Augen wurden größer. »Da war was, gell? Nebenan. Ein Tier. Oder ist noch jemand hier?«

»Ich schau mal nach.« Patrick ging zu der Tür, die ins Nebenzimmer führte. Werner folgte ihm.

»Was ist da nebenan eigentlich?«

Patrick hielt inne und stoppte Werner, der Anstalten machte, ihm zu folgen. »Hausbesichtigung in ein paar Tagen, okay?«

Die Tür ging langsam und nur einen Spaltbreit auf, der Mann mit der Lederjacke sah ins Zimmer, schob sich dann herein und machte die Tür rasch wieder zu. Sein Blick schweifte nicht lange durch den Raum. Leonora und das Kind saßen noch auf dem grünen Sofa. Die linke Gesichtshälfte der Frau war weiter angeschwollen. Sonst schien alles unverändert. »Was war das für ein Geräusch?«

»Ich hab geniest.« Leonora klopfte auf das Sofapolster. »Der viele Staub.«

»Haltet euch ruhig. Sonst gibt's echt Ärger, okay?«

Leonora nickte.

Hastig verschwand er wieder im Büro.

Leonora atmete durch. Von nebenan kamen wieder Geräusche einer munteren Unterhaltung. Ihr Blick fiel auf das Fenster. Sie waren im Erdgeschoss. Wenn sie es schaffte, das Fenster zu öffnen, könnte sie mit Valentina hinausklettern und wäre innerhalb weniger Sekunden beim Wagen. Wahrscheinlich würde man sie vom Büro aus sehen. Doch bis die Männer aus dem Haus gelaufen wären, säßen sie und Valentina im Auto und hätten die Knöpfe gedrückt. Dann musste der Wagen nur noch anspringen, und nichts konnte sie mehr aufhalten. Abgesehen davon, hätten die beiden Männer dem Polizisten einiges zu erklären, wenn sie sie am Wegfahren hinderten. Sie musste ihre Chance nutzen. Jetzt. Der Polizist würde bald gehen, und sie wäre den Männern wieder ausgeliefert. Die Angst davor fegte die letzten Zweifel beiseite. Leonora stand auf, trat zum Fenster und winkte Valentina, ihr zu folgen. Das Mädchen musste nicht ermahnt werden, leise zu sein. Sie war konzentriert und angespannt und hielt den Atem an beim Gehen.

Der Fensterknauf ließ sich mühsam drehen, aber es ging. Es quiekte ein wenig beim Öffnen der Fensterflügel. Ein kalter Hauch wehte durch die geschlossenen Fensterläden, Spinnweben flatterten Leonora entgegen. Die Läden waren durch einen simplen, im gleichen Graugrün gestrichenen Riegel verschlossen, der in einer Halterung des anderen Flügels einrastete und so ein Aufklappen verhinderte. Zunächst versuchte Leonora es mit sanftem Druck. Doch der Riegel hatte sich im Lauf der Zeit in seinem Lager festgefressen. Er gab ein wenig nach, als sie mit dem Handballen von unten dagegenschlug. Ein zweiter Schlag und er sprang aus der Halterung. Vorsichtig legte Leonora die Fingerspitzen an einen der Fensterläden. Er gab leise knarrend nach, wackelte schwach im Sturm, der vor dem Haus die Schneeflocken durch die Nacht wirbelte. Mit einem Mal wurde der Laden von einer Bö erfasst und um hundertachtzig Grad gegen die Hausmauer gedreht. Leonora griff reflexartig nach draußen und bekam die Unterseite des Ladens zu fassen, bevor er gegen die Hauswand krachte. Kurzes Durchatmen, die Hände zitterten, ein Blick zu Valentina. Für einen Moment kam der Wind zur Ruhe und ließ einen Augenblick der Stille, um sogleich erneut loszubrechen, dieses Mal von der anderen Seite. Der zweite Laden schwang mit einem knarzenden Ruck auf – zu schnell für Leonoras Hand, und das Knallen gegen die Mauer hallte mächtig durch den Sturm. Jeder im Haus musste es gehört haben. Valentina starrte ihre Mutter an. Jetzt musste es schnell gehen.

»Und? Was war los?« Werner dachte nicht daran zu gehen.

»Nichts«, sagte Patrick, als er aus dem Nebenzimmer kam. »Die Fenster wackeln im Sturm.«

Statt sich in Richtung Tür zu bewegen, setzte sich Werner mit einer Pobacke auf den Schreibtisch. »Wie lernt man jetzt Leute aus dem Kosovo kennen?«

»Beim Campen. Haben wir doch gesagt.«

»Wo denn?«

»In …« Patrick überlegte hektisch. »… Kroatien. Das ist für die auch nicht weit.«

»Dass die sich überhaupt Urlaub leisten können. Ist doch alles kaputt da unten.«

»Ich glaub, die arbeiten für die Bundeswehr. KFOR

oder wie heißt das?« Arnie fühlte sich in der Pflicht, auch mal etwas beizutragen.

»Natürlich. Wieder unsere guten deutschen Steuergelder. Was denn sonst!« Werner schüttelte den Kopf und glitt vom Schreibtisch, Hoffnung keimte in Patrick auf. »Tja, dann pack ich's mal.« An der Tür fiel ihm doch noch etwas ein. »Wann wart ihr noch mal in Kroatien?«

»Vor zwei Jahren«, antwortete Arnie wahrheitsgemäß.

»Und da habt ihr die kennengelernt?«

Patrick wollte seinem Bruder das Wort abschneiden, aber Arnie war gerade in Fahrt. »Ja genau. War 'n super Urlaub.«

»Ich weiß«, sagte Werner. »Ich war dabei.«

Arnie sah Werner mit halboffenem Mund an und versuchte ein Lächeln. »Stimmt. Hab ich glatt vergessen.« Er sah seinen Bruder an. »Hähä ...« Patrick blickte säuerlich drein.

»Wann habt ihr da wen kennengelernt? Hätte ich doch mitkriegen müssen.« Werner sah interessiert zwischen den beiden Brüdern hin und her.

»Keine Ahnung«, sagte Patrick entnervt. »Vielleicht war's auch ein anderer Urlaub. Können wir das ein andermal klären?« Er sah auf seine Armbanduhr. Von draußen hörte man ein Krachen.

»Hoppala!« Werner ging zum Fenster. »Hat's was umgeweht?« Auch die Brüder sahen aus dem Fenster. Dort huschte in ebendiesem Augenblick etwas durch den Schneesturm.

Patrick presste einen Fluch durch zusammengebissene Zähne. Draußen sah man eine Frau und ein Kind zu dem Wagen aus dem Kosovo hasten. Werner blickte zu Arnie, der geschockt und ratlos aussah. »He, die klauen euch den Wagen! Das gibt's ja wohl nicht!« Die Frau war jetzt neben dem Fahrzeug und steckte einen Schlüssel in die Tür. »Hat die einen Schlüssel?« Fragender Blick in Richtung Arnie. Der befand sich in Schockstarre.

Patrick kam aus dem Haus gelaufen, während die Frau die Wagentür öffnete und das Kind ins Auto kletterte. Sie selbst würde es nicht mehr rechtzeitig schaffen. Patrick spurtete beherzt und war nur noch wenige Meter vom Wagen entfernt. In diesem Augenblick zog es ihm die Beine nach vorne weg. Unter dem Schnee hatte sich Eis auf dem Asphalt gebildet. Er schlug hart auf dem Rücken auf, fluchte, dass man es durch das geschlossene Autofenster hören konnte, und rappelte sich wieder auf. Einen Augenblick später war er an der Wagentür.

21

Juni 2015

Gerlach saß in Handschellen auf der Besucherbank, der Wachebeamte lehnte an der Wand. Rachel hatte Carsten mitgebracht, damit er sich aus erster Hand unterrichten konnte. Abgesehen davon, war es nicht schlecht, ein zweites Paar Augen dabeizuhaben. Rachel begrüßte Gerlach und den Wachebeamten höflich und bat den Uniformierten, mit Gerlach vertraulich reden zu dürfen. Der Beamte ging außer Hörweite, behielt Gerlach aber im Blick.

»Du bleibst bei deinem Geständnis?«, fragte Rachel.

Gerlach nickte. »Ich bin bereit, mit den Ermittlungsbehörden zu kooperieren.«

»Gut. Das bedeutet, dass du zur Aufklärung des Sachverhalts beitragen musst. Du solltest ihnen am besten etwas erzählen, was sie noch nicht wissen.«

»Soweit mir das möglich ist, werde ich es tun.«

»Viel wird's nicht sein, was du ihnen erzählen kannst, oder?«

Gerlach blickte auf seine Handschellen, dann zu Rachel hoch, die vor ihm stand. »Auf was willst du hinaus?«

»Ich bin einfach nicht überzeugt, dass du es getan hast.«

»Ich hoffe, die Staatsanwälte glauben mir mehr als meine Verteidigerin.«

»Oh, das werden sie tun.«

Hinter Rachel öffnete sich eine Tür, und Staatsanwältin Wittmann steckte ihren Kopf auf den Gang hinaus. »Wir wären jetzt so weit«, sagte sie, und Rachel meinte eine gewisse Vorfreude in ihrem Gesicht zu sehen.

Schwinds Büro war keineswegs so ausgestattet wie das der Oberstaatsanwälte in manchen deutschen Krimiserien. Die Einrichtung war kühl in Weiß und Chrom und (vom Computer abgesehen) fünfzehn Jahre alt. Was Schwind von Wittmann abhob, war der Umstand, dass er das Büro für sich allein hatte und drei Fensterachsen statt zwei. Den zusätzlichen Raum beanspruchte ein kleiner Konferenztisch, an dem jetzt alle Platz nahmen.

»Ich hoffe«, begann Schwind, »wir kommen heute zu einem Ergebnis, das uns allen Arbeit und einen langen Prozess erspart. Professor Gerlach – Sie haben gestern beim Haftprüfungstermin ein Geständnis abgelegt. Bleibt es dabei?«

»Ja, dabei bleibt es.«

»Hat sich eigentlich Stang bei Ihnen gemeldet«, fragte Rachel unvermittelt in Richtung Wittmann.

»Wieso? Die Obduktion ist doch lange abgeschlossen.«

»Er hat sich bei mir gemeldet«, sagte Schwind. Wittmann sah ihn irritiert an, offenbar erstaunt, dass er sie von einem solchen Anruf nicht in Kenntnis gesetzt hatte. »Es war nicht wirklich wichtig. Ein Tippfehler im Obduktionsbericht. Das können wir nachher besprechen.«

Wittmann gab ein leises Grunzen von sich, angefressen, dass sich Dinge hinter ihrem Rücken abspielten, von denen nur ihr Chef und die Verteidigerin wussten. »Können Sie es mir bitte gleich sagen? Ich meine, wenn es nur ein Tippfehler ist ...«

»Wenn es Ihnen nichts ausmacht, würde ich gerne

warten, bis Herr Gerlach sein Geständnis vollständig abgelegt hat«, sagte Rachel. »Ich möchte nicht, dass er durch die neue Information beeinflusst wird.«

»Das scheint ja dann doch nicht so unwichtig zu sein.« Wittmanns Stimmung wurde noch eine Umdrehung gereizter. Auch Gerlachs Miene verriet eine gewisse Irritation. Schwind schrieb etwas auf einen Zettel – *Todeszeit spätestens 22:00, nicht 20:00* – und zeigte es Wittmann, so dass es Gerlach nicht lesen konnte. Wittmann zog die Augenbrauen hoch und nickte.

»Professor Gerlach, würden Sie uns jetzt schildern, was am Abend des zwanzigsten April geschehen ist? Ich würde Ihre Aussage gerne auf Video aufnehmen. Nicht dass es hinterher Unklarheiten gibt. Haben Sie etwas dagegen?«

»Nein. Ich habe nichts dagegen«, sagte Gerlach.

Während Schwind die Kamera einstellte, brachte seine Vorzimmerdame frischen Kaffee und Gebäck. Die Vorstellung, dass man Plätzchen knusperte, während Gerlach beschrieb, wie er einer jungen Frau die Hände abgehackt hatte, irritierte Rachel etwas.

Als die Kamera bereit war, wurde Heiko Gerlach von Schwind aufgefordert, zusammenhängend zu berichten, wie es zu dem Mord kam. Gerlach schilderte, wie er an diesem Nachmittag von der Fußgängerzone einige Zeit vor Nicole Böhm Richtung Flaucher aufgebrochen war, weil er sich dort um zwanzig Uhr mit Johanna Mend verabredet hatte. Er habe die junge Frau schon ein paar Tage lang beobachtet und sei von dem Verlangen getrieben gewesen, sie zu töten. Am Vortag habe er sie angesprochen, und man habe sich gut unterhalten. Sie habe ihm gestanden, dass er ihr anfangs etwas unheimlich gewesen sei. Sie habe sich von ihm verfolgt gefühlt. Er habe ihr versichert, ihre Begegnungen an den Vortagen seien rein zufällig gewesen. Am nächsten Tag, ebenjenem zwanzigsten April, hatten sie sich an einem Spielplatz im Flaucher getroffen, um spazieren zu gehen. Wegen der kalten Witterung waren nur wenige Leute unterwegs, so dass es kein Problem war, eine unbeobachtete Stelle zu finden, an der Gerlach sein Opfer erstechen konnte. Er habe Johanna Mend von hinten in den Hals gestochen. Er sehe noch vor sich, wie das Blut aus der Schnittwunde gequollen sei. An die nachfolgenden Ereignisse habe er keine Erinnerung mehr. Etwa zwei Stunden später setze seine Erinnerung wieder ein. Er sei vor dem Kiosk gestanden und habe dem Besitzer wirre Dinge erzählt. Mehr könne er nicht sagen. Zur Tatwaffe befragt, sagte Gerlach, es habe sich um ein Pioniermesser mit breiter Klinge gehandelt, das er aber schon am Kiosk nicht mehr bei sich getragen habe. Vermutlich habe er es in der Nähe des Tatorts weggeworfen, und jemand – vielleicht ein anderer Obdachloser – habe es an sich genommen. Es sei ein relativ teures Messer gewesen.

»Tja«, sagte am Ende der Schilderung Wittmann mit Blick auf ihren Chef, »das deckt sich zu hundert Prozent mit dem, was unsere Ermittlungen ergeben haben.«

»Was möglicherweise daran liegt, dass Herr Gerlach die Ermittlungsakte gelesen hat.« Rachel nahm sich jetzt doch ein Plätzchen. »Für meinen Geschmack deckt sich das alles ein bisschen zu gut mit den Ermittlungsergebnissen. Oder gab es in der Schilderung irgendetwas Neues? Etwas, das nur der Täter wissen kann?«

»Tut mir leid, Frau Dr. Eisenberg«, sagte Wittmann, »aber ich bin ein wenig irritiert. Anscheinend gibt es da wesentliche Differenzen zwischen Ihnen und Ihrem Mandanten. Sind Sie sicher, dass Sie ihn noch vertreten wollen?«

»Ich sag Ihnen rechtzeitig Bescheid, wenn ich nicht mehr will. Im Augenblick vertrete ich ihn noch. Und als Organ der Rechtspflege muss ich nicht alles unterstützen, was mein Mandant sagt. Im vorliegenden Fall habe ich eben Zweifel und würde gerne die Wahrheit herausfinden. Ich denke und hoffe, dass Sie das auch wollen.«

»Bis jetzt gibt es nichts, was mich an dem Geständnis zweifeln lässt«, schaltete sich Schwind ein. »Professor Gerlach scheint mir im Vollbesitz seiner geistigen Kräfte zu sein. Und was er gesagt hat, ist in sich schlüssig.«

»Richtig. Aber das hätte er genauso gut aus den Ermittlungsakten herauslesen können. Oder haben *Sie* etwas Neues erfahren?«

»Durchaus.« Schwind nahm sich auch einen Keks. »Dass das Opfer von Professor Gerlach am Tag vorher angesprochen wurde. Das wussten wir noch nicht. Und es deckt sich bestens mit dem, was die Profiler sagen.«

»Ja, sehr schön. Nur überprüfen kann es niemand.«

Gerlach, der den Disput bislang regungslos verfolgt hatte, machte eine Geste in Richtung Schwind, die in etwa besagte: Tut mir leid, aber mehr kann ich Ihnen nicht bieten.

»Sehr gut deckt sich auch die Tatzeit mit den Ermittlungsergebnissen.« Rachels Blick wurde noch ein wenig provokativer. »Zwanzig Uhr. Zumindest mit dem, was in den Akten steht. Seit heute wissen wir aber: Der spätestmögliche Todeszeitpunkt war zweiundzwanzig Uhr, nicht zwanzig Uhr.«

Gerlach war leicht irritiert.

»Ein Flüchtigkeitsfehler im Obduktionsbericht«, klärte ihn Schwind auf. »Der im Grunde keine weitere Auswirkung hat, da es sich ja nur um den spätestmöglichen Zeitpunkt handelt. Der Tod kann trotzdem um zwanzig Uhr eingetreten sein.«

»Es gibt eine Zeugenaussage, wonach das Opfer um halb zehn noch gelebt hat.«

»Was soll denn das?« Wittmann klang ernstlich verärgert. »Sie wissen doch so gut wie wir, dass die Aussage nichts wert ist. Die Zeugin hat sie zurückgenommen und sich später dahingehend korrigiert, der Anruf hätte einen Tag vorher stattgefunden.«

»Ja, nachdem die Polizei der Zeugin gesagt hat, dass ihre Aussage nicht stimmen kann. Um halb zehn sei Frau Mend erwiesenermaßen tot gewesen. Erst dadurch wurde die Zeugin verunsichert. Und es wurde auch nie nachgeprüft, ob der Anruf stattgefunden hat.«

»Was erzählen Sie da? Natürlich wurde das nachgeprüft. Mit dem Ergebnis, dass sie an dem Abend nicht angerufen hat.«

»Auch da muss ich widersprechen. Es wurde nur nachgeprüft, ob die Handynummer des Opfers darunter war. Aber vielleicht hat Frau Mend ja von einem anderen Telefon aus angerufen. Man hätte alle Nummern daraufhin checken müssen.«

»Das ist nicht geschehen?«, wandte sich Schwind an seine Mitarbeiterin.

»Nein. Das war nach dem damaligen Stand der Erkenntnisse nicht nötig, weil …« Sie zögerte.

»Weil Frau Mend ja schon tot war und deswegen gar nicht angerufen haben konnte. Und so schließt sich der Kreis. Ich sehe hier doch einige Ermittlungslücken.«

Wittmann biss sich auf die Unterlippe, aber Schwind sprang ihr überraschend bei. »Es steht Ihnen frei, das so zu sehen, Frau Eisenberg. Ich hingegen halte mich an die Aussage des Beschuldigten. Und danach war das Opfer um halb zehn nicht mehr am Leben. Dagegen steht eine Zeugin, die sich nicht mehr genau erinnern kann und deren letzte Aussage ist: Der Anruf war gar nicht an dem Tag.«

»Sie machen es sich ziemlich einfach.«

»Jetzt werden Sie unfair.«

»Und Sie empfindlich.«

»Ich mache es mir nicht einfach, sondern folge Fakten und Logik. Aber vielleicht können Sie uns ja erklären, aus welchem Grund Professor Gerlach ein falsches Geständnis ablegen sollte. Nur weil seine Alibizeugin gestern nicht gekommen ist?«

»Ich weiß es nicht. Aber bekanntlich ist die Geschichte falscher Geständnisse lang und skurril und die Gründe zahlreich.«

»So zahlreich auch nicht. Die weitaus häufigsten Gründe sind das Bedürfnis nach Aufmerksamkeit und unkorrekte Vernehmungsmethoden.«

»Zugegeben – das würde ich beides ausschließen. Aber das Motiv ist mir im Augenblick egal. Es gibt Tatsachen, die mich zweifeln lassen und denen Sie offenbar nicht nachgehen wollen. Stattdessen geben Sie sich mit einem Geständnis zufrieden, das keine einzige belastbare Neuigkeit enthält. Wenn Herr Gerlach uns wenigstens die Tatwaffe geliefert hätte. Aber die ist ihm ja während seines angeblichen Blackouts abhandengekommen. Sie wissen, ich schätze Sie beide sehr (*beide* hatte Rachel noch hastig hinzugefügt), aber das hier kann ich nicht als ordnungsgemäße Ermittlungsarbeit durchgehen lassen. Und Sie können sicher sein: Wenn Sie da nicht nachbessern, werde ich in der Verhandlung den Finger drauf legen.«

»Nein, Rachel«, sagte Gerlach, der jetzt anscheinend aus seiner Lethargie erwacht war. »Das wirst du nicht. Ich entziehe dir hiermit das Mandat und beantrage, mir einen Pflichtverteidiger zu stellen.« Er blickte zu Schwind. »Falls das hier und mündlich möglich ist.«

»Wir nehmen es zu Protokoll.« Schwind wandte sich Rachel zu. »Dann danke ich Ihnen für Ihre bisherigen Bemühungen. Den weiteren Gang des Verfahrens müssen Sie, fürchte ich, der Zeitung entnehmen.«

Rachel sah Gerlach an. Der wich ihrem Blick nicht aus. Sein Blick war fest, aber müde und leer.

»Das war gestern Nacht in meinem Briefkasten.« Rachel schob ihm den Zettel zu, auf dem Nicoles Entschuldigung gekritzelt war, und verabschiedete sich.

22

Die Akte Gerlach wurde in der Kanzlei geschlossen. Aber der Fall war nicht aus den Köpfen. Carsten und Janina diskutierten in der Teeküche immer wieder hitzig über die Unstimmigkeiten bei den Ermittlungen, und sogar Mitarbeiter, die gar nichts mit dem Fall zu tun hatten, beteiligten sich an den Debatten. Nur Rachel hatte keinen Sinn dafür. Es streute nur Salz in die Wunden. Es quälte sie, nicht zu wissen, ob Heiko Gerlach einen Mord begangen hatte. Sie traute dem Geständnis nicht, und es passte nicht zu dem Mann, den sie gekannt hatte. Andererseits – warum sollte er einen Mord gestehen?

Die Pflichtverteidigung von Gerlach hatte Dr. Geruda übernommen. Weder von ihm noch von Schwind bekam Rachel Informationen über den weiteren Verfahrensgang. Die Schweigepflicht wurde in diesen Kreisen ziemlich ernst genommen. Über mehrere Ecken funktionierte der Flurfunk aber auch bei den Juristen. Und so war es bald ein offenes Geheimnis, dass Geruda ein psychologisches Gutachten beantragt hatte, um die Zurechnungsfähigkeit des Beschuldigten feststellen zu lassen. Vermutlich würde Geruda den Umstand nutzen, dass sich Gerlach an die eigentliche Tat nicht mehr erinnerte. Das konnte ein Indiz dafür sein, dass der Beschuldigte nach den ersten Messerstichen in einen sogenannten Blutrausch geraten war. Das würde die Zurechnungsfähigkeit des Angeklagten ausschließen, war im Detail aber ziemlich kompliziert, und Rachel hatte ihre Zweifel, dass Geruda damit durchkommen würde.

Die Staatsanwaltschaft reichte Anklage ein, die zügig zugelassen wurde. Damit war Gerlach nicht mehr Beschuldigter, sondern Angeklagter. Der Prozess sollte schon im Juli beginnen. Offenbar ging man auch bei Gericht davon aus, dass die Sache in ein paar Tagen über die Bühne gehen würde.

Von Gerlach kam kein Lebenszeichen. Er hatte jeden Kontakt mit Rachel abgebrochen und ließ ausrichten, dass er keinen Besuch in der Untersuchungshaft wünsche.

Auch von Nicole fehlte jede Spur. Rachel erstattete Vermisstenanzeige und verständigte das Jugendamt. Aber sie hatte nicht einmal ein Foto von dem Mädchen. Die Beamten nahmen die Anzeige zu den Akten und schoben die gängigen Maßnahmen an. Allerdings hatte Rachel den Eindruck, dass man die Sache relativ entspannt anging. Parallel beauftragte sie Gitti Halbert, nach Nicoles Vater zu forschen. Zwei Tage nachdem sie Vermisstenanzeige erstattet hatte, machte sie sich abends selbst auf die Suche nach Nicole. Sascha bot an mitzukommen.

Ihr erster Weg führte sie nach Untergiesing in die Nähe des Flaucher, dort, wo der Mord geschehen war. Es war halb neun und noch hell, und ein lauer Wind blies durch die Stadt, die hier sehr grün war. Unter einer Fußgängerbrücke, die über den Mittleren Ring führte, trafen die beiden auf einen Mann, der sich mit Matratzen und einigen Möbelstücken eingerichtet hatte. Rachel fragte ihn nach Nicole. Der Mann erinnerte sich an das Mädchen. Die wäre seit der Verhaftung ihres Freundes nicht mehr hier gewesen. Sie sollten mal Penny-Joe fragen, der sei beim Müllerschen Volksbad zu finden.

Penny-Joe hatte eine Vorliebe für einen bestimmten Discounter und benutzte ausschließlich Plastiktüten dieser Marke. Außerdem verfügte er über den dazugehörigen Einkaufswagen. Das Ganze war für ihn anscheinend zur Stilfrage geworden. Rachel wollte eigentlich etwas in einem bekannten Münchner Feinkostgeschäft kaufen, um sich bei Joe gut einzuführen. Aber Sascha empfahl etwas Handfesteres, und sie einigten sich auf einen Hamburger aus einer jener neuen ambitionierten Bratereien in Haidhausen, unweit der Isar. Penny-Joe ließ seine Augen nicht von der Tüte, als sie ihn ansprachen.

»Penny-Joe?«, eröffnete Sascha das Gespräch.

Joe blickte sich in seinem kleinen Reich von Penny-Tüten, Penny-Zeitungsbeilagen und Penny-Einkaufswagen um, dann sah er zu Sascha und sagte: »Sie sind ein ziemlich cleverer Bursche. Nur Ihren Namen habe ich nicht verstanden.«

»Sascha Eisenberg.« Er hielt Joe die Hand hin. »Und das ist meine Frau Rachel.« Sascha ging einen Schritt zur Seite, damit Joe auch Rachel die Hand geben konnte. Rachel überlegte kurz, wie sie das verhindern konnte. Aber es fiel ihr auf die Schnelle nichts ein. Joes Hand fühlte sich knochig an. Wie dreckig sie war, wollte Rachel nicht wissen und blickte Joe daher krampfhaft in die Augen.

»Schon zu Abend gegessen?«, sagte sie schließlich, damit Joe ihre Hand losließ.

»Bin noch nicht dazu gekommen.« Joe ließ seinen Blick wieder zur Tüte schweifen. »Ist das dieser neue Hamburgerladen?«

Sascha hielt die Tüte hoch. »Ja, die sollen sensationell sein. Wir haben mal einen mitgenommen. Bitte! Bedienen Sie sich.«

Joe nahm die Tüte, setzte sich in die Mitte seiner Habseligkeiten auf eine alte Decke und wollte sich gerade über den Hamburger mit Pommes hermachen, als ihm einfiel: »Entschuldigen Sie! Wie unhöflich von mir.« Er kramte einen fleckigen Schlafsack aus einer seiner Plastiktüten und breitete ihn auf den Boden. »Bitte setzen Sie sich doch.«

»Wir können leider nicht lange bleiben«, beeilte sich Rachel zu sagen und trat einen Schritt zurück. »Wir suchen nämlich jemanden und ... hätten nur eine kurze Frage.«

»Na komm!«, sagte Sascha und setzte sich auf den Schlafsack. »So viel Zeit muss sein. Oder willst du Herrn Penny alleine essen lassen?«

»Vielleicht möchte er lieber alleine essen?«

»Neinnein. Setzen Sie sich. Es geht nichts über ein gepflegtes Gespräch beim Essen.« Rachel ließ sich widerwillig auf eine Ecke des Schlafsacks sinken. »Der Herr Mooshammer hat sich auch immer dazugesetzt. Ewig schade um ihn. Was kann ich für Sie tun?«

»Wir suchen ein Mädchen«, sagte Rachel. »Eine junge Obdachlose.«

»Verstehe.« Joe biss behaglich in den Hamburger. »Warum?«

»Nun – sie ist siebzehn. Sie sollte eigentlich nicht hier draußen sein.«

»Niemand sollte hier draußen sein.«

»Das stimmt. Aber als Minderjährige ja erst recht nicht, oder?«

»Sind Sie die Eltern?«

»Nein.«

»Warum suchen Sie das Mädchen dann?«

»Oh – das ist eine ziemlich lange Geschichte.«

»Aha. Lange Geschichte!« Joe öffnete ein Plastikschälchen mit Ketchup und verteilte es über die Pommes frites. »Was glauben Sie, wie viele Termine ich heute Abend habe?«

»Wir wollen Sie nicht langweilen.«

Joe schob sich ein Pommesstäbchen in den Mund. »Na los: Wer sind Sie – und warum suchen Sie ein Straßenkind?«

Die Männer hatten die Hände in den Hosentaschen, als sie aus dem Dunkel der Parkanlage auf die in der Wiese liegenden Frauen zugingen. Nicole war, obschon bekifft, etwas angespannt wegen der beiden. Die gingen nicht einfach spazieren. Die kamen zielstrebig her. Sie drehte sich zu Edna, die neben ihr lag. Die Frau hatte graue Haare und tiefe Furchen im Gesicht, dazu eine Nerd-Brille, die vor einigen Jahren in Mode gewesen war und von besseren Zeiten kündete. Ihr Alter war schwer zu schätzen. Irgendwo zwischen vierzig und sechzig. Auch Edna warf einen sorgenvollen Blick zu den Männern, die vielleicht noch zwanzig Meter entfernt waren.

»Meinst du, die machen Ärger?«, fragte Nicole.

»Hoffe nicht.« Edna warf den Rest des Joints weit von sich. »Vielleicht hat die der Dopegeruch angelockt.«

»Scheiße.«

Die Männer waren jetzt an die Frauen herangetreten. »Hallo, wen haben wir denn da? Zwei Mädels nachts allein. Macht ihr Party?«

»Party ist schon vorbei«, sagte Edna. »Sorry. Aber wir würden gern schlafen.«

»Die wollen schlafen! Jetzt, wo wir kommen. Ja gibt's das?«

»Ich glaub's ja nicht«, sekundierte der andere junge Mann.

»Ihr habt doch bestimmt noch Gras irgendwo.«

»Und wenn schon?«, sagte Nicole und fasste Rover, der unruhig wurde, am Halsband.

»Wie – und wenn schon? Schon mal davon gehört, dass man sein Gras mit anderen teilt?«

Nicole sagte nichts und sah weg. Der Wortführer trat sie gegen das Bein. »He du! Sieh mich an, wenn ich mit dir rede.«

»Hör auf, mich zu treten, du Arsch.« Rover knurrte jetzt und zog am Halsband. »Der Hund steht übrigens gar nicht auf euch.«

»Schade«, sagte der Wortführer. »Wo wir ihm ein Leckerli mitgebracht haben.« Er zog ein Hundespray aus seiner Jacke und richtete es auf Rover. Nicole sprang auf und zog den Hund weg. Rover bellte in Richtung der Männer und stellte sich auf die Hinterpfoten.

»Lass die Töle einfach los. Dann schauen wir mal, wie das Zeug wirkt.« Der Mann ging zwei Schritte auf Nicole und ihren Hund zu. In diesem Moment stand Edna auf und stellte sich dazwischen.

»Lass das Mädchen in Ruhe.« Edna stieß ihm die Hände vor die Brust. Der Mann packte sie am Jackenkragen und riss sie zur Seite. Sie strauchelte, fiel zu Boden, schlug mit dem Kopf auf und blieb benommen liegen.

»Halt dich da raus, du alte Kuh!«, zischte der Mann sie an und wandte sich wieder Nicole zu. »He, Kleine! Bleib da, wir wollen nichts von dir.« Nicole sah den Mann an. Seine Augen waren in der Dunkelheit kaum zu erkennen. »Nur ein bisschen Spaß. Du bläst meinem Kumpel und mir einen, und dann verschwinden wir wieder. Kriegst auch Kohle.« Er wandte sich an seinen Kumpan. »Oder?«

Nicole überlegte, was sie machen sollte. Weglaufen? Die beiden waren vermutlich schneller. Den Hund loslassen? Sie hatte einmal bei einem anderen Hund erlebt, wie das Spray wirkte.

»Komm her. Sonst verpass ich deinem Köter 'ne Ladung.« Der Mann hob das Spray an.

»Gibt's Probleme?«, sagte plötzlich eine männliche Stimme. Ein weiterer Mann war aus der Dunkelheit aufgetaucht. Der Mond erleuchtete sein Gesicht. Es war der Mann, den Nicole vor kurzem an der Laimer Unterführung getroffen hatte. Der Mann, der sich als Max vorgestellt hatte.

»Verpiss dich, Arschloch!«, sagte der Mann mit dem Pfefferspray und hielt Max die Sprühdose entgegen. Statt zurückzuweichen, ging Max entschlossen auf den anderen zu, packte, noch bevor der überraschte Gegner reagieren konnte, dessen Arm und verdrehte ihn. Das Spray fiel auf den Boden, der Gegner ging in die Knie und gab einen Schmerzenslaut von sich. Der zweite junge Mann hielt Abstand und streckte Max die Handflächen entgegen.

»Hehe! Cool! Wir wollen keinen Ärger, okay?«

»Das will ich mal hoffen.« Max gab dem Mann, den er am Arm gepackt hielt, einen Tritt und ließ ihn los. »Verschwindet.« Die beiden Angreifer suchten hastig das Weite und verschwanden in der Nacht.

»Danke. Das war ... nett.« Nicole lächelte Max an.

»Ihr solltet ein bisschen aufpassen. Ist vielleicht nicht so die richtige Gegend für zwei Frauen alleine.«

»Wir kommen klar.« Nicole sah zu Edna. Die lächelte etwas schief und hielt sich den Kopf.

»Also, macht's gut.« Max setzte sich in Bewegung,

hielt aber noch einmal inne und wandte sich wieder an Nicole. »Kennen wir uns irgendwoher?«

»Schätze schon. Laimer Unterführung.«

»Ja, richtig! Und da ist ja mein alter Freund Rover.« Max beugte sich nach unten zu dem Hund, der sich schwanzwedelnd von ihm streicheln ließ. Anscheinend verband er den Geruch von Max mit der Erinnerung an eine leckere Leberkässemmel.

»Du bist da ziemlich schnell abgehauen.«

»Ich mochte die Frau nicht.«

»Du kennst sie doch gar nicht.«

»Sie ist Rechtsanwältin. Hat mal einen Kumpel von mir verteidigt. Und fies über den Tisch gezogen.«

»Echt?«

»Hat einen Deal mit dem Staatsanwalt gemacht, obwohl er unschuldig war.« Er rubbelte Rover noch einmal ordentlich durch und stand wieder auf. »Ich mag keine Anwälte. Mein Angebot steht übrigens noch.«

»Die Terrasse?«

Er nickte. Nicole dachte nach, ihr Blick fiel auf Edna, die auf einen Ellbogen gestützt auf der Wiese lag. »Kann sie mit?«

Max zuckte mit den Schultern. »Wenn sie will.«

»Kommst du mit? Wir können auf einer Terrasse schlafen.«

Edna schüttelte den Kopf. Dann stand sie auf und ging zu ihren Sachen zurück.

»Kommst du jetzt mit?«, fragte Max.

Nicole nickte. »Ich schau nur, ob alles okay ist bei ihr.« Sie ging zu Edna.

»Ich hol schon mal den Wagen. In zwanzig Minuten am Friedensengel, okay?«

»Ist in Ordnung.«

Max verabschiedete sich. So weit der Blick in dieser mondbeschienenen Nacht reichte, war niemand zu sehen am Isarufer. Aber die Dunkelheit verschluckte vieles. So auch zwei Gestalten, die sich in diesem Augenblick von Süden näherten.

Rachel hatte Penny-Joe mit den Verwicklungen des Falles Gerlach bekannt gemacht. Der hatte sich betroffen gezeigt und sie isarabwärts geschickt. Nicole deckte gerade eine andere Obdachlose mit einem Schlafsack zu, als Sascha und Rachel dazukamen.

»Hallo, wie geht's?«, sagte Rachel.

Nicole, die neben Edna kniete, sah Rachel einen Moment lang überrascht an. Dann stand sie auf und nahm ihren Rucksack auf die Schulter. »Gut.« Sie streichelte Rover. »Tut mir leid wegen der Gerichtsverhandlung. Haben Sie meinen Brief gekriegt?«

»Ja. Aber ganz verstanden hab ich's nicht, warum Sie nicht gekommen sind.«

»Ich war sauer auf Heiko.«

»Wieso?«

»Ich lass mich nicht gern für dumm verkaufen. Er hat mich die ganze Zeit verarscht.«

»Ich versteh's immer noch nicht.«

»Er hat mir nie gesagt, dass er Physikprofessor ist. Ich hab geglaubt, er ist wie ich. Einer von uns.« Sie deutete auf Edna. »Er war nicht obdachlos, verstehen Sie? Wahrscheinlich hat er das irgendwie cool gefunden. Aber er hätte jederzeit zurückgekonnt. Er hat mich verarscht. Das macht man nicht als Freund.«

»Wollen Sie, dass man ihn dafür lebenslänglich einsperrt?«

»Kann ich's wiedergutmachen?« Sie setzte ihren Rucksack wieder ab.

»Ihre Aussage ist inzwischen nicht mehr so wichtig.«

»Wieso?«

»Er hat gestanden. Ich erzähl Ihnen das gern im Detail. Heute Abend, wenn Sie wollen. Sie können bei mir übernachten.«

»Die reißen sich ja um dich«, nuschelte es unter dem Schlafsack.

»Was meint sie?«, fragte Rachel.

»Nichts. Sie ist betrunken.«

Edna grunzte unartikuliert, um ihr fehlendes Einverständnis zum Ausdruck zu bringen.

»Also? Warmes Bett und Dusche?«

»Ich bleib lieber hier, okay?«

»Schade. Wir suchen übrigens gerade nach Ihrem Vater.«

»Warum das denn?«

»Sie müssen ja irgendwo bleiben. In drei Monaten wird es hier verdammt kalt.«

»In drei Monaten bin ich achtzehn. Hören Sie auf, sich in mein Leben einzumischen. Ich komm klar.«

Rachel überlegte, ob sie noch einen Versuch unternehmen sollte, auf Nicole einzuwirken. Aber im Augenblick war wohl nicht viel zu machen. Sie gab ihr eine Karte und sagte: »Wenn Sie was brauchen, rufen Sie an. Passen Sie auf sich auf!«

Sie saßen in einem Café auf der Praterinsel, die Füße im Sand, den man hier eigens aufgeschüttet hatte, und tranken Mojitos.

»Nicole war ja ziemlich desinteressiert, was Gerlach anging«, sagte Sascha. »Vielleicht war die Freundschaft ja eher ... einseitig. Glaubst du, die hatten Sex?«

Rachels Gesicht verzog sich. »Wie? Ungewaschen? Nach drei Wochen altem Schweiß riechend?«

»Wenn man selber riecht, riecht man's vielleicht beim anderen nicht so.«

»Ich glaube nicht, dass sie Sex hatten. Ich glaube, das war mehr so eine Sie-ist-die-Tochter-die-ich-nie-hatte-Geschichte. Und jetzt wechseln wir bitte das Thema.«

Saschas Handy gab einen Klingelton von sich, der anzeigte, dass er eine E-Mail bekommen hatte.

»Schau sie dir ruhig an.« Rachel lehnte sich im Liegestuhl zurück und suchte mit dem Mund den Strohhalm.

»Wahrscheinlich Werbung.« Sascha warf einen Blick auf die Mail.

Nachdem Rachel eine Weile nichts von ihm gehört hatte, fragte sie: »Irgendwas Ernstes?«

Sascha sah sie einen Moment sprachlos und mit offenem Mund an. Dann kehrte seine Contenance zurück. Einen Augenblick schien er unentschlossen, was er tun sollte. Schließlich schob er das Telefon über den Tisch.

Nachdem Rachel den Text der Mail gelesen hatte, blieb auch ihr der Mund offen. »Welches Schwein hat das geschrieben?«

23

Rachel starrte auf das Handy und las den Text noch einmal. Es war ein Kommentar auf Sarahs Facebookseite. Der Autor bezeichnete Sarah als mieses Stück Abschaum und kündigte an, in den Dschihad zu ziehen. Der letzte Satz lautete: »Und dann fick ich deine Mutter, die Judenschlampe, ins Grab«. Der Absender nannte sich *JihadGun2.*

»Wer schreibt so was an Sarah?«

»Der URL ist auf einen Reza Haim zugelassen.«

Rachel suchte diese Information auf dem Display, fand sie aber nicht. »Wo steht das?«

»Im Anschreiben. Die Mail stammt von einer Organisation, die sich Netz-Hagana nennt. Die arbeiten mit der international operierenden Internet-Hagana zusammen, die dschihadistische Aktivitäten im Netz beobachtet. Die Netz-Hagana ist so eine Art deutscher Spin-Off. Und die beobachten vor allem antisemitische Aktivitäten im Internet.«

»Und schicken dann Posts von Sarahs Facebookseite an dich?«

»Ich hab mal für einen der Gründer was Juristisches gemacht. Wahrscheinlich wollte er mir einen Gefallen tun.«

»Gefallen? Das ist eine drastische Verletzung von Sarahs Privatsphäre.«

»Ganz klar. Und ich werde dafür sorgen, dass der, der das weitergeleitet hat, zur Rechenschaft gezogen wird. Ändert aber nichts daran, dass wir die Information jetzt haben.«

»Reza Heim? Heim klingt deutsch. Reza – ungarisch?«

»Haim schreibt sich mit *ai*. In Verbindung mit Reza würde ich sagen: ein persischer Name. Sagt dir das was?«

Rachel spielte nervös mit ihrem Mojito-Glas. »Ich habe eine Vermutung. Lass uns gehen.«

Sarah war noch wach und mit ihrem Handy beschäftigt, als Rachel sie bat, ins Wohnzimmer zu kommen. An den Gesichtern der Eltern konnte Sarah sehen, dass etwas Unangenehmes verhandelt werden sollte.

»Was ist denn los? Hab ich was verbrochen?« Sie deutete auf ihren Gipsarm. »He – ich bin das Opfer.«

Sascha und Sarah saßen sich auf der Couch gegenüber. Saschas Handy auf dem Couchtisch. Da die Mail an ihn adressiert gewesen war, fühlte er sich für die Gesprächsführung zuständig.

»Die Angelegenheit ist ziemlich unangenehm«, begann Sascha. »Für uns alle. Wir … also genau genommen ich habe etwas bekommen, das dich betrifft.«

»Was denn?« Sarah klang gereizt.

»Das hier.« Sascha schob das Handy über den Tisch. Auf dem Display war der Facebook-Post zu lesen.

Sarah blickte nur kurz auf das Handy. Das schien für ihre Orientierung zu genügen.

»Ach das.« Sie schob das Handy zurück.

»Du scheinst das nicht besonders schlimm zu finden.«

»Natürlich find ich's scheiße. Ich hab's längst gelöscht.«

»Aber du findest nicht, dass man darauf reagieren sollte?«

»Ich krieg das schon selber hin. Das ist mein Problem.«

»Nicht ganz. Du bist die Beleidigte, weil man's dir geschickt hat. Aber deine Mutter ist die Schlampe, und ich bin der Jude. Also geht's uns alle was an. Abgesehen davon, werde ich es nicht dulden, dass jemand so etwas meiner Tochter schickt. Und ich werde nicht dulden, dass jemand auf diese ekelerregende Weise meine Frau beleidigt.«

»Ist das von Casper?«, fragte Rachel.

»Wahrscheinlich.«

»Heißt er mit Nachnamen Haim?«

Sarah nickte. Dann stutzte sie. »Woher wisst ihr das?«

»Ich hab die Mail von einer jüdischen Organisation bekommen. Die beobachten antisemitische Tendenzen im Internet.«

»Wie kommen die dazu, dir das zu schicken?«

»Das war nicht in Ordnung, und ich werde denen das sagen. Auf die Gefahr, mich zu wiederholen: Es liegt jetzt auf dem Tisch, und wir können nicht so tun, als wär nichts passiert.«

»Was willst du denn tun?«

»Ich will, dass sich der Bursche dafür verantwortet. Ich werde die Schulleitung informieren und meine Leute bei der Presse, damit die Schulleitung nicht meint, sie könne das unter den Tisch fallen lassen.«

»Ich will das nicht. Ich kann das alleine regeln.«

»Und wie?«

»Ich lass mir was einfallen.«

»Hör zu: Es geht nicht nur um dich und nicht nur um uns drei. Wir dürfen nicht zulassen, dass jemand so etwas ins Internet stellt und nicht zur Verantwortung gezogen wird. In den zwanziger Jahren sind

Halbstarke durch die Straßen gezogen und haben *Juda verrecke* geschrien. Und keiner hat was unternommen. Ich will nicht eines Tages aufwachen und feststellen, dass das nicht mehr mein Land ist. Verstehst du, was ich meine?«

Sarah nickte. Betrübt, aber sie nickte. »Musst du unbedingt zum Direktor gehen?«

Sascha setzte an, etwas zu sagen, aber Rachel fiel ihm ins Wort. »Tu mir nur einen Gefallen: Warte bis übermorgen, bevor du die Kavallerie schickst, okay?«

»Was wird dann besser sein?«

»Du hast einen Tag darüber nachgedacht.«

Sie waren weit gefahren, auf dem Mittleren Ring nach Norden, später nach Westen, an Schloss Nymphenburg vorbei in ein Viertel, in dem die Häuser bescheidener wurden, mit Alleebäumen und kleinen Biergärten und Schrebergartensiedlungen. Am Ende waren sie in eine Straße gebogen mit kleinen alten Häusern auf großen Grundstücken. Ein Relikt aus den Nachkriegsjahren, als der Grund noch billig war in München. Am Anfang der Straße hatte man die alten Häuser bereits abgerissen und die Grundstücke mit Dreispännern bebaut. Nachverdichtung. Weiter hinten ging die Teerdecke in Schotter über, verwilderte Gärten säumten die Straße, die wenigen Laternen waren an Holzpfählen befestigt. Max parkte seinen Chrysler Crossfire vor einem der kleinen Häuschen. Als sie durch den dunklen Garten gingen, erklärte er: »Das soll irgendwann abgerissen werden. Bis dahin kann ich drin wohnen. Ist ziemlich günstig. Aber sie können dich halt jederzeit rausschmeißen.«

Grillen zirpten, und die Luft war kühl, als sie am

Haus anlangten. Max schaltete Licht an. Eine kleine Terrasse kam zum Vorschein, wilder Wein und Brombeeren wucherten. Zwischen einigem Gerümpel standen zwei ehemals weiße, jetzt fleckige Plastikstühle und ein alter Tisch, darauf ein voller Glasaschenbecher. »Bin heute nicht zum Aufräumen gekommen. Stört dich hoffentlich nicht.«

Nicole sah sich um und lauschte in die Nacht. In den Häusern links und rechts war es dunkel. »Die gehen früh ins Bett hier, wie?«

»Ne, die stehen schon leer. Am Ende der Straße wohnt noch einer. Der prozessiert mit der Stadt, weil er nicht raus will. Gehört alles der Stadt.«

Das Haus roch muffig. Hier war lange nichts mehr repariert oder gestrichen worden, und das würde wohl auch nicht mehr geschehen. Die Fenster hatten Sprünge im Glas, und die Rahmen waren morsch. Jetzt im Sommer war's egal. Max zeigt Nicole ein Zimmer mit Doppelbett. »Hier kannst du pennen.«

»Ich hab gedacht, auf der Terrasse.« Rover sprang auf das Bett und rollte sich auf den Rücken.

»Ne, lass mal. Du schläfst hier. Ich hau mich auf die Couch.«

»Ich will dir echt nicht dein Bett wegnehmen.« Inzwischen hatte Rover seinen Kopf unter das Kissen gesteckt und machte nicht den Eindruck, als wollte er das Bett in nächster Zeit wieder verlassen.

»Keine Diskussion. Willst du duschen?«

Das Rauschen der Dusche kam aus dem kleinen Bad neben der Küche. Max warf einen Blick auf die Tür mit der Milchglasscheibe, dahinter Neonlicht. Das Display seines Smartphones zeigte einen Anruf an. Max wählte und ging auf die Terrasse hinaus.

»Was gibt's? … Ja, alles im grünen Bereich. Entspann dich. Sie ist hier … Ich hab noch die ganze
Nacht Zeit. Kümmer dich um deinen eigenen Kram …«
Das Rauschen hatte aufgehört. Max sah durch die Terrassentür zum Bad. »Ich muss jetzt Schluss machen …
Und du solltest nicht zu viele Fragen stellen. Je weniger du weißt, desto besser, okay? … Ja, ich meld mich.«
Er drückte das Gespräch weg und schaltete das Handy
aus. Die Badezimmertür ging auf, und Nicole kam
heraus, mit nassen Haaren und einem Handtuch um
den Körper. Max lächelte, sie lächelte – kurz und ein
bisschen verlegen.

Nicole hatte ein Herrenhemd an. Es war so groß, dass
es ihr fast bis zu den Knien reichte. Die nassen Haare
waren nach hinten gekämmt, flackerndes Kerzenlicht
beschien ihr Gesicht von der Seite und ließ eine Hälfte
davon im rätselhaften Dunkel der Sommernacht. Sie
tranken Bier aus der Flasche und rauchten.

»Die haben deinen Freund echt eingeknastet, oder
wie?«

Nicole nickte und trank und nahm einen Zug, blies
ihn durch die Nasenlöcher wieder hinaus. »Er hat's
sogar gestanden.«

»Wow!« Max war überrascht und musste seine Gedanken sortieren. »Er hat den Mord an dieser Frau gestanden?«

»Hm. Aber er war's nicht.«

»Wie kommst du da drauf?«

»Ich war fast den ganzen Abend mit ihm zusammen.«

»*Fast* den ganzen Abend?«

»Bis auf 'ne Stunde.«

»Aber in der Zeit hätte er's tun können.«

Nicole schüttelte vehement den Kopf. »Der Typ ist kein Mörder. Der ist nicht mal richtiger Penner.«

»Was heißt das?«

»Der ist Professor und macht nur ein bisschen auf obdachlos.«

Max stand auf und ging ins Haus. »Und bringt Frauen um. Auch noch ein Bier?«

»Ja, danke.«

Kurz darauf kam Max mit zwei offenen Bierflaschen zurück, stellte eine vor Nicole, setzte sich und sagte »Cheers«. Sie hoben ihre Flaschen und sahen sich in die Augen. »Siehst gut aus. So mit den nassen Haaren und dem Hemd.«

»Ja? Findest du?« Nicole lächelte in sich hinein und blickte auf das Etikett ihrer Flasche.

»Ja. Finde ich.« Er sah sie weiter an. Sie sah ihn an, kurz nur, sah wieder weg, lachte.

»Was schaust du mich so an?«

»Wie schau ich dich denn an?«

»Weiß nicht … wie wenn …«

»Wie wenn mir gefällt, was ich sehe?«

»Machst du mich gerade an?«

Max lachte. »Du solltest mal weg von der Straße, weißt du?«

Nicole zuckte mit den Schultern, schob die Flasche von sich. »Ich geh ins Bett. Kann ich das Hemd anbehalten?«

»Klar. Gute Nacht.«

Er sah ihr nach, wie sie ins Haus ging und im Schlafzimmer verschwand. Die Tür blieb offen. Das hatte sie ihm vorher gesagt, dass sie nicht in geschlossenen Räumen schlafen konnte. Das machte ihr Angst und verursachte Beklemmungen. Er steckte sich noch eine Zigarette an und blies den Rauch in die Nacht.

Mondlicht fiel auf das Gesicht des Mädchens, machte es bleich und zerbrechlich, ihre Züge waren entspannt, nur die dunklen Ringe um die geschlossenen Augen zeugten davon, dass sie kein leichtes Leben hatte. Der volle Mund war halb offen und entließ ab und zu Schlafgeräusche. Max stand in der Tür und betrachtete Nicole. Ihr dünner Körper zeichnete sich unter dem Leinentuch ab, das ihr als Decke reichte, denn die Luft im Haus war immer noch heiß und stickig. Es erstaunte Max, wie glatt ihre Haut war, wenn man von ein paar Mitessern absah. Nach einem Jahr auf der Straße konnte man offenbar immer noch aussehen wie ein Kind. Wenn das Mädchen von der Straße wegkäme, würde sie eine schöne Frau werden und vielleicht ein gutes Leben haben. Auf der anderen Seite: Der Einzige, der sie vermissen würde, wenn sie nicht mehr da wäre, der saß im Gefängnis, und das voraussichtlich für die nächsten zwanzig Jahre. Max fuhr mit dem Daumen an der Klinge des Pioniermessers entlang. Die Klinge war breit und warf ein seltsam verzerrtes Spiegelbild seines Gesichts zurück. Der Hund auf dem Bettvorleger hob den Kopf und gab ein Knurren von sich.

»Ja, Kleiner«, flüsterte Max ihm zu. »Du würdest sie auch vermissen.« Er warf einen letzten Blick auf das Mädchen im Bett. »Und ich natürlich.«

24

Patrick näherte sich mit wackeligen Schritten dem Wagen aus dem Kosovo und streckte die Hand nach dem Türgriff aus. Aber der Wagen war verschlossen. Schreiend hämmerte er mit der Faust aufs Dach. Scheinwerfer gingen an, als hätten sie die Faustschläge auf den Wagen eingeschaltet. Sie leuchteten durch den Neuschnee, der sich auf ihnen abgelagert hatte, die Scheibenwischer schaufelten langsam den nassen Schnee von der Windschutzscheibe. Dann strahlte weißes Licht am Heck, der Wagen fuhr rückwärts an. Patrick stapfte wie ein Clown in zu großen Schuhen hinter den Wagen, aber Leonora bremste nicht. Die hintere Stoßstange rammte Patricks Schienbein, er verlor abermals das Gleichgewicht und fiel in den Neuschnee. Nur knapp ging das linke Hinterrad an seinem Fuß vorbei, der Wagen hielt an und setzte sich vorwärts in Bewegung. Reifen drehten durch, Schneeschlamm spritzte, als der Wagen der Grundstückseinfahrt entgegenschlingerte.

Patrick stand auf, fluchte. In der Tür standen Werner und Arnie. Er hinkte einen Schritt auf sie zu. »Die Autoschlüssel! Mach schon!«

Arnie kramte in der Hosentasche hektisch nach den Schlüsseln und warf sie Patrick zu. Kurz darauf heulte der Motor auf, und der Wagen rutschte Richtung Straße, Leonoras Auto hinterher.

Werner hatte die Dienstmütze wieder aufgesetzt und atmete eine Dampfwolke ins Schneetreiben. Seine Backen glühten trotz der Kälte. »Ja spinnst du! Was war *das* denn?« Mit hochgezogenen Augenbrauen wandte er sich Arnie zu.

Arnie zuckte mit den Schultern, setzte an, etwas zu sagen, ließ es, schüttelte den Kopf. Am Ende wurde es doch noch ein Satz, der seinem weinerlich verzogenen Mund entfuhr: »So eine verdammte Scheiße.«

Die Straße war weiß und abschüssig. Zusätzlich machte sie das dichte Schneetreiben nervös. Doch Leonora hatte keine Wahl. In der dritten Kurve geriet sie ins Rutschen, steuerte gegen, bremste, der Wagen driftete seitwärts auf den Abhang zu, sie ließ die Bremse los, gab Gas, gerade rechtzeitig vor der Straßenkante. Sie schrie Valentina an, den Gurt zu schließen. Aber das Kind kam mit dem Verschluss nicht zurecht. Leonora griff hinüber, der Verschluss klickte, Blick nach vorn, die nächste Kurve tauchte zwischen den Schneeflocken auf. Sie fuhr fast im Schritttempo in die Kehre.

Hinter ihr blinkten Schweinwerfer auf. Die Männer verfolgten sie. Die Angst schnürte ihr die Kehle zu. Sie hatten sie und ihr Kind entführt, bedroht und misshandelt, um herauszufinden, wo Florin sich aufhielt. Sie waren vielleicht auch zu Schlimmerem fähig.

Die Frontscheibe war beschlagen, Leonora wischte sie mit der Hand frei, doch sie beschlug sofort wieder. Links und rechts konnte sie nichts erkennen. Auch hier Beschlag. Sie kurbelte das Seitenfenster ein wenig hinunter. Die Lichter hinter ihr kamen näher. Was würden ihre Verfolger tun? Sie von der Straße abdrängen? Der andere Wagen war größer und stärker motorisiert. Sie hätte keine Chance, wenn es dazu kam. Der Sturz den Hang hinunter würde sie umbringen, und falls nicht, würden ihre Verfolger den Rest erledigen.

Gestern, als sie die Grenze zu Montenegro passiert hatte, war das erste Mal seit langer Zeit die Todesangst von ihr abgefallen. Jetzt war sie wieder da. Nicht als bedrückende Möglichkeit wie zu Hause. Die Angst, dass der Mörder irgendwo lauerte, heute, morgen, in einem Jahr. Das hier war grundlegend anders. Jetzt hielt sie die Angst wie ein großes Tier in den Klauen gepackt. Sie fing vor Hilflosigkeit an zu weinen.

Nachdem Patrick weg war, standen sie eine Weile vor der offenen Haustür und ließen sich Schneeflocken ins Gesicht wehen. Werner schien darüber nachzudenken, mit welcher Frage er anfangen sollte. Schließlich begann er mit etwas Einfachem: »Waren die die ganze Zeit im Haus?«

Arnie presste die Lippen aufeinander und analysierte fieberhaft, was zu tun war. Werner einfach anlügen konnte nach hinten losgehen. Irgendetwas musste er ihm geben. Arnie nickte. »Ja. Im Nebenzimmer.«

»Deswegen das Gekasper?«

»Wir wollten dich da nicht ...«, er suchte nach einem unverfänglichen Wort oder auch nur danach, wie man den Satz überhaupt sinnvoll abschließen konnte, »... belasten.«

»Belasten!« Werner wippte auf den Zehenspitzen und wartete auf eine Erklärung.

»Also, es war so: Die Frau hat versucht, illegal nach Deutschland einzureisen.« Arnie räusperte sich. »Schon mit Touristenvisum, aber die wollte hierbleiben, verstehst du?« Werner schien Verständnisprobleme zu haben. »Na ja, die hat ihren halben Hausrat im Auto gehabt. Das sind eindeutige Anhaltspunkte.«

»Und?«

»Da haben wir sie befragt und die Personalien aufgenommen.«

»Okay. Aber ich versteh eins nicht …« Werner nahm seine Dienstmütze ab und wischte nachdenklich den Schnee vom Schirm. »Was geht euch das an?«

»Du, wir sind da zufällig drauf gestoßen. Wir haben das Nummernschild auf dem Parkplatz gesehen. Und dann, was die alles im Wagen hat. Ich hab natürlich eins und eins zusammengezählt.«

»Aber warum bringt ihr sie dann nicht auf die nächste Inspektion?«

Tja, warum eigentlich? »Da … da hat gerade dieses Schneetreiben eingesetzt. Das wär zu aufwendig gewesen.«

Der Streifenpolizist Werner sah Arnie skeptisch an. Ihm war klar, dass hier einiges ganz und gar nicht seine Ordnung hatte, und er überlegte, ob er weiterbohren sollte. Möglicherweise wollte er das alles gar nicht so genau wissen. Als Werner einen Augenblick zur Haustür blickte – da erst fiel es ihm auf. Es war so alltäglich, dass er es beim Hereinkommen gar nicht bemerkt hatte: Das Polizeischild neben der Tür.

Mit etwas Verzögerung wandte er sich Arnie zu, der wie eingefroren neben ihm stand, mit hängenden Armen und halboffenem Mund. Werner deutete auf das Schild.

»Na gut, Werner«, sagte Arnie und räusperte sich ausgiebig, als wollte er Zeit gewinnen, bevor er eine sehr unangenehme Aufgabe in Angriff nahm. »Da muss ich jetzt etwas weiter ausholen …«

Unentwegt fiel der Schnee aus der Dunkelheit herab, die dicken, nassen Flocken zerplatzten auf dem Glas und breiteten sich aus, bis das Wischerblatt kam und

sie einsammelte, Platz freiräumte, für die nächste Ladung. Leonora klammerte sich an das Lenkrad, die
Knöchel weiß, Schweiß auf der Stirn. Der Belag auf
der Straße fuhr sich wie Schmierseife. Die nächste
Kehre war geschafft, ein bisschen mehr Gas, um sich
Vorsprung zu verschaffen. Irgendwann musste eine
Ortschaft kommen oder wenigstens ein anderes Auto.
Im Rückspiegel sah sie, wie zwei Scheinwerferkegel
um die letzte Kurve schwenkten, bis sie auf ihrer Linie
waren und sie blendeten. Ihr Verfolger hatte sein Fernlicht eingeschaltet. Noch ein bisschen mehr Gas, die
nächste Kurve kam in Sicht, vielleicht hundert Meter
noch. Dann ein Licht, das die Leitplanke in der Kurve
streifte. Es kam nicht von ihr und nicht von ihrem Verfolger. Es kam von der Seite. Ein Wagen fuhr den Berg
herauf. Es war nicht viel Zeit zum Nachdenken. Leonora tat, was sie sich inzwischen zurechtgelegt hatte –
sie schlug die Räder ein und fuhr ganz langsam Richtung Gegenfahrbahn, bis sie quer über der ganzen Stra-
ßenbreite stand. Wer immer dort entgegenkam – er
musste anhalten. Doch plötzlich war das entgegenkommende Scheinwerferlicht verschwunden. Stattdessen kam der Wagen hinter ihr näher. Das Wagenin-
nere von Leonora und Valentina war vom Fernlicht
hell erleuchtet. Sollte sie weiterfahren, bevor der Verfolger sie erreicht hatte? Vorsichtig legte sie den ersten
Gang ein. Da blinkte in Talrichtung etwas auf. Das entgegenkommende Auto war noch da. Leonora nahm
den Gang heraus und wartete. Der Wagen ihrer Verfolger war nur noch Zentimeter von ihrem Wagen entfernt, kam immer noch näher, bis er Kontakt hatte. Die
Stoßstange des anderen berührte ihr linkes hinteres
Rücklicht, dann gab der andere Gas, und langsam bewegte sich Leonoras Wagen seitwärts, die abschüssige

Straße hinunter. Leonora musste etwas tun, um nicht den Abhang hinuntergedrückt zu werden. Sie nahm den Fuß von der Bremse und ließ den Wagen rollen, blieb aber auf der zur Hangseite ausgerichteten Gegenfahrbahn. Da schwangen zwei Scheinwerfer um die vor ihr liegende Kurve und strahlten sie frontal an. Das entgegenkommende Fahrzeug blinkte zwei Mal. Das Fernlicht hinter ihr erlosch. Jemand stieg aus, ein bullig gebauter, erdig wirkender Mann mit Vollbart in grauem Overall und Winterstiefeln. Leonora atmete durch, als er auf sie zukam. Sie nahm Valentinas Hand und nickte ihr mit aller Zuversicht, die sie aufbringen konnte, zu. Als der Mann zwei Meter von ihrem Wagen entfernt war, huschte etwas Blaues durch die Nacht. Erst mit dem dritten Blinken wurde Leonora gewahr, dass es das Blaulicht ihres Hintermannes war. Im Seitenspiegel sah sie, dass auch ihr Verfolger ausgestiegen war und dem Mann im Overall irgendwelche Zeichen machte. Ein paar wenige Worte wurden gewechselt. Der Mann im Overall hob seine Hand zu einem Abschiedsgruß und stapfte zu seinem Wagen zurück. Leonora schrie durch die Windschutzscheibe, hämmerte gegen das Glas. Schließlich öffnete sie die Tür und wollte dem Mann hinterherlaufen. Aber ihr Verfolger kam bereits auf sie zu. Sollte sie Valentina alleine im Wagen lassen? Und wem würde der bärtige Mann glauben? Der Ausländerin vom Balkan oder dem Polizisten? Schon war der Mann in seinem Wagen und fuhr los. »Nein!!« Sie legte ihre ganze Verzweiflung in diesen Schrei. Valentina begann zu weinen.

»Es tut mir leid, Schatz.« Leonora zog hastig die Wagentür zu und sah im Seitenspiegel, wie der falsche Polizist sich vorsichtig näherte, um mit seinen glatten

Sohlen nicht noch einmal auszurutschen. Leonora
legte den Gang ein, als der andere zu einem Sprung
ansetzte und sich mit einem Mal seine Hände im offenen Fenster befanden.

25

Mai 2015

Der Morgen war regnerisch und kühl. Rachel hielt etwa hundert Meter vor der Schule. Sarah stieg nicht aus, schweigend saßen sie im Wagen. Sascha und Rachel wollten am Vorabend wissen, ob Casper Sarah schon länger mobbte. Und warum sie ihn mit dem Fahrrad angefahren hat. Sie war daraufhin ins Bett gegangen, weil sie keine Lust auf ein Verhör hatte.

»Ich hab ihn mit dem Rad angefahren«, sagte sie jetzt, »weil er mir was Persisches auf mein Lateinheft geschmiert hat.«

»Weißt du, was?«

»Hure.«

»Was hat der gegen dich? Ist es, weil dein Vater Jude ist?«

»Ist doch egal. Wenn Papa jetzt Rabatz macht, kriegt das die ganze Schule mit. Das ist mir echt peinlich.«

»Es müsste Casper peinlich sein.«

Sarah schwieg.

»Ich finde auch, dass man das nicht gleich zur Staatsaffäre machen muss. Aber der Bursche braucht einen gewaltigen Schuss vor den Bug. Ich will nicht, dass er dich noch mal belästigt.«

»Ich überleg mir was. Und du redest mit Papa, okay?«

Rachel legte den Gang ein und fuhr los, ohne Sarah zu antworten. Vor dem Schulhof hielt sie an. »Ist er da irgendwo?«

»Der große Schwarzhaarige, der mit den zwei anderen Jungs ganz links steht. Warum?«

Rachel fuhr auf den Gehsteig und stieg aus dem Wagen. »Ich sollte mal mit dem jungen Mann reden.«

»Nein, das machst du nicht. Mama!!«

Aber Rachel war bereits ausgestiegen und stöckelte über den Schulhof.

Casper war etwas größer als Rachel, trug Jeans und Poloshirt von Lacoste. Er war breit gebaut, hatte Akne, kurze Haare und abstehende Ohren. Rachel schätzte ihn auf sechzehn. Die drei Jungs bemerkten schon von weitem, dass Rachel auf sie zukam. Sie hatte ein Businesskostüm an, die oberen drei Knöpfe der Bluse waren offen. Die Brille hatte sie abgenommen und sich stattdessen eine Sonnenbrille ins Haar gesteckt. Das beeinträchtigte zwar ihre Sicht, sah aber cool aus, und wenn sie nicht Auto fahren oder lesen musste, kam sie auch ohne Brille zurecht. Eine gewisse Spannung legte sich über die Gruppe, und sie vergaßen, an ihren Zigaretten zu ziehen.

»Guten Morgen, Jungs«, sagte Rachel und lächelte, als sie vor den dreien stand. »Wer von euch ist Casper?«

»Wer will das wissen?«, sagte der junge Mann, den Sarah als Casper bezeichnet hatte, mit nicht ganz überzeugender Lässigkeit.

»Rachel Eisenberg. Ich bin die Mutter von Sarah.«

Es war bemerkenswert, mit welcher Geschwindigkeit Casper die Farbe aus dem Gesicht wich. Er schluckte, war aber anscheinend nicht imstande, etwas zu sagen.

»Also du?« Rachel deutete auf Casper. Die beiden anderen wichen einen Schritt zurück. »Wie ich höre, hättest du Lust, mit mir zu ficken?« Rachel lächelte immer noch. Die anderen wichen einen weiteren Schritt zurück und sahen sich an, einer murmelte »Au

Scheiße«. Mittlerweile hatte sich um die Gruppe eine Ansammlung aus schaulustigen Schülern gebildet. Casper war immer noch paralysiert.

»Du, ich bin in der Hinsicht offen. In meinem Alter freut man sich, wenn man für junge Männer noch interessant ist. Da wollte ich einfach mal fragen, ob das Angebot ernst gemeint war.«

»Ich … ich weiß nicht, von was Sie reden …« Casper schluckt erneut und sah sich um. Aber es gab keinen Fluchtweg. Überall Schüler. Alle bekamen es mit.

»Nicht so schüchtern.« Sie ging einen Schritt näher auf ihn zu. Casper wich zurück. Dann kam die Hausmauer. Rachel rückte nah an ihn heran, ohne ihn zu berühren. »Aber wir können es ja langsam angehen. Was hältst du davon … wenn ich dir einen blase. Nicht vor allen Leuten. Aber deine Kumpels können natürlich zusehen.«

»Was wollen Sie von mir?«, er schlängelte sich an Rachel vorbei und sah hilfesuchend zu seinen Kumpels.

Die schienen aber eher amüsiert zu sein. »He Mann, mach's! So 'ne Gelegenheit kommt so schnell nicht wieder!«

Einer der Umstehenden rief: »Hosen runter!«

Casper sah panisch um sich, stürzte zu seiner Schultasche, klemmte sie unter den Arm und bahnte sich einen Weg durch die Menge und verschwand. In diesem Augenblick lockerte die Wolkendecke auf, und die Sonne ließ den Schulhof erstrahlen. Rachel wandte sich an die beiden Buddies von Casper. »Schade. Auf Facebook machte er so einen draufgängerischen Eindruck.« Rachel schob die Sonnenbrille aus den Haaren auf die Nase und ging durch die sich teilende Schülermenge zu ihrem Wagen zurück.

»War das deine Mutter?«, wurde Sarah von einer Mitschülerin gefragt.

»Ich fürchte, sie war's.«

»Die ist ja gechillt.«

Das Café Juve war voll wie immer. Schwind und Geruda saßen am Marmortisch, lasen aber nicht Zeitung und redeten auch nicht viel. Die Stimmung schien gedrückt. Rachel hingegen war ausgesprochen guter Laune.

»Na wenigstens eine, die lächelt«, sagte Schwind. »Aber heute können Sie noch keinen Prozess gewonnen haben.«

»Nein. Aber ich hatte schon einen guten Auftritt. Hat Ihnen was auf die Stimmung geschlagen?«

»Unser gemeinsamer Freund, Professor Gerlach ...«, sagte Geruda zaghaft.

»Was ist mit ihm?«

»Er hat letzte Nacht versucht, sich umzubringen.«

26

Heiko Gerlach hatte eine Blechtasse zerbrochen und mit einem der scharfkantigen Bruchstücke versucht, sich die Pulsadern zu öffnen, was ihm teilweise auch gelang. Ein Wärter fand ihn rechtzeitig, bevor Gerlach zu viel Blut verloren hatte. Nach dem Selbstmordversuch, erfolgte die Einweisung in eine geschlossene Abteilung der psychiatrischen Klinik Haar. Rachel versuchte, einen Besuchstermin zu bekommen. Aber Gerlach wollte weder sie noch seinen Verteidiger Geruda, noch sonst jemanden sehen.

Was Sarahs Problem anbelangte, so konnte Sascha davon überzeugt werden, dass der junge Mann, der sich JihadGun2 nannte, eine angemessene Abreibung bekommen hatte und Sarah künftig in Ruhe lassen würde. Sascha verzichtete fürs Erste auf weitere Schritte, kündigte aber an, die Sache im Auge zu behalten. Von Casper war keinerlei Reaktion erfolgt, weder im Netz noch sonstwo. Er war danach nicht mehr im Unterricht aufgetaucht, und irgendjemand sagte, er wolle die Schule wechseln. Auf dem Pausenhof sprach man noch Tage später von Rachels Auftritt, und etwas von diesem Ruhm fiel auch auf Sarah.

Gitti Halbert hatte inzwischen den Vater von Nicole Böhm ausfindig gemacht. Der sprühte nicht vor Begeisterung, war aber immerhin bereit, Nicole probehalber bei sich aufzunehmen, er hatte selbst eine Familie mit zwei kleinen Kindern. Dass Nicole bei ihrer Mutter nichts verloren hatte, leuchtete ihm ein. Etwas ungehalten war er über den Umstand, dass Nicoles

Mutter seit Monaten Unterhaltszahlungen kassierte, obwohl ihre Tochter nicht mehr bei ihr wohnte. Der Zusammenführung von Vater und Tochter stand nur noch entgegen, dass Nicole verschwunden war. Nachfragen bei Penny-Joe und anderen Obdachlosen blieben ergebnislos, und Rachel vermutete, dass das Mädchen die Stadt verlassen hatte.

Vier Wochen später besuchte Rachel mit einem Mandanten um die Mittagszeit den Hirschgarten. Sie saßen in dem Teil des Biergartens direkt am Wirtshaus, in dem bedient wurde. In einiger Entfernung waren die Tische für die Gäste, die selbst Getränke und Essen an den Ständen holten. Dort entdeckte Rachel eine junge Frau, die eine Art Servierwagen zwischen den Tischen herumschob und Abfälle und zurückgelassene Bierkrüge einsammelte.

»Hallo, Nicole!« Nicole sah überrascht auf, erkannte Rachel und lächelte.

»Hallo. So sieht man sich wieder.«

»Arbeiten Sie schon länger hier?«

»Eine Woche.«

»Wo ist Ihr Hund?«

»Bei Max. Da wohn ich jetzt. Mit Dach überm Kopf und Garten und Terrasse.«

»Gratuliere.« Nicole sah gesund aus und zufrieden, ihre Kleidung war halbwegs sauber. »Wer ist Max?«

»Das ist der Typ von der Laimer Unterführung. Wo Sie dachten, der will mich vergewaltigen.«

Rachel nickte erstaunt und zögerte, bevor sie ein etwas schwierigeres Thema ansprach. »Sie haben von Heiko Gerlach nichts mehr gehört, nehme ich an?«

»Nein. Ist er noch im Gefängnis?«

»Im Augenblick in der Psychiatrie. Er … er hat versucht, sich umzubringen.«

»Oh … Waren Sie bei ihm?«

»Er will niemanden sehen. Wenn Sie mir Ihre Telefonnummer geben, dann sage ich Bescheid, wenn sich was tut.«

Zwei Tage später klingelte Rachels Bürotelefon. Sie blickte kurz auf das Display und war genervt, denn sie hatte Laura gesagt, sie wolle ihre Ruhe haben. »Laura, Schatz, du weißt, dass ich gesagt habe, nur wenn's wirklich wichtig ist.«

»Ist es aber – glaub ich jedenfalls.«

»Wer ist dran?«

»Professor Gerlach.«

»Es tut mir leid, dass ich dich gefeuert habe«, begann Gerlach das Gespräch. »Ich hätte das mit dir abstimmen sollen. Aber ich wusste in der Situation nicht, was du noch anstellen würdest, um mich als unglaubwürdig hinzustellen.«

»Bist du noch in Haar?« Rachel war mehr an der Gegenwart interessiert.

»Nein, ich habe wieder eine acht Quadratmeter große Zelle in Stadelheim bezogen. Ich war etwas verärgert, dass man mir die alte nicht freigehalten hat.«

Es entstand eine kleine Pause. »Möchtest du nicht darüber reden, was passiert ist?«, fragte Rachel schließlich.

»Hast du dir Sorgen gemacht?«

»Ja, was glaubst du denn?«

»Ich hatte einen depressiven Schub. Es war mit einem Mal alles so sinnlos. Aber jetzt ist die Suizidgefahr gebannt, sagen die Ärzte. Ich krieg jeden Tag zwanzig Milligramm Cipralex.«

»Und geht's dir besser?«

»Es ist einem alles egal. Insofern ... geht's mir besser. Hast du was von Nicole gehört?«

»Ja. Sie hat jetzt einen Job.«

»Oh – schön. Das Mädchen gehört definitiv nicht auf die Straße. Ich ... ich würde sie gern noch mal sehen. Kannst du sie fragen?«

»Kann ich.« Pause. »Willst du mich auch sehen?«

Rachel traf Nicole morgens um zehn vor dem Eingang der JVA Stadelheim in München-Giesing. Das Mädchen schien erblüht zu sein. Ihre Haut war reiner, die Lippen rosiger, die Augen verströmten einen lichten Glanz, ihr Körper atmete Jugend und Vitalität. Das war Rachel schon im Hirschgarten aufgefallen. Aber heute war es nicht zu übersehen. Rachel ließ Nicole den Vortritt.

Auch Gerlach schien Nicoles Verwandlung sofort aufzufallen. Sie lächelte, als sie in den Raum mit dem Resopaltisch kam. Er lächelte zurück und war sichtlich überrascht von dem, was er sah.

»Dir geht's gut, nicht wahr?«

Nicole nickte.

»Das sieht man.« Gerlach erfreute sich einige Sekunden an dem Anblick.

»Tut mir leid, dass ich nicht zu dem Gerichtstermin gekommen bin.«

»Ist jetzt belanglos. Ich hab den Mord gestanden.«

»Aber ... du warst es nicht.«

Gerlach blickte auf seine gefalteten Hände, die vor ihm auf dem Tisch lagen.

»Wer weiß das schon.«

»Du musst es doch wissen.«

Gerlach lehnte sich in seinem Stuhl zurück und sah Nicole kritisch an. »Warum bist du eigentlich nicht zu dem Haftprüfungstermin gekommen?«

Nicole knetete ihre Finger. »Ich war sauer.« Gerlach zog die Augenbrauen hoch. »Du hast mir nie gesagt, dass du Professor bist.«

Er breitete mit fatalistischer Miene die Hände auseinander. »Das war ich mal – in einem anderen Leben. Ich hab's nicht für wichtig gehalten.«

»Weil du gedacht hast: Die Kleine versteht das eh nicht. Oder?«

»Nein.« Er schüttelte bestimmt den Kopf. »Das hab ich nicht gedacht.«

»Was dann?« Sie presste die Lippen zusammen. »Ganz ehrlich.«

»Das war ein Bauchgefühl, dass es nicht gut ist, mein Vorleben zu erzählen.«

»Aha. Ein Bauchgefühl.«

»Warum ist das jetzt so eine Tragödie? Ich wollte einfach nicht … dass das zwischen uns steht.«

»Was würde denn zwischen uns stehen?«

»Dass ich aus einer anderen Welt komme. Dass du plötzlich befangen bist und in mir was anderes siehst, als ich bin. Ich wollte dir ein Freund sein. Mit dem man eine Weile sein Leben teilt.«

»Bis du genug hast vom Pennerspielen und wieder an die Uni gehst.«

»So war das nicht gemeint. Warum kannst du mich nicht als den nehmen, den du kennengelernt hast. Was hat sich geändert?«

»Du hast es selber gesagt: Wir passen nicht zusammen.«

Gerlach zeigte eine Geste der Ratlosigkeit. Ihm schienen die Worte ausgegangen zu sein.

»Meine Mutter hatte mal einen Freund, der war Arzt. Sie hat damals in einer Bar gearbeitet. Da hat sie ihn kennengelernt. Ich war zehn oder elf. Sie fand den Typen toll, weil er gesagt hat, sie wär wahnsinnig intelligent. Sonst haben die Kerle immer nur ihre Titten gelobt. Meine Mutter war schwer verliebt. Und sie hat den Arzt gefragt, ob er sie heiraten will. Weißt du, was er gesagt hat?«

»Nein.«

»Hast du noch alle Tassen im Schrank? Was glaubst du, wer du bist? Das hat er gesagt. Und sich nie wieder gemeldet.«

»Du willst mich mit diesem Idioten vergleichen?«

Nicole kaute auf ihrer Unterlippe. »Vielleicht bist du anders. Aber wir sind nun mal aus verschiedenen Welten.«

»Was, wenn sie mich doch nicht verurteilen? Wenn ich wieder rauskomme. Willst du dann nichts mehr mit mir zu tun haben?«

»Nein. Aber – es wird nicht mehr wie früher. Unsere Zeit ist vorbei. Verstehst du das nicht?«

Gerlach atmete schwer. »Doch. Ich denke, ich verstehe.« Für eine Weile schien er in Gedanken zu versinken. Dann ging eine Veränderung in ihm vor. Er blickte Nicole an. »Hast du dich verliebt?«

»Wie kommst du da drauf?«

»Man sieht es.«

Nicole schwieg und war unschlüssig. »Ja, ich hab jemanden kennengelernt.«

Gerlach konnte seine Enttäuschung kaum verbergen. Seine Miene versteinerte, wurde dann aber, als hätte er sich entschlossen, den Dingen etwas Gutes abzugewinnen, wieder weicher. Er legte seine große Hand auf Nicoles Hände und sagte: »Das freut mich für dich.«

»Ehrlich?«

»Ja, ehrlich. Es ist schön, verliebt zu sein. Ich hoffe, du bist es noch oft in deinem Leben. Wie heißt er?«

»Max.«

»Netter Name. Dass er ja gut auf dich aufpasst!«

»Das tut er. Das tut er wirklich.«

»Ihr müsst mich mal besuchen, okay?«

Nicole nickte. »Machen wir. Kann aber sein, dass wir Deutschland verlassen.«

»Oh, ihr macht schon Pläne. Wo geht's hin?«

»Wissen wir noch nicht. Irgendwo, wo es warm ist.«

»Ich war früher viel im Ausland unterwegs. Wenn du Tipps haben willst – frag.« Er sah sie sehr intensiv an. »Hat sich mein kleines Mädchen verliebt. Wie schön.«

Dem Beamten, der Gerlach hinausführte, erschien der Professor ungewöhnlich zerstreut, als sie den Besuchsraum verließen. Auf die Frage, ob er jetzt Frau Dr. Eisenberg sehen wolle – denn die warte draußen, hatte Gerlach nicht reagiert. Auch als der Beamte ein zweites Mal fragte. Da ihm dieses Verhalten des sonst umgänglichen Gefangenen seltsam erschien, berührte er ihn am Arm und fragte, ob alles in Ordnung sei. Wie ein Blitz aus heiterem Himmel, drehte sich Gerlach zu dem Beamten um und schrie: »Lass mich in Ruhe, verdammt!«

Er packte den Mann an der Uniformjacke, hob ihn einige Zentimeter über den Boden und schleuderte ihn in eine Ecke des Gefängnisganges. Der Beamte war einen Augenblick lang wie paralysiert, fing sich wieder, fummelte mit zittrigen Fingern seine Dienstpistole aus dem Holster und richtete sie auf Gerlach, der wie ein Berg über ihm stand. Der Ausbruch hatte den Wachebeamten völlig überrascht, und er konnte nicht abschätzen, wie gefährlich die Situation war. Gerlach sah nach unten zu dem Mann mit der Pistole und machte einen orientierungslosen Eindruck, wie jemand, der gerade aus einer Trance erwacht ist. Er hob beschwichtigend seine Handflächen und stammelte: »Tut mit leid. Tut mir … tut mir wirklich leid.«

Der Beamte stand auf und ließ Gerlach dabei nicht aus den Augen. Auch die Pistole zielte weiterhin auf den Gefangenen. Da ihm irgendwie nichts Besseres einfiel, sagte er: »Und jetzt?«

»Ich würde gern Frau Dr. Eisenberg sprechen.«

Gerlach machte einen aufgeräumten, nachgerade euphorischen Eindruck.

»Euer Gespräch war gut?«

»Ja.« Gerlach lächelte. »Es geht Nicole gut. Und das ist das Wichtigste.«

»Schön. Kann ich irgendwas für dich tun?«

»Kannst du.« Gerlach zögerte ein wenig. »Vielleicht ist es zu viel verlangt, nach dem, was vorgefallen ist. Aber ich möchte dich bitten, meine Verteidigung wieder zu übernehmen.«

Rachel zog erstaunt die Augenbrauen hoch. »Du hast einen Verteidiger. Außerdem haben wir vollkommen unterschiedliche Vorstellungen.«

»Nein. Wir haben keine unterschiedlichen Vorstellungen.« Gerlach fegte mit der Hand Krümel von der Resopalplatte, stützte die Ellbogen auf und faltete die

Hände. »Ich habe nach reiflicher Überlegung beschlossen ... mein Geständnis zu widerrufen.«

Rachel betrachtete Gerlach mit unverhohlenem Erstaunen.

»Du fragst dich wahrscheinlich, warum ich den Mord überhaupt gestanden habe.«

»Nicht nur ich.«

»Ich kann zu meiner Entschuldigung nur vorbringen: Meine Depressionen haben mir den Verstand benebelt. Weißt du, wie das ist, wenn du jeden Morgen um vier aufwachst und nicht weißt, wozu du weiterleben sollst? Alles ist grauenhaft beängstigend, das Leben eine riesige schwarze Wand, die vor dir aufragt. Du willst sterben, und trotzdem hast du Angst. Vor dem was kommt. Der Gedanke, wieder unter Brücken leben zu müssen, hat mich fast umgebracht. Das Gefängnis befreit mich zumindest von den existenziellsten Nöten.«

»Und was hat deinen Sinneswandel herbeigeführt?«

»Offen gesagt – bis zu dem Treffen mit Nicole war ich entschlossen, die Sache durchzuziehen. Aber als ich sie dann vor mir sah – so jung, so aufgeblüht, so frisch. Das hat mir ... das klingt jetzt etwas pathetisch, aber es hat mir den Glauben ans Leben wiedergegeben.« Er nahm Rachels Hand. »Rachel – hol mich hier raus.«

Rachel lächelte und drückte seine Hand. »Es freut mich, dass du deinen Lebensmut wiedergefunden hast.« Sie sah ihm in die Augen. »Ich tu, was ich kann.«

Doch Rachels Freude war nicht ungetrübt. So begrüßenswert Gerlachs Wandlung auch war – irgendetwas fühlte sich dabei falsch an. Rachel konnte nicht benennen, was es war. Sie beschloss, das diffuse Gefühl nicht weiter zu beachten und sich an die Arbeit zu machen.

27

Die Hände des Mannes klammerten sich am offenen Fenster fest. Vor Entsetzen drückte Leonora aufs Gas, und der Wagen schoss ein Stück nach vorne, was den Mann straucheln ließ. Er wurde ein Stück mitgeschleift, bis er schließlich losließ. Im Rückspiegel beobachtete Leonora, wie er sich aufrappelte und Verwünschungen schreiend zu seinem Wagen zurückging.

Sie versuchte den Vorsprung zu nutzen und einige Meter gutzumachen, hoffte, auf ein Dorf zu treffen, bevor er sie erneut eingeholt hatte. Das Schneetreiben ging mit unverminderter Heftigkeit weiter. Leonora kurbelte das Seitenfenster hoch und strich Valentina übers Haar. Das Mädchen spürte, dass ihre Mutter Todesangst hatte. Es dauerte eine Weile, dann zeigte ein kurzes Aufblitzen im Rückspiegel an, dass der Verfolger wieder unterwegs war. Nach vorne konnte Leonora keine hundert Meter sehen. Nirgends waren Lichter auszumachen. Langsam arbeitete sie sich den Berg nach unten. Irgendwann musste es vorbei sein und ein Dorf kommen.

Rechts hinter der Leitplanke ragten Fichten in den Nachthimmel. Auf der Straße lag ein kleiner Schneehaufen, der den Wagen ein Stück anhob, als sie darüber hinwegfuhren. Der Schnee musste von den Fichten gefallen sein, dachte Leonora, und im gleichen Moment gab es ein Rumpeln, wie eine Matratze, die auf einen Holzboden fällt, und die Windschutzscheibe wurde dunkel. Wimmernd zeigten die Scheibenwischer an, dass sie mit der Nassschneelast überfordert waren. Die Sicht auf die Straße war versperrt. Leonora kurbelte die Seitenscheibe herunter und bremste, worauf der Wagen ins Rutschen geriet. Sie ließ die Bremse los und lehnte sich aus dem offenen Seitenfenster. Unmittelbar vor ihr lag eine Kurve, so unmittelbar, dass sie auf den Abhang zufuhr. Vorsichtig und mit zitternder Hand zog sie das Lenkrad nach links. Es war zu spät. Der Wagen drehte sich und rutschte seitlich weiter. Immer weiter. Sie versuchte Gas zu geben, die Vorderräder drehten durch, einen Augenblick später erreichten die Hinterräder den Abhang, es knirschte. Schon waren die Hinterräder nicht mehr auf der Straße, der Wagenboden setzte auf, erneutes metallisches Knirschen, der Wagen kippte zuerst nach hinten, dann zur Seite, blieb einen Augenblick lang in einem labilen Gleichgewicht, schwankte wie eine Kompassnadel, verharrte schließlich einen Augenblick in stiller Ruhe. Dann sackte er nach unten.

Patrick lenkte seinen Wagen mit Umsicht in die nächste Kurve. Wenn er sich in dem Schneechaos nicht vertan hatte, müsste danach eine längere Gerade kommen. Dort hoffte er, die Rücklichter der Frau wieder zu sehen. Der felsige Vorsprung war umrundet – doch von dem anderen Wagen keine Spur. Patrick schwitzte und drehte die Heizung herunter. Im Flockengestöber vor ihm sah er die Spuren des anderen Fahrzeugs auf der Straße. Ab und zu eine dunklere Stelle, da hatte sie gebremst und war gerutscht. Weiter vorne kam eine leichte Kurve. Dort zeigte ihm sein Scheinwerferlicht Unregelmäßigkeiten im Schnee. Das Auto war geschlingert und dann seitwärts gedriftet, dann verlor sich die Spur.

Patrick hielt an und starrte auf die Stelle, wo aufgewühlter Schnee von dem Drama kündete, das sich vor wenigen Augenblicken hier abgespielt haben musste. Es hatte sie offenbar erwischt. Gut so. Einerseits. Andererseits hatten sie jetzt ein ausländisches Fahrzeugwrack am Abhang. Und vielleicht Tote oder Verletzte. Die Sache wurde immer komplizierter. Abgesehen davon, hatte Werner die Frau gesehen. Es stand zu hoffen, dass ihm Arnie eine halbwegs glaubhafte Erklärung gegeben hatte. Nein, das stand eigentlich nicht zu hoffen. Arnies Nerven lagen ohnehin blank. Patrick würde einiges zusammenflicken müssen, wenn er zurück war. Aber mit Werner würden sie schon klarkommen.

Patrick leuchtete mit einer Taschenlampe in die Dunkelheit. Der Wagen der Frau stand auf den Rädern. Aber so, wie die Wiese aussah, hatte er sich mindestens einmal überschlagen. Etwas bewegte sich. Patrick richtete den Lichtstrahl auf die Stelle und sah, dass die Frau an der Beifahrertür hantierte. Sie wollte offenbar das Kind aus dem Wagen holen. Patrick machte sich auf den Weg nach unten.

Valentina sah Leonora mit glasigen Augen an und sagte nichts. Sie hatte eine kleine Platzwunde an der Schläfe, schien sonst aber unverletzt. »Tut dir was weh?« Das Licht der Taschenlampe hüpfte auf und ab. Der Mann mit der Lederjacke kam näher. Es war Leonora egal. Sie schnallte den Gurt ab und zog Valentina nach draußen. »Geht's?« Valentina stand im Schnee und reagierte nicht. Langsam drehte sie den Kopf und starrte wie hypnotisiert in das Taschenlampenlicht, das um den Wagen herumtanzte.

»Gratuliere!«, sagte der Mann, als er auf der anderen Seite des Wagens angekommen war. Und dann sagte er: »Los! Mitkommen!«

Leonora drückte ihre Tochter an sich und schüttelte den Kopf. Im Schein der Taschenlampe stiegen Kondenswolken aus ihrem Mund in die schneeverwirbelte Nacht.

»Muss ich mir erst die Kleine holen?« Der Mann setzte sich in Bewegung. Leonora schob Valentina hinter sich. War bereit, den aussichtslosen Kampf zu kämpfen. Der Mann kam auf sie zu und packte sie am Kragen: »Nimm deine Göre und komm mit, verflucht!« Leonora sah ihn mit zitterndem Mund an und packte seine Hand, mit der er sie am Kragen hielt. Ein kräftiger Ruck und Leonora wurde von den Füßen gerissen und in den Schnee geschleudert.

Als Leonora wieder stand, war das Mädchen fort. Patrick schwenkte die Taschenlampe durch die Nacht. Dreißig Meter weiter rannte die Kleine in Richtung des Baches, der am Talgrund floss. Der Schnee ging ihr bis über die Knie. »Valentina!« Leonora schrie aus vollem Hals, sprang auf und rannte ihrem Kind hinterher.

Am Bachlauf angekommen, blieb Leonora schwer atmend stehen. Valentina war nirgends zu sehen. Der Mann mit der Taschenlampe leuchtete die Umgebung ab. »Da!«, sagte er nach einer Weile. Ein umgefallener Baum bildete eine natürliche Brücke über den Bach. Valentina versuchte ans andere Ufer zu gelangen. Sie war fast in der Mitte des Baumstamms angelangt, schien aber Zweifel zu bekommen und ging nicht mehr weiter.

»Warte«, rief Leonora ihr zu. »Ich komme und hol dich. Bleib ganz ruhig.«

Valentina drehte sich um und sah ihre Mutter an, stand im Licht, das der Mann weiter auf sie gerichtet hielt. Mit einem Mal wirkte sie verloren, schien nicht zu begreifen, was mit ihr geschehen war. Dann blickte sie nach unten und fing an zu zittern, als würde sie jemand an den Schultern packen und durchschütteln. Schnee löste sich unter ihrem Fuß und fiel nach unten. Sie schwankte, verlor das Gleichgewicht, die Beine rutschten unter ihr weg, sie schlug mit dem Oberkörper schwer auf den Baumstamm und verschwand in der Tiefe. Das schwarze rauschende Wasser spritzte auf, und Valentina wurde fortgerissen. Leonoras Schrei verharrte für Sekunden in schrillen Höhen, dann sprang sie selbst.

»Scheiße«, sagte Patrick leise und zu niemandem, denn außer ihm war keiner mehr da. Der Bach würde die beiden mit sich reißen, und zwar weit nach unten. Auf dem Weg lauerten Felsen im Strom, an denen man sich den Schädel einschlagen konnte. Während er sich den Hang zum Wagen hinaufkämpfte, fiel Patrick eine Stelle ein, an der der Bach breiter und seichter wurde. Die Chancen standen gut, dass man die beiden da wiederfinden würde.

Nach zehn Minuten hatte er den kleinen Parkplatz erreicht, von dem aus Touristen im Sommer zu Wanderungen aufbrachen. Jetzt waren die Wege verschneit, und auf der anderen Straßenseite war eine Loipe angelegt.

Der Weg führte zwischen jungen Bäumen hindurch, der Schnee war nicht so tief wie im freien Gelände. Nach zwei Minuten gelangte Patrick ans Bachbett, das hier etwa dreimal so breit war wie oben. Dicht über dem Wasser hingen Äste. Patrick leuchtete die Wasseroberfläche ab. Nichts. Keine toten Körper und erst recht keine lebendigen. Er ging den Bachlauf entlang, fünfzig Meter hinauf, hundert Meter bachab. Keine Spur von der Frau und dem Mädchen.

Aufgewühlt und ratlos wandte sich Patrick wieder dem Parkplatz zu. Da streifte etwas seinen Augenwinkel. Er schwenkte die Taschenlampe, und der Lichtstrahl stieß auf etwas. Es war dunkel und kauerte vor einem verschneiten Gebüsch, keine zwanzig Meter entfernt. Es war die Frau. Sie bewegte sich auf eigenartige Weise. Immer wieder ging ein Schütteln durch ihren Körper. Sie hatte Patrick den Rücken zugewandt und drehte sich nun langsam um. Erst sah er das Gesicht. Eigenartig verzerrt glänzte es vom Wasser, das der Frau aus den Haaren troff. Ganz anders, als er es in Erinnerung hatte. Sorge und Angst hatten sich daraus verflüchtigt und einem anderen Gefühl Platz gemacht: Hass. Die Frau stand auf. Erst jetzt sah Patrick, dass sie etwas auf dem Arm hielt. Es war das Kind. Die nassen, langen Haare klebten ihm an den Wangen. Der Mund stand offen, der Kopf hing über den Unterarm der Frau. Aus dem Gesicht starrten Patrick zwei offene Augen an. Der Frau gingen die Kräfte aus, und ihre Arme sanken nach unten. Schließlich sackte der Körper des Mädchens aus ihren Armen und blieb mit dem Gesicht nach unten im Schnee liegen.

28

Juni 2015

Nach dem Besuch in Stadelheim rief Rachel bei Geruda an und erzählte ihm von dem Treffen. Sie hatte ein schlechtes Gewissen, dass Gerlach sich jetzt wieder von ihr vertreten ließ. Aber Geruda zeigte sich verständnisvoll. Rachel vermutete, dass ihm der schlechtbezahlte Fall ohnehin keine rechte Freude bereitete, zumal die psychiatrischen Gutachten wohl nicht die gewünschten Ergebnisse gebracht hatten. Anschließend telefonierte sie mit Dr. Renate Zeiselmeier, der Vorsitzenden der Strafkammer, die den Fall Gerlach verhandeln würde. Der Beginn des Prozesses war auf Donnerstag nächster Woche festgesetzt, den zweiten Juli. Heute war Freitag. Rachel blieb also knapp eine Woche Zeit. Auf eine Verschiebung wollte sich Zeiselmeier nicht einlassen. Sie wusste, dass Rachel mit dem Fall schon vorher befasst gewesen war. Was seitdem an Fakten hinzugekommen war (im Wesentlichen psychiatrische Gutachten, die Rachel ohnehin nicht weiterbringen würden), sei nicht so umfangreich, dass es eine Verschiebung rechtfertigte.

Am späten Nachmittag rief Rachel in der Kanzlei Janina, Carsten und Sascha zu einer Besprechung zusammen und verkündete, dass man im Fall Gerlach wieder im Geschäft sei. Die Zeit drängte. Wenn sie einen Freispruch haben wollten, dann müssten sie die Ermittlungsschwachstellen herausarbeiten und idealerweise neue Erkenntnisse vorlegen, die die Argumente der Staatsanwaltschaft erschütterten.

»Es gibt zwei Punkte, an denen wir ansetzen können.« Rachel stand vor einem Flip-Chart und schrieb die entscheidenden Punkte mit rotem Filzstift darauf. »Zum einen gibt es die zwei unbekannten Männer, die Johanna Mend ein paar Tage vor dem Mord überfallen haben und möglicherweise auch versuchten, sie zu vergewaltigen. Die Polizei ist der Spur nicht weiter nachgegangen, weil sie damals schon wussten, dass die DNA auf der Leiche von Heiko Gerlach stammt. Zum anderen könnte uns der Mann weiterhelfen, den die Zeugin Fiona Leitmayr im Café kennengelernt hat. Vielleicht kann er uns zu den beiden Männern führen.«

»Aber wie willst du ihn finden?«, warf Janina ein. »Die Polizei hat mit etlichen Zeugen gesprochen. Mitbewohner von Mend, Leute, die mit ihr studiert haben. Aber mit niemandem war sie so eng befreundet, dass sie von diesem Mann erzählt hat. Jedenfalls gibt es darüber nichts in den Akten.«

»Das stimmt«, gab Carsten zu. »Johanna Mend hatte praktisch keine Freunde in München. Aber es gibt bestimmt Verwandte oder alte Freunde aus ihrem Heimatdorf, mit denen sie Kontakt hatte. Die wissen vielleicht mehr.«

»Hat die Polizei das nicht eruiert?«, wunderte sich Sascha.

»Nur sehr oberflächlich. Der Fall war für die Ermittlungsbehörden ziemlich schnell klar: Triebtäter ermordet junge Frau, die ihm zufällig über den Weg läuft. Und sie hatten die DNA-Spur.«

»Das wundert mich. Die Profiler hatten doch gesagt, dass sich Täter und Opfer gekannt haben.«

»Das hat dann halt nicht gepasst. Die Polizei hat das durchaus überprüft, aber nichts weiter gefunden.«

Carsten hatte die Akte aufgeschlagen und blätterte

darin herum. »Die Mutter des Opfers ist früh verstorben. Aber es gibt einen Vater. Der wohnt noch in dem Ort, wo Mend aufgewachsen ist. Ich kann da am Wochenende gerne mal hinfahren. Sind nur zwei Stunden.«

»Das ist nett. Aber ich glaube, es ist besser, wenn ich das selber mache. Der Mann hat gerade sein einziges Kind verloren und wahrscheinlich wenig Lust, mit Anwälten zu reden. Vielleicht tu ich mich als Frau da leichter. Aber du könntest was anderes machen.«

»Was?«

»Das hängt mit der zweiten Spur zusammen. Angeblich hat Johanna Mend an dem Abend, als sie umgebracht wurde, eine Bekannte im Café Zentral angerufen. Eine Frau Inselmüller. Und zwar um halb zehn. Inzwischen hat die Polizei die Zeugin derart verunsichert, dass sie alles zurückgenommen hat. Ich würde wahnsinnig gerne die Telefonnummern checken, die an dem Abend angerufen haben. Wenn wir eine davon irgendwie mit Johanna Mend in Verbindung bringen können und von dieser Nummer um halb zehn angerufen wurde, dann ist das der Beweis, dass Gerlachs Geständnis falsch ist. Denn er hat ja behauptet, er hätte die Tat um zwanzig Uhr begangen.«

»Leider haben wir die Nummern nicht.«

»Aber die Staatsanwaltschaft hat sie.«

»Du glaubst, dein Freund Schwind gibt sie dir?« Saschas Blick schwankte zwischen Zweifel und Fassungslosigkeit.

»Nie im Leben.«

»Wie willst du sie dann kriegen?«

»Nun – wie wir wissen, ist Schwind ein großer Freund der Digitalisierung. Das heißt, in der Staatsanwaltschaft gibt es mit Sicherheit einige Rechner, auf denen die Liste mit diesen Telefonnummern gespeichert ist.«

»Rachel …?«

»Und einer dieser Computer dürfte Schwinds iPad sein.«

»Du willst nicht im Ernst den Computer eines Staatsanwalts hacken?« Jetzt schwankte Saschas Gesichtsausdruck zwischen Entsetzen und Amüsement.

»Beruhige dich. Ich werde nichts tun, was einen Straftatbestand erfüllt. Jedenfalls nichts, was man mir nachweisen kann.« Sascha blickte zur Decke. »Carsten – du kennst dich doch mit Computern aus. Du findest bitte bis Montagmittag heraus, was für ein Modell Schwind benutzt, und besorgst uns das gleiche.«

»Soll ich das mit Firmenkarte bezahlen?«

»Bezahl bar. Ich geb dir das Geld.«

29

Sarah hatte den Nachmittag mit einer Freundin in Schwabing verbracht und wurde von Sascha nach Hause gebracht. Den Gips hatte man inzwischen wieder entfernt. Der Arm war jetzt bleicher und dünner als der andere.

»Und? Was bringt dein Abend noch?«, fragte Rachel. Sie stand mit Sascha unter dem Vordach der Eingangstür. Die Sonne schien ihm von der Seite aufs Gesicht und ließ die letzten Reste seines Rasierwassers verdunsten. Rachel nahm eine exotisch-herbe Note wahr, vielleicht Sandelholz oder Zeder. Sascha benutzte jetzt ein anderes Rasierwasser.

»Wir gehen ins Cinema.«

»In welchen Film?«

»Das ist so eine Liveübertragung. Aus dem Bolschoi-Theater.«

Rachel konnte ihr Erstaunen kaum verhehlen. »Tja dann – viel Spaß.« Ballett! Da hätten Sascha früher keine zehn Pferde reingebracht. Wie sich die Zeiten änderten.

Sarah hatte von Sascha erfahren, dass ihre Mutter am Wochenende für Recherchen nach Oberfranken fahren wollte. Wie sich herausstellte, machte sich Sarah große Sorgen bei dem Gedanken, zwei Tage allein im Haus zu bleiben. Mit maladem Handgelenk war sie immer noch bei allen möglichen Verrichtungen eingeschränkt. Entsprechend hart fielen die Vorhaltungen aus, die sie ihrer Mutter machte, kaum war die Haustür ins Schloss gefallen. Rachel hörte eine Weile zu, wie sich ihre Tochter echauffierte, und bereitete dabei einen Eistee zu, den sie Sarah mit der Aufforderung in die Hand drückte, sich zu setzen und kurz zuzuhören.

»Ich wollte dich bitten, mit nach Oberfranken zu kommen. Was ich da tun muss, ist nicht ganz einfach, und ich bräuchte ein bisschen Support. Im Grunde geht es darum, dass ich jemandem, der nicht gut auf Anwälte zu sprechen ist, ein paar Informationen entlocken muss. Deswegen würde ich gerne als Touristin auftreten, die mit ihrer Tochter das Wochenende in der Gegend verbringt.«

»Klingt nach Geheimdienstmission.«

»So in die Richtung geht's.«

»Wer ist die Zielperson?« Sarah schien sich für den Gedanken an ein Wochenende in Nordbayern zu erwärmen.

»Der Vater der jungen Frau, die vor ein paar Wochen am Flaucher ermordet wurde. Ich vertrete jetzt wieder den Angeklagten und glaube, dass die Polizei den Falschen verhaftet hat. Ich brauche ein paar Informationen über das Opfer.«

»Um den richtigen Täter zu finden?«

»Möglicherweise läuft es darauf hinaus.«

Sarah angelte mit der Zunge nach dem Strohhalm und nahm einen ordentlichen Schluck Eistee. »Ich komm mit. Unter einer Bedingung?«

»Welche?«

»Ich will alles über die Sache wissen. Muss ich ja eh, wenn ich dir helfen soll.«

»Okay. Deal! Aber natürlich nur, soweit ich meine Schweigepflicht nicht verletze. Aber das kennst du ja.«

Die Hitzeperiode in diesem Sommer war gerade erst ein paar Tage alt. Von den Gewittern, die man für das Wochenende angesagt hatte, war auf der Fahrt nach Oberfranken nichts zu sehen. Stattdessen Sonne bei vierunddreißig Grad. Das Verdeck blieb zugunsten der Klimaanlage zu. In einem Landgasthof bei Wunsiedel nahmen Rachel und Sarah unter Kastanien und Linden ein leichtes Mittagessen zu sich. Von hier war es nicht mehr weit bis zu dem kleinen Ort im Fichtelgebirge, in dem Georg Mend lebte. Das Navi führte sie über eine kleine, gewundene Landstraße, von der irgendwann ein Schotterweg abzweigte, der durch Kuhweiden und ein Maisfeld ging, dann vorbei an einem Bauernhof. Sie fuhren durch ein Wäldchen, und als es wieder licht wurde, kamen Wiesen in Sicht und ein kleines Haus. Erdfarbener Verputz, der an einigen Stellen bröckelte, Obstbäume, ein von Maschendraht umzäunter Bauerngarten mit Kräutern. Das Krüppelwalmdach ließ den Bau ins neunzehnte Jahrhundert datieren, Biedermeier vielleicht, mit einigen Änderungen, die im Lauf der Jahre dazugekommen waren. Etwa der hölzerne Carport. Rachel stellte den Wagen am Waldrand ab und sah mit einem Feldstecher zum Haus. Über der Tür eines Wirtschaftsanbaus hing ein Holzschild. Rachel reichte Sarah das Fernglas.

»Kannst du erkennen, was auf dem Schild steht?«

»Georg Mend – Kreativ- und Möbelschreiner.«

»Ist aber keiner da, oder?«

Sarah blickte weiter durch den Feldstecher. »Nö. Türen sind alle zu. Liegt aber vielleicht an der Hitze.«

»Auto kann ich auch keins sehen.«

Sarah schwenkte das Fernglas. »Im Carport steht keins. Scheint ausgeflogen zu sein.«

Rachel startete den Wagen und fuhr langsam auf das Haus zu. Der Weg endete auf einem ungepflasterten Platz vor dem Mendschen Anwesen. Ein rostiger Traktor von ehrwürdigem Alter stand dort samt Balkenmäher, der vermutlich auf den umliegenden Streuobstwiesen zum Einsatz kam. Als Rachel und Sarah aus dem klimatisierten Wagen ausstiegen, wehte ein leichter Hauch, der ihnen vorkam wie Wüstenwind. Alles um sie herum glühte. Im Schatten lag eine gestreifte Katze, die Ankömmlinge misstrauisch beäugend. Die Fenster des Hauses waren allesamt geschlossen, bei einigen auch die Fensterläden. Mend hätte ihre Ankunft inzwischen bemerken müssen. Aber nichts rührte sich. Sarah stapfte auf das Haus zu.

»Was hast du vor?« Rachel wurde leicht nervös.

»Was wohl? Klingeln.«

Es gab aber keine Klingel an der Eingangstür, und so klopfte Sarah gegen die Tür. Rachel war inzwischen zu einem silbernen Briefkasten amerikanischer Bauart gegangen und machte, nachdem sie noch einmal zum Haus gesehen hatte, die Klappe auf. Der Kasten war voll. Mend hatte ihn anscheinend seit Tagen nicht geleert.

Die junge Bäuerin sah auf, als der rote BMW zurückkam aus dem Wäldchen. Zu ihrer Überraschung hielt er am Hof. Die Frau, die ausstieg, sah genauso aus, wie die Bäuerin sich Frauen aus München vorstellte. Sonnenbrille, teures Sommerkleid und hochhackige Sandaletten, in denen man sich auf dem Hof beide Knöchel brechen würde. Das junge Mädchen, das ebenfalls ausstieg, war unverkennbar die Tochter. Der bleiche Arm sah aus, als wäre bis vor kurzem ein Gips dran gewesen. Wahrscheinlich ein Unfall mit High Heels. Die Bäuerin kicherte in Gedanken.

»Grüß Gott!«, sagte Rachel. »Schön haben Sie's hier.«

»Ja, is ned übel. Kann man Ihnen was helfen?« Der harte fränkische Akzent kam Rachel ausgesprochen exotisch vor. Nicht, dass man nicht auch in München Franken begegnete. Aber so unverfälscht wie bei dieser Bäuerin klang es nie.

»Wir wollten zu dieser Schreinerei am Ende der Straße. Da ist aber niemand.«

»Ah, zum Mender Görch. Ja, der hat zu. A Dodesfall.«

»Oh, das tut mir leid. Wissen Sie, wann er wieder aufmacht?«

»So schnell ned. Der hat scho seit Abril zu.«

»Das ist allerdings lang.«

»Sei Dochder is gstorben. Vielleicht ham S' davon gelesen. Sie sin ja aus München. Die is ermordet worden.«

Rachel tat so, als würde sie nachdenken. »April? Ja, ich kann mich erinnern. Da wurde an der Isar eine Frauenleiche gefunden. Das ist die Tochter von dem Schreiner?«

»Ganz genau.« Die Bäuerin nickte heftig, als schließe sich hier ein bedeutender Kreis der Erkenntnis. In der Haustür standen zwei Kleinkinder und beobachteten die Szene mit Interesse.

»Also ich glab, der wird so schnell ned wieder arbeiden. Aber wenn Sie ihn selber frachen wollen, dann schaun S' amal zum Ziechenwirt. Da finden S' ihn wahrscheinlich.«

Der Gasthof zur Ziege lag in der Nachmittagssonne. Die Tische vor der Tür waren von Fahrradtouristen besetzt, die die Hälse verdrehten, als das rote BMW-

Cabrio auf dem kleinen Dorfplatz parkte. Da an jedem der Außentische Menschen saßen, die Rachel als Urlauber oder zumindest Auswärtige einstufte, ging sie mit Sarah in die Schankstube. Hier war es kühler, und hinter dem Tresen stand ein etwa fünfzig Jahre alter Mann, der mit professioneller Hektik Gläser mit kalten Getränken befüllte. Der Schweiß stand ihm auf der Stirn, und sein T-Shirt, das in der Hose steckte, hatte dunkle Flecken unter den Achseln. An der Decke drehte sich ein Ventilator. Am Ende der Theke stand ein weiterer Mann – allein, ein Glas Bier vor sich.

»Nix gefunden draußen?«

»Hier ist es kühler.« Rachel und Sarah setzten sich auf die Barhocker.

»Was darf's sein?« Der Mann stellte zwei beschlagene Weißbiergläser auf ein rundes Tablett, auf dem sich bereits ein halbes Dutzend anderer Getränke befand. Nachdem sich Rachels Augen an die Dunkelheit der Schankstube gewöhnt hatten, konnte sie erkennen, dass der Mann am Ende des Tresens einen grauen Pferdeschwanz hatte. Im Augenblick drehte er sich eine Zigarette.

»Ein Cola light bitte.«

»Gibt's Holundersaftschorle?« Sarah popelte an dem Schorf, den die Drähte am Handgelenk hinterlassen hatten.

»Apfel und Johannisbeere. Mehr hamma net hier in der Provinz.«

»Johannisbeere wär schön.«

Die Bedienung kam mit energischen, von Gesundheitssandalen begünstigten Schritten von draußen herein und wischte sich den Schweiß von der Stirn. »A Hitz'n is des. Zwa Mal Goppa Olymbica und an Bananaschplit.« Dann packte sie das Tablett und trug es hinaus. Der hinter dem Tresen hatte gerade Cola und Schorle in Arbeit, stellte sie vor die beiden Frauen auf zwei Bierdeckel und machte sich unverzüglich an die Eisbecher. Der Mann mit dem Pferdeschwanz stand unterdessen auf und ging an den Frauen vorbei nach draußen, die fertig gedrehte Zigarette und ein Feuerzeug in der Hand, stummer Blickkontakt mit dem Wirt.

»Sagen Sie – war das der Schreiner? Herr Mend?«

»Ja. Warum?« Zwei riesige Kristallschalen füllten sich mit unterschiedlichen Eissorten.

»Wir waren vorhin bei seinem Haus. Ich wollte ihn fragen, ob er mir eine Anrichte macht.«

»Da gehen S' besser zu am annern. Der macht nix mehr.«

»Wegen der Sache mit der Tochter?«

Der Mann nickte, während er das Eis unter wellenförmigen Schlagsahnewürsten aus der Dose begrub.

Neben der Eingangstür befand sich ein sanduhrenförmiger Standaschenbecher, vor dem sich an normalen Tagen die Raucher versammelten. Georg Mend stand dort heute alleine und rauchte seine Selbstgedrehte, die anderen Raucher saßen an den Tischen vor dem Wirtshaus. Die Sonne fiel direkt auf die Zigarettenreste, und die Geruchsentwicklung in der flirrenden Hitze war enorm. Eiswürfel klingelten, als Rachel mit ihrem Colaglas nach draußen kam. Sie stellte sich auf die andere Seite des Aschenbechers. Mend schien sie als Störung wahrzunehmen und blickte Richtung Straße.

»Hallo«, sagte Rachel. Der Schreiner schien überrascht und sah zu der Frau, die ihn breit anlächelte. Das veranlasste Mend immerhin, ihr zuzunicken.

»Sie sind der Schreiner?«

Mend zuckte mit den Schultern.

»Ich war vorhin mit meiner Tochter bei Ihnen am Haus.« Mend sah jetzt wieder von Rachel weg.

»Ich hab von Ihrer Arbeit gehört.« Zumindest hatte sie Mends Website im Internet angesehen. »Und dachte eigentlich, ich könnte Sie überreden, mir eine Anrichte zu machen.«

»Tut mir leid. Ich hab im Augenblick keine Zeit.«

»Schade.« Rachel überlegte, ob sie Mend auf seine Tochter ansprechen sollte. Sie konnte guten Gewissens sagen, dass sie es von anderen Ortsansässigen erfahren hätte. Da kam Sarah mit ihrer Johannisbeerschorle.

»Hi«, sagte Sarah zu Mend. »Drehen Sie mir auch eine?«

Mend schien zunächst konsterniert, dann irgendwie amüsiert zu sein.

»Nein, Schatz, Herr Mend dreht dir keine Zigarette.« Sie wandte sich an den Schreiner. »Tut mir leid. Das ist übrigens meine dreiste Tochter Sarah. Ich bin Rachel Eisenberg. Wir sind aus München.«

»Noch mal hi«, sagte Sarah und winkte mit ihrem bleichen Arm.

»Wo hast'n mit dem gemacht?« In Mends Gesicht war eine Andeutung von Interesse zu erkennen.

»Fahrradunfall. Ich wollte einen fiesen Typen totfahren. Aber der hat weniger abgekriegt als ich. Nächstes Mal mach ich's besser.«

»Vor dir muss man sich ja in Acht nehmen.«

»Ich kann auch sehr nett sein.« Sie sah zu ihrer Mutter. »Bauen Sie uns eine Anrichte?«

Mend betrachtete Sarah für einen Augenblick, seine Züge wurden weicher, und eine Mischung aus süßer

Erinnerung und Schmerz schien ihn in Besitz zu nehmen.

»Die Anrichte ist für mein Zimmer. Ich würde Ihnen gern ein bisschen bei der Arbeit zusehen. Vielleicht werde ich später selber Schreiner.«

Mend drückte seine Zigarette aus. »Ich hab's deiner Mutter schon gesagt. Ich nehm im Moment keine Aufträge an. Schöne Zeit noch.« Er mied weiteren Blickkontakt und ging ins Haus.

»Du warst gut«, sagte Rachel. »Vielleicht werde ich später selber mal Schreiner! Wow!«

»Hat aber nichts geholfen.«

»Wir bleiben dran. Ich überleg mir was.«

In diesem Augenblick kam Mend aus dem Haus und stakste durch die Biergartentische hindurch auf den Dorfplatz, wo ein kleiner Lieferwagen mit seinem Schreinereilogo geparkt war. Zwei Wagen weiter stand der rote BMW, den Mend offenbar sofort Rachel und Sarah zuordnete. Er verlangsamte seinen Schritt, als er an dem Wagen vorbeikam, musterte ihn kurz, drehte sich zum Wirtshaus und rief: »Gehört der euch?«

Sarah nickte stolz. Mend nahm es zur Kennntnis und wollte seinen Weg Richtung Lieferwagen fortsetzen, doch auf halbem Weg änderte er die Richtung und ging zum Ziegenwirt zurück.

»Willst mal die Werkstatt anschauen?«

»Sehr gern«, sagte Sarah und lächelte.

30

Die Schreinerei Mend war ein kleiner Zaubergarten mit allerlei exotischen Holzgewächsen, schrägen Stühlen, bauchigen Kommoden, Lesepulten aus Nussbaum und Pflanzentreppen aus Lärchenholz. Es war nicht so recht zu ersehen, welche der Gegenstände auf Bestellung gefertigt waren und welche nur zur Unterhaltung ihres Schöpfers. Vieles war halbfertig und hatte Spinnweben angesetzt.

»Hab seit Wochen nichts mehr gemacht«, entschuldigte sich Mend, als er Rachel und Sarah durch die Werkstatt führte. Sarah bekundete inniges Interesse am Handwerk, ließ sich Werkzeuge und Maschinen von Mend erklären und schien echte Begeisterung zu entwickeln, als Mend sie mit der Hand über ein gedrechseltes Stuhlbein streichen ließ.

»Ich würd dich ja was machen lassen«, sagte er. »Aber mit dem kranken Arm wird's schwierig. Fürs Schreinern brauchst du zwei kräftige Hände.«

Während er das sagte, war Rachel ein Foto aufgefallen, das an einem Werkzeugkasten hing. Es zeigte den Hausherrn, jünger, noch mit dunklem Haar, und ein etwa zwölfjähriges Mädchen, das hinter einem Stuhl stand, der Blick schüchtern, ein wenig verschlossen, aber glücklich. »Meine Tochter«, sagte Mend. »Ihr erster Stuhl.« Er biss sich auf die Lippe, schluckte und drehte sich weg.

»Es tut mir sehr leid«, sagte Rachel. »Ihre Nachbarin hat uns davon erzählt.«

Mend ging zum Ausgang der Werkstatt, in gebeugter

Haltung, als sei er von einer Sekunde zur anderen um Jahre gealtert. »Wollen Sie einen Kaffee?«

Die Sonne war vor kurzem hinter dem Wäldchen versunken, und nur der Hang hinter dem Haus lag in rötlichem Licht. Es duftete nach Kaffee auf der Terrasse des kleinen Hauses, und zwei Wespen fragten sich anscheinend, wo der dazugehörige Kuchen blieb. Aber Mend hatte keinen Kuchen im Haus. Er hatte fast gar nichts im Haus. Seit Wochen ernährte er sich von Konserven, Kaffee und Nikotin.

»Sie haben jemand verhaftet, habe ich gelesen«, versuchte Rachel das Gespräch wieder auf Johanna Mend zu bringen.

»Ich möcht da nicht drüber reden.« Mend steckte sich eine weitere Selbstgedrehte an.

»Tut mir leid.« Rachel sah zu Sarah, die auf einem alten Autoreifen saß und mit der Katze spielte. »Manchmal ist es leichter, wenn man redet. Wenn man die Dinge nur immer mit sich selbst ausmacht, frisst es einem die Eingeweide.«

Mend sah dem Rauch seiner Zigarette nach. »Da haben Sie recht. Es frisst einem die Eingeweide.«

Rachel ließ Zeit verstreichen. Still saßen sie nebeneinander und betrachteten den Hang hinter dem Haus, auf dem der Schatten des Wäldchens immer höher kroch.

»Sie war nicht glücklich in München«, sagte Mend unvermittelt. »Ich hab gesagt: Warum willst denn weg? Du gehörst hierher. Mach eine Schreinerlehre. Haben Sie in der Werkstatt die bauchige Kommode gesehen? Die hat sie gemacht.«

»Sieht schwierig aus.«

»Die Johanna war eine Künstlerin. In zwei Jahren

wär sie besser gewesen wie ich.« Mend verschränkte die Arme und blies Rauch durch die Nase. »Ich versteh's nicht.« Er kämpfte mit den Tränen und atmete so tief und schwer, als läge eine Granitplatte auf seiner Brust.

»Was hat sie in München gemacht?«

»Studiert. Germanistik und Geschichte. Ich wollt die ganze Zeit in ihrem Computer schauen, was sie gemacht hat. Was sie geschrieben hat. Womit sie sich beschäftigt hat. Aber ich bring's nicht über mich.«

»Haben Sie ihren Computer? Ich meine, hat den nicht die Polizei sichergestellt?«

»Anscheinend haben die nichts drauf gefunden. Wie ich gesagt hab, dass ich ihn haben will, haben sie ihn anstandslos geschickt. Ich hab das Paket immer noch im Auto.«

»Warum glauben Sie, dass Johanna nicht glücklich war in München?«

»Sie hat nie von anderen Leuten erzählt. Ich glaub, sie hat nicht viele Freunde gehabt.«

»Hatte sie hier Freunde?«

»Ihre beste Freundin ist zum Studieren nach Berlin gegangen. In den Semesterferien haben sie sich hier getroffen. Johanna war kein Partytyp. Manchmal hab ich mir Sorgen deswegen gemacht, dass sie fast nie unterwegs war. Aber dann hab ich's auch wieder gut gefunden. Dass sie hier war, bei mir. In der Werkstatt. Wir haben zusammen Möbel gebaut. Manche von ihren Konstruktionen sind so raffiniert, dass ich sie gar nicht zu Ende bauen kann, weil ich nicht mehr weiß, was sie sich dabei gedacht hat.« Beim letzten Satz versagte Mend kurz die Stimme, und Rachel fürchtete, er würde auf der Stelle zusammenbrechen. In diesem Moment kam Sarah auf die Terrasse, den Kater auf dem Arm.

»Er hat gesagt, er will mit nach München«, Sarah kraulte das gescheckte Fell. »Was machen wir denn jetzt?«

Mend lächelte. »Nein. Das Moritzla will nirgendwohin auf seine alten Tage. Der ist schon fünfzehn.«

»Und wo haben Sie ihn her?«

»Von dem Bauern hinterm Wäldchen.«

Sarah händigte Moritzla seinem Besitzer aus, wo er es sich nach ein paar Pirouetten auf dem Schoß gemütlich machte.

»Schatz, wir gehen dann«, sagte Rachel und steckte die Sonnenbrille, die sie immer noch im Haar hatte, in ihre Handtasche. »Danke für Ihre Gastfreundschaft.« Sie sprach nicht weiter, vermittelte aber den Eindruck, als wollte sich noch etwas sagen, doch die rechten Worte wollten ihr nicht einfallen.

»Gerne. Danke fürs Zuhören. Und entschuldigen Sie, dass ich nicht besonders unterhaltsam bin.«

»Ich bitte Sie.« Rachel blickte Mend in die Augen, sah kurz weg, als würde sie mit sich ringen. Dann sagte sie: »Ich überlege die ganze Zeit, ob ich es Ihnen sagen soll. Aber vielleicht wollen Sie es gar nicht wissen.«

»Was denn?«

»Ich arbeite selber in der Justiz und kenne viele Staatsanwälte und Verteidiger. Da ist natürlich über den Fall geredet worden.«

»Was gibt's da zu reden? Die haben den Kerl doch.«

Rachel zuckte mit den Schultern. »Da gehen die Meinungen auseinander.«

»Aber sie haben einen verhaftet, oder?«

»Ja, ja. Für die Staatsanwaltschaft ist der Fall gelöst. Die meisten anderen Leute, die was davon verstehen, sehen das anders.«

»Wie gibt's das?«

»Der Staatsanwalt braucht anscheinend einen schnellen Erfolg und ist anderen Spuren gar nicht nachgegangen. Obwohl es haufenweise Widersprüche gibt.«

»Kann sein. Aber das macht Johanna auch nimmer lebendig.«

»Da haben Sie leider recht.« Sie wandte sich an Sarah. »Dann verabschiede dich mal von dem Katerchen.«

Während Sarah ihren neuen Freund noch einmal in den Arm nahm, zupfte Mend eine Ladung Tabak für die nächste Selbstgedrehte zurecht und sah Rachel von der Seite an. »Wen haben die eigentlich verhaftet?«

»Irgendeinen armen Schlucker, der auf der Straße lebt.«

Mend hielt nachdenklich inne. »Aber die verhaften doch nicht grundlos jemanden.«

»Ja. Hoffen wir's.«

Zu Sarahs Kummer machte Moritzla keinerlei Anstalten, zu ihnen ins Auto zu steigen, sondern blieb auf der Terrasse, leckte sich die Eier und sah zwischendurch zur Werkstatt, ob irgendwelche Mäuse einen Abendspaziergang machten. Die Luft war immer noch heiß, und Rachel öffnete das Wagendach. Mend stellte sich neben das Auto und machte einen unruhigen Eindruck.

»Übernachten Sie im Dorf?«

»Beim Ziegenwirt. Wenn wir dürfen, kommen wir morgen noch mal vorbei. Vielleicht überlegen Sie es sich bis dahin mit der Anrichte.«

»Glaub nicht. Aber kommen Sie ruhig. Es war gut, mal wieder zu reden.« Er lächelte Rachel kurz und etwas gezwungen an. Dann wurde seine Miene ernst. »Kann das sein, dass die einen verurteilen, obwohl er's gar nicht war?«

»Es kommt öfter vor, als man denkt. Wenn Sie sich keinen guten Anwalt leisten können, kommen Sie ganz schnell unter die Räder.«

»Aber wenn die den Falschen verurteilen, dann ...«

»... läuft der Täter weiter frei herum. Aber vielleicht haben sie ja den Richtigen.«

»Haben Sie nicht gesagt, dass sie den Falschen haben?«

»Ich hab gesagt, dass es Widersprüche gibt.«

»Zum Beispiel?«

Rachel blickte zu Sarah, überlegte und beugte sich dann mit vertraulicher Geste Mend zu. »Von mir haben Sie das bitte nicht. Das hat mir jemand aus der Justiz unter dem Mantel strengster Verschwiegenheit erzählt, okay?« Mend nickte. »Ich sag's Ihnen nur, weil ich finde, dass Sie ein Recht darauf haben.«

Mend steckte sich die Zigarette an.

»Kurz vor ihrem Tod wurde Ihre Tochter von zwei unbekannten Männern überfallen. Offenbar ist aber niemand dieser Spur nachgegangen. Oder hat die Polizei Sie danach gefragt?«

Mend schüttelte den Kopf.

»Sie haben gefragt, ob ich wen kenn, der Gerlach heißt. Oder ob die Johanna den mal erwähnt hätte.«

»Das ist der Angeklagte. Und? Hat sie?«

Mend schüttelte den Kopf.

»Eben. Keiner hat den Mann vorher gesehen. Aber die beiden Männer hat jemand gesehen. Ein anderer Mann hat Ihrer Tochter geholfen, als die beiden sie überfallen haben.«

»Und was sagt der?«

»Weiß keiner. Die Polizei hat nicht nach ihm gesucht. Dass es ihn gibt, weiß man nur von einem Mädchen, das mit Johanna zusammengewohnt hat.«

Mends Gesichtsausdruck verriet Unglauben. Er schüttelte den Kopf. »Das gibt's doch alles nicht.« Ein anderer Gedanke schien ihm zu kommen. »Was machen Sie eigentlich in der Justiz?«

»Ich bin selber Anwältin.«

»Ach, Sie sind Anwältin?« Man konnte sehen, wie Mend innerlich auf Abstand ging.

»Tut mir leid, dass ich das nicht gleich gesagt habe. Ich kann mir vorstellen, dass Sie in letzter Zeit von einigen meiner Kollegen belästigt wurden.«

Mend murmelte etwas, das nach bitterer Zustimmung klang, taxierte Rachel und schien zu dem Ergebnis zu kommen, dass man ihr halbwegs vertrauen konnte. Schließlich wollte sie ihm nicht seine Dienste aufschwatzen. »Wenn Sie Anwältin sind, dann sagen Sie's mir: Was soll ich machen?«

Rachel zuckte mit den Schultern. »Wenn Sie wollen, schauen wir uns noch mal den Computer Ihrer Tochter an. Vielleicht finden sich da Hinweise.«

»Das hat die Polizei schon gemacht.«

»Wenn man nur sucht, um seinen Verdacht bestätigt zu bekommen, wird man vieles nicht finden.«

Mend wischte sich den Schweiß vom Mund und biss sich auf die Unterlippe. »Ich hab irgendwie Angst, in den Computer zu schauen.«

»Versteh ich. Sie können es sich ja bis morgen überlegen. Wann sollen wir kommen?«

»Acht? Zum Frühstück.«

»Um acht?« Sarah zog entsetzt die Augenbrauen hoch.

»Wunderbar«, sagte Rachel. »Dann um acht.«

31

Die Nacht hatten Rachel und Sarah im Gasthof zur Ziege verbracht, zusammen mit einem Dutzend Fahrradtouristen aus München, mit denen sich aber trotz gemeinsamer Herkunft kaum Gespräche ergeben hatten.

Um sieben waren sie aufgestanden (die Radfahrer frühstückten schon) und zur der Tankstelle gefahren, die ihnen der Wirt genannt hatte. Dort kauften sie frische, warme Semmeln und vorsichtshalber Butter, Milch, Müsli und drei Sorten Marmelade. Rachel misstraute der Vorratshaltung von Georg Mend.

In der Morgenluft, die ihnen auf der Fahrt im offenen Cabrio um die Nase wehte, war noch die Kühle der Nacht. Es duftete nach Heu und fernem Kuhstall. Sarah war aufgekratzt.

»Ich fass es nicht, dass er noch nicht in den Computer geschaut hat.« Sarah knabberte an einem Apfel, den sie an der Tankstelle gekauft hatten. »Da ist bestimmt was drin, was auf den Mörder hinweist.«

»Woher willst du das wissen?«

»Die Frau hat Germanistik studiert und war introvertiert. So jemand schreibt wichtige Dinge aus seinem Leben auf. Würde ich jedenfalls machen, wenn ich introvertierte Germanistin wär.«

Sie fuhren an dem Bauernhof vorbei, an dem sie gestern gehalten hatten. Die beiden Kinder stritten sich um ein Bobby-Car, hielten aber kurz inne, um Sarah zuzuwinken, die mit ihrem bleichen Arm aus dem Auto grüßte. Kurz vor der Einfahrt in das Wäldchen hörte man einen Knall, dann noch einen. Sarah sah ihre Mutter an.

Rachel zuckte die Schultern. »Vielleicht ein Jäger.«

»Ist jetzt Jagdsaison?«

»Woher soll ich das wissen? Ich bin aus der Stadt.« Die Schotterstraße lag noch im Schatten, aber das Haus mit der Schreinerei war von der Morgensonne beschienen und überstrahlte die Umgebung. Ein friedliches Bild. In diesem Moment wurde am Haus ein Wagen angelassen und setzte sich in Bewegung.

»Ist das Mend?«

»Sein Firmenwagen ist es jedenfalls nicht.«

Das andere Fahrzeug kam ihnen mit hoher Geschwindigkeit entgegen und zog auf dem ausgetrockneten Schotterweg eine Staubfahne hinter sich her, die einige Meter über dem Boden von der schräg stehenden Sonne prächtig erleuchtet wurde. Am Steuer des Wagens saß ein Mann mit Sonnenbrille. Als sie aneinander vorbeifuhren, musste Rachel ein Stück auf den Seitenstreifen ausweichen. Ein Kiesel schlug gegen die Windschutzscheibe, und als sich der Staub verzog, sah Rachel, dass er ein kleines Loch hinterlassen hatte. »Danke, Mann!«, rief sie dem anderen Wagen hinterher. Eine Minute später hielt Rachel vor dem Mendschen Haus. Die Terrasse stand leer. Von Mend war nichts zu sehen.

»Herr Mend!«, rief Rachel und ging auf das Haus zu. Niemand antwortete. Es war still hier, keine Straßengeräusche aus der Ferne, kein Windhauch ließ die Blätter der Weide wispern, kein Vogel zwitscherte. Rachel wandte sich der Werkstatt zu.

»Die Motorhaube ist warm«, sagte Sarah, die neben Mends Lieferwagen im Carport stand. »Der ist heute Morgen schon unterwegs gewesen.«

»Wenn der Wagen da ist, muss er auch da sein. Außerdem weiß er ja, dass wir kommen.« Der Blick durch die Scheiben der Schreinerwerkstatt erbrachte nichts. Rachel begab sich wieder vor das Haupthaus. »Hallo!? Herr Mend!?«

Ein leise quäkendes Geräusch war zu hören. Hinter einer Scheibe neben der Eingangstür saß der Kater Moritz und maunzte.

»Wahrscheinlich ist er im Haus und hört uns nicht«, sagte Sarah. »Wollen wir nicht einfach reingehen?«

»Ungern. Man geht nicht ungebeten in fremde Häuser.« Rachel hatte schon die Klinke in der Hand und drückte sie. Als sie die Tür öffnete, wischte der Kater nach draußen und versteckte sich in dem alten Autoreifen, der auf dem Vorplatz lag.

»Kannst du was sehen?«, fragte Sarah.

»Ich bin ja noch nicht mal drin.« Rachel trat vorsichtig ins Haus. »Herr Mend! Wir haben Semmeln mitgebracht! Sind Sie da?«

Es war stickig, die Wände hatten die Hitze gespeichert. Es roch nach Staub und frischem Holz. Einige unfertige Werkstücke standen im Flur, von dem die Küche abzweigte. Neben der Spüle stand ein Abtropfgestell, gefüllt mit Geschirr, am Beckenrand hafteten Reste von Spülmittelschaum. Offenbar hatte Mend in Erwartung seiner Gäste abgewaschen. Schnell hatten sie die beiden anderen Räume im Erdgeschoss inspiziert. Aber auch hier war niemand.

»Da oben ist vermutlich das Schlafzimmer.« Rachel blickte die enge Holztreppe nach oben. »Das ist jetzt wirklich Eindringen in die Privatsphäre.«

»Und wenn ihm was passiert ist?«

»Ist da oben jemand?!« Rachel klang angespannt.

»Wer war wohl der Typ, der uns entgegengekommen ist?« Auch Sarah starrte gebannt die Treppe hinauf.

»Irgendein Besuch. Vielleicht ist er wieder gefahren, weil er Mend nicht angetroffen hat.«

»Mend muss da sein. Der Motor ist noch warm.«

Rachel kaute an ihrer Nagelhaut. Im ersten Stock rührte sich weiterhin nichts. »Der Bursche ist ziemlich schnell weggefahren, oder?«

»Ja. Ziemlich schnell.«

Keine der beiden konnte sich entschließen, die Treppe hinaufzugehen. Stattdessen starrten sie unschlüssig das Treppengeländer entlang und lauschten, ob die Stille ihnen nicht doch einen Hinweis auf Mends Anwesenheit zuflüsterte. Aber es blieb ruhig. Viele Sekunden lang. Bis es im Rücken der beiden leise knarzte. Die Eingangstür war aufgegangen, nicht weit, nur ein paar Zentimeter. Vom Flurboden drang ein maunzendes Geräusch herauf. Der Kater war wieder im Haus. Rachel atmete durch. »Hattest du die Tür nicht zugemacht?«

»Anscheinend nicht«, sagte Sarah und verfolgte den Weg des Katers, der mit kleinen geschmeidigen Schritten die Treppe hinauftrabte. Rachel und Sarah folgten ihm.

Im Flur des ersten Stocks hingen Plakate von Ausstellungen, einige davon für Möbel, der Boden war in Lärche ausgeführt, die Decke Fichte. Das erste Zimmer rechts der Treppe stand offen. Darin ein Bett, ungemacht, Kleidungsstücke auf dem Boden, ebenso Bierflaschen und zwei Aschenbecher, beide voll mit den Resten selbstgedrehter Zigaretten. Unzweifelhaft Mends Schlafzimmer. Sarah ging hinein und betrachtete das Bett.

»Was machst du denn?«

»Ich schau, ob er unter den Klamotten im Bett liegt.«

»Fass bitte nichts an und komm raus. Das ist ein Schlafzimmer. Da geht man nicht rein.«

Sarah kam wieder auf den Flur. »Ich werd dich bei nächster Gelegenheit dran erinnern.«

»Wo ist denn der Kater?« Das Tier war verschwunden, eigenartigerweise. Denn der Flur maß nur wenige Quadratmeter, und die beiden anderen Türen, die von ihm abführten, waren geschlossen.

»Moritzla? Wo steckst du denn?« Sarah inspizierte noch einmal das Schlafzimmer. »Der muss da drin sein.«

»Oder hier.« Rachel stand an der Tür, die vom Schlafzimmer am weitesten entfernt war, und deutete auf etwas in Bodennähe. Es war eine Katzenklappe. Das durchsichtige Plexiglas war mit goldener Folie abgeklebt, so dass man nicht ins Zimmer sehen konnte. An der Tür selbst war ein Foto angebracht, das eine junge Frau mit grotesk verzerrtem Mund und riesigen Ohren zeigte. Bei näherem Hinsehen erkannte man Johanna Mend in einer launigen Photoshop-Bearbeitung. Unter dem Foto hing an einer Schnur eines jener Schilder, wie sie in Hotelzimmern Verwendung finden. Auf der roten Seite stand *Bitte nicht stören,* auf der grünen *Bitte Zimmer aufräumen.*

»Das ist ihr Zimmer?« Sarah begutachtete die Hotelkarte. »Prima Idee.«

»Wenn man Personal hat.« Rachel bückte sich zur Katzenklappe.

»Du kannst jetzt entweder die Katzenklappe aufdrücken und ins Zimmer gucken«, sagte Sarah. »Oder die Tür aufmachen. Tür aufmachen ist nicht ganz so würdelos.«

Rachel stand auf, wischte den Staub von den Knien ihrer Jeans und klopfte. »Wir sind es. Rachel und Sarah Eisenberg.« Sie klopfte noch einmal, hatte aber wenig Hoffnung, dass jemand »Herein« sagen würde. Tatsächlich kam eine Antwort durch die Tür. Ein ziemlich jämmerlicher Ton, ganz offensichtlich von Moritz abgegeben.

»Ich glaub, er hat ›Herein‹ gesagt.« Sarah legte ihre gesunde Hand auf die Klinke, zögerte aber. »Sollen wir?«

Auch Rachel war unentschlossen. Man kam eigentlich nicht mehr an der Erkenntnis vorbei, dass in diesem Haus etwas nicht in Ordnung war. Rachels Herzschlag beschleunigte sich, als sie ihre Hand auf Sarahs legte und sie gemeinsam die Klinke drückten.

32

Die Tür widersetzte sich dem Versuch, sie aufzudrücken. Etwas hielt dagegen. Abgeschlossen war sie nicht. Es musste ein schwerer Gegenstand sein, der sie blockierte. Rachel und Sarah lehnten sich zusammen gegen das Türblatt, und langsam gab die Tür nach. Im sich öffnenden Spalt wurden alte Sportschuhe mit drei Streifen sichtbar und blaue Jeans. Rachel schlüpfte durch den Spalt, während Sarah zögerte. Georg Mend lag ausgestreckt auf dem Boden, leblos. An der Innenseite der Tür klebte Blut in fahrigen Strichen, die noch den Abdruck seiner Hand erkennen ließen, bevor sie an der Tür nach unten gerutscht war. Mend lag halb auf der Seite, halb auf dem Bauch, unter ihm eine Blutlache, am Rand der Lache saß der Kater und blickte hilflos drein. Rachel schoss Adrenalin durch den Körper wie tausend glühende Stecknadeln. Ihr Kopf war von Angst gelähmt und von der Gewissheit, dass diese Situation sie zu hundert Prozent überforderte. Sarahs Stimme holte sie zurück.

»Was ist denn da?«

Dass sie ihre Tochter schützen musste, ließ Rachel die Fassung wiederfinden und spülte die Angst aus ihrem Kopf. »Er ist verletzt. Ruf einen Krankenwagen. Und die Polizei.«

»Wo ist dein Handy?«

»Nimm den Festnetzapparat.«

»Wie funktioniert der?«

»MACH ENDLICH!!!« Rachel brüllte ihre gesamte Anspannung heraus, ihre Stimme kippte zwei Oktaven nach oben. Unmittelbar darauf hörte sie Sarah hastig die Treppe hinunterpoltern.

Rachel kniete sich zu Mend und berührte seinen Arm, der Kater stieß sie, offenbar in dem Bemühen, behilflich zu sein, mit dem Kopf an. »Können Sie mich hören?« Mend stöhnte und bewegte den Kopf, wenig nur, aber er bewegte ihn, und seine Lippen formten Worte, aber ihm fehlte die Kraft, sie auszusprechen. Rachel zog den Arm etwas zur Seite und sah, dass das gelbe T-Shirt zur Hälfte mit Blut getränkt war und an einer Stelle sehr dunkel glänzte, fast schwarz. Die Einschussstelle. In kleinen Stößen trat Blut aus der Öffnung. »Sie bluten aus der Brust«, sagte Rachel, obwohl sie wusste, dass die Bemerkung wenig hilfreich war. Sie sagte es mehr, um die Stille zu vertreiben. In ihren rasenden Gedanken setzte sich eine Erkenntnis immer deutlicher durch: Sie musste die Blutung stillen. Zaghaft streckte sie ihren Zeigefinger aus, dessen Nagel in der Farbnuance Drachenblut lackiert war, und berührte die Wunde. Sie war warm und glitschig und zu groß, als dass ihr Zeigefinger sie hätte verschließen können, also presste sie den Handballen darauf. Kurz schoss ihr der Gedanke durch den Kopf, dass ihre Hände nicht desinfiziert waren. Die drohende Infektion war dem sicheren Verbluten jedoch eindeutig vorzuziehen.

Mend lebte und bewegte sich mit den letzten Kräften, die ihm verblieben waren. Aber das Leben wich ihm unaufhörlich aus dem Körper. Langsam schob er den rechten Arm vor und legte seine blutverschmierte Hand auf Rachels Unterarm. Dort lag sie, kraftlos und ohne Zweck. »Der Computer ...«, murmelte Mend, und Rachel hörte etwas klirren. Erst nach einigem Suchen sah sie den Autoschlüssel in Mends anderer

Hand, die unter seinem Becken hervorragte. Jetzt, da Mend sicher war, dass Rachel auf seine Hand blickte, öffnete er sie. Der Autoschlüssel lag auf der Handfläche. Noch einmal wiederholte Mend mit Anstrengung: »Der Computer.« Rachel nahm ihm den Schlüssel aus der Hand und steckte ihn in die Hosentasche. Das schien Mend zu beruhigen, und er sagte leise, aber verständlich: »Ich hab Semmeln geholt.« Mit einer minimalen Kopfbewegung deutete er in Richtung Fenster. Dort lag eine Bäckertüte auf dem Boden. Rachel fragte sich, wie der Morgen verlaufen wäre, hätte Mend gewusst, dass sie Semmeln dabeihatten, und nicht aus dem Haus gegangen wäre. Von weit her hörte man den Klang eines Martinshorns und vom Flur Sarahs Schritte.

»Sie kommen.« Sarah klang aufgeregt.

»Danke. Gut gemacht.«

»Brauchst du mich da drin?«, fragte Sarah durch den Türspalt, und in ihrer Stimme klang die Hoffnung durch, dass Rachel ohne sie zurechtkommen würde.

Eine Minute später traf der Notarzt, nach weiteren drei Minuten ein Streifenwagen ein. Der Notarzt bestätigte den beiden Polizisten, dass Georg Mend einen Einschuss im Oberkörper hatte und einen Streifschuss am Arm. Ein Tätigwerden der Polizei war folglich mehr als angezeigt. Im Badezimmer stießen die Polizisten auf Rachel, die sich das Blut von den Händen wusch. Dadurch trat eine gewisse Verunsicherung hinsichtlich ihrer Beteiligung an den Geschehnissen ein. Es kostete sie einiges an Zeit und Nerven, bis sie den Beamten dargelegt hatte, dass weder sie noch ihre Tochter Georg Mend erschossen hätten, sondern vermutlich jemand, der kurz vor ihrer Ankunft vom Haus weggefahren war. Weder Rachel noch Sarah konnten einen Wagentyp benennen noch sich darauf einigen, ob das Fahrzeug schwarz oder dunkelblau war. Rachel meinte, es sei ein Kombi gewesen. Um den Polizisten die Arbeit zu erleichtern, erklärte ihnen Rachel, was sich vermutlich abgespielt hatte: Georg Mend hatte Gäste, sie und Sarah, zum Frühstück erwartet und war weggefahren, um Semmeln zu holen. Möglicherweise hatte der Mann, dem sie auf der Herfahrt begegnet waren, das Haus beobachtet und auf die Gelegenheit gewartet, ungestört einzudringen. Was er in dem Haus zu suchen hatte, sei von der Polizei zu klären. Vielleicht ein gewöhnlicher Einbrecher, vielleicht wollte er auch etwas Bestimmtes. Johannas ehemaliges Zimmer, in dem sie den angeschossenen Georg Mend gefunden hatten, sah jedenfalls so aus, als hätte jemand dort herumgewühlt. Mend kommt früher zurück, als der Eindringling erwartet hat, denn er war ja nur Semmeln holen gewesen. Er überrascht den Unbekannten in Johannas Zimmer, der schießt auf Mend und sucht das Weite.

»Einbruchdiebstahl mit gefährlicher Körperverletzung«, gab der Polizeibeamte über Funk durch und fügte hinzu: »Däder flüchtich.« »Der arme Kerl. Erst die Tochter. Und dann erschießt ihn ein Einbrecher. Wo gibt's denn so was?«

Die Polizisten erzählten von osteuropäischen Banden, die seit einiger Zeit in dieser Gegend ihr straff organisiertes Unwesen trieben. Eine Verbindung zwischen dem Tod von Mends Tochter und dem Einbruch herzustellen lag für die beiden Beamten offensichtlich außerhalb der Ermittlungslogik. Die Sache würde einer Spezialeinheit für Serieneinbrüche bei der Polizeidirektion Bamberg übergeben werden, und falls

Mend die Sache nicht überlebte, würde sich auch eine Mordkommission damit befassen.

»Das hat hundert Pro was mit dem Mord an der Tochter zu tun.« Sarah war Feuer und Flamme für die Sache, nachdem sie sich von dem ersten Schrecken erholt hatte. »Das musst du denen sagen.«

»Schatz – die Herren sind ziemlich genervt von meinem Geschwätz, falls du das nicht bemerkt hast. Selbst wenn ich es ihnen sage, würde es nichts ändern. Die lassen sich von einer Schicki-Trulla aus München nicht sagen, wie sie ihren Job machen sollen.«

»Aber wenn sie keine Ahnung haben?«

»Dann erst recht nicht. Das sind Naturgesetze.« Rachel sah zum Streifenwagen, wo die Polizisten Zigaretten rauchten und auf die Spezialisten warteten. Die Beamten konnten den Carport nicht einsehen, der hinter der Hausecke lag. Es klingelte, und Rachel hielt die blutigen Autoschlüssel in der Hand. Sarah begriff sofort, was das zu bedeuten hatte.

»Wow! Wo hast du die denn her?«

»Er hat sie mir gegeben. Er wollte, dass wir den Computer untersuchen. So deute ich das jedenfalls.«

»Ist das nicht Vernichtung von Beweismitteln und Behinderung der Justiz?«

»Du siehst zu viele amerikanische Serien.« Am Carport steckte Rachel den Schlüssel ins Schloss. Der Wagen war so alt und billig, dass er weder Fernbedienung noch Zentralverriegelung hatte – ein Vorteil, denn das Ploppen der Türknöpfe hätten die Streifenbeamten möglicherweise gehört. »Geh doch mal zur Hausecke und schau, ob jemand kommt.«

Zwei Minuten später trat Rachel zu den Polizisten und verkündete, dass sie aufbrechen müsse. Sie hinterließ ihre Personalien und verabschiedete sich.

Sie fuhren die Schotterpiste wieder zurück. Sarah hatte den Laptop von Johanna Mend auf den Knien und sich leidlich von dem ersten Schock erholt.

»Was hast du vorhin in dem Zimmer eigentlich gemacht?«

»Mend hat ziemlich geblutet. Ich musste irgendetwas unternehmen, damit der nicht stirbt.«

Sarah verzog das Gesicht. »Was ... macht man, damit einer nicht verblutet?«

»Nun ja ... das Einschussloch abdichten.« Rachel genoss das Gefühl, gerade die coolste Frau zu sein, zu der jemals ein fünfzehnjähriges Mädchen auf diesem Planeten Mama gesagt hatte.

»Wie abdichten? Mit Pflaster?«

»Ich hab die Hand draufgehalten.«

»Boah, wie krass ist das denn?«

»Geht manchmal nicht anders.« Das kam jetzt doch etwas dick, wie Rachel sich eingestehen musste. Schusswaffenopfer vor dem Ausbluten zu bewahren, zählte durchaus zu den selteneren Herausforderungen ihres Gewerbes. »Ich kenn das auch nur aus dem Fernsehen.«

Sarah drehte sich schaudernd zur Seite und schüttelte sich vor Ekel. »Was machen wir jetzt mit dem Teil hier?« Sie deutete auf den Computer.

»Schauen, ob wir was Interessantes darin finden.«

»Ist das nicht strafbar? In den Computer von anderen Leuten schauen?«

»Im Prinzip ja. Aber Johanna Mend ist tot. Somit muss ihr Vater als Erbe darüber entscheiden, wer Zugang zu ihren Daten erhält.«

»Hat er noch was gesagt?«

»Nur das Wort ›Computer‹. Aber er hat mir seine Autoschlüssel gegeben.«

»Dafür hatte er noch Kraft?«

»Er hat sie mir in der offenen Hand präsentiert. Wenn er nicht gewollt hätte, dass ich sie bekomme, hätte er die Hand geschlossen gehalten.«

»Vielleicht war er nur zu schwach, um die Hand geschlossen zu halten.«

»In der Situation war das eindeutig, dass er mir die Schlüssel geben wollte. Was soll das Genörgel? Arbeitest du jetzt für die Staatsanwaltschaft?« Rachel fragte sich seit Jahren, wo ihre Tochter diese Streitbarkeit herhatte. Sascha behauptete, es sei eindeutig, von wem Sarah die jüdische Freude an endlosen Diskussionen geerbt habe. Ein bisschen erkannte Rachel aber sich selbst in diesem Zug. Jedenfalls war schon jetzt kaum noch zu verhindern, dass das Kind einmal Jura studieren würde.

»Ich hinterfrage nur die Dinge, die man mir erzählt«, sagte Sarah, und wenn man genau hinsah, konnte man einen kleinen Schalk auf ihrer Schulter entdecken. »Ich meine, da liegt jemand mit Bauchschuss auf dem Boden, kann nicht mehr sprechen und hat seine Autoschlüssel in der Hand. Und das ist das Gleiche, als wenn er sagt: Durchsuchen Sie den Computer meiner Tochter?«

»Das nennt man konkludente Willenserklärung. Die Deutung solcher Erklärungen ist nicht immer einfach. Aber im Gesamtkontext dürfte vorliegend in etwa das herauskommen, was du gesagt hast.«

»Glauben dir die Richter, wenn du so ein Zeug erzählst?«

»Schluss jetzt mit der Debatte. Wenn du Angst hast, dich strafbar zu machen, schau ich alleine, was auf dem Computer ist.«

»Das könnte dir so passen!« Sarah klappte den Laptop auf und drückte den Einschaltknopf. Nach einer Weile wurde der Bildschirm heller, und es erschien die Aufforderung, ein Passwort einzugeben. »Das war ja klar. Wie kann man nur so misstrauisch sein?«

»Wahrscheinlich hatte sie Geheimnisse, die sie schützen musste.«

»Glaubst du?«

»Sarah – jeder Idiot hat ein Passwort.«

»Aber welches?«

Rachel streichelte Sarah die Wange. »Finde es raus.«

33

Der Arzt auf der Intensivstation war jung, unrasiert und wirkte überarbeitet. Georg Mend sei in ein künstliches Koma versetzt worden, erklärte er, und infolgedessen nicht ansprechbar. Rachel habe ihm wahrscheinlich das Leben gerettet, allerdings mit ihrem blanken Finger auch einige Keime verabreicht, mit denen Mends Körper gerade einen Kampf mit ungewissem Ende austrage. Lebensretterin hin oder her, besuchen könne sie ihn wegen fehlender Verwandtschaft nicht. Der Arzt musste weiter und verabschiedete sich. Da fiel ihm etwas ein.

»Warten Sie kurz. Ich hab vielleicht jemanden, der Ihnen mehr sagen kann.«

Der Arzt verschwand in einem Zimmer und kam kurz darauf mit zwei Männern wieder heraus. Sie trugen kurzärmelige, gestreifte Hemden in der Hose. Beide waren um die vierzig, einer jedoch trainiert, schlanke Taille, dunkle halblange Haare, von der Erscheinung her Typ Jogi Löw. Dem anderen hatten Jahre sitzender Arbeit einen nicht unbeträchtlichen Bauch beschert. Es waren Kriminalbeamte aus Bamberg. Mordkommission, wie sich herausstellte. Kriminaloberkommissar Georg Mechtlein und sein Kollege Kriminalhauptkommissar Hans Georg Wachenroth. Wachenroth, der Sportliche, führte das Wort.

»Sie beide haben Herrn Mend gefunden?«

Rachel bejahte.

»Wir hätte ein paar Fragen, die Sie uns beantworten müssten.«

»Wir müssen gar nichts. Aber wir werden es dennoch gerne tun.«

Wachenroth stutzte einen Augenblick und beschloss, Rachels Bemerkung zu übergehen. »Gut. Dann würde ich Sie bitten, mit mir zu kommen. Und mein Kollege wird sich mit Ihrer Tochter unterhalten. Ist doch Ihre Tochter?«

Wachenroth organisierte einen unbenutzten Behandlungsraum und setzte sich auf die Behandlungsliege, während Rachel auf einem Stuhl Platz nehmen konnte. Nach der Aufnahme ihrer Personalien (bei der Angabe ihres Berufs bemerkte Rachel einen Anflug von Angestrengtheit im Gesicht des Kommissars) berichtete sie von den Ereignissen des Morgens.

»Sie sind mit dem Opfer befreundet?«

»Das wäre übertrieben. Wir haben ihn gestern kennengelernt, und er hat uns in seine Werkstatt eingeladen.«

»Sie sagten, Sie sind übers Wochenende auf Urlaub hier?«

»Ja. Allerdings wusste ich, dass Herr Mend Schreiner ist, und seine Arbeiten haben mir gefallen. Zumindest, was ich im Internet gesehen habe. Deswegen wollte ich unseren Aufenthalt nutzen, um mit ihm zu reden.« Rachel wollte nicht den Eindruck stehenlassen, sie hätte Mend rein zufällig im Wirtshaus kennengelernt. Bei ihren Recherchen würden die Polizisten erfahren, dass sie sich nach Mend erkundigt hatte.

»Sie sagten, es wäre ein Wagen von Herrn Mends Haus weggefahren. Konnten Sie sehen, wie viele Personen in dem Wagen saßen?«

»Soweit ich erkennen konnte, nur ein Mann. Vielleicht in Ihrem Alter.«

»Was meinen Sie mit *in Ihrem Alter?*«

»Na ja, so fünfunddreißig. Plus/minus.« Rachel ließ es vorsichtig angehen. »Aber es ging alles sehr schnell.«

Wachenroth schrieb mit einer gewissen Zufriedenheit die Aussage in seinen Notizblock.

»Und bevor der Wagen weggefahren ist – haben Sie da jemanden gesehen? Jemand, der in den Wagen eingestiegen ist? Oder andere Personen?«

»Nein. Ich habe den Wagen erst registriert, als er losgefahren ist. Und dann ging alles ziemlich schnell. Beim Vorbeifahren ist mir auch noch ein Kieselstein gegen die Windschutzscheibe geflogen. Jetzt hab ich ein Loch drin.«

»Sie sagten, Sie hätten den Fahrzeugtyp nicht erkannt. Was können Sie über den Wagen sagen? Farbe?«

»Blau.« Rachel überlegte. »Die Lichtverhältnisse waren nicht gut. Aber ich denke, er war blau.«

»War es eine Limousine oder ein Geländewagen?«

»Es war ein Kombi. Und es war weder ein BMW noch ein Mercedes. Die hätte ich, glaube ich, erkannt.«

»Soweit Sie das beurteilen können: Hat in dem Haus was gefehlt?«

»Sie meinen, ob etwas gestohlen wurde?«

»Zum Beispiel.«

»Ich war das erste Mal im Haus. Gestern waren wir nur auf der Terrasse. Ich kann Ihnen da also kaum helfen. Das Zimmer, in dem wir Herrn Mend gefunden haben, sah so aus, als hätte es jemand durchwühlt.«

Wachenroth nickte und schrieb.

»Sie meinen, es war eine professionelle Einbrecherbande?«, fragte Rachel.

»Schwer zu sagen.«

»Erschießen die Leute?«

»Eher nicht. Aber Sie haben das Zimmer ja gesehen. Es macht den Eindruck, als hätte Mend einen Einbrecher überrascht.« Wachenroth verriet Rachel damit keine Ermittlungsgeheimnisse. Sie hatte den Tatort selbst gesehen, und zu der Schlussfolgerung wäre sie als erfahrene Strafverteidigerin selbst in der Lage. »Was glauben Sie denn, was passiert ist?«

»Keine Ahnung. Ich kenne Herrn Mend wie gesagt kaum. Vielleicht hatte er persönliche Feinde. Oder ... keine Ahnung. Es ist jedenfalls äußerst tragisch. Der Mann hat anscheinend vor kurzem erst seine Tochter verloren.«

»Ja. Wirklich tragisch.«

Rachel hatte das Thema angeschnitten, um herauszufinden, ob die Polizei eine Verbindung zum Mord an Johanna Mend vermutete. Wachenroths maulfaule Antwort brachte sie aber nicht wirklich weiter.

»Vielleicht hat es ja was mit dem Mord an der Tochter zu tun.«

»Vielleicht«, sagte Wachenroth und klappte seinen Notizblock zu. »Dass Sexualstraftäter anschließend die Eltern ihrer Opfer umbringen, ist allerdings recht selten. Vor allem, wenn sie schon in U-Haft sitzen.« Er lächelte das Lächeln des ausgeschlafenen Cops vom Land, der gerade eine Großstadtanwältin mit überbordender Phantasie in die Schranken gewiesen hat.

Sarah hatte ihren Job gut gemacht und bei Wachenroths Kollegen eine fast identische Version der Ereignisse zu Protokoll gegeben. Von ihrer Mutter hatte sie die Maxime für Straftäter gelernt: So nah an der Wahrheit wie möglich und keine Lügen, die widerlegt werden konnten. Was ihr Interesse an Mend anbelangte, musste sie die Wahrheit ein bisschen korrigieren. Seine Vorzüge als Schreiner hätten sie angelockt, sagte Sarah in Übereinstimmung mit ihrer Mutter.

»Wer kümmert sich jetzt um den Kater?« Sarah und Rachel saßen wieder im Cabrio und glitten durch die sonnige Mittelgebirgslandschaft.

»Weiß nicht. Verwandte? Nachbarn?«

Auf Sarahs Drängen rief Rachel Kommissar Wachenroth an und versuchte die Katzenfrage zu klären. Aber Wachenroth waren keine Verwandten von Mend bekannt, die vor Ort wohnten, und er vermittelte den Eindruck, dass ihm Rachels Anruf in dieser albernen Sache gehörig auf den Zeiger ging.

»Irgendjemand muss sich darum kümmern«, sagte Sarah mit Achtung gebietender Schärfe in der Stimme.

Am Nachbarhof waren jetzt etliche Leute in der Mittagshitze versammelt, die sich angeregt unterhielten. Der Überfall auf Mend hatte in der Gegend hohen Unterhaltungswert. Die junge Bäuerin, mit der sie am Vortag gesprochen hatten, war aufgekratzt und bot Kaffee und Kuchen an, vermutlich in der Erwartung eines detaillierten Tatortberichts aus erster Hand. Rachel musste die Frau enttäuschen, fragte stattdessen, ob sie sich um Mends Katze kümmern könne. Das war angeblich nicht möglich, da sich Moritz nicht mit den Katzen des Hofes verstand oder umgekehrt. Sarahs Blick, mit dem sie Rachel bedachte, ließ wenig Zweifel, wer sich in Anbetracht dieser Sachlage um das Tier kümmern würde.

Auf dem Mendschen Anwesen trafen sie zwei Polizeibeamte, die sich auch schon gefragt hatten, was mit der Katze passieren würde, und ihnen halfen, Futternäpfe, Katzenklo und andere für die Haltung feliner

Haustiere notwendige Dinge zusammenzusuchen. Der Kater machte einen desorientierten Eindruck und ließ sich ohne Widerstand in den Katzenkorb setzen. Während der Fahrt nach München starrte Moritz unglücklich durch die Gitterstäbe. Sarah redete tröstend auf ihn ein und steckte ab und zu einen Finger durch das Gitter, um ihn am Kopf zu kraulen.

»Komm, Moritzla, jetzt schau nicht so traurig. Dein Chef ist bald wieder gesund. Dann fahren wir dich nach Hause.«

»Ich könnte mir auch gut vorstellen, dass du dich mit dem Katzenkorb in den Zug setzt«, wandte Rachel ein.

»Das sehen wir dann. Vielleicht hast du ja ein paar Fragen an Herrn Mend, und wir fahren zusammen.« Sarah drehte sich zur Rückbank. Aber dieses Mal war nicht der Kater der Grund. Sie nahm Johanna Mends Laptop vom Rücksitz und klappte ihn auf.

»Ist dir das Passwort eingefallen?«

»Nur so eine Idee.« Sarah tippte etwas in das Kästchen mit der Bezeichnung *Passwort*. Enter. Der Bildschirm hellte sich auf. »Ich hab's!«

»Das gibt's nicht. Was hast du eingegeben?«

»Moritzla.«

Rachel steuerte den Wagen auf einen schattigen Parkplatz am Rande der Landstraße und beugte sich zu Sarah, die bereits in den Inhalt der Festplatte vertieft war. »Und?«

»An die interessanten Sachen kommen wir erst ran, wenn wir Internet haben. Mails, Facebook, mit was für Leuten sie Kontakt hatte.«

»Aber irgendwas muss ja auf dem Computer sein.«

»Hausarbeiten Germanistik. Was haben wir denn da? *Der Ruodlieb als Vorläufer des höfischen Romans.*

Wie abgefahren ist das denn? *Schillers Glocke im Lichte des heutigen Wertekanons.* Interessiert dich das?«

»Deswegen wird sie niemand umgebracht haben. Gibt's noch was?«

»*Recherche Kosovo.*«

34

Rachel lehnte sich auf die Beifahrerseite, um einen besseren Blick auf den Bildschirm zu haben. Sarah hatte den Ordner geöffnet. Er enthielt einen Unterordner mit dem Titel *Fotos.* Vier Fotos waren darin enthalten. Zwei zeigten eine Frau von etwa Mitte dreißig. Die Bilder waren in einer Wohnung entstanden. Eins im Wohnzimmer, das klein aussah, moderne, preiswerte Einrichtung, IKEA-Möbel. Die andere Aufnahme zeigte die Frau in einer Küche. Im Gegensatz zu dem Wohnzimmerbild war hier ein Fenster im Hintergrund. Ein traditionelles Kastenfenster, wie man es noch in einigen Altbauten finden konnte. Der Blick ging auf einen Hinterhof mit anderen Häusern und einem unbelaubten Baum, Schneereste auf dem Dach gegenüber. Die Frau hantierte mit einem Topf am Herd, was nahelegte, dass sie sich in ihrer eigenen Wohnung befand. Ihr Gesicht war nicht klassisch schön, würde von vielen Menschen aber als *interessant* bezeichnet werden, schwarze Augen, dunkle Haare, südländischer Typ, die Züge schon vor der Zeit von Sorgenfalten durchfurcht. Das dritte Foto zeigte eine Familie mit Vater, Mutter und einem vielleicht achtjährigen Kind vor einer Hauswand. Ebenfalls im Bild: ein alter Kombi mit ausgebesserten Lackstellen. Der in die Jahre gekommene Wagen und das mediterrane Aussehen der Menschen auf dem Foto ließen vermuten, dass es in Süd- oder Südosteuropa aufgenommen worden war. Das letzte Foto zeigte eine Gruppe von Leuten bei einem Gartenfest, einige hielten Gläser in der Hand, lachten in die Kamera. Ein Mann in mittleren Jahren war mit einem Kreis markiert.

»Die Bilder sind bestimmt aus dem Kosovo.« Sarahs Blick saugte sich an den Bildern fest, obwohl sie nichts Außergewöhnliches enthielten.

»Die ersten beiden sind, glaube ich, in Deutschland gemacht worden.«

»Woran erkennst du das?«

»Das Haus, das man aus dem Küchenfenster sieht, kommt mir irgendwie bekannt vor. Kann mich aber auch irren«, sagte Rachel. »Allzu weit scheint sie mit ihrer Recherche jedenfalls nicht gekommen zu sein, wenn das alles ist.«

»Aber das ist voll spannend.« Sarah sah ihre Mutter an. »Schauen wir mal, was sie im Internet getrieben hat.«

»Du sagst doch, dazu brauchen wir WLAN.«

»Haben wir.« Sarah hielt ihr Handy hoch.

Rachel überlegte kurz. »Du hast einen Hotspot eingerichtet, und da kann man jetzt den Computer dranhängen?«

Sarah deutete mit dem Zeigefinger auf ihre Mutter und machte sich an die Arbeit. Die Passwörter zu Johanna Mends Mail-Account und Facebook waren zwar nicht gespeichert. Aber der Name des Katers leistete auch hier gute Dienste. Der Facebook-Account war wenig ergiebig. Johanna Mend hatte achtunddreißig Freunde, was bei Sarah tiefes Mitgefühl für das völlig vereinsamte Mädchen hervorrief. Die meisten Freunde waren noch dazu Verwandte oder ehemalige Mitschüler. Wie üblich wurde auf Facebook wenig Informatives ausgetauscht, und in den privaten Nachrichten fand sich ebenfalls nichts, was über Belanglosigkeiten hinausging. Auch in Johannas E-Mails war fast nichts zu finden, was in irgendeiner Weise mit ihrem Tod in Verbindung gebracht werden konnte. Infomails der Universität, eine Erinnerung, das Antiviren-Programm zu verlängern, die Einladung zum Geburtstag einer anscheinend älteren Verwandten und Ähnliches mehr. Eine Mail gab es jedoch, die Sarahs und Rachels Aufmerksamkeit erregte. Sie war von Johanna Mend an sich selbst geschickt worden, der Betreff lautete *x,* der Text *y.* Sarah fragte sich, was für ein Geheimcode das sein mochte. Rachel war eher der Ansicht, dass die zwei Buchstaben keine tiefere Bedeutung hatten, sondern dastanden, damit irgendetwas eingetragen war. Das Wesentliche an der Mail war wohl ihr Anhang im .doc-Format, ein Text mit dem Titel *Überfall in schwarzer Nacht.*

»Das ist es!« Sarah sah ihre Mutter mit leuchtenden Augen an, nachdem sie den Text kurz angelesen hatte.

»Das ist was?«

»Du hast doch gesagt, sie ist von zwei Männern überfallen worden. Die hat das aufgeschrieben.«

Rachel sah auf die Uhr im Tacho und stellte fest, dass es schon nach fünf war. »Wie wär's, wenn du es mir auf der Fahrt vorliest?«

Rachel fuhr zurück auf die Landstraße, und Sarah begann mit der Lesung.

Die Nacht ist sternenklar. Tagsüber hatte ein lauer Wind das Ende des Winters angekündigt. Jetzt ist es wieder kalt, und die Pfützen sind gefroren. Im Norden steht der Große Wagen mit dem Polarstern. Ich bin auf dem Weg nach Hause. Ein Mann mit blauer Jacke kommt mir entgegen. Er scheint in sich gekehrt und bemerkt mich erst, als wir aneinander vorbeigehen. Für einen Moment sieht er mir ins Gesicht, lächelt flüchtig, anscheinend mit sich selbst beschäftigt, und geht weiter. Ich biege in eine Seitenstraße ein.

In der Straße Wohnblocks aus den sechziger Jahren. Vor langer Zeit zitronengelb gestrichen, jetzt undefinierbar blass und grau. Auf den Gehwegen niemand zu sehen. Nur zwei junge Männer, die vor einem Hauseingang stehen und rauchen. Irgendetwas sagt mir, dass das nicht gut ist. Seit Monaten gehe ich diesen Weg nach Hause. Nie ist etwas passiert. Und doch habe ich immer noch Angst in dieser großen Stadt. Ich senke den Blick und gehe mit hochgeschlagenem Mantelkragen an den Männern vorbei.

»Entschuldigung!«, sagte einer von ihnen. Ich zögere. Soll ich stehenbleiben? Einfach weitergehen ist unhöflich. Aber ich will nachts mit diesen Männern in kein Gespräch verwickelt werden. Sie wirken nicht freundlich. Etwas Aggressives geht von ihnen aus. Ich gehe weiter.

»Ja schau dir das an, die geht einfach weiter«, sagt der Mann, der mich angesprochen hat, zu seinem Gefährten. »He du! Hast du mich nicht gehört?«

Ich fühle es mehr, als dass ich es sehe: Die beiden Männer setzen sich in Bewegung und gehen mir hinterher. Ich sehe nach vorn. Bis zum Ende der Straße ist niemand zu sehen. Dort mündet die Straße in eine Querstraße, hinter der Querstraße beginnt ein Park. Ich gehe schneller und weiß, es hat keinen Sinn. Wo will ich eigentlich hin? Doch nicht in den Park. Das Herz schlägt mir bis zum Hals. Ich weiß nicht, wo ich hinlaufe. Nur weg von den Männern. Was wollen sie? Meine Tasche? Geld? EC-Karte? Handy? Ich sehe nicht so aus, als wäre bei mir viel zu holen. Die wollen kein Geld, wird mir klar. Die wollen mich. Mein Kopf glüht, Adrenalin schießt mir durch den Körper, mein Atem *geht flach und schnell. Ich höre ihre Schritte hinter mir. Sie kommen näher. Näher. Und näher. Ich bin neunzehn, und bis jetzt ist mir nichts geschehen. Daheim im Dorf hatte ich nie Angst. In München jeden Tag. Ein halbes Jahr bin ich hier und habe Glück gehabt. Jede Glückssträhne geht zu Ende. Jetzt ist es so weit. Ich bete, dass die Männer mich wenigstens am Leben lassen – und bleibe stehen.*

Auch die Männer bleiben stehen, anscheinend überrascht, dass ihr Opfer nicht mehr fliehen will. »Was hammas denn so eilig«, sagt der Wortführer.

Mein Atem geht immer noch schnell, meine rechte Hand zittert. Das macht sie immer, wenn ich aufgeregt bin. Jetzt bin ich so aufgeregt, dass ich fast nicht atmen kann. »Wollt ihr Geld?«, frage ich. Es klingt jämmerlich.

Der Wortführer sieht seinen Kumpel verwundert an. »Die hält uns für Straßenräuber!« Er lacht auf, der andere stimmt in das Lachen ein, schüttelt fassungslos den Kopf.

»Ich glaub's ja nicht!« Das Kopfschütteln will scheinbar nicht aufhören. Doch mit einem Mal steht der Kopf still, und das Gesicht des Mannes verzieht sich in schlecht gespielter Irritation. »Das ist ja regelrecht beleidigend. Hat die uns Straßenräuber genannt?«

»Ja, stimmt«, sagt der Wortführer und wendet sich an mich. »Sag mal, du spinnst ja wohl. Wie nennst du uns?«

»Entschuldigung«, sage ich leise. »Ich wollte nicht ... ich ...«

»Was sagt die Schlampe?!«

»Keine Ahnung. Ich glaub, die verarscht uns.«

»Hör mal zu, kleine Bitch«, der Wortführer tritt auf mich zu, dicht an mich heran, ich kann den Alkohol

und den Zigarettengestank in seinem Atem riechen. Er sieht meine Umhängetasche. »Du glaubst, du bist was Besseres, weil du studierst? Glaubst, du kannst dich lustig machen über die Assis? Über Leute, die schwitzen, wenn sie ihre Kohle verdienen?« Ich schüttele den Kopf, als könnte das irgendetwas bewirken. »Ist doch so, oder?« Ich schweige. »Ist – das – so?!«

»Nein«, sage ich und lege meine linke Hand auf die rechte, die immer stärker zittert.

»Ich versteh dich nicht?!«, schreit der Wortführer. Irgendwo in der nächtlichen Straße wird ein Fenster zugeklappt.

»Es tut mir leid«, flüstere ich. Die Angst hat meine Würde getötet. Ich versuche mit einer hilflosen Bewegung wegzugehen.

Der andere Mann packt mich am Arm. »He Schlampe, wir sagen, wenn Schluss ist. Was ist denn das für ein Benehmen! Ich glaub, du brauchst ein bisschen Nachhilfe.« Der Mann quetscht meinen Arm, es tut weh. Ich richte mich auf schlimmere Schmerzen ein.

»Absolut. Da fehlt's ja weiter«, pflichtet der Wortführer bei und packt meinen anderen Arm.

Tränen der Wut laufen mir übers Gesicht, und ich versuche mit der Kraft der Verzweiflung, mich loszureißen. Die Männer sind stärker und zu zweit. Der Wortführer greift in mein Haar und reißt mir den Kopf herum, der andere schlägt mir ins Gesicht, ich schmecke Blut, ein Totenkopfring hat mir die Lippe aufgerissen.

»So, Kleine«, sagt der Wortführer. Er dreht mir den Arm auf den Rücken. »Jetzt gibt's 'ne kleine Benimmlektion.« Sie ziehen mich zum Ende der Straße. Kahle Büsche zeigen den Beginn des Parks an, dahinter Dunkelheit. Ich versuche zu schreien. Aber einer der Männer hat seine riesige Hand auf meinen Mund gepresst, ich spüre rauhe Hornhaut auf Lippen und Kinn, ein Duftgemisch aus Schmieröl und Nikotin steigt mir in die Nase, auf dem Unterarm ist Lissy eintätowiert. Eine andere Hand packt meine Brüste. Ich stolpere, sie ziehen mich an Haaren, Armen und Mantel, meine Beine schleifen über den Boden, ein Tritt auf den Fuß zieht mir den Schuh ab, der einsam auf dem Asphalt liegenbleibt, und immer weiter zerren die Männer mich auf den schwarzen Park zu. Noch zwischen zwei parkenden Autos hindurch, dann wird sich ein Mantel von Finsternis um sie legen und um das, was sie mit mir tun. Mit einem Mal halten die Männer an, ihre Griffe lockern sich, Brüste und Mund werden frei. Ich frage mich, was geschehen ist, sehe mit einem Mal Bergstiefel, Jeans, eine blaue Jacke. Der Mann, dem ich vorhin begegnet bin, steht vor uns auf der Straße.

»Was wird das?«, fragt er.

Der Wortführer mustert sein Gegenüber, versucht die Kräfteverhältnisse einzuschätzen und gelangt wohl zu der Ansicht, dass sie dem anderen überlegen sind. »Das geht dich 'n Scheiß an. Verpiss dich.« Er lässt mich los (dafür packt mich sein Begleiter umso fester) und stellt sich breitbeinig vor den Mann mit der blauen Jacke. »Hörst du schwer?« Der Mann mit der blauen Jacke steht still, aber konzentriert vor dem anderen, betrachtet seine Gegner, scheint seinerseits die Situation abzuschätzen. »Hör zu, Arschloch! Wenn du Ärger willst – kein Problem!« Ein Klappmesser blitzt in der Hand des Wortführers auf.

»Tu das Messer weg und lass die Frau los«, sagt sein Gegenüber.

»Okay«, sagt der Wortführer, der Ton ist drohend, ein kurzes Lachen, das Überlegenheit signalisiert.

Dann verschwindet das Lachen, und der Mann macht unversehens einen Ausfallschritt, die Hand mit dem Messer fährt auf die Brust des anderen zu, verfehlt die blaue Jacke, der andere packt die Hand mit dem Messer, verdreht den Arm, reißt ihn herum, eine Bewegung aus der Hüfte hebt den Angreifer von den Beinen, ein Schmerzensschrei und sein Körper schlägt dumpf auf den Asphalt, den Bruchteil einer Sekunde später wird sein Gesicht von einem Bergschuh auf den Straßenbelag gepresst, der Arm ragt verdreht nach hinten, langsam rutscht das Messer aus den Fingern, die sich nicht mehr schließen können.

Der zweite Mann lässt mich los und hebt die Hände beschwichtigend. »Is gut, Mann. Wir haben nur 'n bisschen Spaß gehabt, okay?«

Der Mann mit der blauen Jacke verdreht die Hand seines Gefangenen mit einer ruckartigen Bewegung, vom Boden steigt ein schriller Schrei in die Nacht. Der Wortführer hält sich schmerzverkrümmt die Hand, die sein Gegner freigegeben hat. »Verschwindet«, sagt der Mann, hebt das Messer auf, klappt es vorsichtig zusammen und steckt es sich in die blaue Jacke. Die beiden Angreifer rennen in den Park.

Ich stehe mit offenem Mantel da, drücke eine Hand auf mein Herz. Dann öffne ich die Augen und sehe den Mann mit der blauen Jacke an, unsicher, was ich von ihm halten soll.

»Guten Abend. Ich bin Max«, sagt er und deutet auf die Straße. »Ich glaube, du hast deinen Schuh verloren.«

»Boah! Das ist ja endsgruselig.« Sarah starrte gebannt auf den Bildschirm. »Voll realistisch, wie die das beschreibt. Das hat die so erlebt.«

»Wann hat sie das geschrieben?«

Sarah blickte auf das Datum der Datei. »Siebzehnter April. Und am zwanzigsten wird sie umgebracht. Wow! Das sieht doch ein Blinder, dass da ein Zusammenhang besteht.«

»Fragt sich nur, welcher.«

»Die beiden Typen haben es ihr heimgezahlt. Das ist doch offensichtlich.«

Rachel zuckte mit den Schultern. »In jedem Fall wär's nicht schlecht, mal mit ihnen zu reden.«

»Du weißt doch gar nicht, wer das ist?«

»Noch nicht.«

35

Die *Mundorgel* war ein Urgestein in Altschwabing und hatte aller Gentrifizierung bislang widerstanden. Seit einigen Jahren diente sie als Szenetreff für Gebrauchtwagenhändler, Pferdewettspezialisten und Freunde des Boxsports. Sarah war erstaunt, dass es ihre Mutter am Sonntagabend noch nach Schwabing zog, hatte aber nichts dagegen, denn sie musste ihr aufregendes Wochenende der Netzwelt mitteilen.

Kai Färberböck, ein dünner Mann Anfang dreißig, stand mit einigen Rauchern auf der Straße vor dem Lokal und händigte seinem Gesprächspartner etwas aus, wofür er Geld entgegennahm. Das Ganze fand in professioneller Zügigkeit statt, ohne Hektik, aber begleitet von wachsamen Blicken. Anschließend warf Färberböck seine Kippe auf den Gehsteig und ging ins Lokal.

Rachel erregte Aufsehen, als sie die Mundorgel betrat. Alles hier (die Gäste eingeschlossen) machte einen etwas heruntergekommenen Eindruck. Eine Frau in Designerjeans fiel auf. Das Lokal war eng, eigentlich nur ein Gang zwischen dem Tresen und den Stehtischen an der Wand. Im hinteren Bereich öffnete es sich etwas, dafür wurde es dunkler. Färberböck stand am Tresen und nahm zwei Bier in Empfang, die er zu einem der Stehtische hievte. Dort saß ein etwa sechzigjähriger Mann mit nach hinten gegelten grauen Haaren und einer Nase, die von einer langen, von schmerzhaften Niederlagen gesäumten Boxerkarriere zeugte. Als sich Rachel den beiden näherte, ging es offenbar gerade um eine Marge Baggerzähne, die Färberböck bei einer Zwangsversteigerung erworben hatte und für die er jetzt einen Käufer suchte.

»Ja hallo!«, sagte Färberböck, als Rachel neben ihm auftauchte. Ein wenig schien ihm der Schrecken in die Glieder gefahren zu sein.

»Herr Färberböck! Schön, Sie zu sehen.« Sie blickte sich um. »Immer noch der alte Laden?«

»Ja, Gewohnheiten sind hartnäckig. Das ist der Marvin.« Er deutete auf den pensionierten Boxer, der dezent nickte, dann auf Rachel. »Frau Dr. Eisenberg. Sie hat mir ein paar Jahre Gefängnis erspart. Ich hab ihr wirklich viel zu verdanken.«

»Und?« Rachel lächelte maliziös. »Danken Sie's mir?«

»Ich weiß. Und es tut mir unendlich leid. Aber ich muss finanziell erst wieder auf die Beine kommen.« Er wandte sich an den Boxer, der inzwischen schon mal mit dem Bier angefangen hatte. »Als ich die Honorarnote gesehen hab, wär ich doch lieber in den Knast gegangen.« Er wieherte kurz in Richtung Marvin, dann tätschelte er Rachels Arm. »Nein, hab nur Spaß gemacht. Darf ich Sie auf ein Getränk einladen?«

»Weißwein bitte.«

»Glauben Sie mir: Sie wollen hier keinen Weißwein.« Er gab ein Handzeichen Richtung Tresen und orderte ein Pils. »Was führt Sie her?«

»Sie.«

»Hatte ich fast befürchtet.« Färberböck sah sich reflexartig um, dann plazierte er seinen Mund sehr nah an Rachels Ohr. »Möchte ich, dass jemand zuhört?«

»Eher nicht.«

Der Boxer hatte bereits verstanden, stand auf, klopfte Färberböck auf die Schulter, sagte »Ruf mich an«

und verschwand im hintersten Teil des Lokals. Rachel nahm seinen Platz auf dem Barhocker ein.

»Wie geht's mit der Bewährung?«

»Bestens. Mein Bewährungshelfer ist schon genervt, weil ich ihn ständig anrufe.« Färberböck nahm durch das Gedränge hindurch das Pils entgegen und stellte es vor Rachel.

»Tatsächlich? Dann verbreitet irgendjemand böswillig Gerüchte über Sie.«

»Ich hab mal einen Termin verpasst, weil ich geschäftlich unterwegs war. Ehrlich. Es war ein einziger Termin. So was wird dann immer aufgebauscht.«

»Ja, schlimm, dieses Gerede. Prost!« Sie stießen an, und Rachel genoss das kalte Bier in undamenhaft großen Schlucken, denn es herrschten mindestens vierzig Grad in der Kneipe. »Immer noch viel unterwegs in der Stadt?«

»Wenn du Geschäfte machen willst, musst du mit den Leuten reden. Würd ja gern mal einen Abend zu Hause bleiben. Aber Arbeit geht vor.« Er deutete mit dem Finger auf Rachel. »Meine Gläubiger sitzen mir im Nacken.« Kurzes Wiehern.

»Gut so. Das motiviert.« Rachel nahm noch einen Schluck Bier und wischte sich den Schaum vom Mund. »Passen Sie auf ...«

Färberböcks Miene verdunkelte sich.

»In Anbetracht unserer langen und intensiven Geschäftsbeziehung hätte ich gerne, dass Sie mir einen Gefallen tun.«

»Wenn's mir denn möglich ist.« Färberböcks Ton verriet, dass damit kaum zu rechnen war.

»Sie sollen sich nur ein bisschen umhören.«

Färberböck schwieg mit steinerner Miene.

»Mitte April wurde eine junge Frau in Untergiesing

von zwei Männern angegriffen. Möglicherweise versuchte Vergewaltigung.«

Färberböck zeigte Rachel beide Handflächen. »Mit solchen Leuten hab ich nichts zu tun. Ich verkauf Autos.«

»Die junge Frau wurde in letzter Sekunde von jemandem gerettet, der möglicherweise Nahkampfsportler ist.«

»Die zwei Burschen haben von Bruce Lee was auf die Mütze gekriegt?«

»Sieht so aus.«

»Das hängt doch keiner an die große Glocke.«

»Vielleicht hat ja der Retter damit angegeben.«

Färberböck genehmigte sich ein paar nachdenkliche Schlucke aus dem Pilsglas, setzte es ab und sah Rachel an. »Was passiert, wenn ich fündig werde?«

»Ich brauch ein paar Informationen von den Leuten.«

»Das kann gefährlich für mich werden, wenn die rauskriegen, dass ich sie verpfiffen hab.«

»Das sind irgendwelche Loser.«

Färberböck schüttelte den Kopf. »Das wissen Sie nicht. Typen, die Frauen vergewaltigen, sind auch sonst nicht ungefährlich.«

»Kommen Sie! Nicht so bescheiden. Sie sind auch einer von den bösen Jungs.«

Färberböck rückte näher, damit er es nicht im ganzen Lokal herumschreien musste: »Ich hab vielleicht mal ein paar Leute beschissen. Aber ich verprügel niemanden. Ich bin nicht James Bond. Ich will nur meine Ruhe, verstehen Sie?«

»Für jemanden, der seine Ruhe will, haben Sie ein bisschen zu viel Schulden.« Rachel drehte ihr Glas auf dem Bierdeckel und sah zu, wie das Kondenswasser nach unten lief.

»Sie kriegen es ja irgendwann zurück. Und bis dahin freuen Sie sich über die auflaufenden Zinsen.« Er rückte wieder vertraulich heran. »Hören Sie – Sie sind eine der schönsten und klügsten Frauen, die ich je getroffen habe. Und ganz ehrlich: Wenn ich wüsste, dass Sie mich auch nur im Entferntesten attraktiv finden – ich würde Sie sofort heiraten. Das ist Ihnen hoffentlich klar.«

»War mir jetzt nicht so klar. Aber bleiben wir bei Ihren Schulden. Da quälen mich gewisse Bedenken, ob ich mein Geld jemals bekommen werde.«

»Meine Geschäfte laufen nicht schlecht. Sie kriegen Ihr Geld.«

»Trotzdem. Wie sagt man so schön: Der Spatz in der Hand … nicht wahr?«

Färberböck runzelte die Stirn.

»Wenn ich fünftausend sofort und sicher haben kann, soll ich da wirklich auf zehntausend warten, die vielleicht nie kommen?«

»Was heißt das?«

»Offen gesagt, ich hab schon mal den Markt erkundet. Ihre Kreditwürdigkeit ist gar nicht so schlecht. Also nicht, dass eine Bank Ihnen was leihen würde. Aber es gibt Leute, die ziemlich sicher sind, dass sie ihr Geld von Ihnen zurückbekommen.«

»He Moment! Sie … Sie reden nicht davon, dass Sie meine Schulden verkaufen oder so was?« Färberböck schien aufs Äußerste alarmiert.

»Ich überlege, um präzise zu sein, meine Forderungen, die ich gegen Sie habe, zu veräußern.«

»Mit wem haben Sie geredet?«

»Mit jemandem, der großen Wert auf Vertraulichkeit legt. Das verstehen Sie sicher besser als ich.«

»Mettgenich?«

Rachel sagte nichts und prostete Färberböck mit ihrem Bierglas zu. Ihr Gruß wurde nicht erwidert, stattdessen redete Färberböck leise, aber eindringlich auf sie ein. »Mettgenich ist ein Verbrecher. Wenn Sie dem zehntausend abtreten, zieht er fünfzehn von mir ein. Den Rest nennt er Verzugsschaden und Mahngebühren.«

»Ich glaube nicht alles, was die Leute reden.«

»Ein Bekannter von mir hat letztes Jahr zu spät gezahlt. Drei lausige Tage. Mettgenich hat ihm das Jochbein brechen lassen. Wollen Sie sich das aufs Gewissen laden?« Auf Färberböcks Oberlippe hatten sich Schweißtropfen angesammelt.

»Wenn er Sie bedroht – wovon ich nicht ausgehe –, müssen Sie sich an die Polizei wenden.«

Färberböck lachte schrill auf.

Rachel trank aus und setzte das Glas ab. »Das zweite geht auf mich.« Sie rutschte vom Barhocker und wollte zum Tresen. Färberböck hielt sie zurück.

»Warten Sie! Tun Sie das nicht. Lassen Sie Mettgenich aus dem Spiel, okay?«

Rachel sah auf seine Hand, die ihren Arm gepackt hatte. Er ließ los. »Ich soll ihn aus dem Spiel lassen – weil …?«

»Ich hör mich um. Wegen der Männer, die das Mädchen belästigt haben.«

»Oh – das wäre nett. Sagen Sie mir Bescheid, sobald Sie was haben.« Sie fächelte sich mit einem Bierdeckel Luft ins Gesicht. »Ich muss hier raus. Ach ja, nur zu Ihrer Information: Herrn von Mettgenich-Heuersbach treffe ich morgen bei Gericht.«

36

Montagmorgen, Gerichtstermin im Justizpalast. Ernestine Freifrau von Mettgenich-Heuersbach war in den Tod gestürzt, weil jemand vergessen hatte, den Rohbaubalkon ihrer im Entstehen begriffenen Grünwalder Villa mit einem provisorischen Geländer zu versehen. Kevin, Freiherr von Mettgenich-Heuersbach und Gemahl der Verunfallten, wollte den Schuldigen hart bestraft sehen, um seiner Pein über den Verlust der Gattin Linderung zu verschaffen. Da der Freiherr der Staatsanwaltschaft misstraute (er war selbst wegen Erpressung und gefährlicher Körperverletzung vorbestraft; denn vor seiner Edelwerdung durch Heirat hatte der Freiherr eine Karriere als für seine Jähzornigkeit berüchtigter Geldeintreiber hinter sich gebracht), hatte er Rachel gebeten, seine Interessen als Nebenkläger zu vertreten und darauf zu achten, dass der Gerechtigkeit Genüge geschehe und den Schuldigen die volle Härte des Gesetzes treffe. Mettgenich-Heuersbachs Argwohn war nicht ganz unberechtigt. Die näheren Umstände des Falles waren nämlich keineswegs dazu angetan, irgendjemanden hart zu bestrafen. Offenbar hatte es der Freifrau gefallen, nachts um vier nach einem Streifzug durch Münchner Schickeria-Kneipen für ihre Trinkgenossinnen eine Führung durch die Baustelle des künftigen Heims zu veranstalten. Da sich das Grundstück noch im Eigentum einer Bauträgerfirma befand, betrat sie damit fremden Grund und missachtete mindestens drei Schilder, die ebendies untersagten. Die Autopsie des Unfallopfers ergab überdies eine Blutalkoholkonzentration von zwei Komma sieben Promille. Angeklagt hatte man den Polier der Baufirma, der es versäumt hatte, am Abend vor dem Unfall den Balkon des Rohbaus zu kontrollieren. Das Geländer war an diesem Tag für die Verrichtung von Arbeiten entfernt und nicht wieder angebracht worden. Vor Gericht stand ein Familienvater, der sich in seinem Arbeitsleben nie eine Nachlässigkeit hatte zuschulden kommen lassen und auch sonst bestens beleumundet war. Weder Staatsanwaltschaft noch Gericht zeigten übermäßigen Eifer bei der Aburteilung des armen Kerls. Auch der Umstand, dass im Internet ein Foto aufgetaucht war, auf dem das Opfer kurz vor dem Sturz mit einer 300-Euro-Champagnerflasche in der Hand durch den Rohbau torkelte, ließ das Unrecht der Tat nicht eben größer erscheinen. Der Fall gehörte definitiv zu den unappetitlicheren Aufgaben der Kanzlei. Zwei Gründe hatten Rachel bewogen, ihn dennoch anzunehmen: Der Witwer des Opfers war, ohne mit der Wimper zu zucken, bereit, einen astronomischen Stundensatz zu bezahlen. Und zum Zweiten war der Mann halbseidener Geldverleiher mit einer Vita, die hoffen ließ, dass er für die Dienste einer Strafverteidigerin öfter Verwendung haben würde. Schon zu Beginn hatte Rachel mit einem schneidig vorgebrachten Befangenheitsantrag gegen den Richter für schieres Entzücken bei Mettgenich gesorgt. Einer künftigen Geschäftsbeziehung stand nichts im Weg. Im Übrigen wurde der Antrag natürlich abgelehnt und vom Gericht durchaus als das verstanden, was er war: eine Showeinlage für den Nebenkläger. Jetzt saß Rachel im Gerichtssaal und langweilte sich, denn es gab von ihrer Seite nichts mehr zu tun. Außerdem war der

Mandant trotz gegenteiliger Ankündigung nicht zur Verhandlung gekommen. Er war nicht einer der Zuverlässigsten.

So hatte Rachel Gelegenheit, unter dem Tisch ihre E-Mails zu checken. Carsten hatte ein Foto geschickt. Es zeigte einen Mann im Anzug von hinten, aus erhöhter Perspektive aufgenommen. Rachel erkannte Oberstaatsanwalt Schwind. Das Foto war dem Text der Mail zufolge am heutigen Morgen in der Bar Juve aufgenommen worden. Die ungewöhnliche Perspektive rührte daher, dass Carsten in einen Spiegel fotografiert hatte, der sich oberhalb von Schwind befand. Das Interessante an dem Foto war nicht der Oberstaatsanwalt, sondern das iPad vor ihm auf dem Tisch. Eine ebenfalls mitgeschickte Vergrößerung zeigte den Tablet-Computer im Detail. Carsten hatte das Foto einem ehemaligen Mandanten geschickt, der vor einiger Zeit wegen Ausspionierens von Datengeheimnissen angeklagt worden war. Der Mann konnte den Typ des Gerätes genau bestimmen und hatte ein gebrauchtes Exemplar davon vorrätig. Carsten erbat die Erlaubnis, es zu erwerben, die Rachel ihm erteilte. Dann schrieb sie eine WhatsApp an Sascha mit der Bitte, sich heute Mittag nichts vorzunehmen.

In der Verhandlungspause rief Rachel Carsten an, dankte ihm für seine Bemühungen und fragte, wann mit dem iPad zu rechnen sei. Der ehemalige Mandant, der sich Miroslav Oxmichel nannte, wollte noch am Vormittag persönlich vorbeikommen und es abliefern. Rachel bat Carsten zu eruieren, ob Oxmichel danach für EDV-Dienstleistungen zur Verfügung stehen würde. Sie erzählte ihm von den Fotos, die sie auf Johanna Mends Computer gefunden hatte, und dass sie gerne wüsste, ob zwei davon in einer Münchner Wohnung aufgenommen worden waren und wenn ja, wo. Sie schickte Carsten die Bilder, die sie auf ihr Tablet übertragen hatte. Schließlich sandte sie eine Mail an ihre Assistentin Gitti Halbert, in der sie bat, ein leichtes Mittagessen für drei Personen von einem Feinkosthaus in die Kanzlei liefern zu lassen.

Rechtzeitig zur Urteilsverkündung hatte Rachel ihre Mailkommunikation abgeschlossen. Der Polier wurde zu sechs Monaten auf Bewährung verurteilt ohne zusätzliche Geldstrafe. Das war relativ mild. Aber Rachels Mandant kam es darauf an, dass überhaupt eine Haftstrafe ausgesprochen wurde. Von Mettgenich-Heuersbach litt nämlich unter schwerer Klaustrophobie, und sein bislang einziger Aufenthalt in einer Gefängniszelle hatte ihn sehr schockiert. Auf dem Weg aus dem Gerichtsgebäude kam der Freiherr Rachel entgegen.

»Schon vorbei?«

»Alles erledigt. Sechs Monate.«

»Sehr gut!« Mettgenich-Heuersbach machte eine kleine Becker-Faust. »Ein Jahr wär besser gewesen. Aber trotzdem.«

»Natürlich auf Bewährung«, musste Rachel konzedieren.

»Jaja! Aber das nächste Mal fährt er ein, der Sack. Sie wissen doch, wie's läuft. Schicken Sie mir die Rechnung.«

»Lohnt sich fast nicht. Ich schlag's beim nächsten Mal mit drauf.«

»Okay, okay. So hab ich's gern. Sie haben was gut bei mir! Schälchen Schampus bei Kay?« Er zwinkerte ihr zu.

»Liebend gern. Aber ich bin grad in einem anderen Fall unter Druck. Nächstes Mal!«

»Du bist vollkommen durchgedreht«, stellte Sascha fest und sah Rachel, die in seiner Bürotür stand, mit einer gewissen Fassungslosigkeit an. »Ich soll was?!«

»Du sollst es dir nur kurz ausleihen. Eine Stunde später kriegt Schwind das Teil zurück. Nur eine dumme Verwechslung. Hast leider genauso eins.«

»Der ist doch nicht völlig verblödet. Der weiß doch, was die Aktion soll.«

»Nein, das weiß er nicht. Woher denn? Außerdem wird er es auch nie erfahren.«

»Nein?« Sascha sah hinter Rachel einen Mandanten am Empfang stehen. »Mach doch bitte mal die Tür zu.« Rachel tat es und setzte sich auf Saschas Schreibtisch. Sascha lehnte sich in seinem Bürosessel zurück und nahm die Hände hinter den Kopf. »Schwind wird es spätestens dann erfahren, wenn du mit Informationen ankommst, die du nur von seinem Laptop haben kannst.«

»Tu ich aber nicht. Wir brauchen die Info nur als Ausgangspunkt für weitere Ermittlungen.«

»Für weitere Ermittlungen! Sind wir die Kripo?«

»Nein. Aber die Kripo hat ihren Job nicht gemacht. Also müssen wir das erledigen.«

»Das ist kriminell! Warum tust du das? Du riskierst unsere Zulassung.«

»Weil ich mir sicher bin, dass Gerlach unschuldig ist. Soll ich zusehen, wie er zu Unrecht wegen Mordes verurteilt wird? Ich will mir das nicht aufs Gewissen laden. Kannst du das verstehen?«

»Nicht wirklich. Ich meine, in Anbetracht dessen, was du dir sonst aufs Gewissen lädst. Soll ich ein paar Fälle aus den letzten Jahren aufzählen?«

»Ja, okay. Ich bin Strafverteidigerin, nicht der Dalai-Lama. Aber gerade deswegen muss ich auch mal

Dinge tun, die das Ganze wieder ins Gleichgewicht bringen.«

»Schön. Und was hab ich damit zu tun?«

»Auch du solltest was für dein Gleichgewicht tun. Und erzähl mir nicht, dass du es nicht nötig hast. Du bist Wirtschaftsanwalt.«

Rachel sah ihn mit einem Blick an, der besagte: So Bursche, jetzt hab ich dich! Sascha stöhnte leise auf, kam wieder in die Senkrechte und sagte: »In Gottes Namen – ich mach's. Aber wenn sie mich erwischen, nehme ich Geruda als Verteidiger.«

Rachel sagte, darüber werde man zu gegebener Zeit reden, dankte Sascha und begab sich in den Konferenzraum, den Gitti Halbert bereits eingedeckt hatte. Auf dem Weg dorthin begegnete sie Carsten, der ihr einen sehr blonden jungen Mann mit verwaschenem T-Shirt und schmutziger Umhängetasche als Herrn Oxmichel vorstellte. Der hatte den gewünschten Tablet-Computer geliefert und sich die nächsten drei Stunden freigehalten. Rachel erklärte Oxmichel kurz seine Aufgabe: Bei einem identischen Tablet der Kanzlei sei das Passwort verlorengegangen. Es befänden sich wichtige Daten auf dem Gerät, und man hoffe, dass Oxmichel behilflich sein könne. Oxmichel war es egal, wo das Gerät herkam, solange sein Name aus dem Spiel blieb. Er deutete auf seine Umhängetasche und erklärte, dass er darin das erforderliche Arbeitswerkzeug mitgebracht habe (sowie etliches Ungeziefer, vermutete Rachel und hielt Abstand). Der blonde Nerd wurde gebeten, in Carstens Büro zu warten und die Finger von den Kanzleirechnern zu lassen. Laura brachte ihm Cappuccino und Kekse.

Wenig später ließen sich Rachel, Carsten und Janina zum Lunch nieder. Es gab eine exquisite Minestrone sowie Salate mit Shiitake Pilzen und Bio-Hühnerbrust. Währenddessen traf sich Sascha im Café Juve mit Schwind. Es war ein inoffizieller Termin, bei dem sich Sascha als Vertreter der Kanzlei (Rachel hatte einen unaufschiebbaren Termin vorgeschützt) nach Neuigkeiten in der Sache Gerlach erkundigte, denn der Verhandlungsbeginn stand vor der Tür. Schwind sagte, man habe ein paar Ermittlungslücken, auf die Frau Eisenberg zu Recht hingewiesen habe, geschlossen. An den Fakten habe sich aber nichts geändert. Damit war der formelle Teil abgehakt, und den Rest des Essens beschäftigte man sich mit der bevorstehenden Bundesligasaison und dem Wechsel von Schweinsteiger zu Manchester United, eine Diskussion, an der sich Emilio Scronti, der Wirt, leidenschaftlich beteiligte. Einen Ausflug Schwinds auf die Toilette nutzte Sascha, um den Tablet-Computer auszutauschen.

Nachdem Laura drei Espressi gebracht hatte (keinen davon macchiato, wie bestellt), kam Rachel auf den Anlass des kleinen Business Lunches zu sprechen. Sie berichtete über den Ausflug nach Oberfranken und das, was in Johanna Mends Computer aufgetaucht war – die Fotos und die seltsamen Hinweise auf den Kosovo sowie die Erzählung von dem nächtlichen Überfall.

»Dann stimmt das also mit den beiden Männern, vor denen sich Johanna Mend gefürchtet hat?« Carsten kratzte mit einem kleinen Löffel Zuckerreste aus seiner Espressotasse.

»Wenn es kein Phantasiegebilde von ihr ist.«

»Es gibt immerhin eine Zeugin, die diesen Max persönlich getroffen hat. Da wird schon was dran sein.«

Rachel fiel ein, dass Nicoles neuer Freund auch Max hieß, schob den Gedanken aber beiseite.

»Gut und schön«, schränkte Janina ein. »Aber das weiß die Staatsanwaltschaft alles. Ich frage mich eher, warum trotzdem nicht in der Richtung ermittelt wurde.«

»Ganz einfach: Weil es eine DNA-Spur und ein Geständnis von Gerlach gibt und die Ermittlungen damit abgeschlossen sind.« Rachel packte ihre Schoko-Kaffeebohne aus. »Es ist ja auch nicht gesagt, dass es die beiden Männer waren. Aber man sollte zumindest mit ihnen reden. Ich habe Färberböck gebeten, sich umzuhören. Kommen wir zu den Fotos.« Sie wandte sich an Carsten. »Hast du inzwischen eine Idee, wie wir rausfinden können, wo die Fotos gemacht wurden.«

»Sagen wir so: Ich hab's rausgefunden.«

»Wow! Das ging schnell.«

»Schwarmintelligenz. Ich hab den Shot aus dem Küchenfenster bei Facebook eingestellt. Neunzig Minuten später hat sich jemand gemeldet und gesagt, das wäre ein Hinterhof in der Theresienstraße irgendwo zwischen Augusten- und Schleißheimer Straße. Ich fahr heute Abend mal hin und schau es mir an.«

»Hast echt was gut bei mir.«

»Schon okay.« Carsten lächelte bescheiden und fragte sich vermutlich, was es im Detail zu bedeuten hatte, wenn er etwas bei Rachel gut hatte.

Janina betrachtete auf ihrem iPad die Fotos, die Rachel an sie weitergeleitet hatte. »Die Frau ist Albanerin.«

Rachel reckte ihren Kopf zum Bildschirm. »Woran siehst du das?«

»Hier«, Janina deutet auf das Bild, das die Frau in ihrem Wohnzimmer zeigte. Am oberen rechten Bildrand war ein Teil eines Bücherregals zu sehen. »Das Buch ist Albanisch.«

»Kannst du Albanisch?«

»Nein. Aber ein Wort, das mit *Shq* anfängt, muss albanisch sein. Würde ja auch zu *Recherche Kosovo* passen. Da leben doch hauptsächlich Albaner.«

»Ist das eigentlich die gleiche Frau?« Carsten deutete auf das Familienfoto.

Janina vergrößerte das Bild. »Nein. Das ist eine andere.« Janina betrachtete ihre Tasse. »Ich hätte gern noch einen Cappuccino.«

»Ich auch«, sagte Rachel zu Janina, die bereits zum Telefon griff. »Und sag ihr, sie soll Milch reintun.«

Während sie auf den Kaffee warteten, plazierte Janina alle vier Fotos aus Johanna Mends Computer auf dem Bildschirm. Zwei von der Frau in der Wohnung, einmal das Familienfoto mit Auto, einmal der markierte Mann auf dem Fest. »Warum sind gerade diese vier Fotos in einem Ordner mit der Beschriftung *Recherche Kosovo?* Was verbindet diese Menschen?«

»Vielleicht ist es einfach ein Familienschicksal und hat nichts mit dem Mord zu tun«, sinnierte Rachel.

Carsten stand auf und ging zu einem Flip-Chart. »Wir können ja mal eine Liste machen, wie wir vorgehen wollen.« Rachel nickte und gab ihm ein Zeichen weiterzureden. »Was haben wir für Spuren? Erstens …« Er malte mit einem dicken Stift einen roten Spiegelstrich auf das Papier. »Färberböck Schrägstrich zwei unbekannte Männer.« Nächster Spiegelstrich. »Frau auf Fotos. Die müssen wir ausfindig machen und fragen, was Johanna Mend recherchiert hat. Man könnte hier zweigleisig fahren: Am einfachsten ist es, herauszufinden, von wo aus das Küchenfoto gemacht wurde. Wenn das nichts bringt – weil die Frau dort etwa nicht mehr wohnt –, dann kann man immer noch überlegen, ob man ein Gesichtserkennungsprogramm einsetzt, mit dem man das Gesicht im Internet wiederfinden kann. Google Images oder so was. Diese Programme suchen im Prinzip zwar nur das konkrete Bild, das du ins Internet einspeist. Aber es werden auch ähnliche Bilder angezeigt. Das heißt …«

»Mit den Details beschäftigen wir uns, wenn es so weit ist«, unterbrach ihn Rachel.

»Okay. Das war jetzt vielleicht zu sehr in die Tiefe. Gut. Nächster Punkt: Das Tablet von Schwind. Sascha müsste eigentlich schon dran sein.«

»Ich hoffe es.«

»Also: Wenn wir Glück haben, steht uns die gesamte Ermittlungsakte zur Verfügung. Einschließlich der Spurenakten. Die hat Schwind wahrscheinlich auch einscannen lassen, oder was glaubst du?«

»Mit ziemlicher Sicherheit.« Es klopfte. Laura kam herein und brachte die Cappuccinos.

»Oh – mit Milch!«, sagte Rachel.

Laura sah verunsichert drein. »Hättet ihr den Cappuccino lieber ohne Milch gewollt? Ich kann noch mal …«

»Nein, nein«, beruhigte sie Rachel. »Ganz wunderbar, Schatz. So wollten wir ihn haben.«

»Da bin ich aber froh.« Laura atmete sichtlich durch. »Ich wüsste auch gar nicht, wie man ihn ohne Milch …«

»Ich auch nicht.« Rachel tätschelte Lauras Hand. »Wenn Sascha kommt, schick ihn bitte sofort zu uns.«

Als Laura den Konferenzraum verlassen hatte, wandte sich Rachel wieder Carsten zu. »Wegen Schwinds Tablet – pass auf: Wir werden nichts kopieren. Ich will nur die Liste mit den Telefonnummern, hörst du?«

»Welche Telefonnummern noch gleich?« Janina rührte Zucker in ihren Cappuccino.

»Johanna Mend hat am Tatabend angeblich um halb zehn in einem Lokal angerufen. Die Polizei hat die Anrufe zwar gecheckt, aber Mends Nummer war nicht dabei. Ich will wissen, was die anderen Nummern sind. Vielleicht hat sie von einem anderen Anschluss aus angerufen.«

Von draußen hörte man, wie jemand die Kanzlei-räume betrat. Es entstand eine gewisse Unruhe.

Es klopfte. Und ohne ein »Herein« abzuwarten, stand Sascha im Raum. In der Hand hielt er einen klei-nen Aktenkoffer. Er schwitzte leicht.

»Und?«, fragte Rachel.

»Ich hab's.« Sascha legte sein Köfferchen auf den Besprechungstisch und entnahm ihm Schwinds Tab-let-Computer. »Ich hab mich gefühlt, als hätte ich eine Bombe im Koffer. Ich würde das Ding gern so schnell wie möglich zurückgeben.«

»Ganz ruhig. Wir kriegen das schon hin.« Rachel holte ein paar Gummihandschuhe aus ihrer Handta-sche und wandte sich Carsten zu. »Wir bräuchten jetzt Herrn Oxmichel.«

Carsten verschwand, und Rachel öffnete mit be-handschuhten Händen behutsam das Tablet. Der Bild-schirm wurde hell. Eine Aufforderung zur Eingabe des Passworts erschien.

»Um Gottes willen! Mit Handschuhen!« Sascha schüttelte den Kopf und schien deutlich nervöser zu sein als Rachel und Janina. »Meiner Erinnerung nach ist das strafbar, auch wenn man nur reinschaut.«

»Ein bisschen. Aber es wird kein Mensch beweisen können.«

»Es sei denn, es taucht ein Foto im Internet auf, wo

du mit Gummihandschuhen an dem Teil herumhantierst.« Sascha wischte sich den Schweiß von der Oberlippe. In diesem Moment kam Carsten mit Herrn Oxmichel zurück. Der hielt sich nicht mit Begrüßungen auf, sondern steuerte geradewegs auf das Tablet zu, nahm sich einen Stuhl, stellte seine Umhängetasche auf den Tisch und machte sich an die Arbeit.

»Um das Teil geht's?«

Rachel nickte und hielt Oxmichel ein Paar Handschuhe hin. Der hob abwehrend die Hände.

»Ich arbeite nicht mit Handschuhen.«

»Glauben Sie mir – es ist besser.« Rachel hielt ihm weiter die Handschuhe unter die Nase.

»Jetzt machen Sie mal einen Punkt. Wir sind hier nicht bei James Bond. Wem immer das Teil gehört – der kann vielleicht mit digitalen Spuren was anfangen. Aber wer bitte kann Fingerabdrücke lesen?«

»Die Staatsanwaltschaft?«

Oxmichel riss Rachel die Handschuhe förmlich aus der Hand und murmelte. »Was wird denn das für 'ne Scheiße? Meine eigenen Anwälte!«

Dann holte er aus seiner Tasche eine externe Festplatte und einige CD-ROMs.

»Ich muss ja nicht dabei sein?« Sascha trat von einem Fuß auf den anderen. »Ich bin in meinem Büro.«

Als er nach draußen gehen wollte, klingelte das Schreibtischtelefon. Laura war dran und sagte, dass ein Herr Schwind am anderen Ende der Leitung sei und Sascha dringend zu sprechen wünsche. Rachel schlug vor, Schwind zu sagen, dass Sascha noch nicht zurück sei. Aber Sascha hielt das für keine gute Idee, denn Schwind wüsste genau, dass er nicht länger ins Büro brauche als Schwind. Und wenn er Schwind jetzt warten ließe, würde die Sache verdächtig. Er nahm Rachel den Hörer aus der Hand und sagte: »Stell ihn durch.« Dann wischte er sich mit einem Papiertaschentuch sein gestresstes Gesicht trocken. »Hallo, Herr Schwind! Gibt's Neuigkeiten von Gerlach?« Sascha hatte seine Nervosität so weit im Griff, dass man seiner Stimme nichts anmerkte. Er machte ein erstauntes Gesicht. »Das ist bedauerlich, dass Ihr Tablet das Passwort nicht nimmt. Aber da kann ich Ihnen, fürchte ich, nicht weiterhelfen ... Ach so? Ja, da haben Sie recht. Ich hab das gleiche Gerät ... Nein, ich hab's noch nicht eingeschaltet. Bin gerade in die Kanzlei gekommen. Aber warten Sie kurz. Ich probier's mal aus ...« Er hielt die Sprechmuschel zu und ließ einige Zeit verstreichen, die er nutzte, um sich zu Oxmichel hinunterzubeugen und zu fragen, wie er vorankomme. Oxmichel sagte nur: »Läuft«, und ließ sich nicht weiter ablenken. Nach fünfzehn Sekunden befand Sascha, dass genug Zeit vergangen war, und machte die Sprechmuschel wieder frei. »In der Tat, meins nimmt das Passwort auch nicht ... um sicherzugehen, sagen Sie mir einfach Ihr Passwort, dann sehen wir ja, ob es Ihrer ist ...« Sascha wurde zusehends lockerer und zwinkerte Rachel schelmisch zu. Es folgte erheitertes Lachen – offenbar auf beiden Seiten der Leitung. »Ihr Misstrauen kränkt mich schon, Herr Schwind ... nein, mein Passwort kriegen Sie auf gar keinen Fall. Ich bin doch nicht wahnsinnig und geb der Staatsanwaltschaft Einblick in meine gesammelten Betrügereien.« Abermalige Heiterkeit. »Passen Sie auf. Ich schick gleich jemanden ... Wann genau? Na ja, es ist gerade Mittagspause, es kann vielleicht zwanzig Minuten dauern.« Sascha blickte Oxmichel fragend an, ob er mit dem Timing leben könne. Oxmichel zuckte mit den Schultern. »Ah so …« Sascha runzelte die Stirn. »Ja ja, das verstehe ich … In Ordnung. So machen wir's.« Sascha legte auf und sah in gespannte Gesichter. »Er braucht es dringend wieder und schickt einen Polizisten.«

»Na super!«, stieß Oxmichel zwischen zusammengebissenen Zähnen hervor, wandte seinen Blick aber nicht vom Bildschirm.

Fünf Minuten später war das Passwort kein Thema mehr, und man konnte sich den Inhalt der Festplatte ansehen. Eben in diesem Augenblick klingelte es draußen. Rachel machte die Tür des Konferenzraums einen Spaltbreit auf und sah eine Polizistin am Empfangstresen stehen und Laura den Tablet-Computer aushändigen, von dem Schwind annahm, dass er Sascha gehörte. Laura deutete, während sie redeten, auf den Konferenzraum, und die Polizistin drehte sich um. Rachel blieb nichts anderes übrig, als hinauszutreten und auf die Frau zuzugehen.

»Hallo, ich bin Rachel Eisenstein. Was kann ich für Sie tun?«

»Oberstaatsanwalt Dr. Schwind schickt mich. Ich soll ein iPad abholen.«

»Ein iPad?«

»Herr Dr. Eisenberg weiß Bescheid, sagt Dr. Schwind.«

»Ah ja. Ich kümmer mich drum.« Rachel wandte sich zum Tresen. »Laura – bist du so gut und machst der Dame inzwischen einen Cappuccino?«

»Vielen Dank, aber ich werde nicht lange bleiben. Herr Schwind hat es, glaube ich, sehr eilig mit dem iPad.«

»Schade. Unser Cappuccino ist berühmt. Ja

dann …« Rachel sah etwas unschlüssig in die Gegend. »Dann schau ich mal, wo mein Mann steckt.«

»Der ist im Konferenzraum.« Laura deutete auf die Tür und bekam von Rachel einen tiefgefrorenen Blick. »Dachte ich jedenfalls«, ruderte sie zurück. »Also … eigentlich weiß ich's nicht genau.«

»Dieser Raum da?«, sagte die Polizisten zu Rachel. »Sind Sie nicht da rausgekommen?«

»Jaja, Dr. Eisenberg ist da drin …«

»Gut, danke.« Die Polizeibeamtin setzte sich in Richtung Konferenzraum in Bewegung. Rachel hielt sie zurück.

»Da findet gerade eine Besprechung statt. Unsere Mandanten wären wohl ein bisschen irritiert, wenn plötzlich eine Polizistin reinspaziert. Ich mach das. Sie bleiben bitte hier.« Rachel deutete zum Tresen.

Die Beamtin blickte auf ihre Uhr. »Aber beeilen Sie sich. Dr. Schwind hat eine Gerichtsverhandlung und braucht das Teil.«

Rachel machte ein beschwichtigendes Handzeichen, klopfte an die Tür und verschwand im Konferenzzimmer.

Schwind war ein ordentlicher Mann. So gab es auf seinem Tablet-Computer die Ordner »Privates« und »Dienstliches«, die dienstlichen Angelegenheiten waren wiederum in die Ordner »Allgemeines« und »Verfahren« aufgeteilt, Letztere geordnet nach Aktenzeichen und mit jeweils einem zusätzlichen Stichwort versehen, um das Auffinden eines bestimmten Falles zu erleichtern. Im Fall Gerlach lautete das Stichwort »Flaucher«. Auch in diesem Ordner ging es systematisch zu, so dass sich dort ein Unterordner mit dem Titel »Spurenakten« fand. Bis dahin war Herr Oxmichel mit Hilfe von Janina und Carsten bereits vorgedrungen, als Rachel wieder ins Zimmer kam und die Tür eilig hinter sich schloss.

»Wie sieht's aus?«

»Wir sind in den Spurenakten«, klärte sie Sascha auf.

»Wir müssen uns beeilen. Die Frau macht Druck. Wenn wir sie zu lange warten lassen, erzählt sie Schwind, dass was faul ist.«

»Welche ist es denn jetzt?«, wollte Oxmichel wissen.

Auf dem Bildschirm war eine Auflistung von Dateien, die bis an den unteren Bildschirmrand reichte und dort noch lange nicht aufhörte. »Gott sind das viele. Da sieht man mal, was die einem alles vorenthalten.« Die Spurenakten enthielten alle Spuren, die die Polizei bei der Ermittlung verfolgt hatte, die aber für das Verfahren nicht mehr von Belang waren. Ob das der Fall war, entschied natürlich die Staatsanwaltschaft.

»Scrollen Sie bitte langsam nach unten«, sagte Rachel. »Wir schauen alle zusammen, ob wir was finden. Stichworte: Telefon, Café Zentral, Inselmüller, das ist der Name der Zeugin.«

Es klopfte. Dann drang die Stimme der Polizistin durch die Tür. »Hallo? Sie haben mich nicht vergessen, oder?«

»Moment. Ich bin gleich bei Ihnen.« Rachel nahm jetzt selbst die Maus in die Hand und scrollte. Schließlich entdeckte sie eine Datei mit dem Namen *TelListe Cafe Z.* Sie klickte sie an. Eine Liste mit Telefonnummern erschien. »Wie kopier ich das jetzt?«, flüsterte sie Oxmichel zu.

Der zögerte kurz. Auch er wurde jetzt hektisch. »Äh … USB-Stick …« Er griff seine Tasche und begann darin herumzukramen.

Es klopfte erneut. »Sie!«, rief die Polizistin. »Langsam finde ich Ihr Verhalten ziemlich merkwürdig!«

»Eine Sekunde!«, flötete Rachel. Oxmichel war jetzt vollends im Stress und murmelte vor sich hin, dass er den verdammten Stick doch vorhin noch in die Tasche geschmissen hätte.

»Das dauert mir zu lang«, sagte Rachel, nahm eines der auf dem Konferenztisch liegenden Smartphones und machte ein Foto vom Bildschirm des Tablet.

»Ich komme jetzt rein!«, sagte die Polizistin.

»Das tun Sie nicht!«, sagte Rachel. Aber da ging die Tür bereits auf.

Rachel stürzte auf die Beamtin zu. »Was unterstehen Sie sich! Das ist Hausfriedensbruch.«

»Was ist hier eigentlich los? So lange kann das doch nicht dauern, das Teil zu finden?«

Sascha hielt das Tablet in der Hand und ging charmant lächelnd auf die Beamtin zu. »Tut mir leid. Wir haben uns verplaudert. Das war ein bisschen unhöflich von uns. Hier ist es.«

»Nein, mir tut es leid«, sagte die Beamtin und schmolz unter Saschas Lächeln dahin. »Ich wollte nicht so reinplatzen. Es ist nur wirklich sehr eilig.«

»Nicht Ihr Fehler. Richten Sie Dr. Schwind bitte meine Grüße aus.«

»Mach ich«, sagte die Beamtin und lächelte scheu. Dann fiel ihr Blick auf Oxmichel, der ihrem Blick auswich und auf den Tisch starrte. »Kennen wir uns?«

Oxmichel sah nur so lange, wie es die Höflichkeit verlangte, zu der Polizisten und zuckte mit den Schultern.

»Ich hab Sie doch mal verhaftet.« Sie überlegte zwei Sekunden. »Autodiebstahl?«

»Ich dachte, Sie haben es eilig«, sagte Rachel und öffnete die Tür. Dann begleitete sie die Beamtin bis zur Kanzleitür und atmete durch, nachdem sie endlich draußen war. Als sie sich umdrehte, stand Sascha hinter ihr.

»Ich hoffe, es fällt ihr nicht mehr ein, warum sie Herrn Oxmichel verhaftet hat.« Sascha strich sich die Haare nach hinten. »Ich bin nervlich echt am Ende.«

Rachel streichelte im Vorbeigehen seinen Arm. »Du warst großartig. Danke.«

Ein Handy klingelte. Aus dem Konferenzzimmer kam Janina und hielt Rachel ein Smartphone hin. »Für dich.«

Rachel nahm das Telefon entgegen. »Eisenberg ... Herr Färberböck! Wie nett, von Ihnen zu hören ... Okay. Wie wär's im Cinema? ... Gut, in fünfzehn Minuten.«

Die anderen hatten sich im Empfangsbereich um Rachel herum versammelt. »Färberböck hat eine Information, die er nicht am Telefon weitergeben kann.«

37

Färberböck wollte sich nicht in einem Café treffen, wo die Gefahr bestand, dass ihn die falschen Leute mit Rachel zusammensitzen sahen. In die Kanzlei wollte er auch nicht kommen. Zu groß schien ihm das Risiko, dass ein anderer krimineller Mandant der Kanzlei seiner ansichtig wurde und Schlüsse zog. Färberböck konnte nicht abschätzen, wie brisant die Information war, die er Rachel überbrachte, und ob die davon betroffenen Leute gefährlich waren. So ging er lieber auf Nummer sicher. Das Treffen mit Rachel, unweit der Kanzlei im Foyer des *Cinema,* erinnerte stark an einen Spionagefilm aus den sechziger Jahren.

Rachel betrachtete das Plakat einer Live-Übertragung von *Giselle* aus dem Bolschoi-Theater. Vielleicht die Aufführung, in die Sascha von Paula geschleppt worden war. Sie wäre auch gern mal in eine Ballettübertragung gegangen, dachte sich Rachel. Wenn sie gewusst hätte, dass Sascha mitgeht … Sie spürte ein leichtes Stechen zwischen Brust und Bauch und war mit einem Mal den Tränen nahe. Warum dachte sie immer noch so viel an Sascha und wie es mit ihm war und wie es hätte werden können? Die Sache war vorbei. Und auch irgendwo nicht …

Bevor sie noch trübsinniger wurde, stellte sich jemand neben sie. Es war Färberböck. Zumindest vermutete Rachel das. Eine Baseballkappe verdeckte im Verbund mit einer gewaltigen Sonnenbrille etwa zwei Drittel des Gesichts.

»Ich liebe Live-Ballett«, murmelte es hinter der Sonnenbrille hervor.

»Aha. Hätte ich gar nicht gedacht«, staunte Rachel über Färberböcks unbekannt feminine Seite.

»Der größte Spaß ist …«, Färberböck rückte ein wenig näher an Rachel heran, »… dass man Wetten abschließen kann.«

»Wetten?«

»Ja. Wer zuerst stolpert. Das ist eben der Vorteil von Liveübertragungen. Da können Sie's nicht rausschneiden.«

»Bolschoi? Stolpert da einer?«

»Logisch. Irgendeinen Wackler gibt's immer. Ich geb zu, das führt manchmal zu Diskussionen. Einmal hätten sie uns fast rausgeschmissen.«

Rachel wusste, dass in Färberböcks Kreisen ab fünfhundert Euro aufwärts gezockt wurde. Da konnten die Emotionen schon mal hochkochen. Sie hoffte ein bisschen, dass Färberböck und seine ungehobelten Kumpane sich das Kino mit Sascha und Paula geteilt hatten. »Und sonst?«

Färberböck ging ein Plakat weiter, damit man nicht so auffiel. Rachel stellte sich einen Meter neben ihn, aber so, dass sie in eine andere Richtung blickte.

»Einer der Burschen heißt Martin Petritsch und arbeitet in einer Autowerkstatt in der Lindwurmstraße. Der Zettel mit den genauen Angaben liegt im Aschenbecher vor dem Eingang.«

»Im Aschenbecher? Das ist eklig.«

»Mir ist auf die Schnelle nichts Besseres eingefallen. Da nimmt ihn wenigstens keiner weg.«

»Ja gut. Danke. Wie haben Sie es rausgekriegt?«

»Petritsch hat vor ein paar Wochen mal im Suff erzählt, wie sie einer Studentin einen ziemlichen

Schrecken eingejagt hätten und die sich fast ins Hemd gemacht hätte vor Angst. Er fand das offenbar witzig.«

»Hat er von diesem anderen Mann erzählt, der dazukam?«

Färberböck wechselte wieder die Position, Rachel folgte ihm so unauffällig, wie das bei diesem albernen Spiel möglich war.

»Offenbar hat er erzählt, dass außer seinem Kumpel und dem Mädchen noch jemand dabei war. Was der da gemacht hat und wer das war, das hat mein Informant nicht so genau mitgekriegt. Oder besser gesagt, da erinnert er sich nicht dran. Ich vermute, er war auch schon ziemlich strack.«

»Wie der Kumpel von Petritsch hieß ...«

»Weiß er auch nicht. Nein. Ich musste meinen Informanten übrigens auf ein paar Drinks einladen. Und er trinkt nur sechzehn Jahre alten Single Malt.«

»Wie viel?«

»Vierundachtzig Euro.«

»Ich zieh's von meiner Honorarforderung ab. Danke noch mal für Ihre Bemühungen.«

Rachel entfernte sich unauffällig von dem etwas enttäuscht wirkenden Färberböck und klaubte draußen mit einem Papiertaschentuch den zusammengefalteten Zettel aus dem Aschenbecher.

Der Rest des Nachmittags war anderen Fällen der Kanzlei gewidmet, deren Erledigung unter Rachels Ermittlungsaktivitäten litt, aber unumgänglich war. Sie brachten das Geld für Miete, Gehälter und opulente Dienstwagen ein.

Gegen halb sechs kam Carsten in Rachels Büro. Er hatte die Liste mit den Telefonnummern aus Schwinds Tablet einer ersten Analyse unterzogen.

Der Ausdruck enthielt insgesamt neunzehn Telefonnummern mit Uhrzeitangaben, hinter einigen standen Namen und gelegentlich eine Anmerkung.

»Das sind alle Anschlüsse, von denen aus am zwanzigsten April im Café Zentral angerufen wurde. Und zwar ab siebzehn Uhr. Da macht der Laden auf. Wie du siehst, sind die meisten Anrufe vor zwanzig Uhr eingegangen.« Carsten malte einen Strich unter eine Nummer bei der *19:48:32–19:49:50 Uhr* vermerkt war. »Später als acht gibt es nur fünf Anrufe, wie du siehst.«

»Die meisten Anrufe waren wahrscheinlich Tischreservierungen.«

»Davon können wir mal ausgehen. Von den restlichen Nummern konnte ich eine durch Rückwärtssuche identifizieren.« Carsten deutete auf einen Anruf, der gegen halb neun stattgefunden hatte. »Beate Klein. Nach dem, was ich im Internet gefunden habe, scheint das die Tochter des Inhabers zu sein. Es gibt keinen Anhaltspunkt, dass Johanna Mend von dem Anschluss aus angerufen hat. Die beiden sind nicht mal auf Facebook befreundet gewesen.«

»Halb neun wäre ja auch eine Stunde früher, als die Zeugin ausgesagt hat.«

»Na ja, die Zeugin hat ja so ziemlich alles von ihrer Aussage zurückgenommen.«

Rachel hielt einen Augenblick inne und betrachtete die Liste. »Was ist mit den anderen Nummern? Wie willst du da vorgehen?«

»Ich schau nachher mal im Café Zentral vorbei und versuche, etwas über die restlichen vier Nummern herauszubekommen. Wobei es eigentlich nur drei sind. Der letzte Anruf war um zweiundzwanzig Uhr fünfundzwanzig. Wenn Stang recht hat, dann war Johanna Mend da schon tot.«

Die drei Anrufe lagen alle zwischen neun und Viertel vor zehn. Rachel schob Carsten das Blatt zurück. »Danke. Ich finde es wirklich toll, wie du dich da reinhängst.«

»Es macht mir Spaß. Ich find's – spannend.«

Rachel lächelte ihn an, ließ einige Sekunden verstreichen und sagte dann: »Ich auch.«

Auch Carsten lächelte. Offenbar unsicher, wie er Rachels Lächeln verstehen sollte. Carsten war groß, über einen Meter neunzig, sehnig, hatte dunkle Haare und blaue Augen. Eine schöne Kombination, fand Rachel. Die Nase war ein wenig groß geraten, ebenso wie sein Kinn. Aber das gab ihm auch etwas Männlich-Markantes. Seine Anzüge hatten immer etwas leicht Extravagantes. Ebenso seine Schuhe; der klassische Oxford war für Carsten ein No-Go. Rachel wusste wenig über ihn: Seine Examensnoten im zweistelligen Punktebereich, was ihn in die Spitzengruppe seiner Zunft hob, er ruderte in seiner Freizeit, und vor einem Jahr hatte er sich von seiner Freundin getrennt – oder umgekehrt. Jedenfalls war er damals die einzigen zwei Tage krank gewesen, seit er in der Kanzlei arbeitete. Dass er sich in irgendeiner Weise zu ihr hingezogen fühlte, spürte Rachel. Sie nahm das aber nicht sehr ernst. Er war für sie trotz seiner fünfunddreißig Jahre ein kleiner Junge.

»Und was bringt dein Abend noch?«, fragte Carsten schließlich.

»Ich mach mich mal auf die Suche nach der albanischen Frau auf den Fotos. In der Theresienstraße.«

»Ich komm gerne mit. Und … na ja, wenn du Lust hast, können wir danach zusammen ins Café Zentral fahren. Da … kann man auch was essen.« Carsten schien etwas nervös bei seinem Angebot.

Rachel lächelte Carsten leicht lasziv an. »Du willst ein Date?«

»Nein, ich will kein Date. Um Gottes willen ...« Panik erfasste Carsten, und die Hälfte seines Körperblutes schien sich in seinem Kopf zu versammeln. »Ich dachte, eventuell ... also ...«

»Hab nur Spaß gemacht.« Rachel strich ihm über die Wagen. »Wär schön, wenn du in die Theresienstraße mitkommst. Danach muss ich aber nach Hause.«

38

Die Theresienstraße führte von der Ludwigstraße durch die Maxvorstadt zwischen Alter und Neuer Pinakothek hindurch in das Viertel der Technischen Universität und endete an der Schleißheimer Straße. Im letzten Teil war die Straße von Läden und Studentenkneipen gesäumt, darüber und dahinter in den Innenhöfen lagen Wohnungen und Büros. Rachel und Carsten waren mit der U-Bahn gekommen, denn Parkplätze waren selten in dieser Gegend. Sie bogen von der Augustenstraße in die Theresienstraße ein und mussten einige Hofeinfahrten ausprobieren, bis Carsten sagte: »Das ist der Winkel. Siehst du diese hässlichen Dachgauben da hinten?« Er deutete auf das iPad in seiner Hand. Dort war der vergrößerte Ausblick aus dem Küchenfenster zu sehen.

Das Klingelbrett war im Hofeingang und enthielt fünfzehn Namen. Etwa die Hälfte davon war deutsch. Von den restlichen sieben Namen klangen zwei türkisch, einer spanisch, einer griechisch, einer italienisch, einer finnisch und einer undefinierbar mit einigen Os und Us – vielleicht afrikanischer Herkunft, in keinem Fall jedoch albanisch. »Das sieht mir nicht nach einem Treffer aus«, sagte Rachel.

»Wir müssen auch die benachbarten Hauseingänge checken. Wir wissen ja nicht, wie weit die einzelnen Wohnungen hier rüberreichen.«

Sie kontrollierten die Klingelschilder der Eingänge, die sich jeweils links und rechts befanden, sowie die Gebäude in den Hinterhöfen, obwohl sie vermutlich zu niedrig waren, als dass die Fotos in einem von ihnen entstanden sein konnten. Bei allen Klingelschildern bot sich ein ähnliches Bild. Multikulturelle Namensvielfalt, aber nichts, was im Entferntesten albanisch aussah. Carsten hatte eine Liste der häufigsten albanischen Vor- und Nachnamen aus dem Internet mitgebracht. Vergebens.

»Tut mir leid. Ich war mir wohl ein bisschen zu sicher.« Carsten war geknickt. Sie standen wieder auf der Theresienstraße. »Die Fotos sind natürlich mindestens ein halbes Jahr alt. Vielleicht ist die Frau in der Zwischenzeit ausgezogen.«

»Vielleicht.« Rachel sah sich um. Eine Bäckereifiliale auf der anderen Straßenseite fiel ihr ins Auge. »Vielleicht hat sie aber auch keinen albanischen Namen. Etwa, weil sie geheiratet hat.«

»Dann wird's aber schwierig.«

»Hast du das Foto, wo ihr Gesicht zu sehen ist?« Carsten holte es auf den Bildschirm. »Darf ich?« Sie nahm das Tablet und ging über die Straße in die Bäckerei.

»Schönen guten Tag. Arbeitet jemand von Ihnen schon länger hier?« Eine mittelalterliche Frau mit osteuropäischem Akzent gab sich als Geschäftsführerin zu erkennen. »Ich suche diese Frau.« Rachel reichte das iPad über den Tresen.

Die Geschäftsführerin nickte und deutete aus dem Fenster. »Die kommt jeden Morgen. Ein Croissant, ein Cappuccino. Jeden Morgen. Von da drüben kommt sie.«

»Das rote Haus?«

»Ja. Jeden Morgen.«

Rachel bedankte sich und ging zurück zu Carsten.

»Sie wohnt hier nebenan. Komm.«

Die Wohnung im Hochparterre gehörte einem Rentner, der auch Hausmeisterarbeiten verrichtete, was bei der Dicke seiner Brillengläser erstaunlich war. Der Mann musste fast blind sein. Mit einer Hand strich er um die grauen Stoppeln an seinem Kinn, während er die Frau auf dem Bildschirm betrachtete. »Schwierig. Ich kann mir Gesichter schlecht merken. Wir haben einige Frauen in dem Alter im Haus.«

»So besser?« Carsten zog das Bild mit zwei Fingern größer.

Der Hausmeister winkte ab. »Ich kann Leute nicht einmal erkennen, wenn sie vor mir stehen. Die meisten erkenn ich an der Stimme.«

Rachel nahm das iPad an sich und hatte eine andere Idee. »Schauen Sie mal – das ist die Küche der Frau. Kommt Ihnen da irgendwas bekannt vor?«

»Hm – kann man den Wasserhahn größer machen?«

Rachel zog das Foto auf.

»Jaja! Das ist im dritten Stock. Die Frau Zimmermann. Den Hahn hab ich selber eingebaut. Uraltes Teil, aber noch gut.«

»Herzlichen Dank!« Rachel betrachtete noch einmal das iPad. »Wissen Sie, wofür das A auf dem Klingelschild von Frau Zimmermann steht?«

»Die heißt mit Vornamen Albina. Das hab ich mir gemerkt, weil's so gar nicht zu ihr passt. Ein Albino ist doch einer mit weißen Haaren und bleicher Haut.« Der Hausmeister deutete auf das Gesicht auf dem iPad, das er nicht erkannte; dass die Frau aber schwarze Haare und einen dunklen Teint hatte, konnte selbst er sehen.

Carsten gab den Namen bei Facebook ein. Dort traf man auf etliche albanisch klingende Namen unter ihren Freunden, außerdem gab es einen Hinweis auf ein Studium an der Universität Pristina. Familienstand: geschieden. Frau Zimmermann öffnete nicht sofort, sondern blickte erst durch den Türspion und sagte: »Ja bitte?«

Rachel fiel auf, dass sie mit ihrer Bluse und Carsten im Anzug ein bisschen aussahen wie Zeugen Jehovas. »Frau Zimmermann – wir würden gerne mit Ihnen reden. Es geht um eine Frau namens Johanna Mend. Sie haben vor einigen Monaten Kontakt mit ihr gehabt.«

Es blieb stumm hinter der Tür. Dann, nach einer ungewöhnlich langen Pause: »Tut mir leid, ich kenne diese Frau nicht.«

»Versuchen Sie bitte, sich zu erinnern«, sagte Rachel in Richtung Tür. »Ich sag Ihnen, warum wir gekommen sind: Wir sind die Anwälte des Mannes, der wegen Mordes an Johanna Mend angeklagt ist. Wir sind allerdings der Überzeugung, dass er unschuldig ist und dass Sie uns helfen können, das zu beweisen.«

»Ich kenne die Frau nicht, und ich will auch nichts damit zu tun haben.« Das Deutsch von Frau Zimmermann war sehr gut, wenn auch mit hörbarem Akzent.

»Ich verstehe, dass Sie Angst haben, in einen Mordfall reingezogen zu werden. Aber wenn Sie mit uns nicht reden, dann wird die Polizei Sie vernehmen. Wir haben Beweismaterial, das Sie mit dem Mordopfer in Verbindung bringt.«

Zimmermann schwieg.

»Wenn Sie uns reinlassen, können Sie sich die Sache erst mal unverbindlich anhören. Dann wissen Sie wenigstens, um was es geht, wenn die Polizei irgendwann mit Ihnen reden will.«

Es folgten gut zehn Sekunden Stille. Dann wurde die Tür geöffnet.

Albina Zimmermann war nervös, bot den Anwälten aber Kaffee an, den sie dankend ablehnten. Sie zeigten ihr die Fotos von Johanna Mends Computer, auf denen Frau Zimmermann zu sehen war.

»Die beiden Fotos sind hier entstanden?«

Frau Zimmermann nickte. Rachel überlegte, in welcher Reihenfolge sie vorgehen sollte, und entschied sich für Chronologie.

»Wie haben Sie Johanna Mend kennengelernt?«

»An der Uni. Ich gehe ab und zu in die Mensa zum Essen. Es war letzten Winter. Februar glaube ich. Wir sind am gleichen Tisch gesessen, und ich habe sie angesprochen. Weil ... sie hat mir irgendwie leidgetan.«

»Warum?«

»Sie war alleine und schien niemanden zu kennen. Zu Semesteranfang ist das normal. Aber nicht am Ende des Semesters.«

»Und dann?«

»Sie war sehr nett, kam irgendwo vom Dorf. Aber sie war schüchtern. Sie hat Germanistik studiert und wollte Journalistin werden. Ich hab mich gewundert. Weil als Journalistin, da musst du mit Leuten reden. Aber sie hat gesagt, das lernt sie noch. Und sie wäre auf der Suche nach einer guten Geschichte. Für eine Semesterarbeit. Ich hab mir nichts weiter dabei gedacht. Aber als wir uns wieder getroffen haben, da sagte sie: Du bist doch aus dem Kosovo. Da hast du doch bestimmt einiges erlebt. Irgendetwas, worüber man schreiben kann.« Albina Zimmermann knetete ihre Finger. »Ich hab dann gesagt: Eine Freundin von mir ist verschwunden. Vielleicht willst du darüber schreiben. Und so fing das an.«

»Wie heißt Ihre Freundin?«

»Leonora Shkodra.«

Carsten deutete auf das Familienfoto von Johanna Mends Computer, das er auf dem iPad aufgerufen hatte, und Albina Zimmermann nickte.

»Was heißt verschwunden?«

»Sie wollte vom Kosovo nach München fahren. Aber sie ist nie angekommen. Sie und ihre neunjährige Tochter.«

»Haben Sie das der Polizei gemeldet?«

»Ja. Ich habe Vermisstenanzeige erstattet. Bei der Polizei in Bad Reichenhall. Sie hat sich zuletzt aus der Gegend gemeldet, kurz vor der deutschen Grenze.«

»Hat sich irgendwas aus der Vermisstenanzeige ergeben?«

»Nein. Sie haben weder Leonora gefunden. Noch ihre Tochter. Noch den Wagen. Sie sind wie vom Erdboden verschluckt.«

»Was, glauben Sie, ist passiert?«

Albina Zimmermanns Haltung wurde verkrampft. Sie zögerte, sah zum Fenster hinaus und sagte schließlich. »Ich habe eine Vermutung. Aber die ist nicht ganz ungefährlich.«

»Nämlich?«

»Blutrache.«

»War Ihre Freundin im Kosovo bedroht?«

»Das war der Grund, weshalb sie nach Deutschland wollte. Ihre Familie hatte sich fast ein Jahr lang nicht mehr aus dem Haus getraut.«

»Wer hat sie bedroht?«

»Eine Familie aus dem Norden von Albanien. Dort kommt der Mann meiner Freundin her. Er hat selbst mit der Fehde eigentlich nichts zu tun. Es war sein Cousin. Der hat im Streit einen von der anderen Familie erstochen und ist dafür auch verurteilt worden.«

»Das heißt, er sitzt im Gefängnis.«

»Richtig. Aber das reicht der Familie des Getöteten nicht. Es muss jemand anderer aus der Familie des Täters sterben. Der Mann von Leonora ist der nächste männliche Verwandte seines Cousins. Sie haben ihm zu verstehen gegeben, dass er dran ist. Das Schlimme ist: Du weißt nicht, wann es passiert. Es kann jederzeit passieren. Heute, morgen, in einem Jahr, in fünf Jahren. Irgendwann lässt die Aufmerksamkeit nach. Und dann schlagen sie zu.«

»Was ist mit dem Mann Ihrer Freundin?«

»Er versteckt sich irgendwo im Kosovo oder in Albanien. Wo, weiß keiner. Ab und zu bekomme ich eine Mail, dass er noch lebt. Die verschickt irgendjemand aus einem Internetcafé in Pristina. Er selbst benutzt weder Internet noch Handy. Es ist wirklich schlimm.«

»Warum ist er nicht mit nach Deutschland gekommen?«

»Er hat sich zuerst alleine versteckt. Zu der Zeit gab es noch Hoffnung auf einen friedlichen Ausgleich zwischen den beteiligten Familien.«

»Das heißt, er hat seine Familie alleine gelassen?«

»Ja. Aber normalerweise töten sie keine Frauen und Kinder. Das verstößt gegen die Blutracheregeln. Irgendwann sind die Vermittlungen dann gescheitert, und Florin, das ist Leonoras Mann, konnte nicht mehr zurückkehren. Schließlich haben sie beschlossen, dass Leonora mit der Tochter das Land verlassen soll. Das war Ende Januar.«

»Und auf der Reise ist sie verschwunden. Verstehe ...« Rachels Blick fiel auf Fotos an der Wand. Auf einigen waren die Freundinnen zusammen abgebildet. »Sie glauben, Ihre Freundin wurde das Opfer einer Blutrache?«

»Es kann sein. Ich meine, wer sollte sie sonst umbringen?«

»Sie wissen aber nicht, ob sie tot ist.«

»Nein.«

»Und es wäre auch gegen die Regeln, sie zu töten oder gar die Tochter.«

»Das stimmt. Aber da halten sich heutzutage nicht mehr alle dran. Was weiß ich – vielleicht ist sie entführt worden, um Druck auf Florin auszuüben.«

»Möglich. Aber wir wissen es nicht. Und die Polizei hat offenbar auch nichts herausgefunden.«

»Die haben natürlich im Kosovo nachgefragt. Aber da unten interessiert sich niemand wirklich dafür.«

»Kommen wir zu Johanna Mend. Was hat sie herausgefunden?«

»Wohl nicht viel. Sie ist selber nach Bad Reichenhall gefahren, um mit der Polizei zu reden. Aber die konnten ihr auch nichts sagen.«

»Vielleicht hat sie doch mehr herausgefunden, als wir glauben. Sie wurde kurze Zeit später ermordet.«

Albina Zimmermann nickte nachdenklich. »Der Mann, den sie verhaftet haben, hat nichts mit Albanien zu tun?«

»Nein. Mit Sicherheit nicht. Er ist Physikprofessor und lebt seit einigen Jahren auf der Straße. Wenn der Mord an Johanna Mend mit dieser Blutrache zu tun hat, dann müssen wir rausfinden, wie das mit Ihrer Freundin zusammenhängt. Können wir uns noch einmal gemeinsam die Fotos aus Johannas Computer ansehen?«

Carsten holte das Familienfoto mit dem Auto auf den Bildschirm.

»Das ist Leonora mit ihrem Mann und ihrer Tochter Valentina.« Albina Zimmermann biss sich auf die Unterlippe und wischte sich eine Träne aus dem Auge. »Ich wüsste so verdammt gern, wo sie ist.«

»Mit diesem Wagen wollten sie nach Deutschland fahren?«

»Ja. Die Polizei hat natürlich danach gesucht. Sie haben sogar eine bundesweite Fahndung gemacht. Aber er ist nicht aufgetaucht.«

»Und dann gibt es noch dieses Bild.« Rachel holte das Foto der Familienfeier auf den Bildschirm.

Albina betrachtete es aufmerksam und mit einer gewissen Verwunderung. »Das Foto hab ich Johanna gegeben. Aber das hier hat sie selber gemacht.« Sie deutete auf den Kreis, der um den Kopf eines der Männer gezogen war.

»Wer ist das?«

»Das weiß ich nicht. Das Foto ist schon ein paar Jahre alt, und der einzige Grund, warum Leonora es mir geschickt hat, ist Valentina. Die sieht man hier tanzen.« Sie deutete auf eine Gruppe Kinder, die unter den verzückten Augen ihrer Anverwandten ausgelassen zur Musik hüpften.

»Leonora ist nicht auf dem Bild?«

»Ich denke, sie hat das fotografiert.«

»Sie wissen auch nicht, wo das ist?«

»Wahrscheinlich bei einem Besuch im Heimatdorf von Florin. Kann sein, dass auch die Familie dabei ist, die jetzt Blutrache geschworen hat. Man kannte sich ja untereinander und hat auch zusammen gefeiert.«

»Waren Sie mal in dem Dorf?«

»Nein. Ich bin aus dem Kosovo. Wie Leonora auch.

Ihr Mann Florin kommt aus Nordalbanien. Wenn jemand da weggeht, um im Kosovo zu leben, dann können Sie sich vorstellen, wie das Leben in Nordalbanien ist.«

»Wer der markierte Mann ist, wissen Sie nicht?«

Albina Zimmermann schüttelte den Kopf.

39

2. Juli 2015

Donnerstag, 8:34 Uhr, Justizgebäude Nymphen-burger Straße. Große Strafkammer beim Land-gericht München II unter der Vorsitzenden Richterin Dr. Renate Zeiselmeier. *Unter* war der passende Be-griff für Verfahren vor dieser Kammer. Sie wurde von Frau Dr. Zeiselmeier nicht geleitet, sondern beherrscht und bestand neben der Vorsitzenden aus zwei wei-teren Berufsrichtern, denen der Frust über ihre unter-geordnete Rolle in jedem Augenblick des Verfahrens anzusehen war. Dazu kamen zwei Schöffen, im vor-liegenden Fall ein älterer Mann und eine etwa dreißig-jährige Frau, die noch weniger zu sagen hatten als die beiden Berufsrichter und die Zeiselmeier bei der Ein-führung in ihr Schöffenamt gebeten hatte, den Gang der Dinge nicht durch unqualifizierte Fragen zu be-hindern. Links und rechts der Vorsitzenden sah man also jeweils einen frustrierten und einen eingeschüch-terten Beisitzer. Zwar hatte die Vorsitzende bei der Urteilsfindung wie die anderen vier Richter nur eine Stimme, konnte also jederzeit überstimmt werden. Aber das war weder jemals vorgekommen noch denk-bar.

Im Gang vor dem Sitzungssaal trafen Rachel und Carsten auf Oberstaatsanwalt Schwind, der mit Frau Wittmann plauderte. Man begrüßte sich kollegial, doch eine gewisse Anspannung war auch bei den Routiniers zu bemerken. Es war den Beteiligten klar, dass das hier ein interessanter Prozess werden würde.

»Ich nehme an, Sie haben sich das gut überlegt«, sagte Schwind und meinte den Widerruf von Gerlachs Geständnis.

»Es war die Entscheidung des Mandanten.«

»Auf die Sie keinen Einfluss genommen haben?«

»Nein. Herr Gerlach hat die Entscheidung getroffen und sich erst anschließend an mich gewandt. Richtig ist, dass ich ihm nicht abgeraten habe.«

»Ziemlich riskant – ein paar Tage vor Prozessbeginn damit anzukommen. Zumal der Kollege Geruda schon ganz gut in eine andere Richtung gearbeitet hatte.«

»Ich weiß. Das Thema Blutrausch hat Sie bestimmt nervös gemacht.« Nach dem Geständnis von Gerlach wäre es denkbar gewesen, dass er den Mord in einem sogenannten Blutrausch und damit im Zustand der Unzurechnungsfähigkeit begangen hatte. Juristisch war das etwas diffizil und der Ausgang für beide Seiten unwägbar.

»Na ja, er hat's halt mal versucht«, spielte Schwind das Thema herunter. »Aber Sie haben recht: Man weiß nie, was vor Gericht passiert. Und ja, wir sind schon der Möglichkeit eines Deals nähergetreten. So im unteren zweistelligen Bereich.« Schwind meinte Haftjahre.

»Ich weiß. Aber bedaure. Das wird ja nun nichts mehr.«

»Es sei denn, Ihr Mandant überlegt es sich doch noch mal anders.« Schwind packte sein charmantestes Lächeln aus.

»Bin gespannt, was die Vorsitzende zu der neuen Entwicklung sagt.« Auch Wittmann versuchte ein Lächeln. Zeiselmeier war in der Tat Rachels größte Sorge. Zum einen konnte sie unausstehlich werden, wenn sie den Eindruck hatte, die Verteidigung würde tricksen. Zum anderen hatte sie den Fall vermutlich deswegen so kurzfristig vor den Sommerferien terminiert, weil sie wegen des Geständnisses mit einem kurzen Verfahren rechnete. Das mochte sich als Fehleinschätzung erweisen, was Zeiselmeier gar nicht gefallen würde.

Der Sitzungssaal war bis auf den letzten Platz gefüllt. Rachel hatte die Medien am Dienstag vom Widerruf des Geständnisses in Kenntnis gesetzt. Publicity war immer gut fürs Geschäft. In dem Fall hatte Rachel auch nichts dagegen, wenn die Gerichtsreporter Frau Dr. Zeiselmeier auf die Finger schauten, falls sie die Versuchung ankam, die Argumente der Verteidigung zur Verfahrensbeschleunigung einfach vom Tisch zu wischen. Unter normalen Umständen hätte die Öffentlichkeit von dem Mord am Flaucher nur im normalen Maß Kenntnis genommen. Das Opfer war weder prominent noch Kind, und die verstörenden Details der Tatbegehung waren aus ermittlungstaktischen Gründen nicht veröffentlicht worden. Der Umstand allerdings, dass ein in die Obdachlosigkeit geratener ehemaliger Physikprofessor angeklagt war, verlieh der Sache dann doch die nötige Würze.

Die Vorsitzende war mit dem Publikumszuspruch zufrieden und bedauerte insgeheim, dass während der Verhandlung keine Kameras zugelassen waren, die ihre ungewöhnlich souveräne Verhandlungsführung und ihre geistreichen wie gefürchteten Bonmots einer breiteren Öffentlichkeit hätten zugänglich machen können. So war sie darauf angewiesen, dass die Journalisten ihre Verhandlungsführung würdigten, was sie leider nie in angemessenem Umfang taten. Nachdem Dr. Zeiselmeier den brodelnden Saal durch bloßes Betreten und Platznehmen am Richtertisch zum Schweigen gebracht hatte, rief sie unter Zuhilfenahme einer schicken Lesebrille die Strafsache gegen Professor Heiko Gerlach wegen Mordes auf und stellte mit Blick über den Rand der Lesebrille fest, wer anwesend war. Einige Zeugen waren bereits zum ersten Verhandlungstag geladen und wurden von der Vorsitzenden über ihre Wahrheitspflicht belehrt. Dann wandte sie sich an den Angeklagten, befragte ihn zu seinen Personalien und ob er verhandlungsfähig sei, was Gerlach bejahte. Es folgte die Verlesung der Anklageschrift. Schwind erwähnte natürlich auch das Geständnis und dessen Widerruf und verwies auf die gängige Rechtsprechung zu dem Thema, die besagte, dass sich das Gericht intensiv mit dem Zustandekommen des widerrufenen Geständnisses befassen müsse und vor allem die Plausibilität des Widerrufs zu prüfen habe. Der Widerruf sei im vorliegenden Fall in keiner Weise nachvollziehbar, so Schwind weiter, insbesondere weil das ursprüngliche Geständnis in sich schlüssig und glaubhaft war und kein ersichtlicher Grund vorgelegen hatte, ein falsches Geständnis abzugeben. Im Übrigen ändere der Widerruf nichts an der in der Anklageschrift aufgeführten Beweislage, die auch für sich allein eindeutig für die Schuld des Angeklagten spreche.

Die Vorsitzende neigte dem Gesagten sehr zu, gab sich aber nicht (wie ihr linker Beisitzer und die beiden Schöffen) die Blöße, Schwinds Vortrag mit einem leichten Kopfnicken zu goutieren. Sie fragte stattdessen den Angeklagten, ob er sich zu den Vorwürfen der Anklage äußern wolle. Gerlach machte (auf Rachels Anraten) von seinem Recht zu schweigen Gebrauch, verwies aber auf seine Verteidigerin. Darauf schien

Zeiselmeier gewartet zu haben und blickte Rachel mit gesenktem Kopf an. Sie hätte die Lesebrille abnehmen können. Aber der gesenkte Kopf machte mehr her.

»Frau Verteidigerin«, sagte sie mit einem Hauch von Sarkasmus im Ton. »Ich nehme mal an, Sie wollen ein paar klärende Worte zum Widerruf des Geständnisses sprechen. Das würde ich jedenfalls sehr begrüßen, denn der Widerruf hat uns alle ein bisschen überrascht, wenn ich das mal vorsichtig formulieren darf. Ihnen ist klar, dass wir uns mit dem Geständnis ausführlich beschäftigen werden und dass es in die Beweiswürdigung des Gerichts einfließen wird?«

»Das ist mir klar, Frau Vorsitzende. Und die Verteidigung hat ebenfalls vor, sich sehr intensiv mit dem Geständnis zu befassen.«

»Sie machen also nicht geltend, dass das Geständnis unzulässig zustande gekommen und seine Verwertung damit ausgeschlossen ist?«

»Nein, das machen wir nicht. Der Angeklagte hat aus freien Stücken ein falsches Geständnis abgelegt. Das hing mit seiner psychischen Verfassung zu dem Zeitpunkt zusammen und wird noch vertieft werden. Im Gegensatz zu den Anklagevertretern …«, hier ließ Rachel eine längere Pause, um die Aufmerksamkeit auf das Kommende zu konzentrieren, »… sind wir jedoch der Auffassung, dass die Angaben des Angeklagten damals weder glaubhaft waren noch mit der Faktenlage in Einklang standen. Im Weiteren werden wir aufzeigen, dass die Ermittlungen der Staatsanwaltschaft sich einseitig auf den Angeklagten konzentriert haben, was dazu führte, dass offensichtliche andere Spuren nicht verfolgt und Zeugenaussagen, die den Angeklagten entlastet hätten, manipuliert wurden. Wir werden nachweisen, dass die Staatsanwaltschaft dem Geständnis des Angeklagten in fahrlässiger Weise vertraut hat, ohne seine Glaubwürdigkeit zu hinterfragen, und dass sie es in beklagenswerter Weise versäumt hat, die Umstände um den Tod von Johanna Mend vollständig aufzuklären. Unser Strafrecht verlangt für die Verurteilung des Angeklagten«, sie richtete den Blick auf die Schöffen, die das vielleicht noch nicht verinnerlicht hatten, »... *Beweise jenseits vernünftiger Zweifel.* Die Ermittlungen in diesem Fall lassen aber so viele Fragen ungeklärt, dass davon nicht im Entferntesten die Rede sein kann.«

»Wir wollen jetzt mal das Schlussplädoyer nicht vorwegnehmen, Frau Verteidigerin.«

»Habe ich nicht vor, Frau Vorsitzende. Ich möchte nur andeuten, in welche Richtung unsere Argumentation geht. Ich hoffe, das unterstützt das Verständnis für unsere Beweisanträge.«

»Oh, kommen da Beweisanträge? Beweisanträge, die dem Gericht noch nicht vorliegen?«

»Ist manchmal leider nicht zu vermeiden bei einem Strafprozess. Aber wem erzähle ich das?« Rachel beschloss, sich am Riemen zu reißen, obwohl sie der offensichtlich befangenen Vorsitzenden sehr gerne die zwei Kilo schwere Loseblattsammlung *Deutsche Gesetze* über den Schädel gezogen hätte.

Die Beweisaufnahme begann mit der Aussage von Kriminalhauptkommissar Christian Glasmüller, der die Mordermittlungen polizeilicherseits geleitet hatte. Er wurde zunächst von der Vorsitzenden Richterin befragt und referierte, wie und unter welchen Umständen die Leiche aufgefunden und identifiziert wurde, zeigte dazu großformatige Bilder vom Tatort, auch solche, bei denen die am Kopf angenagelten Hände genau zu sehen waren. Das Publikum und die beiden

Schöffen, die, wie es üblich war, vorab keinen Einblick in die Akten erhalten hatten, sahen die Bilder zum ersten Mal. Abscheu manifestierte sich in den Gesichtern und übertrug sich wie von selbst auf den Mann auf der Anklagebank. Auch wenn sich an der Leiche keine Spuren sexuellen Missbrauchs fanden, war die Polizei nach Glasmüllers Aussage dennoch von einem sexuell motivierten Täter oder einem Psychopathen ausgegangen. Dafür hätten die Umstände des Falles gesprochen. Insbesondere natürlich die abgetrennten und an den Kopf genagelten Hände. In der Handtasche des Opfers waren Geld und die EC-Karte. Das Handy habe man im Zimmer der Toten gefunden. Raubmord sei also auszuschließen gewesen. Im Folgenden hätten sich die Ermittlungen darauf konzentriert, Zeugen im Umfeld des Opfers und in der Umgebung des Tatortes zu finden. Eine Zeugin habe schließlich einen Hinweis darauf gegeben, dass es sich bei dem Täter möglicherweise um einen Obdachlosen handelte. Offenbar hatte sich das Opfer von einem Obdachlosen beobachtet und verfolgt gefühlt. Befragungen in der Szene hätten Hinweise darauf ergeben, dass sich der Angeklagte am Tatabend auffällig verhalten und am nächsten Tag abgesetzt habe. Man habe sich, während gleichzeitig die Fahndung lief, bei der Ex-Frau des Angeklagten eine DNA-Probe besorgt und sie mit der DNA-Spur auf der Leiche verglichen. Die beiden Proben stammten ohne jeden Zweifel von der gleichen Person.

Als Zeiselmeier mit dem Kommissar fertig war, fragte sie, ob Staatsanwaltschaft und Verteidigung noch Fragen an den Zeugen hätten. Offenbar war Schwind mit den Ausführungen des Kommissars zufrieden. Zeiselmeier war eine erfahrene Richterin, die alles Wesentliche nachgefragt hatte, Glasmüller ein erfahrener Kommissar, der über ein gewisses Talent verfügt, Sachverhalte anschaulich darzustellen. Schwind lehnte daher dankend ab. Die Verteidigung allerdings hatte einige Fragen.

40

Im Gegensatz zu den Gepflogenheiten in amerikanischen Fernsehserien spazierte Rachel nicht im
Gerichtssaal herum, sondern blieb sitzen und be-
schränkte sich auf Sichtkontakt mit dem Zeugen.
Kommissar Glasmüllers Körperhaltung wurde eine
Nuance verspannter, als Rachel das Wort an ihn richtete. Er war ihr schon einige Male vor Gericht begegnet. Meistens kamen von ihr Fragen, die Versäumnisse in den Ermittlungen aufdeckten. Versäumnisse
gab es naturgemäß immer. Aber nicht jeder Anwalt
wusste, wo er nachhaken musste, falls er die Akten
überhaupt vollständig gelesen hatte. Frau Dr. Eisenberg schien in der Hinsicht über einen Röntgenblick
zu verfügen.

»Herr Glasmüller ...«, begann Rachel ihre Befragung und blickte dabei immer wieder in die Akten,
die sie vor sich liegen hatte. »Als sie am Anfang der
Ermittlungen standen, sagen wir, als das Obduktionsergebnis vorlag, von welchem Täterkreis gingen Sie da
aus?«

»Wir legen uns so früh noch nicht fest. Sonst läuft
man Gefahr, wichtige Spuren zu übersehen.«

»Da haben Sie sicher recht. Aber man kann ja nicht
wahllos in alle Richtungen ermitteln. Der Arbeitsauf-
wand wäre kaum zu bewältigen. Also überlegt man:
Wo könnte der Täter am ehesten zu suchen sein – um
gezielter zu ermitteln. Oder ist das nicht so?«

»Natürlich. Wie Sie richtig sagen, sind unsere
Ressourcen nicht unbegrenzt. Im vorliegenden Fall

konnten wir Raubmord ausschließen. Es war nichts gestohlen worden. Außerdem war aufgrund der Ausführung der Tat davon auszugehen, dass ein sexuelles Motiv vorlag oder der Täter psychisch abnorm war. Was die operative Fallanalyse bestätigt hat.« Er wandte sich an die Schöffen. »Das ist das Täterprofil, das die Profiler erstellen. In Deutschland heißt das operative Fallanalyse.« Erleuchtetes Nicken der Schöffen.

»Es war also offensichtlich, dass da ein Täter mit gestörter Psyche am Werk war. Trotzdem haben wir natürlich auch alle anderen Möglichkeiten überprüft. Eifersucht – aber dafür gab es keine Anhaltspunkte. Das Opfer kannte kaum jemanden in München und hatte nach Aussagen aller Zeugen keinen Freund, auch nicht in ihrem Heimatdorf. Rache – keinerlei Anhaltspunkte, dass das Opfer zu Lebzeiten jemandem etwas angetan oder Feinde hatte. Habgier – Frau Mend hat nichts vererbt. Sie war ja erst zwanzig. Keine Lebensversicherung. Und recht viel mehr kam nicht in Frage.«

»Verdeckung einer Straftat?«

»Sehr theoretisch. Aber auch darauf gab es keine Hinweise. Hingegen gab es durchaus Hinweise, dass der Täter im Obdachlosenmilieu zu suchen war. Das habe ich ja schon ausgeführt.«

»Sie ermittelten also den Angeklagten als Verdächtigen und konnten ihm die DNA-Spur zuordnen, die an der Leiche gefunden worden war. War damit der Fall für Sie gelöst?«

»Natürlich mussten wir noch einige Dinge überprüfen. Ob der Verdächtige ein Alibi hatte, ob er zur Tatzeit in der Nähe war und so weiter. Aber das passte alles zusammen.« Er lehnte sich zurück und breitete die Hände auseinander. »Ich meine, Sie haben die

DNA-Spur, und der Verdächtige war zur Tatzeit in der Nähe des Tatorts und hat sich merkwürdig verhalten – was wollen Sie noch?«

»War der Angeklagte früher schon auffällig geworden? Ich meine, bei der Begehung von Sexualdelikten?«

»Nein.«

»Gab es Vorstrafen wegen Brandstiftung oder Tierquälerei? Das sind ja häufig die Einstiegstaten von späteren Serienmördern.«

»Nein, da gab es nichts. Viele Täter haben eine Vorgeschichte. Das ist richtig. Aber es gibt auch Täter, die vorher nicht in Erscheinung getreten sind.«

»Haben Sie die Telefonanrufe überprüft, die Johanna Mend in der Zeit vor ihrem Tod geführt hat.«

»Das haben wir. Das hat keine anderweitigen Spuren ergeben.«

»Keine Nummern, die Sie nicht zuordnen konnten?«

»Wir haben jede Nummer überprüft. Es gab keinen Hinweis, dass einer der Gesprächspartner etwas mit dem Tod der jungen Frau zu tun hatte.«

»Hatte Johanna Mend auch mit der Polizei telefoniert?«

Glasmüller sah Rachel überrascht an, sandte einen kurzen Blick zur Bank der Staatsanwaltschaft. Aber die konnten ihm in diesem Moment keine Fragen beantworten.

»Ja. Das ist richtig. Ich weiß nicht, woher Sie das wissen, aber sie hat wohl zwei Mal mit der Polizei in Bad Reichenhall telefoniert.«

»Worum ging es da?«

»Sie brauchte ein paar Auskünfte für eine Semesterarbeit.«

»Worum ging es bei der Semesterarbeit?«

»Tut mir leid. Das weiß ich nicht. Das Gespräch hat ein Kollege geführt. Aber es kann nichts Ungewöhnliches gewesen sein. Sonst hätte er es vermerkt.«

»Hoffen wir's.« Rachel machte sich eine Notiz und sah dann wieder zu Glasmüller. »Eine Zeugin hat ausgesagt, dass Johanna Mend an dem Abend, an dem sie ermordet wurde, im Café Zentral angerufen hat. Und zwar gegen einundzwanzig Uhr dreißig. Haben Sie das damals überprüft?«

»Natürlich. Es gab aber keinen Anruf von Frau Mend. Außerdem hat die Zeugin ihre Aussage revidiert.«

»Inwiefern?«

»Sie war sich nicht mehr sicher, ob es an dem Abend war oder nicht einen Tag vorher.«

»Nachdem Sie der Zeugin gesagt hatten, dass Johanna Mend um einundzwanzig Uhr dreißig nicht angerufen haben konnte – weil sie da schon tot war?«

»Das … das ist zwar richtig. Aber letztlich war es ja belanglos. Johanna Mend hat an dem Abend nicht angerufen.«

»Ob das geklärt ist, bezweifle ich. Haben Sie die Anrufe vom Vortag überprüft?«

»Warum hätten wir das tun sollen? Was würde es beweisen, wenn Johanna Mend am Tag vorher angerufen hat?«

»Das weiß man nie. Aber wenn sie am Vortag nicht angerufen hat, wäre das vielleicht Anlass, doch noch einmal die Telefonnummern des Tatabends zu überprüfen.«

Grasmüller rutschte auf seinem Stuhl hin und her und suchte Blickkontakt zu Schwind. Der nickte dem Kommissar dezent zu.

»Der spätestmögliche Todeszeitpunkt wurde ja auf zweiundzwanzig Uhr korrigiert. Damit bestand dann doch wieder die Möglichkeit, dass das Opfer an dem Abend im Café Zentral angerufen hatte. Daraufhin haben wir noch einmal alle Nummern überprüft.«

»Erstaunlich, dass ich erst jetzt davon erfahre. Haben Sie es dem Gericht mitgeteilt?«

»Nein. Es ist nichts dabei herausgekommen.«

»Was heißt das?«

»Es gibt keine Nummer, die man in Verbindung mit dem Mordopfer bringen könnte.«

»Das heißt, Sie konnten alle Telefonnummern zuordnen und ausschließen, dass Johanna Mend von einer dieser Nummern aus angerufen hat?«

»Ja. Praktisch alle.«

»Praktisch?« Rachel ließ den Blick zu Schwind und Wittmann huschen. Es war eindeutig, dass sich ihre Mienen verfinsterten. Rachel konnte selbst nicht einführen, dass es auf der Liste eine Nummer gab, die zu keinem registrierten Anschluss gehörte. Aber sie konnte den Zeugen dazu zwingen. Die Miene der Vorsitzenden Zeiselmeier zeigte im Übrigen waches Interesse.

»Nun ja. Im Wesentlichen«, sagte Grasmüller. »Ich kann Ihnen hier leider nicht alle Informationen im Detail geben. Aus Gründen des Datenschutzes.«

»Datenschutz!?« Zeiselmeiers Einwurf zerschnitt die Luft wie ein Machetenhieb. »Sie sitzen hier als Zeuge vor einem deutschen Gericht. Also beantworten Sie bitte die Frage!«

Grasmüller sah wieder zu Schwind. Nicht hilfesuchend. Vielmehr sagte sein Blick: Ich kann nichts machen – sie zwingt mich.

»Bei den Anrufern handelte es sich fast ausschließlich um Angestellte des Café Zentral oder Angehörige. Wir haben alle befragt. Frau Mend befand sich zur Zeit des jeweiligen Anrufs bei keinem der Befragten. Es gab in der Tat eine Nummer, die konnte keinem Teilnehmer zugeordnet werden.«

»Wie das?«, sagte Rachel.

»Es handelte sich um eine anonyme Handynummer.«

»Ist so etwas zulässig?«

»In Deutschland nicht. Sie können im Internet aber anonyme Telefonkarten erwerben. Von ausländischen Anbietern.«

»Den Erwerb konnte man nicht zurückverfolgen?«

»Wir haben unsere Experten darauf angesetzt. Die haben alles versucht. Aber letztlich spielen sich diese Dinge im Darknet ab, über Proxyserver, die alle digitalen Spuren verwischen. Wir haben zwar die Nummer, können aber leider nichts damit anfangen.«

Rachel nahm nicht sonderlich erstaunt zur Kenntnis, dass Schwind seine Hausaufgaben gemacht hatte. Offenbar hatte er der Kripo gehörig die Löffel langgezogen und sie zum Nachermitteln verdonnert.

»Um welche Uhrzeit ging der Anruf von der anonymen Nummer ein?«

»Einundzwanzig Uhr vierunddreißig.«

»Und wann hatte Johanna Mend angeblich im Café Zentral angerufen? Nach Aussage der Zeugin?«

»Halb zehn.«

Verstärktes Murmeln im Zuschauerbereich zeigte an, dass der Befragung mit Aufmerksamkeit gefolgt wurde.

»Finden Sie das nicht interessant?«

Grasmüller überlegte kurz, Zeiselmeier hatte sich auf die Ellbogen gestützt und sah aus, als wollte sie gleich über den Richtertisch klettern.

»Das ist natürlich ein … wie soll ich sagen … eine Koinzidenz, wenn Sie so wollen. Aber selbst wenn das der Anruf von Johanna Mend war, dann besagt es nur, dass sie um vier nach halb zehn noch am Leben war. Und nichts über das, was in den folgenden dreißig Minuten passiert ist.«

»Mich an Ihrer Stelle«, schaltete sich jetzt die Vorsitzende wieder ein, »würde es schon interessieren, mit wem das Opfer wenige Minuten vor seinem Tod zusammen war. Und das muss ja wohl der Besitzer dieses anonymen Handys gewesen sein.«

»Das … das hat uns selbstverständlich interessiert.« Ja, dachte sich Rachel, nachdem ich euch Beine gemacht habe. »Aber es gibt nun mal Grenzen der Erkenntnis. Und wer immer der Besitzer des Handys war – es ist die DNA des Angeklagten, die wir auf der Leiche gefunden haben.«

»Herr Glasmüller, das Gericht weiß sehr wohl, dass die DNA-Spur meist das entscheidende Beweismittel ist. Was ich aber gar nicht mag, ist, mich in der Urteilsbegründung mit ungeklärten Fragen herumzuschlagen.«

Rachel fragte sich, wann Zeiselmeier das letzte Mal tatsächlich ein Urteil selbst geschrieben hatte. Das überließ sie vermutlich ihren Beisitzern. Schon eher konnte sich Rachel vorstellen, wie die Vorsitzende mit Wollust in den Entwürfen herumkorrigierte und ihr Rotstift beißende Anmerkungen an den Rand kritzelte.

»Ich mache die Anklagevertreter darauf aufmerksam, dass das Gericht in dem Punkt noch Klärungs-

bedarf sieht.« Zeiselmeier setzte sich eigens die Lesebrille auf, um Schwind über deren Rand ansehen zu
können.

»Natürlich, Frau Vorsitzende.« Schwind gab sich
große Mühe zu lächeln. »Wir werden das nachrecher-
chieren.«

»Danke. Das würde uns alle sehr beruhigen. Ist die
Verteidigung fertig mit dem Zeugen?«

»Eine Kleinigkeit noch.«

Mit eher unwilliger Geste gab Zeiselmeier ihr Einverständnis, und Rachel blätterte noch einmal in ihren
Papierakten. »Herr Glasmüller, bei Ihren Ermittlungen
gab es Hinweise darauf, dass sich Frau Mend von
einem Obdachlosen bedroht fühlte. Es gab aber noch
einen anderen Hinweis auf eine Bedrohung, nicht
wahr?«

»Ja. Es gab Gerüchte, dass Johanna Mend einige
Zeit vor der Tat von zwei Männern belästigt worden
war.«

»Was genau heißt: einige Zeit?«

»Drei oder vier Tage.«

»Also ziemlich kurz vor dem Mord. Und was verstehen Sie unter ›belästigt‹?«

»Sie wurde wohl körperlich angegriffen.«

»Versuchte Vergewaltigung?«

»Konnten wir nicht ausschließen. Aber die Informationen darüber waren zu dünn. Es gab nur eine
Zeugin, die es nur vom Hörensagen wusste.«

»Was geschah bei dieser, nennen wir es: Belästigung?«

»Bevor Schlimmeres passierte, tauchte jemand auf
und hat die Angreifer vertrieben – sagt die Zeugin.«

»Wer war dieser Retter?«

»Die Person konnte nicht ermittelt werden.«

»Und die Angreifer?«

»Wenn es sie gab, dann wissen wir nichts über sie. Es gibt weder Namen noch Beschreibungen. Wie wollen Sie da jemanden finden?«

»Nun – da kann ich Ihnen möglicherweise weiterhelfen.«

»Erklären Sie uns das näher?«, sagte die Vorsitzende und schien wieder ganz bei der Sache zu sein.

»Ich werde möglicherweise einen Zeugen benennen, der konkreter über den Vorfall Auskunft geben kann.«

»Um was zu beweisen?«

»Johanna Mend wurde wenige Tage vor dem Mord von zwei Männern fast vergewaltigt. Zwei Männer, die dann von einem dritten vertrieben wurden. Ist es auszuschließen, dass sie sich an Johanna Mend rächen wollten?« Rachel war klar, dass Petritsch, der Mann, den Färberböck als einen der Täter genannt hatte, wenig Lust hatte, den Sachverhalt aufzuklären – und die Aussage vor Gericht verweigern konnte, weil er sich damit selbst belastete. Aber sie hoffte, irgendeinen Weg zu finden, ihn zum Reden zu bringen. Und noch wusste sie ja gar nicht, was er zu erzählen hatte. »Wie ich bereits sagte: Die Ermittlungen lassen etliche wichtige Fragen im Zusammenhang mit dem Mord offen. Wie kann man da ohne vernünftigen Zweifel von der Täterschaft des Angeklagten ausgehen?«

»Nun«, sagte Zeiselmeier. »Wir werden ja sehen, was noch kommt.«

»Ach, eins noch …« Rachel lächelte Zeiselmeier an. »Wäre schön, wenn wir alle Einblick in die Telefonlisten hätten, die die Staatsanwaltschaft uns bislang vorenthält.«

»Herr Staatsanwalt? Wie sehen Sie das?« Zeiselmeiers maliziöser Blick gab Schwind zu verstehen, was er davon halten sollte.

»Wenn's der Wahrheitsfindung dient. Geben Sie uns eine Stunde.« Schwind blickte zu Wittmann, die entschuldigte sich mit säuerlicher Miene und verließ den Gerichtssaal.

41

Im Anschluss hatte der Gerichtsmediziner Professor Doktor Stang seinen Auftritt und erklärte wortreich und nicht ohne ein gewisses Talent zum Entertainer, was man alles an der Leiche entdeckt hatte und warum das Opfer zwischen zwanzig Uhr und zweiundzwanzig Uhr ermordet worden sein musste. Dass er die Todeszeit zunächst versehentlich falsch angegeben hatte, ließ Stang unter den Tisch fallen, und niemand fragte nach. Auch Rachel nicht. Das konnte sie nötigenfalls später noch einführen. Gegen eins schloss Zeiselmeier die Verhandlung. Inzwischen waren die Telefonlisten eingetroffen. Schwind händigte allen Richtern und der Verteidigung Kopien aus. Und man vertagte sich auf den morgigen Freitag.

Die anderen Kanzleimitarbeiter hatten schon zu Mittag gegessen. Carsten orderte einen Salat mit Rinderfiletspitzen, denn er achtete auf seine Figur. Auch Rachel achtete auf ihre Figur, hatte heute aber die Faxen dicke und ließ sich eine Lasagne kommen. Während des Essens fand die Nachbesprechung der heutigen Verhandlung mit Sascha und Janina statt.

Schwind hatte zwei Telefonlisten herausgerückt: Die eine umfasste die Anrufe im Café Zentral am zwanzigsten April. Die hatten sie bereits von Schwinds iPad. Auf der anderen Liste waren sämtliche Anrufe zusammengefasst, die von Johanna Mends Handy in den sechs Wochen vor ihrem Tod gemacht wurden. Zu jeder Liste gab es einen Anhang, in dem aufgeführt war, wem die Telefonnummern gehörten. Bei der Handyliste waren mehrere Dinge von Interesse. Zum einen, ob sich auch die anonyme Nummer darauf befand, unter der jemand am zwanzigsten April kurz nach halb zehn im Café Zentral angerufen hatte. Die Nummer war nicht dabei.

»Wenn die Nummer jemandem gehört, den Johanna Mend so gut kannte, dass sie von seinem Handy aus telefoniert hat, dann müsste sie doch auf der Anrufliste sein. Es sei denn, sie haben sechs Wochen nicht miteinander telefoniert«, meinte Carsten und pikste die letzte Filetspitze auf die Gabel.

»Es kann viele Gründe geben, warum die Nummer nicht auf der Liste ist«, sagte Sascha. »Vielleicht hat der oder die Bekannte die Nummer gerade erst bekommen. Oder es war eine sehr frische Bekanntschaft. Vielleicht hat Johanna Mend unterwegs jemanden gefragt, ob sie sein Handy benutzen darf.«

»Wie auch immer.« Rachel kämpfte mit dem letzten Drittel ihrer Lasagne. »Wir halten jedenfalls die Augen offen, falls uns die Nummer irgendwo begegnet.« Sie blickte noch einmal auf die Handyliste, die neben ihrem Teller lag. »08651 – das ist Bad Reichenhall. Und 970 ist die Polizeistation?«

»So ist es«, murmelte Carsten und sah auf den Anhang zur Liste.

»Hier steht noch eine andere Nummer in Bad Reichenhall. Da hat sie zwei Mal angerufen.«

»Korrekt.« Carsten malte etwas mit einem gelben Marker an. »Die Nummer gehört einem Werner Obinger. Ich ruf den nachher mal an und schau, was Frau Mend von ihm wollte.«

»Ich muss gleich weg«, sagte Rachel. »Kann jemand

bei der Polizei nachfragen, weswegen Johanna Mend angerufen hat?«

»Ich mach das«, sagte Janina. »Die werden mir aber wahrscheinlich keine Auskunft geben.«

»Wir haben ja eine Vermutung, weshalb sie angerufen hat: wegen dieser verschwundenen Albanerin. Wie hieß die?«

Carsten fingerte behende auf seinem Tablet herum. »Shkodra. Leonora Shkodra. Aus dem Kosovo.«

»Frag halt erst mal wegen der Vermissten nach. Dann kannst du immer noch Frau Mend ins Spiel bringen.«

Carsten hatte eine Facebook-Seite aufgerufen. »Wir sollten genau überlegen, wie wir das mit den Anrufen machen.« Er sah Janina an. »Dieser Herr Obinger arbeitet anscheinend auch bei der Polizei.« Carsten zeigte den anderen den Bildschirm. Das Profilbild auf Facebook zeigte einen drall lächelnden Mann um die vierzig, rechts darunter ein Foto, das Werner Obinger in Uniform bei einem Einsatz im Rahmen eines Volksfestes zeigte.

»Polizeiobermeister Werner Obinger.« Janina hatte eine Meldung des *Reichenhaller Tagblatts* auf dem Bildschirm, in der über einen umgestürzten Lkw mit einer Ladung Wassermelonen berichtet wurde. POM Werner Obinger, der zum Unfallort gerufen worden war, hatte dazu ein Interview gegeben. »Interessant, dass die Mend ihn zu Hause angerufen hat.«

Rachel stand auf. »Gut. Bin gespannt, was rauskommt. Ich bin dann mal weg.«

Die Hitze war wie fast jeden Tag in diesem Juli drückend, die Luft diesig. Als Rachel aus dem Mercedes stieg, drang ihr der Geruch von altem Motorenöl in die

Nase. Der Zementboden unter ihren Lackpumps war fleckig und an manchen Stellen, wie es schien, rutschig von den Überresten der Öllachen, die sich im Lauf der Jahre hier und dort gebildet hatten. Mit Vorsicht schritt sie auf das niedrige Gebäude zu, in dem sie das Büro vermutete. Es besaß die einzige Tür, die kein Garagentor war, sondern aus Holz mit einer rechteckigen Scheibe in der Mitte, daneben eine Art Schaufenster, in dem Autozubehör auslag. Seit Tagen hatte sie den Termin wegen wichtigerer Dinge immer wieder vor sich hergeschoben. Jetzt drängte die Zeit. In einer der Garagen, in denen Autos mit offenen Motorhauben standen, manche auch aufgebockt, war ein Streit im Gange. Ein älterer Mann in grauem Overall redete auf einen jüngeren in blauem Overall ein. Das Thema war, soweit Rachel die Wortfetzen verstand, Pünktlichkeit, woran es der jüngere Mann nach Auffassung des älteren fehlen ließ.

Das Büro war leer. Aber es gab einen Empfangstresen mit Klingelknopf. Da niemand in Sichtweite war, drückte ihn Rachel. Eine Minute später kam der streitbare ältere Mann schlecht gelaunt herein und fragte nach Rachels Wünschen.

»Ich suche einen Herrn Petritsch.«

»Wieso?«

»Weil ich mit ihm reden möchte.«

»Geht's um Ihren Wagen?«

»Ja«, log Rachel in der Hoffnung, die Sache damit zu beschleunigen. Der Mann deutete mit einem langen, ölverschmierten Finger auf den Hof hinaus. »Der Blonde im Blaumann.«

»Danke.« Rachel wollte nach draußen.

»Schlüssel und Fahrzeugschein geben Sie hier ab.«

»Hab ich mir schon gedacht.« Sie zwinkerte dem Mann zu, lächelte und ließ ihn leicht irritiert zurück.

Von Petritsch war vornehmlich der Hintern zu sehen, der Oberkörper steckte in den Eingeweiden eines alten Renaults.

»Herr Petritsch?«

Petritsch wand sich aus dem Motorraum und sah Rachel an, erst ihr Gesicht, dann – etwas länger – ihren Busen, es folgte eine Kurzinspektion von Knien und Schuhen. »Ja?«

»Schönen Job haben Sie hier.« Rachel sah sich um, vermied aber jeden Kontakt mit Gegenständen oder den Wänden der Werkstatt.

»Was kann ich für Sie tun?«

»Ich bin Anwältin.« Petritsch sah noch einmal hin und schien wenig Zweifel zu haben, dass diese Behauptung stimmte. »Wir müssen reden.«

Inzwischen war der ältere Mann im grauen Overall aus seinem Büro gekommen. Er hatte sich in etwa zehn Metern Entfernung aufgestellt, um zu hören, was die Frau mit seinem Angestellten zu bereden hatte. Vielleicht wollte er sie auch daran erinnern, den Fahrzeugschein abzugeben.

»Es wäre übrigens besser, wenn wir uns ungestört unterhalten.« Rachel sagte es so leise, dass selbst Petritsch sie nur mit Mühe verstand. »In Ihrem eigenen Interesse.«

»Was wollen Sie denn von mir?«

»Soll ich das wirklich jetzt und hier sagen?«

Kurze Zeit später standen beide auf der Lindwurmstraße, die stark befahren und entsprechend laut war. Rachel lotste Petritsch in eine Hofeinfahrt.

»Sie haben Mitte April zusammen mit einem anderen Mann versucht, eine junge Frau zu vergewaltigen.«

Petritsch, ohnehin von blassem Teint, wich jegliche Farbe aus dem Gesicht. »Was? Wer ... wer erzählt denn so 'ne Scheiße?«

»Das möchte ich Ihnen zu diesem Zeitpunkt noch nicht sagen. Aber es ist jemand, dem die Polizei vermutlich eher glauben wird als Ihnen. Mit Vorstrafen wegen Körperverletzung und laufender Bewährung hat man bei der Polizei leider nicht die besten Karten. Aber wem erzähl ich das.«

»Ich hab niemanden vergewaltigt.« Petritsch hob die Hände, um seiner Unschuld visuellen Ausdruck zu verleihen. Dabei rutschten die Ärmel seines Overalls ein Stück nach unten und gaben den Namen *Lissy* frei, der auf dem linken Unterarm in elegant geschwungener Schnörkelschrift eintätowiert war.

»Lissy! Das Tattoo ist der jungen Frau aufgefallen, während Sie sie festgehalten haben.«

»Ich war das nicht.« Petritschs Stimme klang jetzt unsicherer, er zuckte hilflos mit den Schultern.

»Mich müssen Sie nicht überzeugen. Ich sage nur, was ich gehört habe. Die Polizei wird sich allerdings weniger für die versuchte Vergewaltigung interessieren als für den Mord an der jungen Frau, ein paar Tage nachdem Sie sie angegriffen haben.«

Petritsch starrte sie mit offenem Mund an, als wüsste er nicht, dass die Frau ermordet worden war. Das war natürlich möglich, überlegte Rachel. Selbst wenn er von dem Flauchermord gehört oder gelesen hatte, musste er das Opfer nicht unbedingt in Zusammenhang mit der Studentin bringen, die er ein paar Tage vorher angegriffen hatte. Rachel lehnte sich mit dem Rücken gegen die Hauswand, sah Petritsch an und schwieg so lange, bis es für ihn unerträglich wurde.

»Was ist denn jetzt?«, fragte er schließlich.

»Gute Frage.« Rachel steckte den Bügel ihrer Brille in den Mund und tat so, als würde sie nachdenken. »Spielen wir es doch mal durch. Erste Alternative: Ich gehe mit meinen Informationen zur Polizei. Zwei junge Männer überfallen eine Studentin, die ein paar Tage später ermordet wird – könnte die Polizei auf neue Gedanken bringen.«

Petritsch schwieg.

»Sie wissen, was es bedeutet, wenn man eine Bewährungsstrafe bekommt?«

»Schätze schon.«

»Sie gehen in den Knast. Und zwar für das, wofür Sie schon verurteilt wurden. Plus die neuen Straftaten. Versuchte Vergewaltigung. Körperverletzung. Mord.«

»He, Scheiße, ich hab keinen ermordet!«

Die heftige Reaktion sprach dafür, dass Petritsch in diesem Punkt zumindest unschuldig war.

»Was ist mit Ihrem Kumpel?«

»Der auch nicht. Wir wollten nichts von der Kleinen. Das war ...«

»Ja ...?«

Petritsch kämpfte mit sich, schwieg dann aber.

»Passen Sie auf: Ich bin auf der Suche nach dem Mörder von Johanna Mend. Das ist die Frau, die Sie angegriffen haben. Da stehen Sie im Moment ganz oben auf der Liste. Und die Polizei wird das nicht anders sehen.« Sie gab Petritsch wieder ein bisschen Zeit zum Verarbeiten. »Das Mädchen hat den Überfall aufgeschrieben. Jedes Detail. Das sieht nicht gut aus für Sie.« Rachel wartete, spielte mit ihrer Brille, sah Petritsch an.

Petritsch dachte nach, wand sich, wich Rachels Blick aus. Schließlich machte er den Mund auf. »Wir wollten nichts von dem Mädel, wir wollten ihr nur … Shit, ich kann Ihnen nicht mehr sagen.«

Rachel nickte und setzte ihre Brille wieder auf. »Ganz wie Sie meinen. Sie hatten Ihre Chance.« Rachel wandte sich in Richtung Lindwurmstraße und stöckelte mit beherzten Schritten zurück zur Werkstatt. Noch vor der Einfahrt hatte Petritsch sie eingeholt.

»Jetzt warten Sie halt mal.«

Rachel blieb stehen. »Ja?«

Der Mechaniker sah sich um, ob sein Chef ihn beobachtete. »Ja, wir haben der Frau ein bisschen Angst gemacht. Aber wir wollten die nicht vergewaltigen oder so was.«

»Sondern?«

»Wir haben dafür Geld gekriegt.«

Rachel sah Petritsch erstaunt an. »Von wem?«

»Den Namen weiß ich nicht. Wir sollten uns die Kleine schnappen und ihr richtig Angst machen. Und dann ist der Typ dazugekommen und hat den Retter gespielt. Das ist alles.«

»Moment. Der Mann, der Johanna Mend gerettet und Sie vertrieben hat – das war Ihr Auftraggeber?«

»Ja. Der wollte wahrscheinlich bei dem Mädel landen. Was weiß ich. Jedenfalls sollten wir da diese Show abziehen. Wir haben die Kohle genommen und haben unseren Job gemacht. Das Mädchen war uns völlig egal, okay?«

»Wie hat der Mann Kontakt mit Ihnen aufgenommen?«

»Angerufen.«

»Haben Sie die Nummer noch?«

Petritsch holte aus seinem Overall ein Handy hervor. »Hab sie mir aufgeschrieben. Dachte, wer weiß, wozu's gut ist.« Nach einer Weile hielt er Rachel das Handy vor die Nase. Sie schrieb die Nummer ab.

»Wie ist er auf Sie gekommen?«

»Ein Bekannter von ihm hat uns empfohlen.«

»Wie heißt der Bekannte?«

»Das hat er natürlich nicht gesagt.«

»Und dieser Bekannte hat gewusst, dass Sie besonders gut darin sind, Mädchen zu erschrecken. Oder was ist Ihre Qualifikation?«

Petritsch sagte nichts dazu.

»Wo ist Ihr Kumpel?«

»In Australien unterwegs. Der kommt auch so schnell nicht zurück.«

Rachel blickte noch einmal auf die Nummer, die sie abgeschrieben hatte und stutzte. »Herr Petritsch – ich fürchte, ich brauche Sie morgen Vormittag.«

42

Freitag, 08:00 Uhr, Vorbesprechung des kommenden Verhandlungstages. Anwesend: Rachel, Janina und Carsten. Janina hatte mit der Polizei in Bad Reichenhall telefoniert.

»Der Beamte, der sich unter der Nebenstelle meldet«, berichtete Janina, »heißt Arnold Marquardt. Er war eigentlich sehr freundlich und hat gesagt, dass eine Frau aus dem Kosovo namens Leonora Shkodra als vermisst gemeldet wurde. Von einer anderen Kosovarin. Er hat damals Ende Januar die Vermisstenanzeige aufgenommen. Seitdem hat sich aber nichts getan. Die Frau ist nicht wieder aufgetaucht, und entsprechende Ermittlungen haben nichts ergeben. Offenbar hat sie sich auch bei ihrer Familie im Kosovo nicht mehr gemeldet. Die Frage ist natürlich, wo die Frau verschwunden ist. Das kann auch noch in Österreich passiert sein. Aber die Polizei in Lofer hat ebenfalls nichts herausgefunden. Das Ganze ist jedenfalls ziemlich rätselhaft. Es gibt keinen einzigen Hinweis, was mit der Frau passiert ist – sagt Herr Marquardt.«

»Was ist mit dieser Blutrache-Geschichte?«, fragte Rachel.

»Hat die Polizei natürlich auch recherchiert. Aber das ist sehr unwahrscheinlich. Erstens sind Frauen normalerweise nicht betroffen. Und zweitens – warum hier? Man hätte die Frau einfacher im Kosovo töten können. Also das macht irgendwie keinen Sinn. Von dem Mann fehlt im Übrigen jede Spur. Der ist geflohen und versteckt sich irgendwo.«

»Hat Herr Marquardt etwas zu Johanna Mend gesagt?«

»Ja, die hätte angerufen und sich nach der vermissten Frau erkundigt.«

»Hast du Marquardt auf seinen Kollegen Obinger angesprochen?«

»Nein. Ich wollte erst das Telefonat von Carsten abwarten.« Janina reichte mit einer Geste das Wort an Carsten weiter.

»Um es kurz zu machen: Herr Obinger ist im Urlaub. Ich bin gerade dabei, seine Handynummer herauszukriegen.«

»Mit Hilfe von Herrn Oxmichel?«

»Ich sag mal so: Sie steht nicht im Telefonbuch. Da muss man sich was anderes einfallen lassen.«

»Wenn du Geld brauchst, sag's. Wir müssen jetzt Gas geben.« Rachel packte ihre Akten in einen Anwaltskoffer. »Ich hab mich ja gestern mit diesem Menschen getroffen, den mir Färberböck genannt hat.«

»Und? Hat er den Mord gestanden?«

»Das nicht. Aber er hat eingewilligt, heute vor Gericht auszusagen ...«

»Und?«, fragte Schwind Rachel auf dem Gang vor dem Sitzungssaal. Er schien etwas nervös zu sein. »Haben Sie bei unseren Telefonnummern was Interessantes gefunden?«

»Warten Sie's ab.« Rachels eigene Anspannung legte sich ein wenig, als sie Martin Petritsch auf sich zukommen sah. Sie begrüßte ihn und bat ihn, vor dem Saal zu warten. Es sei die einzig richtige Entscheidung gewesen herzukommen. Petritsch machte den Eindruck, dass er da durchaus noch Zweifel hatte.

Für den heutigen Verhandlungstag waren etliche

Zeugen und Sachverständige geladen worden. Unter anderem der Besitzer des Kiosks, bei dem Gerlach gegen zweiundzwanzig Uhr gefilmt worden war, ein Spezialist für DNA-Analysen und ein psychiatrischer Gutachter, der sich zum Geisteszustand des Angeklagten äußern sollte. Rachel bat die Vorsitzende einen Punkt vorzuziehen, für den die Verteidigung einen Zeugen hergebeten habe. Sie wolle den Mann nicht so lange warten lassen.

»Wieso sollte ich für diesen Zeugen eine Extrawurst braten?«, wollte Zeiselmeier wissen.

»Weil er sich mit der Aussage selbst belasten wird und ich nicht möchte, dass er es sich noch anders überlegt.«

Zeiselmeier sah Rachel an, als würde sie angestrengt überlegen. Aber es war klar, dass Rachels Andeutung, der Zeuge würde etwas Strafbares beichten, ihre Neugier angefacht hatte. »Ausnahmsweise«, knurrte Zeiselmeier.

Rachel hatte einen mehrseitigen Ausdruck dabei, den sie an die anderen Beteiligten verteilte. Zeiselmeier warf einen Blick auf den Text.

»Was ist das? Eine Aussage?«

»So etwas Ähnliches.«

»Frau Verteidigerin – das hier ist eine mündliche Verhandlung …«

»Ich bitte um Nachsicht. Aber es geht leider nicht anders, weil die Person, die die Aussage getätigt hat, nicht mehr lebt. Die Aussage stammt von Johanna Mend.«

Die Vorsitzende zog die Augenbrauen hoch.

»Diesen Text hat Johanna Mend kurz vor ihrem Tod verfasst. Wenn Sie mir ein paar Minuten geben, werde ich ihn vorlesen.« Zeiselmeier war einverstanden, und Rachel begann mit ihrer Lesung: »Die Nacht ist sternenklar. Tagsüber hatte ein lauer Wind das Ende des Winters angekündigt. Jetzt ist es wieder kalt, und die Pfützen sind gefroren. Im Norden steht der Große Wagen mit dem Polarstern. Ich bin auf dem Weg nach Hause …«

Als Rachel geendet hatte, legte Zeiselmeier, die mitgelesen hatte, das Papier zur Seite: »Was soll das sein? Eine spannende Kurzgeschichte?«

»Nein. Das ist ein authentischer Erlebnisbericht. Ich kann nicht ausschließen, dass die Verfasserin hier und da etwas ausgeschmückt hat. Aber im Wesentlichen hat es sich wohl so zugetragen. Der Text wurde einen Tag vor Johanna Mends Tod geschrieben.«

»Wie kommen Sie an den Text?«

»Georg Mend, der Vater von Johanna, hat mir ihren Computer überlassen. Der Text war dort gespeichert.«

Zeiselmeier schien etwas irritiert und blickte zu den Staatsanwälten. »Hat die Polizei den Computer nicht untersucht?«

»Hat sie«, sagte Schwind. »Er wurde auf Fingerabdrücke und DNA-Spuren untersucht. Und meines Wissens wurde auch die Festplatte kopiert. Danach wurde der Computer zurückgegeben.«

»Und dieser Text ist niemandem aufgefallen?«

»Es konnten natürlich nicht alle Textdateien auf dem Rechner gelesen werden«, sprang Wittmann ihrem Chef bei. »Außerdem konzentrierten sich die Ermittlungen zu dem Zeitpunkt bereits auf den Angeklagten, nachdem die DNA-Analyse ergeben hatte …«

»Sagten Sie bereits. Anscheinend wurden ab Vorliegen des DNA-Tests sämtliche anderen Ermittlungen eingestellt.«

Wittmann schwieg genervt. Zeiselmeier wandte sich wieder Rachel zu. »Was macht Sie so sicher, dass es sich hier nicht um eine – ich sag mal: literarische Fingerübung handelt?«

»Eine Mitbewohnerin des Mordopfers hat es bestätigt. Johanna Mend hatte ihr von dem Vorfall erzählt. Nicht sehr ausführlich. Aber sie hat gesagt, dass sie belästigt wurde. Das war ein paar Tage vor dem Mord.«

Zeiselmeier sah auffordernd zu Wittmann.

»Es kann sein, dass die Zeugin das auch gegenüber der Polizei erwähnt hat. Ich meine, in den Spurenakten so etwas gelesen zu haben. Und man ist der Sache wohl auch nachgegangen, allerdings ohne Ergebnis. Ab dem Zeitpunkt dann, als ...«

»Die DNA-Analyse. Ich weiß.« Die Vorsitzende schwenkte zu Rachel. »Was wollen Sie damit beweisen? Dass es zwei weitere Mordverdächtige gibt?«

»Vielleicht. Aber ich finde, wir sollten uns die Geschichte mal aus erster Hand anhören.«

»Was meinen Sie damit?«

»Wir konnten die beiden Männer identifizieren.« Schwind und Wittmann waren, ihren Gesichtern nach zu schließen, mehr als erstaunt. »Der eine befindet sich im Augenblick in Australien. Auf die Aussage werden wir im Augenblick verzichten müssen. Der andere ...« Rachel ließ eine kleine Pause, der Dramatik wegen. »Der andere wartet vor diesem Saal und ist bereit auszusagen.«

»Ach, das ist Ihr Zeuge!« Rachel nickte. »Na dann – rein mit ihm.« Im Saal kam erwartungsvolle Unruhe auf. Plötzliche Wendungen waren immer beliebt bei den Zuschauern.

Martin Petritsch wurde von der Vorsitzenden nicht nur hinsichtlich seiner Wahrheitspflicht belehrt, sondern auch darüber, dass er das Recht hatte, seine Aussage zu verweigern, sollte er sich damit selbst einer Straftat bezichtigen. Das war Petritsch – kein Unerfahrener in strafrechtlichen Dingen – bekannt. Dennoch habe er sich entschlossen auszusagen, denn er bereue, was er getan habe, und wolle ab jetzt vertrauensvoll mit den Behörden zusammenarbeiten. Dabei sah er hoffnungsvoll zur Bank der Staatsanwaltschaft. Dann bat ihn die Vorsitzende, zusammenhängend zu erzählen, was sich an dem Abend zugetragen hatte, als Johanna Mend von ihm und einem anderen Mann überfallen wurde. Petritsch trug vor, dass man die junge Frau verbal angegangen habe. Sie hätten dem Mädchen Angst machen wollen, und möglicherweise habe man sie auch mal angefasst. Mehr sei nicht passiert. Die Vorsitzende las einige drastische Stellen aus der Geschichte vor, die Johanna Mend verfasst hatte. Nein, so habe sich das nicht abgespielt, wiegelte Petritsch ab. Sie hätten der Frau natürlich nicht an die Brüste gefasst, und sie wollten sie auch nicht in den Park zerren. Das sei alles nicht erforderlich gewesen.

»Erforderlich?« Zeiselmeier hob die Augenbrauen und lugte über die Lesebrille.

»Wir sollten ihr Angst machen. Mehr nicht.« Petritsch sah zu Rachel.

»Ich hab dazu noch nichts weiter gesagt«, erklärte sie ihm. »Vor allem nicht über Ihren Auftrag. Das müssen Sie selbst erzählen.«

»Auftrag?« Zeiselmeier bekam ihre Augenbrauen fast nicht mehr nach unten.

»Ja dann …« Petritsch konzentrierte sich und suchte nach Formulierungen. »Wir … na ja, wir haben einen Auftrag gehabt. Jemand hat uns Geld gegeben. Der wollte das Mädchen, schätze ich mal, beeindrucken.

Und deswegen sollten wir die bösen Jungs spielen. Und dann ist er gekommen und hat die Frau gerettet.«

Die Vorsitzende schlug die letzte Seite von Johanna Mends Bericht auf. Die anderen Richter und die Staatsanwälte taten es ihr gleich. Sie überflog den Text und sagte dann: »Ach so!« Bedächtig legte sie die Blätter zur Seite. »Der Retter der jungen Frau war also Ihr Auftraggeber?«

Petritsch nickte.

»Und wie hieß Ihr Auftraggeber?«

»Das weiß ich nicht. Er hat sich nicht vorgestellt. Alles, was wir von ihm wissen, ist seine Telefonnummer.«

»Mehr nicht?«

»Mehr nicht.« Petritsch schüttelte mit echtem Bedauern den Kopf. »Ich würde ihn erkennen, wenn ich ihn sehe.«

»Aber vielleicht sollten wir uns die Telefonnummer sagen lassen?«, warf Rachel ein.

»Gute Idee«, sagte die Vorsitzende nicht ohne Hohn in der Stimme. »Vielleicht kennt sie ja einer hier im Saal.« Dann zu Petritsch. »Sie haben Sie dabei?«

Der Zeuge nickte, zückte sein Handy und las sie dem Gericht vor.

»Vielen Dank. Dann haben wir das auch im Protokoll. Hat jemand die Nummer erkannt?«, fragte Zeiselmeier mit schelmischem Blick in den Saal.

»Ja, ich«, meldete sich Rachel.

»Wie bitte?«

»Wenn Sie mal in die Liste mit den Telefonnummern sehen möchten, die uns die Staatsanwaltschaft gestern freundlicherweise hat zukommen lassen – die Anrufe, die am Abend des zwanzigsten April im Café Zentral eingegangen sind.«

Es folgte hektisches Blättern in sämtlichen Akten, bis schließlich jeder die Liste vor sich hatte.

»Im Anhang der Liste ist aufgeführt, auf wen der Anschluss jeweils zugelassen ist. Bei einer Nummer konnte kein Inhaber ermittelt werden. Ein anonymes Handy. Und jetzt vergleichen Sie die Nummer bitte mit der, die uns der Zeuge Petritsch gerade genannt hat.«

43

Zugegeben«, sagte Schwind. »Ein nicht uninteressanter Zusammenhang. Der Mann, der den Zeugen und seinen Freund engagiert hat, um Johanna Mend zu beeindrucken, hat ein anonymes Handy. Und von diesem Handy aus ruft jemand – ich sage bewusst jemand – am Tatabend um einundzwanzig Uhr vierunddreißig im Café Zentral an. Wir wissen aber nicht, wer das ist. Es wurde zwar immer wieder vermutet, dass es Johanna Mend war. Aber das weiß niemand. Vielleicht hat der unbekannte Mann im Café Zentral angerufen, weil er wusste, dass Mend dort gearbeitet hat. Das wäre die plausibelste Möglichkeit.«

»Die Zeugin hat aber gesagt«, wandte Rachel ein, »dass *Johanna Mend* um halb zehn an dem Abend angerufen hat, nicht jemand, der nach ihr gefragt hat.«

»Sie hat die Aussage zurückgenommen und gesagt, es war möglicherweise am Tag vorher. Wie dem auch sei: Wir hatten bis jetzt eine unbekannte Telefonnummer. Jetzt wissen wir, wem sie gehört, auch wenn wir nicht wissen, wie der Mann heißt. Warum er ein Mordverdächtiger sein soll, ist mir offen gesagt nicht klar.«

»Finden Sie sein Verhalten nicht verdächtig? Zwei Männer anheuern, um eine junge Frau zu Tode zu erschrecken?«

»Die Leute machen allen möglichen Unsinn, wenn sie verliebt sind. Gut, wahrscheinlich hat er die beiden Männer angeheuert.« Er deutete auf den Zeugen Petritsch, der immer noch am Zeugentisch saß. »Warum aber in aller Welt sollte er die Frau umbringen?«

»Wenn Sie die Identität des Mannes ermittelt hätten«, so Rachel, »wüssten wir darüber vielleicht mehr.«

Zeiselmeier hatte es nicht gern, wenn die Gespräche im Gerichtssaal an ihr vorbeiliefen, und schaltete sich wieder ins Geschehen ein. »So weit, so gut. Das sind natürlich alles Spekulationen. Die allerdings insofern von Bedeutung sind ...« Sie richtete ihre Worte an die juristisch unerfahrenen Schöffen. »... als die Anklage die Schuld des Angeklagten ja nachweisen muss. Wenn Zweifel bleiben, dass hier der Richtige vor Gericht steht, können wir den Angeklagten nicht verurteilen.« Die Schöffen nickten ein staatsbürgerlich verantwortungsvolles Nicken.

Die Vorsitzende entließ den Zeugen und rief den nächsten Tagesordnungspunkt auf. »Kommen wir zur Einvernahme des Sachverständigen Professor Dießen und seiner Analyse der DNA-Spuren. So, Herr Schwind, endlich Ihr Auftritt.«

»Mag sein«, sagte Schwind mit leicht indigniertem Gesicht, »dass der Eindruck aufgekommen ist, die Anklage hätte außer der DNA-Spur nicht viel in der Hand. Aber abgesehen von den anderen Indizien, die es durchaus gibt, ist der DNA-Test nun mal das wichtigste Beweismittel in Prozessen wie diesem. Etwas Zuverlässigeres existiert nicht.«

»Das ist richtig.« Auch diese Bemerkung Zeiselmeiers ging an die Adresse der Schöffen. »An einem positiven DNA-Test kommt man nicht ohne weiteres vorbei. Es sei denn, man weist nach, dass die DNA-Spur nicht durch den Täter zum Tatort gekommen ist. Aber hören wir uns zunächst an, was der Sachverständige zu sagen hat.«

Professor Dießen schien sich in seinem Labor wesentlich wohler zu fühlen als auf der Bühne des Gerichtssaals. Es schilderte in monotonem Vortrag, welche DNA-Proben genommen und eingesandt und miteinander verglichen worden waren, und erläuterte anhand unanschaulicher Grafiken, dass üblicherweise acht bis fünfzehn Abschnitte der DNA mittels der PCR-Methode vervielfältigt würden, dass diese Bereiche repetitive DNA genannt würden und man sie in hoch- und mittelrepetitive DNA unterteilen könne. An diesem Punkt fing der männliche Schöffe an zu gähnen, und auch auf den Rest des Auditoriums hatten Dießens Ausführungen eine stark sedative Wirkung, wie man an den vielen halbgeschlossenen Augen sehen konnte. Dass Dießen zwischendurch immer wieder von DNS sprach, der deutschen Variante des Ausdrucks DNA, trug ebenfalls nicht zur Klarheit bei. Als er seine Rede plötzlich und unvermittelt beendete, hatte niemand den Eindruck, dass die eigentlich interessierenden Fragen beantwortet waren. Aber vermutlich hatte man es in dem eintönigen Gemurmel einfach überhört.

Die Vorsitzende sprach im Namen aller, als sie Professor Dießen abschließend fragte: »Kann man also mit Gewissheit sagen, dass die DNA-Probe, die auf der Leiche gefunden wurde, vom Angeklagten stammt?«

Dießen entgegnete, dass der DNA-Test nur ein Indiz sei und im Zusammenhang mit anderen Indizien zur Überführung des Angeklagten verwendet werden könne. Zur Frage der Wahrscheinlichkeit müsse er weiter ausholen, sagte er und begann über bedingte Wahrscheinlichkeiten und Prävalenzen zu dozieren. Zeiselmeier würgte ihn ab und sagte mit deutlichem Unmut in der Stimme: »Wie hoch ist die Wahrscheinlichkeit, dass Ihr Test falsch ist? Unter einem Promille?«

»Unter einem tausendstel Promille. Das heißt aber noch nicht …«

»Danke, Professor Dießen. Den Rest haben wir ja in Schriftform vorliegen.«

Der Professor blickte ein wenig orientierungslos im Raum herum, bis Zeiselmeier ihm noch einmal dankte und sagte, dass er entlassen sei.

»Ich darf noch einmal zusammenfassen«, sagte Schwind, als der Sachverständige draußen war. »Es bestehen nach dem Gehörten keine vernünftigen Zweifel daran, dass die DNA-Spur, die auf der Leiche gefunden wurde, vom Angeklagten stammt. Er hat sich außerdem zur Tatzeit in unmittelbarer Nähe des Tatorts aufgehalten und wurde mit einer Überwachungskamera gefilmt. Bislang gibt es von der Verteidigung weder eine Aussage dazu, was der Angeklagte zur Tatzeit gemacht hat, noch ein Alibi, noch eine Erklärung, wie die DNA sonst auf die Leiche des Opfers geraten sei. Das soll kein Plädoyer sein. Ich möchte das nur zwischendurch mal festgehalten wissen. Für den Fall, dass die Verteidigung weitere Beweisanträge zu dem Zweck einreicht, irgendwelche mysteriösen anderen Verdächtigen aufzubauen. Das sind Spekulationen und Nebelkerzen. Die DNA-Analyse – die ist Fakt.«

»Da möchte ich der Anklage im Prinzip zustimmen.« Die Vorsitzende wandte sich an Rachel. »Bevor wir weiter nachforschen, was die Anklage alles nicht ermittelt hat, wäre es doch naheliegend, dass der Angeklagte ein paar Fragen klärt. Was hat er zur Tatzeit gemacht? Warum war er in der Nähe des Tatorts? Und wieso wurde seine DNA auf der Leiche gefunden? Im Übrigen alles Dinge, die er bereits schlüssig erklärt hat – in seinem mittlerweile widerrufenen Geständnis.« Zeiselmeier gefiel sich darin, mal die eine, mal die andere Seite zu unterstützen. Hatten die Ermittlungsmängel sie zu Spitzen gegen die Staatsanwaltschaft animiert, war jetzt die Verteidigung an der Reihe. Rachel wusste, dass man sich bei Zeiselmeier auf nichts verlassen konnte. Wie sie am Ende entschied, war vollkommen unvorhersehbar.

Rachel sah zu ihrem Mandanten. Der schien nachzudenken. »Wie sieht's aus?«, flüsterte sie. »Können wir dem Gericht was anbieten? Wir müssen nicht. Es wäre aber nicht schlecht. Vor allem, wenn dazu Zeugen vernommen werden müssen. Das bringt uns Zeit für weitere Nachforschungen.«

Gerlach nickte, dann stand er unvermittelt auf und wandte sich ans Gericht. »Ich würde zu den angesprochenen Punkten gerne eine Erklärung abgeben. Aber das muss ich erst mit meiner Verteidigerin besprechen.«

Rachel beantragte eine Sitzungspause, die ihr gewährt wurde. Sie bekamen von Zeiselmeier ein derzeit unbesetztes Büro zugewiesen. Es besaß eine Glasscheibe, so dass der Wachebeamte den Angeklagten im Auge hatte.

»Wie ist deine Einschätzung der Situation?«, fragte Gerlach und rührte ohne erkennbaren Sinn in seinem schwarzen Kaffee, den man ihm gebracht hatte. Auch auf der Untertasse schwamm Kaffee, der beim Trinken vom Tassenboden tropfte.

»Wir haben ein paar Zweifel gesät. Doch das wird uns nichts nützen, solange wir nicht eine plausible Möglichkeit aufzeigen, wie deine DNA auf die Leiche gekommen ist und was du an dem Abend am Flaucher gemacht hast – in der Stunde, die in deinem Alibi fehlt.«

»Punkt zwei kann ich erklären, zu Punkt eins habe ich eine Vermutung.«

»Dann wird's langsam Zeit, dass du mir das sagst.«

Gerlach blickte schuldbewusst auf seinen Kaffee. »Ja, ich weiß. Ich hätte es dir längst sagen sollen.« Er nahm die Tasse, stellte sie dann aber wieder ab. »Ich habe an dem Abend auf jemanden gewartet. Der wollte mich wegen Helen sprechen, ist aber nicht gekommen.«

Rachel war mehr als erstaunt und auch einigermaßen verärgert. »Hatte ich dich damals nicht ausdrücklich gefragt, ob du dich mit jemandem getroffen hast?«

Gerlach nickte mit gesenktem Kopf.

»Und deine Antwort war …?«

»Dass Nicole das falsch verstanden hat. Es tut mir leid.«

»Wie kommst du dazu, mich so anzulügen? Ich fühle mich da … ziemlich vor den Kopf gestoßen. Ich habe verdammt viel in diesen Fall investiert, und ich muss mich darauf verlassen können, dass du mir die Informationen gibst, die ich für deine Verteidigung brauche. Ich frage mich offen gesagt, ob es Sinn macht, auf dieser Basis weiter zusammenzuarbeiten.«

»Rachel …«

»Und was mir überhaupt nicht in den Kopf will«, unterbrach sie ihn. »Warum? Warum lügst du bei dem Punkt? Ich kann da keinen Sinn erkennen.«

»Da war ich in dieser depressiven Phase. Ich konnte irgendwie nicht klar denken. Und es war mir unangenehm, dass vielleicht Helen … vor Gericht aussagen muss. Und mich in meinem Elend sieht.«

Rachel betrachtete Gerlach, der ihr jetzt wieder in die Augen sah. Sein Blick bat um Verständnis. Aber das Verständnis wollte sich bei Rachel nicht einstellen. »Das klingt als Begründung höchst eigenartig.«

»Ist mir klar. Aber geh davon aus, dass ich zu der Zeit mehr oder weniger unzurechnungsfähig war. Depressionen machen so was mit dir.«

»Tatsächlich!« Rachel verschränkte die Arme vor der Brust. Gerlachs Begründung war mehr als dünn. Andererseits – was sollte sonst dahinterstecken? Sie fand keine Erklärung, aber sie spürte, wie mit einem Mal wieder der Zweifel an ihr nagte. Dieser Fall schien ihr mit jedem Tag undurchsichtiger. Einerseits gab es deutliche Hinweise, dass Johanna Mend von jemand anderem ermordet worden war. Andererseits benahm sich Gerlach irgendwie seltsam.

»Mach das nie wieder, okay?«

Gerlach nickte.

»Was ist mit Punkt eins: DNA?« Rachel wurde wieder geschäftsmäßig und tippte etwas in ihren Laptop.

»Das ist mir tatsächlich erst jetzt wieder eingefallen. Ich hatte der Sache bisher keine Bedeutung beigemessen. Aber wenn ich jetzt darüber nachdenke, macht es irgendwie Sinn ...«

Die Vorsitzende bat die Anwesenden, Platz zu nehmen. Dann setzte sie ihre Lesebrille auf und schaute über deren Rand hinweg zum Angeklagten und seiner Verteidigerin. »Wollen Sie eine Erklärung abgeben?«

Gerlach stand auf, sah noch einmal zu Rachel, um sich zu versichern, dass er reden könne, und bekam von ihr ein kaum merkliches Nicken.

»Frau Vorsitzende, Hohes Gericht, ich möchte zwei Vorfälle zu Protokoll geben, die möglicherweise zur Aufklärung des Sachverhalts beitragen: Der eine Vorfall ereignete sich am neunzehnten April in der Fußgängerzone. Ich begegnete in der Theatinerstraße einem anderen, mir unbekannten Obdachlosen. Er grüßte mich und fragte, ob ich Professor Gerlach sei. Ich wunderte mich, dass er mich kannte. Es gab nur wenige Obdachlose, die von meinem Vorleben wussten. Jedenfalls hatte der Mann von irgendwem erfahren, wer ich war, und er sagte, er hätte eine Nachricht für mich. Jemand wollte mich dringend sprechen. Es gehe um meine Frau Helen, von der ich seit Jahren nichts mehr gehört hatte. Das machte mich neugierig. Der Obdachlose kannte den Namen seines Auftraggebers nicht. Aber ich sollte am nächsten Tag abends um halb zehn zum Flaucher kommen. Er beschrieb mir eine Bank in der Nähe des Kiosks, wo ich später von einer Überwachungskamera gefilmt wurde. Ich war ziemlich aufgeregt. Ich hätte mich normalerweise sehr gefreut, von meiner Frau zu hören. Aber die Umstände waren doch reichlich mysteriös, und ich überlegte, ob ich wirklich hingehen sollte. Aber am Ende siegte die Neugier, ich fand mich zur angegebenen Uhrzeit an der Bank ein und wartete. Es war schon dunkel, und an der Bank gab es auch keine Laterne. Ich wartete lange. Fast eine halbe Stunde. Aber es kam niemand. Irgendwann bin ich zum Kiosk gegangen und habe mich erkundigt, ob jemand nach mir gefragt hat. Das hatte aber niemand. Ich war wohl in einem etwas derangierten Zustand. Die Aussicht, von meiner Ex-Frau zu hören, hatte mich sehr aufgewühlt.

Der andere Vorfall hat sich meiner Erinnerung nach zwei Tage vor dem Mord an Johanna Mend ereignet, also am achtzehnten April. Nicole Böhm und ich hatten unser Lager etwas nördlich des Müllerschen Volksbades an der Isar. Als wir an dem Abend zu unseren Sachen zurückkamen, sprach mich ein anderer

Obdachloser an. Der Mann hat den Spitznamen Penny-Joe. Wie er mit richtigem Namen heißt, weiß ich nicht. Aber es dürfte kein Problem sein, ihn zu finden. Er lebt seit Jahren an der gleichen Stelle. Penny-Joe fühlt sich für die Vergabe von Liegeplätzen an der Isar zuständig und hat immer ein Auge darauf, wer was macht. An dem Tag erzählte er uns, jemand sei an unseren Sachen gewesen. Er, also Penny-Joe, habe den Mann angesprochen und gefragt, was er da zu suchen habe. Daraufhin sei der Mann verschwunden. Wir sollten schauen, ob etwas fehlt. Aber es war alles da. Es gab offen gesagt auch nichts, was zu stehlen sich gelohnt hätte. So was kommt vor, habe ich mir gedacht. Die Sachen liegen ja ungeschützt in der Öffentlichkeit. Andererseits – wer durchsucht die Sachen von Obdachlosen? Und warum?«

»Hat dieser Penny-Joe den Mann beschrieben, der an Ihren Sachen war?«, wollte Schwind wissen.

»Nein. Es hat mich auch nicht interessiert, wer das war. Ich hab mir zum damaligen Zeitpunkt nichts dabei gedacht.«

»Sie wissen also auch nicht, ob die Person selbst ein Obdachloser war?«

»Nein, kann ich nicht sagen.«

»Wir werden diesen Penny-Joe als Zeugen vorladen lassen«, sagte Rachel. »Ich habe ihn schon mal getroffen. Er hat seinen Platz am Müllerschen Volksbad.«

»Zu welchem Beweisthema?« Schwinds Frage klang nicht zynisch oder spöttisch, sondern so, als sei er im Augenblick nicht ganz in der Lage, den Absichten der Verteidigung zu folgen.

»Ich dachte, das sei offensichtlich«, sagte Rachel, ebenfalls ohne Sarkasmus. »Zwei Tage vor dem Mord wühlt jemand in den Sachen des Angeklagten. Schlafsack, Kleidungsstücke etc. Darin befinden jede Menge Haare und andere DNA-Spuren, die der Unbekannte einsammeln kann. Für den Tatabend verabredet sich ein Unbekannter mit dem Angeklagten ganz in der Nähe des Tatorts, taucht aber nicht auf. Genau an diesem Abend wird Johanna Mend ermordet, und man findet ein Haar und einige Hautpartikel des Angeklagten an der Leiche. Wollen Sie da ausschließen, dass jemand dem Angeklagten eine Falle gestellt hat? Dass er bewusst Hinweise auf den Angeklagten gelegt hat?«

»Vorausgesetzt, der Angeklagte hat sich die Sache nicht lediglich ausgedacht.«

»Dem wollen wir ja nachgehen. Es gibt ja offenbar Zeugen.«

»Die erste Frage«, Schwind spielte mit seinem Füller und machte allgemein einen etwas aufgekratzten Eindruck, »die sich mir aufdrängt, ist: Wieso kommt diese Geschichte erst jetzt auf den Tisch?«

»Bis vor kurzem gab es noch das falsche Geständnis«, sagte Rachel. »Da passten diese Vorkommnisse nicht dazu.«

»Ja, das Geständnis«, schaltete sich Zeiselmeier, diesmal mit sarkastischem Unterton, wieder ein. »Mit dessen Zustandekommen und Widerruf werden wir uns noch gesondert beschäftigen. Sollte sich das, was uns der Angeklagte gerade erzählt hat, als wahr erweisen, spräche das natürlich für ihn. Auch wenn mir die Geschichte, ohne die Beweiswürdigung vorwegnehmen zu wollen, ein bisschen unwahrscheinlich vorkommt. Wir sollten das kommende Wochenende nutzen, um diesen Zeugen Penny-Joe zu finden. Und den anderen Mann, der die Nachricht überbracht hat. Ich gehe davon aus, dass die Staatsanwaltschaft im Rahmen ihrer allumfassenden Aufklärungspflicht sich der

Sache annehmen wird.« Blick zu Schwind, der nickte.
»Können Sie den anderen Mann beschreiben?«, fragte
die Vorsitzende Gerlach.

»Ja, das könnte ich wohl.«

»Wir machen das gleich im Anschluss an die Sitzung«, schlug Schwind vor.

Zeiselmeier ließ es ins Protokoll aufnehmen und
ging zur ursprünglichen Tagesordnung über. Den Rest
der Verhandlung wurden weitere Sachverständige
und Zeugen vernommen, die dem, was in den Akten
stand, wenig hinzuzufügen hatten. Außerdem wurde
das Überwachungsvideo vorgeführt, das Gerlach am
Tatabend am Kiosk zeigte. Gegen Ende der Verhandlung hatte Rachel eine WhatsApp-Meldung auf ihrem
Handy. Sie stammte von Albina Zimmermann, der
Freundin der Toten. Der Text lautete: »Habe letztes
Mal was vergessen: Leonora hat mir ein Foto geschickt
an dem Abend, wo sie verschwunden ist. Habe ich
auch Johanna gegeben. LG Albina«. Dann folgte ein
Foto, das Rachel schwer einordnen konnte.

44

Freitagnachmittag, Nymphenburger Straße, durch die Lamellen der geschlossenen Jalousien drangen Straßengeräusche und Hitze ins Büro. Rachel hatte sich die Schuhe ausgezogen. Carsten wenigstens die Krawatte, die Hemdsärmel hochgekrempelt. Das Bild auf dem Computer war von schlechter Auflösung. Wenn man länger hinsah, konnte man oben einen Rand erkennen, darauf Blumenmuster in Weiß, Orange und Gelb, irgendwie vintage, angegammelt. Unterhalb davon war eine Tür, dahinter ein hell erleuchteter Raum. Die Wand um die Tür war dunkel, doch wenn man genau hinsah, erkannte man auf der Wand ebenfalls das Blumenmuster.

»Würde mal sagen, das ist ein Spiegel«, sagte Rachel.

»Ja, ich glaub, du hast recht.« Carsten verkleinerte das Bild ein wenig. Neben der Tür, vor der dunklen Blumentapete, war die Gestalt eines Menschen zu sehen, vermutlich ein Mann der Statur nach. Er war nur schemenhaft zu erkennen, denn in dem Raum, aus dem heraus das Foto gemacht worden war, war es dunkler als in dem Raum nebenan.

Im angrenzenden Raum sah man einen Garderobenständer, an dem nichts hing, sowie einen kleinen Tisch mit zwei Stühlen. Es schien ein Büro zu sein. Das wichtigste Detail war jedoch ein Mann, dicklich, mittelgroß, rötliches Haar, Bürstenschnitt, bleiche Haut. Das Gesicht war halb seitlich zu sehen. Er hielt etwas in der Hand, das grün war und schwarz und tellergroß.

»Was ist das?« Rachel kam mit ihrem fahrbaren Bürostuhl näher.

»Sieht aus wie eine ... Polizeimütze?«

»Kann sein. Da an der Jacke – kannst du das größer machen?«

Carsten vergrößerte das Bild. Das machte die Auflösung nicht gerade besser. Aber man konnte jetzt erahnen, was es war: ein Polizeiabzeichen.

»Der Typ ist Polizist.«

Rachel nickte. »Und der Raum – ist das eine Polizeiwache?«

»Wäre ein bisschen ungewöhnlich.« Carsten holte den oberen Bildrand wieder auf den Schirm. »Gibt es solche Nebenräume auf Polizeiwachen? Mit ollen Tapeten aus den Siebzigern?«

»Eher nicht. Aber was ist es dann?«

»Vor allem: *Wer* ist das?« Das Foto verschwand vom Computerbildschirm, und Carsten startete den Browser und Facebook. Dann gab er den Namen Arnold Marquardt ein.

»Marquart? Welcher war das?«

»Das ist der, den Johanna Mend dienstlich angerufen hat.« Die Facebook-Seite von Marquardt erschien, mit Foto des Inhabers, albern, aber erkennbar. »Ne«, sagte Carsten. »Der ist es nicht.«

Für den nächsten Namen musste Carsten in seinen Unterlagen nachsehen. »Werner Obinger. Das ist der, den sie privat angerufen hat.«

»Der gerade in Urlaub ist?«

»Genau der. Sehen wir uns ihn doch noch mal auf Facebook an.« Werner Obingers Account ploppte auf. Vier Augen blickten erwartungsvoll auf den Bildschirm. »Gotcha!« Carsten zögerte nicht einen Augenblick. Der Mann auf dem Profilfoto war derselbe wie der auf dem mysteriösen Foto von Leonora Shkodra.

Rachel legte ihre Füße aufs Fensterbrett, wo sie ein Lufthauch von draußen umwehte, stellte die Rückenlehne fast waagerecht und verschränkte die Hände hinter dem Kopf. »Das Foto wurde an dem Abend gemacht, als Leonora Shkodra verschwand. Wir können also davon ausgehen, dass sie Deutschland erreicht hat. Aber was hatte sie mit diesem Polizisten zu schaffen? Wieso ist sie in dieser seltsamen Location mit ihm? Und wer ist die andere Person an der Tür?«

»Die Fragen wird sich auch Johanna Mend gestellt haben.«

»Und möglicherweise hat sie die Fragen auch Herrn Obinger gestellt. Sie fährt zur Polizei nach Bad Reichenhall, um mit Marquardt zu reden. Und da sieht sie Obinger oder ein Foto von ihm, das irgendwo an der Wand hängt.«

»Vielleicht hat sie auf dem Foto von Frau Shkodra nicht erkannt, dass es ein Polizist ist, und wundert sich jetzt umso mehr. Vor allem ist ihr klar, dass hier ein Art Verschwörung im Gange ist.«

»Warum?«

»Marquardt hat das Foto sicher gekannt, oder?«

»Ja. Frau Zimmermann hat es bei ihrer Vermisstenanzeige an Marquardt geschickt. Das hab ich vorhin noch mal nachgefragt. Und wahrscheinlich hat auch Johanna Mend es ihm vorgelegt.«

»So! Und das ist der Punkt: Offenbar hat Marquardt verschwiegen, dass auf dem Foto ein Kollege von ihm zu sehen ist. Damit war für Johanna Mend klar, dass Marquardt und Obinger unter einer Decke stecken. Wäre interessant zu wissen, was sie daraufhin gemacht hat.«

»Wir wissen, dass sie bei Obinger angerufen hat.«

»Und sie hat ihm wahrscheinlich auch das Bild geschickt.« Carsten blätterte in der Telefonliste der Staatsanwaltschaft. »Also mit dem Handy nicht, soweit ich sehen kann. Vielleicht hat sie's ihm gemailt. Das müsstest du mal nachschauen. Ihr kommt doch in den Mail-Account.«

»Hab ich schon nachgesehen. Nicht wegen dem Bild. Sondern ob es nach Bad Reichenhall auch Mail-Kontakte gab. Gab es aber nicht. Wahrscheinlich hatte Obinger das Foto schon. Von Marquardt.«

»Auch wieder richtig.«

»Wann war eigentlich der letzte Anruf bei Obinger?«, wollte Rachel wissen.

Carsten hatte die Seite der Liste aufgeschlagen. Ein kurzer Blick genügte. »Fünfzehnter April.«

»Hm … eine knappe Woche vor ihrem Tod.« Rachel nahm die Füße von der Fensterbank und drehte sich zu Carsten. »Wie kriegen wir raus, wo der Kerl Urlaub macht?«

»Hier macht er Urlaub.« Auf dem Computerbildschirm war immer noch Obingers Facebook-Seite. Unter den neuesten Posts war ein Foto von Obinger und Freundin in Badekleidung, im Hintergrund eine Art Bungalow im amerikanischen Stil. Das Paar grüßte mit zwei Gläsern Rotwein in die Kamera. Das Bild war untertitelt: *Unsere Ferienvilla – und der Valpolicella fließt in Strömen!*

»Florida?«

»Valpolicella klingt eher nach Gardasee«, sagte Rachel.

»Sieht aber amerikanisch aus.«

»Da, schau mal!« Rachel deutete auf den Bildrand. Dort endete der Bungalow, und man konnte auf einem schmalen Streifen sehen, was dahinterlag. »Das ist doch ein Wohnwagen. Die sind auf dem Campingplatz.«

»Aber auf welchem?«

»Wie viele Campingplätze gibt's am Gardasee?«

»Keine Ahnung. Dutzende.«

»Dann sehen wir uns die mal im Internet an«, schlug Rachel vor. »Vielleicht taucht dieser Bungalow auf einer Website auf.«

Zwanzig Minuten später meldete Carsten einen Treffer in Cisano am Ostufer des Sees. Die auf der Website des Campingplatzes abgebildeten Mobile Homes entsprachen dem auf Obingers Facebook-Seite.

»Tja – dann werde ich wohl das Wochenende am Gardasee verbringen.«

Carsten druckste einen Augenblick herum, bevor er sagte: »Ich kann gern mitkommen. Also ... ich meine, wenn du möchtest.« Carsten war jetzt ein bisschen rot im Gesicht. Aber das konnte auch an der Hitze liegen.

»Nein. Du hast wirklich schon genug gemacht. Du musst dir nicht noch das Wochenende um die Ohren schlagen.«

Carsten zuckte etwas hilflos mit den Schultern.

»Es sei denn, du möchtest ein Wochenende mit mir verbringen.« Rachel lächelte Carsten an. Der wurde noch ein bisschen dunkler um die Wangen.

»Na ja«, stammelte er schließlich. »Wir könnten ja einfach mal fahren und schauen ... was passiert.«

»Carsten, mein Schatz – das wäre keine gute Idee.« Sie nahm seine Hand. »So was führt nur zu Komplikationen, okay?« Sie strich ihm über die Wange. »Du machst jetzt mal Feierabend und gehst ins Wochenende.«

»Na gut.« Carsten packte seine Sachen zusammen. »Und wenn's dir am Gardasee langweilig wird, denk dran: Du hättest auch in netter Gesellschaft fahren können.«

»Mach was Schönes am Wochenende.«

In der offenen Tür blieb Carsten noch einmal stehen. »Und sei vorsichtig. Der Kerl ist gefährlich.«

»Ich pass auf mich auf.«

»Wer ist gefährlich?« Sascha steckte den Kopf ins Büro.

Rachel erzählte ihm von den neuesten Erkenntnissen.

»Gardasee … Da waren wir schon lange nicht mehr. Ob es dieses Hotel in Gargnano noch gibt? Mit der Terrasse am See.«

»Wieso? Willst du mit?«

Sascha überlegte kurz, dann lächelte er. »Paula hat Lernwochenende, und du brauchst Begleitschutz. Machen wir uns einfach zwei schöne Tage.«

Rachel wusste, dass es gar keine gute Idee war, wenn man von seinem Ex-Mann loskommen wollte. Und so sagte sie: »Warum nicht? Ein bisschen Erholung wird uns nicht schaden.«

Die gemeinsame Dienstfahrt musste vertraulich bleiben. Jedenfalls vor Paula. Sascha machte angeblich eine Bergtour mit einem alten Freund, den Paula nicht kannte. Ihr Interesse an Saschas Tour war denkbar gering. Sie litt unter Examenspanik und hatte den Kopf woanders.

Sarah war höchst erfreut über die Aussicht, das Haus am Wochenende für sich zu haben. Ihre Eltern hatten beschlossen, dass es an der Zeit sei, Sarah ein bisschen Verantwortung zuzutrauen. Außerdem war es irgendwie albern, die Großeltern zu holen, um eine Fünfzehnjährige zu bewachen.

»Wieso komme ich eigentlich nicht mit?« Sarah bedachte ihre Mutter mit einem Pippi-Langstrumpf-Lächeln.

»Das ist beruflich. Wir müssen einen Zeugen befragen. Für den Mordprozess.«

»Beruflich! Verstehe.« In das Pippi-Langstrumpf-Lächeln hatte sich eine spöttische Note verirrt, die Rachel als etwas unangemessen für einen Teenager empfand, der gerade mit seiner Mutter sprach. »Übernachtet ihr in einem Zimmer?«

»Du, ich kann auch die Oma anrufen. Die kommt immer gern nach München.«

»Ja, okay. Geht mich ja nichts an.« Pause. »Was sage ich, wenn Paula hier anruft?« Das Lächeln wollte einfach nicht aus Sarahs Gesicht verschwinden.

»Wieso soll die hier anrufen?«

»Weil die es wie jede Frau spürt, wenn was faul ist.«

Rachel zog ihre Tochter zu sich. »Pass auf, Schatz: Du bist jetzt ein Wochenende lang ein großes Mädchen. Du wirst nicht zulassen, dass deine Freunde dieses Haus verwüsten, du wirst es auch nicht selber anzünden und dich ganz allgemein so benehmen, dass mich die Nachbarn am Montag noch grüßen. Und wenn Paula anruft, was sie nicht tun wird, wirst du ihr erzählen, was ein großes, verantwortungsbewusstes Mädchen in so einem Fall eben erzählt. Klar?«

Sarah ließ ihre Wimpern klimpern. »Habe vollständig verstanden.«

Sie fuhren mit dem roten BMW-Cabrio. Es bot, im Gegensatz zu Saschas Spitfire, Platz für ein Minimum an

Gepäck und war das ideale Gefährt, um auf sonnig-gewundenen Bergstraßen zu cruisen. Das Hotel in Gargnano gab es noch. Und es hatte ein Zimmer mit Seeblick frei, was mitten in der Hochsaison nicht selbstverständlich war.

»Paula wäre nicht begeistert, dass wir uns ein Zimmer teilen«, sagte Rachel, während sie ihre Sachen in den Schrank räumte.

Sascha stand an der offenen Balkontür und blickte auf den See. »Deswegen wird sie es auch nicht erfahren. Abgesehen davon: Sie hatten ja nur noch ein Zimmer.«

»Es wird schon gutgehen.« Rachel lächelte kurz, und in diesem Moment kamen ihr wieder Zweifel, ob sie das wirklich hätte tun sollen. Jetzt war es zu spät. Was hatte sie eigentlich vor? Wahrscheinlich das, was Carsten gesagt hatte: mal schauen, was passiert.

Der Campingplatz war auf der gegenüberliegenden Seite des Sees. Rachel ließ Sascha fahren und spürte den heißen Juliwind im Haar. Ihr Ex-Mann machte bella figura am Steuer. Sonnenbrille, schwarzes, in letzter Zeit leicht ergrauendes Haar und braun gebrannt wie jeden Sommer. Er hatte die mediterranen Gene der Familie Eisenberg abbekommen, während seine Schwester der rotblonde Typ war mit Haut, die man um diese Jahreszeit nur mit Sunblocker aus dem Haus lassen konnte.

»Was vermutest du eigentlich? Dass Herr Obinger die Frau aus dem Kosovo umgebracht hat?« In Richtung See sah Rachel die blau-weiße Achterbahn von Gardaland. Gerade stürzte ein Zug mit kreischenden Touristen in die Tiefe.

»Ich habe nicht die leiseste Ahnung. Aber dieses Foto ist das letzte Lebenszeichen von Leonora Shko-

dra, und da ist er drauf. Vielleicht hat er sie nicht umgebracht. Aber er weiß, was an dem Abend passiert
ist.«

»Die letzte Person, die ihn danach gefragt hat, wurde kurz darauf ermordet. Ich sag's nur«, gab Sascha zu
bedenken.

»Dann sollten wir schön zusammenbleiben und die
Zimmertür abschließen.«

Der junge Mann an der Rezeption des Campingplatzes
sprach ziemlich gut Deutsch und führte Rachel und
Sascha durch das weitläufige Areal. Von den Mobil-
heimen, wie sie offiziell hießen, gab es nur zehn Stück,
und die lagen in der vordersten Reihe direkt am See.
Ein kleiner Grünstreifen und ein Fußgängerweg trennte sie vom Badeufer. Auch zu den Sanitäranlagen sei
es nicht weit, sagte der junge Mann. Natürlich wäre
das nicht nötig, denn jedes Mobilheim verfüge über
Bad und Toilette. Aber es gebe Gäste, die bevorzugten
die Gemeinschaftseinrichtungen. Im Augenblick seien
alle Mobilheime leider belegt. Aber wenn etwas frei
werde, könne er ihnen Bescheid geben. Rachel ging
in den Schatten und checkte Obingers Facebook-Foto
auf ihrem iPad. Die kleinen Bungalows glichen sich
wie ein Ei dem anderen.

Auf dem Weg nach draußen hielten beide Ausschau
nach Obinger und seiner Freundin, konnten sie aber
nirgends entdecken. Sie beschlossen, es gegen Abend
noch einmal zu versuchen. Rachel war froh, diesen
exotischen Ort wieder zu verlassen. Adiletten-selige
Gemütlichkeit auf Campingstühlen in Sicht- und Hörweite der Nachbarn (auch in Riechweite, wie Rachel
bei dem einen oder anderen Zelt feststellte) war nicht
ihre Welt.

»Wie kann man so Urlaub machen?« Sie sah beim Wegfahren mit einem Schauder zurück.

»Ich glaube, die finden das gut. In so einem Urlaub lernst du Leute kennen, denk ich mal.«

»Morgens beim Zähneputzen im Sanitärblock.«

»Oder tagsüber beim Weißbiertrinken.«

Das Hotel bot nicht nur einen großartigen Blick, auch das Restaurant gehörte zu den besten am See. Und von den guten gab es einige. Das Vitello tonnato und die Seeforelle waren vorzüglich, vor allem, wenn man gerade vom Campingplatz kam. Rachel und Sascha hatten ihren Digestif vor sich und blickten wohlig erschöpft vom Essen und der Nachmittagshitze auf den See. Saschas Handy lag auf dem Tisch. Rachels Blick fiel darauf.

»Das letzte Mal, als wir zusammen aus waren, hast du diese Mail bekommen«, sagte Rachel und räkelte sich.

»Stimmt. Was ist eigentlich aus dem Burschen geworden? Casper?«

»Ja. Casper Haim. Weiß nicht. Die letzte Ansage war, dass er nicht mehr in der Schule aufgetaucht ist.«

»Auch eine Lösung.« Sascha leerte sein Glas Averna, der Eiswürfel klingelte beim Absetzen. »Ich bin neulich übrigens mal über den Namen Haim gestolpert bin. Es gibt einen Anwalt, der heißt Reza Haim. Scheint iranischer Herkunft zu sein. Ich hab mich gefragt, ob das vielleicht der Vater von Casper ist.«

»Keine Ahnung. Was macht der?«

»Strafrecht.«

Rachel checkte entferntere Schubladen ihres Gedächtnisses. »Doch, kann sein, dass ich den mal getroffen habe. Schwarzhaarig, ziemlich gutaussehend.«

»Nein, das war ich.«

Rachel grinste. »Eine gewisse Ähnlichkeit besteht durchaus.« Sie trank einen Schluck und sah auf den See hinaus. »Ich halt die Augen offen, ob ich ihn mal sehe.«

Bis zum Abend war noch Zeit, sich in die Sonne zu legen, wofür der Privatstrand des Hotels die besten Voraussetzungen bot. Rachel stand im Bad vor dem Spiegel und betrachtete ihre Bikinifigur. Die kleine Rundung am Bauch war einfach nicht wegzubekommen. Andererseits – Sascha hatte immer gesagt, das Bäuchlein sei wahnsinnig sexy. Paula dagegen war dünn wie eine Reitgerte. Ohne Bäuchlein war also offenbar auch in Ordnung. Rachel streifte etwas missmutig ein T-Shirt über, als sie im Spiegel sah, dass die Badezimmertür aufging. Sascha kam herein und stellte sich hinter sie.

»Fertig für den Strand?«, fragte sie.

»Bisschen müde vom Essen.« Er legte seine Hände um ihren Bauch und zog sie an sich. Sie tat nichts dagegen. »Früher haben wir im Urlaub immer Siesta gemacht.«

»Hm. Früher schon.«

Er schob seine Hände unter ihr T-Shirt und ließ sie nach oben gleiten.

Sie lehnte ihren Kopf nach hinten. »Was wird das?«

»Wonach fühlt sich's an?«

Sie drückte ihren Hintern gegen seine Körpermitte. Es war eindeutig. »Nach Siesta?«

»Hm«, hauchte ihr Sascha ins Haar und zog sie aus dem Bad zum Bett.

Die Sonne ging in Gargnano früher unter als auf der anderen Seite des Sees, denn die Berge waren nah und ragten steil auf im Westen. Das war der einzige Nachteil der Lage. Ansonsten war es malerischer als im Süden und Osten und nicht so überlaufen. Rachel lag in der Sonne und fühlte sich angenehm erschöpft von vier Höhepunkten in einer halben Stunde. Sascha hatte es nur auf die Hälfte gebracht, was in seinem Alter in Ordnung war. Rachel versuchte die Gedanken zu verscheuchen, die ihre wohlige Stimmung beeinträchtigten: Was hatte das jetzt zu bedeuten? Wie würde es weitergehen? Wollte sie wieder mit Sascha zusammen sein? Diese Gedanken waren, wenn man es logisch anging, vollkommen sinnlos, weil von den zwei Menschen, die auf diesem Handtuch lagen, nur einer sie sich machte. Der andere verbrachte ein nettes Wochenende mit seiner Ex, würde nach Hause fahren, wo alles wie vorher war, und nie wieder darüber reden. Die Hälfte ihrer Orgasmen würde sie dafür tauschen, nur einmal so schlicht gestrickt zu sein wie ein Mann.

Einen weiteren Nachteil hatte das Hotel in Gargnano: Es lag ziemlich weit von Cisano entfernt. Fast achtzig Kilometer, wenn man um den See fuhr. Dreißig, wenn man die Autofähre nahm. Der Zeitaufwand blieb allerdings fast der gleiche. Aber sie hatten Zeit und genossen die Fahrt über den See.

Der junge Mann vom Campingplatz war immer noch im Dienst und sagte mit Bedauern, dass noch nichts frei geworden sei. Sascha sagte ihm, dass sei nicht weiter schlimm. Sie wollten ein bisschen die Aussicht am Strand genießen und sich das Restaurant ansehen.

Auf dem Weg zum Wasser roch es allenthalben nach

Grillgut, das die umliegenden Supermärkte in Plastik eingeschweißt verkauften. Der eine oder andere hatte auch frischen Fisch vom Markt geholt. Und mit den holländischen Nachbarn wurden Kartoffelsalatrezepte getauscht. Werner Obinger und seine Freundin hatten schon gegessen und waren jetzt bei Zigarette und Weißbier auf der Bungalowterrasse angelangt.

»Guten Abend, Herr Obinger«, sagte Rachel. »Tut mir leid, wenn ich Sie im Urlaub störe. Aber ich kann nicht bis zu Ihrer Rückkehr warten.« Sie stellte Sascha und sich kurz mit Namen vor und sagte, sie wünsche Obinger in einer beruflichen Angelegenheit zu sprechen.

»Worum geht's?« Obinger thronte missmutig in seinem weißen Plastiksessel und taxierte die Eindringlinge.

»Um einen Vermisstenfall. Aber vielleicht gehen wir kurz ein paar Schritte. Dann müssen wir Ihre Freundin nicht damit behelligen.«

Obinger schien sofort zu erfassen, um was es ging, und war offenbar auch der Ansicht, dass seine Freundin unbehelligt bleiben sollte. Er wuchtete sich aus dem Plastiksessel, machte seine Zigarette aus und sagte der rauchenden Frau, es werde nicht lang dauern.

»Was wissen Sie über das Verschwinden von Leonora Shkodra?« Rachel und Sascha waren mit Obinger zum Seeufer gegangen. Es war belebt, und ein Wind wehte über den See und kühlte die Hitze des Tages, die sich an Land aufgestaut hatte.

»Die Frau wurde im Winter als vermisst gemeldet, wenn ich mich richtig erinnere. Aber da fragen Sie am besten meinen Kollegen Marquardt. Der hat die Anzeige aufgenommen.« Obinger zündete sich eine neue Zigarette an.

»Haben Sie die Frau mal gesehen?« Sascha bekam auch Lust, eine zu rauchen, hielt sich aber zurück.

»Was wollen Sie eigentlich von mir?«

»Klarheit gewinnen über bestimmte Dinge.«

Obinger schnaubte Rauch aus den Nasenlöchern. »Dann drücken Sie sich mal selber klar aus.«

Rachel holte ihr iPad aus der Tasche und zeigte Obinger das Foto, das Leonora Shkodra am Abend ihres Verschwindens aufgenommen und an Albina Zimmermann geschickt hatte. »Ich nehme an, Sie kennen das Foto.«

Obinger blickte nur kurz auf den Bildschirm und dann auf den See hinaus. »Ja. Kenn ich. Ich weiß nicht, wo das aufgenommen wurde.«

»Es muss am neunundzwanzigsten Januar gewesen sein.«

»Ist verdammt lang her«, sagte Obinger. »Wissen *Sie,* wo Sie am neunundzwanzigsten Januar waren?«

Rachel steckte das iPad wieder ein. »Keine Ahnung. Aber ich könnte in meinem Bürokalender nachsehen. Sie waren, wie's aussieht, im Dienst, und da muss es ja Aufzeichnungen drüber geben.«

»Ich hab nachgesehen. Ja, ich war auf Streife. Aber ich weiß natürlich nicht, was ich da im Einzelnen gemacht habe. Das Bild kann überall aufgenommen worden sein. Ich hab die Frau jedenfalls nie gesehen.« Obinger warf seine angerauchte Zigarette in den See. »Und jetzt lassen Sie mich in Ruhe.«

»Wie viele Personen haben das Foto bis jetzt gesehen?«

Obinger drehte sich im Gehen noch einmal um. Rachel sah ihn streitbar an. »Außer Ihnen, uns und Ihrem Spezl Marquardt? Und Johanna Mend – aber die zählen wir mal nicht mit. Denn die lebt ja nicht mehr.«

Obinger kam noch einmal zurück. Er wirkte irgendwie gehetzt. »Wir haben die Anzeige bearbeitet und die Frau aus dem Kosovo suchen lassen. Sie wurde sogar zur Fahndung ausgeschrieben. Es weiß kein Mensch, wo sie abgeblieben ist. Zufällig hat sie mich fotografiert – und? Sagen Sie mir, wo das aufgenommen wurde, dann erinner ich mich vielleicht. Und was Frau Mend betrifft: Die hat bei mir angerufen und mir die wildesten Sachen unterstellt. Aber ich konnte ihr auch nicht mehr sagen als Ihnen, okay?«

»Herr Obinger …« Rachel tauschte ihre Brille gegen eine Sonnenbrille aus, denn sie stand mit dem Gesicht zur Abendsonne. »Im Augenblick läuft der Mordprozess in Sachen Johanna Mend. Das wissen Sie. Die Frau recherchierte das Verschwinden von Frau Shkodra und kam auf Sie. Weil Sie auf dem Foto sind. Wie hat sie Sie eigentlich gefunden?«

»Es gab in der Zeitung einen Bericht über einen Polizeieinsatz. Da war ich auf dem Bild, und die Kollegen haben den Artikel ans Schwarze Brett geheftet.«

»Gut. Also Frau Mend erkennt Sie und telefoniert zwei Mal mit Ihnen. Das letzte Mal, eine Woche bevor sie ermordet wird. Ich bin mir ziemlich sicher, dass sich die Staatsanwaltschaft bis jetzt noch nicht unter diesem Aspekt mit der Sache befasst hat. Ich sag's Ihnen noch mal ganz simpel: Eine Studentin sucht eine Frau, die unter mysteriösen Umständen verschwunden ist, und wird ermordet. Und das letzte Foto, das die verschwundene Frau gemacht hat, zeigt Sie. Das wird sehr eng für Sie. Wenn Sie die Frau nicht getötet haben, dann kooperieren Sie!«

Obinger lachte und schüttelte den Kopf.

»Ich erwarte Sie am Montag im Gericht. Ich lasse Sie als Zeugen vorladen.«

»Montag?«

»Von Ihrem Urlaub haben Sie jetzt eh nichts mehr.«
Obinger zündete sich die nächste an.

»Ich melde mich morgen wieder«, sagte Rachel und tätschelte Obingers Schulter. »Machen Sie mal langsam mit den Zigaretten. Nicht dass Sie mir am Montag heiser sind.«

Rachel und Sascha saßen noch eine Weile auf der Terrasse des Campingplatzrestaurants, von wo man einen Blick auf Obingers Bungalow hatte, wenn auch nur von schräg hinten. Immerhin war zu sehen, wie Obinger rauchend und telefonierend vor seinem Mobilheim auf und ab ging. Aber er verließ das Gelände nicht. Als es dunkel wurde, machten sich die beiden auf den Heimweg ins Hotel.

Rachel hatte einen Anruf ihres neu akquirierten Mandanten Kevin von Mettgenich-Heuersbach auf dem Handy, des Mannes, dessen Frau bei einer nächtlichen Rohbaubesichtigung ums Leben gekommen war. Die Polizei hatte den Freiherrn wegen Verdachts der versuchten Erpressung vorgeladen, weil er einem hartnäckigen Schuldner gedroht hatte, ihm *den Arsch bis zur Hutkrempe aufzureißen,* wenn er nicht bis zu einem bestimmten Zeitpunkt zahlen würde. Eine solche Drohung erfüllte, wenn sie ausschließlich zur Durchsetzung eines berechtigten Anspruchs eingesetzt wurde, nicht den Tatbestand der Erpressung. Aber beim Freiherrn wusste man nie genau, was er an Bearbeitungs- und Verzugsgebühren draufschlug. In dem Telefonat, das Rachel vom Auto aus führte, blieb dieser Punkt irgendwie unklar, und sie riet Mettgenich-Heuersbach, keine Aussage zu machen, bis sie die Sache besprochen hatten. Da sie den Mann schon mal am Apparat hatte, fragte sie, ob er vielleicht ein paar Informationen besorgen könne. Es gehe um zwei Polizisten, die vermutlich in illegale Aktivitäten verstrickt seien. Dieses Gebiet war dem Freiherrn durchaus nicht fremd, Bad Reichenhall allerdings nicht sein Revier. Doch kannte er jemanden dort, einen Kollegen, der wie er selbst im Kreditgeschäft tätig sei. Den würde er fragen.

»Bin gespannt, ob Obinger einknickt«, sagte Sascha, während er auf einer kleinen, kurvigen Bergstraße hoch über dem See fuhr. Es war immer noch warm, und das Verdeck war offen. In ein paar Kilometern gab es ein kleines Lokal mit sensationeller Sicht auf den nächtlichen See und einer hymnischen Kritik im Osteria-Führer.

»Der wird sämtliche Möglichkeiten durchgehen«, sagte Rachel. »Immer und immer wieder. Und dann wird er zu der Erkenntnis kommen, dass schon zu viele Leute zu viel wissen. Er kann nur die Flucht nach vorne antreten und kooperieren.«

»Ich hoffe, du hast recht.« Sascha blickte in den Rückspiegel. »Der Kerl hinter uns nervt mich langsam.«

»Ist der schon länger hinter uns?«

»Seit dem Abzweiger unten. Mal fährt er auf, dann lässt er sich wieder zurückfallen. Mann, überhol halt endlich!« Sascha ließ seine Rechte nach oben fahren, um dem Hintermann seine Verärgerung anzuzeigen.

Sie kamen aus dem Waldstück heraus, durch das die Straße die letzten Kilometer verlaufen war. Der Blick öffnete sich auf den See einige hundert Meter rechts unter ihnen. Lichter funkelten, und der Mond spiegelte sich auf dem Wasser. In den Wagen hinter ihnen kam Leben. Der Fahrer schaltete einen Gang runter und setzte den Blinker.

»Na endlich! Nervensäge!« Sascha nahm etwas Gas weg, um den anderen vorbeizulassen. Der zog den Wagen nach links und beschleunigte. Als er am BMW halb vorbeigezogen war, bremste er mit einem Mal ab und fuhr nach rechts. Sascha blinkte hektisch. »He, du Vollpfosten! Du bist noch nicht vorbei.«

»Pass auf!«, schrie Rachel. Doch da hatte der andere Wagen schon den Kotflügel des BMW touchiert. Sascha fluchte und bremste, doch auch der andere bremste.

»Der will uns umbringen!«, entfuhr es Sascha. Es war eindeutig kein Versehen des anderen. Das war Absicht. Die Schnauze des BMW wurde jäh nach rechts gedrückt, dort, wo hinter einem schmalen Bankett der Abgrund gähnte. Sascha riss das Steuer nach links, aber das half nicht mehr. Es ging zu schnell. Ehe sie realisierten, was sich gerade abspielte, war der rechte Vorderreifen schon von der Straße abgekommen, ratterte für den Bruchteil einer Sekunde über groben Untergrund, dann sackte der Wagen ein paar Zentimeter nach unten, der Wagenboden setzte auf der Straße auf und knirschte dem Abhang entgegen. Zuletzt verließ auch der linke Vorderreifen festen Grund, der Wagen drehte sich talwärts, rutschte auf Wagenboden und Hinterrädern weiter, bis die Schnauze zu weit überstand und das Fahrzeug endgültig nach unten riss. Es ging nicht senkrecht nach unten, aber steil, so steil, dass sich der Wagen überschlug. Mit einem Knall wurde Rachels Kopf gegen die Kopfstütze geschleudert. Die Airbags waren aufgegangen. An einer alten Pinie kam der Wagen zum Stehen.

45

Hätte der Baum fünf Meter weiter links oder rechts gestanden, wäre von den Insassen trotz Airbag nicht viel übrig geblieben. So waren sie mit Prellungen, Gehirnerschütterung und einem diffusen Schleudertrauma davongekommen. Die Ärzte entschieden, das deutsche Ehepaar über Nacht dazubehalten. Nachdem der Wagen nicht so aussah, als würde er noch irgendwohin fahren, hatten Rachel und Sascha nichts dagegen, bis zum nächsten Morgen im Krankenhaus von Arco zu bleiben. Sie schilderten den Carabinieri, dass sie vorsätzlich von der Straße abgedrängt worden seien. Es war allerdings schwierig, die vermutlichen Hintergründe der Tat zu erklären. Rachel drängte darauf, auf dem Campingplatz nachzusehen, ob der Wagen von Obinger entsprechende Schäden aufwies.

»Glaubst du, der ist so doof und versucht, uns umzubringen?«, sagte Sascha, nachdem die Polizisten wieder weg waren. Man hatte die beiden in ein Zimmer gelegt. Es war fast Mitternacht.

Rachel trank einen Früchtetee. »Es wird ihm schon klar sein, dass er sich damit erst recht verdächtig macht. Aber wir wissen ja auch nicht, wie schlau Obinger ist. Vielleicht ist er so simpel gestrickt. Es kann jedenfalls nicht schaden, wenn die Polizei bei ihm auftaucht. Das wird ihm beim Nachdenken helfen.«

»Bleibt die Frage, wer es dann war. Ich bin offen gesagt ziemlich beunruhigt.«

»Irgendjemand, der nicht will, dass wir mit Obinger reden.«

Sascha sah zur Zimmertür. »Sollten wir die absperren?« Saschas Handy klingelte. Er sah auf das Display, zögerte, dann ging er dran. »Hallo, Kleines … ganz gut. Ich hatte nur einen kleinen Unfall und musste kurz ins Krankenhaus. Aber morgen bin ich wieder draußen … nein, nein, nichts Schlimmes. Du musst dir keine Sorgen machen …« Rachel nahm sich genervt ihr eigenes Handy und rief Sarah an. Sie war zu Hause und hatte Freunde da, wie zu erwarten. Rachel wollte nicht viel wissen, nur, ob alles okay sei. Sie hasste es, solche Kontrollanrufe zu machen. Aber Sarah könnte sich ja auch *einmal* selber melden!

Es war halb elf, als sie aufwachten. Man hatte Rachel und Sascha gut wirkende Schlafmittel verabreicht. Jemand von der Polizei kam vorbei und berichtete, dass man gestern Nacht noch auf dem Campingplatz gewesen sei. Der Wagen von Obinger habe keinen einzigen Kratzer. Die Polizei hatte Lack- und Glassplitter sowie Reifenspuren am Unfallort gesichert. Die würden jetzt ausgewertet. Wie lange das dauern würde, fragte Sascha und bekam die präzise Auskunft, dass diese Dinge mal mehr, mal weniger Zeit brauchten.

Das Frühstück war gar nicht so schlecht. Danach machte sich Sascha an die Organisation eines Mietwagens, und Rachel rief Obinger an.

»Guten Morgen, Herr Obinger. Wie geht's Ihnen?«

»Ganz gut. Und Ihnen?« Obingers Stimme klang weniger defensiv als gestern.

»Den Umständen entsprechend.«

»Das mit dem Unfall tut mir leid. Die Polizei hat's mir gestern gesagt.«

»Tja – dumm gelaufen. Sie haben keine Ahnung, wer das war?«

Obinger schwieg, räusperte sich. Dann sagte er leise: »Wann ist der nächste Verhandlungstag?«

»Montag.«

»Sind Sie da schon wieder in München?«

»Ja. Wir verlassen heute noch das Krankenhaus. Vielleicht muss ich eine Halskrause tragen. Mehr ist Gott sei Dank nicht passiert.«

»Im Justizpalast?«

»Nein. Nymphenburger Straße. Ich schicke Ihnen nachher eine SMS mit dem Sitzungssaal und den Zeiten. Darf ich erfahren, was Sie aussagen werden?«

»Im Augenblick noch nicht. Ich muss das erst mit meinem Anwalt besprechen.«

»Ist sicher keine schlechte Idee in Ihrem Fall. Aber ich denke, es bringt Ihnen jetzt am meisten, wenn Sie reinen Tisch machen.«

»Wie gesagt – ich muss mit meinem Anwalt reden.«

»Gut. Wir sehen uns am Montag. Und passen Sie auf sich auf. Und das meine ich sehr ernst.«

»Ich bin Polizist. Ich krieg das hin.«

Sascha schickte Rachel einen sehr neugierigen Blick, als sie aufgelegt hatte. Er saß im Krankenhausnachthemd auf seinem Bett.

»Er will aussagen. Hoffentlich erzählt ihm sein Anwalt keinen Mist.«

»Ja, diese verdammten Anwälte.« Sascha schüttelte mitfühlend den Kopf.

In diesem Moment klopfte es an der Tür, und Sascha sagte »Herein«. Durch die Tür kam mit besorgtem Gesicht – Paula.

»Oh …«, sagte Sascha. »Paula …«

»Ja, ich weiß. Ich sollte nicht kommen. Aber ich hab mir Sorgen gemacht und dachte, ich überrasche dich.« Sie lächelte Sascha schüchtern an, der ihr zwar den

Kopf zugewandt hatte, aber ansonsten mit dem rückenfreien Krankenhaushemd immer noch auf dem Bett saß. »Siehst wirklich sexy aus mit dem freien Rücken. Bringt deinen sexy Hintern zur Geltung.« Kurze Stille. Jetzt bemerkte Paula, dass das andere Bett auch belegt war. »Oh, Pardon, du hast ja Gesellschaft.«

Sie trat zwei Schritte vor, um Saschas Zimmergenossen zu sehen. »Ciao, mi chiamo Paula.« In diesem Moment gefroren Paulas Gesichtszüge.

»Sie spricht deutsch«, sagte Sascha und wusste selbst, dass der Satz nicht wirklich passend war.

Paula brauchte einen Moment, um sicher zu sein, dass das, was sie sah, auch wirklich das war, was sie sah. Anschließend starrte sie erst Rachel, dann Sascha mit einem Blick an, der ihre Wut und ihr Entsetzen über diese bodenlose Erniedrigung mehr als angemessen zum Ausdruck brachte, bevor ihre Gesichtszüge außer Kontrolle gerieten, sie mit krampfartigen Zuckungen in Tränen ausbrach und ohne ein weiteres Wort das Zimmer verließ.

»Das kostet dich die ganze nächste Woche«, sagte Rachel und widmete sich der Pflege ihrer Fingernägel. Sascha verbarg sein Gesicht in den Händen und stöhnte.

46

Montagmorgen. Kurz vor neun. Rachel hatte ihre Akten im Sitzungssaal abgelegt und Gerlach begrüßt. Jetzt wartete sie auf dem Gang darauf, dass Werner Obinger auftauchte. In wenigen Minuten würde die Verhandlung beginnen. Obinger hatte sich seit dem Telefonat am Sonntag nicht mehr gemeldet. Gestern hatte Rachel ihm auf die Box gesprochen. Auch darauf hatte es keine Rückmeldung gegeben. Sie wurde langsam etwas nervös. Auch dieses Mal war nur die Box an. Rachel legte vor dem Piepton auf.

»Erwarten Sie noch jemanden?« Rachel fuhr erschrocken herum. Schwind lächelte sie an. »Guten Morgen. Ich wollte Sie nicht erschrecken.«

»Nicht Ihre Schuld, ich war ein bisschen in Gedanken. Ja, ich warte auf jemanden. Keine Ahnung, ob er kommt. Zeugen sind auch nicht mehr, was sie mal waren.«

»Wem sagen Sie das.« Schwind blickte in den Saal, wo sich Unruhe breitmachte. »Ich glaube, es geht los.«

Gerade noch rechtzeitig zum Einzug der Strafkammer hatten Schwind und Rachel ihre Plätze eingenommen.

»Ich hoffe, Sie hatten ein produktives Wochenende«, begann die Vorsitzende Zeiselmeier den Verhandlungstag. »Gibt es Dinge, die Verteidigung oder Staatsanwaltschaft jetzt schon mal ankündigen wollen? Ich tu mich in letzter Zeit ein bisschen schwer mit überraschenden Änderungen. Liegt wahrscheinlich am Alter.« Dafür gab es ein paar Lacher aus dem Zuschauerraum.

Schwind sah zu Rachel, aber die gab ihm per Handzeichen zu verstehen, dass er anfangen solle.

»Die Polizei hat das Wochenende über versucht, die beiden Personen ausfindig zu machen, von denen der Angeklagte am Freitag erzählt hat. Dabei geht es zum einen um einen Obdachlosen, der Penny-Joe genannt wird. Er heißt mit bürgerlichem Namen Joseph Runge. Der Spitzname rührt wohl daher, dass er ausschließlich Plastiktüten der gleichnamigen Supermarktkette verwendet.« Gedämpfter Heiterkeitsausbruch des Auditoriums. »Er ist bereit, vor Gericht auszusagen. Es geht dabei um einen Mann, der wenige Tage vor dem Mord in den Sachen des Angeklagten gewühlt haben soll. Ich nehme an, die Verteidigung wird einen entsprechenden Beweisantrag stellen.«

Rachel nickte Zeiselmeier zu.

»Etwas schwieriger«, fuhr Schwind fort, »... gestaltet sich die Suche nach dem zweiten Mann, dessen Namen der Angeklagte nicht kennt und der ihm eine Nachricht von einem anderen Unbekannten überbracht haben soll. Der Wirt des Kiosks konnte sich erinnern, dass der Angeklagte am Abend des Mordes nach einem Obdachlosen gefragt hatte, der zu der Zeit regelmäßig am Kiosk war. Er hat ihn aber länger nicht mehr gesehen. Auch eine Nachfrage unter anderen Obdachlosen hat nichts erbracht. Aber die Polizei ist dran. Ob die Aussagen dieser beiden Zeugen für das Verfahren relevant sind – ich bezweifle es nach wie vor. Aber das liegt natürlich im Ermessen des Gerichts.«

»Oh, danke, dass Sie das noch erwähnt haben.« Zeiselmeier schwenkte von Schwind zu Rachel und hielt zwei Schriftsätze in die Luft. »Will die Verteidigung etwas zu diesen Beweisanträgen sagen?«

»Ja, das würden wir gerne.« Rachel stand auf und wartete, bis es still war im Saal. Währenddessen händigte die Protokollantin Kopien der Anträge an die Staatsanwaltschaft aus.

»Um noch mal alle Beteiligten auf den Stand unserer Argumentation zu bringen: Die Verteidigung sagt, es gibt Hinweise auf einen anderen Täter, denen die Staatsanwaltschaft nicht nachgegangen ist. Dagegen wurde vorgebracht, das sei sehr theoretisch. Denn es wäre nicht ersichtlich, aus welchem Grund jemand anderer Johanna Mend hätte umbringen sollen.«

»Na, vielleicht aus dem gleichen Grund, den die Anklage dem Angeklagten unterstellt.« Zeiselmeier sah Rachel fragend an.

»Dabei gibt es ein Problem. Triebtäter – und das unterstellt die Anklage ja wohl – handeln impulsiv. Nicht, dass sie ihre Tat nicht manchmal auch vorbereiten, zum Beispiel das Opfer längere Zeit beobachten und Ähnliches. Aber wenn der Angeklagte recht hat und jemand wollte den Verdacht auf ihn lenken – indem er zum Beispiel eine DNA-Spur des Angeklagten auf der Leiche plazierte – dann ist das ein so geplantes Vorgehen, wie ich es jedenfalls von Triebtätern nicht kenne.« Zeiselmeiers Gesicht wirkte ausdruckslos. Das war meistens so, wenn sie nachdachte. »Es sieht fast so aus, als wollte der Mörder die Tat eines Triebtäters imitieren. Was im Umkehrschluss heißt, dass es für die Tat in Wirklichkeit ein anderes, vielleicht durchaus nachvollziehbares Motiv gibt. Und hier sind wir am Wochenende einen Schritt weitergekommen. Wir werden durch entsprechende

Zeugeneinvernahmen beweisen, dass jemand einen Grund hatte, Johanna Mend umzubringen.«

»Nämlich …« Zeiselmeier war ungeduldig. Sie wusste ja schon aus den schriftlichen Beweisanträgen, was bewiesen werden sollte.

»Ende Januar verschwand eine Frau namens Leonora Shkodra während einer Autofahrt vom Kosovo nach Deutschland. Die letzte Spur führt in die Nähe von Bad Reichenhall. Einige Zeit später stieß Johanna Mend auf diese Geschichte und begann zu recherchieren. Dabei scheint sie einiges über das Verschwinden der Frau aus dem Kosovo herausbekommen zu haben und wurde für jemanden gefährlich. Sie konfrontierte einen der Verdächtigen mit den Beweisen, die sie hatte. Eine Woche später war sie tot.«

Der Geräuschpegel im Gerichtssaal stieg.

»Der erste Zeuge«, Zeiselmeier blickte durch ihre Lesebrille auf den Beweisantrag, »… ist ein Werner Obinger, Polizeiobermeister in Bad Reichenhall.«

»Ja. Er hat eigentlich versprochen zu kommen. Allerdings ist er noch nicht aufgetaucht. Und ich kann ihn seit gestern nicht mehr erreichen.«

»Gut. Dann lasse ich ihn vorladen.« Sie wandte sich an die Protokollantin. »Es ergeht folgender Beschluss …«

»Warten Sie kurz?« Schwind hatte sich gemeldet. Er sah gerade etwas in seinem iPad nach. »Sie sagten Polizist in Bad Reichenhall?«

»Ja«, sagte Rachel, »Wieso?«

»Die Kollegen aus Traunstein haben heute Morgen einen Polizistenmord gemeldet.« Er wischte und tippte auf seinem Gerät, dann sah er auf. »Werner Obinger?«

Rachel nickte stumm.

»Er wurde gestern tot in seiner Wohnung aufgefunden.«

Raunen im Saal. Auch Zeiselmeier und Rachel waren durchaus geschockt. »Wie ist der Mann gestorben?«, fragte Zeiselmeier.

»Durch eine Kugel im Kopf.« Schwind überflog kurz den Bericht auf seinem iPad. »Es ist noch nicht ganz klar, ob es sich um Selbstmord handelt.«

»Das heißt, er könnte auch ermordet worden sein?«

»Ja.«

Zeiselmeier sah zu Rachel.

»Ich sollte dem Hohen Gericht vielleicht nicht vorenthalten, dass vergangenen Samstag jemand versucht hat, auch mich umzubringen. Mein Mann und ich hatten gerade mit Herrn Obinger gesprochen. Auf dem Heimweg hat jemand unseren Wagen von einer Bergstraße abgedrängt. Das Ganze hat sich am Gardasee abgespielt. Wenn die technischen Untersuchungsergebnisse da sind, werden sie an die Polizei nach München geschickt.«

Zeiselmeier sah Schwind an. »Was halten Sie davon?«

»Nun, ich muss zugeben, dass ich einigermaßen geschockt bin. Es klingt so, als wäre jemand sehr nervös. Jemand, der auch über Leichen geht. Möglicherweise wegen der verschwundenen Frau. Was allerdings noch lange nicht bedeutet, dass die gleiche Person Johanna Mend ermordet hat. Das sind weiterhin Spekulationen.«

»Gut. Dann sehen wir morgen vielleicht klarer.« Zeiselmeier deutete auf den zweiten Beweisantrag und wandte sich an die Verteidigung. »Sie wollen Kriminaloberkommissar Arnold Marquardt als Zeugen befragen?«

»Jetzt mehr denn je.«

»Ich lass ihn für morgen vorladen.«

Am Nachmittag verhandelte Rachel mit dem für Erpressung zuständigen Staatsanwalt über Mettgenich-Heuersbachs Fall. Die Sache war nicht ganz unkompliziert; es erforderte einiges an Rechnerei, um festzustellen, welchen Anspruch der Freiherr gegen seinen Schuldner hatte. Dann konnte festgestellt werden, ob die Nötigung eingesetzt wurde, um Geld zu bekommen, das dem Nötigenden gar nicht zustand. Erst danach konnte von Erpressung die Rede sein. Der Staatsanwalt war mit wichtigeren Fällen mehr als versorgt, und das vermeintliche Erpressungsopfer war ein dubioser Gebrauchtwagenhändler, der Mettgenich-Heuersbach offenbar wegen einer anderen Sache eins auswischen wollte. Und so stellte die Staatsanwaltschaft in Aussicht, das Verfahren gegen Zahlung eines geringfügigen Betrags einzustellen. Mettgenich-Heuersbach konnte Rachel im Austausch eine andere gute Nachricht überbringen: Bei den Nachforschungen über die beiden Polizisten war etwas herausgekommen. Einer der beiden hatte beträchtliche Schulden. So jemand sei doch immer verdächtig, oder?

47

Arnold Marquardt war in Zivil gekommen und wurde von der Vorsitzenden zur Wahrheit ermahnt und über die Folgen einer falschen Aussage belehrt. Was überflüssig war, denn als Polizist musste er selbst Zeugen belehren. Dann befragte Zeiselmeier ihn zu dem Verschwinden von Leonora Shkodra und den Nachforschungen durch Johanna Mend. Marquardt sagte, man sei der Sache natürlich nachgegangen, auch wenn man nicht sicher sein konnte, dass die Frau überhaupt in Deutschland verschwunden war. Sie sei zur Fahndung ausgeschrieben worden, ohne Ergebnis. Einige Wochen später habe sich Johanna Mend gemeldet und wollte wissen, wie der Stand der Dinge sei. Die Frau habe auch den inzwischen auf tragische Weise verstorbenen Kollegen Werner Obinger von der Schutzpolizei kontaktiert, sagte Marquardt auf Nachfrage. Was genau die beiden besprochen hätten, wüsste er nicht. Zeiselmeier wollte wissen, warum Frau Mend Herrn Obinger kontaktiert habe. Vermutlich weil Obinger Streifenpolizist war, sagte Marquardt, und mit der Lage draußen besser vertraut. Ob Obingers Tod etwas mit dem Verschwinden der Frau aus dem Kosovo zu tun habe, wisse er nicht. Anschließend hatten Anklage und Verteidigung Gelegenheit, dem Zeugen Fragen zu stellen.

»Als Frau Zimmermann Ende Januar Vermisstenanzeige erstattete«, begann Rachel ihre Befragung, »hatte sie Ihnen da noch einen Hinweis gegeben?«

»Was meinen Sie?«

»Ein Foto zum Beispiel.«

»Ach so, das Foto. Ja, das ist richtig. Sie hat ein Foto gemailt, das die Vermisste aufgenommen und an Frau Zimmermann geschickt hat.«

»Handelt es sich um dieses Foto?« Rachel ging zu Marquardt und legte ihm das Foto auf den Tisch.

»Ja, ich denke, das ist das Foto.«

Rachel händigte eine ausreichende Anzahl von Kopien an Gericht und Anklagevertreter aus. »Was sieht man auf dem Foto?«

»Auf dem Foto ist der verstorbene Werner Obinger zu sehen.«

Getuschel kam auf, selbst auf der Richterbank.

»Sie wissen, wann das Foto gemacht wurde?«

»Irgendwann Ende Januar, glaube ich.«

»Es war am 29. Januar, dem Tag, an dem Leonora Shkodra verschwand.«

Erneutes Raunen. Zeiselmeier bat um Ruhe und blickte irritiert zu Rachel, die an ihren Platz zurückgekehrt war.

»Kam Ihnen das nicht merkwürdig vor? Dass die verschwundene Frau am Tag ihres Verschwindens ein Foto von Ihrem Kollegen macht?«

»Ich habe Herrn Obinger natürlich danach gefragt. Aber er sagte, er weiß auch nicht, wo das Foto aufgenommen wurde. Die Frau hätte er jedenfalls nicht gesehen. Oder jedenfalls nicht bewusst. Er war an dem Tag auf Streife und konnte sich nach der Zeit auch nicht mehr erinnern, wo er überall war.«

»Was heißt *nach der Zeit?*«

»Na ja, es war einige Zeit vergangen, als ich ihm das Bild gezeigt habe.«

»Wieso? Die Vermisstenanzeige wurde am 30. Januar erstattet.«

»Ich glaube, da war das Wochenende dazwischen. Der dreißigste war ein Freitag.«

»Also haben Sie ihn am Montag gefragt?«

»Montag, Dienstag. So genau weiß ich das nicht mehr.«

»Oder sehr viel später?«

»Nein, nein. Das war schon Anfang der Woche.«

»Das ist etwas merkwürdig.« Rachel machte den Eindruck, als würde sie über die Merkwürdigkeit von Marquardts Aussage nachdenken. »Es ist nämlich so, dass Frau Zimmermann eine Woche später anrief und fragte, ob sich etwas ergeben hätte. Und insbesondere fragte, ob Sie herausgefunden hätten, wer der Mann auf dem Foto ist. Und Sie sollen darauf gesagt haben, Sie wüssten es noch nicht.«

Marquardt sah sich verunsichert im Saal um und stellte fest, dass er von allen Seiten mit äußerstem Interesse angestarrt wurde. »Das ... das kann sein. So genau habe ich das nicht mehr im Kopf.« Er ging kurz in sich. »Ja, Sie haben recht. Zuerst hatte ich gar nicht erkannt, dass es der Kollege Obinger war.«

»Aber Sie kannten sich doch gut.«

»Schon. Aber auf so einem Foto – wahrscheinlich habe ich einfach nicht damit gerechnet.«

»Tja – da spielt einem das Gehirn oft seltsame Streiche.«

»Ja, ich ...« Marquardt fuchtelte mit den Händen. »Ich war selbst völlig konsterniert, als ein Kollege gesagt hat: Mensch, das ist doch der Werner.«

»Andere Frage: Sie wissen nicht, wo das aufgenommen wurde?«

»Nein. Sonst hätten wir ja einen Anhaltspunkt gehabt. Ich meine, einen Ort, wo wir hätten suchen können.«

»Die Räumlichkeiten auf dem Foto kommen Ihnen nicht bekannt vor?«

Marquardt zuckte mit den Schultern.

»Sie besitzen zusammen mit Ihrem Halbbruder ein altes Haus?«

»Das … ist richtig.«

»Das Haus steht schon länger leer?«

Marquardt sah Rachel misstrauisch an. Ihm dämmerte offenbar, worauf das Ganze hinauslief. Gleichzeitig schien er sich zu fragen, woher die Anwältin das alles wusste. Rachel war gestern Abend noch nach Bad Reichenhall gefahren. Mettgenich-Heuersbach hatte ihr unter anderem von dem Haus erzählt. Sie hatte einen Blick durchs Fenster geworfen und den Garderobenständer und die Besucherstühle gesehen, die auch auf dem Foto zu erkennen waren.

»Ja. Seit ein paar Jahren. Uns fehlt das Geld zum Renovieren.«

Rachel nahm das Foto in die Hand. »Wenn ich mir das hier so ansehe, diese Tapeten, teilweise von der Wand abgelöst … Herr Marquardt – wenn die Polizei eine Hausbesichtigung vornehmen würde. In Ihrem Haus. Meinen Sie, man würde diesen Raum finden? Mit diesen Tapeten?«

Der Zeuge nahm das Foto zur Hand und hielt es nah an die Augen und schien sich sehr zu konzentrieren.

»Kann sein.« Er sah zu Rachel. »Jetzt, wo Sie es sagen. Ich glaube, wir haben tatsächlich so eine ähnliche Tapete in einem der Räume.«

»Und dieser Garderobenständer.«

»Ja, es gab bei uns so einen ähnlichen. Wir haben das Haus eine Zeitlang als Büro genutzt. Vielleicht ist das wirklich in unserem Haus aufgenommen.«

»Und das merken Sie erst jetzt?«, meldete sich Zeiselmeier zu Wort. »Sie scheinen einige kognitive Probleme zu haben. Nicht die besten Voraussetzungen für einen Kriminalbeamten.«

»Ich weiß, das ist schwer zu verstehen. Aber ... damit rechnet man einfach nicht. Ich bin ziemlich ... erstaunt.«

Zeiselmeier sagte »hmm« und erteilte mit sparsamer Geste wieder Rachel das Wort.

»Nun, wir sind mindestens so erstaunt wie Sie, dass sich Leonora Shkodra kurz vor ihrem Verschwinden in Ihrem Haus aufgehalten hat. Sie haben gar keine Erklärung?«

Marquardt schien in den Tiefen seiner Erinnerung zu graben. »Werner Obinger ... hatte wohl zu der Zeit einen Schlüssel. Er war an dem Haus interessiert, und wir haben ihm den Schlüssel gegeben, damit er es sich selber ansehen kann. Ich denke, ist er mit dem Schlüssel reingekommen. Vielleicht hat er das Haus an dem Abend besichtigt.«

»Und das fällt ihm nicht ein, wenn Sie ihm ein paar Tage später dieses Foto zeigen?«

Marquardt machte eine weitere Geste der Ratlosigkeit. »Er wird seine Gründe gehabt haben. Was immer da passiert ist, es war offenbar nichts, was er mir sagen wollte.«

»Sie waren nicht an diesem Abend in Ihrem Haus?«

»Nein. Das wüsste ich.«

»Bei Ihren bisherigen Erinnerungslücken wäre ich mir da gar nicht so sicher. Kommen wir zum Schluss zu einem ganz anderen Thema.« Rachel stand wieder auf, ging zum Zeugen und legte ihm ein weiteres Foto vor. »Kennen Sie den Mann, der auf diesem Foto markiert ist.«

Während Marquardt nachdachte, verteilte Rachel

die Fotos an Gericht und Anklagevertreter. Es war eines der vier Fotos, die sich auf Johanna Mends Computer befunden hatten: die Festgesellschaft mit dem eingekreisten Mann.

»Tut mir leid. Aber das Bild sagt mir nichts.« Marquardt schob das Foto von sich weg.

»Die Vorsitzende hat Ihre kognitiven Probleme ja schon angesprochen. Sie scheinen ein bisschen Schwierigkeiten mit Gesichtern zu haben. Der Mann heißt Pal Rexhaj. Er wohnt in Traunstein und ist privater Geldverleiher.«

Marquardt starrte auf die Tischplatte und schwieg.

»Meinen Informationen nach schulden Sie ihm einen sechsstelligen Betrag. Stimmt das?«

»Das ist meine Privatsache.«

»Das sehe ich anders. Vor allem der Grund für Ihre Verbindlichkeiten sollte auch Ihren Arbeitgeber interessieren. Ein Polizist mit Spielschulden macht sich erpressbar.«

Marquardt mied Rachels Blick und sagte nichts.

»Na gut«, sagte sie. »Wie hängt das jetzt mit unserem Fall zusammen? Wollen Sie uns aufklären?«

Marquardt schwieg weiter.

»Dann werde ich das tun: Vor etwa eineinhalb Jahren wurde in einem Dorf in Nordalbanien ein Mann erstochen. Der Täter wurde verurteilt und sitzt im Gefängnis. Es handelt sich um einen Cousin von Florin Shkodra, dem Ehemann der verschwundenen Leonora Shkodra. Die Gefängnisstrafe für Herrn Shkodras Cousin empfindet die Familie Rexhaj allerdings nicht als ausreichende Sühne. Daher hat sie Blutrache geschworen, zu verüben an Frau Shkodras Mann als nächstem männlichen Angehörigen des Täters. Frau Shkodras Mann ist daraufhin untergetaucht und wird

von der Familie Rexhaj vermutlich fieberhaft gesucht.« Rachel warf einen Blick auf das Foto, dann sah
sie Marquardt wieder an. »Mit einem Wort: Der Mann,
dem Sie eine Menge Geld schulden, ist Mitglied der
Familie, die Blutrache geschworen hat. Und die Frau
des bedrohten Mannes befindet sich am Tag ihres Verschwindens in Ihrem Haus. Erklären Sie uns bitte den
Zusammenhang?«

Richter und Staatsanwälte blickten gespannt auf
den Zeugen, der sich offenbar in einem Erklärungsnot-
stand befand.

»Ich kann da leider auch nur spekulieren«, fuhr Rachel fort, nachdem Marquardt nichts sagte. »Hat Ihnen
Herr Rexhaj vielleicht ein Geschäft vorgeschlagen? Sie
helfen ihm, den Mann von Frau Shkodra zu finden –
gegen Schuldenerlass?«

Marquardt starrte mit versteinerter Miene vor sich
hin und flüsterte: »Ich würde gerne mit einem Anwalt
reden.«

Die Vorsitzende Richterin bat die Vertreter von Anklage und Verteidigung, zu ihr zu kommen.

48

Passen Sie auf«, sagte Zeiselmeier. »Ich will hier niemanden ins Messer laufen lassen. Daher sage ich Ihnen, wie ich den gegenwärtigen Stand der Dinge sehe: Der Zeuge und sein Kollege Obinger scheinen irgendetwas mit dem Verschwinden dieser albanischen Frau zu tun zu haben, und Johanna Mend ist ihnen möglicherweise auf die Spur gekommen. Das ist nicht nur ein theoretisches Mordmotiv. Solange das nicht geklärt ist, würde ich mich sehr schwertun, den Angeklagten zu verurteilen. Trotz DNA.«

»Gut. Sie sehen das so«, sagte Schwind. »Und ich nehme an, Sie sprechen für die Kammer.« Das verstand sich von selbst, Zeiselmeier *war* de facto die Kammer. »Dennoch sollten wir nicht vergessen, dass es einmal ein Geständnis des Angeklagten gab und dass ein Motiv nicht automatisch bedeutet, dass dessen Besitzer den Mord auch begangen hat.«

»Seit ich in der Sache Nachforschungen anstelle«, sagte Rachel, »ist der Vater des Opfers angeschossen worden, jemand hat versucht, meinen Mann und mich zu ermorden, und ein dritter Beteiligter wurde tatsächlich umgebracht. Offenbar gibt es da draußen jemanden, der bereit ist zu töten. Ist es wirklich abwegig, dass er auch Johanna Mend getötet hat?«

Zeiselmeiers Blick sagte Schwind, dass sie zu wenigstens neunzig Prozent Rachels Meinung war.

»Ich gebe zu, das mag im Augenblick vielleicht so aussehen.« Schwind machte auf Rachel den Eindruck, als hätte er noch ein Ass im Ärmel.

»Aber?«, fragte sie.

»Ich habe für heute Nachmittag zwei Zeugen hergebeten. Und ich bin mir sicher, dass das Gericht
die Dinge anders sehen wird, wenn sie ausgesagt
haben.«

Rachel mied die Gerichtskantine für die Mittagspause.
Sie legte keinen Wert darauf, in Hörweite von Schwind
zu sitzen. Stattdessen begab sie sich mit Carsten ins
Untergeschoss eines nahe gelegenen Kaufhauses. Dort
hatte der Betreiber eines einst berühmten, inzwischen
geschlossenen Bistros eine kleine Ecke mit Tresen ge-
pachtet. Die Prominentenfotos an den Wänden erzählten die dreißigjährige Geschichte seines verflossenen
Etablissements. Die kleine Kellerecke war immer noch
ein magischer Ort. Rachel kam hierher, wenn sie den
Kopf freibekommen wollte von drückenden Gedanken, wenn die Anspannung zu groß wurde und sie Ab-
lenkung brauchte – und ein Glas Champagner.

»Was, glaubst du, zaubert er aus dem Hut?«, fragte
Carsten.

»Ich habe nicht die leiseste Ahnung. Aber es wird
unangenehm werden. Cheers!«

An der schmalen Seite der Theke hatte inzwischen
ein Mann im Anzug Platz genommen, vor sich ein
Espresso. Rachel fragte sich, ob es der Anwaltskollege
Reza Haim war, der Vater von Casper. Es war schon
lange her, seit sie sich auf einer Tagung begegnet waren. Vorsichtshalber gab sie den Namen bei Google ein
und bekam die Bestätigung in Form eines Fotos. Sie
entschuldigte sich bei Carsten.

»Herr Haim?«

Haim sah sie erstaunt an. »Ja?«

»Ich bin Rachel Eisenberg.«

»Ich weiß. Hab natürlich schon von Ihnen gehört.«

»Ich hoffe, Sie glauben nicht allen Gerüchten, die irgendwelche Neider in die Welt gesetzt haben.« Rachel lachte.

»Nicht so bescheiden. Man hört hauptsächlich Gutes über Sie.«

»Dann bin ich ja beruhigt. Ähm …« Rachel zögerte kurz. Aber da Haim sie nicht komisch angesehen hatte, fasste sie Mut. »Unsere Kinder gehen ja auf die gleiche Schule.«

»Ja, stimmt. Aber nicht in die gleiche Klasse.«

»Dann hat Casper nicht die Schule gewechselt?«

»Nein. Wie kommen Sie darauf?«

»Na ja … Sarah sagt, er ist seit einiger Zeit nicht mehr an der Schule gesehen worden.«

»Wie bitte?«

»Sie wissen nichts davon?«

Haim nahm die Kaffeetasse hoch, erstarrte in der Bewegung, schien nachzudenken und ließ die Tasse wieder sinken. Er schüttelte den Kopf. »Gesagt hat er nichts. Aber wir reden leider auch wenig. Ich bin kein besonders guter Vater.«

»Ja, der Job lässt einem wenig Zeit für die Familie.«

»Ich bin alleinerziehend.« Haim spielte etwas verlegen mit dem Kaffeelöffel. »Meine Frau und ich sind vor einem Jahr geschieden worden. Unsere Töchter sind zu ihr gegangen. Casper wollte bei mir bleiben. Ich hätte das nicht tun sollen. Meine Ehe ist ja wegen meiner Arbeit in die Brüche gegangen. Aber man ist natürlich auch geschmeichelt, wenn das Kind bei einem bleiben will.«

»Ja, das ist schwierig. Bin auch alleinerziehend.«

»Dann kennen Sie das ja. Ich hab mir natürlich vorgenommen kürzerzutreten. Aber … ich meine, wie viele lukrative Mandate haben Sie abgelehnt, um mehr Zeit für Ihr Kind zu haben?«

»Keins.«

»Eben. Das macht man halt nicht.« Er sah Rachel mit einem Mal besorgt an. »Er kommt nicht mehr in die Schule?«

»Das muss nichts heißen. Aber ich ... ich sollte Ihnen vielleicht noch etwas anderes sagen.«

Haim zog die Augenbrauen hoch. Er war ausgesprochen attraktiv, fand Rachel. Braune, tiefgründige Augen, hochgewachsen, längliches Gesicht, ja, man könnte mit Recht sagen: edle Züge.

»Ich komm mir wie eine Denunziantin vor. Aber wenn es mein Kind wäre, würde ich mir auch wünschen, dass es mir jemand sagt.«

»Sie beunruhigen mich. Was ist mit Casper?«

»Er ist im Internet unterwegs. Unter dem Namen *JihadGun2*.«

»O nein! Das kann nicht sein. Scheiße!« Er sah Rachel an. »Entschuldigung.«

»Kein Problem. Das *ist* scheiße.«

»Ich meine, ich bin überhaupt nicht religiös, und wenn wir was sind, dann Schiiten. Wenn Sie als Schiit zum IS gehen, sind Sie in fünf Minuten tot.«

»Vielleicht weiß er das nicht.«

»Doch, das weiß er. Wenigstens über solche Dinge reden wir.« Haim bedeutete dem Mann hinter der Theke, dass er zahlen wollte. »Ich danke Ihnen jedenfalls, dass Sie es mir gesagt haben. Ich kümmere mich drum.« Er legte einen Fünfer auf die Theke, sagte, das sei so in Ordnung, wandte sich noch einmal Rachel zu und lächelte. »Vielleicht sieht man sich mal wieder. Würde mich freuen.«

»Mich auch«, sagte Rachel.

Der Zeuge war in einem etwas zu großen Anzug erschienen, die Qualität war gut, fast neuwertig, dazu blütenweißes Hemd mit Weste, was in Anbetracht der sommerlichen Außentemperaturen etwas übertrieben wirkte. An der wettergegerbten, ausgezehrten Gesichtshaut war zu erahnen, dass der Anzug aus einer Kleiderspende stammte und in ein paar Wochen deutlich abgetragener aussehen würde.

»Sie sind also obdachlos und leben in München«, resümierte Schwind die Ergebnisse der Befragung des Zeugen nach seinen Personalien.

»Das ist richtig.« Die Augen des Zeugen waren etwas wässrig, und der Alkohol setzte seinem Geisteszustand gewiss schon seit Jahren zu. Aber er vermittelte immer noch eine gewisse Wachheit und ließ vermuten, dass er ein guter Starkstromelektriker (das hatte er als Beruf angegeben) gewesen war, bevor ihn eine Tragödie aus der Bahn geworfen hatte.

»Sie sagten uns, dass Sie Mitte April dieses Jahres jemand angesprochen und um einen Gefallen gebeten hat.«

»Weiß nicht, ob man Gefallen sagen kann. Ich hab Geld dafür gekriegt.«

»Dann sagen wir, jemand hat Sie mit etwas beauftragt. Wer war das?«

»Ein Tourist. Er hat mir ein Handy und einen Zettel gegeben und einen Ausschnitt von einem Stadtplan. Dann hat mich jemand auf dem Handy angerufen und gesagt, was ich tun soll.«

»Und was sollten Sie tun?«

»Ich sollte eine Nachricht überbringen.«

»Wem sollten Sie die Nachricht überbringen?«

»Dem Herrn da.« Der Zeuge sah den Angeklagten noch einmal konzentriert an, als sei er nicht sicher, ob er auf den richtigen gedeutet hatte. »Das warst du doch, oder?«, sagte er zu Gerlach. Nachdem Gerlach schwieg, wandte sich der Zeuge wieder an den Oberstaatsanwalt. »Der Herr sah damals anders aus. Die Haare und so. Ist er Professor?« Schwind nickte. »Dann ist der das. Dem habe ich das damals sagen sollen.«

»Was sollten sie ihm sagen?«

»Dass ihn jemand sehen will. An einer Bank am Flaucher. In der Nähe von einem Kiosk. Die Bank war auf dem Stadtplan markiert. Ich kann's Ihnen zeigen, wenn Sie wollen.«

Schwind stand auf und ging mit einer vorbereiteten Skizze des Tatorts zum Zeugen und legte sie vor ihn auf den Tisch des Zeugenstandes. »Können Sie den Treffpunkt hier markieren?« Schwind reichte dem Mann einen Stift.

»Da ist der Kiosk.« Der Zeuge deutete mit knochigen, dunklen Fingern auf den Plan. »Und hier etwa steht die Bank.« Er malte einen kleinen Kreis unweit des Kiosks.

Schwind nahm ihm den Plan ab und reichte ihn der Vorsitzenden. »Wie Sie sehen, ist das in unmittelbarer Nähe des Tatorts.«

Carsten streckte seinen Kopf zu Rachel: »Schwind macht unseren Job. Nett von ihm.«

»Ich trau der Sache nicht«, flüsterte Rachel zurück und sah zu Gerlach, der ebenfalls kein entspanntes Gesicht machte. Irgendetwas war hier im Gange.

Schwind kam mit dem Plan zur Bank der Verteidigung. »Ist das der Treffpunkt, der Ihnen genannt wurde?«

Gerlach nickte.

»Gut. Dann besteht darin schon mal Einigkeit. Eine

kleine Diskrepanz haben wir, fürchte ich, in einem anderen Punkt.« Er wandte sich wieder an den Zeugen. »Haben Sie Herrn Gerlach auch gesagt, warum sich Ihr Auftraggeber mit ihm treffen wollte?«

»Ja. Das war wegen Brisbane. Das sollte ich ihm sagen.«

»War es nicht wegen der Ex-Frau von Professor Gerlach?«

»Das weiß ich nicht. Vielleicht wohnt die in Brisbane.«

»Nein. Tut sie nicht.« Die Information ging an den Richtertisch. »Was war der genaue Wortlaut, den Sie ausrichten sollten?«

»Kommen Sie zu der markierten Bank. Ich muss Sie sprechen wegen dem Mord in Brisbane zweitausendneun.«

»Wissen Sie, was damit gemeint war?«

»Nein. Das hat man mir nicht gesagt. Ich sollte das nur dem Herrn da ausrichten.« Der Zeuge blickte noch einmal skeptisch zu Gerlach. »Wir haben doch geredet, oder?« Dann wieder zu Schwind. »Der tut jetzt so, als wenn er mich nicht kennt. Aber ich bin mir fast sicher, der war das.«

»Vielen Dank«, sagte Schwind. »Von meiner Seite keine weiteren Fragen an den Zeugen.«

Rachel sah zu Gerlach. Der zuckte nur mit den Schultern. Sie wurde nicht recht schlau aus der Geschichte. Nach ein paar Fragen zu dem Touristen (vermutlich aus China) und dem Verbleib des Handys (das hatte der Zeuge anschließend für acht Euro verkauft), wollte auch Rachel nichts mehr von dem Mann wissen. Von Gerlach kam keine Erklärung. Sie hätte ihn gerne gefragt, ob der Zeuge die Wahrheit gesagt hatte und falls ja, was es mit dem Mord in Brisbane auf sich hatte. Aber die Verhandlung ging weiter. Schwind hatte noch einen Zeugen.

Superintendent Howard Weiss sprach mit leichtem Akzent, aber nahezu fehlerfrei deutsch. Er hatte es als Kind von seinen Eltern gelernt. Weiss war im Queensland Police Service für Auslandskontakte zuständig und hielt sich, als die Staatsanwaltschaft die Ermittlungsbehörden in Brisbane kontaktierten, bei einer Sicherheitskonferenz der Commenwealth-Staaten in Colombo auf. Da ihn sein nächster Weg nach Edinburgh führte, erklärte er sich bereit, einen Stopover in München einzulegen. Schwind dankte Weiss für sein Kommen und begann mit der Befragung.

»Superintendent Weiss, welche Position hatten Sie im Jahr 2009 inne?«

»Ich war damals im Rang eines Inspectors in der Mordkommission von Brisbane tätig.«

»Wie viele Morde haben Sie in jenem Jahr bearbeitet?«

»Gut ein Dutzend. Natürlich zusammen mit Kollegen. Ich war ja nur Teil des Teams.«

»Sie sagten, es gab einen herausragenden Fall. Können Sie uns etwas darüber erzählen?«

»Die Leiche einer fünfunddreißigjährigen Frau wurde in einem Park in der Nähe des Brisbane Convention and Exhibition Centres gefunden. Sie hieß Melissa Bancroft, war kanadische Staatsbürgerin und nahm an einem Kongress teil, der im Congress Centre abgehalten wurde. Es ging wohl um Quarks oder so etwas in der Art. Die Frau war Physikerin.«

»Wurde ein Täter ermittelt?«

»Nein. Der Fall ist bis heute offen.«

»Gab es Verdächtige?«

»Unsere Ermittlungen hatten ergeben, dass das Mordopfer am Tatabend mit mehreren anderen Konferenzteilnehmern ein Pub besucht hatte. Es konnte leider nie geklärt werden, was danach passiert ist. Irgendwann in den Morgenstunden hat sich die Gesellschaft aufgelöst, und jeder ist in sein Hotel gefahren oder gegangen. Die Profiler sagten, dass die Frau ihren Mörder vermutlich kannte. Nachdem das Opfer in Australien keine Verwandten oder Freunde hatte, haben wir vermutet, dass einer der Männer, die an dem Abend im Pub dabei waren, der Täter war. Aber wir konnten niemandem etwas Konkretes nachweisen. Es gab zwar DNA-Spuren von mehreren Männern auf der Kleidung des Opfers. Aber das hatte wenig zu sagen. Die konnten auch im Pub dahin gelangt sein.«

»Sehen Sie hier im Raum jemanden, der damals unter den Verdächtigen war?«

»Ja, das tue ich. Es ist der Angeklagte.«

Das Publikum goutierte die unerwartete Wendung mit angemessenem Geraune.

»Er war damals mit im Pub. Und seine DNA war – als eine unter mehreren – auf der Kleidung des Opfers.«

»Es kam damals nicht zur Anklage?«

»Nein. Die Beweise reichten nicht aus. Und es gab eben auch noch andere Verdächtige.«

»Können Sie uns etwas zur Tat selbst sagen?«

»Das Opfer wurde mit einem Messer erstochen. Der Angriff kam von hinten und war sehr intensiv. Anschließend hat der Täter der Leiche die Hände abgeschnitten und sie an den Kopf genagelt.«

49

Das war's, Heiko. Ich bin draußen.« Rachel saß Gerlach gegenüber an einem Besprechungstisch in einem Büro. Carsten war ebenfalls dabei. Nach den Ausführungen von Superintendent Weiss hatte Rachel um eine Pause gebeten.

»Rachel, ich …«

»Nein. Es reicht. Ich hab's dir gesagt: Noch eine Lüge und das war's. Ich lass mir von dir nicht auf der Nase herumtanzen. Ich geh jetzt zurück und lege das Mandat nieder.«

Gerlach nickte und schien aufzugeben.

»Warum haben Sie den Mord in Australien verschwiegen?« Carsten stand an der Tür und wusste anscheinend nicht so recht, wie er die Situation einordnen sollte.

»Ist das nicht offensichtlich? Ich wollte das Gericht nicht darauf stoßen, dass ich schon einmal Verdächtiger in einem Mordfall war.«

»Du hast es aber auch uns verschwiegen. Obwohl ich dich ausdrücklich gebeten habe, in diesem Punkt die Wahrheit zu sagen.«

»Ich wollte dir keinen Grund geben, an mir zu zweifeln.«

»Dein Vertrauen in mich scheint ja nicht sehr groß zu sein. Na gut. Wir sind jetzt ohnehin an einem Punkt, wo keiner mehr dem anderen vertraut.« Rachel stand auf und machte Anstalten, den Raum zu verlassen.

»Ist dir nie der Gedanke gekommen, dass ich es doch war?« Gerlach verfolgte sie mit seinem Blick.

»Natürlich hab ich mich das in gewissen Augenblicken gefragt. Wer kennt schon alle Seiten eines Menschen?«

»Ist es dann so verwerflich, dass ich deinem Argwohn nicht noch mehr Nahrung geben wollte?«

Rachel hielt ihre Aktentasche an sich gepresst und dachte nach.

»Ich habe mit dem Mord in Brisbane nichts zu tun.« Gerlach sah sie flehend an. »Die haben mich vernommen und nicht das Geringste gefunden. Außer, dass ich in dem Pub dabei war.«

»Wie gut haben Sie die Frau gekannt?«, mischte sich Carsten wieder in das Gespräch.

»Wir sind uns auf Kongressen begegnet und haben mal über Fachliches geredet. Abgesehen von dem Abend in Brisbane, waren wir ein oder zwei Mal mit Kollegen beim Essen.« Er wandte sich erneut an Rachel. »Es ist ein grausamer Zufall. Oder jemand hat das ausgenutzt, um den Verdacht auf mich zu lenken.«

Gerlach wartete auf Rachels Antwort. Die aber warf ihre Aktentasche auf den Tisch, ging zum Fenster und sah hinaus auf die sommerliche Nymphenburger Straße. »Ich werde das Ganze jetzt professionell zu Ende bringen. Und zwar ausschließlich, weil mich interessiert, was wirklich passiert ist. Ob du es warst oder nicht, ist mir inzwischen fast egal. Ich will's nur wissen.« Sie drehte sich zu Gerlach um. »Wenn du Probleme mit dieser Einstellung hast, musst du dir einen neuen Verteidiger suchen.«

Gerlach schluckte und dachte einen Augenblick über Rachels Angebot nach. »Okay. Ziehen wir's durch.«

Rachel setzte sich wieder an den Tisch, und sie gingen noch einmal die Fakten durch. Die Polizei hatte die näheren Umstände des Mordes ähnlich wie im Flaucher-Fall nicht publik gemacht. Insbesondere, dass der Leiche die Hände an den Kopf genagelt worden waren. Auch gegenüber den Verdächtigen, die die Polizei damals vernahm, wurde es nicht erwähnt. Nur der Täter konnte es also wissen.

»Wir sollten uns die Liste der Verdächtigen schicken lassen«, schlug Carsten vor.

»Die werden sie uns kaum geben.« Rachel wandte sich an Gerlach. »Weißt du noch, wer damals dabei war?«

Gerlach machte ein unentschlossenes Gesicht. »Weiß nicht. Ein paar Namen krieg ich vielleicht zusammen.« Er blickte zu Carsten: »Es stimmt übrigens nicht, dass nur der Mörder von den Händen am Kopf der Leiche wusste.«

»Was meinst du?«, fragte Rachel.

»Auch die Polizeibeamten wussten es. Und ich kann mich erinnern, dass es damals einen deutschen Beamten gab, der mit dabei war. Er hat nicht aktiv in die Ermittlungen eingegriffen. Er war nur dabei und hat sich die Sache angesehen. Er wurde mir mal vorgestellt. Aber ich hab den Namen längst vergessen.«

»Was machte der in Australien?«

»Der war, glaube ich, im Rahmen eines Austauschprogramms drüben. Wir haben kurz geredet, und ich meine, er hatte einen leicht süddeutschen Akzent.«

»Wir müssen herausbekommen, wer das ist«, sagte Rachel und dann zu Gerlach. »Du machst bitte eine Liste von den Leuten, die im Pub dabei waren – soweit du dich eben erinnern kannst.«

Gerlach nickte und sah Rachel besorgt an. »Das mit Brisbane war ein ziemliches Debakel, oder?«

»Zwei Morde nach dem gleichen einzigartigen Muster, und zwei Mal bist du unter den Verdächtigen. Jedes Mal ist deine DNA auf der Leiche. Dieses Mal sogar nur deine DNA.« Rachel schüttelte den Kopf. »Nein, das ist nicht gut. Wenn wir nicht etwas verdammt Überraschendes nachlegen, sieht es leider schlecht aus.«

Rachel beantragte eine Verhandlungspause, um sich auf die neue Situation einzustellen, und bat Schwind um die Telefonnummer von Weiss, der sich auf dem Weg nach Edinburgh befand. Rachel erreichte ihn am Flughafen. Zwar konnte sich Weiss an den deutschen Austauschpolizisten erinnern, hatte aber dessen Namen nicht mehr präsent. Aber dass er aus Bayern kam, das wusste Weiss. Er versprach, sich mit Brisbane in Verbindung zu setzen und den Namen herauszufinden. Das würde allerdings bis morgen dauern, da in Australien bereits Feierabend war.

Rachel schlief wenig in dieser Nacht. Heiko Gerlach ging ihr durch den Kopf. Ihre erste große Liebe. Sie war Anfang zwanzig gewesen, als sie sich kennenlernten, er Anfang dreißig. Trotz seiner jungen Jahre hatte Gerlach sich schon habilitiert und eine Professur in Göttingen. Er war viel auf Vortragsreisen, und wann immer sie konnte, begleitete Rachel ihn. Dann saß sie im Auditorium, und vorn am Rednerpult stand Heiko, fast zwei Meter groß, wirres Haar, und hielt Vorträge, die so klug waren, dass selbst Nobelpreisträger fasziniert zuhörten. Rachel verstand kein Wort von dem, was Heiko erzählte. Aber das tat seiner Faszination keinen Abbruch. Ein wenig von seinem Glanz fiel auch auf sie ab, die Studentin, die Freundin, die Partnerin an der Seite des aufstrebenden, jugendlichen Professors. Der Anfang ihrer Beziehung war unbeschwert gewesen, und Rachel war rauschhaft verliebt. Doch bald zeigten sich auch dunklere Seiten an Heiko. So konnte er nicht über Dinge reden, die ihn bedrückten. Zwar taten sich die meisten Männer damit schwer. Doch bei Heiko war es pathologisch. Er hatte nie gelernt, sich anderen Menschen anzuvertrauen. Er hatte keine Eltern, wie Rachel sehr spät erfuhr. Nicht, dass sie nicht mehr lebten. Nein, sie waren nur nicht da. Der Vater war schon vor Heikos Geburt verschwunden, die alkoholkranke Mutter hatte sich wenige Jahre später aus seinem Leben geschlichen. Und so war Heiko bei seinen Großeltern im Ruhrgebiet aufgewachsen. Als Rachel ihm zum ersten Mal begegnete, war Heikos Großvater fünfundsiebzig, pensionierter Bahnbeamter und rührte unter der Woche keinen Alkohol an. Am Wochenende jedoch betrank er sich in einer Weise, dass er nicht mehr ansprechbar war und ausgesprochen gewalttätig wurde. Besuche bei ihm fanden immer am Mittwoch statt. Als Rachel ihn kennenlernte, verprügelte er seine Frau nur noch selten. Heikos Großmutter hatte es nie geschafft, sich von ihrem Mann zu trennen, war vor langer Zeit in Depressionen versunken und saß die meiste Zeit in der Küche, wo sie stundenlang aus dem Fenster starrte. Auch Heiko saß oft Stunden in einem Sessel, ohne etwas zu tun. Zu Anfang glaubte Rachel ihm noch, dass er über physikalische Probleme sinnierte. Nachdem sie seine Großmutter kennengelernt hatte, kamen ihr Zweifel. Er hatte etwas Düsteres von seinen Großeltern mitbekommen. War das Vermächtnis der Großeltern noch weitaus düsterer, als Rachel damals gedacht hatte? Nein, Heiko war keine Frauen mordende Bestie. Tief in ihrem Inneren spürte sie es. Und dennoch – der Zweifel blieb.

50

Ein Gewitter hatte in der Nacht etwas Abkühlung gebracht. Trotzdem war es im Haus auch morgens noch heiß. Beim Frühstück waren Rachels Gedanken schon wieder bei Heiko Gerlach. Sie musste sich ablenken. Ein Gespräch wäre schön, dachte sie. Aber die Hitze hatte Sarahs Empfänglichkeit für morgendliche Unterhaltungen auf null gedrückt. Rachel überlegte, ob es nicht doch etwas gäbe, das Sarah interessieren mochte. »Wie sieht's eigentlich mit deiner Bat-Mizwa aus?«, sagte sie schließlich.

»Bin dran«, murmelte Sarah.

»Hast du schon einen Rabbiner?«

»Muss mich mal erkundigen.« Sarah vertiefte sich in die Betrachtung ihres Milchkaffees.

»Das muss ein liberaler Rabbiner sein, oder? Die haben da so eine Art Reformkirche, oder wie ist das?«

»Müssen wir da jetzt drüber reden?«

»Ich denke nur – du bist mit fünfzehn eh schon ein bisschen spät dran für eine Bat-Mizwa.«

Der Blick, den Sarah über den Rand des Milchkaffeeglases ihrer Mutter zuschickte, war grimmig und müde. »Mach dir keine Sorgen. Ich krieg das hin.«

Daran hatte Rachel allerdings größte Zweifel. Wenn sie die Dinge nicht selbst in die Hand nahm, würde Sarah nie zu einer Bat-Mizwa kommen.

Auch im Büro war die Luft schwül und stickig. Bereits morgens um halb neun Uhr machte Lüften keinen Sinn mehr, weil es draußen heißer war als im Haus.

»Guten Morgen, Laura. Haben wir eine Mail aus Australien bekommen?«

»Bis gestern Abend nicht.«

»Und heute Nacht?«

»Arbeiten die auch nachts?«

»Schatz, die arbeiten *nur* nachts, weil es da Tag ist, wenn es bei uns nachts ist. Hol mir bitte einen Kaffee, ich schau selbst in die Mail.«

Der Name, den die australische Polizei nannte, war Lange. Es handelte sich um einen damals vierundzwanzigjährigen Beamten, der bei der Kripo München beschäftigt war und gerade die Polizeischule absolviert hatte. Es gab kein Foto von Lange, nur ein paar dünne Informationen. Als Laura den Cappuccino brachte, steckte Rachel den Ausdruck in ihre Tasche und machte sich auf den Weg nach draußen. »Bin noch mal kurz im Juve. Sag Carsten, er soll ohne mich zum Gericht fahren.«

»Willst du den Cappuccino mitnehmen? Ich tu ihn dir in einen Becher.«

»Danke, aber die mögen das im Juve nicht, wenn man seinen Kaffee mitbringt.«

Schwind saß allein am Marmortisch und las einen Artikel über den NSU-Prozess.

»Es gibt schlimmere Verfahren als unseres«, sagte Rachel, als sie sich zu Schwind an den Tisch setzte. »Oder beneiden Sie den Kollegen?« Sie deutete auf den Zeitungsartikel.

»So publicitysüchtig bin nicht mal ich, dass ich mit dem tauschen möchte.« Schwind hängte die Zeitung an den Wandhaken. »Wollen Sie dienstlich reden?«

»Muss. Sorry. Sie könnten mir einen Gefallen tun.«

»Warum sollte ich?«

»Weil es möglicherweise auch in Ihrem Interesse ist.« Sie holte den Mailausdruck aus ihrer Tasche und legte ihn vor Schwind auf den Tisch. Schwind warf einen kurzen Blick darauf.

»Was ist das?«

»Brisantes Material.«

Scronti kam vorbeigehastet. »Buon giorno, Signora, come al solito?«

»Ja, und ein Wasser mit Eis bitte.«

Scronti murmelte eine Bestätigung, Rachel wandte sich wieder Schwind zu. »Der Mord in Brisbane war ein schwerer Schlag für mich, das muss ich zugeben. Aber Sie haben es sich verdient, weil Sie so fair waren, nach meinem Zeugen zu suchen. Der dann nicht mehr meiner war.«

»Ein Bumerang – um in Brisbane zu bleiben.«

»Ein Bumerang. Ja.« Sie schob Schwind die Mail hinüber. »Das könnte *Ihr* Bumerang sein. Wenn Sie mir helfen, wird er Sie nicht unvorbereitet treffen.«

Schwind sah erst Rachel an, dann nahm er das Papier und hielt es am fast ausgestreckten Arm vor sich. »Wer ist das?«

»Ein bayerischer Polizeibeamter. Ich könnte jetzt natürlich selber ein paar Recherchen anstellen und Ihnen die Sache um die Ohren fliegen lassen. Aber die Hitze hat mich ein bisschen faul gemacht. Außerdem geht es so schneller.«

»Ich versteh's immer noch nicht.«

»Bis jetzt gehen alle davon aus, dass nur Gerlach von dieser Geschichte mit den angenagelten Händen wusste, was wiederum voraussetzt, dass er den Mord von Brisbane begangen hat.«

»Richtig. Es wurde nichts davon an die Öffentlichkeit gegeben.«

»Aber natürlich wussten die Mitarbeiter der Polizei davon.«

»Haben Sie in unserem Fall irgendwo einen Australier gesehen? Und was hätte der mit der Frau aus dem Kosovo zu tun?«

»Es muss kein Australier sein.«

Schwind sah Rachel etwas irritiert an. Sie tippte auf den Mailausdruck. Schwind blickte wieder auf das Papier. »Sie meinen …?«

»Herr Lange war im Jahr zweitausendneun im Rahmen eines Austauschprogramms in Brisbane. Er war in der Abteilung, die den fraglichen Mord bearbeitet hat. Und er wohnt jetzt in Bad Reichenhall.«

Schwind sah Rachel mit gerunzelter Stirn an, faltete die Mail zusammen und steckte sie in sein Jackett, das über der Rücklehne seines Barhockers hing. »Sollte was dabei rauskommen, dann regeln wir das einvernehmlich? Keine Showeinlagen im Gerichtssaal?«

»So ist der Deal.«

Am heutigen Verhandlungstag, einem Mittwoch, war Nicole Böhm als Zeugin geladen. Rachel hatte in der Zwischenzeit zwei Mal mit ihr telefoniert, und einmal waren sie sich abends im Hirschgarten begegnet. Nicole lebte immer noch bei ihrem Freund Max. Sie sollte Auskunft geben, wann sie mit Gerlach am zwanzigsten April zusammen war und – das interessierte in erster Linie die Anklage – zu welcher Zeit nicht. Als sich Nicole und Gerlach begegneten, lächelte Gerlach ihr freundlich zu. Doch Rachel bemerkte eine gewisse Bitterkeit um seine Mundwinkel.

Die Befragung dauerte keine halbe Stunde. Nicole konnte bezeugen, dass Gerlach bis etwa neun oder Viertel nach neun in ihrer Begleitung war, dann hatten sie sich getrennt, denn Gerlach wollte jemanden treffen. Auf die Frage, wen er treffen wolle, habe Gerlach gesagt, jemanden von früher. Kurz nach zehn seien sie wieder zusammengekommen. Gerlach habe verstört gewirkt. Sie habe nachgefragt, aber Gerlach habe nichts erzählt und wollte weg aus München. Am nächsten Tag fuhren sie nach Passau.

Während Zeiselmeier mit der Zeugin beschäftigt war, wechselten Schwind und Rachel, die sich im Gerichtssaal gegenübersaßen, stumme Blicke, und Schwind gab durch einen Fingerzeig auf sein iPad zu verstehen, dass er Rachel etwas geschickt habe. Es war eine Mail der Münchner Polizei. Sie enthielt die Antwort auf eine Anfrage der Staatsanwaltschaft. Es war zu lesen, dass Lange, der Kripobeamte, nach dem Schwind gefragt hatte, im Jahr 2011 aus dem Polizeidienst ausgeschieden war. Er sei mehrfach gegenüber Festgenommenen gewalttätig geworden und habe einen Mann bei einer Vernehmung schwer verletzt. Angehängt war die Dienstakte des Polizisten samt Foto. Schwind kommentierte die Weiterleitung mit den Worten: *Geschätzte Kollegin Eisenberg, damit Sie mir nicht wieder mein iPad klauen müssen, schicke ich Ihnen freiwillig, was Sie haben wollen. Nachdem ich mich damit strafbar mache, bitte ich Sie, die Sache vertraulich zu behandeln und später sorgfältig zu löschen.*

Weder Schwind noch Rachel hatten Fragen an die Zeugin. Das Alibi ließ einen Zeitraum von fast einer Stunde offen, in dem Gerlach den Mord hätte begehen können. Daran war wenig zu rütteln. Doch waren sich beide einig, dass die Zeugin dableiben solle, da sie vielleicht noch gebraucht werde. Zeiselmeier wollte wissen, wofür man die Zeugin noch brauche. Aber

Anklage und Verteidigung baten, sich kurz besprechen zu dürfen.

»Sie wollen ja wohl nicht hinter meinem Rücken einen Deal aushecken?«, sagte Zeiselmeier nur halb im Scherz.

Schwind, Rachel und Wittmann trafen sich in einem abseits gelegenen Winkel des Justizgebäudes zu einem kurzen Gespräch. Carsten war mit einem Taxi zur Isar gefahren, um herauszufinden, ob Herr Joseph Runge alias Penny-Joe mit dem Foto von Herrn Lange etwas anfangen konnte. Rachel betrachtete das Foto der Personalakte auf ihrem Tablet.

»Das Gesicht kommt mir bekannt vor. Aber ich komm nicht drauf, woher ich den Mann kenne. Irgendwie fehlt mir der Kontext.«

»Das geht mir oft mit Schauspielern so«, bekundete Wittmann ihr Verständnis.

»Ja, schrecklich. Manchmal denk ich, ich hab Alzheimer. Oder Asperger. Die können sich auch keine Gesichter merken. Aber Scherz beiseite. Ich denke, es hat sich hiermit«, Rachel zeigte auf ihr iPad, »einiges geändert. Oder wie sehen Sie das?«

»Das sind zwar interessante Koinzidenzen«, sagte Wittmann. »Aber letztlich besagt das alles nicht, dass der Angeklagte unschuldig ist.«

»Da mögen Sie einerseits recht haben«, schaltete sich Schwind ein, bevor Rachel Wittmann Kontra geben konnte. »Andererseits – es wird jetzt langsam so auffällig, dass wir nicht die Augen davor verschließen können.«

»Und was gedenken Sie zu tun?« Rachel war nicht sicher, wie weit Schwind bereit war, ihr entgegenzukommen.

»Im Grund müssten wir das alles erst ausermitteln. Diese Sache mit der verschwundenen Frau. Und die Verbindungen zu Johanna Mend. Aber dafür haben wir höchstens drei Wochen.« Schwind spielte darauf an, dass ein Prozess längstens für drei Wochen unterbrochen werden durfte. Dauerte die Unterbrechung länger, musste das ganze Verfahren neu aufgerollt werden.

»In drei Wochen kann man viel herausfinden. Aber wir werden die drei Wochen nicht bekommen. Ich glaube, die Vorsitzende hat schon ihren Urlaub gebucht.«

Rachels Handy klingelte. Es war Carsten mit einer wichtigen Information: Lange war der Mann, der in Gerlachs Sachen herumgewühlt hatte. Joseph Runge alias Penny-Joe hatte ihn auf dem Foto aus der Personalakte erkannt.

»Ich werde eine Unterbrechung bis nächsten Dienstag beantragen«, sagte Schwind. »Das sollte reichen, um einigermaßen Klarheit zu gewinnen.« Sie waren auf dem Rückweg zum Sitzungssaal. »Ich bin jedenfalls noch lange nicht bereit, die Anklage fallenzulassen. Nur dass ich keine falschen Hoffnungen wecke.«

»Natürlich nicht.« Rachel lächelte ein inneres Lächeln. Schwind wusste, dass er auf der Verliererstraße war. Das Einzige, was ihm blieb, um mit Anstand aus der Sache rauszukommen, war, möglichst viel zur Aufklärung beizutragen und sich als objektives Organ der Rechtspflege feiern zu lassen, einer der die Größe besaß, auf Freispruch zu plädieren, wenn sich der Angeklagte am Ende als unschuldig erwies.

»Sagen Sie – das ist er doch?« Wittmann war stehengeblieben und blickte zu einer Bank. Dort saßen Nicole und ihr Freund Max, der sie zum Gerichtstermin begleitet hatte. Die anderen blieben ebenfalls stehen. Drei Tablets wurden gezückt, drei Mal erschien das Gesicht aus der Polizeiakte auf dem Bildschirm. Die Ähnlichkeit war nicht zu übersehen. Jetzt hatte Rachel den fehlenden Zusammenhang.

»Das gibt's doch nicht«, flüsterte sie.

»Kennen Sie den Mann?«, fragte Wittmann.

»Ja. Er ist der Freund von Nicole Böhm.«

»Herr Lange!«, sagte Schwind, als sie auf zwei Meter an die beiden herangekommen waren. Max drehte unvermittelt seinen Kopf in die Richtung, aus der die Frage kam. Vor ihm standen drei Gestalten in schwarzen, langen Roben. Es hatte etwas von einer Szene aus Macbeth.

»Sie sind Patrick Lange?« Rachel hatte die Führung des Gesprächs übernommen. Lange war ja sozusagen ihr Zeuge.

Lange zögerte. Nicole sagte: »Nein. Er heißt Max. Das wissen Sie doch.«

»Sind Sie Patrick Lange?«, fragte Rachel noch einmal. »Meine Kollegen von der Staatsanwaltschaft können Ihre Identität jederzeit feststellen lassen. Auch zwangsweise.«

»Gut, dann bin ich Patrick Lange. Ist ja kein Geheimnis.«

Nicoles Gesicht zeigte Unverständnis.

»Sie sind verwandt mit Kriminaloberkommissar Arnold Marquardt?«

»Er ist mein Halbbruder. Aber das wissen Sie offenbar, sonst würden Sie nicht fragen.« Lange stand jetzt auf. »Wie kann ich Ihnen sonst noch helfen?«

»Sie waren damals, zweitausendneun, in Australien. Bei der Polizei von Brisbane.«

»So ist es.«

»Und Sie wissen, dass gegen Ihren Halbbruder ermittelt wird?« Das war wieder Part des Oberstaatsanwaltes. »Er hat mutmaßlich mit dem Verschwinden einer Frau zu tun. Sie wissen da nichts drüber?«

»Er hat mich angerufen. Ich bin sicher, das klärt sich auf. Mein Bruder bringt keine Frauen um.«

»Und Sie?«

»War das eine ernstgemeinte Frage? Ich versteh nicht, warum Sie hier auf mich losgehen.«

Langes Handy klingelte. Er zögerte.

»Gehen Sie ruhig ran. Wir haben Zeit«, sagte Rachel.

Lange holte sein Handy aus der Hosentasche, sah auf das Display und runzelte die Stirn. Er nahm das Gespräch an.

»Ja?«

Rachel machte zwei Schritte auf Lange zu und hielt ihr eigenes Handy hoch. »Ich bin's.«

Lange sah Rachel entgeistert an.

»Sie wundern sich, dass ich Ihre Nummer habe? Die habe ich von einem jungen Mann, den Sie bezahlt haben, damit er zusammen mit einem Kumpel ein Mädchen überfällt. Johanna Mend.«

Lange sagte nichts, schien aber äußerst konzentriert.

»Von Ihrem Handy aus wurde auch Johanna Mends letzter Anruf gemacht. Kurz bevor sie umgebracht wurde. Das heißt, sie war unmittelbar vor ihrem Tod mit Ihnen zusammen.«

Nicole stand auf und stellte sich neben Lange. »Was hast du mit dem Mädchen zu tun?«

Lange drehte sich zu Nicole und schob sie sanft mit der Hand weg. »Gar nichts. Ich erklär's dir später.«

»Vorsicht! Er hat ein Messer!«, schrie mit einem Mal eine schrille Stimme, als sich Lange wieder Rachel zuwandte. Es war Wittmann. Im selben Augenblick war sie auch schon da und fiel Lange in den Arm. Rachel sah ein silbernes Blitzen in seiner Hand und wich erschrocken zurück. In diesem Moment stürzte Wittmann zu Boden. Lange hatte sie von sich weggestoßen und begann zu rennen. Schwind versuchte, ihm hinterherzulaufen, rutschte aber mit seinen italienischen Halbschuhen auf dem glatten Marmorboden aus und schlug hin, dass es vom bloßen Zusehen weh tat. Als er sich ächzend aufrappelte, waren zwei Wachebeamte bei ihm. Schwind verweigerte die angebotene Hilfe und sagte, sie sollten den Flüchtigen verfolgen.

»Vielen Dank«, sagte Rachel und half Wittmann auf die Beine. »Mein Gott, Sie haben mir wahrscheinlich das Leben gerettet.«

»Na, so dramatisch war's auch wieder nicht.« Wittmann schloss die Augen und fasste sich schwer atmend an die Brust.

»Geht's Ihnen nicht gut?«, fragte Rachel.

»Geht schon.«

Nicole sah Rachel entgeistert an. »Wieso hat er das gemacht? Was … was hat das zu bedeuten?«

»Max ist nicht der, für den Sie ihn halten.« Rachel nahm Nicoles Hand. »Tut mir leid.«

Inzwischen war Schwind herangehumpelt. »Ich hab mich angestellt wie ein Anfänger. Ich hätte sofort jemanden holen müssen.«

»Scheiße – ist das Blut?« Nicole zeigte auf Wittmanns Hand, die sie sich auf die Brust gehalten hatte. Sie war rot verschmiert. In Wittmanns Robe klaffte in Brusthöhe ein Riss, der Stoff glänzte nass an dieser Stelle. Die Staatsanwältin sah ihre blutige Hand und sackte lautlos zusammen.

51

Der Stich hatte Sabine Wittmanns Herz knapp verfehlt und auch sonst keine Organe lebensbedroh-
lich verletzt. Die Operation dauerte trotzdem zwei
Stunden. Rachel und Schwind saßen im Kranken-
hausgang und warteten darauf, zu Wittmann vorgelas-
sen zu werden.

»Ich hab mich angestellt wie ein Amateur«, haderte
Schwind mit sich. »Man kann nicht einfach so hingehen zu einem … potenziellen Mörder.«

»Für mich war das irgendwie immer noch Max. Der
junge Mann, der sich so nett um Nicole Böhm kümmert. Das ging so schnell, das hab ich im Kopf irgendwie nicht nachvollzogen. Hat die Polizei ihn eigentlich?«

Schwind checkte sein Handy. Zwei Anrufe. Er ging
ein paar Schritte zur Seite. Die Telefonate dauerten
nicht lange, dann war er wieder zurück. »Niente. Wie
vom Erdboden verschluckt. Na ja, ist eine Frage der
Zeit. Kaffee?«

»Gerne.«

Während Schwind den Kaffeeautomaten aufsuchte,
machte sich Rachel ein schlechtes Gewissen wegen
Wittmann. Sie hatte sie, wenn man's genau nahm,
immer ein bisschen von oben herab behandelt. So
etwas rächt sich. Jetzt musste sie ihr für alle Zeiten
dankbar sein. Rachel wusste nicht, ob das Leben die
Ironie erfunden hatte, aber es beherrschte sie meister-
lich.

»Der Cappuccino ist fast so gut wie im Juve.«

»Ist nicht das Gleiche, ohne Scrontis gestresstes Gesicht. Vielen Dank.« Rachel nahm den Pappbecher entgegen. Schwind setzte sich wieder neben sie auf die Besucherbank.

»Was erzählen Sie morgen bei Gericht?«, wollte Rachel wissen.

»Weiß ich noch nicht. Kommt drauf an, was Herr Marquardt uns erzählt. Könnte eine lange Nacht werden.«

»Danke jedenfalls, dass Sie fair waren.«

»Das Leben ist ein Geben und Nehmen.« Schwind nippte versonnen lächelnd an seinem Cappuccino.

»Die Geschichte mit Brisbane war allerdings nicht fair. Da haben Sie mich gegen die Wand laufen lassen.«

»Ich wollte Sie ja warnen.« Schwind zauberte ein theaterreifes Bedauern in sein Gesicht. »Aber Frau Wittmann war dagegen.«

»Schämen Sie sich gar nicht? Die arme Frau liegt gerade auf dem OP-Tisch.«

»Ich weiß.« Kurzes Schweigen. »Sie war natürlich nicht dagegen. Ich hab das entschieden. Die Nummer mit Brisbane war einfach zu schön, um sie außergerichtlich zu besprechen.« Er grinste, dann fiel ihm etwas an seinem letzten Satz auf. »Ich meine mit *schön* nicht die abgehackten Hände.«

Rachel sah ihn mit leicht verengten Augen an. »Mir ist durchaus klar, was Sie mit *schön* meinten.«

»Sie können jetzt zu ihr«, sagte ein Arzt, der plötzlich neben ihnen aufgetaucht war. »Ist alles gut verlaufen. In ein paar Tagen kann sie nach Hause.«

Rachel ließ Schwind den Vortritt und blieb auf der Besucherbank zurück. Vielleicht hatten die beiden Dinge zu besprechen, die sie nichts angingen. Außerdem hatte Rachel das Bedürfnis, kurz allein mit Wittmann zu reden. Nach einer Viertelstunde kam Schwind heraus und sagte, Rachel könne jetzt zu seiner Kollegin. Es gehe ihr den Umständen entsprechend gut. Dann verabschiedete er sich. Arnold Marquardt wartete auf seine Vernehmung.

Wittmann hatte einen Schlauch im Arm, an dessen Ende sich ein Beutel mit einer Flüssigkeit befand, die Tropfen für Tropfen in Wittmanns Körper sickerte.

»Hallo!«, sagte Rachel und stellte sich neben das Bett. »Wie geht's Ihnen?«

»Geht schon. Ist nichts Lebensgefährliches.« Blass sah sie aus. Das kam wohl vom Blutverlust. Rachel fühlte sich beklommen. »Haben Sie während der ganzen Operation hier gewartet?«, fragte Wittmann mit ehrlicher Verwunderung.

»Ich habe mit Herrn Schwind Kaffee getrunken. Ist ganz gut, mal eine Pause einzulegen.«

Wittmann nickte und sah glasigen Blickes vor sich hin.

»Sie haben echt was gut bei mir«, sagte Rachel. »Danke, für alles. Das … das war sehr mutig.«

»Ach, ich hab da gar nicht nachgedacht.«

»Sonst hätten Sie es sich noch überlegt, was?«

»Kann sein.« Wittmann versuchte zu lachen. Aber die OP-Wunde schmerzte.

»Hören Sie auf zu lachen. Sonst geht die Naht auf.« Rachel zog sich einen Stuhl heran. »Nein, im Ernst. Ich verdanke Ihnen mein Leben. Ich weiß gar nicht, wie ich das je wiedergutmachen kann.«

»Das nächste Mal sind *Sie* dran.«

»Ganz bestimmt.« Rachel legte ihre Hand auf Witt-

manns Unterarm und lächelte. Wittmann ließ es geschehen. »Was ist eigentlich mit Ihrer Tochter?«

Wittmanns Gesicht, das sich bei dem Gespräch ein
bisschen entspannt hatte, wurde wieder ernst und
eine Spur verkniffen. »Die ist im Kindergarten.«

»Gibt es jemanden, der sie abholt?«

»Ich muss das noch organisieren.«

»Wenn ich Ihnen dabei helfen kann …«

»Ich komm klar. Danke.«

Rachel fiel nichts weiter ein, was sie mit Wittmann besprechen konnte. Sie kannten sich kaum.
»Tja dann …« Rachel stand auf. »Kann ich Ihnen
noch irgendwas besorgen? Ich komm morgen gern
wieder.«

»Sehr nett von Ihnen. Aber ich brauch nichts.
Danke.«

»Dann wünsch ich Ihnen gute Besserung. Machen
Sie's gut.«

In der Tür drehte sich Rachel noch einmal zu Wittmann um. Ihre Blicke trafen sich. Die Frau sah Rachel
an wie ein verängstigtes Kind. Irgendetwas stimmte
mit ihr nicht. Rachel ging zurück an Wittmanns Bett.

»Sind Sie sicher, dass Sie das mit Ihrer Tochter hinkriegen? Ich meine, Sie sind hier ans Bett gefesselt.«

»Warum soll ich's nicht hinkriegen?«

Rachel hätte sich auf die Zunge beißen können.

»Ich hab nicht gemeint, dass Sie dazu nicht in der
Lage sind. Aber ich bin auch alleinerziehende Mutter.
Ich weiß, dass das verdammt harte Arbeit ist. Haben
Sie denn jemanden, der Ihre Tochter abholt? Wie heißt
sie eigentlich?«

»Eva. Ich … ich muss erst ein bisschen rumtelefo-
nieren. Ich bin noch nicht so lange in München.«

»Ihr Ex-Mann?«

Wittmann lachte kurz und bitter.

»Ihre Eltern? Schwiegereltern?«

»Danke. Ich krieg das schon hin, okay?«

Wittmann wandte ihr Gesicht von Rachel ab. Rachel trat näher und sah, dass Wittmann weinte.

»Passen Sie auf: Heute hol ich Eva vom Kindergarten ab. Ich denke, das geht, wenn Sie da anrufen. Sie kann auch bei mir wohnen. Nur bis Sie jemanden gefunden haben, in Ordnung?«

Wittmann wischte sich die Tränen mit dem Handrücken aus den Augen und nickte.

Nicole hatte die meiste Zeit vor dem Haupteingang der Klinik gewartet. Da konnte man rauchen.

»In ein paar Tagen ist sie wieder draußen«, sagte Rachel, als sie aus dem Krankenhaus kam. Neben Nicole saß ein Mann im Rollstuhl, ein Bein und zwei Arme waren eingegipst, was ihm selbständigen Nikotingenuss unmöglich machte. Deswegen hatte Nicole in jeder Hand eine Zigarette. Eine davon steckte sie ab und zu dem Eingegipsten in den Mund. »Ich weiß«, sagte sie zu Rachel. »Ihr Kollege hat's mir vorhin gesagt.«

»Kollege? Ach so, der Staatsanwalt.«

»Sie sagen doch Kollege zu ihm.«

»Was aber nicht heißt, dass er ein Kollege ist. Das ist … so ein Juristending.« Nicole ließ ihren Schützling wieder an der Zigarette ziehen, was Rachel auf eine Idee brachte. »Haben Sie kleine Geschwister?«

»Wie bitte …?«

»Das war eine Frage mit vier Wörtern. Welches davon haben Sie nicht verstanden?«

»Ja, ich hab einen jüngeren Bruder.«

»Haben Sie mit ihm gespielt? Auf ihn aufgepasst?«

Nicoles diffuse Geste enthielt ein Ja und einige Irritation über die Frage.

»Hat er's überlebt?«

»Denk schon. Warum?«

»Ich hab einen Job für Sie. Das Mädchen heißt Eva, ist vier Jahre alt und muss ein paar Tage gesittet werden.«

»Sie meinen, *ich* soll auf sie aufpassen?«

»Kann nicht so schwer sein. Wenn ich die Kleine allerdings mit einem Joint erwische, sind Sie tot.«

Am frühen Nachmittag fuhren sie zum Häuschen von Max alias Patrick Lange. Es wurde gerade von Spezialisten der Spurensicherung durchsucht. Rachel stellte sich dem die Durchsuchung leitenden Kommissar vor und bat um Herausgabe von Nicoles privaten Sachen, was kein Problem war. Das meiste davon war schon untersucht worden. Von dem Polizeibeamten erfuhr Rachel, dass das Bad Reichenhaller Haus der beiden Halbbrüder gestern von der örtlichen Polizei durchsucht worden war. Man hatte Blutspuren gefunden, sie aber noch nicht zuordnen können. Nur so viel war klar: Sie stammten von einer Frau. Inzwischen hatte man Kontakt mit der Polizei im Kosovo aufgenommen und um DNA-Proben von Leonora Shkodra gebeten.

Auf dem Weg zum Kindergarten schaute Rachel in der JVA Stadelheim vorbei, um kurz mit Heiko Gerlach zu reden. Nicole wartete draußen im Auto und surfte mit Rachels Handy.

»Wie lang muss ich noch hier bleiben?«, fragte Gerlach. Rachel konnte eine neue Ungeduld an ihm feststellen. Und dass Tatendrang in ihn zurückgekehrt war.

»Das hängt davon ab, wie schnell die Polizei sich sicher ist, dass Patrick Lange die Frau umgebracht hat. Ich denke, es wird nicht mehr lange dauern. Was willst du machen, wenn du rauskommst?«

»Als Erstes würde ich dich zum Essen einladen. Mit einem schönen Fläschchen Bolgheri. Oder Barolo? Wir werden sehen.« Er lächelte sie schüchtern an. »Es tut mir wirklich leid, dass ich dich belogen habe. Ich war ein Esel.«

»Stimmt. Und es wird einige Zeit dauern, bis ich nicht mehr sauer bin. Aber ich nehme die Einladung an. Das Geld für den Barolo kommt woher?«

»Ich verkaufe meine Geschichte an die Boulevardpresse. Es gab schon Anfragen. Und ich werde auf das großzügige Angebot meiner Ex-Frau zurückkommen.«

»Aha?«

»Kurz nach der Trennung hat das schlechte Gewissen an ihr genagt. Sie hat mir eine halbe Million als Abfindung angeboten.«

»So viel?«

»Die Familie betreibt mehrere Luxushotels. Deswegen haben wir einen Ehevertrag, der Zugewinnausgleich ausschließt. Aber sie würde mir das Geld trotzdem geben. Wahrscheinlich schläft sie dann besser.«

»Du hast es damals nicht genommen?«

»Ich war verletzt und stolz. Inzwischen ist mir Helen egal, und ich will mein Leben wiederhaben.« Gerlach dachte einen Moment nach. »Vielleicht zahl ich's ihr zurück, wenn ich wieder arbeite. Vielleicht auch nicht.« Er machte eine weitere Denkpause. »Wenn ich's recht bedenke, ist sie ein gottverdammtes Miststück. Sie soll ruhig zahlen.«

52

Marquardt hielt sich an seiner Kaffeetasse fest, drehte sie zwischen den Fingern, bis der Henkel zwei ganze Rotationen ausgeführt hatte, gab noch einen Löffel Zucker dazu, den vierten, und schob das Ganze schließlich von sich weg. »Ich will erst mit meinem Anwalt reden.«

»Herr Marquardt – Sie haben selbst unzählige Vernehmungen durchgeführt. Was wird Ihnen der Anwalt raten?«

»Dass ich den Mund halten soll.«

»Und das wäre sehr schade, weil Sie nämlich im Augenblick noch die Möglichkeit haben, sich etliche Jahre Haft zu sparen. Wenn Ihr Bruder erst mal redet, geraten Sie in die Defensive, und dann *müssen* Sie reden. Das ist dann keine von Schuldeinsicht getragene Kooperation mit den Ermittlungsbehörden. Das ist dann nur noch Hals aus der Schlinge ziehen.«

Marquardt rührte seinen Kaffee um und nahm jetzt doch einen Schluck.

»Überdenken Sie in aller Ruhe die Fakten: Im Augenblick können wir Ihrem Bruder nachweisen, dass Johanna Mend von seinem Handy aus ihren letzten Anruf getätigt hat, unmittelbar vor ihrer Ermordung. Außerdem hat er zwei Schläger beauftragt, die Frau zu bedrohen, damit er sich an sie ranmachen konnte. Leonora Shkodra wiederum war unmittelbar vor ihrem Verschwinden in dem Haus, das Sie beide geerbt haben. Im Augenblick lassen wir das Foto von Spezialisten bearbeiten.« Schwind schob Marquardt das Foto über den Tisch, das Leonora Shkodra am Abend ihres Verschwindens an ihre Freundin Albina Zimmermann geschickt hatte. »Es geht um diese Person.« Schwind deutete auf die Gestalt im Halbdunkel. »Sie kommt auf dem Foto nur sehr schemenhaft rüber. Aber unsere Leute sind zuversichtlich, dass wir nach der elektronischen Bearbeitung Details erkennen können. Vielleicht sogar das Gesicht. Ich vermute, dass es sich entweder um Sie oder Ihren Halbbruder handelt.« Schwind schenkte sich Kaffee nach. Mit im Raum saß, als Wittmanns Vertretung, ein etwa fünfzigjähriger Staatsanwalt, von dem Schwind wusste, dass er ein erfahrener und erfolgreicher Vernehmungstechniker war. Im Augenblick sammelte der Kollege Fakten und Eindrücke. Er würde später zum Einsatz kommen, wenn es galt, Marquardt mürbe zu machen. »Dann gibt es noch diese Blutspuren in Ihrem Haus. In ein paar Tagen werden wir wissen, ob sie von Leonora Shkodra stammen.«

»Wie gesagt – ich will einen Anwalt.«

»Haben wir registriert. Sie sollen im Augenblick ja auch nur zuhören.«

Marquardt stierte dumpf vor sich hin und schien zu überlegen, was in seiner Situation die beste Taktik war. Noch hatte er die Chance, sich etliche Jahre Gefängnis zu ersparen. Staatsanwälte mochten es, wenn man ihnen die Arbeit erleichterte. Besonders beliebt waren Hinweise zum Auffinden von Leichen und wenn man andere Beteiligte ans Messer lieferte. Dagegen stand die Chance, dass die Staatsanwaltschaft möglicherweise doch nicht genug Indizien zur Verurteilung zusammenbekam. Wenn Patrick nicht mehr auftauchte, würde es schwierig werden, Arnold Marquardt etwas nachzuweisen. Wer bei der Sache was genau zu verantworten hatte – wer wollte das wissen? Zumal Obinger, der Einzige, der Hinweise hätte liefern können, inzwischen auch tot war. Schwind schien Marquardts Gedanken zu erraten.

»Es gibt massenhaft andere Hinweise. Die Lackspuren, die am Gardasee sichergestellt wurden. Und vergessen wir nicht das Haus des leider verstorbenen Werner Obinger. Ich bin sicher, wir finden Spuren Ihres Bruders.« Schwind sah Marquardt an, als habe ihn gerade ein völlig neuer Gedanke gestreift. »Oder vielleicht Ihre?«

»Ich will jetzt endlich mit meinem Anwalt telefonieren.«

Schwind schob ein Telefon über den Tisch. »Holen Sie ihn her. Ich hoffe, er hat ein bisschen Zeit.«

53

Die Vernehmung dauerte bis in die Nacht und forderte allen Beteiligten das Letzte ab. Um halb zwei Uhr morgens war Marquardts Widerstandswille gebrochen, und er legte, trotz der Bedenken seines inzwischen eingetroffenen Anwalts, ein Geständnis ab.

Es handelte davon, wie er einen verderblichen Hang zum Glücksspiel entwickelt hatte, erst Roulette und Black Jack, später versuchte er sich in privaten Pokerrunden. Irgendwann hatte Marquardt über hunderttausend Euro Schulden angehäuft. Der Einzige, der ihm noch Kredit gab, war der private Geldverleiher Pal Rexhaj. Eines Tages kam Rexhaj zu ihm und sagte: Du musst mir helfen. Meine Familie sucht einen Mann. Er ist der Mörder meines Cousins, und die Polizei weigert sich, ihn vor Gericht zu bringen. Wahrscheinlich hat er die Polizei bestochen. Hilf mir, den Mann zu finden, und ich erlasse dir die Hälfte deiner Schulden; die andere Hälfte kannst du in fünf Jahren zurückzahlen. Dann erklärte er Marquardt, dass die Frau des Mannes demnächst nach Deutschland komme und vermutlich bei Bad Reichenhall die Grenze passieren werde. Alles, was Marquardt tun müsse: die Frau dazu bringen, den Aufenthaltsort ihres Mannes zu verraten, damit man ihn in Albanien vor Gericht stellen könne.

Marquardt war nicht naiv. Dass an der Geschichte einiges nicht stimmte, war ihm klar. Aber Rexhaj hatte ihn in der Hand. Allein der Umstand, dass er als Kripobeamter Schulden bei einem Geldverleiher (mutmaßlich mit Verbindungen zur organisierten Kriminalität) hatte, durften seine Vorgesetzten auf keinen Fall erfahren. Und eine Privatinsolvenz hätte Marquardts Ruin bedeutet. Also überlegte er sich einen Plan, wie er die Frau zum Reden bringen konnte. Rexhaj wiederum organisierte einen Hacker, der Marquardt die GPS-Daten von Leonora Shkodras Handy in Echtzeit zugänglich machte, so dass er sehen konnte, welchen Weg nach Deutschland sie nahm. Marquardts Halbbruder Patrick Lange erklärte sich bereit, bei der Aktion mitzuwirken, wenn Marquardt ihm seine Hälfte des Hauses überschrieb.

Zunächst lief alles nach Plan. Die Frau nahm zumindest am Anfang an, sie seien Polizisten, und ließ sich widerstandslos zu dem Haus bringen, das sie als Polizeistation ausstaffiert hatten. Und vielleicht hätte sie auch geredet, doch dann kam Werner Obinger dazwischen, und die Frau und ihr Kind konnten fliehen. Den Rest hatte Marquardt nicht miterlebt, doch er gab die Schilderungen seines Halbbruders wieder: Wie der Wagen der Frau von der Straße abkam und das Kind in den Bach fiel, die Mutter hinterhersprang – doch es war zu spät. Das Kind war tot, die Frau wie von Sinnen. Was genau Patrick der Frau angetan hatte, konnte Marquardt nicht sagen. Patrick habe ihm nur gesagt: Ich konnte die Frau nicht am Leben lassen. Die wäre zu allem fähig gewesen. Und da habe er nicht weiter nachgefragt. Patrick hatte die beiden Leichen im Bachbett begraben, an einer Stelle, die immer Wasser führte. Das war mühsam gewesen, noch dazu im Winter, hatte aber den Vorteil, dass die Leichen nicht von Tieren gewittert und ausgegraben wurden.

Als einige Wochen später die Studentin aus München sich nach Leonora Shkodra erkundigte und ein

Foto vorlegte, das Shkodra im Haus der Brüder aufgenommen hatte, war Patrick außer sich. Er wollte sich um das Problem kümmern und vermeldete eine Woche später: Die Sache sei jetzt in Ordnung. Am nächsten Tag erfuhr Marquardt, dass Johanna Mend ermordet worden war. Patrick habe anschließend damit geprahlt, dass er bei dem Mord nach einem genialen Plan vorgegangen sei. Doch Marquardt wollte gar nicht wissen, wie dieser Plan ausgesehen hatte.

Das Verhalten seines Bruders habe ihn über alle Maßen schockiert, sagte Marquardt. Zwar wusste er von Patricks krimineller Veranlagung. Immerhin hatte man ihn wegen seiner Gewaltbereitschaft aus dem Polizeidienst entfernt, und danach war er in etliche halbseidene bis kriminelle Aktivitäten verstrickt gewesen. Dass sein Bruder ein Psychopath der brutalsten Art war, das hatte Marquardt aber angeblich nicht geahnt.

54

Gemurmel war im Hintergrund, eilige Schritte und Stühlerücken, als Gerlach und Rachel sich umarmten. Sie musste sich auf die Zehenspitzen stellen und er sich etwas kleiner machen als seine natürlichen zwei Meter. Sie hielten sich lange fest. Und als sie losließen, fuhr sich Gerlach mit einer Hand durchs graumelierte Haar und hatte feuchte Augen. Auch Rachel kämpfte mit den Tränen. Vor wenigen Minuten hatte die Vorsitzende Richterin im Einverständnis mit der Staatsanwaltschaft den Haftbefehl aufgehoben und verkündet, dass Professor Heiko Gerlach mit sofortiger Wirkung ein freier Mann sei. Aufgrund des Geständnisses von Marquardt hatte die Polizei am frühen Morgen die Leichen von Leonora und Valentina Shkodra in einem Gebirgsbach in der Nähe von Bad Reichenhall gefunden. Damit war klar, dass Marquardt die Wahrheit sagte. Folglich war auch davon auszugehen, dass sein Halbbruder Patrick Lange Johanna Mend ermordet hatte und nicht Heiko Gerlach. Im Übrigen hatte man Marquardts Gläubiger Pal Rexhaj verhaftet. Von Florin Shkodra, dem von Blutrache bedrohten Ehemann von Leonora, fehlte nach wie vor jede Spur.

»Was willst du jetzt machen?«, fragte Rachel.

»Ich hätte gerne einen Kaffee und ein Stück Linzer Torte. Bei Dallmayr. Davon träume ich seit drei Jahren.«

Im altehrwürdigen Haus Dallmayr, eine U-Bahn-Station vom Gericht entfernt, wurde im ersten Stock exquisiter Filterkaffee serviert, wie man ihn von früher kannte und wie er im Augenblick wieder in Mode kam. Auch die Confiserie des Hauses ließ keine Wünsche offen. Heiko Gerlach sog den Kaffeeduft ein und die gedämpft-vornehme Atmosphäre und das Gefühl, nach langer Zeit wieder in einer solchen Umgebung sitzen zu können.

»Ich hab mir oft gedacht: Geh doch einfach mal her und trink einen Kaffee. Es kostet ja nur ein paar Euro. Das kann man sich sogar als Obdachloser leisten.«

»Aber …?«

»Es macht keinen Spaß. Selbst wenn ich mir einen Anzug von der Kleidersammlung geholt und geduscht hätte – es ist nicht das Gleiche. Du gehörst nicht dazu. Du störst. Vielleicht merkt es gar keiner. Aber du selber weißt es: Es ist nicht dein Platz.« Gerlach häufte mit der Kuchengabel Sahne auf sein Stück Torte, schob sich den Bissen in den Mund, schloss die Augen und kaute.

Rachel hatte nichts übrig für Torten am Vormittag. Solche Disziplinlosigkeiten führten unweigerlich zu kneifenden Hosen. Gerlach würde sich Gedanken dieser Art für lange Zeit nicht machen müssen. Das Leben draußen hatte ihn ausgezehrt.

»Möchtest du für die erste Zeit bei mir wohnen? Ist allerdings ein ziemlicher Weiberhaushalt. Außer mir drei minderjährige Monster.«

»Wer noch außer Sarah?«

»Eva, die Tochter von Frau Wittmann.«

»Der Staatsanwältin?«

»Ja. Hat sich gestern so ergeben. Und dann noch Nicole.«

»Ach? Tatsächlich?«

»Sie passt auf Eva auf. In das Haus von Lange kann

sie nicht zurück. Das hat die Polizei versiegelt.« Rachel ließ ein Stück Süßstoff in ihren Kaffee fallen, fischte es aber wieder heraus, nachdem es an die Oberfläche gesprudelt war, und ersetzte es durch zwei Löffel Zucker. Den Geschmack des Kaffees durch Süßstoff zu verderben war einfach unsinnig. »Wie sieht's aus? Wird sicher nett bei uns. Und am Vormittag hast du Ruhe – falls du arbeiten willst.«

»Das ist wirklich sehr großzügig von dir. Aber ich habe andere Pläne.«

»Schade. Kann ich dir sonst irgendwie helfen?«

»Kannst du mir zweitausend Euro leihen?«

»Kein Problem. Bar?«

»Ja. Ich brauche etwas zum Anziehen und muss ein Hotelzimmer bezahlen.«

Rachel sah Gerlach an und lächelte. »Du siehst verdammt gut aus. Dieser neue Lebensmut steht dir.«

»Danke.« Gerlach ließ die Gabel mit dem Tortenstück sinken und sah nach draußen in Richtung Frauendom. »Es ist wirklich sehr belebend, wenn man wieder Pläne hat.«

»Was hast du denn für Pläne?«

»Es ist noch zu früh, darüber zu reden. Aber du wirst es bald erfahren.« Er beförderte die Torte in den Mund und atmete genussvoll durch. »Ja, ich denke, ich kann dich schon bald in meine Pläne einweihen.«

Er lächelte, und sein Lächeln kam Rachel seltsam unergründlich vor.

Patrick Lange hatte nach seiner Messerattacke genügend Vorsprung gehabt, um die Security-Leute zu überrumpeln, die am Ausgang des Strafjustizzentrums postiert waren. Als sie im Verein mit anderen Wachleuten die Verfolgung aufgenommen hatten, war es zu spät gewesen. Lange war verschwunden und im Bahnhofsviertel, das nicht weit entfernt lag, untergetaucht.

Eine Weile verbarg er sich in der Dunkelheit eines Striptease-Lokals. Als er wieder auf die Straße trat, war ihm bewusst, dass inzwischen jeder Polizist mit seinem Gesicht vertraut sein musste. Daher galt es nicht nur, uniformierten Beamten aus dem Weg zu gehen, was machbar war, wenn man Vorsicht walten ließ. Schwieriger waren die Zivilbullen, die gerade in Problemvierteln wie um den Bahnhof herum gehäuft ihr Unwesen trieben.

Wenige Meter vom Ausgang des Strip-Lokals entfernt lag eine Pension. Das Zimmer kostete fünfunddreißig Euro die Nacht. Der Fernseher hatte eine Röhre, und es roch nach Schimmel. Patrick störte sich nicht daran. Hier war er zunächst in Sicherheit. Mit pochendem Herzen ließ sich Patrick aufs Bett fallen. Dabei bemerkte er, dass sich ein schwerer Gegenstand in seiner Jacke befand. Es war sein Handy. Adrenalin schoss ihm durch den Körper. Er riss das Handy aus der Jacke und schaltete es mit zitternden Fingern aus. Hatten sie ihn schon geortet? Sie kannten seine Nummer. Aber das Handy war anonym, und es dürfte eine Zeit dauern, bis sie den ausländischen Anbieter kontaktiert und dazu gebracht hatten, die Ortungsdaten herauszurücken. Oder ging das auch über den deutschen Netzbetreiber? Scheiß Technik. Da blickte keiner mehr durch. Wenigstens hatte er kein Handy mit GPS. Das heißt, sie konnten ihn nur durch Kreuzpeilung orten, und das war ziemlich ungenau. Fast hatte sich Patrick beruhigt, da quälte ihn ein neuer Gedanke: Selbst wenn es dauerte, bis sie sein Bewegungsprofil hatten – irgendwann hatten sie es. Und dann wussten sie, dass er kurz vor dem Ausschalten des Geräts in der Nähe dieser Pension war. Patrick verfluchte seine eigene Dummheit und beschloss, das Hotel zu wechseln.

Es war heiß auf der Straße, und Patrick schwitzte. Zur Hitze steuerte auch die Angst vor Entdeckung den einen oder anderen Schweißtropfen bei. Er kaufte sich unterwegs eine Basecap und zog sie tief in die Stirn. Im Laden daneben gab es bereits Trachten für das in zwei Monaten beginnende Oktoberfest. Patrick erstand eine billige Lederhose samt kariertem Hemd. Er fiel natürlich auf, aber das war oft die beste Tarnung. Nach einem Idioten, der bei über dreißig Grad Lederhosen trug, hielt kein Polizist Ausschau. Sein nächster Anlaufpunkt war der Drogeriemarkt im Hauptbahnhof. Das war einigermaßen riskant, denn hier wimmelte es von Polizei. Allerdings würden sie nicht damit rechnen, dass er sich eine Stunde nach seiner Flucht immer noch im Umkreis von einem Kilometer um das Gerichtsgebäude aufhielt. Patrick erstand ein Gerät zum Haarescheren sowie eine Haartönung *Aschblond.*

Die neue Pension lag drei Straßen von der ersten entfernt und kostete vierzig Euro die Nacht. Das Zimmer hatte ebenfalls einen Röhrenfernseher und roch nach Schimmel.

Patrick überlegte, wie er als Nächstes vorgehen sollte. Er hatte vierhundertzwanzig Euro in Scheinen und ein paar Münzen. Wenn er mit seiner EC-Karte bezahlte oder Geld abhob, konnten sie seine Spur verfolgen. Es war vermutlich nicht schlecht, zwei oder drei Tage ins Land gehen zu lassen und sich dann ins Ausland abzusetzen. Mit einem Bus nach Italien zum Beispiel. Andererseits hatte er wenig Lust, die Anwältin einfach davonkommen zu lassen. Es war alles ziemlich mühsam ausgeklügelt gewesen, er war große Risiken gegangen, um nicht aufzufliegen, hatte Menschen getötet und wenig dabei empfunden. Ja, das musste man ihm lassen. Er war jetzt ein Killer. Kein kleiner Ganove mehr. Das war eine andere Liga. Er machte sich nicht ins Hemd, wenn es darum ging, jemanden ins Jenseits zu befördern. Da hätte er auch als Polizist keine Skrupel gehabt. Aber solche Eigenschaften waren beim Staat nicht gefragt. Die Welt wäre besser, wenn man seine Qualitäten nutzbringend einsetzen würde, davon war Patrick überzeugt. Er würde aufräumen mit dem kriminellen Gesocks, wenn man ihn nur ließe.

Das war im Augenblick aber eher von theoretischem Belang. Er musste sich etwas für seine Zukunft überlegen. Und da gab es ein paar Spielregeln. Er durfte sein Handy, solange er kein neues hatte, nur für Minuten benutzen und nur an Orten, die er sofort wieder verließ. Zum Zweiten brauchte er eine neue Identität, Ausweispapiere, EC- und Kreditkarten, Führerschein. Zwar hatte er Kontakte zu Leuten, die ihm nützlich sein konnten. Es war allerdings fraglich, ob die im Augenblick Lust hatten, ihm zu helfen. Er stand zu sehr im Fokus der Polizei. Irgendwann würde sich das etwas legen, dann konnte man vorsichtig anfragen. Das sprach im Übrigen gegen Ausland. Denn da hatte er diese Kontakte nicht.

Erst am Abend des nächsten Tages, als es dunkel wurde, verließ Patrick seine Pension und mischte sich unter das Volk im Bahnhofsviertel. In Bayer-, Schiller-, Goethe- und Schwanthalerstraße reihten sich unterschiedlichste Geschäfte aneinander. Dönerläden, Computerdiscounter, Im- und Export, arabische Gemüsehändler, Erotikmärkte und Spielhöllen lebten hier in guter Nachbarschaft. Und es gab Internetcafés für die meist jugendlichen Gäste der Hostels und billigen Pensionen. Patrick suchte sich ein Internetcafé in der Senefelderstraße. In dieser auch Münchnern wenig bekannten Straße inmitten des Bahnhofsviertels lag ein Hostel am anderen. Infolgedessen war Patrick hier unter Reisenden aus aller Herren Länder, die sich vermutlich nicht für den Münchner Teil der lokalen Presse interessierten. Patrick hingegen hatte auf dem Weg zum Internetcafé eine Zeitung gekauft und einen großen Artikel über seinen Auftritt im Gerichtsgebäude gefunden – samt Fahndungsfoto, das freilich kaum Ähnlichkeit mit seiner jetzigen Erscheinung hatte. Patrick bezahlte seinen Obolus für die Internetnutzung und setzte sich an einen der klapprigen Rechner. Als er seinen E-Mail-Account öffnete, blickte er nach hinten, ob ihm jemand über die Schulter schaute. In solchen Läden sahen sich schon mal Beamte in Zivil um, und die Kollegen, die hier Dienst machten, hießen gerne Hakan oder Murad, wie Patrick aus seiner eigenen Dienstzeit wusste. Dem fremdländischen Erscheinungsbild war also nur bedingt zu trauen. Doch entdeckte er niemanden, der wie ein Polizist wirkte.

Abgesehen von Werbung, enthielt sein E-Mail-Account erschreckend wenig Post. Wahrscheinlich ging jeder davon aus, dass der Account überwacht wurde. Viele seiner Freunde waren polizeibekannt und legten wenig Wert darauf, diese Bekanntschaft zu vertiefen. Eine Mail benachrichtigte Lange davon, dass ihm jemand eine persönliche Nachricht auf Facebook geschrieben hatte. Der Text lautete: *Starker Auftritt im Gericht.* Der Absender sagte ihm nichts. Das sah verdächtig aus. Patrick überlegte, ob es eine Falle sein könnte, rief den Facebook-Account auf und öffnete die Nachricht schließlich. Sie bestand nur aus einem Satz:

Rufen Sie mich aus einer Telefonzelle an.

Es folgte eine Handynummer und als Unterschrift: Ein Freund. Patrick klopfte seine Taschen ab. Er hatte nur das karierte Hemd und die Lederhose an. Weder Stift noch Papier befanden sich darin. Am Tresen bat er um einen Kugelschreiber und nahm sich einen Bierdeckel, dann notierte er die Nummer vom Bildschirm und verließ Facebook und seinen Mail-Account. Er überlegte, ob er den Verlauf löschen sollte, ließ es aber sein. Es war besser zu verschwinden, bevor die Polizei auftauchte.

In der Bayerstraße bestieg Patrick eine Straßenbahn und blieb bis zur Agnes-Bernauer-Straße sitzen. Dann suchte er sich in der menschenleeren Vorstadt eine Telefonzelle. Ein warmer Wind kam von Süden. Andere Menschen genossen jetzt den Sommer im Biergarten – er war auf der Flucht. Besser als im Winter, dachte Patrick, als er eine beleuchtete Telefonsäule erblickte.

Es klingelte vier Mal, bevor jemand antwortete.

»Sie haben meine Mail bekommen?«, sagte eine Stimme, die Patrick nicht bekannt vorkam. Aber das war am Telefon ohnehin schwierig.

»Ja. Was kann ich für Sie tun?«

»Na, da hat einer seinen Humor nicht verloren.« Freundliches Lachen am anderen Ende der Leitung. »Ich denke, im Augenblick sind Sie derjenige, für den man etwas tun muss, oder sehe ich das falsch?«

»Danke, ich komm klar. Was wollen Sie?«

»Ich glaube, wir haben in gewisser Weise gleichgerichtete Interessen und sollten mal miteinander reden.«

»Dem steht entgegen, dass ich demnächst das Land verlassen werde. Ich melde mich vielleicht aus Südamerika.«

»Nana, Sie werden doch nicht auflegen.«

»Das werde ich. Wenn Sie nicht bald Klartext reden. Ich hab nicht ewig Zeit.«

»Hören Sie: Uns beiden ist klar, dass Sie gerade in unangenehmsten Schwierigkeiten stecken. Vielleicht haben Sie etwas Bargeld. Aber das wird nicht lange reichen. Ihr Konto ist wahrscheinlich gesperrt, ebenso Ihre Karten. Bleibt nur, einer Oma die Handtasche zu klauen. Aber auch das hinterlässt Spuren, die der Polizei helfen. Also mit anderen Worten: Sie könnten eine Finanzspritze gebrauchen. Und da komme ich ins Spiel. Ich habe nämlich Geld. Und ich bräuchte jemanden mit Ihren Fähigkeiten.«

»Wie gesagt, ich werde nicht im Land bleiben.«

»Sollen Sie auch nicht. Der Job dauert nur ein paar Tage. Dafür können Sie sich das Startkapital für ein neues Leben verdienen.«

»Wie viel?«

»Hunderttausend.«

Patrick schwieg. Es wäre die Lösung seiner Probleme.

»Erstaunt?«

»Ein bisschen. Was muss ich dafür tun?«

»Das sollten wir nicht am Telefon besprechen. Haben Sie morgen Zeit?«

»Denke schon. Wenn sie mich bis dahin nicht verhaften. Wollen Sie mir sagen, wer Sie sind?«

»Oh Verzeihung, ich hatte mich noch nicht vorgestellt. Wir sind uns gestern kurz begegnet. Mein Name ist Heiko Gerlach.«

55

Eva war vier Jahre alt, hatte eine zentimeterdicke Brille in ihrem verschüchterten Gesicht und war sichtlich verwirrt, als Rachel ihr erklärte, dass ihre Mutter im Krankenhaus lag und sie für ein paar Tage nicht daheim übernachten würde. Sie waren zum Krankenhaus gefahren, wo Sabine Wittmann so tat, als sei nichts Schlimmes passiert, und Eva Mut machte. Es war das erste Mal, dass das Kind ein paar Tage ohne Mutter sein würde. Danach holten sie Kleidung und andere unverzichtbare Dinge wie Schlafdecke und Plüschhase aus der Wittmannschen Wohnung.

Sarah war wenig begeistert, dass Nicole für einige Zeit als Evas Babysitter ins Haus ziehen sollte, und dachte laut darüber nach, für die Zeit zu ihrem Vater zu ziehen. Ein Telefonat ergab allerdings, dass bei Sascha dicke Luft herrschte. Denn Paula hatte ihm das Wochenende mit Rachel nicht vergeben. Die Wohnung verlassen wollte sie allerdings auch nicht. Denn sie brauchte einen ruhigen Ort für die Examensvorbereitungen, und Sascha war tagsüber nicht da.

»Tja, dann bleibt mir nur die Wittelsbacherbrücke«, sagte Sarah zu ihrer Mutter. Das Bauwerk war im Münchner Sprachgebrauch zur Metapher für Obdachlosigkeit geworden.

»Das wird eng.« Nicole hatte den Satz mitbekommen, als sie gerade mit Eva auf dem Weg in den Garten war. »Ganz nette Leute, die da wohnen. Aber vielleicht ein bisschen alt für dich.«

Sarah betrachtete Nicole mit leichtem Schaudern. »Du hast da nicht übernachtet, oder?«

»Gibt schlechtere Schlafplätze.«

Sarah folgte Nicole und Eva in den Garten. »Schläft man da einfach im Dreck? Und was ist mit waschen?« Sarahs Stimme wurde leiser, als sie nach draußen ging. Rachel hoffte, dass sich ihre Tochter nicht von dem Gedanken faszinieren ließ, als Obdachlose zu leben. Immerhin hatten die Mädels jetzt etwas zu reden.

Rachel rief bei Schwind an und erkundigte sich, ob man Patrick Lange gefasst hatte. Leider konnte Schwind keinen Vollzug melden. Man habe seine Telefondaten nach einiger Zeit und Mühe vom Provider des anonymen Anschlusses geliefert bekommen. Offenbar war Lange noch etwa eine Stunde im Bahnhofsviertel unterwegs gewesen. Dann habe er das Handy ausgeschaltet und seither nicht wieder in Betrieb genommen. Auch Barabhebungen oder Bezahlungen mit seiner EC-Karte habe er nicht getätigt. Lange wusste als ehemaliger Polizist, wie er es anstellen musste, keine Spuren zu hinterlassen. Es würde vielleicht noch eine Weile dauern, bis die Polizei ihn zu fassen bekam.

»Muss ich mir Sorgen machen?«, fragte Rachel. »Auf einen Mord mehr oder weniger kommt es ihm wahrscheinlich nicht an.«

»Ich denke, der Mann hat gerade andere Sorgen. Aber ich habe mir vorsichtshalber erlaubt, für die nächsten Nächte zwei Polizisten vor Ihrem Haus zu postieren.« Rachel blickte nach draußen, sah aber nichts, was für die Professionalität der Bewacher sprach.

»Danke, Herr Schwind. Sie sind ein echter Gentleman. Oder liegt es daran, dass die Tochter von Frau Wittmann bei mir wohnt?«

»Auch ein bisschen.« Schwind lachte kurz und ein bisschen boshaft, wie es Rachel schien. »Sehen wir uns morgen früh im Juve?«

Die Hitze hielt nun schon zwei Wochen an. Die Ersten jammerten schon, aber der Großteil der Menschen genoss die südlichen Nächte, die man im T-Shirt draußen verbringen konnte. Sarah hatte nun doch Gefallen an Eva gefunden und brachte sie ins Bett. Rachel und Nicole saßen auf der Terrasse, Rachel mit Weinglas, Nicole mit Früchtetee.

»Kann ich jetzt endlich rauchen?«, fragte Nicole.

»Meinetwegen.«

Der Joint befand sich fertig gedreht in einer Plastiktüte, die Nicole aus ihrer Umhängetasche hervorholte, die sie immer mit sich herumtrug. Das Feuerzeug flammte auf, das Zigarettenpapier flackerte einen Moment, ging dann in Glut über. Nicole sog den Rauch tief in die Lungen, die Züge entspannten sich, das erlösende Gift flutete ihren Körper. Sie starrte in die warme Nacht hinaus und schien weit weg zu sein.

»Du denkst an Patrick?« Rachel war zum Du übergegangen.

Nicole knirschte ein bisschen mit den Zähnen, sagte aber nichts.

»Schwer zu glauben, dass er das alles getan haben soll, oder?«

Nicole wischte sich eine Träne aus dem Augenwinkel, ihr Kinn zitterte. Rachel nahm ihre Hand.

»Schlimm?«

Nicole nickte und Tränen flossen. Rachel nahm sie in den Arm. Nicole ließ es ein paar Augenblicke geschehen, dann löste sie sich von Rachel und rauchte ihren Joint weiter.

»Du hast ihn gemocht?«

Nicole nickte.

»Geliebt?«

»Er ist der einzige Mensch, dem ich was bedeute.«

Das mochte sogar sein, dachte sich Rachel. Es änderte aber nichts daran, dass Patrick Lange Menschen ermordet hatte. Rachel behielt ihre Gedanken für sich und nahm wieder Nicoles Hand. Die drückte sie so kräftig, als müsste sie sich festhalten, um nicht in die Tiefe zu fallen.

»Hey! Kifft ihr da unten?« Die Stimme kam von oben aus Sarahs Zimmer, das man von der Terrasse aus nicht sehen konnte.

»Natürlich nicht«, rief Rachel zurück. »Das sind wahrscheinlich die Nachbarn.«

»Die sind achtzig!«

»Na ja … Althippies. Jetzt geh ins Bett.«

»Ihr zieht da unten echt einen durch! Wie krass ist das denn? Das riecht man volle Möhre hier oben.«

»Atme tief ein, Schatz, und du wirst wunderbar schlafen. Gute Nacht.«

»Da reden wir morgen drüber!« Ein Fenster wurde geräuschvoll geschlossen.

»Dann mach dich mal auf was gefasst!« Nicole versuchte zu lachen, drohte aber gleichzeitig wieder in Tränen auszubrechen.

»Gib mir mal 'n Zug. Dass der Anschiss nicht umsonst ist.«

56

Tolles Vorbild«, maulte Sarah beim Frühstück. »Halt mir ja keine Vorträge, wenn ich mal kiffe.«

»Was ist nur aus der rebellischen Jugend geworden? Bei mir war's so: Wenn meine Eltern was gemacht haben, hab ich genau das Gegenteil getan.« Rachel konnte sich schlecht hinter Nicole verstecken. Also blieb nur die Flucht nach vorne.

»Meine Mutter, die Anwältin. Nie um ein Argument verlegen. Aber sieh dich vor! Ich lerne schnell.« Sarah versenkte sich müde in ihren Milchkaffee. Zum Glück war sie morgens nicht die Fitteste.

Nachdem Rachel ihre Tochter in der Schule und Eva im Kindergarten abgegeben hatte, schaute sie in der Bar Juve vorbei. Dort saß Schwind mit seiner *Süddeutschen* und trank Cappuccino. Geruda leistete ihm beim Zeitunglesen Gesellschaft.

»Gratuliere, dass Sie meinen Prozess so schön zu Ende gebracht haben.« Ein Hauch von Bitterkeit schwebte in Gerudas Glückwunsch mit. Aber nur ein Hauch. »Nein, ganz ehrlich: Gratulation! Ich hätte es nicht besser hingekriegt.«

»Na ja, die Staatsanwaltschaft hat es mir leichtgemacht. Die Anklage war löchrig wie ein Fischernetz.« Rachel nahm auf einem der Barhocker am Marmortisch Platz, während Scronti im Vorbeihasten ein *Dottoressa!* fallenließ.

»Ja – früher, das waren noch Anklageschriften!«, schwärmte Geruda. »Aber so was wird ja heute gar nicht mehr gemacht.«

»Ich kann Sie hören«, kam es hinter der *Süddeutschen* hervor, die jetzt zusammengeklappt wurde. »Guten Morgen, Frau Eisenberg. Ich hoffe, Sie hatten einen ungestörten Schlaf.« Schwind hängte die Zeitung an die Wand. »Ach, übrigens – wenn Sie das nächste Mal Marihuana rauchen, achten Sie doch darauf, dass keine Polizei in der Nähe ist. Man hat es angeblich im Umkreis von hundert Metern gerochen.«

»Meine Tochter hat mich schon zur Schnecke gemacht. Aber ich brauchte was zur Beruhigung nach dem aufregenden Tag. Wenn Sie mich übrigens verhaften, sitzt die Tochter von Frau Wittmann auf der Straße. Ich sag's nur.«

»Dann wollen wir mal ein Auge zudrücken.« Schwind bedeutete Scronti hinterm Tresen, dass er noch einen Kaffee wollte.

»He, geil!« Geruda grinste zwischen Schwind und Rachel hin und her. »Strafvereitelung im Amt. Da hab ich aber ganz schön was gut bei Ihnen, wenn ich den Mund halte.«

Schwind ignorierte Geruda. »Wie geht's Herrn Gerlach?«

»Sehr gut. Er ist fest entschlossen, sich sein Leben zurückzuholen. Wahrscheinlich war der Prozess sogar der Auslöser dafür.«

»Dann muss ich mir keine Vorwürfe machen, dass ich ihn ins Gefängnis gesteckt habe?«

»Nein. Das hatte durchaus sein Gutes.«

»Hat er eigentlich Geld?«, fragte Geruda. »Die Haftentschädigung wird's kaum rausreißen.«

»Ich hab ihm was geliehen. Und er kriegt noch Geld von seiner Ex-Frau.«

»Lucky Boy. Irgendwas mach ich falsch.« Geruda

wandte sich an Schwind. »Was ist mit dem Flüchtigen? Der braucht doch bald einen Anwalt.«

»Wir sind dran. Und wenn Sie auf den Fall scharf sind, dann würde ich Sie bitten, kurz den Tisch zu wechseln. Ich muss Frau Eisenberg ein paar vertrauliche Ermittlungsergebnisse mitteilen.«

Geruda sah zum Fenster. Dort war noch etwas frei. »An die Alutische? Das ist entwürdigend.«

»Deswegen nahm ich auch an, dass Sie es einer Dame nicht zumuten wollen. Aber wenn Sie drauf bestehen, wechseln wir den Tisch.«

»O tempora, o mores!« Geruda nahm seine Tasse und setzte sich Richtung Fenster in Bewegung. Im Gehen wandte er sich noch einmal um und zeigte mit dem Finger auf Schwind. »Ich kann Lippen lesen!«

»Ich trau's ihm zu«, murmelte Schwind.

Scronti brachte Cappuccino und Cantuccini für Rachel, die sich bedankte. »Was haben Sie jetzt rausgefunden?«

»Patrick Lange ist möglicherweise noch in München. Er hat von einem Internetcafé im Bahnhofsviertel seine E-Mails eingesehen. Das war gestern Abend.«

»War was Interessantes in den Mails?«

»Allerdings. Jemand wollte, dass Lange ihn von einer Telefonzelle aus anruft.«

»Und wer?«

»Das wissen wir nicht. Die Mail wurde ebenfalls von einem Internetcafé aus gesendet. Auch hier in München. Unterschrift: Ein Freund. Aber der Schreiber hat Lange in der Mail seine Telefonnummer mitgeteilt. Die leider anonym ist. Prepaid.«

»Das heißt wohl, Lange kennt den Mailschreiber nicht. Sonst hätte er die Nummer ja gehabt.«

»Kann man so nicht sagen. Aber selbst wenn sie

442

sich kennen, wollte der Schreiber seine Identität nicht preisgeben.«

»Kann man nicht auch eine anonyme Nummer orten?«

»Im Prinzip ja. Wenn das Handy an ist. Bis wir den Provider so weit hatten, war der Anruf schon getätigt. Wir konnten im Nachhinein den Weg des Handys bis zum Anruf nachvollziehen. Allerdings nur grob anhand der Funkmasten. GPS hat das Handy nicht. Es wurde vermutlich am Hauptbahnhof gekauft und dort um sechzehn Uhr fünf eingeschaltet. Dann ist der Besitzer aus der Stadt gefahren. Zum Zeitpunkt des Anrufs war er in der Nähe des Starnberger Sees. Und da reden wir bei der Ortung von plus / minus einen Kilometer.«

»Was heißt das jetzt für mich?«

»Seien Sie weiterhin vorsichtig. Aber es besteht kein Grund zur Panik. Wir haben ein Auge auf die Sache. Die Polizei bleibt erst mal vor Ihrem Haus.«

»Danke. Das … ja, das beruhigt mich wirklich. Ein bisschen Sorgen mach ich mir schon.«

Schwind rutschte noch etwas näher. »Wir haben – aber das bleibt wirklich unter uns – nachgeforscht, ob es noch andere Morde nach dem gleichen Schema gab.«

»Ich dachte, das hätten Sie längst.«

»Wir hatten die Suche auf Europa beschränkt. Und da gab es nichts.«

»Und jetzt?«

»Australien hat uns darauf gebracht, dass Lange vielleicht einen ziemlich großen Aktionsradius hatte. Der Mann ist nach seiner Entlassung aus dem Polizeidienst öfter in Übersee gewesen, wie wir inzwischen wissen.«

»Ja und? Gab es weitere Morde?«

»Zwei.«

»Mit abgeschnittenen Händen? An den Kopf genagelt?«

»Ja. Zwei Frauen. Eine in São Paulo, eine in Kapstadt. Das fiel nicht sonderlich auf. In beiden Städten gibt es jährlich Tausende Morde.«

»Wer waren die Opfer?«

»Das wissen wir noch nicht. Aber ich halte Sie auf dem Laufenden.«

Geruda wurde von seinem demütigenden Alutisch erlöst und kam wieder zurück. »Und?«, fragte Rachel. »Konnten Sie was entziffern?«

»Jedes Wort. Es ging um das Schweizer Konto von Herrn Schwind. Und dass Sie da etwas drauf einzahlen sollen.«

»Wenn Sie's weitererzählen, sind Sie tot.« Rachel nahm die *Süddeutsche* von der Wand. »Trinken wir noch was?«

Sascha war nie religiös gewesen. Doch der Freitagabend bedeutete ihm etwas. Und so hatten sie zu Zeiten, als die Eisenbergsche Ehe noch intakt war, am Freitag die Schabbatkerzen entzündet, sich vor dem Essen Schalom gewünscht und den Abend zusammen verbracht. Auch nachdem Sascha ausgezogen war, wurde das Ritual weiter gepflegt, obwohl das Haus nun rein evangelisch war. Sarah war damit aufgewachsen, und es hätte sie, vermutete Rachel, verstört, wenn sie den besinnlichen Freitagabend mit Kerzen und Schalom einfach abgeschafft hätten. Kinder brauchen Rituale. Das stand in jedem Erziehungsratgeber. Und irgendwie fand auch Rachel, dass es einen Abend in der Woche geben musste, der irgendwie besonders war.

Heute waren sie zu viert. Das hatte schon etwas von richtiger Familie. Sarah setzte großen Eifer daran, den beiden Neuen im Haus zu erklären, wie man hier den Freitagabend beging.

»Die Kerzen werden mit Beginn der Dämmerung angezündet«, sagte sie und deutete auf die zwei Kerzen, die in antiken Ständern steckten.

Nicole sah nach draußen. Es war noch ziemlich hell. »Wann ist denn Dämmerung?«

»Wenn du einen grauen nicht mehr von einem blauen Faden unterscheiden kannst. Außerdem gibt es eine Website im Internet, wo du für jeden Ort der Welt nachsehen kannst, wann die Kerzen angezündet werden. Das ist heute in München um zwanzig Uhr fünfundfünfzig.«

»Okay …« Die Antwort war zwar bestechend klar, aber für Nicole wenig befriedigend. »Und bis dahin gibt's nichts zu essen?«

»Nö.«

»Was für eine bescheuerte Idee. Ich meine, im Sommer ist es doch ewig hell.«

»Deswegen kümmern wir uns auch nicht um Fäden und Webseiten, sondern zünden die Kerzen an, wenn wir Hunger haben.« Sarah zwinkerte Nicole zu.

»Jetzt?«, fragte Eva. Sie hatte auch Hunger.

»Wenn's Essen gibt.« Sarah ging in Richtung Küche. »Mama? Wie sieht's aus?«

»Fast fertig«, kam es aus der Küche. »Ist der Tisch gedeckt?«

»Ja, kann losgehen.«

Das Telefon klingelte, und Sarah stürzte zur Couch, wo es zwischen den Kissen lag. »Hallo, Papa«, sagte sie, wühlte sich aus den Kissen heraus und ging Richtung Küche. »Wir sind heute zu viert. Nicole und Eva sind da. Ich hab ihnen gerade erklärt, wann man die Schabbatkerzen anzündet. Die haben das noch nie gemacht … mhm … Okay, ich geb sie dir.«

Rachel erschien in der Tür zur Küche. Sie hielt einen Topflappen in der Hand.

»Papa.« Sarah drückte ihrer Mutter den Hörer in die Hand.

»Hallo, Sascha! Was gibt'?«

Sascha klang leicht verunsichert, was selten vorkam. »Hallo. Wie geht's? Habt ihr schon gegessen?«

»Wir sind kurz davor. Warum?«

»Ich wollte nur fragen, ob ich … vielleicht dazukommen kann. Also, wenn ihr genug zu essen habt und ich nicht störe.«

»Kein Problem. Es gibt Lasagne. Die reicht für acht.« In Rachels Freude mischte sich allerdings auch Argwohn. »Warum kannst du an einem Freitag auf einmal herkommen?«

»Paula ist ausgezogen.«

»Oh … und?«

»Na ja, wenn ich ehrlich bin – mir fällt die Decke auf den Kopf.«

»Verstehe. Gibt's auch irgendwelche positiven Gründe?«

»Ich hätte große Lust, den Freitagabend mal wieder mit dir und Sarah zu verbringen. Das hatte ich in letzter Zeit öfter. Es war halt nicht möglich.«

»Dann komm vorbei.«

»Okay. Bis gleich.«

Rachel drückte das Gespräch weg und warf den Hörer auf die Couch zurück. »Wir warten noch zehn Minuten, bis Sascha da ist.«

»Papa kommt heute? Was ist los?« Sarah schien freudig erregt.

»Das kann er dir selber sagen. Hol bitte die Lasagne aus dem Ofen. Ich muss noch kurz ins Bad.« Sie drückte Sarah den Topflappen in die Hand.

»Ins Bad? Schminken?«

»Kümmer dich um die Lasagne.« Rachel hüpfte die Treppe hinauf.

Patrick trug nicht mehr die Lederhose, die er sich nach seiner Flucht gekauft hatte, sondern Jeans und T-Shirt. Der Abend war warm, nicht so warm wie im dichtbebauten Bahnhofsviertel, aber wärmer als die meisten Sommerabende, die Patrick in München je erlebt hatte. Duft von Sommerflieder und Holunder lag in der Luft. Hinter der niedrigen Gartenmauer wucherte eine Konifere, die Patrick etwas Deckung gab. Hier von der Straßenecke aus konnte er das Haus der Anwältin bereits sehen. Vor der Garage war ein Triumph Spitfire geparkt. Anscheinend hatte sie Besuch. Schräg gegenüber stand ein dunkler Audi A4. Genauer gesagt standen dort mehrere Autos. Aber Patrick fiel der A4 sofort auf. Die anderen Fahrzeuge waren zwei große Limousinen der Marken Mercedes und BMW, ein über vierzig Jahre alter Opel Kadett B, offenbar ein Liebhaberobjekt, sowie ein Renault und ein Volvo. Keines der anderen Fahrzeuge würde von deutschen Polizisten gefahren. Und in keinem der anderen Fahrzeuge saß jemand – nur im A4, wie Patrick durch sein Fernglas sehen konnte. Ein Mann und eine Frau. Die Frau nahm gerade einen Schluck aus einem Kaffeebecher und blickte zum Haus der Anwältin.

»Auffälliger geht's ja wohl nicht«, dachte sich Patrick und ließ das Fernglas sinken. Er hatte damit gerechnet, dass Polizisten das Haus bewachen würden. Deswegen war es nie sein Plan gewesen, durch die

Vordertür zu gehen. Er zückte sein iPad, das er seit heute besaß, und holte sich das Satellitenbild der Gegend von Google Maps auf den Schirm. Hier hatte sich baulich nicht viel verändert in den letzten Jahren, so dass die Satellitenfotos, egal, wie alt sie waren, ein ziemlich zutreffendes Bild der Straßen und Gärten wiedergaben. Er musste in die nächste Straße rechts einbiegen und gleich darauf noch einmal nach rechts. Dort gab es ein Haus, dessen Garten an den Garten des Eisenbergschen Hauses grenzte. Er hatte es sich schon angesehen. Es brannte kein Licht, und auch im Garten war niemand. Die Bewohner waren vermutlich im Urlaub oder im Biergarten. Er steckte das iPad zurück in den Rucksack und checkte noch einmal das Kampfmesser, das er mit sich führte. Es lag leicht in der Hand. Er hatte inzwischen eine beachtliche Routine in der Handhabung erlangt. Man konnte fast sagen, er vertraute dem Messer wie einem guten Kameraden. Patrick wünschte den Kollegen von der Polizei noch einen ruhigen Abend und machte sich auf den Weg.

57

Schön, mal wieder einen Freitagabend mit dir zu verbringen.« Sascha hatte sich zurückgelehnt und war mit sich und der Welt zufrieden, lächelte und strahlte Rachel an. Auch Rachel lehnte sich zurück. Sie hatten einen Chablis aufgemacht und genossen einen Augenblick der Zweisamkeit. Nicole brachte Eva ins Bett und Sarah hatte Küchendienst. Was wollte Sascha? Hatte ihn das Wochenende am Gardasee wehmütig werden lassen? Konnte er sich am Ende vorstellen, wieder mit Frau und Tochter zusammenzuleben? Oder war ihm wirklich nur die Decke auf den Kopf gefallen? Hatte ihn der Blues erwischt, weil die Freundin auf einmal weg war? Sascha hatte es geschafft, den ganzen Abend nicht ein Wort über Paula zu verlieren. Rachel war es jetzt leid.

»Was war mit Paula?«

»Ach nichts. Sie ist sauer wegen der Gardasee-Geschichte. Die kriegt sich schon wieder ein.«

»Ist ja auch nichts weiter passiert.« Rachel trank einen ordentlichen Schluck Weißwein. Sosehr Sascha manchmal auf den Seelen seiner Mitmenschen herumtrampelte, so sensibel war er doch für Rachels Stimmungen.

»Natürlich ist was passiert. He – wir hatten wunderbaren Sex. Und … es war wirklich schön mit uns beiden, oder?«

»Ich fand schon.« Rachel schaute versonnen in ihr Glas. »Aber ich frag mich halt, wo das alles hinführen soll.«

»Warum müssen Frauen immer genau wissen, wo was hinführt? Kann man nicht einfach mal einen schönen Sommerabend genießen und abwarten, was die Zeit bringt?« Er nahm ihre Hand und küsste sie. »Wir haben heute einen traumhaften Abend zusammen. Denken wir morgen an morgen, okay?« Sascha sah sie an, und seine blauen Augen leuchteten direkt in ihr Herz, das gerade wieder zu schmelzen begann.

»Ja. Lass es uns einfach genießen.« Rachel beugte sich vor, er beugte sich vor, ihre Münder berührten sich.

»So, der kleine Racker ist im Bett.« Nicole kam auf die Terrasse und blieb abrupt stehen. »Oh, shit! Ich stör gerade, wie?«

»Nein. Überhaupt nicht. Setz dich. Willst du ein Glas Wein?«

»Gerne.« Bevor sie sich setzte, fiel Nicoles Blick auf den Feuerkorb am Rand der Terrasse. Die Scheite waren heruntergebrannt. »Ich hol noch ein bisschen Holz.« Nicole machte sich auf, um hinters Haus zu gehen.

Es dämmerte, und Nicole musste einen Moment warten, bis sich ihre Augen den Lichtverhältnissen angepasst hatten. Sie hörte ein Rascheln, konnte aber nicht identifizieren, wer oder was es verursacht hatte. »Moritzla?« Eine Antwort blieb aus. Jetzt fiel ihr ein, dass sie den Kater, dessen Besitzer immer noch im Krankenhaus war, vorhin auf seinem Kissen gesehen hatte. Vielleicht ein Igel? Inzwischen war sie zu dem Holzstoß an der Hausmauer gegangen. Sie wählte drei Buchenscheite aus, die ihr für den Feuerkorb geeignet erschienen, und stapelte sie auf ihrem linken Unterarm. Während sie das tat, meinte sie, im Augenwinkel ein metallisches Blitzen ausgemacht zu haben. Doch als sie in die Richtung schaute, war dort nichts zu sehen, nur Finsternis. Nicole stutzte einen Augenblick, lauschte, hörte die gedämpfte Musik aus dem Haus und von weit her den Autoverkehr der Wotanstraße. Geräusche in der Dunkelheit erschreckten sie nicht mehr, seit sie im Freien schlief. Irgendein Rascheln, Schaben oder Knacken kam immer aus der Nacht. Meistens waren es kleine Tiere. Sie drehte sich zur Seite, um zur Terrasse zurückzukehren. Es waren Sekundenbruchteile. In den Schatten hinter ihr kam Leben, etwas bewegte sich auf ihren Rücken zu, schnell, sehr schnell. Ehe sie sich umdrehen konnte, war eine Hand auf ihrem Mund und zog ihren Kopf nach hinten, wo er auf die Brust eines anderen Menschen gedrückt wurde. Jemand sagte »Pssscht!« und drückte ihr gleichzeitig die Nase zu. Die Vorsicht war unnötig. Nicole erstarrte vor Angst, brachte keinen Ton heraus und hielt die Holzscheite fest an sich gedrückt.

»Ich bin's, Max«, flüsterte der Angreifer ihr ins Ohr. »Sei bitte leise, okay?« Nicole nickte. Max alias Patrick gab ihren Mund frei und drehte sie zu sich.

Nicole brauchte einen Augenblick, um in dem Menschen, der ihr gegenüberstand, Max zu erkennen. Seine Haare waren heller und kürzer als vorher. Nur die Augen waren dieselben. Das konnte sie selbst im Dämmerlicht erkennen. Nicole kamen die Tränen, und sie umarmte ihn, drückte ihn heftig an sich und weinte an seinem Hals. Er küsste sie und schob sie ein wenig von sich, gerade weit genug, um ihr in die Augen zu sehen.

»Ich vermisse dich«, sagte er.

»Ich dich auch. Ganz schlimm.«

Eine Weile sahen sie sich stumm an. Dann sah Max zur Terrasse, die hinter der Hausecke lag. Von dort schien niemand zu kommen.

»Ich hab niemanden umgebracht. Glaubst du mir das?«

Nicole nickte und vergoss weitere Tränen.

»Aber ich muss jetzt weg aus Deutschland. Noch heute Nacht. Vielleicht nach Italien. Oder Spanien.«

Nicole sah ihn verzweifelt an und biss sich auf die Unterlippe.

»Willst du mit mir kommen?«

»Du würdest mich mitnehmen?«

»Ohne dich ist alles sinnlos.«

Erneut umklammerte Nicole seinen Hals und küsste ihn viele Male aufs Gesicht.

Sarah hatte ihren Küchendienst beendet und sich zu den Eltern auf die Terrasse gesetzt.

»Schön, mal wieder so ein Abend zusammen, oder?« Sascha drückte Sarah an sich.

Sarah genoss es und gab ihrem Vater einen Kuss. »Könnten wir immer haben.«

Sascha entließ seine Tochter aus der Umarmung. »Das wollen wir jetzt nicht vertiefen. Anderes Thema. Da wir schon mal alle zusammensitzen: Onkel Shimon hat mir gemailt.«

»Was will er?« Sarahs Aufmerksamkeit war erwacht. Sie mochte Shimon.

»Er erkundigt sich, wieso meine Tochter Kontakt zu einem liberalen Rabbiner sucht.«

Erstauntes Schweigen am Tisch.

»Tu ich nicht.« Sarah zuckte die Schultern.

Sascha blickte zu Rachel. »Nur dass ich auf dem Laufenden bin. Ich hab ihm schon zurückgeschrieben, dass er sich um sein eigenes Zeug kümmern soll. Trotzdem wär's nett, wenn ihr mich einweihen würdet.«

»Na ja«, begann Rachel zaghaft. »Das könnte möglicherweise mit einem Anruf von mir zu tun haben.« Sascha war ganz Ohr. »Ich hab vorgestern David Bronski aus Nürnberg angerufen. Den wir damals bei diesem Autounfall vertreten haben.«

Saschas Gesicht legte sich in Falten. »Bronski?«

»Na ja, er machte so einen liberalen Eindruck. Ich hab mich damals mit ihm über das Thema Vaterjuden unterhalten. Er war sehr für die Gleichstellung. Da dachte ich, er kann mir vielleicht einen liberalen Rabbiner empfehlen.«

»Und?«

»Hat er. Aber glaubst du, er hat das Shimon erzählt?«

»Bronski wohl nicht. Aber seine Mutter stammt wie Shimon aus Kasan. Ich glaube, sie ist mit ihm sogar auf die gleiche Schule gegangen.«

»Darf ich mal fragen, wieso du einen Rabbi für mich suchst?«, schaltete sich Sarah ein.

»Na ja«, Rachel klang ein wenig schuldbewusst. »Ich dachte wegen deiner Bat-Mizwa.«

»Ich hab dir doch gesagt, dass ich das selber mache.«

»Entschuldige. Ich wollte nur helfen.«

»Ich brauch keine Hilfe, okay?«

Als Rachel gerade darauf antworten wollte, erschien Nicole wieder auf der Terrasse und beschickte den Feuerkorb mit drei weiteren Holzscheiten.

»Wo warst du denn so lange?«, fragte Rachel.

»Da war ein Igel. Dem hab ich ein bisschen zugesehen.«

»Es gibt mindestens drei im Garten. Ausgesprochen putzig. Komm, setz dich.«

Nicole stellte sich in die Terrassentür. »Ich muss noch mal kurz nach oben.«

Rachel und Sascha nahmen das Bat-Mizwa-Ge-spräch wieder auf. Dabei stellte sich heraus, dass Sarah die Bat-Mizwa für eine Art Aufnahmeritual ins Judentum gehalten hatte. Inzwischen war sie durch Internetrecherche schlauer geworden und wusste, dass es doch um einiges aufwendiger war, Jude zu werden, wodurch ihr Interesse an einer Bat-Mizwa stark nachgelassen hatte. Außerdem hatte sie in Er-fahrung gebracht, dass man einen Freiwilligendienst in der israelischen Armee machen konnte, auch wenn man nicht Jude war. Und dem galt im Augenblick ihr Interesse. Rachel und Sascha waren sich unausgespro-chen einig, dass ihre Tochter nicht mehr alle Tassen im Schrank hatte, und froh, dass sie noch drei Jahre Zeit hatte, sich die Sache zu überlegen. Jedenfalls kön-ne Sascha bei Shimon Entwarnung geben, sagte Ra-chel. Aber dazu hatte Sascha keine Lust. Niemand müsse sich hier für irgendetwas rechtfertigen, auch wenn zu befürchten war, dass Shimon einen bei der nächsten Israelreise mit dem Thema nerven werde. Mitten in der hitzigen Debatte klingelte das Telefon.

Rachel wunderte sich ein bisschen. Nächtliche An-rufe waren in ihrem Haus nicht üblich und hatten immer etwas Beängstigendes. Es war Heiko Gerlach. Er entschuldigte sich für die späte Stunde und teilte mit, dass er sein Leben wieder einigermaßen im Griff habe und über Handy und Auto verfüge. Einen Miet-wagen nur. Aber immerhin. Gerlach wollte sich er-kundigen, wie es Rachel geht. Sie sagte, es gehe ihr blendend. Sascha sei heute Abend hier. Und Nicole im Übrigen auch. Sie verabredeten, sich nächsten Montag zum Mittagessen zu treffen, und dann fragte Gerlach, ob er Nicole sprechen könne. Natürlich, sagte Rachel. Und in diesem Moment fiel ihr auf, dass sie

Nicole seit einer halben Stunde nicht mehr gesehen hatte, obwohl sie nur kurz nach oben hatte gehen wollen. Des Weiteren fiel auf, dass der Hund nicht mehr im Wohnzimmer war, wo er Seite an Seite mit dem Kater geschlafen hatte.

»Wart mal einen Augenblick. Ich bring ihr das Telefon.« Rachel ging in den ersten Stock zum Gästezimmer, in dem sie Nicole einquartiert hatte. Die Tür stand halb offen, es brannte kein Licht. Rachel klopfte und rief hallo! Niemand antwortete. Sie machte Licht, sah sich um und hatte das Gefühl, dass mit dem Zimmer etwas nicht stimmte – bis ihr auffiel, dass Nicoles Rucksack nicht da war. Gerlach meldete sich aus dem Hörer und wollte wissen, ob es Probleme gebe. »Sie ist nicht in ihrem Zimmer. Und ihr Rucksack ist weg. Ich versteh das nicht.«

»Aber du hast nicht gesehen, dass sie weggegangen ist?«

»Wir waren auf der Terrasse. Wart mal. Ich frag die Polizisten vor unserem Haus.«

»Welche Polizisten?«

»Wir haben Personenschutz wie alle wichtigen Leute.«

»Weil dieser irre Ex-Polizist noch frei rumläuft?«

»Ganz genau.« Inzwischen war Rachel im Erdgeschoss an der Tür angekommen und ging nach draußen. Die Beamten im dunklen A4 sahen sie etwas erstaunt an, als sie über die Straße kam und ihnen bedeutete, das Wagenfenster herunterzulassen. »Schönen guten Abend.«

»Ist was passiert?«, fragte die Beamtin, die gerade einen Schokodonut verspeiste.

»Nein. Ich wollte nur wissen, ob in der letzten Stunde jemand aus dem Haus gekommen ist.«

»Ne.«

»Ganz sicher?«

»Wir starren den ganzen Abend auf diese Tür da.« Sie deutete auf Rachels Haus. »Wenn jemand rein- oder rausgeht, sehen wir das.«

»Natürlich.« Rachel überlegte fieberhaft. »Auch kein etwa achtzehnjähriges Mädchen mit Hund?«

»Niemand!«

»Okay. Danke.« Sie nahm den Hörer wieder ans Ohr und ging zurück. »Sie hat das Haus angeblich nicht verlassen. Ich werde mal überall nachsehen.«

58

Rachel ging durchs ganze Haus und rief nach Nicole. Ließ auch die Toiletten nicht aus, fragte Sarah, aber die hatte Nicole auch seit einer Weile nicht mehr gesehen. Ebenso wie ihren Hund, der bis eben noch im Wohnzimmer neben dem Kater geschlafen hatte. Die Suche endete auf der Terrasse, wo Sascha Rachel mit fragendem Blick ansah.

»Nicole ist weg«, sagte Rachel, immer noch das Telefon in der Hand.

Sascha sah sich um. »Ohne was zu sagen?«

»Die hat auf der Straße gelebt.« Sarah zuckte mit den Schultern. »Die verabschieden sich nicht.«

»Nein, nein, irgendwas stimmt da nicht.« Rachel ließ ihren Blick über den dunklen Garten schweifen. Dann nahm sie den Hörer wieder ans Ohr: »Sie … sie ist einfach verschwunden.«

»Tja«, meinte Gerlach, »irgendwas muss wohl stärker gewesen sein.«

»Was meinst du damit?«

»Sie ist verliebt. Das hat sie mir jedenfalls gesagt. Vielleicht will sie zu dem jungen Mann.«

»Der junge Mann ist Patrick Lange, der Mörder von Johanna Mend.«

Kurze Stille am anderen Ende der Leitung. Dann: »Der von Nicole hieß doch Max?«

»So hat er sich ihr gegenüber genannt. Es ist Patrick Lange.«

»Weiß sie, dass er ein Mörder ist?«

»Schon. Aber vielleicht glaubt sie es nicht. Viel-

leicht will sie mit ihm reden, um die Wahrheit herauszufinden.«

»Das könnte gefährlich werden.«

»Allerdings.« Rachel trank den restlichen Weißwein aus ihrem Glas. Er war inzwischen warm geworden.

»Du solltest die Polizei einschalten«, sagte Gerlach.

»Die werden die Sache aufnehmen und morgen irgendwann nach ihr suchen. In ein paar Tagen ist sie
achtzehn, dann kann sie eh tun und lassen, was sie
will. Ich fürchte, das bringt nichts.«

»Sollen *wir* schauen, ob wir sie finden? Ich hätte ein
paar Ideen, wo sie sein könnte.«

»Jetzt?«

»Das wird keine ruhige Nacht für dich, wenn du es
nicht machst.«

Gerlach hatte recht.

»Wo steckst du?«, fragte Rachel.

»Bayerischer Hof. Ich kann in einer Viertelstunde
da sein.«

»Bayerischer Hof? Halt mich für spießig, aber – mit
meinen zweitausend Euro?«

»Nicht gleich hyperventilieren. Ich hab dir das Geld
heute zurücküberwiesen. Und eine Akontozahlung
für dein Honorar.«

»Oh …«

»Ich bin wieder im Geschäft. Bis gleich.«

Rachel bat Sascha, im Haus zu bleiben, solange sie fort
war. Sarah war sehr einverstanden, den Abend mit
ihrem Vater zu verbringen. Gerlach fuhr mit einem
Audi S5 vor. Er war beim Friseur gewesen und offenbar auch ein paar Stunden in der Sonne. Denn sein
Gesicht hatte Farbe bekommen. Er war wie Sascha der

dunkle Hauttyp. Er trug Jeans und ein helles, ziemlich teuer aussehendes Hemd und sah besser aus, als ihn Rachel je in Erinnerung hatte.

»Du siehst gut aus. Wie neugeboren«, sagte Rachel.

»Danke. Du bist ja quasi die Hebamme.«

»Hebamme?« Rachel schüttelte den Kopf.

»Haben die Lange immer noch nicht geschnappt?«, wechselte Gerlach das Thema.

»Wie's aussieht, nicht. Ich schau mal, ob Schwind sich gemeldet hat.« Sie holte das iPhone hervor und checkte ihre Mails. Tatsächlich hatte Schwind vor ein paar Stunden etwas geschickt. Lange war noch auf der Flucht. Dafür enthielt die Mail die Namen der Opfer aus São Paulo und Kapstadt. Eine Laura O'Keefe aus Denver, ermordet im Jahr 2010, die zweite Frau hieß Carla Cirigno und hatte in Bologna gelebt. Beide waren zum Zeitpunkt ihres Todes etwa Mitte dreißig. Schwind schrieb, dass man im Augenblick recherchiere, wo sich Lange zum Zeitpunkt der Morde aufgehalten hatte.

»Und?«, sagte Gerlach.

»Nichts. Aber Lange hat vermutlich noch andere Morde begangen. Einen in São Paulo, einen in Kapstadt.«

»Das hätte mich auch gewundert.«

»Wieso?«

»Ich fand, das war schon ziemlich raffiniert geplant und sah nicht nach Anfänger aus, oder? Und dann mir noch die Sache in die Schuhe schieben.«

»Ja. Da steckt schon kriminelle Routine dahinter.«

Sie fuhren zunächst zum Isarufer am Müllerschen Volksbad, dort, wo Nicole und Gerlach die meiste Zeit in München verbracht hatten. Penny-Joe erkannte zunächst nur Rachel.

»Hallo, Frau Anwältin. Hab schon gehört, dass Sie den Professor freigekriegt haben. Wie geht's ihm?«

»Fragen Sie ihn.« Rachel deutete auf Gerlach. Joe musste zwei Mal hinsehen.

»Heilige Scheiße! Heiko? Ich glaub's ja nicht!«

»Erstaunlich, was ein paar neue Klamotten ausmachen, was?«, sagte Gerlach und ging auf Joe zu, um ihn zu umarmen.

Joe war sichtlich gerührt. »Bist du sicher? Mit dem schönen neuen Hemd?«

»Komm her!« Gerlach zog den Mann an sich und drückte ihn herzlich.

Joe konnte es nicht fassen und schüttelte lachend den Kopf. »Das gibt's doch nicht.«

»Doch, das gibt's.« Gerlach drückte Joe eine Rolle mit Geldscheinen in die Hand, es waren lauter Fünfziger. »Mach was draus. Du warst lang genug auf der Straße.«

»Danke, Kumpel.« Joe betrachtete mit feuchten Augen die Geldrolle. »Ich weiß nicht … das ist viel Geld, Mann.« Einen Augenblick lang schien Joe unsicher, ob er das Geld behalten sollte. Dann steckte er es schnell in seine Manteltasche und sah sich um, ob ihn jemand dabei beobachtet hatte. »Was kann ich für euch tun?«

»Wir suchen Nicole. War die heute Abend hier?«

»Ne. Tut mir leid. Hab sie länger nicht mehr gesehen.«

»Schade. Wo könnte sie sein?«

»Das weißt du besser als ich.«

»Vielleicht in unserem Landhaus.«

»Du hast ein Landhaus?« Joe sah zu Rachel. »Der Bursche hat mich die ganze Zeit verscheißert. Landhaus!«

»Es gehört nicht mir. Aber es steht im Sommer leer, und man kann rein. Nicole und ich waren öfter mal da.«

»Echt?«

»Mann! Hör mit der Sauferei auf. Wir haben dir mindestens drei Mal davon erzählt.«

Joe kramte in seinem Gedächtnis. »Ach, *das* Landhaus. Ja, ja! Natürlich − da wird sie sein.« Er boxte Gerlach gegen den Arm. »Alles hab ich mir noch nicht weggesoffen, Alter!«

»Netter Kerl«, sagte Gerlach. Sie waren auf dem Weg zum Starnberger See. »Ich hoffe, er schafft es.«

»Was ist das für ein Haus?«, wollte Rachel wissen.

»Es liegt etwas außerhalb von Berg. Aus irgendwelchen Gründen gibt es keine Alarmanlage, und man kann einfach rein. Wir haben da ein paarmal übernachtet. Im Sommer scheinen die Besitzer woanders zu leben.«

»Wie habt ihr das entdeckt?«

»Den Tipp hat uns mal jemand gegeben. Ein anderer Obdachloser. Auf der Straße tauscht man solche Informationen aus.«

Links und rechts im Dunkeln lagen Weiden. Auf einigen grasten Kühe und starrten ins Scheinwerferlicht. Weiter ging es durch ein Stück Wald, dann wieder Weiden, ein Maisfeld. Schließlich bog Gerlach auf eine kleine ungeteerte Stichstraße ab. An deren Ende lag ein mittelgroßes Landhaus aus den sechziger oder siebziger Jahren. In einem der Zimmer brannte Licht.

»Sind die Besitzer zurückgekommen?«

»Wir werden es herausfinden. Bleib bitte im Wagen. Ich seh nach.«

Gerlach stieg aus und ging auf das Haus zu. Als er zur Eingangstür kam, blieb er kurz stehen und schien zu lauschen. Dann drückte er die Klinke – die Tür ging auf. Er rief etwas ins Haus. Für Rachel klang es wie »Nicole«. Schließlich betrat er das Gebäude und schloss die Tür hinter sich.

Rachel holte ihr iPhone und diktierte eine Mail: »Lieber Herr Schwind, danke für die Namen der Opfer. Der Name Laura O'Keefe sagt mir etwas, kann ihn im Augenblick aber nicht zuordnen. Waren die beiden Frauen im Urlaub da? Oder hat sich Lange vielleicht an Geschäftsfrauen herangemacht? Das sind so Gedanken, die mir durch den Kopf gehen. Noch eine andere Idee ist mir gekommen: Vielleicht ist Lange gar nicht der Mörder der anderen Frauen. Vielleicht hat er sich nur an den Fall in Brisbane erinnert und dachte, das sei eine raffinierte Art, eine falsche Spur zu legen.«

Mit einem Mal huschte ein Schatten vorbei, Rachel schreckte hoch und sah durch das Seitenfenster des Wagens. Gerlachs Gesicht starrte sie an – so empfand sie es für einen Augenblick. Dann lächelte er, und sie hörte durch die Scheibe gedämpft die Worte: Komm ins Haus. Nicole ist da. Rachel schickte die Mail ab und stieg aus.

Das Haus war mit Geschmack eingerichtet. Zwei große Ledercouchen im Wohnzimmer, Bücherregale, offener Kamin und ein paar Antiquitäten, dazu ein Bild an der Wand, das eine düster-expressionistische Dorfansicht in den Bergen zeigte. Rachel tippte auf Ernst-Ludwig Kirchner. Möglicherweise sogar echt. Auf einem der beiden Sofas saß Nicole und rauchte, Rover lag zu ihren Füßen.

»Hallo, Rachel«, sagte sie leise.

»Nicole – was machst du hier?!« Das Mädchen wich Rachels Blick aus. »Wieso verschwindest du einfach?«

»Weil du es nicht verstehen würdest.« Nicole schaffte es trotz Zigarette, ihre Arme zu verschränken und eine abwehrende Haltung einzunehmen.

»Dass du zu Patrick Lange willst? Nein, das versteh ich wirklich nicht.« Nicole schwieg. »Er hat dir die ganze Zeit was vorgemacht. Der Mann ist ein Mörder. Das ist hart. Aber es ist so.«

»Das sagst du. Er sagt was anderes.«

»Hast du mit ihm gesprochen?« Rachel war irritiert.

»Willst du dich nicht erst mal setzen?« Gerlach deutete auf die andere Couch. Rachel nahm dort eher unwillig Platz. Der Hund schnupperte in ihre Richtung. »Ein Glas Wein?«

»Nein danke.« Rachel wandte sich wieder an Nicole. »Hast du mit Lange gesprochen?«

»Man muss konzedieren«, mischte sich Gerlach jetzt ins Gespräch, »dass Herr Lange bis jetzt weder gestanden hat noch verurteilt wurde. Gilt da nicht die Unschuldsvermutung?«

»Willst du, dass sie zu ihm geht? Ich dachte, du würdest dich um sie sorgen.«

»Ich will, dass sie glücklich wird. Und wenn Herr Lange ihr Glück ist – Schicksal. Ich habe den Eindruck, er liebt sie.«

»Wie kommst du darauf? Du kennst ihn doch gar nicht?« Rachel war äußerst irritiert. Worauf sollte dieser Abend eigentlich hinauslaufen? Einiges hier war mehr als merkwürdig. Wie etwa war Nicole hergekommen? Jemand musste sie gefahren haben.

»Liebe Rachel«, Gerlach setzte sich jetzt in einen Sessel Rachel gegenüber, »bevor ich dir diese Frage beantworte, würde ich die Gelegenheit gerne nutzen, ein bisschen über uns zu reden. Nicole – bist du so nett und lässt uns eine Weile alleine?«

Nicole nickte und ging, gefolgt von Rover, aus dem Zimmer, ohne Rachel anzusehen. Ganz offensichtlich nagte das schlechte Gewissen an ihr.

»Ich versteh das nicht ganz. Willst du ihr helfen, Lange zu finden?«

»Das ist nicht nötig. Er ist hier.«

Rachel sah Gerlach mit offenem Mund an.

»Ich habe ein bisschen gelogen. Ich wusste, dass die beiden hier sind.«

»Die beiden – sind Nicole und …«

»Patrick Lange, den Nicole lieber Max nennt.«

»Ich fürchte, du musst mir einiges … erklären.«

»Ich weiß. Ich habe den ganzen Abend dafür eingeplant. Zunächst möchte ich dir noch einmal für die wunderbare Arbeit danken, die du als Verteidigerin gemacht hast. Das sage ich mit aufrichtiger Bewunderung. Du besitzt Scharfsinn und Chuzpe. Und das sind nur zwei der unzähligen Gründe, warum ich dich geliebt habe. Cheers.«

Er hob sein Glas.

»Dass du dem Staatsanwalt die Telefonnummern aus dem iPad geklaut hast!« Er schüttelte den Kopf, lachte. »Großes Kino, wirklich. Aber lass uns zuerst über Brisbane sprechen.«

»Brisbane?«

»Ja. Brisbane. Du erahnst sicher, in welche Richtung die Reise heute Abend geht.«

Rachel wurde heiß, denn der Mann, der sie immer noch anlächelte, war ihr in den letzten Minuten unheimlich geworden. Er machte offenbar mit dem Mörder Patrick Lange gemeinsame Sache. Wie gut kannte sie Heiko Gerlach? Sie hatte sich das in den letzten

Wochen oft gefragt – ohne sich eine ehrliche Antwort zu geben. Warum wollte sie ihn damals nicht heiraten? Nun ja, wie das so ist, es hat eben nicht gereicht. So etwa lautete die Begründung, zu der Rachel über die Jahre gelangt war. Nicht genug Liebe, nicht die eine große Liebe. Aber wenn sie tiefer schürfte, dann hatte es noch einen anderen Grund gegeben: Heiko Gerlach war ihr zu nahegekommen. Er wollte sie ganz, mit Haut und Haaren. Das, was sie am Anfang geliebt hatte, was ihr das Gefühl gab, etwas Besonderes zu sein, das wurde im Lauf der Zeit lästig. Obwohl – das richtige Wort für dieses Gefühl war: *bedrohlich.* Laura O'Keefe! Jetzt erinnerte sich Rachel. Sie kam aus Neuseeland und wollte bei Gerlach promovieren. Eigentlich war Rachel zu der Zeit schon von Gerlach getrennt gewesen. Bei einem der gelegentlichen Besuche, die sie ihm trotzdem von Zeit zu Zeit abstattete, lernte sie im Institut das Mädchen kennen. Sie wechselten ein paar Sätze, mehr nicht. Laura hatte gesagt, dass man sie im Gegensatz zu der bekannten Malerin Georgia O'Keeffe nur mit einem f schreibe. Und deswegen hatte sie sich achtzehn Jahre lang an die Frau erinnert, ging es Rachel durch den Kopf. Der Name des Therapeuten, der ihr in über siebzig Sitzungen das Leben gerettet hatte, fiel ihr nicht mehr ein.

»Laura O'Keefe«, sagte Rachel. »Mit einem f.«

»Sieh an!« Gerlach zeigte sich erstaunt. »Dein smarter Staatsanwalt ist schneller, als ich dachte.«

»Laura O'Keefe und Carla irgendwas aus Bologna.«

»Cirigno. Die auch? Ja, interessantes Mädel. Ich könnte auch sagen faszinierend. Aber es gehört sich nicht, vor seiner Ex-Freundin von anderen Frauen zu schwärmen.«

»Du wolltest über Brisbane sprechen.«

»Richtig. Was ich dir jetzt erzähle, muss unter uns bleiben. Aber ich vertraue ganz auf deine Verschwiegenheit. Es wird am Ende dieses Abends ohnehin keinen Zweifel geben, dass du deiner Schweigepflicht nachkommst.«

59

Es war kurz vor elf. Sascha hatte zwei Mal versucht, Rachel anzurufen. Jedes Mal schien das Handy eingeschaltet zu sein, trotzdem musste er auf die Box sprechen. Auf den Rückruf wartete er vergeblich. Sascha machte sich Sorgen, dass Rachel bei ihrer Suche auf Patrick Lange traf, der schon einmal versucht hatte, sie umzubringen. Er wollte gerade einen weiteren Versuch unternehmen, als Oberstaatsanwalt Schwind anrief. Auch Schwind hatte sich vergeblich bemüht, Rachel auf dem Handy zu erreichen.

»Sie hat mir eine Mail von ihrem Handy geschickt. Daher bin ich davon ausgegangen, dass sie unterwegs ist.«

»Ja, ist sie«, sagte Sascha. »Ist es so dringend?«

»Ich denke, ja. Mit ihrer Mail hat mich Frau Eisenberg auf eine Idee gebracht. Ich habe ein bisschen nachrecherchiert und wollte mit ihr darüber reden.«

»Ich erreiche sie leider auch nicht. Sie ist mit Professor Gerlach unterwegs.«

»Oh …«

Sascha nahm den akut besorgten Unterton bei Schwind wahr.

»Sie suchen Nicole Böhm, die heute Abend hier aus dem Haus meiner Frau verschwunden ist. Und die wiederum wollte wahrscheinlich zu ihrem Freund Patrick Lange.«

»Das …« Schwind räusperte sich. »Das hört sich nicht gut an.«

»Je mehr ich drüber nachdenke, desto schlimmer hört sich's an. Was machen wir?«

»Wir müssen unbedingt herausfinden, wo Ihre Frau ist. Haben Sie eine Nummer von Gerlach?«

»Nein. Ich weiß gar nicht, ob der schon ein Handy hat. Können Sie nicht das Handy von Rachel orten lassen?«

»Das wird schwierig. Selbst wenn ich einen Richter auftreibe – beim Provider ist um die Uhrzeit mit Sicherheit niemand zu erreichen.«

»Da hätte ich vielleicht eine Lösung …«

Miroslav Oxmichel gehört zu den nachtaktiven Lebewesen. Wenn es dunkel wurde, setzte er sich mit einem Energy Drink bewaffnet vor seinen Computer und programmierte, hackte und trieb sich im Internet herum. Seine Schicht hatte gerade angefangen, als Sascha anrief und ihm einen Job anbot. Eine Viertelstunde später war er in Nymphenburg und traf vor der Haustür mit Schwind zusammen.

Sascha stellte die beiden vor. Oxmichel zuckte ein bisschen zusammen, als er erfuhr, womit Schwind seinen Lebensunterhalt verdiente. Andererseits versicherte ihm Sascha, dass der Job absolut legal sei. Oxmichel solle herausfinden, wo sich Rachels Handy im Augenblick befand. Sie steckte vermutlich in Schwierigkeiten. Recht viel mehr als die Telefonnummer des Handys und Rachels Computer, über den die Updates liefen, könne er Oxmichel leider nicht anbieten. Oxmichel sagte, das reiche vollkommen aus. Und nachdem man sich auf hundertfünfzig Euro die Stunde geeinigt hatte, machte er sich ans Werk.

Während Oxmichel in Rachels Büro hackte, saßen Sascha und Schwind im Wohnzimmer vor einem anderen Laptop, und Schwind erläuterte, was er herausgefunden hatte. Sarah, die bis gerade eben ihre WhatsApp-Freunde über den aufregenden Abend auf dem Laufenden gehalten hatte, zeigte sich hochinteressiert an den Ermittlungsergebnissen. Sascha schickte sie nach oben zu Eva, wo das Babyphon Kinderweinen meldete. Was Schwind zu sagen hatte, war erstens vertraulich und zweitens ziemlich beunruhigend. Bis jetzt wusste Sarah noch nicht, dass ihre Mutter möglicherweise in Lebensgefahr schwebte.

»Ihre Frau hat gefragt, aus welchen Gründen die beiden anderen Opfer in São Paulo beziehungsweise Kapstadt waren. Nun – Laura O'Keefe war Physikerin und hat an einem Kongress über Probleme der Quantenschleifentheorie teilgenommen. Carla Cirigno wiederum war mäßig erfolgreiche Sängerin und Ehefrau von Gian-Franco Cirigno, Entwicklungsmanager bei Microsoft. Cirigno war bei einem Symposium über die Zukunft von Quantencomputern in Kapstadt. Seine Frau hat ihn begleitet. So – und jetzt schauen Sie sich das an ...« Schwind hatte das Programm des Symposiums auf den Bildschirm seines Rechners geholt. »Hier die Referentenliste.«

Die war nicht übermäßig lang, und ein Name stach Sascha sofort ins Auge: Prof. Dr. Heiko Gerlach. Ebenso tauchte der Name als Teilnehmer einer Podiumsdiskussion in São Paulo auf.

»Das gibt's doch nicht!« Sascha starrte auf den Bildschirm. »Das heißt, er hat uns alle komplett zum Narren gehalten?«

»Ich bin mir noch nicht sicher, was es heißt. Aber dass bei vier Morden auf der Welt, deren Tatorte Tausende Kilometer auseinanderliegen, immer wieder ein Name auftaucht, kann ja wohl kein Zufall sein.«

»Ich hab das Teil!« Oxmichel stand in der Tür.

»Hey – das ging ja schnell.«

»Ich berechne übrigens jede *angefangene* Stunde. Nur dass es hinterher keine Diskussionen gibt.«

»Ist in Ordnung. Wo ist meine Frau?«

Der Computerbildschirm zeigte eine Landkarte, auf der ein Punkt blinkte.

»Gut gemacht«, sagte Schwind und griff zum Telefon. Zwei Minuten später waren drei Streifenwagen auf dem Weg zu dem Haus, das auf der Karte als Standort von Rachels Handy markiert war.

Er stand eher schüchtern in der Tür, lächelte Rachel verlegen an.

»Na komm rein und setz dich zu uns«, sagte Gerlach.

Patrick Lange schloss die Tür hinter sich und setzte sich auf die noch freie Couch.

»Ihr seid schon beim Du?«, wunderte sich Rachel.

»Ich hab's mir irgendwie angewöhnt. In der Obdachlosigkeit herrschen lockere Umgangsformen, weißt du. Aber in Patricks Fall war es mir auch ein echtes Bedürfnis. Man findet nicht oft eine so verwandte Seele.«

»Freut mich zu hören. Ich gebe nur zu bedenken, dass Herr Lange schon zwei Mal versucht hat, mich umzubringen.«

»Ich versichere dir, er wird dir heute nichts tun.«

»Nichts für ungut.« Lange ließ nervös seine Daumen kreisen. »War nichts Persönliches. Wir standen einfach auf verschiedenen Seiten. Wie geht's der Staatsanwältin?«

»Interessiert Sie das wirklich?«

»Ne. Ich wollte nur höflich sein.«

»So. Jetzt reicht's wieder mit dem Small Talk. Hol dir doch ein Glas Wein. Der Kühler steht auf der Anrichte.« Gerlach sog das Bouquet in die Nase, ohne zu trinken. »Kommen wir zu den Fragen, die dich wahrscheinlich am meisten interessieren. Nummer eins: Wer hat die bedauernswerte Johanna Mend getötet?«

Lange kam zurück zur Couch, in einer Hand hielt er ein Weinglas, die andere hob er als Antwort auf Gerlachs Frage. Rachel merkte, wie ihr Herz schneller schlug und ihr Mund trocken wurde. Sie versuchte, sich nichts anmerken zu lassen.

»Das war also, wie du ganz richtig herausgefunden hast, mein neuer Freund Patrick. Warum aber der ganze Aufwand mit den Händen am Kopf und meiner DNA-Spur?« Er deutete auf Lange. »Bitte Patrick!«

»Man muss erst mal sagen: Bei der Geschichte mit der Frau aus dem Kosovo, da ist doch einiges schiefgegangen. Eine Panne nach der anderen. Ich hab fast ein Magengeschwür gekriegt. Und da hab ich mir vorgenommen: In Zukunft wird anders gearbeitet. Gut, bei der Kosovo-Frau, das hat eigentlich mein Bruder eingefädelt und geplant. Das ist ja schon der erste Fehler, wenn du die Planung andere machen lässt. Bei der Studentin hab ich alles selber geplant.«

Rachel überlegte, ob sie doch etwas trinken sollte, um ihre Angst zu bekämpfen. Auf der anderen Seite war es besser, einen klaren Kopf zu behalten. Noch immer war ihr Handy an. Vielleicht kam Sascha auf die Idee, nach ihr zu suchen, wenn sie sich nicht meldete. Wie lange würde er brauchen, um sich Sorgen zu machen?

»Wenn man jemanden umbringen will, kann man natürlich darauf warten«, setzte Lange seinen kleinen Vortrag fort, »dass er irgendwann nachts in einen dunklen Park geht oder um drei Uhr morgens alleine nach Hause kommt. Das kostet wahnsinnig viel Zeit und Geduld. Vor allem mit meiner Geduld ist es nicht weit her. Deswegen hab ich beschlossen, mich mit der Frau anzufreunden. Das hat den enormen Vorteil, dass man sich mit ihr verabreden und sie quasi zum Tatort bestellen kann. Einen Tatort, den man vorher sorgfältig ausgewählt hat, so dass es keine Überraschungen gibt, verstehen Sie? Ich denke, das ist der generelle Fehler bei vielen Kapitalverbrechen, dass der Täter die wichtigen Dinge nicht unter Kontrolle hat. Man kann nicht alles kontrollieren, aber man kann versuchen, das Optimum zu erreichen.« Er nahm einen Schluck Wein und wirkte sehr mit sich zufrieden. »Nicht schlecht. Gibt's den an der Tankstelle?«

»Komm, red über Dinge, von denen du Ahnung hast«, wies ihn Gerlach zurecht.

»Ein weiterer Punkt: Nicht zu starr am Plan festhalten. Ich hatte die Mend schon kennengelernt, und alles war sozusagen in trockenen Tüchern, da seh ich in der Fußgängerzone Nicole mit dem Hund. Ich wusste noch nicht, wer sie war. Aber ich fand sie toll. Man könnte sogar sagen, dass ich mich schon beim ersten Hinsehen verliebt habe. Mensch Mädel, hab ich mir gedacht, was machst du denn auf der Straße. Ich hol dich da weg. Voll der kleine Spießer in mir. Aber ich steh dazu. Auch jetzt noch. Ich verspreche Ihnen: Es wird Nicole gutgehen bei mir. Sie wird was sehen von der Welt, und vielleicht sitzen wir eines Tages mit unseren Kindern und Enkelkindern irgendwo im Süden, und dann trinken wir eine Piña Colada auf Sie. Vielleicht tröstet Sie der Gedanke. Okay. Fußgängerzone. Ich seh also dieses Mädchen da sitzen und geh auf sie zu und will sie ansprechen, da kommt plötzlich ein riesiger Kerl daher und setzt sich neben sie. Ich hab mich in den nächsten Ladeneingang verdrückt und die beiden heimlich beobachtet. Und wie ich mir den Burschen eine Weile ansehe, da denk ich mir: Kennst du den? Das Gesicht kam mir bekannt vor. Vor allem in Verbindung mit der Körpergröße. Aber ich konnte ihn nirgends hintun. Kennen Sie das – wenn man jemand in der U-Bahn sieht und nicht draufkommt, woher man ihn kennt? Dabei ist es der Typ aus der Bäckerei an der Ecke. Du siehst ihn jeden Morgen. Aber eben nicht in der U-Bahn, sondern hinter der Ladentheke. So ging's mir mit Heiko. Australien war einfach zu weit weg. Ich konnte die Verbindung nicht herstellen. Und das hat mir keine Ruhe gelassen. Ich wollte wissen, wer mit dem süßen Mädel rumzieht. Also hab ich ein bisschen in der Pennerszene recherchiert. Penny-Joe haben Sie ja kennengelernt. Der hat sofort gesagt: Ach, du meinst den Professor! Und da hat's bei mir geklingelt.«

»Und da sind Sie draufgekommen, eine falsche Spur zu legen«, spann Rachel den Faden weiter, um das Gespräch am Laufen zu halten. Solange sie redeten, würden sie ihr, so hoffte sie, nichts tun.

»Ganz genau. Und sehen Sie – das hab ich vorhin gemeint: Die Gelegenheit war da, ich hab sie ergriffen und meinen Plan angepasst. Flexibel bleiben. Darauf kommt's an.«

»Kann es sein, dass Sie sich für genial halten?«

»Doch. Ein bisschen schon. Und auch wenn Sie spotten – da war viel Schönes dabei. Ich musste Heiko ja dazu bringen, sich zur Tatzeit in der Nähe des Tatorts aufzuhalten. Was hab ich gemacht? Ich hab ihm ausrichten lassen, jemand will ihn sprechen. Und worüber? Über den Mord in Brisbane! Erkennen Sie die Genialität? Das konnte er später der Polizei nicht erzählen. Sonst wäre man sofort drauf gekommen, dass er schon einmal in einen identischen Mord verwickelt war. Wobei ich übrigens keine Ahnung hatte, ob Heiko das in Brisbane überhaupt war. Aber das war ja egal. Er war schon mal Mordverdächtiger gewesen.« Lange genehmigte sich berauscht von seiner eigenen Erzählung noch einen Schluck aus dem Weißweinglas.

»Es sei Ihnen vergönnt, wenn Sie das so sehen.« Rachel knetete ihre Finger. »Ich persönlich finde, es war nicht sehr klug, den Mord von Brisbane zu kopieren. Dadurch ist nämlich auch Ihr Name irgendwann aufgetaucht.«

»Aber es hat überhaupt keine andere Verbindung zu mir gegeben.«

»Warum sind Sie dann auf der Flucht?«

»Halten Sie doch Ihr gottverdammtes Advokatenmaul!« Er sprang auf, stellte sich vor Rachel und machte den Eindruck, dass er gleich zuschlagen würde. »Ihnen wird der Spott noch im Hals steckenbleiben.«

Lange ballte die Faust. Rachel wich auf der Couch zurück.

»He, verdammt! Setz dich wieder hin«, fuhr Gerlach dazwischen. Lange ließ die Faust sinken. »Oder besser: Hol mal das Tape.«

Lange ging zum Regal, wo der Weinkühler stand, öffnete eine Schublade und entnahm ihr eine Rolle Panzerband.

»Ich muss dich jetzt bitten, die Hände auf den Rücken zu tun.«

Rachel geriet in Panik. »Heiko, komm zur Besinnung. Du brauchst dringend Hilfe. Lass uns darüber reden.«

»Für die Art von Hilfe ist es zu spät. Tu die Hände auf den Rücken.«

»Nein. Das werde ich nicht tun.« In diesem Moment traf sie ein Faustschlag von hinten und riss ihr den Kopf zur Seite, die Brille flog auf den Couchtisch, und sie fasste sich ans Ohr, das heftig schmerzte. Gleichzeitig stand sie von der Couch auf, doch Patrick Lange packte sie an den Haaren und riss sie zurück, sprang über die Lehne, warf Rachel mit großer Gewalt auf den Bauch und verdrehte ihren rechten Arm. Rachel schrie auf, ein stechend dumpfer Schmerz schoss ihr in die Schulter.

»Den anderen Arm!«, befahl Lange und drehte noch eine Spur fester am Arm.

»Tu, was er sagt.« Gerlach hatte ein abgerolltes Stück Tape in der Hand. »Er wird dir den Arm brechen.«

Rachel gab der Gewalt nach. Kurz darauf saß sie mit auf den Rücken gefesselten Armen auf der Couch. Gerlach hatte ihr die Brille wieder aufgesetzt. Er schüttete jetzt den Inhalt ihrer Handtasche auf den Couchtisch und nahm das iPhone an sich.

»Interessant!« Gerlach las Rachels letzte Mail an Schwind. »Da wird es ja nicht lange dauern, bis ich ins Visier von Interpol gerate. Aber bis dahin bin ich in einem Land, wo man mich weder finden noch ausliefern wird.« Er legte das Telefon vor Rachel.

60

Schwind hatte das Telefon am Ohr und lauschte. Sascha ging im Wohnzimmer hin und her und versuchte mitzubekommen, was sich am anderen Ende der Leitung tat. Aber Schwind ließ nicht allzu viel heraus. Oxmichel spielte ein Handyspiel, schielte aber ab und an zum Staatsanwalt. Sascha hatte Oxmichel gebeten, noch zu bleiben. Die angefangene Stunde war ohnehin schon auf der Rechnung, und man wusste nie, wozu der Mann noch nützlich sein konnte.

»Okay, Sie melden sich, sobald sich was getan hat«, sagte Schwind und legte auf.

»Und?«

»Sie haben das Haus. Davor steht ein Wagen, und es brennt Licht. Aber die Vorhänge sind zu. Sie werden jetzt reingehen. Ich hab gesagt, sie sollen vorsichtig sein.«

»Sind das die richtigen Leute?« Sascha schien äußerst skeptisch zu sein.

»Das ist kein SEK. Aber das sind erfahrene Beamte. Mit Patrick Lange werden sie schon fertig.«

»Ist eigentlich irgendwas mit Mama?« Sarah stand im Wohnzimmer.

Etliche Kilometer von Nymphenburg entfernt. Die Besatzungen dreier Streifenwagen nähern sich mit entsicherten Pistolen einem Einfamilienhaus. Ein Fenster im Erdgeschoss ist erleuchtet. Hinter den Vorhängen hört man Menschen im Gespräch. Der Anführer der Gruppe beordert zwei Beamte durch Handzeichen, sich auf die Rückseite des Hauses zu begeben. Der Rest nimmt neben der Eingangstür Stellung. Dann drückt der Einsatzleiter die Klingel. Ein summendes Geräusch ertönt. Die Beamten lauschen in die Stille.

»Die haben es nicht gehört«, flüstert einer.

Der Mann drückt noch einmal. Man hört Schritte im Haus. Sie nähern sich der Eingangstür. Der Puls der Beamten steigt, einer muss sich die Hand an der Hose trocken reiben, damit die Waffe nicht rutscht. Die Schritte verstummen, das Außenlicht geht an, ergießt sich über die Polizisten, von denen die meisten so stehen, dass man sie von der Haustür aus nicht sehen kann. Zunächst Stille. Es ist kein Spion in der Tür. Dann: Eine Klinke wird gedrückt, die Tür geht auf, zögernd und nur einen Spaltbreit, die Türkette spannt, ein Auge im Spalt, weiter unten etwas Mattschwarzes, Längliches. Es braucht einen langen Augenblick, bis die Polizisten realisieren, was es ist. Dann schreit einer der Beamten: »Vorsicht! Gewehr!«

Das Ehepaar Tritschner hatte sich seinen Freitagabend beschaulicher vorgestellt. Die »Tatort«-Wiederholung im Ersten war wie üblich mit großem menschlichen Elend und mäßiger Spannung ausgestattet, was aber niemanden zum Umschalten veranlasste. Für Herbert Tritschner lag der Unterhaltungswert des Abends ohnehin mehr auf dem Käseteller, der heute Köstlichkeiten enthielt, die Waltraud Tritschner vom Viktualienmarkt aus München mitgebracht hatte. Das erste Summen hatte man noch überhört. Genauer gesagt hatte Herr Tritschner geglaubt, dass es aus dem Fernseher kam. Denn um die Uhrzeit erwarteten sie keinen Besuch. Beim zweiten Klingeln war es gerade sehr still im Fernseher, und Herbert Tritschner stemmte sich aus dem Sofa in den Stand, nahm seinen

schwarzen Gehstock und schlurfte einigermaßen beunruhigt zur Haustür. Als er die Tür öffnete, sah er
zwei Polizeibeamte (die anderen waren nicht in seinem Sichtfeld). Das bestärkte ihn in seiner Befürch-
tung, dass etwas Schlimmes passiert sein musste. Er
wechselte den Gehstock in die andere Hand, um die
Kette zu lösen. Eben in diesem Moment schrie jemand,
den Tritschner nicht sehen konnte: »Vorsicht! Gewehr!« Ehe der Hausherr reagieren konnte, krachte
ein Pistolenschuss und zerfetzte die Türkette, die Tür
flog Tritschner mit Wucht ins Gesicht und zermalmte
ihm Brille und Nasenbein, der Stock wurde wegge-
schleudert, und Tritschner verlor das Gleichgewicht,
sackte zu Boden, ein fremdes Knie stemmte sich auf
seinen Rücken, ein Stiefel auf sein Gesicht, Handschellen klickten. Dann wurde er unter den Achseln
von zwei Beamten hochgezogen und auf die Beine gestellt. Aus dem Wohnzimmer hörte er schrille Schreie
seiner Frau, die sich zwei Polizisten gegenübersah,
die ihre Dienstwaffen auf sie richteten.

Der Anführer der Gruppe funkte seine Leute hinter
dem Haus an. Auf der Rückseite war niemand heraus-
gelaufen. Er beorderte sie ins Haus, das anschließend
durchsucht wurde. In Frau Tritschners Handtasche
wurde ein iPhone gefunden. Die Frau behauptete, es
noch nie gesehen zu haben. Auch konnte sie nicht
erklären, wie es in ihre Tasche gekommen war. Das
Gerät war eingeschaltet, aber auf leise gestellt. Einer
der Beamten hatte Rachels Handynummer von
Schwind bekommen und wählte sie. Das Handy von
Frau Tritschner meldete sich. Weitere Nachfragen er-
gaben, dass die beiden Eheleute über siebzig waren
und weder von einem Patrick Lange noch von Rachel Eisenberg, noch von Gerlach etwas wussten.

Waltraud Tritschner war heute in München gewesen, hatte eingekauft und eine Bekannte in Haidhausen besucht. Anschließend war sie relativ spät mit öffentlichen Verkehrsmitteln zurückgefahren. Wie das Handy in ihre Handtasche gelangte, war ihr ein völliges Rätsel.

Schwind saß vor seinem Handy und wartete. In diesem Moment musste der Zugriff stattfinden. Aus Miroslav Oxmichels Richtung kamen leise piepsende Geräusche. Er spielte Candy Crush Saga. Ansonsten war es still im Raum. Sascha lehnte mit verschränkten Armen an der Wand.

»Noch ein Glas Wein?«

Schwind schüttelte den Kopf. »Danke. Ich bleib lieber nüchtern. Wer weiß, was heute Abend noch passiert.«

»Da ist was dran.« Sascha stellte sein Weinglas weg.

Ein Handy klingelte. Schwind machte eine ratlose Geste, die zu verstehen gab, dass es nicht seins war. Oxmichel hielt wie zum Beweis der Unschuld sein Smartphone hoch. Darauf waren nur die bunten Candy Crush Bonbons zu sehen. Tatsächlich kam das Klingeln von der Anrichte. Sascha setzte sich in Bewegung.

»Vielleicht ist sie das«, sagte Schwind.

Sascha griff nach dem iPhone und blickte enttäuscht auf das Display. »Ist nicht ihre Nummer. Eisenberg?«

»Hier von Mettgenich-Heuersbach«, kam es aus dem Hörer. »Ich muss mit Frau Doktor Eisenberg sprechen.«

»Tut mir leid. Die ist nicht da. Woher haben Sie meine Handynummer?«

»Die steht auf der Visitenkarte der Kanzlei.«

»Da steht aber Doktor Sascha Eisenberg daneben, oder?«

»Ja. Aber auf dem Handy von Frau Eisenberg meldet sich niemand. Ist mir auch egal. Dann machen Sie es halt.«

»Na ja, ich mach so was eigentlich nicht, weil …«

»Passen Sie auf«, ignorierte Mettgenich Saschas Einwand. »Ich bin gerade in der Ettstraße. Die haben mich verhaftet. Sie müssen mich rausholen. Und zwar sofort, verstehen Sie?«

»Ich bin leider gerade mit einem anderen Fall beschäftigt. Außerdem bin ich kein Strafverteidiger. Das macht meine Frau.«

»Die ist aber verdammt noch mal nicht zu erreichen.«

»Ich weiß. Ich kann sie auch nicht erreichen.«

»Das hilft mir einen Scheißdreck!« Mettgenich-Heuersbach klang ziemlich erregt. »Ihre Frau hat mir ihre Handynummer gegeben und gesagt, ich kann sie jederzeit anrufen. Jetzt ruf ich an und jetzt will ich, dass Sie mir verdammt noch mal helfen. Die wollen mich einsperren! Kapieren Sie das nicht?«

Sascha verdrehte die Augen. Rachel hatte ihm gesagt, dass der Freiherr nichts so fürchtete wie Gefängniszellen. »Ich verstehe, dass das schlimm für Sie ist. Aber es geht im Augenblick einfach nicht. Morgen gerne. Die Nacht müssen Sie halt mal in der Zelle verbringen. Ich leg jetzt auf und melde mich morgen bei Ihnen.«

Aus dem Telefon kam ein verzerrtes Quäken. Sascha drückte das Gespräch weg.

»Ein Mandant?«, fragte Schwind.

»Mettgenich-Heuersbach.«

»Ach Gott! Seinen letzten Anwalt hat er übrigens krankenhausreif geprügelt.«

Saschas Handy klingelte erneut. Er blickte auf das Display, seufzte und ging dran. »Herr von Mettgenich, ich hab Ihnen doch erklärt …«

»Das ist mir egal. Sie müssen mich hier rausholen. Bitte!«

»Was wird Ihnen vorgeworfen?«

»Körperverletzung. Aber das war Notwehr. Herrgott! Ich kann nicht im Gefängnis übernachten. Ich hab eine psychische Störung. Ich bin gar nicht haftfähig. Wenn mir was passiert, sind Sie schuld!«

Schwind sah teilnahmsvoll zu Sascha, der mit genervter Miene ins Handy lauschte. »Fragen Sie ihn, wer von der Polizei bei ihm ist.«

»Wie heißt der Polizist, der bei Ihnen ist?«

»Kronthaler.«

Sascha gab den Namen an Schwind weiter, der bedeutete Sascha, ihm das Telefon zu geben. »Holen Sie den Mann bitte ans Telefon.«

»Herr Kronthaler! Guten Abend, hier Schwind … Ja, ich mach heute auch Nachtschicht. Ich höre, Sie haben den Freiherrn zu Gast …« Schwind ging beim Telefonieren auf die Terrasse hinaus. Nach zwei Minuten kam er wieder.

»Sie lassen Mettgenich gehen. Wenn er sich bis Montagmittag nicht bei der Polizei meldet oder bis dahin irgendwas anstellt, gibt's richtig Ärger.« Schwind gab Sascha das Telefon zurück.

»Haben Sie es gehört? Wenn Sie Mist bauen, können wir nichts mehr für Sie tun, okay?«

»Hey Mann, Sie sind ein Genie. Scheiße, Sie haben echt was gut bei mir.«

Schwinds Handy klingelte.

»Ich komm drauf zurück«, sagte Sascha. »Und jetzt gehen Sie bitte aus der Leitung.«

Der Oberstaatsanwalt hatte das Gespräch angenommen. Sein Gesicht verfinsterte sich zusehends. Er endete mit der Ankündigung, ins Polizeipräsidium zu fahren.

»Ist was schiefgegangen?« Sascha versagte bei der Frage fast die Stimme.

»Es wurde niemand verletzt. Aber in dem Haus waren weder Ihre Frau noch Lange, noch Gerlach.«

»Und das Handysignal?«

»Jemand hatte das Handy Ihrer Frau offenbar einer alten Dame in die Handtasche gesteckt. Und die hat es mit nach Hause genommen.«

»Das kann nur Gerlach gewesen sein.«

»Vermutlich.«

Ein paar Sekunden herrschte Schweigen. »Und jetzt?«, fragte Sascha schließlich.

»Ich fahr ins Präsidium und schau, was ich tun kann. Mit welchem Auto waren die beiden unterwegs?«

»In dem von Gerlach. Irgendein dunkler S 5. Aufs Kennzeichen hab ich natürlich nicht geachtet.«

»Wahrscheinlich ein Mietwagen. Und so viele S 5 gibt es da nicht. Ist schon mal ein Anhaltspunkt.« Schwind klopfte Sascha beim Hinausgehen auf den Oberarm. »Bleiben Sie hier. Ich ruf an, wenn's was Neues gibt.«

Sascha hörte die Haustür ins Schloss fallen. Sarah kam herein. Sie sah ihren Vater mit großen dunklen Augen an. »Habt ihr was von Mama gehört?« Sascha schüttelte den Kopf und nahm Sarah in den Arm. Sie weinte leise.

»Brauchen Sie mich noch?«, sagte Oxmichel und

schaltete die Geräusche auf seinem Handy aus. Die Situation war ihm unangenehm.

»Bleiben Sie bitte noch.«

Patrick Lange war aus dem Zimmer gegangen. Gerlach hatte sich neben Rachel wohlig in der Couch zurückgelehnt. »Hübsches Haus, nicht wahr?«

»Man kann hier einfach rein? Ohne Alarmanlage?«

»Nein. Das war geflunkert. Es gehört einem entfernten, aber lieben Onkel von Helen. Ich glaube, er verbringt hier drei Tage im Jahr. Ansonsten lebt er an der Côte d'Azur und in London. Er war so nett, es mir für ein paar Tage zu überlassen.« Gerlach beugte sich nach vorne und begann mit Rachels iPhone zu spielen, das immer noch vor ihr lag.

»Das ist nicht mein iPhone, stimmt's?«, sagte Rachel.

»Stimmt. Wie hast du's gemerkt?«

»Links oben müsste das Glas eine kleine Macke haben. Hat es aber nicht.«

»Ja, der Teufel steckt im Detail.« Er lächelte. »Du hast recht. Ich hab's austauschen lassen. Falls es jemand orten will.«

»Wann denn? Ich hatte es die ganze Zeit bei mir.«

»Als wir bei Penny-Joe waren, hast du deine Handtasche im Wagen gelassen. In der Zeit hat es jemand ausgetauscht.«

»Aber meine Kontakte sind noch drauf.«

»Die wurden beim Austausch übertragen. Du solltest es nicht schon im Auto merken. In diesem Handy ist natürlich eine andere Karte.«

Rachel verlor die letzte Hoffnung, und auch die Farbe wich ihr aus dem Gesicht.

»Was hast du jetzt vor?«

»Ich dachte, das wäre offensichtlich.« Gerlach legte einen kleinen silbernen Aktenkoffer, der neben dem Sofa gestanden war, auf den Couchtisch, klappte ihn auf, entnahm ihm eine Glock Modell G 19 mit Schalldämpfer sowie ein Kampfmesser mit breiter Klinge und legte beides sorgfältig nebeneinander auf den Couchtisch. Den Koffer klappte er wieder zu und stellte ihn zurück an den alten Platz neben der Couch.

Rachel stockte der Atem, und ihr Puls raste. »Das meinst du nicht ernst.«

»Doch. Das meine ich ernst.«

»Aber warum? Ich habe dich aus dem Gefängnis geholt. Ich kann dich nicht mal verraten. Ich unterliege der Schweigepflicht.«

»Ich weiß.« Gerlach schraubte den Schalldämpfer auf die Pistole.

»Worum geht es dir? Mich als Zeugin auszuschalten?«

Gerlach prüfte den Sitz des Schalldämpfers, schien zufrieden und legte die Waffe wieder auf den Tisch. Er mahlte mit den Kiefern, eine Veränderung schien in ihm vorzugehen. Das souveräne Lächeln, das bislang sein Gesicht aufgehellt hatte, verschwand, der Blick ging ins Leere. »Ja, du hast mich aus dem Gefängnis geholt. Das hättest du nicht tun sollen. Ich bin ein kranker Mann, wie du inzwischen sicher erkannt hast.« Er nahm das Messer in die Hand und strich mit dem Daumen über die Schneide. »Carla, Laura, Melissa … ich konnte es einfach nicht verdrängen.«

»Was meinst du?«

»Fragst du das ernsthaft? Ausgerechnet du?«

Rachel schwieg. Sie ahnte, was Carla, Laura, Melissa und letztlich auch sie selbst verband.

»Die meisten Menschen sind traurig, wenn sie verlassen werden, fallen aus allen Wolken, sind fassungslos, deprimiert, einige wollen sich das Leben nehmen. Bei mir ist es anders. Bei mir ist es, als hättest du mich umgebracht. Andere vergeben, verlieben sich neu, und irgendwann ist der Schmerz vergessen. Ich kann das nicht. Der Schmerz ist da wie an dem Tag, als das Versprechen gebrochen wurde.«

»Es gab kein Versprechen.«

»Wenn ich mich auf jemanden einlasse, dann übernehme ich Verantwortung für ihn. Da kann ich nicht eines Tages sagen: Ach, ich hab's mir anders überlegt. Das war mein Versprechen an dich. *Ich* hätte dich nie im Stich gelassen. Denn du warst der Mensch, für den ich bestimmt war und umgekehrt. Ja, vielleicht bin ich naiv. Aber das Gleiche hatte ich von dir erwartet, und von Laura und Carla und Melissa.«

»Ist dir nicht irgendwann der Gedanke gekommen, dass andere Menschen eine Beziehung vielleicht anders sehen?«

»Der Gedanke ist mir schon mit sieben Jahren gekommen. Damals hatte meine Mutter die Verantwortung für mich. Gut, sie hatte ein Alkoholproblem. Aber das merkt man als Kind nicht. Man denkt, das ist eben so, dass die Mutter riecht und abends komisch wird.« Gerlach strich versonnen mit der Hand über die Glock. »Aber sie war meine Mutter und sie hat mich wohl geliebt. Jedenfalls war sie nett zu mir. Netter als meine Großeltern. Die haben sich immer mit meiner Mutter gestritten und mich verachtet. Eines Tages waren wir wieder bei den Großeltern. Es wurde laut im Nebenzimmer, und dann kam meine Mutter und sagte: Du musst ein paar Tage bei Oma und Opa bleiben. Dann komme ich und hol dich. Das hat mich zwar traurig gemacht. Aber ich dachte: Die paar Tage

musst du durchhalten. Zum Abschied hat sie mich ge-
küsst. Ich muss es dir zeigen.« Er stand auf und stellte
sich vor Rachel. Dann fasste er ihr Gesicht mit beiden
Händen, beugte sich zu ihr hinunter und gab ihr einen
Kuss auf den Mund. »Sei tapfer. In ein paar Tagen ist
Mami wieder zurück.« Rachel spürte den Druck von
Gerlachs Händen an ihren Schläfen. Am Ende dieser
Nacht würden es nicht seine, sondern ihre eigenen
Hände sein. Die Augen, die auf sie herabstarrten,
waren nicht mehr die Augen von Heiko. Sie gehörten
einem Menschen, den Rachel nicht kannte.

Gerlach drehte sich abrupt von Rachel weg und holte das Tape, mit dem er Rachels Hände gefesselt hatte.

»Du kennst mein Sternzeichen noch?«

»Skorpion.«

»Der Skorpion vergisst nie. Und irgendwann sticht
er zu. Was du vielleicht nicht wusstest – ich bin auch
im Aszendent Skorpion.«

»Das erklärt natürlich alles.« Rachel glaubte nicht
an Astrologie. »Was war mit Helen anders?«

»Gar nichts. Außer, dass sie der Auslöser war. Zweitausendneun habe ich herausgefunden, dass sie mich
betrügt. Das hat das Fass zum Überlaufen gebracht.«

»Warum hast du sie nicht umgebracht?«

»Weil ich nicht dumm bin. Meine Frau betrügt mich
und stirbt kurz darauf in der Blüte ihres Lebens? Da
wäre ich vermutlich der einzige Verdächtige gewesen.
Die Polizei in Brisbane wusste nicht einmal, dass ich
das Opfer kannte. São Paulo, Kapstadt – dito. Das
heißt aber nicht, dass Helen vergessen ist.«

»Wieso wolltest du dann im Gefängnis bleiben?«

Gerlach überlegte. »Seltsam, nicht wahr? Als ich
obdachlos war, habe ich jede Menge Gras geraucht.
Das macht friedlich. Und ich hab die Finger vom

Alkohol gelassen. Ich war nicht glücklich. Aber ich war auch nicht mehr vom Hass zerfressen. Wie ich dann im Gefängnis war, drohte es wieder aus mir herauszubrechen. Nur – ich wollte das nicht mehr. Ständig von Hass getrieben werden. Und so habe ich beschlossen, einfach im Gefängnis zu bleiben. Bis zu meinem Ende.« Er spielte versonnen mit der Rolle Panzerband. »Du hättest mich lassen sollen.«

»Warum wolltest du auf einmal wieder raus? Was hatte sich geändert?«

Gerlach sah Rachel an, als hätte sie eine ganz und gar naive Frage gestellt. »Nicole hat mich verlassen.«

Rachel wusste einen Augenblick lang nichts zu sagen. Damit hatte sie nicht gerechnet. Gerlach riss ein etwa fünfzig Zentimeter langes Stück Tape ab und klebte es sich an den Zeigefinger. »Ich muss dir jetzt die Beine zusammenbinden. Mach bitte keinen Aufstand, sonst muss ich Herrn Lange bitten.«

Rachel ließ es geschehen. Er schlang das Band um ihre Knöchel. Es saß fest wie Stahl. »Lass wenigstens Nicole aus dem Spiel.«

»Sehr edel, dass du in dieser Situation noch an andere denkst.«

»Lange wird es nicht zulassen, dass du ihr was tust.«

»Nein, das wird er nicht zulassen.« Gerlach gab Rachel einen Klapps auf den Oberschenkel und blickte zu Pistole und Messer auf dem Tisch. »Nicht, solange er lebt.«

61

Gerlach blickte zu der Tür, hinter der Patrick Lange verschwunden war. »Mal schauen, was die beiden treiben. Machen wahrscheinlich Pläne für die Zukunft. Du bleibst bitte da sitzen.«

In Rachels Kopf überschlugen sich die Gedanken. Die Angst lähmte sie und betäubte ihren Verstand. Sie musste sich beruhigen und systematisch vorgehen. Tief durchatmen. Was für Möglichkeiten hatte sie? Flucht war ausgeschlossen. Das Haus lag einsam und weit ab von der Straße. Sie musste sich irgendwie bemerkbar machen. Ihr Blick fiel auf das iPhone, das Gerlach ihr untergeschoben hatte. Es lag auf dem Couchtisch inmitten des restlichen Inhalts ihrer Handtasche. Wenn sie Sascha oder Schwind anrufen könnte, wäre das vielleicht die Rettung. Nur – wie sollte sie das anstellen? Sie konnte versuchen, das Telefon in die gefesselten Hände zu bekommen. Dazu müsste sie aufstehen, sich umdrehen und die Hände in die Nähe des iPhones bringen. Ab da würde es schwierig. Wie sollte sie das Telefon bedienen, wenn sie es nicht sah? Früher gab es noch Knöpfe, die man ertasten konnte. Bei modernen Geräten nur eine glatte Glasscheibe. Es musste anders gehen. Sie scannte die Gegenstände aus ihrer Handtasche, die auf dem Tisch verstreut lagen. Unter der Packung Papiertaschentücher lugte ein silberner Stift hervor, der in einer runden, schwarzen Gummikappe endete. Es war der Eingabestift für ihr iPhone. Rachel beugte sich nach vorn und bekam den Stift mit dem Mund zu fassen. Mit dem Kinn schob sie das Handy in eine Position, in der sie es im Sitzen bedienen konnte. Dann presste sie den Einschaltknopf, der Bildschirm wurde hell und das Zahlenfeld für den PIN-Code erschien. Sie tippte die vier Ziffern mit dem Eingabestift zwischen den Zähnen ein. Sie lauschte in die Stille des Hauses. Von irgendwoher hörte man Stimmen. Waren Gerlach und Lange im Nebenraum? Oder weiter entfernt? Sie wusste es nicht. Sie tippte mit dem Stift auf *Kontakte,* dort auf *Sascha* und wählte die Nummer. Leise kam aus dem kleinen Lautsprecher des Gerätes ein Tuten. Saschas Handy war an. Rachels Herz raste. Es tutete ein Mal, zwei Mal, drei Mal. Er ging nicht dran. Die Box schaltete sich ein.

»Ihr Handy hat geklingelt«, sagte Oxmichel, als Sascha von der Toilette zurückkam.

Sascha stürzte zum Tisch. »Warum sind Sie nicht drangegangen?«

»Ich geh doch nicht an fremde Telefone.« Oxmichel war immer noch in ein Handyspiel vertieft.

Die Nummer auf dem Display sagte Sascha nichts. Nachdem die Box vermeldet hatte, dass sich auf ihr ein neuer Anruf befand, hörte Sascha Rachels Stimme. Sie flüsterte: *Hallo, Sascha, ich bin's, Rachel. Ich hab nicht viel Zeit: Heiko Gerlach hält mich gefangen und will mich umbringen. Bitte tu irgendwas. Ich bin in der Nähe von Starnberg auf dem Land. Mehr weiß ich nicht. Vielleicht kann man dieses Handy orten. Ich muss Schluss machen.*

Sascha starrte das Handy in seiner Hand einige Augenblicke lang an, als sei er gelähmt. Dann wählte er die unbekannte Nummer. Aber das Handy war jetzt ausgeschaltet.

»Ich brauch den Standort von diesem Handy.«
Sascha hielt Oxmichel sein Smartphone hin. Der sah
etwas irritiert auf das Gerät. »Nicht von dem in meiner
Hand, sondern von der Nummer, von der der letzte
Anruf kam.«

»Und das ist jetzt alles legal, oder wie?«

»Äh, ja. Rechtfertigender Notstand, Paragraph 34
StGB. Sollte ein Gericht das anders sehen, dann liegt
auf alle Fälle strafbefreiender Verbotsirrtum nach
Paragraph 17 vor, weil Sie die Auskunft von einem
Anwalt haben.«

Oxmichel machte nicht den Eindruck, dass er auch
nur ein Wort verstanden hatte. »Geben Sie her.«

Sascha händigte Oxmichel das Smartphone aus
und rief Schwind vom Festnetz aus an. Aber es war
nur die Box dran. Vielleicht war Schwind in einer
Besprechung und wollte nicht gestört werden wollte.
Die nächste Nummer war der Bereitschaftsdienst im
Polizeipräsidium. Die Durchwahl entnahm Sascha
einer Liste mit wichtigen Telefonnummern, die neben der Festnetzstation im Flur an die Wand gepinnt
war.

»Schwind?«, sagte die junge Dame, die sich dort
meldete. »Arbeitet der bei uns?«

»Nein. Der Mann ist Oberstaatsanwalt und wollte
ins Präsidium fahren. Es geht um die Suche nach einer
vermissten Person. Er müsste irgendwo bei Ihnen im
Haus sein. Es ist sehr dringend.«

»Ich kann ja mal fragen.«

»Sagen Sie ihm bitte, er soll Rechtsanwalt Sascha
Eisenberg anrufen. Ich gebe Ihnen zur Sicherheit auch
meine Handynummer.«

Fünf Minuten später wartete Sascha immer noch
auf einen Rückruf. Wenigstens meldete Oxmichel

Vollzug. Sascha starrte auf den Bildschirm. »Wo ist das?«

Oxmichel zog die Karte etwas auf. »Nähe Starnberger See.«

»Ich brauch die Adresse.«

Sascha versuchte es erneut im Polizeipräsidium.

»Ja, ich hab einen Kollegen gefragt«, sagte die junge Frau. »Der wusste aber auch nichts von einem Herrn Schwind.«

»Dann fragen Sie bitte noch andere Kollegen. Und schauen Sie nach, ob es gerade irgendwo eine Besprechung gibt.«

»Sie – ich bin hier nachts allein in der Telefonzentrale. Sobald ich Zeit habe, kümmer ich mich darum.«

Sascha hätte die Frau gerne erwürgt, wusste aber, dass es nicht förderlich war, wenn er jetzt aggressiv würde. »Das verstehe ich. Nur in dem Fall geht es um Leben und Tod. Oberstaatsanwalt Doktor Schwind weiß Bescheid. Und er ist genau wegen dieser Sache extra ins Präsidium gefahren. Haben Sie was zu schreiben? Ich nenne Ihnen jetzt eine Adresse. Dort befinden sich die gesuchten Personen Heiko Gerlach und Rachel Eisenberg.« Sascha buchstabierte die Namen und bat, die Nachricht möglichst schnell an Schwind zu übermitteln.

»Hast du was von Mama erfahren?« Sarah stand im Wohnzimmer. Ihre Augen hatten dunkle Ringe. Sie war vollkommen übermüdet, wollte aber nicht ins Bett gehen. Sascha zog gerade sein Jackett an. »Gehst du wieder?«

»Ich weiß, wo Rachel ist. Ich fahr da jetzt hin.« Sascha ging Richtung Büro. »Herr Oxmichel?!« Der schlurfte aus dem Büro. »Ich brauch mein Handy wieder, und ich müsste Sie bitten, hierzubleiben und meiner Tochter ein bisschen Gesellschaft zu leisten.«

»Babysitten?«

Sarah verzog verärgert das Gesicht.

»Und?«, sagte Sascha. »Für hundertfünfzig Euro die Stunde?«

»Von mir aus.« Oxmichel sah Sarah ratlos an und versuchte ein Lächeln. »Interessierst du dich für Computer?«

Gerlach und Patrick hatten sich Zeit gelassen. Ab und zu hatte einer von beiden nach Rachel gesehen und war dann wieder gegangen. Jetzt waren beide zurück, und Gerlach räumte die auf dem Couchtisch liegenden Sachen in Rachels Handtasche, während Patrick Lange noch eine Flasche Weißwein entkorkte. Das Handy legte Gerlach zur Seite. Als er den Eingabestift nahm, der als letzter Gegenstand auf dem Tisch liegengeblieben war, zögerte er und wischte an einer Stelle mit dem Daumen über das Metall. Ein wenig rote Farbe blieb hängen.

»Was haben wir denn da? Wird doch nicht Lippenstift sein?« Er sah Rachel an und checkte die Anrufliste auf dem Handy. »Du bist ja ein wahrer Teufel. Ist das Saschas Nummer?« Rachel schwieg. »Nicht schlecht. Ich hab leider keine guten Neuigkeiten für dich: Bis die vom Provider was erfahren, sind wir hier längst fertig.« Er warf einen weiteren Blick auf das Display und stutzte. »Flugmodus?« Nachdem Rachel auch dazu nichts sagte, überlegte Gerlach kurz. »Verstehe. Damit er dich nicht zurückruft und das Handy klingelt. Auf leise stellen ist wohl eine ziemliche Fummelei mit dem Stift.«

»Was hat sie gemacht?«, wollte Patrick Lange wissen, als er Gerlach ein Glas Weißwein brachte.

»Sie hat ihren Ex angerufen. Vor einer halben Stunde.«

»Wie? Weiß der jetzt, wo wir sind, oder was?«

»Mit Sicherheit nicht. Frau Eisenberg war nie eine gute Pfadfinderin, schon gar nicht nachts. Sie weiß nicht, wo wir sind.« Gerlach schaltete das Handy aus. »Patrick wird uns in Bälde verlassen. Er fährt Richtung Italien oder Spanien. Zusammen mit Nicole.«

»Wo ist sie?«, wollte Rachel wissen.

»Sie schläft.« Rachels Blick war argwöhnisch. »Wir haben ihr was gegeben. Sie ist noch sehr verwirrt. Da ist es besser, wenn sie sich erst mal ausruht.«

Rachel blickte zu Lange. »Sie glauben, er lässt Sie einfach mit Nicole fahren?« Lange schien irritiert. »Ist Ihnen nie der Gedanke gekommen, dass Heiko sich auch an Nicole rächen will? Auch sie hat ihn verraten.«

»Was redet sie da?«, fragte Lange mit einem kleinen Lacher in Richtung Gerlach.

»Ich denke, sie versucht gerade, uns gegeneinander auszuspielen.« Gerlach genoss einen Schluck Weißwein und lehnte sich in die Couch zurück.

»Stimmt das etwa?«, wandte sich Lange gespielt entsetzt an Rachel.

»Ja, das stimmt. Trotzdem sollten Sie bedenken, was ich gesagt habe.« Rachel dachte fieberhaft nach. Es bestand nur eine minimale Chance, dass sich Patrick und Gerlach gegenseitig ausschalteten. Aber sie konnte zumindest Zeit gewinnen. »Was glauben Sie, für wen die Pistole da gedacht ist?«

Patrick betrachtete die Glock. »Für Sie, denke ich mal.«

»Für mich ist das Messer. Sie wissen ja, was er vor-hat.« Patrick sagte nichts. »Ah, da kommen jetzt doch erste Zweifel«, legte Rachel nach.

»Ich werde irgendwelche Zweifel – falls sie kom-men ...«, er sah zu Gerlach, der ein interessiertes Ge-sicht machte, »... ignorieren.«

»Das könnte Sie das Leben kosten. Ich würde auf die Pistole da aufpassen.«

Gerlach nahm die Pistole in die Hand und entsi-cherte sie. »Ja, man kann nicht wachsam genug sein.« Er richtete den Lauf auf Lange, ließ ihn dann aber wie-der sinken. »Hab nur Spaß gemacht.« Er wandte sich an Rachel. »Bis jetzt fand ich's noch nicht so überzeu-gend, was du Patrick erzählt hast. Wie kommst du auf diese bizarren Vermutungen?«

Rachel verdrehte den Kopf, um Lange in die Augen sehen zu können. »Wissen Sie, warum er sein Ge-ständnis widerrufen hat?«

»Bin gespannt.«

»Nicole hat ihm gesagt, dass sie sich verliebt hat. Das war der Auslöser. Das hat ihn so wütend gemacht, dass er rauswollte, um sich an Nicole zu rächen.«

»Die Geschichte ist zwar nicht wahr, aber gut erfun-den. Du wirst richtig kreativ, wenn dir das Wasser bis zum Hals steht.« Gerlach lächelte Patrick Lange zu. »Aber vielleicht hat sie dich ja überzeugt.« Er richtete die Pistole auf ihn. »Dann müsste ich dich jetzt sofort erschießen, bevor du mir was tust.« Leise kichernd ließ er die Pistole sinken. »Sag mal, Patrick, nehmen wir an, sie bringt dich so weit, ihr zu glauben, und du bringst mich vorsichtshalber um, bevor ich es umge-kehrt mache – würdest du meine Ex-Freundin am Le-ben lassen?«

»So weit hab ich noch nicht gedacht. Aber wenn du

mich schon fragst ... nein, das wäre ziemlich unsinnig. Ich meine, sie weiß jetzt, wo ich hinwill. Und ... wenn ich's recht bedenke, hat sie mir die ganze Scheiße hier eingebrockt.« Er kraulte sich am Kinn. »Nein, ich würde sie nicht am Leben lassen.«

»Du siehst, Rachel, deine Intrigen sind herzlich sinnlos.«

»Nicht ganz. Ich würde Nicoles Leben retten.« Sie suchte wieder Patrick Langes Blick. »Er will in erster Linie Nicole. Das sollten Sie sich klarmachen.«

»Ganz die Verteidigerin. Denkt immer nur an andere. Also, Patrick – glauben wir ihr jetzt oder nicht?« Gerlach schwenkte den Lauf der entsicherten Pistole von Rachel zu Lange und ließ ihn in dieser Position. »Immer wenn ich die Pistole auf dich richte, kriegst du diesen zweifelnden Gesichtsausdruck. Das finde ich fast ein bisschen beleidigend. Hab ich nicht mehr Vertrauen verdient?«

Lange wirkte in der Tat verunsichert. Er machte den Eindruck, als überlegte er sorgfältig, was er zu Gerlach sagen sollte. Doch so weit kam es nicht. Ein Blinklicht an der Wand schaltete sich ein.

»Nanu? Sollte ich mich so geirrt haben?« Er deutete mit der Pistole auf die Schrankwand. »Schau doch mal, ob wir schon ein SEK im Garten haben.«

Patrick Lange öffnete eine Doppeltür der Schrankwand. Dahinter kam ein Monitor zum Vorschein. Er zeigte die Einfahrt vor dem Haus. Rachel musste ihren Oberkörper fast um hundertachtzig Grad verdrehen, um auf den Monitor blicken zu können. In der Einfahrt sah man den Audi, mit dem Gerlach und Rachel gekommen waren. Dahinter ein kleiner Sportwagen. Die Bildqualität war schlecht, aber Rachel erkannte, dass es ein Triumph Spitfire war. Aus dem Wagen stieg in diesem Augenblick ein Mann und ging auf das Haus zu. Es war Sascha.

»O Gott!«, entfuhr es Rachel. Sascha hatte offensichtlich keine Ahnung, was ihn erwartete. Gerlach verzog sein Gesicht zu einer anerkennenden Grimasse.

»Bin gespannt, wie er das hingekriegt hat. Aber das kann er uns ja gleich erklären.«

Rachel hörte ein ratschendes Geräusch, und bevor sie realisierte, was es war, hatte ihr Patrick Lange von hinten ein Stück Tape auf den Mund geklebt.

Sascha ging mit zögernden Schritten zur Haustür, blieb ein paar Meter davor stehen und lauschte in die Nacht. Außer dem Zirpen der Grillen war wenig zu hören. Vor die Fenster des erleuchteten Zimmers im Erdgeschoss waren Vorhänge gezogen. Er suchte nach einem Spalt in den Vorhängen, fand aber nichts, was ihm Einblick geben konnte.

Sascha drückte die Klinke, und die Haustür öffnete sich. Ihm war klar, dass er Hausfriedensbruch beging, und er hoffte, dass sich Oxmichel mit der Adresse nicht geirrt hatte. Falls doch, würde er die Hausbesitzer zu Tode erschrecken, wenn er mitten in der Nacht in ihrem Wohnzimmer auftauchte. Er brauchte ein paar Sekunden, um sich zu orientieren. Ein kleiner Gang mit zwei Türen ging vom Eingangsbereich ab. Die vordere Tür musste in den erleuchteten Raum führen. War es besser, sie aufzureißen, oder sollte er sie vorsichtig öffnen? Saschas Hand zitterte. Er hoffte inständig, dass das bisschen Plan, das er hatte, reichte.

Ohne Vorwarnung wurde die Tür zum Wohnzimmer weit aufgerissen, Sascha betrat den Raum, sah sich hektisch um und versuchte, die Situation zu erfassen.

Gerlach auf der Couch, eine Pistole mit Schalldämpfer in der Hand. Auf dem anderen Sofa saß Rachel mit dem Rücken zur Tür. Sie verdrehte ihren Körper, um Sascha sehen zu können. Ihre Hände waren mit silbernem Band auf dem Rücken gefesselt. Ein Stück Band klebte über ihrem Mund. Was Sascha nicht sah: Im Schatten der aufgerissenen Tür stand Patrick Lange.

»Sie haben uns aber schnell gefunden«, sagte Gerlach. »Respekt! Leisten Sie uns Gesellschaft und erzählen Sie, wie Sie es gemacht haben. Weißwein?«

Sascha war zunächst verdutzt und wusste nicht, was er tun sollte. Rachel versuchte verzweifelt, ihm trotz Klebeband etwas mitzuteilen, und rollte mit den Augen. In diesem Moment spürte Sascha, dass sich etwas in seinem Rücken bewegte. Er drehte sich um und hielt schützend die Hände vor den Kopf. Doch Patrick Lange war schon herangekommen und stieß mit einem Messer zu. Sascha gelang es, dem ersten Stich auszuweichen, der zweite streifte ihn am Unterarm und hinterließ eine blutende Schnittwunde. Gerlach verfolgte die Szene scheinbar emotionslos und spielte mit seiner Pistole. Immer weiter wurde Sascha von Langes Stichbewegungen zurückgedrängt und stand bald mit dem Rücken zur Schrankwand, wo er gegen eine schwere Glasvase stieß, die mit erheblichem Gedonner aus dem Regal fiel, ohne freilich zu zerbrechen. Patrick Langes Messerspitze saß unter Saschas Kinn, bereit, den finalen Stich zu setzen. Sascha war schweißgebadet und zitterte.

In diesem Moment sagte Gerlach: »Vorsicht!« Was Gerlach damit meinte, konnte Patrick Lange nicht mehr vollständig erfassen. Die Vase traf ihn hart am Schädel, und er sackte ohnmächtig zusammen. Über ihm stand Kevin Freiherr von Mettgenich-Heuersbach.

Sascha schien als Einziger nicht überrascht von seinem Erscheinen.

Gerlach war jetzt aufgestanden und zielte mit der Pistole auf Mettgenich. Einem lauten Patschen folgte ein Klirren. Gerlach hatte einen schallgedämpften Schuss abgegeben, der aber nicht Mettgenich, sondern eine Vitrine in der Schrankwand traf. Rachel war aufgestanden und hatte es trotz ihrer Hand- und Fußfesseln geschafft, sich gegen den schießenden Gerlach zu werfen. Bemerkenswert flink sprang Mettgenich herbei, stürzte sich auf Gerlach und schlug ihm die Pistole aus der Hand. Es kam zum Handgemenge zwischen den beiden Männern. Der Freiherr war zwar kampferprobt, Gerlach aber groß und kräftig, und es gelang ihm, seinen Gegner auf den Rücken zu zwingen. In dieser Position traf Gerlach die Glasvase, diesmal aus der Hand von Sascha, und beendete den Kampf.

Rachel atmete durch und ließ sich auf das Sofa sinken. Aus der Ferne hörte man Polizeisirenen.

Wenige Minuten später trafen mehrere Streifenwagen ein, kurz darauf zwei Rettungswagen. Patrick Lange hatte eine Kopfverletzung, lebte aber. Auch Gerlachs Schädel hatte die Glasvase einigermaßen unbeschadet überstanden und musste nur wegen einer Platzwunde und Verdacht auf Gehirnerschütterung behandelt werden. Saschas Schnittwunde am Arm wurde noch vor Ort unter den besorgten Blicken von Rachel versorgt.

Wie sich herausstellte, hatte Sascha Herrn von Mettgenich-Heuersbach angerufen und gebeten, ihn bei seiner gefährlichen Mission zu begleiten. Der Freiherr sagte zu, noch voller Dankbarkeit, dass ihm Sascha eine Gefängnisnacht erspart hatte. Von ihm stammte auch der Schlachtplan: Sascha sollte zuerst ins Haus gehen, während sich Mettgenich verborgen hielt. Nachdem Sascha Gerlach abgelenkt hatte, würde Mettgenich, das Überraschungsmoment nutzend, dazustoßen und die Sache klarmachen. Patrick Lange war nicht auf der Rechnung gewesen. Aber Mettgenich hatte in seiner Karriere als Geldeintreiber schon ganz andere Kämpfe bestanden.

Zwei Polizisten führten Gerlach gefesselt und mit einer weißen Binde um den Kopf aus dem Haus. Als er an Rachel vorbeikam, hielt Gerlach inne. Rachel sah ihm in die Augen, dem Mann, der sie – wäre es nur ein wenig anders gelaufen – heute Nacht umgebracht und ihr die Hände abgeschnitten hätte. Es fiel ihr schwer, nicht zurückzuweichen. Aber sie blieb stehen, als er sich ihr näherte. Diesen Triumph gönnte sie ihm nicht.

Ein paar lange Sekunden sah Gerlach sie an. Dann lächelte er und sagte: »Danke für den interessanten Abend. Ich melde mich.«

Rachel schwieg.

»Rein privat natürlich. Als Verteidiger nehm ich Geruda.«

»Wir haben nichts zu bereden.« Rachel sah ihm fest in die Augen.

»Deine Entscheidung, Rachel. Aber eine Antwort schuldest du mir noch.«

62

Zu Hause schloss Rachel Sarah in die Arme und weinte, einfach glücklich, am Leben zu sein. Sie hatten Nicole samt Hund mitgenommen, die immer noch schlief. Offenbar hatte man ihr ein Betäubungsmittel gegeben. Sie würde morgen im Gästezimmer aufwachen. Oxmichel, der Sarah in der Zwischenzeit mit etlichen Methoden bekanntgemacht hatte, Computer illegal zu nutzen, wurde ausbezahlt und verabschiedet, und sie setzten sich zu dritt auf die Terrasse. Die Nacht war so warm, dass man im T-Shirt draußen sitzen konnte. Rachel trank zur Beruhigung ein Glas Whisky und musste Sarah einen genauen Bericht über ihr Abenteuer abliefern. Noch während Rachel erzählte, klingelte Saschas Smartphone.

»Wer ist das denn um die Zeit?« Er blickte aufs Display. »Auweh!«

Rachel bedachte ihn mit einem fragenden Blick. Aber Sascha nahm das Gespräch bereits entgegen. »Hallo, Paula …« Er stand auf und ging ins Haus.

Sarah und Rachel tauschten empathische Blicke.

»Ich bin's langsam leid«, sagte Rachel.

»Such dir endlich einen anderen.« Sarah stand auf, setzte sich auf Rachels Schoß und legte ihr den Arm um den Hals. »Soll ich dich bei ElitePartner anmelden?«

»Bettelst du gerade um Hausarrest, oder was wird das?«

Sarah gab ihrer Mutter einen Kuss. »Sei nicht so. Da draußen laufen haufenweise nette Typen rum. Da wird doch einer für dich dabei sein.«

Sascha stand in der Terrassentür und sah nicht glücklich aus. »Tja – Paula hat so eine Art Nervenzusammenbruch. Ich würde sagen, eine Mischung aus zehn Prozent Eifersucht und neunzig Prozent Examenspanik. Jedenfalls ... muss ich bei ihr vorbeischauen.«

»Tu, was du musst. Und danke dir noch mal für alles.«

»Jederzeit wieder.« Sascha küsste Rachel und Sarah zum Abschied. »Ich meld mich!«

Sarah gab den Schoß ihrer Mutter frei und setzte sich auf einen Gartensessel. Als die Haustür hinter Sascha ins Schloss gefallen war, sagte Sarah: »Also Internet willst du nicht, oder wie?«

»Jetzt hör doch mal auf mit dem Unsinn.«

»Das ist kein Unsinn. Du bist vierzig. Willst du deine alten Tage allein verbringen?«

»*Alte* Tage?«

»Was ist denn mit Kollegen? Es gibt Tausende von Anwälten in München. Da müssen doch ein paar Gutaussehende dabei sein.«

Vor Rachels innerem Auge blitzte kurz das Bild von Reza Haim auf.

»Wusstest du übrigens, dass Casper nicht die Schule gewechselt hat?«, sagte sie.

»Wie kommst du jetzt auf den?«

»Ich hab vor ein paar Tagen seinen Vater getroffen. Der ist auch Anwalt. Jedenfalls sieht es so aus, als würde sich Casper nicht mehr in die Schule trauen.« Sarah schwieg, und Rachel hatte den Eindruck, dass sie ein wenig betroffen war. »Ein etwas schlechtes Gewissen hab ich schon. Wollen mal hoffen, dass er nicht in falsche Gesellschaft gerät. Warum hatte er eigentlich so einen Hass auf dich?«

»Keine Ahnung. Weil er ein Loser ist?«

»Versteh ich nicht.«

»Mein Gott! Ich hab ihn mal abblitzen lassen. Ich meine, das ist doch absurd, dass der was von mir wollte, oder?«

»Du konntest halt nichts mit ihm anfangen. Deswegen ist es nicht gleich absurd, dass er sich in dich verguckt hat.«

»Ja, genau. Ich konnte nichts mit ihm anfangen.« Sarah dachte noch kurz nach. »Weil er ein Loser ist.«

»Wie definierst du Loser?«

»Ein Loser ist einer, der … der sieht schon aus wie einer. Ich meine, Brad Pitt oder Jake Gyllenhall, die können schon rein äußerlich keine Loser sein.«

»Und sonst?«

»Dass ein Loser halt nichts gebacken kriegt. Kriegt er was auf die Mütze, sagt er noch danke.«

»Casper hat nicht danke gesagt. Es sei denn, er hat eine sehr bizarre Art zu danken.«

»Ne. Da natürlich nicht mehr.«

»Was heißt das? Hat er davor was auf die Mütze gekriegt?«

»Bisschen.« Sarahs Hals sank ein wenig zwischen die Schulterblätter. Sie nuckelte am Strohhalm ihres Eistees.

»Von dir?«

»Da waren noch andere dabei.«

»Aber es ging darum, dass er was von dir wollte?« Sarah schwieg. »Was habt ihr gemacht?«

»Wir haben ihn ein bisschen durch den Kakao gezogen. Mit Casper kann man ganz lustige Wortspiele machen. Klassencasper, Casperletheater und so. Alles mit C. Aber nicht wirklich schlimm. Okay, das Foto war ein bisschen fies.«

»Welches Foto?«

Sarah zögerte »Wir haben da was … mit Photoshop gemacht.«

»Was genau?«

»Ja halt ihn mit so einer Mütze.«

»Kasperlemütze.«

»Ja, könnte man sagen: Kasperlemütze. Er ist auf dem Foto sehr klein, aber den Kopf haben wir etwas größer gemacht. Und Maxine und ich, wir sind auch drauf. Also Casper steht vor uns, und weil er so klein ist, guckt er uns unter die Röcke. Und …« Sie stockte. »So halt.«

»Kann es sein, dass die Pointe fehlt?«

»Na ja, man sieht es kaum, weil … weil Casper ist ja sehr klein. Also sein Körper jedenfalls. Die Hose, die … die beult sich ein bisschen aus. Vorn. Kann man mit dem Cursor einfach ziehen. Ist überhaupt irre, was du da für Möglichkeiten hast. Du kannst zum Beispiel …«

»Bleiben wir noch einen Augenblick beim Thema. Ihr habt also dieses lustige Foto gebastelt – und was damit gemacht?«

»Gepostet. Was willst du sonst damit machen? War 'n echter Hit.«

»Wie ist der Fachausdruck für so ein Verhalten?«

Sarah popelte an ihren Fingernägeln. »Weiß nicht? Dissen? Mobben?«

Rachel schwieg.

»Ja, ich bin nicht stolz drauf. Aber ich kann's jetzt auch nicht mehr ändern. Krieg ich Hausarrest dafür?«

»Hast du jemals Hausarrest gekriegt?«

»Ne, aber es war heute schon mal im Gespräch.«

»Ich hab eine andere Idee.«

Eine Woche später

Der Sommer gab nun schon seit drei Wochen alles, was er an Sonne zu bieten hatte. Nicole und Rover waren nach Kassel weitergezogen zu Nicoles Vater, und auch der Kater Moritz war wieder daheim in Oberfranken und lag am Abend, wenn es schattig wurde, in seinem alten Autoreifen. Man hatte Georg Mend aus dem Krankenhaus entlassen. Rachel trug ein duftig geblümtes Sommerkleid, als sie an diesem Abend gegen acht die Tür öffnete. Davor standen Reza Haim in Jeans und Poloshirt. Neben ihm Casper, der den Eindruck machte, als würde er bei Rachels Anblick Schnappatmung bekommen.

»Hallo! Schönen guten Abend.« Rachel lächelte Casper breit und herzlich an.

Casper sah mit Panik im Gesicht zu seinem Vater.

»Ich dachte, es ist besser, wenn es eine Überraschung wird«, sagte Reza Haim zu seinem Sohn. »Du hättest dir sonst die ganze Zeit Sorgen gemacht.«

Sarah erschien in der Tür. »Hi, Casper.« Auch sie versuchte zu lächeln. Das geriet aber nicht ganz so gewinnend wie bei ihrer Mutter.

»Was wird das jetzt?«, fragte Casper. »'ne Therapiesitzung zu viert?«

»Nein«, sagte Rachel. »Eher ein Schabbatabend zu zweit.«

Die Sorgenfalten in Caspers Gesicht wurden tiefer. »Schabbat – das ist doch was Jüdisches?«

»Die beiden meinten, wir sollten mal miteinander reden«, sagte Sarah. »Wenn wir nichts mehr zu sagen haben, können wir ja fernsehen.«

»Die sind nicht dabei?« Casper sah zwischen Rachel und seinem Vater hin und her.

»Nein. Weil dein Vater und ich, wir haben einen Essenstermin.« Rachel legte ihre Hand auf Caspers Arm.

»Wieso? Was habt ihr denn ...« Casper kannte sich gar nicht mehr aus.

»Die beiden haben ein Date, du Checker.« Sarah winkte Casper zu sich. »Komm endlich rein. Wir stören hier nur.«

Die Tür fiel ins Schloss, und Rachel und Reza Haim standen alleine auf der Straße. Er lächelte etwas verlegen, und das Gefühl streifte Rachel, dass er und Sascha ein ganz ähnlicher Typ Mann waren. Aber sie verwarf den Gedanken sofort als paranoid.

»Wollen wir?«, fragte er und deutete auf den Wagen, der gegenüber auf der Straße stand. Es war ein Triumph Spitfire Cabrio. Der gleiche, den Sascha fuhr – in Racing Green statt in Rot. »Ich hoffe, Sie haben nichts gegen Cabrios.«

»Nein. Kann man wirklich nicht sagen«, sagte Rachel und freute sich auf einen interessanten Abend.

Epilog

Stadelheim, den 21. Juli 2015

Liebe Rachel,
nach allem, was passiert ist, verstehe ich natür-
lich, wenn Du mich eine Weile nicht sehen willst.
Akzeptiert. Andererseits: Wir haben Zeit. Viel
Zeit. Ich mehr als Du. Aber auch Du wirst den
einen oder anderen müßigen Moment finden, um
über Folgendes nachzudenken.
Kann es sein, dass wir uns ähnlicher sind, als es
den Anschein hat? Was ich meine, ist: Vor über
fünfundzwanzig Jahren starb deine Schwester in
der Blüte ihrer Jugend. Als ich nach unserer Tren-
nung davon erfuhr (ich habe damals Erkundigun-
gen über Dich eingeholt; das war kleinmütig, ich
gebe es zu), da war mein Interesse geweckt. Und
zwar vor allem, weil Du während der zwei Jahre,
in denen Du mich angeblich liebtest, nicht ein
einziges Wort über Hannah verloren hast. Ich
wusste nicht einmal, dass es sie gegeben hatte.
Warum? Weil sie so unwichtig war für Dich? Ich
denke, nein. Den 28. Mai, ihren Todestag, habe
ich zwei Mal in meinen Aufzeichnungen vermerkt.
Das erste Mal: Rachel gereizt, will nicht mit ins
Kino. Legt unterm Telefonat einfach auf. Das hat
sie noch nie gemacht. Habe ich ihr was getan? Im
Jahr darauf war ich zu der Zeit auf einer Tagung
in San Francisco. Der Eintrag vom 27. Mai (Ab-
flugtag): Rachel träumt seit Jahren von San Fran-

cisco. Und jetzt will sie nicht mitkommen. Frauen!! An sich harmlose Beobachtungen. Im Lichte meines jetzigen Wissens vermute ich dafür aber einen ganz und gar nicht harmlosen Hintergrund. Um es freiheraus zu sagen: Es gibt Leute, die behaupten, Du hättest damals mit dem Tod Deiner Schwester ganz wesentlich zu tun gehabt. Und dass Du nach ihrem Tod zwei Monate verschwunden warst, wird auch erzählt. Was haben wir denn da für ein schmutziges kleines Geheimnis? Ich werde mich wohl noch ein bisschen gedulden müssen. Aber sei gewiss: Ich warte gespannt darauf, aus Deinem Mund zu erfahren, was sich abgespielt hat.

Bevor Du diesen Brief zerknüllst, bedenke bitte: Wenn Du nicht mit mir redest, beraubst Du Dich des wahrscheinlich einzigartigen Vergnügens, Deine Geschichte mit jemandem zu teilen, der Dich wirklich versteht. Lass Dir Zeit. Du weißt, wo Du mich findest.

In überraschend tiefer Verbundenheit

Heiko

Danksagung

Ich danke allen, die mich bei der Arbeit an diesem Buch unterstützt haben, insbesondere Nicole Selzam, Staatsanwältin am Landgericht München I (inzwischen Richterin), für die interessanten Einblicke, die sie mir in die praktischen Abläufe von Mordprozessen gegeben hat. Mein Dank gilt namentlich allen Mitarbeitern von Droemer Knaur, deren Begeisterung für die neue Reihe mit Rachel Eisenberg mir eine große Motivation war. Besonders aber danke ich meiner Lektorin Andrea Hartmann, die mit sicherem Gespür nicht nur die Schwachstellen des Manuskripts aufgedeckt hat, sondern vor allem seine noch ungenutzten Potenziale, und damit wesentlich dazu beigetragen hat, dieses Buch besser zu machen.

*Die Kultkommissare Wallner
und Kreuthner ermitteln!*

Andreas Föhr

Der Prinzessinnenmörder

Schafkopf

Karwoche

Schwarze Piste

Totensonntag

Wolfsschlucht

»Andreas Föhr hat mit Kreuthner
einen der vitalsten Ermittler erfunden,
die es gerade in der Spannungsliteratur gibt.«
WDR

»Der Autor hält die Balance zwischen Humor
und Spannung und gibt seinen Figuren
mehr Facetten, als man anfangs ahnt.«
Westdeutsche Allgemeine